ÖLÜM SONRASI

Yazar Hakkında

Colin Wilson 1931'de Leicester'da doğdu. On altı yaşında okulu bırakıp, *The Outsider* (Yabancı)'nın yayınlanmasıyla birlikte hayatını yazarlıkla kazanmaya başlamadan önce çeşitli işlerde çalıştı. Mistisizmden kriminolojiye kadar birçok konuda kitaplar, makaleler, tiyatro eserleri, ve birkaç gazete ve dergi için yazılar yazdı. Kendini, her şeyden önce, insanın varoluşunun anlamıyla ilgilenen bir filozof olarak görüyor. Birçok "varoluşçu"dan farklı olarak iyimser bir bakış açısına sahip. Colin Wilson hala karısıyla birlikte Cornwall'da yaşıyor. Daha çok operalardan oluşan gramofon plakları koleksiyonu yapıyor ve matematikle ilgileniyor.

Simon Scott'a
sevgi ve şükranlarımla

Colin Wilson

ÖLÜM SONRASI

Çeviren:
Fulya Yavuz

Yayına Hazırlayanlar:
Sinan Köseoğlu-Tülin Etyemez

RM

Ruh ve Madde Yayınları

ISBN 975-6377-04-6

Kapak: Ferda Gürsoy

Baskı
Kurtiş Matbaacılık San. ve Tic. Ltd. Şti.
Maltepe Mah. Litros Yolu Fatih Sanayi Sitesi
No: 12/74-75 Topkapı / İstanbul
Tel: (0.212) 613 68 94 - 613 68 95

Yayın
Ruh ve Madde Yayıncılık ve Sağlık Hizmetleri A.Ş.
Hasnun Galip Sok. Pembe Çıkmazı No: 4, D: 9
80060 Beyoğlu/İSTANBUL
Tel: (0.212) 243 18 14 - 249 34 45 • Faks: (0.212) 252 07 18
http: www.ruhvemadde.com
e-mail: info@ruhvemadde.com

SUNUŞ

İnsanla ilgili her şey gibi spiritüalizm de bir akım olarak doğup büyümek, gelişip evrimleşmek sürecinden geçmektedir.

Kavramların herkes için farklı bir şey ifade ettiği postmodern dönemi yaşayan metapsişik araştırmacılar olarak "Spiritüalizm nedir?" sorusuna, günümüz anlayışına uygun yeni yanıtlar vermek durumundayız çünkü kültürler arası farklılıklardan, pek çoğu yabancı dilde yazılmış olan araştırmaların dilimize aktarılmasına dek geçen süreden ve çevirmen ya da okuyucu olalım, kelimelere yüklediğimiz sübjektif ve her biri birbirinden farklı bir şeyi ifade eden anlamlardan dolayı bu sorunun yanıtı her birimizin zihninde bambaşka çağrışımlar oluşturmaktadır. Elinizdeki bu kitap, titiz bir araştırmacı olan yazarının kendi kelimeleriyle, "Spiritüalizm sözcüğünü büyük 'S' ile yazarak, aynı addaki inanç akımını kastetmiş oluyorum. Küçük 's' ile yazdığım spiritüalizm ise ruh ve ölüm sonrası yaşama inanç anlamına gelir." şeklinde açıkladığı gibi, spiritüalizm ve Spiritüalizm arasında bir ayrım yaparak bu soruya kendine özgü bir yanıt veriyor.

Spiritüalizmin, çok gerçekçi ve objektif olmaya özen gösteren ünlü yazar Colin Wilson tarafından yazılan bu tarihçesini okurken Ruh, ölümden sonraki yaşam ve insanın henüz tam olarak açığa çıkmamış potansiyellerini araştırma süreci içinde, insanoğlunun egosundan kaynaklanan tuzaklara ne kadar sık düştüğünü ama kendisiyle ilgili hakikati arayıp bulma arzusunun onu tekrar tekrar aydınlığa çıkardığını bir kez daha göreceksiniz.

Bu kitabı okumaya başlamadan önce, ülkemizdeki spiritüalizm (ruhçuluk) tarihinin köşe taşlarından biri olan üstat Ergün Arıkdal'ın konuyla ilgili olarak söylediklerini hatırlamakta yarar var: "Ruhçuluğun konusu, ruh ve ruhsal olaylardan başlamak üzere gitgide genişleyen bir kavramlar sistemi ile evrensel hakikatlere ulaşmaktır. Ruhçuluğu yalnızca bedensiz varlıklarla bağlantı kurmak ve bu bağlantıdan hasıl olan bilgilere göre uygulamada bulunmak, diye tanımlamak hatalı olur... Ruhçuluğu bir din ve mezhep tarzında görmek, insanlığın eski realitesine bağlılığından doğmaktadır. Halbuki dogmatik olmadan, şeriata bağlanmadan bilgi ve tekamül elde etmenin mümkün olmadığı inancının devri geçmiştir."*

Bu eseri dilimize çeviren Sayın Fulya Yavuz'a teşekkür ederiz.

Ruh ve Madde Yayınları

---

* *Ansiklopedik Metapsişik Terimler Sözlüğü*, Ergün Arıkdal, Ruh ve Madde, 1998.

İÇİNDEKİLER

TEŞEKKÜR

Her zamanki gibi, Psişik Araştırmalar Derneği'ne, kütüphanecisi Nick Clarke Lowes'a ve Psişik Araştırmalar Koleji ile kütüphanecisi Bernadette Giblin'e son derece minnettarım. Her ikisi de bana, tek başıma asla bulamayacağım kadar çok sayıda kitap temin etti.

Yayınlanmamış çalışmalardan alıntı yapmama izin verdikleri için Dr. Adam Crabtree'ye, Dr. Wilson Van Dusen'e, Margot Grey'e ve çok değerli yorumları için merhum Anita Gregory'ye minnettarım. Reenkarnasyonla ilgili bölümde yararlandığım çok değerli kaynaklar için Joe Keeton, Ray Bryant, Andrew ve Marguerite Selby ve Ian Wilson'a; hesap yapan ikizler vakasına da dikkatimi çektiği için Julie Peters'a teşekkür etmek istiyorum.

Son olarak da, bana bu kitabı yazma fikrini veren Simon Scott'a teşekkür etmek isterim.

ÖNSÖZ

Böyle bir kitap yazmak niyetinde değildim.

Çocukken, yerel kütüphaneden hayalet ve ruhlarla ilgili kitaplar alıp okur ve onların var olduğundan hiç kuşku duymazdım. Büyükannem, o bölgedeki Spiritüalist kiliseye giderdi ve onunla ölümden sonraki yaşam gerçeği hakkında sık sık konuşurduk. On yaşımda, kimya ve astronomiyi keşfetmemden sonra hayaletlerle ilgili inancım bir anda uçup gitti.

Arthur Koestler, *The Invisible Writing* (Görünmez Yazı) adlı otobiyografisinde, bir kitapçıkta Yahudilerin çektiği eziyeti okurken çaresizlik içinde duyduğu öfkeyi anlatır. Ardından, görelilikle ilgili bir kitap açıp Einstein'la ilgili bir cümle okur. Kitap, Einstein'ın insan ruhunu "o zamana dek tek bir insanoğlunun gitmediği buzulların doruklarına" götürdüğünü yazmaktadır. O anda, Einstein'ın enerji-kütle formülünün sisle çevrilmiş dağların zirvesinden aşağı uzandığını görür gibi olan Koestler karşı konulmaz bir mutluluk duyar. On iki yaşımdayken, Einstein ve bilim hakkında ben de aynı şeyleri hissetmiştim. O zamanlar, evrenin bir gün gelip de ortaya çıkmayacak hiçbir sırrı olmadığını düşünüyordum.

Bir başka gün, el işi dersimizde uzayın nerede sona erdiği gizemi hakkında konuşmaya başladık. Acaba evrenin sınırlarının ötesinde ne vardı? Düşünürken, bunun insanın belirlilik konusundaki tüm duygularıyla çeliştiğini anlayıverdim bir anda. Bir şeyin sonsuza dek sürmesi olanaksız olduğu gibi, uzayın bir yerde sona ermesi de o kadar olanaksızdı. O anda, sanki bir uçurumun kenarında duruyormuşum gibi başım dönmeye başladı. O akşam üzeri eve dönerken tuhaf bir korku ve güvensizlik hissettim. Tüm soruların yanıtı olduğunu düşündüğüm insan aklı, artık gülünç derecede zayıf ve hatalı görünüyordu.

Sürekli rahatsız eden bir diş ağrısına benzeyen bu güvensizlik duygusuna karşın spiritüalizm de beni teselli etmeyecekti, o sıralarda bana, hoş bir aldatmaca gibi görünüyordu yalnızca.

Beni asıl rahatsız eden şey, ölümden sonra yaşam *olsa* bile bunun, insan varoluşunun bu sözde anlaşılmaz gizemini değiştirmeyecek olmasıydı. İnsanların, alışkanlıklarına göre, yakın oldukları bir şeyin hasretini çekerek yaşadıklarını açıkça anlamıştım. Küçük çocuklar tatile gittiklerinde yeni çevrelerini ne kadar severlerse sevsinler, yine de evlerini özlerler. Yaşamın önceden bilinebilir, basmakalıp olduğunu ve tüm sırların sonunda çözülebileceğini hissetmeye *ihtiyacımız* vardı, tıpkı ayağımızı yere bastığımızı hissetmeye ihtiyacımız olduğu gibi.

Büyüyüp de bir yazar olmak için ilk kararsız girişimlerimde bulunduğumda, ölümden sonraki yaşama inanan insanlara küçümsemeyle bakar olmuştum. Onlar belirsizlik istemiyordu ama belirsizlikler vardı. Bunu, daha sonraki bir romanımda bir benzetmeyle dile getirmiştim. Bir felsefe profesörü olan romanın kahramanı, satranç tahtasının bir ucunda kendisinin diğer ucunda ise rakibinin durduğunu düşlemekteydi. İkisi de oyunun kurallarını bilmekteydi, ancak etrafları, satranç tahtasının sınırlarının ötesinin görülmesini olanaksızlaştıran, geçit vermeyen sisten bir duvarla çevriliydi.

Hayaletlere inancım sürmekteydi. Bir arkadaşım, Sussex'te bir kulübe kiraladığını ve bahçesindeki gübre yığının yanında duran bir adamın hayaletini sık sık gördüğünü anlatmıştı; oranın yerlileri bu adamın daha önce kulübede yaşayan kişi olduğunu teşhis etmişlerdi. Hayaletler varsa, diyordum, onların yeri satranç tahtası olmalıydı, ötesindeki sis değil.

Amerikalı menajerim 1969'da, Amerikalı bir yayımcı için "okült" ile ilgili bir kitap yazıp yazamayacağımı sormuştu. Kabul ettim çünkü paraya ihtiyacım vardı. Bu konunun düşlerden, devler ve canavarlarla ilgili peri masallarına benzeyen kocakarı öykülerinden başka bir şey olmayacağından oldukça emindim.

Ancak, kitap için araştırma yaparken eşim, Sir Osbert Sitwell'in otobiyografisinden kısa bir öykü okudu bana. Sitwell'in babası tanınmış bir kuşkucuydu ve bu kitapta, onun bir medyomun "foyasını ortaya çıkarma" macerası anlatılıyordu. Oğlu bu kitapta, I. Dünya Savaşı'ndan hemen önce, babası ve birkaç asker arkadaşının Londra'daki ünlü bir el falcısına gittiklerini anlatıyordu. Kadın onların ellerine bakmış ve oldukça rahatsızlık duyduğu belli olmuştu. Sitwell, arkadaşları gittikten sonra kadının yanına geri dönüp sorunun ne olduğunu sorduğunda ise kadın şöyle demişti: "Ellerinde *hiçbir şey* göremedim." Birkaç ay sonra savaş başlamış ve bu subaylar ölmüştü.

Bir kuşkucu tarafından anlatılan böylesi bir öyküyü okumak beni etkilemişti. Telepati, geleceği görmek, ikinci görüş (altıncı his, öngörü) ve beden dışı (astral) deneyimlerle ilgili öyküler aramayı sürdürürken, bunların birer hayal olmadığını anlamaya başladım. Fazlasıyla tutarlılardı. Birkaçı yalan ya da uydurma olabilirdi ancak geri kalanının doğru olduğu açıktı. *Okült* adlı kitabımı bitirmeden epey önce, "normal ötesi beceriler" gerçeğine çoktan inanmıştım.

Yine de, bu kitapta ölümden sonraki yaşamla ilgili bir bölüme yer vermeme karşın, o sıralarda çok da derinlemesine ikna olmadığımı –ya da çok da derinlemesine ilgilenmediğimi, dersem daha doğru olur– söylemek zorundayım. İnsanlar gerçekten de ölümden sonra yaşamayı *sürdürebiliyorsa* ne olacaktı ki? Bu yine de kim olduğumuzu, niye yaşadığımızı, yaşamda ne yapmamız gerektiğini açıklamıyordu.

1980'de İngiliz yayımcıma poltergeistlar, yani eşyaları dört bir yana fırlatıp atan ve insanları rahatsız eden "gürültücü hortlaklar" ile ilgili bir kitap yazmayı düşündüğümü söylemiştim. Eşimle birlikte, Pritchard soyadlı bir çiftin evindeki kırılabilecek her şeyi paramparça etmiş olan bir poltergeist olayını incelemek için Prontefract'e gitmiştik. Bu varlığın "ziyaretlerini" anlatan komşuları dinleyip, "hortlağın" olağanüstü gürültü patırtısının kaydedildiği bantları dinledik; öyle şiddetli bir sesti ki, gürültüsü iki sokak öteden bile duyulabilirdi.

O zamanlar poltergeist olgusunun hastalıklı yetişkinlerin şuurdışı zihinlerinden ya da normal ötesi araştırmacıların "doğaçlama psikokinezi" ya da zihnin maddeye hükmetmesi dedikleri şeyden kaynaklandığına inanıyordum. Ancak evin kızı Diane bana, bu varlığın boğazından kavrayarak kendisini evin üst katına nasıl sürüklediğini ve boğazındaki morlukları anlatınca, bunun Diane'nin şuurdışı zihninin işi olmadığına ilişkin hiçbir kuşkum kalmadı. Bu bir ruhtu.

Çoğu normal ötesi araştırmacı bu tür bir itiraftan rahatsız olur; içlerinden birinin bu görüşleri en başta ifade etmesi, meslektaşları tarafından her şeye kolayca kanan bir ahmak olarak görülüp küçümsemesine neden olur. Ancak, hiçbir akademik görevim olmadığı ve de yazarlar ayrıcalıklı, tuhaf kişiler olarak görüldükleri için, vardığım sonuçları açıklamakta sakınca görmedim. Bu nedenle, *Poltergeist* adlı kitabımda, poltergeistların çoğunlukla ölü kişilerin ruhları olduğuyla ilgili inancımı dile getirdim. (Birkaç yıl sonra katıldığım bir televizyon programında bir Alman parapsikoloji profesörüyle tanıştım ve kendisine poltergeistın ne olduğunu sorduğumda, omuzlarını silkerek, "Tabi ki, bir ruh," dedi. Ama o, bugüne dek tanıştığım parapsikologlar arasında bunu kabul eden tek kişiydi.)

Bu vakanın önemli bir dipnotu vardı. Birkaç kişi Pritchardlar'ın evinde bir keşişin belli belirsiz formunu görmüştü ve evin bulunduğu tepede, bir zamanlar bir darağacı vardı. Tepenin biraz ilerisinde bir manastırın kalıntıları vardı. Yerel bir araştırmacı bu vakayla ilgili olarak, bir zamanlar bir keşişin tecavüz nedeniyle asıldığını ortaya çıkarmıştı.

Bunun doğru olup olmadığı konusunda hiçbir fikrim yok. Ancak, Pritchardlar'ın evini ziyaret eden "ruh"un, ölen birine ait olduğu düşüncesine anlam katıyor.

Başka bir deyişle, bu vaka, ölümden sonraki yaşam gerçeğini kanıtlamış gibi görünüyor.

Poltergeist adlı kitabımda böyle yazdıysam da, içimde bunun tam olarak "oturmadığına" ilişkin bir his vardı. 1983'de bana, "Ölümden sonra yaşam olduğuna inanıyor musunuz?" diye sorsaydınız size şöyle yanıt verirdim: "Olabilir ama açıkçası pek de umurumda değil."

Bir İngiliz yayımcı benden bu kitabı yazmamı isteyene kadar da böyle düşünmeyi sürdürdüm.

On yıldan uzun bir süredir "normal ötesi" vakaları okumuş ve yazmış olmaktan ötürü, ele alacağım konuları elbette artık yakından biliyordum. Yine de, derin bir nefes alıp bu konuya daldıktan sonra, karşılaştığım kanıtların ezici gücü beni gerçekten etkilemeye başladı.

Neyse ki arkadaşım Adam Crabtree, "posesyonla" ilgili vakaları derlediği bir kitabına önsöz yazmamı istemişti. Ölümden sonraki yaşam konusu beni eskiden beri tedirgin ve huzursuz ettiği için, bu bilimsel yazıya bir psikiyatrdan alıntı yaparak başlayabildiğime sevinmiştim. On dokuzuncu yüzyıl bilim adamlarının bu konuya niye bu kadar kızdığını anlayabiliyordum. Dinin yüzeysel ele alınışı, bende hep bu duyguyu ortaya çıkarır. Aslında dine karşı değilim; büyük aziz ve mistiklerin dini beni her zaman büyülemiştir. Ancak, ne zaman bir kilise ayininde bulunmam gerekse, ki bu çok ender olur, "Tanrım, Hristiyanlıktan nefret ediyorum" diye düşündüğümü fark ediyorum. "Spiritüalizm" konusu da bende neredeyse aynı duyguları uyandırıyordu: can sıkıntısı ve kızgınlık karışımı bir duygu.

Adam Crabtree'nin "posesyon" vakalarının öyküsünü ve mektuplaştığım bir başka psikiyatr olan Wilson Van

Dusen'in deneyimini anlatmayı sürdürürken, ölümden sonraki yaşamla ilgili belli belirsiz manevi umutlarla değil de sağlam bir gerçekle karşı karşıya olduğumu hissettim. Spiritüalizmin tarihi, New York eyaletinde yaşayan Fox ailesinin duyduğu gürültülerle karşılaştırıldığında elbette ki çok daha görkemli bir öyküdür. Bunu, kitabımın ikinci basımın provalarını okurken daha iyi anladım.

Size tuhaf gelebilir ama aslında bu kitabı *okumadım*. Bir kitap yazdığınızda ona, onu bir bütün olarak görEmeyecek kadar yakın olursunuz. Kitaba, ilk okuması sırasında bile fazlasıyla yakınsınızdır. Şimdi olduğu gibi, on yıl sonra okuduğumda ise adeta bir başkasının kitabını okuyor gibiyim. Kanıtların yoğunluğunun farkına varırken, insanın fiziksel ölümden sonra yaşamayı sürdürmesi olayının ne denli etkileyici olduğunu kabul ediyorum.

Dostoyevski bir keresinde, insanoğlunun ölümden sonra yaşamı sürdürdüğü doğruysa, bu bizim öğrenebileceğimiz en önemli şeydir, demiş. Ona pek katılmıyorum. *New Pathways in Psychology* (Psikolojide Yeni Yollar) adlı kitabımda bir yorum yapmıştım: "İnsanın varoluşuyla ilgili garip bir şeyler var." Her zaman için, Descartes'ın radikal kuşku yöntemini uygularım. Descartes, "Tanrı'nın bizi aldatmak isteyen bir düzenbaz olduğunu varsayın," demiş ve "çaydanlığı ocağın üstüne koyduğunuzda buza dönüşeceğini ya da objektiferin aşağı değil de, yukarı düştüğünü varsayın. Bu büyük aldatmacanın farkına varabilmek için muhakeme gücümüzü nasıl kullanırdık?" diye sormuştu.

Çevremi kuşatan normal ve sağlam görünümlü dünyaya baktığımda, birinin bana şaka yapıyor olduğuna dair tuhaf bir kuşkuya kapılıyorum. Dünyayı, kolaylıkla olduğundan daha farklı hayal edebilirim. İnsanlar son derece karmaşık birer makine olmasına karşın, yanlarına birer kullanım kılavuzu iliştirilmeden dünyaya gönderilmişler. Ölümden sonraki yaşamın kanıtlanmış bir gerçek olduğuna ikna olmama rağmen, bunun insanın varoluşu bilmecesini "çözdüğünü" söyleyemem. Bence, hepimiz birer at gözlüğü takmışız ve bizi çevreleyen gerçeğin tam ayrımında değiliz. "İnsan varoluşuyla ilgili garip bir şeyler olduğunu," düşünüyorum hala.

Bu kitapta sunduğum gerçekler tümüyle sağlam, güvenilir gerçeklerdir ve bunları inceleme zahmetine giren herkesin benim gibi düşüneceğini sanıyorum; ölüm, yaşıyor olmaktan çok daha tuhaf bir maceradır.

Cornwall, 1999

BİRİNCİ BÖLÜM

KAFADAKİ SESLER

Dr. Adam Crabtree, Toronto/ Kanada'da yaşayan ve çalışan bir psikoterapisttir. Mesleğe 1966'da başladı ve birçok psikiyatr gibi kısa bir süre sonra, kafalarının içinde "sesler" duyduğunu söyleyen hastalarla karşılaşmaya başladı.

Bu tür vakalara hiç de ender rastlanmıyor ve "sesler duymak" kesinlikle deliliğin bir işareti değil. Princeton'lu bir psikolog olan Dr. Julian Jaynes'in kendisi de benzer bir deneyim yaşadıktan sonra, işitsel halüsinasyonlar üzerine araştırmaya yapmaya başladı. Kanepede yatarken başının hemen üzerindeki boşlukta bir sesin konuştuğunu duymuştu. Doğal olarak, akıl sağlığından kaygılanan Jaynes, insanların yüzde onunun bir tür halüsinasyon gördüğünü ve bunların üçte birinin "hayalet sesler" olduğunu keşfederek rahatladı. Oldukça sağlıklı bir ev hanımı, ona her sabah yatakları toplarken ölmüş anneannesiyle uzun

uzun sohbet ettiğini söylemişti.

Jaynes, bu tür deneyimlerin elbette birer halüsinasyon *olduğunu* kabul ederken, Adam Crabtree de uzun bir süre boyunca aynı düşünceyi paylaşmıştı. Ardından, bazı önemli kuşkular uyandıran bir vakayla karşılaştı. Vaka, Crabtree'nin bir meslektaşının hastası olan Sarah Worthington adında genç bir kadınla ilgiliydi. Başlangıçta oldukça başarılı seyreden bir tedavinin ileri aşamalarında, Sarah Worthington ansızın depresyona girmiş ve intihara kalkışmıştı.

Üçü, Crabtree'nin ofisinde buluşup Sarah'nın sıkıntılarının kaynağını araştırmaya başladılar. Crabtree'nin sorduğu sorulardan biri, hiç doğrudan sesler duyup duymadığıydı ve Sarah, duyduğunu kabul etti. Crabtree, Sarah'tan uzanıp gevşemesini ve elinden geldiğince bu içsel konuşmaları anımsamasını istedi. Neredeyse tam o anda kadının bedeni gerildi ve bağırdı: "Sıcak! Çok sıcak!" Sarah konuşmayı sürdürürken her iki psikiyatr da onun sesindeki değişikliği fark etmişti. Sarah'nın kendine güveni yoktu; bu yeni kişilik ise oldukça otoriterdi. Kadına ne yapmak istediğini sorduklarında, şöyle cevap verdi: "Sarah'a yardım etmek." Konuşanın Sarah *olmadığı* ortadaydı. Kadına adını sordular, "Sarah Jackson," diye yanıtladı. Sarah'nın anneannesi olduğunu söyledi. Crabtree, kendisinin ve Jenny'nin de Sarah'ya yardım etmeye çalıştıklarını söyledi ve "anneanneye" de yardım etmek isteyip istemediğini sordu. Kadın "Evet," diye yanıtladı. İlk seans böyle sona erdi.

Bir sonraki seansta, anneanne kısa bir süre içinde geri döndü. Hala bir yangından söz ediyordu ve bir ara, "Jason nerede?" diye sordu. Jason'ın, onun oğlu olduğu ve sözünü ettiği yangının 1910'da çıktığı daha sonra anlaşıldı. Sarah Jackson, oturdukları sokakta bir yangın çıktığını duyar duymaz eve koşmuştu; yedi yaşındaki oğlu evde tek başınaydı. Bütün mahalle alevler içindeydi. Aslında, Jason komşular tarafından kurtarılmıştı, ancak Sarah bunu yaklaşık bir saat sonra öğrenmişti ve bu süre içerisinde, sıcaktan adeta boğularak sokaklarda çılgın gibi koşuşturmuştu. Bu olay, şuurunun derinliklerinde yer etmişti.

Anneanne, kendi anlattıklarına bakılırsa, Sarah Worthington'un bedenini, torunu piyano çalarken ele geçirmişti; ikisi de müziği çok seviyorlardı. Torununa yardım etmek istediğini açıklamasına karşın, asıl yardıma ihtiyacı olan kişinin kendisi olduğu çok geçmeden anlaşıldı. Vicdanı, kendi yaşamı yüzünden ona işkence ediyordu; özellikle kızı, yani Sarah'nın annesi Elizabeth'e çok kötü davranmıştı. Elizabeth mutsuz, nevrozlu bir yetişkin olup kendi kızına da kötü davranmıştı. Sarah'nın annesiyle olan ilişkisi tuhaf bir biçimde, Elizabeth'in *kendi* annesiyle olan ilişkisine benziyordu. Her iki anne de oğullarını, kızlarından daha çok sevip kızlarına erkeklerin önemli, kadınlarınsa önemsiz olduğunu öğretmişti. Anneanne tüm bunları öldükten sonra fark etmişti ve bu nedenle torununa yardım etmek istiyordu. Ancak yardım edeyim derken işleri büsbütün berbat etmişti; Sarah duyduğu sesten korkuyordu, aklı karışmıştı ve çaresizlik içinde kıvranıyordu.

Artık anneanne Jackson "ortaya çıktığı" için, işler daha kolaylaşmıştı. Psikiyatrlara, Sarah'nın aile geçmişiyle ilgili son derece önemli bilgiler aktarıyordu. Sarah, önceleri anneannesinin kendisi aracılığıyla konuştuğunu fark edince dehşete düştüyse de, bunu yavaş yavaş kabul etmeyi öğrenip kendi sorunlarına daha derinlemesine eğilmeye başladı. İki ayın sonunda iyileşti. Büyükanne "sahiplenici varlık" olmayı sürdürüyordu, ancak artık Sarah bunu anladığı için korkmuyordu. Hatta, anneannesinin varlığı, geri planda onu kollayan birinin olması, ona bir ölçüde huzur veriyordu.

Okuyucunun bu öyküye tepkisi, büyük olasılıkla, Adam Crabtree'nin *Multiple Man* (Çoğul İnsan) adlı kitabının elyazmasını ilk okuduğumda verdiğim tepkiye benziyordur: Bunun psikolojik bir açıklaması olmalı. Sarah çocukken anneannesi hayattaydı; büyük olasılıkla, yangınla ilgili olayı kendi ağzından dinlemişti. Belki de annesinin sorunlarının kendisininkine ne kadar benzediğini fark etmişti. Şuurdışı zihni ona bu öyküyü, çektiği sıkıntıların mantıklı bir açıklaması olarak "açıkladı." Ancak, Crabtree'nin kitabını okudukça (Crabtree'nin yayımcıları, bir önsöz yazmamı rica ederek kitabı göndermişlerdi), bu tür bir açıklamanın kabul edilemez olduğunu daha iyi anladım. Crabtree, her biri, meslek hayatında karşılaştığı bir tür "posesyonla" ilgili olan sekiz vaka daha anlatıyordu. Üçüncü ya da dördüncü vakadan sonra, şuurdışı zihin açıklamasının geçerliliği zayıflamaya başlamıştı.

Toplumsal yardım işlerinde çalışan Susan, bir erkekle herhangi bir normal ilişkiyi sürdüremiyordu ve çok yerinde bir saptamayla, bunun nedeninin babasına karşı duyduğu derin öfke olduğunu fark etmişti. Crabtree, bir trafik kazasında ölen babasıyla, tıpkı Sarah'nın anneannesiyle olduğu gibi konuştu ve adamın, kızıyla ilgili cinsel saplantıları olduğunu öğrendi. Susan on altı yaşına basana kadar, adam kızına cinsel tacizde bulunmuştu. Susan, şuurdışı bir düzeyde olanların farkındaydı. Babasının, onu arzuladığını fark etmişti ve ceza olsun diye, babasını tahrik edip yeni keşfettiği cinsel gücünü kullanarak onu aşağılıyordu. Bu aşağılama, erkek arkadaşlarıyla ilişkilerine de yansıyarak sorunlar yaşamasına neden olmaktaydı. Baba bir trafik kazasında öldükten sonra, bir "sığınak" olarak gördüğü kızının bedenini ele geçirmişti ve cinsel müdahaleleri nedeniyle Susan ona karşı savunmasız kalmıştı. Susan'ın "içine girdikten" sonra adam, kim olduğunu bilmediği ya da o anki durumunun farkında olmadığı "bulanık bir uyku" konumuna geçmişti. Crabtree, sabırla Susan'ın babasına, ölmüş olduğunu ve kızını rahat bırakması gerektiğini anlattı. Babası bir gün terapi seansında ortaya çıkmayıverdi; Susan ise bir rahatlama ve özgürlük hissi duydu.

Özellikle bir vakayı oldukça etkileyici ve ilginç buldum. Bu vaka, başından kötü bir evlilik geçen ve yeniden evlenmek üzere olan Art adında bir profesörle ilgiliydi. Yeniden evlenmek konusunda derin bir isteksizlik yaşamaya başlamıştı ve bunu, kendisini ve tanıdığı bazı insanları eleştirip onlarda sürekli kusur bulan bir sesin yarattığı "içsel fırtınalara" bağlıyordu. Bu sesin, Detroit'te yaşayan annesininkine benzediğinin az çok farkındaydı. Bu sesin, kendinde var olan olumsuz bir özelliğin sesi olduğunu ve üzerinde baskısını güçlü bir biçimde hissettiği annesinin bazı özelliklerini, her nasılsa, kendinde geliştirdiği gibi sağduyulu bir açıklama yapıyordu.

Crabtree, her zamanki yöntemini izleyerek Art'ı derin rahatlama konumuna getirip "Veronica" adındaki annesiyle sohbet etmeye başladı. Veronica, oğluyla olan ilişkisini ve arkadaşlarının birçoğunu niye onaylamadığını açıkça konuşmaya pek istekliydi. "Veronica'nın ben merkezci bir kadın olduğu açıkça görülüyordu." Tek istediği şey oğlunun şunu anlamasını sağlamaktı: müstakbel eşi dahil, güvendiği birçok insan aptal ve düzenbazdı, onun saygısını hak etmiyorlardı.

Crabtree ona bütün bu müdahalelerin oğlunun, hatta kendisinin yararına olup olmadığını sordu ve sonunda Veronica, bu sorunun yanıtının büyük olasılıkla hayır olduğunu kabul etti. Detroit'te tekdüze ve sıkıcı bir yaşamı vardı. Crabtree, oğlunun yaşamına müdahale etmeyi bırakıp kendi yaşamına daha çok ilgi gösterecek olursa bu durumun değişebileceğine işaret etti.

Terapinin ilerleyen aşamaları sırasında Art'ın annesi kanser olduğunu ve ameliyat olması gerektiğini öğrendi. Art'ın ağzıyla konuşan Veronica, bu hastalığın, oğlunun "bedenini ele geçirerek" kendi yaşamını harcadığı için meydana gelmiş olabileceğine katılıyordu. O andan sonra, Art'ın "içsel sesi" giderek azalmaya başladı ve sonunda Art onu duymaz oldu, ancak Detroit'teki annesinde olağanüstü değişiklikler oluyordu. Önceden yaşama küsmüş ve yaşama sevinci kalmamış biriydi. Bir anda yeniden canlandı; dışarı çıkıp yeni arkadaşlıklar kurdu. "Sanki hayata yeniden başlamış gibiydi."

Crabtree, bu tür vakalara yaklaşımının normalötesi olaylara inandığını göstermediği konusunda ısrar eder; o yalnızca bir gözlemci, her vakayı bir posesyonmuş *gibi* ele alan bir fenomenolog olduğunu savunur. Bu tür bir yaklaşımda çelişkili bir durum olmadığı ortada. Susan, Sarah ve Art bu sesleri kendileri üretiyor *olabilirler*; şuurdışı zihin çok farklı becerilere yatkındır. Yine de birçok okuyucunun, hepsi birarada ele alındığında, bu vakaların, hastaların kendilerini şuurdışı bir biçimde aldattıklarına ilişkin güçlü bir izlenim yarattığını düşüneceği bir gerçektir.

"Bedensiz seslerle" ilgili neler söylediğini okumak için Julian Jaynes'e geri döndüm. Jaynes, kuramını 1976'da yayımlanan *The Origin of Consciousness in the Breakdown of the Bicameral Mind* (İki Bölmeli Zihnin Analizinde Şuurun Kaynağı) adlı çalışmasında özetlemektedir. Bu olağanüstü kuram, ilk insanlar çağdaş dünyanın özbilincine sahip olmadıkları için, atalarımızın sürekli "sesler" duyduklarını öne sürmektedir. -Jaynes'e göre-, mağara adamı atalarımız kendi içlerine bakıp da "Şimdi bir düşüneyim..." diyemiyorlardı. Onların gözleri, araba farları gibi sabit bir biçimde dış dünyaya dönüktü. O nedenle, bu adamlardan birine nehre inip bir set yapması emredilecek olsa, nehrin kenarında niye dolanıp durduğunu anımsaması onun için son derece zor olurdu. Ancak, amacının ne olduğunu başının üstündeki hava boşluğundan gelip de yönergelerini tekrarlıyormuş gibi görünen bir ses, yani şefin sesi anımsatırdı.

Bu ses nereden geliyordu? Jaynes'e göre, beynin sağ bölümünden. Jaynes'in kuramı tümüyle, 1950'li yılların ortalarından itibaren büyük yankılar uyandıran "bölünmüş beyin" araştırması bilimine dayanmaktadır.

Her nedense henüz kimse beynin, sanki ortaya bir ayna yerleştirilmiş gibi iki eş parçadan oluştuğunu anlayamıyor. (İkisinden biri zarar gördüğü taktirde diğerinin "yedek"te bulunduğu bile iddia edildi.) Beynin, kafatasının hemen altındaki üst bölümü, özellikle insana özgü bir bölümdür; buna, asıl beyin ya da beyin yarımküresi denir ve geçen yarım milyon yıl içinde son derece büyük bir hızla gelişmiştir (bu, evrimsel açıdan bir göz kırpma süresine eştir). Kafatasının üst bölümü çıkartılacak olsa beynin her iki yarısı bir ceviz gibi görünür. Aradaki, her iki yarımküreyi birleştiren köprüler *corpus callosum* (beyin iplikçikleri ya da nasırlı cisim) denilen sinirlerdir.

Sol yarımkürenin dil ve mantıksal düşünceyle, sağ yarımküreninse modeller ve sezgilerle ilgili olduğu yüzyıldan uzun bir süredir biliniyor. Sol yarımküre toplama çıkarma yapmayı, sağ yarımküre birinin yüzünü anımsamayı sağlar. Sol yarımkürenin bir bilim adamı, sağ yarımkürenin bir sanatçı olduğu söylenebilir. Beyninin sol yarımküresi zarar görmüş bir erkek, peltek peltek konuşur ancak yine de bir resim çizebilir veya bir şarkı mırıldanabilir. Beyninin sağ yarımküresi zarar görmüş bir kadın, son derece mantıklı ve tutarlı konuşur ancak büyük bir olasılıkla bir çöp adam bile çizemez.

En tuhafı da, bu iki yarımküreyi birleştiren köprü olan corpus callosum kesildiğinde (bazen epilepsiyi önlemek için yapıldığı gibi), hastanın kelimenin tam anlamıyla *iki* kişi oluvermesidir. Bir vakada bu tür bir hastanın, bir eliyle pantolonunun fermuarını açmaya çalışırken, diğer eliyle kapamaya çalıştığı gözlenmiştir; bir başka vakada hastanın, bir eliyle eşine tokat atmaya çalışırken, diğer eliyle o elini tutmaya çalıştığı kaydedilmiştir. Bir başka hasta, sağ eliyle yapboz oynamaya çalışırken, sol eli sürekli ona engel olmaya çalıştığından hasta elinin üzerine oturmak zorunda kalmıştır. (Sağ beynin bedenin sol tarafını, sol beynin bedenin sağ tarafını yönettiğini de eklemek gerek; ancak bunun nedeni bilinmemektedir.)

En önemli keşif ise şudur: "Sen" diye hitap ettiğimiz kişi sol tarafta yaşamaktadır; sağ tarafta yaşayan kişi tamamen yabancı biri gibidir. Bölünmüş beyinli bir kadın hastanın sağ beynine (yani sol gözü vasıtasıyla) açık saçık bir resim gösterildiğinde hastanın yüzü kızarmış, niye kızardığı sorulduğunda ise, "Bilmiyorum" diye yanıt vermiştir. Jaynes "bedensiz seslerin" sağ taraftaki bu "diğer kişiden" geldiğine ve bir hoparlörden çıkıyormuş gibi sol beyinde, yani "sende" duyulduğuna inanmaktadır.

Bu kurama bir tek şeyle itiraz edilebilir. Jaynes, bölünmüş beyinli bir hasta olmamasına karşın, işitsel bir halüsinasyon görmüştü. Aynı şey Adam Crabtree'nin hastaları için de geçerlidir. Bu itiraza verilebilecek tuhaf karşılık şudur: *Hepimiz* bir noktaya kadar birer bölünmüş beyinli hastayız. Hepimizin sezgisel benliğimizle bağı az ya da çok kopuktur. Bir keresinde Mozart, zihnine sürekli tamamen şekillenmiş bestelerin girdiğini söylemiştir. Demek istediği, bestelerin sol beynine -"ben'e"- beste ve resim yaratan diğer taraftan geldiğiydi. Mozart, bir anlamda, bölünmüş beyinli bir hastaysa, o zaman onun dışındaki bizlerin de öyle olduğu kesindir.

Jaynes'e göre atalarımızın da sol beynine sesler tamamen şekillenmiş olarak giriyordu. Bunları tanrıların ya da Tanrı'nın sesi olduğunu sanmaları anlaşılabilir bir durumdur ve bu yüzden, Eski Ahit'te ya da *İlyada*'daki insanlara ne yapacaklarını her zaman ilahi sesler söylemektedir.

Jaynes'in kuramının özellikle bu yönünün konumuzla hiçbir ilgisi yoktur; burada bizi tek ilgilendiren şey, "seslerin" sağ beyinde oluştuğuna ve insanların bu sesleri insanlığın başlangıcından bu yana duyduğuna ilişkin inancıdır. Bu doğruysa, Sarah'nın anneannesinin, Susan'ın babasının ve Art'ın annesinin sesleriyle ilgili akla yatkın bir açıklama getiriyor. Hatta bu, son vakada görülen, Detroit'te yaşayan bir kadının her nasılsa, Toronto'da bulunan oğlunun kafasının içine "girmesi" düşüncesinden çok daha inandırıcıdır.

Ancak Jaynes, akıl hastalarının duyduğu sesleri tartışmaya başladığında yavaş yavaş bazı kuşkular ortaya çıkar. İncelenen birçok vakada şizofreniye rastlandığını belirterek, şöyle der:

> *Çoğunlukla kısa cümlelerle konuşur, tehdit eder, küfür eder, eleştirir ve danışırlar. Uyarılarda bulunurlar, avuturlar, dalga geçerler, emir verirler ya da bazen yalnızca olan biteni bildirirler. Bağırırlar, şikayet ederler, küçümserler ve bu belli belirsiz bir fısıltıdan tutun da gök gürlemesine kadar yüksek bir haykırmaya kadar varabilir. Bu seslerin çoğunlukla özel bir tuhaflığı vardır, örneğin çok yavaş, kafiyeli ya da ritmik olup hatta bazen yabancı bir dilde bile olabilir. Belli bir ses, çoğunlukla birkaç ses ve zaman zaman birçok ses duyulabilir...*

Halbuki, Crabtree'nin tanımladığı sesler bu tür şaşırtıcı gevezeliklere hiç benzemez; normal bir insanın konuşması gibidir. Yatakları toplarken anneannesiyle uzun uzun sohbet eden ev hanımının duyduğu sesler de böyledir. "Hayalet seslerin" normal bir insanın sesine benzememesi için elbette hiçbir neden yoktur ama çoğunun benzemediği de bir gerçektir.

Daha önceleri, California'da bulunan Mendocino Eyalet Hastanesinde çalışan bir başka klinik psikolog olan Dr. Wilson Van Dusen'in yaptığı bir araştırma da bunu doğrulamaktadır. Van Dusen, halüsinasyonun etkilerini on altı yıl boyunca gözlemlemiştir ve bulgularını, *The Presence of Other Worlds* (Başka Alemlerin Varlığı) adlı kitabının "Delilikte Ruhların Varlığı" adlı bölümünde anlatır. Van Dusen'in vardığı sonuç belki de Julian Jaynes'inkilerden çok daha ürkütücüdür.

Van Dusen, deli olduklarına ilişkin bir kanıt olarak görüleceğini bildikleri için, halüsinasyon gören çoğu hastanın bu deneyimlerini kendilerine sakladıklarını açıklar. Ancak, özellikle kendisiyle işbirliği yapan bir hasta, Van Dusen'ın halüsinasyonlarıyla doğrudan konuşmasını ister ve o da bunu yapar. Doğal olarak, halüsinasyon Van Dusen'e doğrudan yanıt veremez; neler duyup gördüğünü hastanın anlatması gerekir. Ancak, Van Dusen'in halüsinasyona hitap ederek konuşmasını önleyecek hiçbir şey olmamıştır. Van Dusen, "Bu şekilde, bir hastanın halüsinasyonlarıyla uzun uzun konuşabiliyor ve hem sorularımı hem de yanıtlarını kaydedebiliyordum," demektedir. Adam Crabtree gibi o da, fenomenoloji yöntemini kullandığı konusunda ısrar eder. "Tek amacım, hastanın deneyimlerini olabildiğince doğru biçimde tarif edebilmekti... Halüsinasyonları birer gerçekmiş gibi ele alırım; zaten, onlar hasta için gerçektir."

Van Dusen'a göre, bir başka tutarlı bulgu da hastaların kendilerini başka bir alem ya da varlıklar düzeniyle bağlantı kuruyormuş gibi hissetmeleridir. "Çoğu, diğer insanın yaşadığını düşünüyordu. Hepsi de 'halüsinasyon' sözcüğüne karşı çıkıyordu."

> *Halüsinasyonlar çoğu kişiye ansızın görünüyordu. Bir kadın bahçede çalışırken, görünmeyen bir adam kendisiyle konuşmaya başlamıştı. Başka bir adam otobüste yolculuk ederken ansızın büyük bir gürültü ve bağırma sesleri duymuştu. Çoğu çok korkmuş ve bu yeni deneyime zor uyum sağlamıştı. Tüm hastalar, bu seslerin gerçek bir ses kalitesinde olduğunu, normal bir sese oranla*

bazen daha yüksek, bazen de daha alçak olduğunu söylemektedir. Anlattıkları deneyim, bir düşünce ya da hayale hiç benzemiyordu; bir şey göründüğünde gerçeğe çok benzer. Örneğin, bir hasta bir gece kendisini ülkesine hizmet etmeye çağıran hava kuvvetlerinden birkaç subay tarafından uyandırıldığını anlatmıştır. Yataktan kalkıp giyinirken subayların rütbe işaretlerinin farklı olduğunu ve yüzlerinin değiştiğini fark eder. Böylece hasta, onların düşman olduklarını anlar ve birinin yüzüne yumruk atayım derken elini duvara çarparak incitir. Rütbelerini görene kadar subayların gerçek olmadığını fark edemez...

Çoğu hasta başkalarının paylaşmadığı bir deneyim yaşadığını kısa süre sonra anlar ve bu nedenle sessiz kalmayı öğrenir. Çoğu, yıllarca bu seslerin hakaretlerine, tehditlerine, saldırılarına uğrar ve çevrelerindeki insanlar bunu asla fark etmez.

Van Dusen'ın en önemli bulgusu, belki de, hastalarının birbirinden farklı iki ayrı "ses" duymalarıdır; bunlardan "üst düzen" ve "alt düzen" diye söz eder.

Alt düzen sesleri, barda oturup eğlenmek için birilerini alaya alıp eziyet etmeyi seven ayyaşlarınkine benzer. Vicdanın zayıf bir noktasını bulur ve onunla sonu gelmez bir biçimde uğraşır. Örneğin, bir adam üç yıl boyunca, daha önce ödediği on sentlik bir borç yüzünden ona sataşan sesler duyuyordu. Hastaya akla gelen her türlü şeyi söylüyor, her türlü kaba kuvvete başvuracaklarını, şuurundaki anıları ya da düşünceleri çalacaklarını söylüyor, ölümle tehdit ediyor ve hastanın buna inanması için ellerinden geleni yapıyorlardı. Örneğin, ertesi gün çok büyük bir felakete neden olacaklarını ve günlük gazetede bu felaketi üstleneceklerini böbürlenerek söylüyorlardı. Ayrıca hastayı bir sürü aptalca şey yapmaya zorluyorlardı; örneğin, sağ elini havaya kaldırıp öylece durmasını söylüyor, bunu yaparsa onunla dalga geçiyorlar, yapmazsa tehdit ediyorlardı.

Aslında, bu alt düzen halüsinasyonları tıpkı canı sıkılan ve yapacak daha iyi bir işi olmayan çocuklar gibi davranmaktadırlar.

Alt düzenin kelime haznesi ve düşünceleri sınırlıdır ama bitmek bilmeyen bir zarar verme isteği vardır. Mahremiyetin en ücra köşelerine saldırır, her türlü zayıflık ve inancın üzerine gider, korkunç güçlere sahip olduğunu iddia eder, sözler verir ve ardından, hastanın iradesini zayıflatır...

Bazı düşünceler durmadan tekrarlanabilir. Bir ses aylarca yalnızca "hey" diyordu ve hasta bunun, "hey" mi yoksa "hay" mı olduğunu çözmeye çalışıyordu. Sözde bir mühendisle konuştuğumda... mühendis basit toplamalar dışında aritmetik yapamıyordu... Alt düzen seslerinin ardışık sayılar konusunda başarısız olduğu anlaşılıyor. Çoğunlukla, uzak bir şehirde bulunduklarını söyleseler de, hastanın duyduğu, gördüğü ya da anımsadığından fazlasını aktaramazlar. Hastanın zihninin en alt düzeyinde hapis kalmış gibidirler...

Öyleyse, alt düzen temel olarak işkencecilerden meydana gelmektedir. Halüsinasyonların beşte birinin üst düzenden olduğu, aynı zamanda amaçlarının hastaya yardım etmek olduğu görülür. Üst düzen daha çok simgesel, dinsel, destekleyici ve gerçek anlamda öğreticidir; hastanın derin duygularıyla doğrudan iletişim kurabilir. Üst düzen, Jung'un arşetiplerine benzerken, alt düzen Freud'un altbenine benzer. Van Dusen, üst düzenden bir halüsinasyon deneyimi yaşayan bir su tesisatçısının çok güzel bir kadının binlerce simge göstererek kendisini eğlendirdiği bir vakadan söz eder. "Gördüğü kadının, hastanın anlayışının çok üzerinde olan bir din ve mit bilgisi olduğu anlaşılıyor." Van Dusen bu "üst düzen" halüsinasyonla bir süre konuştuktan sonra, tesisatçı, onların neler konuştuklarına ilişkin bir ipucu ister.

Van Dusen, bu üst düzen varlıklarının kendisine, "alt düzenin amacının, kişinin tüm zayıflıklarını aydınlatmak olduğunu" söylediklerini bildirir. Üst düzenin amacı ya da amaçlarından biri, insanları alt düzene karşı korumaktır.

> *Bu zıtlık bir adamın deneyimleriyle açıklanabilir. Adam, alt düzen varlıklarının onu nasıl öldürecekleri konusunda uzun süre tartıştıklarını duymuştur. Bununla birlikte, bir gece güneş gibi bir ışığın kendisine yaklaştığını görmüştür. Bunun başka bir düzen olduğunu anlamıştır çünkü ışık, onun özgürlüğüne saygı duymuş ve onu korkuttuysa geri çekilebileceğini hissettirmiştir. Alt düzen ise tersine, adamın isteğine karşı koyup korktuğunu hissedince ona saldırmıştır. Bu ender görünen üst düzen neredeyse hiç konuşmazken, alt düzen hiç susmamacasına konuşabilmiştir.*

Alt düzen, "tümüyle dinsiz ve din karşıtı" olup manevi değerlerden söz edildiği anda öfkeyle alay ederken, üst düzen "tuhaf bir biçimde yetenekli, duyarlı, akıllı ve dindardır."

Van Dusen halüsinasyonlarla ilgili son derece dikkat çekici bir gözlem yapmıştı. Yıllarca çok sayıda hasta gözlemleyebilmiş olmasına rağmen "yirmi hastadan sonra, öğrenebilecek çok fazla bir şey olmadığını" anlamıştı çünkü halüsinasyonların hepsi birbirine benziyordu. Bu, oldukça şaşırtıcı görünmektedir. Ne de olsa, ne kadar çok insan varsa, o kadar çok halüsinasyon türü olabileceği düşünülebilir. Örneğin insan, veterinerlerin konuşan hayvanlar, mühendislerin konuşan ve kendilerine işkence yapan makineler, bahçıvanların konuşan bitkiler ya da ayaklanan ağaçlar, kütüphanecilerin konuşan kitaplar ya da dişçilerin konuşan takma dişlerle ilgili halüsinasyonlar görmelerini bekleyebilir. Halbuki alt düzen halüsinasyonları şaşırtıcı ölçüde birbirlerine benzer; üst düzen halüsinasyonları da öyledir. Bu durum, halüsinasyonlara neden olan zihnimizde ya temel benzerlikler olduğunu ya da çok daha tuhaf başka bir şey olduğunu gösterir.

Van Dusen, çok daha tuhaf bir şeye inanmaktadır. "Yarı uyku fenomeni"ne, yani uykunun kıyısında gördüğümüz tuhaf rüya ve görüntülere olan ilgisinden ötürü, *Journal of Dreams* (Rüya Defteri) adlı kitabı, bir psikiyatr için büyüleyici hammaddelerle dolu olan, İsveçli dindar mistik Emanuel Swedenborg'un yazılarına yönelir. Çok başarılı bir mühendis ve jeolog olan Swedenborg, 1744'te, elli altı yaşındayken geçirdiği bir depresyon sırasında korkunç kabuslar görür: Devasa bir makinenin çarklarına kapılır; bir kadının cinsel organında dişler olduğunu fark eder; en sonunda da İsa'yla sohbet eder. Bilimden vazgeçerek saplantılı bir halde Kutsal Kitabı incelemeye başlar.

Sonunda, kendi teolojisini geliştirmek de dahil olmak üzere, bir dizi inanılmaz çalışma yapar. Zamanının dinsel düşünce alanında, sözü geçen en güçlü insanı olur.

Onun eserlerini böylesine sıra dışı yapan özellik, cennet ve cehennemi ziyaret ettiğini ve meleklerle ve ölmüş din öğretmenleriyle uzun teolojik sohbetler ettiğini iddia etmesidir. (Hatta, Martin Luther'i kendi teolojisine döndürdüğünü ancak John Calvin'e bunun için bir neden gösteremediğini iddia eder.) Bu, yine fanatik bir dindarın saçmalıkları olarak görülüp umursanmayabilirdi ancak Swedenborg, ölmüş kişilerle *gerçek*ten iletişim kurduğuna ilişkin çok etkileyici kanıtlar sunmuştur. İsveç kraliçesi Swedenborg'dan, büyük olasılıkla alaylı bir tutumla, ölen erkek kardeşine selamını iletmesini ister. Bir sonraki saray resepsiyonunda Swedenborg, kraliçeye kardeşinden selam getirdiğini ve erkek kardeşinin kraliçenin son mektubunu yanıtlayamadığı için kendisinden özür dilemek istediğini ve bunu artık ancak Swedenborg aracılığıyla yapabildiğini söylediğini aktarır. Kraliçenin yüzü bembeyaz olur ve şöyle der: "Bu sırrı Tanrı'dan başka kimse bilmiyor." Hollanda büyükelçisinin dul eşi, Swedenborg'tan eşiyle iletişim kurmasını ister çünkü bir kuyumcudan, eşinin daha önce ödediğinden emin olduğu oldukça yüklü bir fatura almıştır. Swedenborg birkaç gün sonra kendisini görmeye gelir ve ona, kadının eşiyle konuştuğunu ve kuyumcuya ödeme yaptığını gösteren belgenin çalışma masasının gizli bir bölmesinde olduğunu söyler. Dul kadının bu tür bir bölmeden haberi yoktur ama belge oradan çıkar.

Swedenborg, bir ruh "posesyonunun" nasıl bir şey olduğunu belirli bir ölçüde anlatmış ve Van Dusen, Swedenborg'un yazdıklarıyla Mendocino Eyalet Hastanesindeki hastaların anlattıkları halüsinasyonların arasındaki benzerliklere şaşırmıştır. Swedenborg, ruh ve meleklerin, kişinin "duyma organına içerden girip bunu içeriden etkileyerek" insanlarla doğrudan konuşabildiğini söylemektedir. Swedenborg şöyle devam eder: "Bugün ruhlarla ender olarak konuşulabilir çünkü bu tehlikelidir..." Bu cümle, geçmiş çağlarda insanların ruhlarla sıklıkla daha doğrudan konuşabildiğini açıkça belirtiyor. Swedenborg'un açıklamasına göre, ruhlar "insanla beraber olduklarını" normalde bilmemektedirler çünkü bu varlıklarla insanın kendi şuuru arasında bir engel vardır. Ruhlar bu engeli aşarsa ya da bir beşer "okültle" ilgilenerek bu engeli aşmalarına izin verirse rahatsızlık vermeye başlarlar: "Kötü ruhlar insana ölümcül bir nefret duyarlar ve onu bedensel ve ruhsal olarak yok etmekten başka bir şey istemezler." Bununla birlikte Swedenborg, ruhlarla insan şuuru arasındaki engelin, "sıradan bir insan için uygun olan zevklerden ayrılarak fantezilerden fazlasıyla zevk alan" insanlar tarafından kaldırılabildiğinden söz eder. Van Dusen bunun, bugün şizofreni dediğimiz şeyin oldukça başarılı bir tanımlaması olduğunu söyler. (Belirtmemiz gerekir ki şizofreni, günümüzde yanlış anlaşıldığı haliyle "bölünmüş kişilik" anlamına gelmemekte, gerçekten sapmak anlamına gelmektedir.)

Van Dusen, "Swedenborg'un, insanın şuuruna giren kötü ruhların etkileriyle ilgili tüm gözlemleri benim bulgularımla uyuşuyor," demektedir. Swedenborg'un yazılarında, alt düzenin özelliklerinin anlatıldığından söz eder: bir insanı öldürmeye kararlı olmaları; korku ve acı verme becerileri; vicdanı yok etme istekleri; dinden nefret etmeleri; zorbalık yapma, tehdit etme, aldatma ve yalan söyleme eğilimleri ve o tuhaf dalga geçme yetenekleri. Akıl hastalarının tanık olduğu alt düzenin bütün bu özellikleri Swedenborg'un yazılarında açık açık anlatılmıştır. Van Dusen, özellikle de alt düzenin dinden nefret etmesine şaşırır: "Bu sesler yalnızca hastanın açığa çıkan şuurdışıysa, dine karşı olmalarının hiçbir geçerli açıklaması yok. Ancak, alt düzenin dinle ilgili herhangi bir imaya karşılık, en ağır sövgüleri dile getireceğinden emin olabilirsiniz." Swedenborg'un dikkat çektiği bir başka nokta da alt düzenin ağzının bozuk olduğu ve müstehcen konuştuğudur, ki buna Van Dusen da işaret eder.

Van Dusen aynı zamanda, bu alt düzen kendisinin bireylerden oluştuğunu iddia etse de, gerçek kişisel kimlikler sergilediğine ender olarak rastlandığını gözlemlemiştir. Swedenborg, ölüm sırasında alt düzen varlıklarının kişisel belleklerinin ellerinden alındığını, bu nedenle de bedenlerini ele geçirdikleri kişinin belleğine ve becerilerine güvenmek zorunda kaldıklarını açıklar. Swedenborg'un bahsettiği ruhlar ile alt düzen arasındaki bir başka şaşırtıcı benzerlik de hastanın bir organı ya da bedeninin bir bölümünü ele geçirme çabasıdır. "Birkaçı bir hastanın kulağıyla uğraştı ve kulak git gide sağırlaşmaya başladı. Bir ses iki yıl boyunca bir hastanın gözünü ele geçirmek için uğraştı ve göz gözle görülebilir biçimde kaydı." Üreme organlarını ele geçirmek için sık sık uğraşırlar.

Akıl hastalarının tarif ettiği üst düzen ile Swedenborg'un "melekler" dediği varlıklar arasında da aynı ölçüde şaşırtıcı bir benzerlik vardır. Melekler naziktir, yardım etmeyi sever ve akıllıdırlar. Konuşmamalarının nedeni ise, bir insanın "iç zihninin" sözcüklerle değil de "birçok ayrıntı içeren evrensellerle", yani sezgisel anlayışlarla düşünmesidir. Bu da kısaca sağ beyinin işlevidir. Ya da başka bir deyişle, melekler sağ beyin yarımküresi aracılığıyla iletişim kurup simgeleri yeğler (Van Dusen'in aktardığı, üst düzen rehberinin bir saat içinde yüzlerce evrensel simge gösterdiği su tesisatçısını hatırlayalım). Swedenborg ayrıca, üst düzen ruhlarının alt düzen ruhlarını görebildiğine ama alt düzen ruhlarının üst düzendekileri göremediğine de dikkat çeker ki, bu da Van Dusen'in kendi deneyimiyle örtüşmektedir.

Van Dusen, üst düzen halüsinasyonlarının alt düzen halüsinasyonlarına oranla niye daha az görüldüğünü (yaklaşık beşte biri kadardır) merak eder. Swedenborg'un buna bir yanıtı vardır. Ona göre, melekler insanın iç kısmını ele geçirirler ve "içeriye girişleri sessiz olur." Öyleyse kendilerini, varlıklarının mutlaka fark edilmesini sağlayan saldırgan ruhlara göre daha az belli etmektedirler.

Tüm bunlar ne işimize yarayacak? Crabtree ve Van Dusen yalnızca birer gözlemci oldukları konusunda ısrar ederek, okuyucunun istediği açıklamayı seçebileceğini ima ederler; ruhlar ya da şuurdışı zihin. Van Dusen'in, alt düzen eğer yalnızca hastanın şuurdışıysa, niye dine karşı saldırganlık gösterdiğini merak ettiğini belirtmiştik. Bununla birlikte, Crabtree'nin kitabında yer alan şu öyküyü nasıl açıklarız? Crabtree'nin Pat adında bir tanıdığı, bir kız arkadaşı tarafından hafta sonunu büyükanne ve büyükbabasının çiftliğinde geçirmeye davet edilir. Büyükanne ve büyükbabanın okültizmle ilgilendiği ortaya çıkar ve evin tavan arası gibi bazı yerleri Pat'te tuhaf bir huzursuzluk yaratır. Daha sonra, büyükanne ve büyükbaba Pat'e otomatik yazıyı denemesini önerir. Kalemi eline alıp gevşediği anda transa benzer bir duruma geçer; elinde ve kolunda uyuşma hisseder. Arkasında bir kadının belirdiğini görür; kadının yüzü oyuncak bebeklerinkine benziyordur ve üzerinde leylak rengi bir gecelik vardır. Pat, sanki enerjisinin bu kadın tarafından ele geçirildiğini hisseder ve eli ansızın şunu yazar: "Elizabeth Barett Browning geldi." (Ev sahipleri daha önce ona Elizabeth Barett Browning'den söz etmiştir.) Bu cümleyi Elizabeth ve Robert Browning'in "yeni çevrelerine" uyum sağlamakta zorlandıklarını da belirten uzun bir mesaj takip eder. Yazının sonuna doğru enerji yavaş yavaş tükenir ancak Pat günün geri kalan kısmında tuhaf bir ayrılma hissi duyar.

Aynı gün ikinci bir seans düzenlenir. Bu kez yazı yazmak için Pat'in elini birkaç farklı varlık kullanır ve mesajlar "kaba sözler" içerir. Üçüncü seansta, Elizabeth Browning şu anda nerede yaşadığının sorulması üzerine yanıt verir: "Her yerde... hiçbir yerde. Bizler sizleriz, sizler bizlersiniz." Ardından da ketumlaşır.

Sonra Pat'in el yazısı, ölen erkek kardeşi Tom'un el yazısına dönüşerek sevgi ve huzur dolu bir mesaj yazar. Pat çok duygulandığını söyleyince, kız arkadaşı öfkelenir: "O, Tom değildi. Onlar herkes gibi davranabilirler." Anlaşılan Pat'in arkadaşı alt düzen varlıklarıyla ilgili çok şey biliyordur.

Bir süre sonra yaşlılardan biri, varlıklardan birinin artık evde olmadığını söyler; Pat'in aurasından etkilendiği için evden ayrılmıştır. Pat kuşkulu bir gücü ortadan kaldırmak için kullanılmış olduğunu düşünür ve bundan çok rahatsız olur.

Evine döndüğünde, Elizabeth'in sesini duymaya başlar ve tuhaf bir biçimde gerçekle ilişkisinin kesildiğini hisseder. Elizabeth, onu biraz daha otomatik yazı yazmaya ikna etmeye çalışır ama Pat, bunu yaptığı taktirde bu ruhun daha çok etkisi altına gireceğini düşünür. "Sana ihtiyacımız var," der Elizabeth. "Bizimle konuşmayı reddedersen odanda, duvarlarında yaşarız."

Pat'in arkadaşı, onu umursamazsa varlığın yakında gideceğini söyler. Ancak Pat, bunun o kadar da kolay olmadığını görür. Kötü bir roman okuyarak sesleri umursamamayı dener ama birisinin yüzünü kendi yüzüne yaklaştırdığı hissi, kitaba konsantre olmasını önler. Yatakta öylesine şiddetli döner ki, yatağı birkaç kez baştan yapmak zorunda kalır ama uyguladığı "aç bırakma" yönteminin doğru yöntem olduğunu fark eder. Birkaç gün sonra konsantrasyon becerisi eski haline dönmeye başlar; varlıkların (sayılarının birden fazla olduğunu hissetmektedir) üzerindeki etkisi yavaş yavaş yok olur. Sonunda, leylak renkli elbiseli kadının, önce leylak renkli bir yığına, ardından da "alçak bir titreşime" dönüşerek uzaklaştığını gördüğü izlenimini edinir.

Pat kolay etkilenen biri olabilir ve şuurdışı zihni, leylak rengi elbiseli kadını yaratmış olabilir ancak bu açıklamanın, şu alternatif açıklamaya oranla daha az ikna edici olduğunu kabul etmeliyiz: Pat isteyerek kendisini alt düzenden birine açmıştır ve bu durumdan kendini kurtarmak için elinden geleni yapmak zorunda kalmıştır. Okült edebiyatında bu tür posesyonlarla ilgili betimlemelere çok sık rastlanır. Amerikalı araştırmacı Alan Vaughan, kendi bedeninin bir süreliğine nasıl ele geçirildiğini anlatır. Vaughan, nekahet dönemindeki bir arkadaşını eğlendirmek için bir vi-ya tahtası satın almıştır. Vaughan bir süre sonra bazıları kendi şuurdışı zihninde yer alması imkansız gibi görünen enformasyonlar içeren türlü mesajlar almaya başlar; örneğin radyo, bir gazetenin köşe yazarı olan Dorothy Kilgallen'in kalp krizi geçirip öldüğünü bildirdiğinde, vi-ya tahtasına bunun doğru olup olmadığını sorarlar; tahta, Kilgallen'in gerçekte zehirlenerek öldüğünü söyler. On gün sonra bunun doğru olduğu ortaya çıkar. (Kilgallen'in, John F. Kennedy suikastıyla ilgili çok şey bildiği için öldürülmüş olabileceğinden kuşkulanılmıştı; hala da öyle olduğu sanılıyor.) Ardından, Vaughan kendine "Nada" diyen bir ruhun (bu isim, Elizabeth'in, kendisine nerede yaşadığı hakkında sorulan soruya verdiği "hiçbir yerde"* yanıtını anımsatıyor) "zihninin içine girdiğini" dehşetle fark eder. Vaughan, "Ruhun sesinin aynı sözcükleri sürekli tekrarladığını duyuyordum," demektedir; bu, alt düzenin tipik bir özelliğidir. Tahtaya bu olay sorulduğunda, şöyle yanıt verir: "Korkunç bir olay; posesyon."

Bu tür olaylardan anlayan bir arkadaşı Vaughan'a yardım etmeyi üstlenince, bir başka ruh elini ele geçirir ve bir mesaj yazmasına neden olur: "Hepimizin yaşarken bir ruhu vardır. Ölülerin ruhlarının işine karışmayın." Ardından ruh, Vaughan'ın bedeninde öyle bir enerji oluşturur ki, bu enerji Nada'yı ve yardımcı olan varlığı Vaughan'ın zihninden atıp çıkarır:

> *Olağanüstü bir huzur ve fiziksel sükunet duydum... Aklım, zaman ve mekan sınırı olmayan geniş bir boyutta hızla çalışmaya başladı. İlk kez, başkalarının zihninin içinde neler dönüp dolaştığını sezmeye ve artan bir farkındalıkla geleceği hissetmeye başladım...*[1]

---

* İngilizce'de "nowhere"; yazar "Nada" ile "nowhere". sözcükleri arasındaki benzerlikten söz ediyor. (Editörün Notu)

Yine burada, Vaughan'ın anlattıklarıyla Swedenborg'un melek ve ruhlar hakkında söylediklerinin bağdaştığını görebiliriz. Tüm alt düzen varlıklarının yaptığı gibi, Nada da aynı sözcükleri sürekli tekrarlayıp durmuştur. Kendisinin Nantucket'li bir gemi kaptanının eşi olduğunu söylemiştir ve Vaughan onun, kocasının sağ kendisinin ise ölü olduğu gerçeğine kızıyormuş gibi bir hali olduğunu belirtir. Vaughan'ın Nada'yı zihninden çıkarmasına yardımcı olan varlık, Swedenborg'un meleklerinden birine benzemektedir.

Her iki varlık da, Julian Jaynes'in iddia ettiği gibi Vaughan'ın sağ beyninin ürünü olamaz mı? Bu oldukça akla yatkın; yine de, sağ beyin ve alt düzen varlıklarının tezahürleri arasında gerçekten bir ayrım var gibidir. Sağ beyin sezgisel benliktir; içgörü ve "esin" veren yönümüzdür; tıpkı, Mozart'ın zihnine "giren" besteler gibi. Aynı aptal sözcükleri tekrarlamaktan çok daha önemli işleri vardır onun.

Bu ayırım, başka bir eserde[2] anlattığım bir vakada daha net bir biçimde ortaya çıkıyor. Finlandiya'da yaşayan Amerikalı bir öğretmen olan Brad Absetz, kaza eseri "diğer ben" ile bağlantı kurmuştu. Çocuğu kanserden ölen Brad Absetz'in karısı, bir şizofreni durumuna sığınır. Bazen, suçluluk ve depresyon içinde kıvranarak saatlerce gözleri kapalı bir halde yatakta yatmaktadır. Brad yanına uzanarak onu rahatlatıp teselli etmek için karısının sıkıntılı iç hesaplaşma seanslarının bitmesini bekler. Absetz tüm duyularını açık tutarak, karısının normal farkındalığını yeniden kazandığını belirtecek en ufak bir hareket gözlemlemektedir. Ancak, yatakta saatlerce yatan bir insanın bir süre sonra rahatlama konumuna geçeceği açıktır.

Bir gün, bu rahatlama ve tetikte olma halinin karışımından oluşan bir durumda yatarken, bedeninin tuhaf bir biçimde özgür olduğuna ilişkin bir duygu hisseder; sanki yatağın üzerinde havada asılı duruyormuş gibidir. Ardından, kol kaslarında hareket etmek istediklerini belirten bir dürtü hisseder. Brad, zihnen onların "hareket etmelerine izin verir" ve kolu havaya kalkar. Kısa bir süre sonra, kendisi bir kenarda olanları izlerken, her iki kolu da kendiliğinden hareket etmektedir.

Yemeklerin açık büfe halinde sunulduğu yemek salonunda, elleri kendilerine göre yemekler seçme eğilimindedir. Birkaç hafta boyunca ellerinin yeğlediği yiyecekleri seçmesine izin verir; bu seçilen yiyecekler kendisinin ender olarak yeğleyeceği yiyeceklerdir; kilo vermeye ve kendini daha önce hiç olmadığı kadar sağlıklı hissetmeye başladığını fark eder. "Eli" daha sonra olağan dışı resimler yapmak için pastel boyalar ve boya kalemleri kullanır. Öte yandan, serbest nazım formunda şiirler yazmaya başlar ve bu şiirlerde olağanüstü bir anlaşırlık ve açıklık vardır.

Aslında, sağ beyin kendini ifade etmeye başlamıştır; zihnin şuurdışı üyesi konuşmaya başlamak için cesaretini toplamaktadır. Psikologlar sağ beyine "egemen olmayan yarımküre" derler; bu yarımküre birçoğumuzda kendi düşüncelerini dile getirmeyen bir ev hanımı gibi davranır. Brad'in saatlerce hareketsiz kalması, "bu ev hanımının" çekingenliğini yenmesini sağlamıştı.

Bir gün, yazı yazması için eline bir kalem aldığında, eli kendininkinden farklı bir el yazısıyla yazar. Bir kadın adını yazıp kısaca kendini anlatır. Brad'in o anda gösterdiği ilk tepki, güçlü bir dirençtir. Kağıdı itip, kendinden emin bir tavırla, "Kendimden başka kimseye sözcülük yapmayacağım," der. İletişim kuran varlık o anda kaybolur ve bir daha geri dönmez. Burada, sağ beynin "sesi" ile bir tür dışsal varlık ya da ruh arasındaki farkı açıkça görüyoruz.

Kısacası, kabul edelim veya etmeyelim, belli koşullar altında iletişim kurabileceğimiz bedensiz varlıkların mevcudiyetiyle ilgili ve *aksi ispatlanmadığı sürece geçerli olan* bir vaka söz konusudur.

Şimdilik, vakayla ilgili kesin deliller bulunmadığı için Swedenborg'un söylediklerinin geçerli olduğunu kabul edip daha başka neler söyleyeceğine bakalım. Onun bakış açısı çok basittir. Swedenborg'a göre insan, tıpkı otomobilin içinde oturan bir sürücü gibi, bedenin içinde bulunan bir ruhtur. Ölüm sırasında insan bedenini geride bırakıp cisimsiz bir form olarak varlığını sürdürür. Nabız durduğunda ruh, yani insanın ta kendisi başka bir varoluş planına geçer. Bu Swedenborg'un *Heaven and Hell* (Cennet ve Cehennem) adlı kitabında bir ölçüde anlatılmıştır.

Bu sözlere gösterdiğimiz ilk tepki, belli bir saflık taşır. Kişiliğin yaşam süresince değişen ve gelişen bir şey olduğunun farkındayız. H. G. Wells, her yedi yılda bir bedenimizdeki tüm hücrelerin teker teker değiştiğini, o nedenle kırk yaşında bir insanın otuz ya da elli yaşında olduğundan daha farklı olduğuna işaret eder. Dahası, kişilik bir kaza sonucu da değişebilir; örneğin, başından güçlü bir darbe alan insanlar bir başka kişiliğe bürünebilirler. Normal ötesi vakaları araştıran Prof. John Taylor, *The Shape of Minds to Come* (Zihinlerin Alabileceği Biçimler) adlı eserinde şöyle yazar: "Kişiliği, beynin türlü denetim birimlerinden gelen davranışların farklı katılımlarının toplamı olarak görürüz." Öyleyse, kişiliğin ölümden sonra yaşamayı sürdürdüğünü varsaymak, bir evin yıkıldıktan sonra bir biçimde var olmaya devam etmesine ya da bir gemi söküldükten sonra geminin "ruhunun" yaşamayı sürdürmesine benzer. Kişiliğim yorulduğumda canlılığını yitirirken, uyuduğumda bir ışık gibi söner. Bu durumda, kişiliğimin ben öldükten sonra yaşadığı düşüncesi mantıksal açıdan saçma görünmektedir.

Tüm bu itirazlar Bertrand Russell'ın 1930'larda yazdığı "Öldükten Sonra Yaşamayı Sürdürüyor Muyuz?"[3] adlı makalesinde çok güzel özetlenmiştir. Russell, insan birtakım zihinsel olaylar ve alışkanlıklardan ibarettir; ve ölümden sonraki yaşama inanırsak, bir insanı oluşturan anılar ve alışkanlıkların bir biçimde var olmayı sürdürdüğüne inanmalıyız, demekteydi. Bu da açıkça şöyle söylemesine yol açıyordu: "Gelecekteki bir yaşama inanmaya neden olan şey mantıklı varsayımlar değil, duygulardır." Sonraki yaşama olan inancı yüreklendiren duygulardan birinin de insanın üstünlüğüne duyulan hayranlık olduğunu söyleyerek devam ediyordu. Bu konuda Birmingham Piskoposundan bir alıntı yapmaktadır: "İnsan doğru ve yanlışı bilir. Westminster Manastırını inşa edebilir. Bir uçak yapabilir. Güneşle aramızdaki mesafeyi hesaplayabilir. O yüzden, öldükten sonra tamamen yok olacağına nasıl inanabiliriz?"

Russell, bunların tamamen duygusallık eseri olduğunu, evreni araştırmak istediklerinde Galileo, Newton ve daha birçok önemli bilim adamının karşısına çıkan saçmalıklara benzediklerini söyler. Birmingham Piskoposu gibi insanlar, "bir daire, en kusursuz eğri olduğu için gezegenlerin dairesel olarak hareket etmek zorunda olduklarını ve Tanrı'nın kusurlu bir şey yaratmak zahmetine girmeyeceği için tüm insanların değişmez olduğunu" söylemişlerdi.

Elbette ki oldukça yanılmışlardı.

Yalnızca soyut düşündüğümüz taktirde insanla ilgili doğru bir düşünce edinebiliriz, der Russsell. Uygar ülkeler gelirlerinin yarısını birbirlerini öldürmeye harcarlar. İnsanların birbirlerine yaptıkları onca korkunç şeyleri düşünün. Dünyamız kesinlikle kasıtlı bir amacın sonucuysa, bu düşünceye göre bu, ancak bir çılgının amacı olabilir.

Russell'a göre piskoposun tezi ne kadar duygusal ve mantık dışıysa, bu son varsayımlar da aslında bir o kadar duygusal ve mantık dışıdır. Russel'ın tezlerinin merkezinde, insanın yalnızca bir dizi mantıksal olaylar ve alışkanlıklardan ibaret olduğu iddiası yatar. Halbuki, kendi deneyimlerim bununla çelişiyor. Gözlerimin gerisinden bakan kişinin, elli küsur yıl önce gözlerini dünyaya açan bebekle aynı kişi olduğuna ilişkin güçlü bir inanca sahibim. Onun küçük, benimse oldukça büyük bir araba sürdüğümüz doğru. Bebek olmanın nasıl bir duygu olduğunu neredeyse tamamen unuttuğum da doğru. Bununla birlikte, baştan bu yana aynı kişi olduğumuzu düşünüyorum.

Üstelik, kendi çocuklarımın kişiliklerini daha çok küçükken, süt içip uyumaktan başka hiçbir şey yapamadıkları günlerden itibaren ortaya koymaya başladıklarını gördüm. John Taylor ve Bertrand Rusell bu konuda yanılmıyorlarsa ve kişiliğin kaynağı beynin denetim birimleriyse, öyleyse hepimiz kayda değer bireysel denetim birimleriyle doğmuş olmalıyız.

***

Bu tartışmanın sonu gelmez. Hiçbir şey Russell'ı, insanlığın bir dizi zihinsel olaylar ve alışkanlıkların çok ötesinde bir şey olduğuna, Piskoposu da bizlerin ölümsüz ruhlar olmadığımıza ikna edemez. Onun yerine, başka tür bir tanıklığa dönelim: Bunun kişisel bir deneyim olduğu iddia edilir. Bu tür öykülerin en zor yanı onları denetleyemememizdir, o nedenle doğru olduklarını kabul edip etmemek safdillilik eşiğinize ya da Renee Haynes'in deyimiyle "korku eşiğinize" bağlıdır. Sözün kısası hepsi, söz konusu bireye ne kadar güvenebileceğimize bağlıdır.

Örneğin, az sonraki öykünün ünlü oyun yazarı Alfred Sutro tarafından, anılarını içeren *Celebrities and Simple Souls* (Ünlüler ve Sıradan Ruhlar) (1933) adlı eserinde anlatıldığını göz önünde bulundurun. Sutro, yaşamı boyunca bir tek psişik deneyim yaşadığını söyler. Şoförüyle bir köy yolunda ilerlerken Sutro bir çocuk ağlaması duyduğunu sanır. Şoförden durmasını ister. Şoför bir şey duymadığını söyler, ancak Sutro ağaçların arasından geçip, nehir kıyısına varan bir yokuştan aşağı inerek sesin geldiği yöne doğru ilerler. Orada hüngür hüngür ağlayan üç-dört yaşında güzel bir çocuk bulur. Çocuk sırılsıklamdır ve suya düştüğü bellidir. Çocuğu arabaya götürür ancak çocuğu bir türlü susturup kendisine neler olduğunu anlatmasını sağlayamaz. Kıza nerede oturduğunu sorar ve bir yöne doğru işaret eder; kız başıyla doğrulayınca, şoför arabayı sürmeye başlar. Yakınlardaki bir bahçe kapısına vardıklarında, kız kapıyı işaret eder. Giriş yolundan "büyükçe bir evin" ön kapısına doğru ilerlerler. Araba kapıya vardığında bir adam ve kadın hızla çıkıp, Sutro'ya, "Çocuğumuzun nerede olduğunu biliyor musunuz?" diye sorarlar. Sutro, "Arabada," der ve araca geri döner. Arabada kimse yoktur. Şoföre, "Küçük kız nerede?" diye sorar, ancak adam boş boş bakınca, "Arabaya getirdiğim çocuğu soruyorum," diye ekler. Şoför, "Arabaya çocuk getirmediniz ki," diye yanıt verir.

Yeniden nehir kıyısına dönerler; çocuğun cesedi altmış-yetmiş santimetre derinlikteki suyun içindedir.

Bu, kesinlikle birçok insanın akıl almaz bulacağı için umursamayacağı türden, sıra dışı bir öyküdür; ancak öykünün lehinde ikinci derece kanıtlar var. Sutro, döneminin ünlü bir oyun yazarıydı ve sırf eğlenmek için yalan söyleyecek değildir. Bunun ilk psişik deneyimi olması, aynı zamanda gerçek olduğuna işaret etmelidir.

Ama işin aslı öyle değildir. Sutro, bu öyküyü psişik ilimler ve okültle ilgilenen birçok kişiye anlattığını ve kendisine türlü açıklamalar yapılsa da hiçbirinin gerçeği yansıtmadığını söyler; gerçek, onun bu öyküyü uydurmuş olmasıdır. Sonuçta öykü, insanların ölümden sonraki yaşama inanma saflıklarını sınamayı amaçlıyordu.

Bunu bildikten sonra öykünün zayıf noktalarını görmeye başlayabiliriz. Arabada yolculuk eden bir insan ağlayan bir çocuğun sesini duyabilir mi? Duysa bile, bunu araştırmak için durur mu? Ne de olsa bir çocuk ağlaması ender rastlanan bir şey değildir. Yanındaki boş koltukla konuşup nerede yaşadığını sorduğunda, şoför kendisine ne yaptığını sormaz mı? Sutro, evin kapısındayken çocuğu bırakıp arabadan iner mi?

Bunlar, herhangi bir "doğaüstü" olayla ilgili olarak aldatılmayı önlemek için sormamız gereken sorulardır. Bu gerçek, 1882'de kurulan Psişik Araştırmalar Derneği'nin (SPR) ilk araştırmacıları tarafından kabul edilmiştir. Onlar, olabildiğince çok insana doğrulatmak ve yeminli ifade verebilmelerini sağlamak için bunun gerekli olduğunu görmüşlerdi. Elbette ki bu bile bir öykünün düzmece olmadığını garantilemiyordu, ancak birkaç vakada ikinci derece kanıtlar ve tanıkların doğrulamasının birleşimi bunu büyük ölçüde önlüyordu. Buna benzer bir öykü SPR'nin *Raporlar*'ında (Cilt 8, 1892) anlatılmaktadır ve gerçeğin tüm izlerini taşıyan bir öyküye örnek olabilir. Öykü, Neuilly-sur-Seine'nin Protestan papazı olan Peder J. L. Bertrand tarafından anlatılmış ve öyküde yer alan diğer insanlar tarafından onaylanmıştır. Bertrand, İsviçre'de Titlis adındaki bir dağa yapılan tırmanış sırasında bir grup delikanlıya önderlik etmektedir. Doruğa varmalarına çok az kala, Bertrand kendini devam edemeyecek kadar yorgun hisseder, o nedenle gruptan, bir rehberin önderliğinde olmak kaydıyla, onsuz devam etmelerini ve dönüşte kendisini almalarını ister.

> *Neredeyse koltuk büyüklüğünde bir kayaya sırtımı dayamış, bacaklarımı tehlikeli bir yamaçtan aşağı sarkıtarak oturmuştum. Bırayı hiç kar olmadığı için ve Bernoises Alplerinin muhteşem panoramasını daha iyi görebilmek amacıyla seçmiştim. O anda cebimde iki adet puro olduğunu anımsayıp birini dişlerimin arasında tutarak, bir kibrit yaktım ve dünyanın en mutlu erkeği olduğumu düşündüm. Sonra birden, sanki yıldırım çarpmışçasına vücuduma felç indiğini hissettim ve kibrit parmaklarımı yaktığı halde onu elimden bırakamadım. Zihnim tamamen açık ve sağlıklıydı, ancak bedenim bir kaya kadar güçsüz ve hareketsizdi. Bu durumumun kuşkulu bir yanı yoktu. "Bu," diye düşündüm, "kârın verdiği uyku olsa gerek! Hareket edersem uçurumdan aşağı uçarım; hareket etmezsem yirmi beş, otuz dakika içinde ölürüm." Tanrı'ya dua ettim ve ardından, sessiz-*

ce ölümün ilerleyişini gözlemlemeye karar verdim. Önce ayaklarım ve ellerim dondu, ardından ölüm yavaş yavaş dizlerime ve dirseklerime ulaştı. Acı duymuyordum ve zihnim oldukça rahattı. Ama ölüm bedenimi sardığında, başım dayanılmaz derecede soğudu ve sanki, içbükey kıskaçlar canımı çıkarmak istercesine kalbimi sıkıştırıyor gibiydi. Hiç bu kadar keskin bir acı duymamıştım, ancak bu yalnızca bir saniye ya da bir dakika sürdü ve öldüm. "Eh," diye düşündüm, "artık ben de ölü bir adamım ve işte buradayım, havada bir topum, hala dünyaya elastik bir iple bağlı olan ve git gide yükselen tutsak bir balonum. Ne tuhaf! Her zamankinden daha iyi görüyorum, ama ölüyüm... Son bedenim nerede?" Aşağıya baktığımda, kendi kılıfımı hayretler içinde fark ettim. "Tuhaf," dedim kendi kendime. "İçinde yaşadığım, ve ben dediğim bedenim işte orada! Sanki paltom bedenim ve bedenim de ruhummuş gibi! Bedenim ne kadar da korkunç görünüyor; ağzında bir puro ve yanmış iki parmağında bir kibritle, bembeyaz bir suratla. Umarım, bir daha asla puro içmezsin, pis paçavra! Ah! Keşke, beni hala ona bağlayan ipi kesebileceğim bir makasım olsaydı! Arkadaşlarım döndüklerinde ona bakıp 'Profesör ölmüş,' diye bağıracaklar. Zavallı genç dostlarım! Benim hiç olmadığım kadar hayatta olduğumu bilmiyorlar ve buna kanıt olarak da, soldan gideceğine söz verdiği halde rehberin sağdan gittiğini; W.'nin ipin sonunda olması gerektiği halde, ipin ne başında ne de sonunda, aksine ipin çok uzağında olduğunu görüyorum. Rehber, gençlerin arkasına saklanarak benim Madeira şişemden içerken onu görmediğimi sanıyor. Devam et zavallı adam, umarım, bedenim bir daha asla içmez. Ah! Şimdi de bir tavuk budu çalıyor. Devam et yaşlı adam, istersen tavuğun hepsini ye çünkü umarım, sefil cesedim bir daha ne yer ne içer." Ne şaşırdım, ne de kızdım; gerçekleri yalnızca kayıtsızlık içinde saptadım. "Merhaba!" dedim, "İşte, karım Lucerne'ye gidiyor, halbuki bana yarından önce ya da yarından sonra gideceğini söylemişti... Lungern'deki otelin önünde beş kişiler. Sevgili karım, ben artık ölü bir adamım. Hoşçakal." Tek sinirlendiğim şey ipi kesemiyor olmaktı. Boş yere öylesine güzel alemlerde dolaştım ki, yeryüzü önemsizleşti. Yalnızca iki dileğim vardı: yeryüzüne bir daha dönmeyeceğimin kesinleşmesi ve kendimi onsuz güçsüz hissettiğim bir sonraki görkemli bedenimi keşfedebilmem. Git gide inceldiyse de ip hala kopmadığı ve aradığım bedeni hala göremediğim için sevinemezdim.

Birdenbire, bir şok yükselişimi durdurdu ve birinin balonu aşağıya çektiğini hissettim. Ne kadar üzüldüğümü anlatamam. Gerçek o ki... rehberimiz bedenimi keşfedip o çok bilinen karla ovma tedavisini uygulamıştı... Bir belirsizlikle karşı karşıyayım. Tek anımsadığım şuydu: Her şey bir karmaşayı ve kaosu andırıyordu, ve iyi bir ödül beklentisinde olan rehber bana bir mucize gerçekleştirdiğini anlatmaya çalıştığı halde onu küçümsemiştim... Daha önce bu denli öfkelendiğimi anımsamıyorum. Sonunda; zavallı rehberime tek söyleyebildiğim şey şuydu: "Kendin aptal olduğun için, bedenimin hasta olduğu bir anda beni kandırabileceğini sanıyorsun. Ah! Keşke ipi kesebilseydin."

"İp mi? ne ipi? Az kaldı ölüyordun."

"Ölmekmiş! Sen şu anda ne kadar ölüysen, ben de o kadar ölüydüm. Buna kanıt olarak da, bana soldan çı-

kacağına söz verdiğin halde Titlis'e sağdan çıktığını gördüm."

Adam yanıt vermeden önce bir an sersemledi, "Ama kar yumuşaktı ve kayma tehlikesi yoktu."

"Uzakta olduğumu düşündüğün için böyle diyorsun. Yukarıya sağdan çıkıp iki gencin ipi bırakmasına izin verdin. Aptal olan kimmiş? Sensin, ben değil. Şimdi bana Maderia şişemi göster, bakalım dolu mu?"

O kadar şaşırmıştı ki, ellerini bedenimden çekip yere düşerken kendi kendine söyleniyordu, "Bizi izledi mi? Hayır, o zaman onu görürdük. Dağların arasından görebilir mi? Bedenen ölmüş olup yaptıklarım yüzünden hayaleti bana sitem ediyor olabilir mi?"

"Oh," dedim acımasızca, "istediğin kadar düşüp bana dik dik bakabilir ve mazeretler uydurabilirsin, ama birini çaldığın için tavuğumun iki adet bacağı olduğunu kanıtlayamazsın."

Bu kadarı ona fazla geldi. Ayağa kalkıp bir tür itirafta bulunurken sırt çantasını boşalttı ve kaçtı.

Peder Bertrand'ın, karısının Lucerne'ye planlandığından daha erken gittiği gözleminin de doğru olduğu ortaya çıkmıştır.

Bu vakada, elde yalnızca diğer kişilerin onayı değil, aynı zamanda sırtı dönük olduğu halde rehberin neler yaptığını gören Peder Bertrand'ın verdiği bilgiler de vardır. Ölümü yaşadığına inanmakta yanılıyorsa, o zaman kesinlikle tuhaf bir altıncı his deneyimi yaşamış olmalıdır.

Bu vakayla ilgili birkaç ilginç nokta vardır. Birincisi, Bertrand'ın kesilmesini dilediği "ip"tir. İple ne demek istediğini açıklamaz, ancak bu, daha sonra değineceğimiz gibi, insanların bedenlerinden "çıktıkları" ve aşağıya, bir tür parlak kordonla bağlı oldukları fiziksel bedenlerine baktıklarını anlattıkları "beden dışı deneyimlerde" (kısaca BDD'ler) sık sık görülebilir. Bir başka nokta Bertrand'ın başka yerlerde olan şeyleri algılama becerisidir; rehberin neler yaptığı, karısının Lucerne'ye gitmek üzere hazırlanışı vb. Yine bu da, beden dışı deneyimler yaşayan kişiler tarafından defalarca betimlenen bir durumdur. Söz edilebilecek bir başka nokta da, Bertrand'ın bedeninden çıktığı anda duyduğu rahatlama duygusu ve yeniden bedene döndüğünde duyduğu isteksizlik, hatta öfkedir. Bu da, böyle açıklamalarda sık karşılaşılan bir özelliktir.

Peder Bertrand'ın öyküsüyle Alfred Sutro'nun uydurduğu arasındaki temel fark da *budur*. Sutro'nun öyküsü, psişik araştırma hakkında çok az şey bilen kişilerin tipik bir hayalet öyküsü olduğunu zannettikleri şeydir ama aslında değildir. SPR'nin ya da Amerika veya Avrupa'daki benzer kuruluşların arşivlerinde yer alan binlerce vakaya göre yargıda bulunacaksak, "gerçek" hayaletler, boğulan cesetlerinden iki-üç metre ötedeki nehir kıyısında oturup bir otomobil motoruna rağmen duyulacak kadar yüksek sesle ağlamazlar. Kucağa alınmalarına izin vermez ya da yaşadıkları evleri işaret etmezler. Hele de hiç başlarını kollarının altına alıp ağlayarak ya da zincir sesi çıkartarak yürümezler. Her raporda betimlendiği gibi, tipik bir hayalet oldukça normal bir insana benzer. Bir kadın bir gün oturmuş bir şeyler okurken, uzun boylu zayıf bir erkek odaya girer; kadın bu adama daha yakından baktığında, onun büyük amcası olduğunu fark eder. Heyecanlı bir hali vardır ve bir tomar kağıt taşımaktadır. Kadın kendisiyle konuştuğunda yanıt vermeyip yarı açık bir kapıdan çıkıp gider. Kadın hiç korkmaz çünkü büyük amcasının kendisini görmeye geldiği gibi doğal bir varsayımda bulunur. Bir sonraki posta servisinde çok hasta olan amcasını ziyaret etmesini isteyen babasından mektup gelir. Kadın ziyarete gider, ancak amcanın bir önceki akşam üzeri, tam kadının onu gördüğü saatte öldüğünü öğrenir. Ölen adamın yastığının altında bir tomar kağıt bulunur ve yeğeni, büyük amcanın vasiyetini babasının yararına değiştirmek istediği, ancak ölüme yenik düştüğü sonucuna varır. Bu öykü SPR'nin kurucu üyelerinin yaptığı ilk araştırmalardan oluşan klasik ciltlerin birinden alınmıştır: Gurney, Myers ve Podmore'nin yazdığı *Phantasms of the Living* (Yaşayanların Hayaletleri) (Cilt 1, s. 559). Bu öykü, yüzlerce benzer öyküyle aynı *modeldedir*. (Bu kitap bin sayfanın üzerindedir.) Peder Bertrand'ın anlattıkları da yüzlerce benzer ölüme yakın deneyim ya da ölüm sonrası deneyim modeline uyar.

Her öyküde birtakım kusurlar bulmak olasıdır. Örneğin, büyük amca vakası, SPR'ye Major Taylor tarafından aktarılmıştır. Taylor, bu öyküyü yazan Bayan L'nin, yakın bir akrabasının görüşlerine saygısızlık etmek istemediğinden dolayı adını vermediğini açıklamıştır. Öykü, Bayan L, Major Taylor ya da kitabın yazarları tarafından uydurulmuş olabilir. Ancak, *Yaşayanların Hayaletleri*'nde çoğu aynı temel benzerlikleri gösteren yüzlerce öykü vardır; bunların hepsinin uydurulmuş olması olanaksızdır.

Son olarak bu, Swedenborg'un ölümden sonraki yaşama ilişkin görüşlerine dair en ikna edici savdır: Bu düşünceyi destekleyici, benzerlikler gösteren olağanüstü sayıda kanıt vardır. Aynı modele uyan, kelimenin tam anlamıyla ölümden sonraki yaşamla ilgili yüzlerce kayıt mevcuttur. Bu model kabaca şöyledir: Acı ya da boğulma duygusuyla birlikte gelen ölüm deneyiminden sonra, ansızın özgürlük duygusu hissediliyor. Çoğu vakada, insan uzun bir tünelden geçtiğini hissediyor ve tünelin sonunda bir ışık görüyor. Ardından, kendi bedenine bakıyor. O sırada fiziksel var oluşun sona ermesinden dolayı derin bir huzur ve sükunet duygusu hissediyor. Kişi ölmüş olduğu düşüncesini kabullenmekte zorlanabiliyor ve başkalarıyla konuşmaya çalışabiliyor, ancak umursanmıyor; gerçi bazen hayvanlar onları fark ediyor. Kişi onlara dokunmaya çalışıyor, ama eli içlerinden geçip öbür taraftan çıkıyor. Bu anlatılanlarda "ölen kişi" sık sık daha önce ölmüş olan akrabalarca karşılanıyor; bu ise ancak kişi öldüğünü anladığında oluyor. Birçok vakada, ölen kişi, tıpkı ateş yükselmesi durumunda olduğu gibi, bir tür zihinsel karmaşa içerisindedir ve artık yaşamadığını kavrayamaz. Öyle bir durumda, kişi belirsiz bir süre boyunca "yeryüzüne bağımlı" ruh olarak yeryüzünde sıkışıp kalır.

Peder Bertrand vakasına ölümden sonraki yaşama kanıt oluşturması bakımından yöneltilecek en açık itiraz, ölüm deneyimini *gerçekten* yaşadığına ilişkin hiçbir gerçek kanıt olmamasıdır. Yalnızca, düş benzeri bir duruma geçmiş olabilir. Rehberin küçük suçlar işlediğini doğru olarak bilmiş olması bile, ölüm deneyimini yaşadığını kanıtlamaz; bu bir tür "düşsel durugörü" olabilir. Ancak, "ruhlarla görüşen medyomların" ölülerden geldiğini iddia ederek mesajlar aktardığı ve ölüm sürecini belli bir oranda ayrıntılı olarak anlattığı birçok vaka görülmüştür. Az sonra çağdaş bir araştırmacı olan Dr. Robert Crookall'un kayıtlarından tipik bir vaka aktaracağız. Bu olay, psikolog Alfred Adler'in öğrencisi olan Dr. Karl Nowotny'nin ölümüyle ilgilidir. Arkadaşı Grete Schröder, Nowotny 1965 yılının Paskalya bayramında ölmeden iki gün önce onu rüyasında görür; Nowotny ona öleceğini bildirir. Rüyası çıktığında Schröder öylesine etkilenir ki, daha önce bu tür olaylara karşı ilgisiz olduğu halde bir medyoma danışır. Medyom, Nowotny'nin ölümünü otomatik yazı yoluyla aktarırken, Grete Schröder bu el yazısının Nowotny'ye ait olduğunu saptar.

"Nowotny", bayramı çiftlik evinde geçirirken bir grup arkadaşıyla yürüyüşe çıkmayı kabul ettiği sırada nasıl öldüğünü anlatır. Bir süredir hastadır ve arkadaşlarına eşlik edip etmemek konusunda kararsız kalmıştır.

> *Yine de, kendimi onlarla gitmeye zorladım. Ardından kendimi tümüyle özgür ve iyi hissettim. Önden yürüyüp akşam saatlerinin temiz havasını birkaç kez içime çektim; uzun zamandır olmadığım kadar mutluydum. Bir anda sıkıntılarımdan nasıl kurtulduğumu ve yorgun ya da soluksuz kalmadığımı merak ettim.*
>
> *Geriye, arkadaşlarıma doğru döndüm ve yerdeki bedenime baktıklarını gördüm. Arkadaşlarım umutsuzca doktor çağırıyor ve beni eve götürecek bir araba bulmaya çalışıyordu. Ama, ben iyiydim ve hiçbir acı hissetmiyordum; neler olduğunu anlayamadım. Eğilip yerde yatan cesedin kalbine dokundum. Evet, atmıyordu, ölmüştüm. Ama ben hala yaşıyordum! Arkadaşlarıma bir şeyler söyledim, ama beni ne gördüler ne de yanıt verdiler. Çok kızdım ve yanlarından ayrıldım...*
>
> *Ardından, beni iki yerde birden -hem ayakta, hem de yerde yatarken- gördüğünden, hangimizin yanına gideceğine karar veremediği için acıklı bir şekilde ağla-*

yan köpeğimi gördüm.

Tüm formaliteler sona erip, cesedim bir tabuta yerleştirildikten sonra, ölmüş olmam gerektiğimi anladım. Ancak, bu gerçeği kavrayamadım; çünkü, öğretmenim Alfred Adler gibi, ben de ölümden sonraki yaşama inanmıyordum... Yokuşu çıkıp, Grete'nin yaşadığı yere gittim. Tek başına oturmuş ve mutsuz görünüyordu. Ancak, o da beni duymuyor gibiydi.

Boşuna çabalıyordum, gerçeği kabullenmeliydim. Sonunda kabullendiğimde, kollarını açmış beni karşılamaya gelen ve bir spatyoma geçtiğimi söyleyen -elbette sözcüklerle değil çünkü sözcükler yalnızca yeryüzüne aitti- sevgili annemi gördüm. O zaman bile söylediklerini değerlendiremeyip rüya gördüğümü düşündüm. Uzun bir süre böyle düşündüm. Gerçeğe karşı mücadele ettim ve çok mutsuz oldum...[4]

Bertrand Rusell'ın bu tür bir "kanıta" güvenmeyişine katılmak kolaydır. Bir hüsnükuruntuya *benziyor*. Sağduyulu varsayımlarımızla da çelişiyor. Örneğin, akşam havasını derin derin soluduğunu anlatıyor. Ölüler, yaşayanlar gibi oksijeni karbondioksite dönüştürerek nefes alırlar mı? Herhalde kendi cesedinin yanında dururken giyinikti; bir anda çıplak olduğunu fark etseydi, tuhaf bir şeyler olduğunu hemen anlardı. Yoksa bu, giysilerimizin de mi ölüm sonrası yaşamayı sürdürdüğü anlamına geliyor? Anlatılanlar can sıkıcı bir biçimde gerçek gibi görünüyor. Renkli ışıklardan oluşan bir girdap ve bir gölün yüzeyinde bir dalga gibi uzandığı duygusundan söz etmiş olsaydı, bunu da ikna edici bulurduk. Kendi nabzını bulmaya çalışması ve arkadaşlarına kızması gibi sıradan betimlemeler, imgelemi zayıf bir insanın uydurması gibi görünüyor.

Bu itirazlar karşısında, şu basit gerçeğe de yer vermeliyiz ki, kabaca aynı modele uyan birçok ölüm deneyimi bildirilmiştir. Hangi bilim adamı olursa olsun, bunun kanıtı daha ikna edici kıldığını kabul eder. Bir denizci gelip gemisinin yeşil saçlı ve uzun kuyruklu yerlilerin yaşadığı bir adada karaya oturduğunu söyleyecek olsa, yapılacak en mantıklı şey denizcinin yalan söylediğini ya da içkiyi fazla kaçırdığını varsaymak olur. Ama yüzlerce denizci yıllar boyu aynı deneyimi bildirirse, bunu dikkatlice değerlendirmemek tümüyle aptallık olur. Anlatılanlar denizcilerin bir komplosu değilse, ardında mutlaka bir şey vardır. Aynı şekilde, ani bir tehlike yaşayan insanların "yaşamım gözlerimin önünden bir film şeridi gibi geçti," demesi sayısız kayıtta yer alıyorsa, beyinde, ölüm tehdidinin harekete geçirdiği tuhaf bir "hızlı film gösterme" mekanizması olması muhtemel görünür. Ölümden sonraki yaşama inananlar bu mekanizmanın amacının, "spatyoma" tümüyle karmaşa içerisinde gitmemesi için kişiye kim olduğunu "anımsatmak" olduğunu varsayabilirler. Daha kuşkucu bir bakış açısıyla yaklaşanlar ise bunu, acil bir durumda adrenalin salgılanmasından ya da belki de bir tür elektriksel boşalımdan kaynaklanan doğal bir fenomen olarak değerlendirebilir. Ancak, bu duygunun çok sayıda kayıtta yer aldığı göz önünde bulundurulursa, en bağışlanmaz davranış, bunları bir kocakarı masalı gibi görüp umursamamak olacaktır.

Peki bu, "Gelecekteki bir yaşama inanmaya neden olan şey mantıklı varsayımlar değil, duygulardır," diyen Bertrand Russell'ın gerçekler karşısında gözlerini kasıtlı olarak kapadığı anlamına mı geliyor? Tam olarak değil. Dünyada milyonlarca gerçek olduğunu ve herkesin ilginç bulduğunu seçmek zorunda olduğunu kabul etmeliyiz. En büyük entelektüeller bile yaşadığımız dünyanın gerçeklerinin küçücük bir bölümünden fazlasını öğrenmeyi asla ummamalıdır. Russell yaşamını, mantık ve matematiğin temel "gerçeklerini" saptamaya adamayı seçmişti; kimse onu, ölümden sonraki yaşamın varlığı konusunu merak etmediği için suçlayamaz. Bu meraktan yoksun olması nedeniyle onu, "öldüğünde, ölürsün," gibi bir sonuca vardığı için de suçlamak zordur.

Russell'ın belli bir oranda eleştirilmeyi hak ettiği tek nokta, insanların *niye* ölümden sonraki yaşama inanabilecekleri konusundaki varsayımlarının sığlığıdır. Russell, ölümden sonraki yaşama ilişkin hiçbir sağlam bilimsel kanıt olmadığını ve bu nedenle de hüsnükuruntudan başka bir şey olmadığını kabul etmekteydi. Gerçekleri göz önüne almadığı itirazına vereceği karşılık, büyük olasılıkla, buna zaman bulamamış olması olacaktır; ancak, birisi ona ölümden sonraki yaşama ilişkin bir tek sağlam, yadsınamaz bir gerçek sunsa, hemen ikna olabilirdi.

Mesele şu ki, yargılarımızı bu tarzda *geliştirmeyiz*. Sağlam, yadsınamaz kanıtlar olduğu için bir insanın güvenilir olduğuna karar vermem. Buna o kişiyle yaşayacağım, onun karakteriyle ilgili ayrıntılı bir fikir edinmemi sağlayan onlarca deneyim sonunda karar veririm. Bu, bir büyüteçle bakıldığında bir dizi siyah ve gri noktaya dönüşen bir gazete fotoğrafıyla karşılaştırılabilir. O noktalara teker teker bakan hiç kimse, onların tanıdık bir yüze dönüşeceğine inanamaz. Ne tuhaftır ki, fotoğrafa uzaktan baktığımızda noktalar kaybolur ve yalnızca tanıdık bir yüzü değil, gözlerindeki ifadeyi de görürüz. Aynı gözlere bir büyüteçle baktığımızda, bu noktaların nasıl bir "ifade" yaratabildiğini görmek tümüyle olanaksızdır.

Tüm bunlar, normal ötesi konulardaki sorunlar için de geçerlidir. Birkaç yıl önce poltergeistlarla, yani çağlar boyunca pek çok kültürde rastlanan "gürültücü ruhlarla" ilgili bir kitap okurken aynı deneyimi yaşadım.[5] Eski yayıncım bir gün arayıp ne yazdığımı sordu. Kara cüppeli bir keşişin gözle görülür "ziyareti" ile ilgili bir vakayı incelediğim Pontefract'ten yeni dönmüştüm ve ona bundan söz etmeye başladım. "Bütün bunlara gerçekten inanmıyorsun, değil mi?" diye sordu. Bilinen tüm itirazları sıralamaya başladı: yanlış bildirimler, yaramaz çocuklar, sismik düzensizlikler, yalan söyleyen tanıklar. Her itirazın karşılığında itiraz konusunun hiç de geçerli olmadığı bir başka vaka anlattım ve o da hemen yeni bir itiraz geliştirdi. Yarım saat sonra, söyleyebileceğim hiçbir şeyin onun düşüncelerini değiştirmeyeceğini anlamıştım. Hayaletler ve poltergeistlar onun için birtakım zavallı batıl inançtan başka bir şey değildi. Ona anlattığım her farklı vaka, gazetedeki fotoğrafın bir başka noktasıydı. Kendi büyütecinden baktığından bunların bir şey kanıtladığını göremiyordu.

Aylar boyunca eski Roma'dan çağdaş Londra'ya, Orta Çağ Fransa'sından bugünkü Brezilya'ya kadar birçok yerde gerçekleşmiş yüzlerce olayı incelemiştim. Tekinsiz ev olaylarının tüm temel özelliklerini fark etmeyi öğrenmiş ve bunların hiçbirinde değişmediğini görmüştüm. Kısacası, belli bir *modeli* vardı. Arkadaşım aynı vakaları birkaç hafta boyunca incelemeye ikna edilmediği sürece, her birinin sahte ya da düzmece olduğunun açıklanabileceğine inanacaktı. Bunu ona *söyleseydim*, küstahlık ettiğimi düşünürdü. Haklı olarak, kendi muhakeme gücünün benimki kadar iyi olduğuna inanıyordu. Göremediği şey ise, bu muhakeme tarzı bu kadar etkiliyse, gerçeklerin geniş yelpazesinde de işlemesi gerektiğiydi. Üstünde çalışacakları olgu olmazsa, dünyanın en parlak tümdengelimci beyinleri bir boşlukta döner dururlar.

Bu kitap, insanları ölümden sonraki yaşam gerçeğine inandırma girişimi değildir. Yalnızca, gerçekleri düzenli bir biçimde sunma girişimidir. Okuyucu, en sonunda kendi fikrini kendisi verecektir.

İKİNCİ BÖLÜM

DURUGÖRÜ MEDYOMUNUN DÜNYASI

Sabah gözlerimi açtığımda, sizlerin de gözlerinizi açtığınızda gördüğünüz dünyayla aynı dünyaya bakıyor olmamı hayli olağan buluyorum. Bu, çoğunlukla adil bir varsayımdır ancak insanlıkla aramdaki önemli bazı farklılıkları görmeme engel olur.

Charles Darwin, Aralık 1832'de *Beagle* ile Tierra del Fuego'ya vardığında, yerlilerin mükemmel birer taklitçi olması onu hayretler içerisinde bırakmıştı. İngilizce bilmemelerine karşın, bir tümcenin tümünü güzel bir İngiliz aksanıyla tekrarlayabiliyorlardı. Dahası, *Beagle*'ın mürettebatıyla birlikte ateşin çevresinde oturup İngiliz denizciler, sözcüğü söyledikten bir dakika sonra, tam doğru yerde tekrarlayarak gemici şarkılarına eşlik edebiliyorlardı.

Darwin, "her defasında birazcık gecikiyor olmaları oldukça gülünçtü," der ama Darwin şaşkındı. "Bu beceri nasıl açıklanabilir?" diye sordu. "Uzun süredir uygar olanlarla karşılaştırıldığında vahşi insanların hepsinde yaygın olan ve daha sık kullanılan algı alışkanlıkları ve keskin duyuların sonucu mudur?"

Darwin doğru yoldaydı: Ancak, İngilizce düşünme alışkanlıkları konunun özüne inmesini önledi. Daha sonraki bir çağın zoologu olan Lyall Watson ise meseleyi kavramıştı:

Biraz ilerisini görmeyi tamamen olanaksız kılan Ituri'nin yoğun ormanlarında yaşayan bir pigme ilk kez bir ovaya çıkarıldığında, uzakta küçük bir antilobu görünce hayret eder. Orman zemininin aralıksız karanlığında ses, görüşten daha çok önem kazanır ve pigmenin deneyimi, bir başka duyu yaşamına göre düzenlenir. Onunki farklı bir gerçekliktir.

Başka bir deyişle, pigmenin kültürü görsel değil, işitseldir. Kentte yaşayan bir kişi kulaklarını tırmalayan devamlı ses tufanını hemen hemen hiç duymazken, ezilme olasılığı olduğundan otobüs ve otomobilleri algılar. İlkel kişiler aynı dikkati seslere vermek zorundadır çünkü sesler, tehlikeli vahşi hayvanların ya da bir düşmanın varlığını haber verebilirler. Darwin, bir Tierra del Fuego'lunun zihninin içine girebilseydi, büyük olasılıkla, çevresine bir Marslının gözleriyle bakıyormuşçasına şaşırabilirdi.

Psikolog William James, "İnsanların Bir Tür Körlüğü Üzerine" adlı önemli denemesinde aynı noktayı konu alır. İlgimizi çekmeyen bazı şeyleri görmeme eğiliminde olduğumuzu anlatır; bu şeyler (bizim için) "yoktur." Her birimiz farklı şeylere ilgi duyduğumuz için, hepimiz farklı bir alemi görürüz. Bir otobüs ya da metroda oturan bir insan, aynı türün farklı üyeleriyle çevrili olduğunu düşünür; gerçekte ise mağara adamları, Marslılar, Venüslüler, Tierra del Fuego'lular ve onlarca başka tuhaf kabileden insanların arasında bulunmaktadır.

Uygar insanlar arasında görüntüsü bir Tierra del Fuego'lu kadar tuhaf ve "farklı" olan bir tür vardır. Onlara psişik ya da durugörü medyomu denir ve onların sayısı çoğumuzun fark ettiğinden çok daha fazladırlar. Yine de, bir psişik önemli olduğunu düşündüğü bir deneyimi anlattığında, geri kalan herkes için bu, ya hafif çaplı bir delilik ya da bir tür gülünç yapmacıklıktır.

Rosalind Heywood bu tür bir deneyimi anlatır. Olayı, Okehampton'da günbatımını izlemek için eşiyle birlikte dışarı çıktıklarında yaşarlar.

> *Ansızın, hiçbir ön uyarı olmaksızın, bu inanılmaz güzellik bir engeli aşmama neden oldu. Artık doğaya bakmıyordum. Doğa bana bakıyordu. Ve gördükleri hoşuna gitmemişti... İstilamızdan rahatsız olan sayısız tehlikesiz yaratık korkuyla geri çekiliyordu... Bizi incelemek için çevremizde döndüler ve verdikleri bir grup kararı sonucunda, rahatlayarak nefes aldıklarını hissettim. Bizler tehlikeli ya da acımasız değildik. Özrümüz kabul edildi. İstersek "içeri" girebilirdik.*

Birkaç gün sonra olayın sonucuyla ilgili şunları yazar:

> *Ardından, ben de istilaya uğradım, ama çok hoştu. Sanki, neşeli çocuklar, bir grup küçük görünmez şeyler*

"Merhaba!" deyip beni, onlarla oynamaya ikna etmek için havada uçarak pencereye gelmişti. Bir an için gelişleri oldukça normal göründü, ancak analitik zihnim harekete geçti ve onlar bir anda ortadan kayboldular.

Bu anlatılanlar, yazarın, Noel Coward'ın yazdığı oyundaki (Margaret Rutherford'un oynadığı) Madam Arcati gibi yarı kaçık bir "psişik" olduğu izlenimini uyandırıyorsa, tümüyle yanlış yönlendirici bir nitelikte, demektir. Yazar Rosalind Heywood, Psişik Araştırmalar Derneği'nin ömür boyu üyesi, muhteşem bir zihni olan ve çoğu titiz kuşkucu kadar titiz inceleme standartlarına sahip bir kadındı. Aslında, kendi deneyimlerine karşı takındığı tavır tuhaf bir biçimde güvensizlik ve kuşku uyandırıcıdır. Psişik araştırma konuları üzerine yazılar yazarken, tıpkı *Sixth Sense* (Altıncı His) adlı kitabında olduğu gibi, Bertrand Russell'ınkine benzeyen bir mantıksal ayrılık tavrı takınır. *The Infinite Hive* (Sonsuz Kovan) adlı otobiyografisinde ise, kendi deneyimlerini anlatırken daha kişisel bir tutum sergiler ve ortaya çıkan sonuç, durugörü medyomlarının içinde yaşadıkları o tuhaf Tierra del Feugo aleminin son derece ikna edici bir tasviridir.

Heywood'un şu yorumu dikkate değer: "Sonra analitik zihnim harekete geçti ve bir anda ortadan kayboldular." Analiz ve sezgi arasındaki farktan söz ettiğimiz ortada; yani, sol ve sağ beyin arasındaki fark. Dolayısıyla bu da, psişiğin durumunun, beklenmedik bir anda zihnine besteler giren Mozart gibi bir sanatçınınkine benzediğini gösterir. (Besteci Saint-Saens de beste yapmak için zihninde çalan besteyi dinlemesinin yeterli olduğunu söylemiştir.) Uygar insanlar sol beyinlerini, sağ beyni tümüyle korkutup ona egemen olana dek geliştirmişlerdir. Rosalind Heywood gibi bir psişik, büyük olasılıkla, on bin yıl önceki atalarımıza (ya da Julian Jaynes haklıysa, onlardan da öncekilere) daha çok benziyordur.

Rosalind Heywood'un psişik yeteneklerinin gelişimine daha yakından bakmaya değer çünkü onun, bizlerden neredeyse hiçbir farkı olmadığını, bu nedenle de aynı becerilerinin hepimizde gizlenmiş olarak var olduğunu görmemizi sağlar.

Oldukça tipik bir Viktorya dönemi çocuğu olduğundan dolayı Heywood, bir psişik olabileceğinden yetişkinlik dönemine dek hiç kuşkulanmamıştır. Ondan önceleri, yalnızca güçlü bir imgeleme sahip olduğunu sanmıştır. On üç yaşındayken "alt varlıkların" farkında olduğunu yazar.

> *Bir keresinde büyükbabamın evindeki yatak odamdaydım... Odayı gizemli biriyle paylaşıyordum... Bu kişiden bir yetişkine söz edebilseydim, hem annemin hem de teyzemin, birbirlerinden bağımsız olarak, yatağın ayak ucunda duran yaşlı bir kadının görüntüsünü gördüklerini öğrenmiş olurdum...*

Psişik yeteneklerinin farkına varma yönündeki ilerleyişi, on yedi yaşındayken bir kitap sergisinden satın aldığı Ernst Haeckel'in *The Riddle of the Universe* (Evrenin Bilmecesi) adlı kitabıyla ansızın kesilivermişti. Haeckel materyalist bir düşünürdü ve *Evrenin Bilmecesi* yirminci yüzyılın ilk yıllarında yayınlandığı anda çok satan, çağdaş bilimin keşiflerini kolay anlaşılır bir dille anlatan bir kitaptı. Haeckel bedenin, zihnin ve evrenin evrimini çağdaş biyoloji ve astronominin ışığında inceleyip Tanrı diye bir şey olmadığını, özgür iradenin bir aldatmaca olduğunu ve ölümden sonraki yaşamın en iğrenç batıl inanış olduğunu kanıtladığını iddia ediyordu.

Rosalind Heywood'un dünyası yıkılmıştı.

> *Zavallı annem! Kızının yaşamını dikkatle şekillendirdiği bu kalıbı, hiçbir bomba daha etkili bir biçimde parçalayamazdı. Sonunda gerçek karşımdaydı. Tanrı diye bir şey yoktu... O Temel Şeyi bulma umutlarım tümüyle yok olmuştu; ve herkesten daha bilge olan annem ve babam boş amaçlar üzerine kurulmuş bir mutluluk içinde yaşıyorlardı.*

Bundan kısa bir süre sonra, 1914'te Birinci Dünya Savaşı patlak verir ve Rosalind Heywood hemşire olur. Duyular dışı algılamaya ilişkin ilk kuşkusu, şuuru kapalı bir halde hasta yatağında yatan bir kadının yanında oturmuş, *Karamazov Kardeşleri* okurken oluşur. İvan'ın Şeytan'la tartıştığı bölümü okurken, hasta kadın kalkıp oturur, parmağıyla yatağın ayak ucunu gösterir ve Şeytan'la konuşmayı sürdürür. Bu bir rastlantı olabilirdi ancak daha çok tuhaf bir biçimde telepatiye benziyordu.

Birkaç hafta sonra, Heywood oturmuş, sayıklayan ağır hasta bir adamı izliyordu. Adam, kendisinin varlığından haberdar değilmiş gibi görünüyordu. Ansızın bir tür içsel "Düzen" deneyimi yaşadı: "Sessizce onu *düşün.*" Bir önceki telepati deneyimini anımsayarak, denemeye karar verdi ve adam hemen o anda huzurlu bir uykuya daldı. Daha sonra başka bir hemşire perdeleri açarken adamı uyandırınca, adamın yine uyuduğunu "düşündü." Koğuş hemşiresi onu üçüncü kez uyandırdığında, Heywood'un "düşünmesi" artık işe yaramıyordu. Adam yatakta dönüp durmayı bıraktı ve sakin bir sesle, "Daha fazla konsantre olmanın bir anlamı yok, Hemşire. Bir daha uyumayacağım," dedi. Ardından yeniden sayıklamaya başlarken, coşkuyla bağırdı, "Bu Annie!... Ve John!... İşte, Işık!"

Rosalind Heywood'un burada aktardıkları, aslında ölüm döşeğindeyken son derece yaygın görülen bir deneyimidir. 1960'da New York Parapsikoloji Vakfından Dr. Karlis Osis, on bin hemşireye hastalarının ölüm döşeğindeyken gördükleri vizyonlarla ilgili sorular içeren bir anket dağıttı ve birçok vakada, ölen kişinin ölüm anında daha önce ölmüş bir akrabasını gördüğüne inandığını keşfetti. Psişik Araştırmalar Derneği kurucularından Sir William Barrett, *Death-bed Vision* (Ölüm Döşeği Vizyonu) adlı kitabı için bilgi toplarken aynı şeyi keşfetmişti.

Tuhaf olmasına rağmen, bu deneyim Rosalind Heywood üstünde Ernest Haeckel'in *Evrenin Bilmecesi* adlı kitabı yüzünden geliştirdiği kuşkuculuğu sarsacak bir etki yaratmadı. Bir dizi mantıksız karar almasına neden olan, "Düzenler"le yaşadığı çok sayıda deneyim de onu etkilemedi. "Düzenler," Rosalind'e karasu hummasından ölmek üzere olan ve doktorların hiç umut olmadığını söyledikleri bir askere dünyada en çok istediği şeyin ne olduğunu sormasını söylemişti. Asker yanıt verdi: "Kırmızı bir gül, Hemşire." Askere ertesi gün kırmızı bir gül getireceğini söz verdiğini fark etti. Hastane Makedonya'daydı ve orada gül bulmaya çalışmak çılgınca bir şey gibi görünüyordu, ancak ertesi gün haberciden karargaha kırmızı bir gül istediğini belirten bir mesaj iletmesini rica etti. Haberci dönüşte, nüfuzlu bir Yunanlı'nın bahçesinden toplanmış koca bir buket getirdi. Ölmek üzere olan asker iyileşti.

Ağır yaralı bir asker uyuyamadığı zaman, "Düzenler" Rosalind'e sakinleştirici bir ilaç hazırlamasını söylüyor ve o da olabildiğince sert bir ilaç hazırlıyordu; ilaçlardan rasgele bir karışım yapıyor ve bir çay kaşığı da tuz ekliyordu. Bu karışım mükemmel sonuç veriyordu; bu ilacı aldıktan sonra asker uyku sorunu yaşamıyordu. Bir keresinde, ilaç bağımlısı bir asker yemek yemeyi reddettiğinde, "Düzenler" Rosalind'e, "Başının etini ye! Başının etini ye!" demişti. Rosalind, içgüdülerine tümüyle ters gelse de söyleneni yaptı. Sonunda asker inleyerek, "Ne verirsen yerim, yeter ki git başımdan," dedi ve yeniden eskisi gibi yemek yemeye başladı.

Bu örneklerin çoğu, elbette ki, şuurdışı zihin aracılığıyla açıklanabilir ancak Rosalind Heywood'un kitabında açıklanması daha zor başka örnekler de var. Yaz ortasında bir aylığına tatile gitmek üzere evini kapatırken, "Düzenler"in ona, boru patlayacağı için su vanasını kapatmasını söylediğinden söz eder. Bundan eşine söz ettiğinde, eşi ona boruların yaz ortasında niye patlamayacağını teknik açıdan iyice açıklar. Eşinin itirazlarına karşı çıkmak yerine, borular patladığında kullanabilmesi için müteahhide yedek anahtar bırakmaya karar verir. Müteahhit de ona boruların temmuz ayında niye patlamayacağını anlatır. Sonuçta, su borusu gerçekten patlar ve müteahhit boruyu onarmak için anahtarı kullanır. Bu tür bir olayda, Rosalind'in, özellikle de su tesisatı gibi konuların kendisi için tümüyle gizemli konular olduğuna ilişkin ısrarlı tavrı göz önüne alındığında, "Düzenler"i şuurdışı algılar olarak açıklamak çok daha zordur.

*Sonsuz Kovan'*daki diğer örnekler büyük olasılıkla "prekognisyon" yeteneğini, yani geleceği görme becerisini uyguladığını göstermektedir. İlk bakışta böyle bir yeteneğin var olmaması gerekir. Telepati, durugörü, medyomluk, psikokinezi gibi diğer birçok psişik yetenek için az çok bilimsel açıklamalar geliştirebiliriz. Ancak, geleceği bilme konusunda hiçbir olası açıklama yoktur, gelecek henüz yaşanmadığı için tamamen olanaksızdır. Buna karşın, Rosalind Heywood'un kitabında geleceği bilmekle ilgili bazı örnekler vardır ve çoğu, tüm mantıklı açıklamalara karşı koyar. Örneğin eşinin, buluşlarını pazarlama yeteneği olmayan bir kaşifle nasıl tanıştığını anlatır; bu tür bir alanda çalışan eşi, pazarlama işini onun yerine yapmayı teklif eder. Eşi Rosalind'e bu konudan söz edince, bunun mükemmel bir fikir olduğunu düşünür; ta ki, eşi adamın adını söyleyene kadar. O anda, "bir korku ve iğrenme" deneyimi yaşar. "Sakın, sakın o adamla ilişkiye girme," der. Eşi, bu anlaşmadan geri çekilmek için artık çok geç olduğu konusunda ısrar eder. İş ilişkisini sürdürür ve bir süre sonra adam onları dolandırır, tutuklanır ve kefaletle serbest kalınca da intihar eder.

Rosalind'in kendi açıklamasına göre, kocası, bu adamın dolandırıcının teki olduğunun şuuraltında farkındaydı ve Rosalind bunu telepati yoluyla algılamıştı. Heywood, kocasının psişik yeteneklerini kanıtlayan birçok örnek verdiği için, adamın, karısının itirazlarına aldırmayıp bir dolandırıcıyla ortaklığa soyunmakta ısrar etmesi tuhaf görünüyor.

Kocasının psişik yeteneğine ilişkin bir başka örnek daha verir. Bir limuzin, arabalarına çarptığında, kocası sakin sakin böyle bir şey olacağını gece rüyasında gördüğünü, o nedenle de yalnızca lastiğin değişmesi gerektiğini "bildiğini" söyler. Arabadan inip hasara baktığında, "Düşündüğüm gibi," der ve arabanın lastiğini değiştirir.

Yapılabilecek en sağduyulu açıklama, bunun bir rastlantı olduğudur. Ancak bu açıklama, Heywood'un en küçük oğlunun da aynı yeteneğe sahip olduğunu gösteren örnekler için geçerli sayılamaz. Oğlu, yaz tatilini anne babasıyla geçirmek için İngiltere'den Amerika'ya geldiğinde, bulundukları köyü bildiğini çünkü burayı rüyasında gördüğünü söyler. "Madem biliyorsun," der annesi, "bizi denize götür." Oğlan onları önce sahile, ardından da yüzlerce şemsiyenin arasından kendi şemsiyelerine götürür. "Bunun bizimki olduğunu nereden bildin?" diye sorar annesi. Oğlu, "Üzerindeki deseni rüyamda görmüştüm," diye karşılık verir. Rosalind Heywood bunun telepati olmuş olabileceğine katılıyor. Bir başka vaka da oğlu, haritada Londra'daki bir sokak adına baktığında gerçekleşir. Annesine daha sonra, sokağın nerede olduğunu bilmesi gerektiğini çünkü ileride birinin bunu kendisine soracağını bildiğini söyler.

Bu noktada bunun inanılması güç bir rastlantı ya da yabancı biriyle arasında kurulan karmaşık bir telepati olmadığını söylersek, öyle görünüyor ki geriye kalan tek açıklama Heywood'un oğlunun "prekognisyon" yoluyla önceden bildiği olayın, tuhaf da olsa, bir anlamda daha önceden gerçekleştiği ve onun bir şekilde "geleceğe ilişkin bir anı" algıladığıdır. Dolayısıyla, eşi dolandırıcının adını söyleyince Rosalind'in kötü bir şey olacağını önceden hissetmesinin açıklaması da, onu bir şekilde, onları *daha önceden* dolandıran biri olarak anımsamasıdır.

Bu durum, yalnızca tek yönde akan bir şey olarak düşündüğümüz zaman kavramımızla nasıl çelişiyorsa, psişiklerin deneyimleri de düzenli uzay kavramımızla sık sık çelişir gibidir. Bizim alemimizin temel kurallarından biri, kimsenin aynı anda iki farklı yerde olamayacağıdır. Rosalind Heywood'un kişisel deneyimleri bu kuralla da çelişmektedir. Bir gece uykusu kaçtığında, ona arkadaşlık etmesi için eşini uyandırmayı düşünür.

> *Bu egoist düşünceyi yerine getirmeye fırsatım bile olmadan, çok tuhaf bir şey yaptım: ikiye bölündüm. Benlerimden biri üzerinde pembe geceliğiyle yatakta dönüp durmayı sürdürdü... ancak uzun, bembeyaz, kapüşonlu bir giysiye bürünmüş olan diğer benim, hareketsiz ve bağımsızca materyalize olmuş görünerek yatağın ayak ucunda duruyordu. Bu Beyaz Ben, tıpkı Pembe Ben kadar gerçek görünüyordu ve her iki yerde de aynı oranda şuurluydum.*

Pembe Ben ve Beyaz Ben, eşini uyandırıp uyandırmamak konusunda aralarında tartışmaya başlarlar.

> *Pembe Ben, yalnızca kendini düşünen, tümüyle "arzudan" oluşan küçük bir hayvandı... Öfkeyle, "istediğimi yaparım," diye çıkışıyordu, "ve sen de bana engel olamazsın, seni dindar beyaz ukala!" Böylesine öfkelenmesinin nedeni, Beyaz Ben'in ondan daha güçlü olduğunu ve onu durdurabileceğini bilmesiydi.*
>
> *Birkaç dakika sonra -ben bu arada hiçbir şey hissetmemiştim- Beyaz Ben bir kez daha Pembe Ben'le birlikte bedene hapsolmuştu ve o zamandan beri de orada yağ ve su gibi yaşamaktalar. Kendimi Beyaz Ben'le öz-*

deşleştirdiğimi... tüm Pembe Benleri kaçınılmaz bir biçimde ortaya döken arzuları, onları hissetmeden izleyebildiğimi... çok sonra fark ettim.

Rosalind Heywood, okuyucunun bu deneyimin gerçek değil de daha çok simgesel olduğunu düşünme olasılığına karşı, başka bir kadının doğum yaptıktan sonra "ikiye ayrıldığı" bir vakadan söz etmeyi sürdürür. Kadınlardan biri yatakta yatmayı sürdürürken, diğeri yanında ayakta duruyordu. Bu iki "benin" birbirlerine karşı tutumlarıyla ilgili soru sorulduğunda, "Dışarıdaki Ben, Yataktaki Ben'e tamamen duygusuzca ve küçümsemeyle bakıyordu," diye yanıtlar.

Bu tür deneyimler, Rosalind Heywood'un Haeckel'den kaptığı temel agnostisizmi asla sarsmadı; bir anlamda, sarsması için bir neden de yoktu. Telepati ve durugörünün var olması "materyalist" bakış açısıyla kendi içinde çelişmez. Hatta prekognisyon deneyimleri materyalizme hiçbir şekilde meydan okumaz. Zamanı tek yönlü yol gibi görmemizin bir biçimde yanlış olduğunu kanıtlayabilir ama zamanla ilgili gerçek, ancak onunla ilgili bugün kullandığımız kavramlar kadar mantıklı ve bilimsel olabilir.

Rosalind Heywood'un agnostisizmini en sonunda çürüten şey, ölülerle açıkça bağlantı kurduğu iki deneyimiydi. İlki, 1930'larda Washington D.C.'de gerçekleşti. Rosalind'in eşi Frank bir diplomatik görevle orada bulunuyordu. Düzenlenen partilerde sık sık Julia adında bir kadınla karşılaştılar. Bu kadın, bir gün durup dururken Rosalind'den el falına bakmasını istedi (el falıyla ilgileniyordu). Rosalind Heywood, Julia'nın ellerini tutar tutmaz ağır ağır, "Aradığın şeyi asla bu dünyada bulamayacaksın, öyle değil mi Julia?" dediğini fark etti. Julia aynı derecede yavaş bir şekilde, "Hayır," dedi.

Julia, birkaç hafta sonra Rosalind Heywood'a bir fotoğrafını verdi; Peru'ya bir yolculuğa çıkmak üzereydi. "Düzenler" bunun önemli olduğunu söylediği için Rosalind Heywood fotoğrafı almayı kabul etti. Peru'ya giderken uçak And Dağları üzerinde düştü ve sağ kalan olmadı.

Rosalind, Julia'nın adının sürekli tekrarlanarak zihnine takıldığını fark etti. İki gün sonra Julia'nın annesine başsağlığı mektubu yazdı ve dinlenmek için bir kanepeye uzandı. Ansızın, Viyana işi bir ahşap tablo yere düştü. Ahşap tablo kırılmamıştı, çerçevesi sağlamdı, duvardaki çivisi de yerindeydi. "Çalışma masamın yanında durmuş bu bilmeceyi çözmeye çalışırken, gözüm Julia'nın annesine yazdığım mektuba takıldı ve o anda Julia'nın konuştuğunu duydum." Julia, "O gülünç mektubu gönderme," dedi. "Hemen anneme git ve bir an önce, bu anlamsız yasa bir son vermesini söyle. Ben çok mutluyum ve bütün bunlara dayanamıyorum."

Heywood haklı olarak kararsız kalmıştı; kendisi bir İngiliz diplomatının eşiydi, ölülerden mesaj getirdiği duyulursa, tuhaf biri olarak görülür ve adı çıkabilirdi. "Benim kararsızlığım sürdükçe, 'Julia' daha da çok ısrar ediyordu." Sonunda, kendini aptal gibi hissederek ve kendisine ne gözle bakılacağından endişe ederek -annesinden yas tutmayı bırakmasını istemek ona kabalık gibi geliyordu- Amerika'ya, Julia'nın annesini ziyarete gitti. Oraya vardığında ev, kadını görmesini engelleyen yas tutan kişilerle doluydu. Israr edince, onu "tek başına karanlıkta, yatakta yatan" kadının odasına çıkartırlar. Rosalind Heywood, kadının ona deli demesini bekleyerek, Julia'nın mesajını aktardı:

> *Ama kadının yüzü aydınlandı. "Biliyordum," diye bağırdı, "bundan nefret edeceğini ve bunu istemeyeceğini biliyordum. Kalkıp bu olanlara hemen bir son vereceğim!"*

Bundan hemen sonra, Julia'nın varlığı kayboldu.

Rosalind Heywood'un ikinci kez ölülerle bağlantı kurma deneyimi, yaklaşık yirmi yıl sonra Londra'da gerçekleşti. Eski bir arkadaşı, Vivian Usborne, uzun bir hastalıktan sonra ölmüştü. Hastalığının sonlarına doğru, ölümün insanı bir mum gibi söndürüp geride hiçbir şey bırakmadığı düşüncesini acı acı dile getirdi. Rosalind, arkadaşının ona verdiği bir tabloyu bulmaya çalışırken neler olduğunu şöyle anlatıyor:

> *Son derece neşeli ve capcanlı bir "Vivian"a tosladım... ardından anlatılması son derece güç bir deneyim yaşadım... "Vivian"ın zihnimin içinde konuştuğunu hissettim... ölümden sonra yok olmayı beklemekle büyük bir hata yapmıştı. Tersine, artık hareket serbestliği, özgürlüğü ve en çılgın düşlerinin ötesine geçen olanaklara sahipti.*
>
> *Ölümün kokusu ve "Vivian"ın yaşamsal yoğunluğu arasındaki şaşırtıcı çelişkinin şiddetle farkına vararak, birkaç dakika boyunca hiç hareket etmedim... Ardından görevimi anımsayıp ona, "Bu harika bir şey, ama bana hiçbir kanıt göstermedin. SPR'ye ne söyleye-*

bilirim ki?" dedim.

Vivian soruma hemen çarpıcı bir yanıt verdi. "Sana kanıt gösteremem. Bu koşulları anlayamazsın. Sana yalnızca şiirsel bazı imgeler gösterebilirim."

Heywood ölülerle birkaç kez daha ilişki kurduğunu ekler, ancak onlar Julia ve Vivian'la bağlantılarından daha kısa sürmüştür ve bunları anlatmanın pek anlamlı olmayacağını belirtir. İlişkilerin her birinin ya ölüler yararına bir amacı vardı ya da Rosalind'i bir şey yapmaya zorlayan nitelikteydi. Heywood onları hayalet ziyaretlerinden ayıran noktanın da bu olduğunu söyler.

Başka bir deyişle, yakın zamanda ölmüş kişilerle bağlantı kurduğu bu deneyimlerin nedeni, ölen kişinin "bağlantı kurmak" istemesiydi. Rosalind Heywood onların bağlantı kurabileceği kadar "açıktı."

Rosalind Heywood'un deneyimlerini belli bir noktaya kadar dikkate almak gerekir çünkü durugörü medyomunun deneyimlerinin günlük yaşamın normal akışını bozan bir dizi tuhaf olay olmadığını, tam tersine, bu düzenin bir parçası, başlıca yapısı olduğunu fark etmek önemlidir. Aslında, Rosalind Heywood'un psişikliği bir armağan değildir. Daniel Dunglas Home ya da Eusapia Palladino -hatta Gerard Croiset ya da Robert Cracknell- gibi kişilerin yanında onun hiçbir değeri yoktur. Onun için "biraz psişik" diyebiliriz; zaten onu incelemek için mükemmel bir süje yapan da budur. O, sıradan bir ev hanımı, içinde bulunduğu sınıfın değerlerinin çoğunu paylaşan ve bir psişik olmanın biraz utanç verici bir şey olduğunu düşünen, üst-orta sınıftan tipik bir Edward dönemi kadınıdır. Deneyimleriyle ilgili sürekli başka açıklamalar aramasının nedeni de budur; o nedenle, örneğin, dolandırıcının adını duyunca kötü bir şeyler olacağını sezdiğinde, bunun eşiyle arasında bir tür telepati olup olmadığını merak etme eğilimindedir. Hatta, ilkel kişilerin inandığı gibi, bu adın kendisinin dolandırıcıyla aralarında telepatik bir bağ oluşturup oluşturmadığını bile merak eder; ancak, ardından bunun olanaksız olduğunu çünkü bunun adamın gerçek adı olmadığını üzüntüyle itiraf eder. Şaşırtıcı olduğu kadar aşikar da olan açıklamayı kabul etmeyi istemez: Bu dolandırıcılık "daha önceden olmuş olduğu" için dolandırıcının adını anımsamıştır. Başka bir deyişle, yaşadığı deneyim bir zamanlar Profesör Joad'ın "zamanın yadsınamaz tuhaflığı" dediği şeyin örneğidir. Kendisinin sayısız durugörü deneyimine rağmen, Rosalind Heywood hiçbir şeyin "tuhaf" olmadığına inanan biriydi. Düzen ve temizliğe yönelik güçlü bir Viktorya dönemi önyargısına sahipti.

Elbette, prekognisyonunun bir olası açıklaması daha var; ama bu da en az önceki gibi pek eğlenceli değildir: o da, bilginin bir ruh tarafından kendisine ulaştırılmış olmasıdır. Yine de onu bu olasılıkla yüz yüze getiren bir olaydan söz etmiştir. İkinci Dünya Savaşı'nın ilk günlerinde, operatörün üzerine parmağını dayadığı bir ibrenin ve yarım daire biçiminde sıralanmış alfabenin harflerinin yazılı olduğu kartların yer aldığı bir viya tahtası kullanmayı denemektedir. Bir doktor arkadaşı ondan tahtanın nasıl çalıştığını göstermesini istediğinde, yerde masanın altında oturup parmaklarını başının üstünde bulunan ibreye dayayarak, şuurdışı zihninin mesajı dikte etme olasılığını önlemeye karar verir. Doktor mesajı yazar ve "George" adında birinin, Frank'in otomobilini gelecek iki gün boyunca çok dikkatli sürmesi konusunda uyarıda bulunduğunu söyler. Frank, Rosalind Heywood'un eşidir ve kardeşi George kısa bir süre önce ölmüştür. Doktor, Frank'in, onu konuk eden kişinin kocası olduğu bilmiyordu. Rosalind Heywood bu olaydan sonra, ölümden sonraki yaşam olasılığına son derece kuşkuyla yaklaştığını (Washington'da Julia'yla yaşadığı deneyime karşın; ki bu da "inananlar" grubuna katılmaya karşı gösterdiği dirence bir başka örnektir) ve kendi şuurdışı zihninin kendisiyle dalga geçip geçmediğini merak ettiğini anlatır. Büyük bir utançla mesajı eşine aktarır. Ertesi gün eşi, "Arabayı benden rica ettiğin gibi son derece dikkatli kullanmasaydım, bugün en az üç büyük kaza geçirmiştim," der.

"Ruh" açıklaması dolandırıcı olayının prekognisyonunda kabul edilir bir alternatif açıklama sayılabilse de - belki de yardımsever bir ruh, onun dolandırıcı olduğunu biliyordu- kardeşi George'un, Frank'in kırk sekiz saat içinde üç büyük araba kazası geçirme tehlikesinde olduğunu önceden nasıl bildiğini açıklamakta başarısız kalır. Bu noktada, Heywood'un oğlunun bir yabancının kendisinden belli bir sokağı tarif etmesini isteyeceğini önceden bilmesi vakasında karşımıza çıkan, Joad'in deyimiyle, "zamanın yadsınamaz tuhaflığı" kavramına geri dönmemiz gerekecek.

***

Rosalind Heywood'un deneyimleri bir bütün olarak ele alındığında, temel bir açıklama bulmamıza yardımcı olacak bir model belirlemek olası mıdır?

Kendisi ilginç bir ipucu verir. Görünüşe bakılırsa, güzelliğe karşı sıra dışı bir duyarlılığa sahiptir. Çocukken bir süre Hindistan'da bulunmuştur. Babasının dağların üzerindeki karları gösterdiğini anlatır.

Uzun süre onları göremedik. Yeterince yukarıya bakmamışız. En sonunda, kobalt mavisi gökyüzünde yükselen beyaz, parlayan, bozulmamış, dünyanın en yüksek dağı Kanchenjunga'yı gördük. Beni, o dağlarda var olan bir şeyin ötesine götüren şeyin ne olduğunu ifade edemiyordum; hala da ifade edemem. Sanki bir tür ruhsal rüzgar o çocuksu yaratığa esip ulaştı, onun içindeki bir şeye dokunarak uyandırdı ve bir daha çocuksu davranmasını engelledi...

İngiltere'ye geri döndüğünde dağları anımsadığında sık sık ağlar. Yıllar sonra bir akşam yemeği partisinde Tibetli bir kaşifin yanına oturur ve ona, dağların kendisi için ne ifade ettiğini anlatmaya çalışır: "Bir anlık bir duraksama sonrasında, diğer sözcüklerin arasında, en çok duymak isteyeceğim o iki sözcüğü söyledi: *o varlıklar.*"

Büyükbabasının evindeki yatak odasında gördüğü yaşlı kadın gibi "alt varlıkların" farkına, Hindistan'dan döndükten sonra varmıştır.

Bu estetik deneyimlerinden birkaçını anlatır ve bu deneyimlerin içtenliğine bakarak onların "estetikçi" bir yaklaşımın ürünü olduklarını ileri sürmek mümkün değildir; örneğin, Chopin'in La bemol Baladının başarılı bir sunumu sonrasında, "boyalı duvarları olan ve doğu tarafı tümüyle gökyüzü ve yıldızlara açılan geniş, dikdörtgen bir mermer koridordan" oluşan bir tür halüsinasyon deneyimi yaşar. Ayrıca, eşinin hafifçe sırtına dokunmasıyla birlikte şiddetle, sanki oradan dışarı atılmışçasına dünyaya dönüşünden söz eder.

Onun deneyimleri, çağdaş Hindu azizi Ramakrishna'nın çocukluğunda yaşadığı bir olayı anımsatır. Ramakrishna küçüklüğünde, bir gün elinde bir kase pirinç taşıyarak çeltik tarlasında yürürken bir beyaz turna sürüsü kara bir yağmur bulutunun önünden geçer; bu, öylesine karşı konulmaz güzellikte bir manzaradır ki, sonunda bayılır ve pirinç taneleri etrafa saçılır. Daha sonra büyüdüğünde Ramakrishna, vecd ile kendinden geçip, şuurunu yitirmesine neden olan "Tanrı sarhoşluğu", yani *samadhi* anlarına uğrar.

Tüm bunlar iyi ki Piccadilly Meydanının ortasında olmamış, demek, bu tür bir deneyimle ilgili yapılacak en bariz yorumdur. Böylelikle, Julian Jaynes'in "iki bölmeli zihin" kuramına geri dönmüş oluyoruz. Jaynes'ın inanışına göre, yaşam, insanın yüz yüze kalabileceği güçlüklere karşı tetikte olma zorunluluğunu başlıca kaygı haline getirecek kadar tehlikeli ve karmaşık olmaya başlayınca, uygar insan "iki bölmeli" olmak, yani tanrıların seslerini duymayı bırakmak *zorunda* kalmıştır. Jaynes bunun MÖ 1200 dolaylarında, Yunan uygarlığını yok eden Santorini yanardağının patlaması ve Deniz Halkları olarak bilinen yağmacı barbarların işgali gibi Akdeniz dünyasında gerçekleşen bir dizi felaket sonrasında meydana geldiğini ileri sürer. Görünüşe bakılırsa Jaynes'in, insanlık tarihinde zulmün ilk kez bu dönemden sonra ortaya çıktığını düşünmesi için yeterince kanıt vardır.[1]

Stonehenge ve Büyük Piramit'i yapan insanların "özşuur" dediğimiz şeyden tümüyle yoksun olduğu biçimindeki inancını paylaşmak biraz güç olsa da, Jaynes'in, uygarlık tarihinin bir döneminde insanın kendini "sol beynini kullanmaya" zorladığı, yani sıcak, duyarlı hayvan ya da çocuk şuurunu kasıtlı olarak terk edip acımasız bir "işe odaklanma" anlayışı geliştirdiğine inanmakta haklı olduğu ortadadır. Antik insanın evrene, uzak ufukları gösteren bir tür teleskopla baktığını söyleyebiliriz. Ama sonra, hayatta kalma sorununun dallanıp budaklanması, bu insanı daha küçük parçalara konsantre olmasını saplayacak mikroskop ya da lüp benzeri bir araç geliştirmeye zorlamıştır. Sonuçta, ileriyi göremeyen biri olup çıkmış, ufka bakamaz olmuştur.

Aslında insan bu engin farkındalığa hala sahiptir; ancak, yalnızca fazlasıyla rahatladığı anlarda. Böyle anlarda, sol ve sağ beyin sanki birleşmektedir ve insan, bir tür huzur ve sükunet, "her şeyin yolunda olduğu" duygusu yaşar. Ancak, çağdaş insan sol beyin farkındalığından -dar benlik şuurumuzdan- işe *başlamak* zorundadır. Eski atalarımız büyük olasılıkla "kozmik şuura" yalnızca rahatlayarak geçebiliyorlardı.

Bu evrimsel gelişmelerin sonucunda, çağdaş insan yüksek bir "güzellik eşiğine" sahip olmuştur. "Eşik" bir insanın farkındalığını harekete geçirmek için gerekli olan uyarıcı miktarı anlamına gelen psikolojik bir terimdir. Ses eşiği yüksek olan bir erkek, daha duyarlı birini deliye döndürecek bir gürültü patırtıyı umursamayabilir. Acı eşiği yüksek olan bir kadın lokal anestezi yapılmaksızın dişlerine dolgu yaptırabilir. Ramakrishna'nın güzellik eşiğinin alçak olması, her türlü güzelliğin onu vecd ile transa sokabileceği anlamına gelir. Kentte yaşayan çağdaş biri için bu, sürekli ishal hali kadar istenmeyen bir durumdur.

Rosalind Heywood, İngiliz uygarlığının bir ürünüdür: üst dudağı gergin, duygulardan hoşlanmayan, demir kadar sağlam bir özdenetim sahibi. Bu tür özellikler çoğunlukla güzellik eşiğinin yüksek olmasını gerekli kılar; İngilizler sanatsal duyarsızlıklarıyla övünürler. Ancak Rosalind için aynı şeyin geçerli olmadığını görüyoruz ve ilk psişik deneyimlerini, Kanchenjunga'dan "çocuksu yaratığa esen" ve "içindeki bir şeye dokunarak uyandıran," "ruhsal rüzgarla" ilişkilendirir.

Chopin'in Baladını dinledikten sonra eşinin hafifçe sırtına dokunmasıyla, uyarıcıdan büyük bir şok yaşayarak kurtulur. Çoğu kişi, büyük olasılıkla, uyku eşiğindeyken uyandırıldıklarında aynı şeyi yaşamıştır. Uyku ile uyanıklığın tam ortasındaki konumda -yarı uykulu halüsinasyon deneyimleri yaşadığımız konumda- en ufak bir ses, kapının yavaşça kapanırken çıkardığı klik sesi beyinde bir ışık deseni ve bir patlama sesi yaratır.

Rosalind Heywood, ayrıca bir sabah iyice rahatlayarak, evdeki bir başka insanın zihniyle bağlantı kurmaya çalışıp zihin okumayı denediğini anlatır. Duyduğu hissi, "anesteziyle uyuşturulma aşamasının daha farklı bir biçimi" olarak tanımlar. Ardından bu huzur "içine işleyen, acı veren, gök gürültüsünü andıran bir patlamayla" bozulur. Gürültü devam eder ve fiziksel farkındalığa döndüğünü hisseder. Eşi, kahvaltının hazır olduğunu söylemek için kapıya vurmaktadır. Öfkeyle, evi niye başlarına yıkmaya çalıştığını sorduğunda eşi, kapıyı yalnızca hafifçe tıklattığını söyler. Duyarlılık eşiğini iyice alçaltarak, her tıkırtıyı bir bomba patlaması gibi duymuştur. Bir medyomu trans halindeyken "uyandırmanın" bu nedenle son derece tehlikeli olduğunu ileri sürerek devam eder; bunun, kalp krizine neden olduğu bilinmektedir.

Ramakrishna ilk *samadhi* ya da "Tanrı vecdini" yaşadıktan sonra, bu hale istediğinde girebilmeyi başarır; "Tanrı vecdine" dalmak için yalnızca Krishna ya da Kali adını duyması yeterlidir. Belirli bir müziği derinlemesine hissedersek aynı şeyi yakalayabiliriz; *Tristan*'ın Liebestod'unun ilk notaları ya da bir Bruckner senfonisinin açılış notaları kafa derisinde ürperme duygusu yaratıp ardından ani bir zevk seli oluşturabilir. Bu, fizyolojik açıdan, yalnızca bir alışkanlık örneğidir, tıpkı Pavlov'un köpeğinin zil sesiyle tükürük salgılaması gibi. Asıl ilginç olan, beyin bu "numarayı", başka bir deyişle, vecde dalma yolunu bir kez öğrendi mi, bunu her istediğinde yineleyebilir. Kesin olarak istemek, zevk kaynağına kararlı bir şekilde yoğunlaşmak gerekir. Gazete okurken ya da başka bir şey düşünürken müzik dinlerseniz yaptığınız şeyden pek iyi sonuç alamazsınız. Ancak, beyin ve uyarıcı işbirliği yaparsa, hemen rahatlar, ardından da içsel zevk kaynağıyla bağlantı kurarsınız.

Öyleyse, psişik duyarlılıkla ilgili bir kuram ortaya çıkmaya başlamaktadır. Kuramın gelişimi şöyledir: Derinlemesine rahatladığımda, birisi beynimin her iki bölümünü de açarak, kocaman bir odaya dönüştürür. Sanki daha rahat nefes alabiliyormuşçasına, bir tür zihinsel özgürlük duyar ve kendimi bir şeylerle *bağlantı kuruyormuş* gibi hissederim. Herkes bir telaş ya da heyecan hali yaşayıp da heyecan kayboldukça acı kendini gösterene kadar, kendini yaraladığını ya da bir yerini çizdiğini fark etmediği bir deneyim yaşamıştır. Telaş ve gerilim duyarlılık eşiğimizi artırıp, aynı zamanda gerçekle aramıza camdan bir duvar örer. Tek bölmeli durumda bu duvar ortadan kalkar ve her şey daha gerçek görünür.

Kedi ve köpeklerin çoğu zaman böyle bir halde oldukları kuşkusuzdur; uzun süreli herhangi bir konsantrasyon gücünden yoksundurlar. Öyle görünüyor ki, mağara adamı atalarımız da büyük bir olasılıkla kırk bin yıl önce zamanlarının çoğunu bu durumda geçirdiler. Cro-Magnon insanının mağaralarında hayvan resimleri keşfedildiğinde, bilim adamları onların akşamlarını bir kömür parçası ve bir kap aşıboyasıyla geçirdikleri sonucuna vardı. Ardından zaman içinde bunun, "sanat için sanatın" ilk örneklerinden biri olmadığı anlaşıldı; büyü için sanattı. *Şaman*, ertesi gün avlanacakları için bizon ve ren geyiğinin resmini çizerdi; bu resimler, avcılarla avların zihinleri arasında bağlantı kurmak amacıyla yapılırdı. Duyarlılık eşiği anormal ölçüde yüksek olan bizlere göre bu oldukça saçma bir düşüncedir, ilkel insanlar içinse artezyen kuyusu açmak kadar sağduyulu bir davranış olmalıydı. Üstelik, bu tür bir "büyünün" işe yaradığına ilişkin kanıtlar da vardır. Gilbert Adalarının temsilcisi olan Sir Arthur Grimble, kalıtsal bir özelliğe sahip olan yunus çağrıcılarının yunuslarla zihinsel bir bağlantı kurduğunu, yunusların bir trans halinde kıyıya yüzdüklerini ve yerlilerin onları sığ suda sopayla öldürdüklerini anlatır.[2] 1902'de Amazon kızılderilileri tarafından kaçırılan ve birkaç yılını onlarla birlikte geçiren Perulu Manuel Cordova-Rios, büyüsel avlanmanın gerçekten de işe yaradığını gösteren bazı açıklamalar yapmıştır.[3]

İnsanoğlu uygarlığı karmaşık bir hale getirdikçe, buna ayak uydurmak için karmaşık bir beyin geliştirmek zorunda kalmıştır. Tek bölmeli beyin yok oldu ve yerine iki bölmeli olan bugünkü versiyonu geldi; biz genelde, soldakini kullanıyoruz. Bununla beraber, tek bölmeliliğin anımsanamayacak ölçüde kaybolduğuna inanmak yanlış olur. Duyarlılık eşiğini kasıtlı olarak alçaltmak istiyorsak, bunu yapabiliriz. *Man Eaters of Kumaon* (Kumaon'un Yamyamları) adlı eserin yazarı olan kaplan avcısı Jim Corbett, "orman duyarlılığı" adını verdiği, bir kaplanın pusuya yatıp kendisini beklediğini sezileriyle anlama yeteneğini nasıl geliştirdiğini anlatır. (Büyük olasılıkla, aynı beceriyi kaplan avlarken de kullanıyordur.) Nefsini korumak ona duyarlılık eşiğini alçaltmayı öğretmiştir, bu yüzden de sağ beyni ona uyarılar yapar. Rosalind Heywood'un da aynı beceriyi farkında olmadan dağların "varlığına" karşı duyarlılığıyla kazandığını gördük. Eşiyle telepatik bir bağ kurmasını da, eşinin fazla konuşmayan, kendisininse "ömrü boyunca abartılı bir konuşma gereksinimi" duyan biri olmasına yorar.

Kitabı *Sonsuz Kovan*'daki en tuhaf bölüm olan "Uğultu," sağ beynin ilkel psişik güçleri kuramına ilginç destekler sunar. "Uğultu" hemen hemen her an aldığı bir duyumdur ve bunu şöyle açıklar:

> *Kulağa bir deniz kabuğunu bastırınca oluşan sese ya da uzaktan gelen bir dinamonun vızıltısına çok benzeyen, bir tür kesintisiz titreşimli içsel ses...*

Besteci John Cage'e göre, daha çok sinir sisteminin yarattığı ve örneğin, derin bir madendeyken, özellikle duyumsal yoksunluk koşulları altında duyulan bir sese benzer bu. Ancak, bu durumda, ses hemen hemen hiç değişmez. Rosalind Heywood ise sesin değiştiğini öne sürmektedir. Sessizliğin egemen olduğu koşullarda, sadece bir akşam Hampstead istasyonunda metroyu beklerken bu sesi duymamıştır (bu istasyon, Londra metrosunun en derin istasyonudur ve sinir kuramı doğruysa, orada özellikle daha çok ortaya çıkması gerekirdi). Sesin orman, dağ, kilise ya da kütüphane gibi "düşünce ve bağlılığın yıllarca yoğun bir şekilde yaşandığı" sessiz yerlerde daha da belirginleştiğini söyler.

"Uğultu, kaynağına göre değişiyormuş gibi görünse de, aradaki farkı ifade edemiyorum. Yalnızca, dağ uğultusunun, kilise uğultusundan daha farklı bir 'atmosfer' yarattığını söyleyebilirim, tıpkı bir obuanın bir trompetten daha farklı bir 'atmosfer' yaratması gibi..." "Kilise uğultusunu" anlatmayı sürdürür. "Bu Hristiyan sesini birkaç boş kilisede dinledim ve bazılarında daha güçlü bir deneyime dönüştüğünü gördüm, sanki -tekrar ediyorum sanki- sunaktan bir içsel güç yayılıyormuş gibiydi."

Bu uğultuları -şok olmasını bekleyerek- anlattığı bir mühendis rahat bir tutumla ona yanıt verir: "Evet, yoğun duyguların yaşandığı yerlerde ben de bunu duyuyorum." Bu iddia ilginç bir ipucu oluşturur.

1908'de Psişik Araştırmalar Derneği'nin en seçkin üyelerinden Sir Oliver Lodge, hayaletlerin bir tür teyp kaydı olabileceği gibi ilginç bir varsayımda bulunmuştur. "Sanki güçlü duygular maddede şuursuzca kaydedilmiş gibidir," diye açıklar. Uzun zaman önce, özellikle bir odası büyük bir trajediye sahne olmuş, perili bir evi örnek olarak verir.

> *Örneğin, perili bir evi ele alalım... Bir odası uzun zaman önce yaşanan bir trajedinin hayaletimsi bir temsiline sahne olur. Psikometrik hipoteze*[4] *göre, trajik bir olay onu yaşayanlar üzerinde duygusal bir yoğunluk*

yarattığı için, kelimenin tam anlamıyla, olayın gerçekleştiği maddi çevrede, hatta eterin kendisinde olayın bir fotoğrafı çıkmıştır; ve o zamandan bu yana, bazı insanlarda bu tür bir izlenime karşılık gelen bir halüsinasyon etkisi yaşanmaktadır. Bazı odalara girildiğinde yabancı bir varlığın bulunduğu duygusu bu kuramla açıklanır...[5]

Lodge, bazı odalara girildiğinde, "yabancı bir varlığın bulunduğu duygusunun" bu nedenle hissedildiğini söyler. "Hatta, eterin kendisinde" sözüyle fazla ileriye gidiliyormuş gibi görünebilir; yine de yirminci yüzyılın ikinci yarısında bu, aslında, hayaletlerin doğasıyla ilgili en yaygın kabul gören kuram olmuştur. Katkılarını başka bir kitapta[6] uzun uzun anlattığım merhum T. C. Lethbridge, onun "hortlak" dediği -Lodge'ın betimlediği bir tür ürkütücü duygu anlamında- tezahürün bir tür elektriksel alanda "banda kaydedilen" bir duygu olduğuna inanmıştır. Aynı Rosalind Heywood'un sözünü ettiği Uğultular gibi, ormanlık, dağlık ve açık alanlarla bağlantılı farklı alan türleri olduğuna inanmaktadır. Lethbridge'e göre, Heywood bir tür elektriksel titreşim formu "algılamaktaydı"; büyük olasılıkla, Hampstead metro istasyonunun bulunduğu derinliğe ulaşamayan ya da bir şekilde yalıtılan bir titreşimdi bu.

Bu kuram biraz olsun doğruysa ya da duygular ve zihinsel durumlar bir maddeye (ya da madde alanına) kaydedilebiliyorsa bu, Heywood'un üniversite kütüphanelerinde ya da Hristiyan kiliselerinde niye oldukça farklı uğultular duyduğunu, yani "titreşimin" farklılığının nedenini açıklar. Kilise sunaklarından bir "içsel gücün" yayıldığından söz etmesi özellikle ilgi çekicidir. Hristiyan kiliseleri çoğunlukla pagan alanlarına inşa edilmiştir; hatta, kiliselerin bu tür alanlara inşa edilmesine ilişkin Vatikan'ın Orta Çağda verdiği bir yönergesi vardır. Her radyestezist, antik yerlerin -örneğin, Stonehedge ve Carnac gibi dikili taşların- çevresindeki "alanların" alışılmışın dışında bir güce sahip olduğunu doğrulayacaktır. Hristiyan kiliseleri, tıpkı pagan dinsel alanları gibi doğuya bakar. Rosalind Heywood'un sunaktan yayıldığını hissettiği şey, alanın ilk başta özellikle seçilmiş olmasının nedeni olabilir.

Bu kurama göre, Rosalind Heywood'un büyükbabasının evindeki yatak odasında hissettiği "alt varlık" gerçekte yaşlı bir kadın değil, geçmiş bir olayın bant kaydıdır. (Lethbridge "kaydın" sık sık görülmenin yanı sıra, -özellikle de iyi radyestezistler tarafından- hissedilebileceğine inanır.)

Bu açıklamanın hoş ve bilimsel bir yönü vardır, ama yine de Rosalind Heywood'un anlattığı birçok vaka için geçerli değildir. Julia ve Vivian deneyimlerinde bir bant kaydı algılıyormuş gibi hissetmediği oldukça açıktır ve Dartmoor'da eşiyle birlikte bir tür elektriksel alan değil, gerçekten gözle görülür varlıklarla karşılaştıklarını düşünürler. Bununla birlikte, durugörü duyarlılık eşiği kuramı, iki kişiye "bölünme" olayına nasıl uyarlanabilir ki?

Bu konuda yardım almak için, psişik araştırmanın bir klasiği sayılan *The Personality of Man* (İnsanoğlunun Kişiliği) adlı kitabın yazarı ve Rosalind Heywood'un arkadaşı olan G. N. M. Tyrrell'e dönebiliriz. (Kitap aslında, Heywood'un evinde yazılmıştır; Heywood, savaş sırasında evde yalnız kaldığı bir sırada, "Düzenlerin" ondan

Tyrrell'a Londra'ya taşınmak isteyip istemeyeceğini sormasını istediklerini ve her şeye rağmen Tyrrell'ın da bunu kabul ettiğini anlatır.) Tyrrell, Heywood'un "bölünme" öyküsüne de yer verir (ancak, adını vermekten kaçınır) ve türlü benzer vakalardan söz etmeyi sürdürür. Bir otomatik yazı medyomu olan Bayan Willett (Winifred Coombe-Tennant'ın takma adı) 1913 Ağustosunda Sir Oliver Lodge'dan bir mektup ve mektuba iliştirilmiş belgeler alır. Bu belgeleri çıkartacağı sırada, onları çıkartmaması gerektiğine inanmasına neden olan "*gök gürlemesine* benzer bir darbe etkisi" hisseder. Bu duyguya karşı koyup koymamak konusunda duraksadığı sırada ikiye bölünür. "1 Numaralı Zihin bedenimi ayağa kaldırıp kapıya doğru yürüttü... Ancak, 2 Numaralı Zihin -bu, 'ben' olarak bildiğim kendimdi- niye orada bulunduğumu bir türlü anlayamadı." Ardından, 1 Numaralı Zihin, mektubu yeniden zarfa koydurup onu eşinin odasına yürütür ve zarfı ona verdirir. (Kanıt açısından bakıldığında, ekteki belgeleri okumaması çok önemliydi.)

Tyrell, Birinci Dünya Savaşı sırasında siperde çok üşüyen mutsuz bir askerin ansızın bölünerek, kendini "dünyasal bedeninin" dışında bulması vakasından da söz eder. Dünyasal bedeni, daha sonra askerin sanki bir ateşin önünde oturmuş gibi rahat, aklı başında ve espriler yaparak sohbet ettiğini bildirecek olan arkadaşıyla konuşmayı sürdürür.

Aktardığı üçüncü vaka, Dublin'de anatomi profesörü Sir Aukland Geddes'in başından geçmiştir ve birinci bölümde aktarılan Peder Bertrand vakasına çok benzer. Geddes gastroenterit yüzünden kendini hasta hissetmektedir ve yardım çağırmak için davrandığında hareket edemediğini fark eder. Kendi sözleriyle, "Öylece otururken, şuurum, yine *ben* olan bir başka şuurdan ayrıldı," diye belirtmektedir. Bunlara A ve B şuurları der ve B şuuru koltukta oturan bedenine bağlıyken, A şuurunun egosuna bağlı olduğunu söyler. (Egosuyla özdeş değil, egosuna "bağlı" olduğunu söylediğine özellikle dikkat etmek gerekir.)

Fiziksel durumum gittikçe kötülerken ve kalbim atmaktan çok seğirirken, bedene ait olan B şuurunun bileşiklik belirtileri göstermeye başladığını, yani, aklın, kalbin ve iç organların "şuurundan" oluştuğunu fark ettim. Bu bileşenler birbirlerinden daha da ayrılıp bireyselleşti ve o anda ben olan A şuuru tümüyle bedenimin dışındaymış gibi görünürken, B şuuru parçalanmaya başladı...

Ansızın, yalnızca içinde bulunduğu odayı değil, bütün evi, bahçeyi, ardından Londra ve İskoçya'yı görebildiğini fark eder. O anda, " 'şimdinin' bir şekilde, gündelik yaşamın olağan üç boyutlu uzayında 'burasıyla' eş değerde olduğu bir zaman boşluğunda özgürce dolaştığı" gibisinden, tuhaf bir yorum yapar. Başka bir deyişle, fiziksel alemde bir üst boyuttaymış gibidir; bu, birinci bölümde aktarılan Alan Vaughan'ın bedeninden "ayrılırken" yaşadığı prekognisyon deneyimini açıklayabilecek türden bir gözlemdir.

Geddes birkaç dakika sonra bulunur ve kalbinin yeniden atmasını sağlayan güçlü bir kafur iğnesi yapılır. Peder Bertrand gibi, o da yeniden bedenine geri döndürüldüğü için "son derece öfkelenir" çünkü sonunda olanları anlamaya başladığını hisseder. (Geddes bu deneyimi Kraliyet Tıp Derneğinde yaptığı bir konuşmada anlattığında, bunun çok güvenilir bir arkadaşının başına geldiğini belirtir, ancak sonradan bunu yaşayanın kendisi olduğunu itiraf eder.) Bu deneyimi sona erdiğinde, bir düş gibi silinme eğiliminde olmadığını vurgular.

Geddes ile Peder Bertrand'ın Titlis'deki deneyimleri arasında belirgin bir fark vardır. Bertrand "bölündüğünde" şuurlu egosu aşağıya, cansız bedenine bakar. Görünüşe göre, çoğu beden dışı deneyimde böyle bir şey yaşanır. Geddes, Rosalind Heywood gibi, *bölünmüş şuurluluğu* yaşar; her ikisi de şuurlu olan iki kişi oluverir. Bu, imgelemekte zorlandığımız bir durumdur; şuurun yalnızca bir yerde olabileceğini hayal edebiliriz. Ancak, Rosalind Heywood, Tyrrell'e şunu söyler: "Ben, kesinlikle iki 'bendim' ve aynı anda iki yerde de şuurluydum. Her ikisini birleştiren bir üçüncü 'ben' yoktu."

Tyrrell'ın aktardığı bir başka vakayla, bu noktanın altı çizilebilir; bu vaka beden dışı deneyimin daha tipik bir örneğidir. Sir Alexander Ogston, Boer Savaşı sırasında geçirdiği ateşli tifo nöbeti nedeniyle Bloemfontein Hastahanesine kaldırılır. Oradaki hislerini, "Ateşler içindeki aklım ve bedenim çift gibiydi... Bedenimin hareketsiz, kapının yanındaki bir kütle gibi olduğunun bilincindeydim; bana aitti ama ben bu ben değildim," diye anlatır. "Zihinsel benliğinin" bedeninden çıkıp ortalıkta gezinerek, hızla bedenine geri çekildiğini hissetmeden önce, "başka karanlık gölgelerin de sessizce süzüldüğünü gördüğünden" söz eder. Bütün bunlar sanki, ateşli bir nöbetin neden olduğu şeylermiş gibi kolaylıkla açıklanabilir görünüyor. Ancak bu açıklama, aşağıdaki olayı aydınlatmakta yetersiz kalır:

Daha önceden varlığını bile bilmediğim ve hastahanenin çok farklı bir yerinde yatan zavallı bir askeri cerrahın hastalandığını, çığlık atıp öldüğünü açıkça gördüm. Cesedinin üzerini örttüklerini ve çıplak ayakla sessizce odadan çıkardıklarını gördüm... Daha sonra bunları hemşirelere anlattığımda, bana bütün bunların gerçekten olduğunu söylediler.

Ogston, Rosalind Heywood ve Geddes'in aksine, çift şuurluluk gibi bir şey hissetmemiştir. Bedeni hareketsiz yatakta yatarken, "o" hastanenin içinde gezinir. Bu, bildirilen vakaların çoğu için geçerlidir. Oxford Psikofizik Araştırma Derneği'nin başkanı Dr. Celia Green 1966'da beden dışı deneyim vakalarıyla ilgili olarak kendilerine başvurulmasını ister ve dört yüzün üzerinde başvuru alır. İncelemelerinin istatistiksel sonuçlarını 1968'de *Out-of-the-Body Experiences* (Beden Dışı Deneyimler) adlı eserinde yayımlar. Çoğu vakada, kişi fiziksel bedeninin dışına çıkmakta, çoğunlukla yukarıdan bedenine bakmaktadır. Genellikle, beden bir başkasına aitmiş gibi bir ayrılma duygusu hissedilir.

Bununla birlikte, kitaptaki ilk vakaya dayanarak bunun açıkça beden ve ruhun ayrılmasından biraz daha karmaşık bir şey olduğu ileri sürülebilir. On iki saatlik çalışma sonrası yürüyerek evine dönen son derece yorgun bir garson kadın, bir anda kendini aşağıya -hala sokakta yürüyen- fiziksel bedenine bakarken bulur ve, "Demek başkalarına böyle görünüyorum," diye düşünür. Bu vaka, fiziksel bedenin kendine ait bir şuuru olduğu fikrini veriyor gibi görünür. Hastalık sırasında "ayrılan" bir başka kişi, "yukarıdaki 'benin' " kendini son derece gevşemiş ve rahat hissettiğini, ancak diğer 'benin' acı çektiğinin farkında olduğunu bildirir ki, bu da açıkça çift şuurluluğu akla getirir.

Bu tür vakalar üstünde yapılan çalışmalar, beden dışı deneyimlerle ilgili belirli temel konularda bir fikir birliği olduğunu ortaya koyar gibidir. Ve yine öyle görünüyor ki, genel görüş, bu tür deneyimlerin fiziksel bedenden ayrılma ve "astral beden" denilen şeyle ilgili olduğu şeklindedir. C. Nelson Stewart şunları yazıyor:

> *İnsanın iki bileşenden oluştuğu, yüzyıllardır yaygın bir düşüncedir: Tanrı'dan gelen bir can ya da ruh, et ve kandan oluşan maddesel bir beden. Ancak, bazı düşünür ve okült kuramcıları insanın üçüncü bir bileşeni olduğunu öner sürer ki, bu da "parlayan beden" anlamına gelen ve bazen "ışık bedeni" de denen astral bedendir. Bu astral beden et ve kandan oluşan bedenin bire bir kopyasıdır ve daha üstün bir maddeden oluşur...*[7]

Bu, kuşkusuz kulağa karmakarışık bir okült inanç gibi geliyor ve Anthony Flew ile D. J. West gibi çoğu tutucu araştırmacının astral bedeni niye bir şaka gibi gördükleri kolaylıkla anlaşılıyor. Paris Tıp Fakültesinden Prof. Jean Lhermitte gibileri, beden dışı deneyimlerin gerçekliğini kabul ederler ancak onları bir tür halüsinasyon ya da şuuraltının duyusal sistemimize oynadığı bir oyun olarak yorumlarlar. Ancak o zaman, Sir Alexander Ogston'ınki gibi vakalar, acı çekmekte olan bir insanın, -tıpkı, hastanenin bir başka bölümünde ölmekte olan bir hasta gibi- başka bir yerde olmakta olan bir şeyle ilgili doğru bilgiyi nasıl edinebileceği sorusunu ortaya atar. Kanıtları inceleme zahmetine giren herhangi biri, -Celia Green gibi- beden dışı deneyimlerin aldatmaca olmadığını ve dolayısıyla, astral beden diye bir şeyin büyük olasılıkla var olabileceğini kabul eder.

Öyleyse sorun, Rosalind Heywood ya da Sir Auckland Geddes'in çift şuurluluğu nasıl yaşadıklarını ve Tyrrell'ın anlattığı askerin şuuru aşağıya, kendine bakarken, onun arkadaşıyla sohbet etmeyi nasıl sürdürdüğünü açıklayacak bir kuram bulmakta. Standart okült ve normal ötesi ansiklopedileri bile bu konuda bir açıklama yapamaz.

Tatmin edici ve çok yönlü bir kuram ileri sürebilen birkaç okültistten biri, ölüm ile yaşamla ilgili görüşleri daha sonra incelenecek olan, Antropozofi (Benlik felsefesi) hareketinin kurucularından Rudolph Steiner'dır. Aslında, Steiner bir okültist olarak nitelendirilmeye karşı çıkmıştır çünkü kendisini bilim adamı olarak görmektedir ve zaten temel öğrenimini bilim ve matematik üzerine yapmıştır.

Steiner bir insanın dört bileşenden oluştuğunu öğretirdi: beden, eterik beden, astral beden ve ego beden. İnsan uyuduğunda astral ve ego bedeni, fiziksel ve eterik bedeninden ayrılarak ikiye bölünür.

Bu ilk görüş daha yakından incelemeye değerdir. Steiner'a göre, eterik beden (bazen aura da denir) fiziksel bedenin tamamen içine girer ve bir mimar olarak değerlendirilebilir. "Tüm fiziksel organlar, eterik bedenin akımları ve hareketleriyle form ve biçimlerini korurlar."

"Akımlar" sözcüğü ilginç bir ipucu oluşturur. Galvani, elektrik akımı verildiğinde ölü bir kurbağa bacağının tekme atabileceğini keşfettikten sonra, on sekizinci yüzyıldan bu yana insanların bir noktaya kadar birer elektrikli makine oldukları kabul edilmiştir. Ne zaman bir şey düşünürsek, beyin, elektrik akımları boşaltır.

Canlı maddeyle ilgili bir başka şaşırtıcı nokta da, onu birarada tutan şeydir. On dokuzuncu yüzyılın sonlarına doğru Hans Driesch adında genç bir biyolog bunu vurgulamıştı. Driesch, bir deniz kestanesinin döllenmiş yumurtası bölünene kadar bekleyip ardından yarısını sıcak bir iğneyle öldürür. Diğer yarısının, bir yarım deniz kestanesi olarak gelişmesini bekler. Büyük bir şaşkınlıkla, yumurtanın bütün, ancak normalin yarısı büyüklüğünde bir deniz kestanesi olarak geliştiğini görür. İki yumurtayı birleştirmeyi dener; sonuç, iki kat büyüklükteki bir deniz kestanesi olur. Bir güç açıkça ona *şekil vermektedir*. O zamana kadar bir embriyonun, tıpkı satın alan kişi tarafından monte edilecek bir mobilya gibi, sınıflandırılmış birçok minik parçası olduğu sanılıyordu. Driesch'in deneyi yepyeni, şaşırtıcı bir görüntü ortaya çıkarmıştı; satın alan kişi tarafından monte edilecek gardıropla birlikte, işi onu kurmak olan minik bir cüce de geliyordu sanki.

Atlantik'in karşı tarafında bir anatomi profesörü olan Harold Saxton Burr, Driesch'in elde ettiği sonuçlarla ve özellikle de "şekil veren alan" ya da tasarımla ilgilendi. Burr, bir semender embriyosu alkalin çözeltisine konduğunda, hücrelerin birbirlerinden ayrılarak "çözündüğüne" ve misket dolu bir torbaya benzer bir şeye dönüştüğüne dikkat çeker. Ancak, bunlar hafif asitli bir çözeltiye konduğunda, yeniden biraraya gelip, yeniden embriyo oluştururlar. Burr bunu, bir kağıdın üzerindeki demir tozlarının altına bir mıknatıs tutulduğunda olanlarla karşılaştırır; bilindiği gibi, demir tozları manyetik bir gücün çizgilerini izleyen bir desen oluşturur. Burr ve meslektaşı F. S.

C. Northrop ağaçlara, embriyolara ve başka canlı madde formlarına hassas voltmetreler iliştirirler ve mevsimsel değişikliklerle birlikte, zayıf bir elektrik alanında değişiklikler olduğunu gösterirler. Bu elektrik alanı tüm yaşayan canlıların bir özelliğidir. Yaşamın şekil veren gücüdür, kullanıcı tarafından monte edilecek gardıropla birlikte gelen cücedir. O nedenle, Steiner'ın eterik bedenle ilgili görüşlerinin -yani fiziksel bedenin mimarı olduğu ve organların akımları sayesinde biçimlerini korudukları- kusursuz ve doğru bir bilimsel tanımlama olduğu böylelikle kanıtlanır. Steiner tüm bunları -Burr ile Northrop Yale'de deneyler yapmaya başlamadan çeyrek yüzyıl önce- 1910'da [*An Outline of Occult Science* (Okült Bilimin Ana Hatları)] yazdığında, inanılmaz bir biçimde geleceği gördüğü söylenebilir.

Ancak, Steiner'a göre, eterik bir bedenin birarada tuttuğu, yalnızca fiziksel bedenden oluşan bir insan, sözcüğün tam anlamıyla, bir bitki olurdu. Aslında, bir beşer uyurken *gerçekten de* bir bitki gibidir. Uyandığında, karışıma şuur eklenir ve Steiner'a göre, şuur astral bedendir; ya da en azından en önemli etkisidir. Nasıl ki insanoğlunun eterik bedeni bitkilerinkine benziyorsa, astral bedeni de hayvanlarınkine benzer.

Steiner, insanlarda bütün bunların çok üstünde bir başka ilkenin yer aldığını söyler. Bir hayvanın duyumsadıkları seçimlerini belirler: sıcak, soğuk, açlık, susuzluk, zevk ve acı. Bir beşer bunların ötesine geçen arzu ve istekler geliştirebilmektedir. Buna en açık örnek, fiziksel açlıklarla hiçbir bağlantısı olmayan matematikle ilgilenen bir insandır. (Steiner yaşamı boyunca, matematiğe ilgi duymuştur.) İnsan bu üst düzey seçime ego der. Ego bir süreklilik ilkesidir, der Steiner. Hayvansal ben çok çabuk unutur (örneğin, herkes fiziksel hastalıkları ne denli çabuk unuttuğumuzu fark etmiştir). Ego, insanın yaşamına belli bir kalıcı öge sağlamaya çalışır.

Bu gözlemler her akıllı insana bir şeyler anımsatır. Nietzsche bir seferinde, ineklere mutluluklarının sırrını sormak istediğini, ancak bunun anlamsız olduğunu çünkü yanıt veremeden sorunun ne olduğunu unutacaklarını söylemiştir. Şuurlarında bir devamlılık yoktur. H. G. Wells *Experiment in Autobioprapy* (Otobiyografi Deneyi) adlı eserinde aynı noktaya değinir; zamanın başlangıcından beri canlı yaratıkların çoğu böyle olmuştur, o nedenle de yaşamları yalnızca koşullara karşı mücadele etmekle geçmiştir. Wells bu durumda, tarih boyunca ilk kez, insana, "Evet, hayatını kazanıyorsun, aileni geçindiriyorsun, seviyorsun ve nefret ediyorsun, ancak *ne yapıyorsun*?" sorusunun sorulabileceğini söyler. Bu, her türlü insan için geçerlidir; bilim adamlarından sanatçılara, matematikçilerden din adamlarına kadar. Yaşamlarının merkezindeki uğraşılarını ellerinden alıp yalnızca "yaşamaya" mahkum ederseniz, intihar etmek isteyeceklerdir.

Öyleyse, Steiner'ın insanları iç içe geçen dört bölüme ayırması, en azından üç bölümü bakımından mantıklıdır: (elbette) fiziksel bölüm, eterik bölüm ve ego bölümü. Beden dışı deneyimlerin kanıtlarını kabul edersek, o zaman Steiner'ın iç içe geçen dört bölümünün de sağduyuya uygun olduğunu söyleyebiliriz.

Steiner'ınkine benzeyen bir başka okült sistemi de, antropolog Max Freedom Long'un *The Huna Code in Religion* (Dinde Huna* Kodu) gibi eserlerde anlattığı Hawa-

* Huna: Hawaii inançlarında bireyin durugörü, öngörü, şifa, mucize ve büyü alanlarındaki eğitimi. Ç. N.

ii'nin Kahunalarının sistemidir. Kahunalar da (Huna dininin rahipleri) insanın bir fiziksel beden ve üç "ruh" ya da benlikten oluştuğuna inanır. Bunlar Freud'un "şuuraltı" ile kabaca özdeşleştirilebilecek, insanın içgüdüsel varlığı olan "alt benlik"; insanın şuur benliği ya da "gündelik benliği" olan "orta benlik"; ve diğer ikisinden daha fazla güce sahip olan şuurüstü benlik "üst benliktir." Gündelik benlik diğer ikisinin varlığından habersizdir. Üst benliğin varlığından da habersizdir çünkü şuurdışı zihin onun altında olduğu gibi, olağan şuurun da çok üstündedir. Dahası, alt benlik ve orta benlik birbirine karıştığı için insanoğlu onun bir ve aynı olduğunu sanır.

Bu alt benlik Steiner'ın eterik bedenine çok benziyor gibi görünmektedir. Bedendeki her hücre ve dokunun içine nüfuz eder ve yaşamsal gücü üretir. Aynı zamanda, sevgi, nefret, korku ve arzunun merkezidir. Kahunalara göre çekim merkezi, güneş siniragıdır. Doğası gereği vahşi ve duygusaldır ve sık sık şımarık bir çocuk gibi davranır. Orta benlik onu disipline etmeye ve kendi düzeyine çıkarmaya çalışmalıdır; ne yazık ki, birçok insan alt benliğin isteklerine boyun eğip, onun düzeyine iner.

Tüm bunlar Rosalind Heywood'un, Beyaz Ben'in bencilce isteklerinden ötürü Pembe Ben'e öfkelendiği şu Beyaz Ben ve Pembe Ben deneyimini nasıl yaşayabildiği sorusunun yanıtını yavaş yavaş ortaya çıkarmaktadır. Steiner'ın terminolojisiyle, ego yukarıdan eterik bedenine bakıyordu; Kahunaların terminolojisiyle, alt benlik Pembe Ben'di ve üst benlik Beyaz Ben'di. Bu, Rosalind Heywood'un Beyaz Ben ile Pembe Ben'in içinde yağ ve su gibi yaşadığı yorumuyla doğrulanmış sayılabilir. Kendini Beyaz Ben'le özdeşleştirip "onları hissetmeden... tüm Pembe

Benleri kaçınılmaz bir biçimde ortaya döken arzuları izleyebildi."

Heywood, ilginç bir yorum ekler: "Freud bu tür vakalarla karşılaştıysa, onu id ve süperego kavramlarına yönelten bu vakalar olmuş olabilir." Freud'un kuramında süperego, vicdanın bir başka adıdır. Rosalind Heywood'un burada ima ettiği gibi daha üst bir benlik değildir. Ancak, Heywood'un durumla ilgili kendi değerlendirmesi Kahunaların alt ve üst benlik görüşleriyle tamamen uyuşmaktadır.

Tüm bunlar başta kuşkulanmış olabileceğimiz gibi, Rosalind Heywood'un, ilginç biri gibi görünmek için birçok psişik deneyim uyduran, egoist bir kadın olmadığını ortaya koyar. O yalnızca, dünyayı tipik bir durugörü medyomunun gözlerinden gördüğü biçimde anlatır. Bu dünya, çağdaş bilimin tanımladığı dünyadan kesinlikle farklıdır; bununla birlikte, kendine özgü bir tutarlığa sahiptir. Duyarlılık eşiği kuramı doğruysa, kesinlikle hiçbir biçimde bilimle çelişmez. Hatta, daha önce gördüğümüz gibi, Rosalind Heywood'un birçok deneyimi beynin sağ ve sol yarımkürelerinin farklılığını vurgulayan kuramla açıklanabilir.

Çoğu bilim adamının kabul edilemez bulacağı şeyler söylediğini -Julia ve Vivian'la olan deneyimleri gibi- itiraf etmek gerektiğini belirttikten sonra, bunlardan ikincisi, yani Vivian deneyimi, ölümden sonraki yaşam gerçeğini kabul etmesine neden olmuştur. Öyleyse, Dartmoor'un kenarında, ertesi gün çalışma masasında otururken kendisini ziyarete gelen ("bir grup küçük görünmez şeyler") birçok insan-ötesi varlık hissettiğini iddia ettiği deneyiminden ne anlam çıkarmalıyız?

Burada, bunun yalnızca Rosalind Heywood'a özgü olmadığını tekrarlamak gerekir. Anlattığı bu varlıklar genellikle doğa ruhları ya da elementaller olarak bilinirler ve çoğu "duyarlı kişiler" onları gördüklerini iddia ederler. Steiner onlardan bir gerçek olarak söz eder ve şu yorumu yapar:

> *Doğayı, onu monistik (maddi) bir gerçeklik olarak gören düşüncelerle anlayabiliriz çünkü duyusal algılarımız normalde doğanın ancak bu ilkeyle uyuşan kısmını deneylememize izin verir. Bu ilkeyle çelişkili olan başka ne varsa süzülür ve doğa bizimle, monistik bir sistem görüntüsüyle iletişim kurar.*

Steiner şöyle devam eder: "Elemental alemde toprak ruhları, su ruhları, hava ruhları ve ateş ruhları olduğunu görürüz..."[8]

Doğu dinleri uzmanı olan W. Y. Evans Wentz, klasik araştırması *The Fairy in Celtic Countries* (Kelt Ülkelerinde Peri İnancı) adlı eserinde, "Tanrılar, cinler, iblisler, her türlü periler ve bedensiz insanlar gibi görünmez zekaların var olduğunu bilimsel bakımdan kabul ediyoruz," der. Bu sonuca, yıllarca yaptığı "peri inancı" çalışmaları doğrultusunda ve yüzlerce yeminli yazılı ifade toplayarak varmıştır.

Adam Crabtree'nin *Multiple Man* (Çoğul İnsan) adlı kitabındaki en tuhaf öykü, insan-ötesi bir varlığın posesyonuyla ilgilidir. Crabtree, mantık dışı gibi göründüğünden, kitapta bu öyküye yer vermekte kararsız kaldığını itiraf eder ancak şunları eklemekten de geri kalmaz: "Ancak, olayın anlattığım şekilde olduğu (deneyimin daha dramatik ögelerini biraz yumuşatmaktan daha fazlasını yapmadım) bir gerçektir." Olay, üniversitede tarih dersi veren ve devlete bağlı bir sağlık merkezinde, iyi bir konumda çalışan Marius adında bir adamın başından geçer. Hiçbir anlam veremese de, ansızın eşine karşı ölümcül güdüler duyumsamaya başlayana kadar çok mutlu bir evliliği vardır. Sanki, "kan görmeye ilişkin acımasız bir içsel istek" duymaktadır. Bu güdüler öylesine güçlüdür ki, kontrolünü kaybedip eşini öldürebileceğine inanır.

Gördüğü rüyalarda bir ipucu vardır; rüyalarında, hayvan derilerinden giysiler giyen mağara adamları arasında yaşadığını ve kuruması için şerit şerit etlerin asıldığı derme çatma bir kulübenin içinde çömeldiğini görmektedir. Evinin bodrum katından çıkan, son derece güçlü bir ilkel insanla karşılaştığını da görür. Bu rüyayı gördükten kısa bir süre sonra, bozuk para koleksiyonuna bakarken, birinin yerinden çıkartılıp bir rafın üzerine konduğunu fark eder. Böyle bir şey yaptığını anımsamamaktadır. Tamir ettiği pencere kepenkleri kırılmıştır ve bunlara da hiçbir anlam veremez. Ardından gaipten sesler duymaya başlar. Bu sesler ona, rüyasında gördüğü adama ait olduğunu ve onun sürekli Marius'un içinde olduğunu söyler. Bozuk paranın yerini değiştirirken ve kepengi kırarken iki kez Marius'un bedenini ele geçirmiş olması da bunun bir kanıtıdır. İstediği zaman Marius'un bedenini ele geçirebileceğini söyler.

Marius da bedeninin "Ayı" adında tuhaf bir varlık tarafından ele geçirildiğine inanır. Varlıktan kurtulmak için kendine özgü düşünceleri vardır. Ona göre, Ayı'nın ortaya çıkmasına izin verecek gücü elde edebilmek için, sıcaklığını hissedeceği büyük bir odun ateşinin önüne uzanması gerektiğine inanır.

Crabtree ve hastası bu tedavi seansı için bir köy evine giderler ve yanlarına Marius'un şiddetin etkisine kapılma olasılığına karşı beş güçlü adam alırlar. Şöminede büyük bir odun ateşi yakılır ve Marius, yarı beline kadar soyunarak önüne uzanır. Yarım saat sonra, uluyup yerleri eşelemeye başlar. Sakinleşip normale döndüğünde, onlara artık Ayı ile ilgili gerçeği anladığını söyler. Bu, bir grup avcı tarafından yakalanıp -kuşkusuz bir ritüelin parçası olarak- yavaş yavaş öldürülen büyük bir ayıdır. Ruhu, avcılardan birine girerek, Marius'a ulaşana kadar nesiller boyu babadan oğla geçmiştir. Ama artık gitmiştir.

Ancak, Marius'u şiddete yönelten varlık hala içindedir. Marius'a göre bu, "uzayda yuvarlak bir delikti" ve şiddeti emiyordu. Ayı öldürülürken oradaydı. Marius'un bodrum katından yukarı çıkan iri ilkel adam olarak rüyasına girmişti (buradaki simgesellik son derece açık).

Ertesi gün, Marius'un iyice gevşemesi sağlandıktan sonra, varlık onun aracılığıyla konuşmaya başlar. Bir sürü soru sorup, biraz da sertçe tartıştıktan sonra, sonunda adının Morlac olduğunu ve geçmişte keçi ve erkek geyik olarak kendisine tapıldığını söyler. "Kendisine tapanların yaşamı ve enerjisiyle beslenmiştir." Kendisine, binlerce yıl boyunca farklı formlarda tapınılmıştır; "şefkat ve sevgi gösterilmesinden nefret etmekte, şiddet ve korku dolu bir atmosferde canlanmaktadır." Kendisini, uzayda "titrek bir parıltı", "bir tür karanlık girdap" olarak betimler. Crabtree ve meslektaşlarının Marius için endişelenip ona yardım etmelerinden özellikle hoşlanmamaktadır.

Marius yorulunca –bu durum, varlık üzerinde çalışıldığında sık sık olurdu- ertesi gün devam etmek üzere seansı bitirirler. Marius, seans sırasında olanları anımsamamaktadır.

Toronto'da bu varlıkla yapılan tuhaf konuşmalar devam eder; varlık onları sürekli hor görmektedir ancak artık işbirliği yapmamak için direnmez. Birkaç seans sonra, varlık anımsamaya başlar. "Başka bir yerden geldiğini ve yeryüzü deneyimlerinden üstün olan bir geçmişi olduğunu fark eder ancak bu geçmişi anımsayamaz."

Aşağıdaki paragraf, Crabtree'nin bu olayı anlatmaya niye özellikle çekindiği açıklamaktadır.

Ardından, bir gün varlık kendisiyle ilgili bir şey anımsadı; o zamana dek sandığı gibi tamamen karanlık değildi: Hatta, "kıyısında" bir miktar ışık vardı. O andan sonra her şey hızlandı. Varlık "beyaz ışıktan" korkması gerekmediğini, uzun zaman önce başka bir yerde "ışıkta" yaşadığını anladı. Ardından da, bedenine girdiği kişiyi terk etmesi gerektiğini kavradı. Varlık, önceleri, beslenebileceği bir kurbanı olmazsa aç kalmaktan korkuyordu, ancak "ışığın" onu besleyeceğini anlayınca, gitti.

Crabtree, bunu izleyen on sekiz ay boyunca, Marius'un bu sorununun tekrarlamadığını ve aile yaşantısının normale döndüğünü bildirmektedir.

Crabtree'nin diğer vakalarında da olduğu gibi, burada akıl hastalığı olarak yorumlanabilecek bir durum yoktur. Bununla birlikte, Swedenborg'dan tutun da Rosalind Heywood'a kadar birçok psişiğin bir başka olası açıklamaya katılacaklarını eklemek gerekir: Bedensiz varlıklar *gerçekten* de vardır ve bunlardan bazıları kötü niyetli ve tehlikelidir. *

Rosalind Heywood'un bu tür bir varlıkla karşılaşmasını anlatmak, bu bölüm için iyi bir son olabilir. Olay 1927'de Sussex'te ahırdan bozma eski bir evde gerçekleşir. Gece geç bir saatte, yeni taşındıkları bu eve mobilyalarıyla varan Rosalind ve eşi, iki yatak hazırladıktan sonra sabaha kadar deliksiz uyurlar. Uyandıklarında ikisi de aynı anda aynı şeyi düşünürler: "Bebeği buraya getiremeyiz." "Var olan nefreti algılamıştık; burada görünmez insanötesi varlıklar vardı ve bizi kaçırmak istiyorlardı."

Bir sözleşme yapmışlardır ve başka bir ev tutacak paraları da yoktur. Eşi bir ekzorsistin (şeytan çıkaran kimse) kendilerine yardımcı olabileceğine karar verir. Daha sonra, tuz ve su isteyen bir rahiple geri döner. Rosalind mutfağa gittiğinde çok şaşırır:

> *Mutfak, cehennem gibiydi, yükselen nefret, korku ve en çok da panik girdabıydı... Ancak, o zamanlar sistematik inceleme diye bir şey bilmesem de, olağan dışı olanı sınama içgüdüm çok güçlüydü...*

Rosalind, hemen mutfaktan tuzu almadan geri çıkar ve eşinden tuzu getirmesini ister. Eşi döndüğünde, "Tanrım, o mutfak neydi öyle?" der.

Şeytan çıkarma ayini işe yarar ve Rosalind ışıkları söndürüp mutfakta otururken, "yükselen nefret ve dehşet gitmiş, onların yerine sessiz, parlayan bir huzur" gelmiştir.

---

* Bazı bedensiz varlıklar ölü olduklarını anlayamamakta ve genelde ölmüş oldukları mekanda enerjisel varlıklarını devam ettirmekte, hassas yapıdaki insanlar üzerinde egosal isteklerini sürdürmek istemektedirler. Bu, ruhsal tekamülün bir parçasıdır. Varlık farkındalığını artırdığında ruhsal gelişimine devam etmektedir. (RM Notu)

Rosalind Heywood her zamanki tarafsızlığıyla, bunun telkinle olmuş olabileceğini kabul etmeye hazırdır. Birkaç yıl sonra evi Rosalind'in kız kardeşine kiralarlar ve o da geceleri mutfağa dehşet hissini duymadan girme olanağı olmadığını fark eder. Ne Rosalind Heywood ne de eşi bir daha hiç düşman bir insan-ötesi varlığa ilişkin bir şey algılamamıştır.

Bu bölümde anlatılan birçok vaka gibi, bu da insana sanki Orta Çağın batıl inanışlarından biriymiş gibi gelir. Aslında bu, son yarım yüzyıldır keşfedilmeye başlanan ve tarihsel görünüşüyle ele almamız gereken bir kalıba uymaktadır.

ÜÇÜNCÜ BÖLÜM

RUHLARIN İŞGALİ

1848'in edebi sansasyonu, Catherine Crowe'un yazdığı *The Night Side of Nature* (Doğanın Karanlık Yüzü) adlı kitaptı. Yazar Edinburgh'da yaşayan bir ev hanımıydı ve *Susan Hopley* ve *Lily Dawson* adlı romanlarla çoktan makul bir başarı yakalamıştı. "Hayalet ve Hayalet Görenler" alt başlığını taşıyan *Doğanın Karanlık Yüzü* adlı eseri yazarın çok ünlenmesini, kitabınsa on dokuzuncu yüzyılın en etkileyici kitabı olmasını sağladı.

Ne yazık ki, Catherine Crowe bu başarısının tadına varamadı. 1859'da *Spiritüalizm ve Yaşadığımız Çağ* adlı bir tez yazdı; *Ulusal Biyografi Sözlüğü*'ne göre bu tez onun, "hastalıklı ve umutsuz bir düşünce tarzı" olduğunu gösteriyordu, ve kısa bir süre sonra aklını yitirdi. Aynı dönemin yazarları, kadının talihinin bu denli kötü gitmesine, böylesine korkunç konulara olan ilgisinin neden olduğunu düşünmüş olsalar gerek. Crowe daha sonra iyileşti, ancak iyileşmesinden 1876'daki ölümüne kadar geçen zaman içinde çok az yazdı. Yine de *Doğanın Karanlık Yüzü* popülerliğinden hiçbir şey kaybetmedi ve o yüzyılın sonlarında, tren istasyonlarındaki kitapçılarda iki şiline satılmaya devam etti.

Ulusal Biyografi Sözlüğü'nün yazarının hayaletlere ve hayalet görenlere inanmadığı çok açıktır çünkü bir yandan Bayan Crowe'un kitabının "dilimizde yazılan doğaüstü öykülerin en iyi derlemesi" olduğunu kabul ederken, bir yandan da yazara, "son derece saf ve her şeyi olduğu gibi kabul eden biri" diyerek saldırmaktadır. Bu, hayli haksız bir serzeniştir. Kitap, yalnızca hayalet öykülerinin bir derlemesi olsaydı bu denli etkili olmazdı. Viktorya dönemi insanlarının bu kitabı sevmelerinin nedeni, eserin güçlü bir sağduyuya sahip olması ve fenomeni tarafsız ele alma girişimiydi. Bilimsel araştırmacılar ancak otuz yıl sonra doğaüstü vakalara sistematik araştırma ruhuyla yaklaşacaklardı. Ama Bayan Crowe, mektuplardan ve belgelerden söz ederek, tanıkların adlarını ve olay tarihlerini vererek elinden geleni yapmıştır.

Doğanın Karanlık Yüzü'ne esin kaynağı olan, Justinus Kerner'in yazdığı ve on dokuzuncu yüzyılda çok satan *The Seeress of Prevorst* (Prevorst Kahinesi) adlı bir başka kitaptı. Catherine Crowe Almancadan çevirdiği bu kitabı daha üç yıl önce yayınlatmıştı. Edebiyat tarihinde bir durugörü medyomunu uzun uzadıya inceleyen ilk kitaptı bu. *Prevorst Kahinesi*, çocukluğundan beri tuhaf vizyonlar gören ve görünmez ruhlarla konuşan Friederike Hauffe adında köylü bir kadındı. On dokuz yaşındayken kuzeniyle evlenmiş ve bir bebeği olmuştu; ardından doğum sonrası depresyona girmiş ve isteri belirtileri göstermişti. Her akşam transa geçiyor ve ölülerin ruhlarını görüyordu. Varlıklı bir doktor ve bir amatör şair olan Kerner'dan onu iyileştirmesi istenmişti.

Kerner, Hauffe'nin vizyonlarını, anlaşılabilir bir biçimde, yanılsama olarak kabul ediyordu. Ancak, gerçek olan bir iddiadan çok etkilendiği kesindi. Friederike, karnıyla okuyabiliyordu. Yatağa yatıyor ve açık bir kitap, çıplak diyaframının üzerine konuyordu. Kadın kitabı gözlerini kapalı bir halde, sanki kitap önünde açıkmışçasına kolaylıkla okuyordu. İnsan bedeninin içini görebildiğini de iddia ediyordu ve sinir sistemi hakkında bir köylü için olağan dışı sayılabilecek denli bilgi sahibiydi.

Kerner, tuhaf bir deneyden sonra Friederike'nin vizyonları hakkındaki fikrini değiştirdi. Friederike ona, kısık gözlü bir adamın kendisine dadandığını söyledi ve Kerner birkaç yıl önce ölen adamın tarifinden, onun kim olduğunu anladı. Friederike, ölen adamın zimmetine para geçirdiğini ve suçun bir başkasının üstüne yıkılmasından ötürü vicdan azabı çektiğini söyledi. Ölen adam, dul karısının hatırına, suçlanan kişinin adını temize çıkarmak istiyordu. Bunun kanıtının, üst düzey bir yetkilinin odasında bulunan bir sandığın içindeki belgelerde yer aldığını söylüyordu. "Ruh" Friederike'ye yetkiliyi, çalışma odasında masasının başında otururken göstermişti ve masanın üzerinde açık duran sandık vardı. Friederike'nin tarifi öylesine başarılıydı ki, Kerner, bu üst düzey yetkilinin Heyd adında bir yargıç olduğunu anladı. Yargıç, Friederike'nin anlattıklarının doğru olduğunu kabul etmek zorunda kaldı ve belge tam olarak tarif edilen yerde bulununca -Friederike belgenin yanlış dosyaya konduğunu bile biliyordu- yargıç da, Kerner da afalladı.

O andan sonra Kerner, Friederike'yi daha çok ciddiye almaya başlar ve temel düşüncelerini not eder. Friederike, ona görünmez ruhlarla çevrili olduklarını söylemekte ve bunu kanıtlamak üzere onları bir şeylere vurup ses çıkarmaları, etrafa taş atmaları ve bir tabureyi havaya kaldırmaları için ikna etmektedir. Bir kitap kendiliğinden açılır, bir mum görünmez eller tarafından söndürülür ve Friederike yatakta yatarken bir şey çizmelerini çekip çıkarır. Kerner'ın kendisi de, gri bir bulut kümesinin üzerinde bir kafa olarak tarif ettiği bir "ruh" görür.

Friederike, içsel yaşamın özgün dili olduğunu iddia ettiği tuhaf, bilinmeyen bir dilde konuşuyordu, araştırmacılar daha sonra bunun Kıpti dilini anımsattığını fark ettiler. İnsanlığın varoluşunun türlü karmaşık döngülerinden -güneş çevrimleri ve yaşam çevrimleri- söz ediyordu. En dikkate değer olanı da, insanın dört bölümden oluştuğunu iddia etmesiydi: beden, sinir aurası, can ve ruh; sinir aurası, biz uyurken ya da transtayken yaşamsal işlevleri sürdüren eterik bedendi. Tüm bunlar, ikinci bölümde anlatılan Steiner'ın görüşleriyle doğrudan uyuşmaktadır.

Bu ruh tezahürleri Friederike'nin sağlığını bozmuştu ve henüz yirmi dokuz yaşındayken, tam da Kerner'ın *Prevorst Kahinesi* adlı kitabını yayımladığı yıl olan 1829'da öldü. Kitap sansasyon yarattı. Kerner, saygın bir hekim olmanın yanı sıra, birçok şair ve düşünürün dostu olan saygın bir edebiyatçıydı, o nedenle kitap yalanlar ya da fanteziler içeriyor denilip bir kenara atılamazdı. Ünlü teolog David Strauss, kitapta anlatılan birçok vakaya tanıklık etmişti ve doğruluklarına kefildi. Strauss'un *Life of Jesus* (İsa'nın Yaşamı) adlı "yıkıcı" kitabı kısa bir süre sonra ulusal bir skandal yaratacaktı ama o bile *Prevorst Kahinesi*'nin Avrupa'da yarattığı skandalla boy ölçüşemezdi. On dokuzuncu yüzyıl, rasyonalizmin zafer kazandığı çağdı. Bilim adamları, David Strauss'un kuşkuculuğunu kabullenebilirlerdi ama Friederike'nin görünmez ruhlarını kabullenemezlerdi. Parisli ve Viyanalı hekimler "mesmerizmi" ve ipnozu sahtekarlıkla suçlayarak Dr. Franz Mesmer'in kariyerini mahvetmişlerdi. Telepati ya da durugörünün kanıtlarına bakmayı bile reddediyorlardı. *Prevorst Kahinesi*'nin bir aldatmaca olduğuna inanmak, onun ne anlama geldiğini sormaktan daha kolaydı. Kitabın olağanüstü bir başarı ve popülerlik kazanması, bilim adamlarının onun yalnızca bir tür sahtekarlık olduğu yolundaki inançlarının pekişmesine neden oldu.

Tüm bunlar, Kerner'ın kitabının İngiltere'ye neredeyse yirmi yıl sonra ulaşmasının nedenini açıklıyor. Sonuçta, Britanya kuşkuculuğun anavatanıydı. David Hume, tanıkların yalan söylemelerinin mi, yoksa doğanın yasalarının ihlal edilmesinin mi daha olası olduğunu sorarak mucizeleri reddetmişti. İngilizler, cesurca düşünme geleneklerinden gurur duyarlardı. İngiliz doktorların tümü Fransız meslektaşlarının Mesmer'i şarlatan olarak ilan etme kararını tümüyle onaylamıştı. John Elliotson adında mevcut düzene uymayan bir doktor mesmerizmi ciddiye aldığını ilan ettiğinde ise Sir Benjamin Brodie adında saygın bir cerrah bunun, "alçaltıcı bir batıl inanç, inanç ve korkunun sefil bir karışımı olduğunu" yazılı olarak belirtmişti.

Catherine Crowe, *Prevorst Kahinesi*'nin çevirisini 1845'de yayımlattı ve hiçbir zarar görmedi; sonuçta, o bir kadındı ve aynı zamanda bir romancıydı. Kitap, Almanya'daki kadar ilgi gördü. Bu, Catherine Crowe'u doğaüstünün gerçekliği konusunda ikna etti. O zamana kadar Britanya'nın en ünlü frenoloji, yani insanın karakterinin kafatası yapısından anlaşılabileceği öğretisinin savunucusu olan Edinburgh'lu ünlü doktor George Combe'nin bir takipçisiydi ve Combe, hayaletler ve benzeri konularda şaşmaz bir kuşkucuydu. Kerner ve Friederike, onun bu inancından dönmesine neden olmuştu. Sanki bir vahiy inmişçesine, "bilimsel ruhun" artık çok ileri gittiğini anlamıştı. "On yedinci yüzyılda her şeye inanmak, düşünmenin ve sağduyulu olmanın önüne geçtiğinden, on sekizinci yüzyıl doğal bir tepkiyle kendini tam ters yöne savurmuştu." On dokuzuncu yüzyıl bu eğilimi absürdlük noktasına kadar taşıdı; hatta, dogmalarıyla çelişen gerçekleri kabullenmeyi reddederek yeni bir tür batıl inanç olmuştu.

Catherine Crowe o kadar da her şeye inanan biri değildi. Kendi gerçeklerini aramaya başladı ve bunların mantıklı bir kalıp içerisinde birbiriyle uyuştuklarını fark etti. Neredeyse yazdığı her şey daha sonra parapsikologlar tarafından sistematik bir biçimde incelenecek ve bilimsel arşivlerde dikkatle belgelendirilecekti: geleceği düşlemek, ölüm döşeği vizyonları, felaketlerin öngörülmesi, yaşayanların ve ölülerin fantezileri, poltergeistlar, eş zamanlı psikokinezi ve hatta posesyon. Doğaüstü olanın isteri ve sinir bozukluğuyla açıklanabileceği konusunda ısrar eden dönemin bilim adamlarına serzenişlerde bulunmaktaydı ve çok da haklı olarak, onların "kuramları gerçeklere göre değil, gerçekleri kurama göre düzenlediklerini" belirtmekteydi. Şu anda yapılması gereken şey araştırmadır, der. "Ve *araştırmak* derken sözünü ettiğim şey hoş olmayan bir gerçeğin alelacele, eleştirel ve öfkeli bir şekilde ele alınması değil; eski kuramlara aykırı düşmekle ya da insanlığın onurunu yerin dibine geçirmekle birlikte doğayla uyumlu olan ve alçakgönüllülükle onun sırlarının peşine düşen ağır, ılımlı, özenli bir inceleme." Burada sanki Thomas Henry Huxley'in bilim adamlarının görevleriyle ilgili sözlerini tekrarlıyor gibidir: "Gerçeğin karşısına küçük bir çocuk gibi çık, eski düşüncelerden vazgeçmeye ve doğanın seni yönlendireceği dipsiz uçurumlarla karşılaşmaya hazır ol, yoksa hiçbir şey öğrenemezsin." Huxley'in bu tümceyi 1860'da, *Doğanın Karanlık Yüzü* yayımlandıktan sonra yazdığını keşfetmek çok ilginç; Belki de Huxley, Bayan Crowe'un sözlerini tekrarlıyordur.

Catherine Crowe amacının, insanın bir bölümünün ölümden sonra yaşamayı sürdürebileceğinin kanıtlanıp kanıtlanamayacağını görebilmek olduğunu çekinmeden itiraf ediyordu. Bu yönde atılacak ilk adım -bu sonradan, Myers ve Tyrell gibi çoğu ünlü olan ardılları tarafından izlenmiştir- insanın, bilimle açıklanamayacak güçlere sahip olduğunu göstermeye çalışmaktı. Birkaç bölümü rüyalara ve geleceğin önceden sezilmesine ayırır ve arkadaşlarından derlediği birçok deneyime yer verir.

Bir arkadaşım geçenlerde, bir perşembe gecesi rüyasında bir arkadaşının attan düştüğünü ve yüzünde kanayan yaralarla yerde yattığını görür. Sabah eşine rüyasından söz eder ve bu tür fenomenlere asla inanmayan biri olarak, rüyanın kendisinde bıraktığı izlenimi açıklayamaz. Bundan öylesine etkilenir ki, cumartesi günü arkadaşının evine telefon etmekten kendini alamaz ve arkadaşı ona, önceki gün attan düştüğünü ve yüzü yaralı olduğu için yatakta yattığını söyler.

Bayan Crowe, Psişik Araştırmalar Derneği'nin üyesi olacak kadar yaşasaydı; arkadaşından, kazayı geçiren kişiden ve ertesi sabah rüyasını anlattığı kişiden imzalı ifadeler alma zahmetine girmek zorunda kalırdı. Bu alanda bir öncü olarak bunu gerekli görmediği ortadadır. Yoksa, yöntemini suçlamak zor olur.

Beden dışı deneyimler, normal ötesi konuları kaleme alan her yazar gibi Catherine Crowe'u da özellikle büyülenmiştir çünkü haklı olarak buna, insanın içinde bedeninin dışında yaşayabilecek bir şeyler olduğuna dair potansiyel bir kanıt gözüyle bakar. Yine, denetlenebilir gerçekler aktarmak için elinden geleni yapar:

> *Aynı soyadlı bir oymacının kardeşi, İngiltere Bankasında çalışan merhum Bay Holloway, bir gece eşiyle birlikte yatarken uyuyamadığı için gözünü ve düşüncelerini büyük bir yoğunluk içerisinde pencereden parlayan çok güzel bir yıldıza sabitlediği bir sırada, ansızın ruhunun bedeninden ayrıldığını ve o parlak küreye doğru hızla yükseldiğini fark eder. Ancak, ölü bedeninin yanında yattığını fark etmesinin eşinde yaratacağı acıyı ansızın kavrayarak geri döndüğünü ve güçlükle yeniden bedenine girdiğini aktarır... Bu geri dönüşü karanlığa dönmek olarak tanımlar ve ruhu özgür olduğu sırada, düşünceleri eşi ile yıldız arasında gidip gelirken, kendisinin de aydınlık ve karanlık arasında gidip geldiğini anlatır. Sonuçlarının oldukça sıkıntı verici olması nedeniyle, bu kazanın tekrarlanmasına yol açacak her türlü şeyden kaçındığını da belirtir.*

Crowe'un en önemli sorunu, çoğunlukla söylentiden

yola çıktığı için güvenilir olan ile güvenilmez olanı birbirinden ayırt edebilecek bir yöntemi olmamasıydı. Bunun tipik bir örneği, Heinrich Jung-Stilling'den aktardığı durumdur. Madburg'da ekonomi profesörü olan Jung-Stilling ciddi bir normal ötesi olaylar araştırmacısı ve Mesmer'ın taraftarıydı. Onun güvenilir bir otorite olduğu düşünülebilir. Anlattığı öykü birçok açıdan, daha sonra "yaşayanların hayaletleri" olarak adlandırılabilecek fenomenin iyi bir örneğidir. Jung-Stilling, 1740 dolaylarında Philadelphia'da, bir gemi kaptanı olan kocasından uzun zamandır haber alamayan bir kadının, bir durugörü medyomuna gittiğini söyler. Durugörü medyomu kadından kendisine bir süre izin vermesini ister ve bir başka odaya girer. Kadın bir süre sonra sabırsızlanır ve kapıdaki bir çatlaktan içeriye bakar; durugörü medyomu bir kanepenin üzerinde uyur gibi yatmaktadır. Geri döndüğünde kadına eşinin yaşamakta ve sağlığının iyi olduğunu, ancak bir takım nedenlerden ötürü eşine mektup yazamadığını söyler ve o nedenleri açıklar. Kaptanın şu anda Londra'da bir kahvehanede olduğunu ve yakında eve geri döneceğini belirtir.

Zaman içinde kaptan geri döner ve durugörü medyomunun kadına söylediği mektup yazamama nedenlerini doğrular. Kaptan, durugörü medyomuyla tanıştırıldığında, onu Amerika'ya geri dönmeden önceki gün Londra'daki kahvehanede gördüğü adam olduğunu söyler. Kaptanın söylediklerine göre adam onunla konuşmuş, eşine niye mektup yazmadığını sormuş ve ardından kalabalığın arasında kaybolmuştur.

Durugörü medyomunun kendini Atlantik'in ötesine "projekte etme" gücü akla, buna çok benzeyen, Swedenborg'un ölülerden mesajlar aktarma öykülerini getiriyor. Durugörü medyomunun Londra'daki bir kahvehanede görünmesine benzer onlarca olay 1880'lerde Psişik Araştırmalar Derneği üyeleri tarafından derlenen *Phantoms of the Living* (Yaşayanların Hayaletleri) adlı çalışmada bulunabilir. Bu öykünün pek güvenilir olmayan tarafı ise, kaptanın durugörü medyomuyla konuşup eşine niye mektup yazamadığını açıklamış olmasıdır. Kaydedilmiş yüzlerce projeksiyon olayı vardır, ancak hayalet çok azında (birini anımsayabiliyorum[1]) biriyle konuşur. Bu olayların güya 1740'larda gerçekleştiğini öğrendiğimizde, temelde doğru bile olsa, öykünün anlatıldıkça "geliştirilmiş" olabileceği açıklık kazanıyor. Bayan Crowe, bu öykünün "yaşayanların hayaleti" modeline uymadığını hiçbir biçimde bilemezdi çünkü onun zamanında, bu modeli oluşturacak kadar araştırma yapılmamıştı.

Bayan Crowe bu zorluğa karşın kayda değer ölçüde başarılıdır ve kitabı haklı olarak büyük bir ün kazanmıştır. Varsayımlarının çoğu, çağdaş bir araştırmacının aktardıklarına dayanır. Örneğin, "Almanların Poltergeistı" başlıklı bölümünde, 1846'da Angelique Cottin adlı bir Fransız kızın başından geçen olayı ele alır. Bu kız bir çift ipek eldiven dokuduğu sırada dokuma tezgahı şiddetli bir biçimde sarsılmaya başlar. O zamanlar on dört yaşında olan Angelique, anlaşılan bir mıknatıs insana dönüşmüştür ve yakınına tutulan objektifer havada uçuşarak ona yapışmaktadır. Ne tuhaftır ki metal eşyaları kesinlikle çekmez; ancak, sahip olduğu güç insanlara elektrik şoku verdiğinden, bu bir tür elektrik olmalıdır. Bu olayı yalnızca kalın bir mantar parçası üzerinde durması önler. Catherine Crowe mantıklı bir biçimde poltergeist fenomeninin elektriksel bir yapısı olabileceği önerisinde bulunarak sözünü sürdürür; çoğu yazar poltergeistların kötü niyetli hortlaklar olduğunu varsayarken, bu, kayda değer ölçüde zekice bir kavrayıştır.

Crowe birçok bakımdan çağdaşlarından çok daha "saftır". İlk araştırmacılardan bir başkası olan Joseph Ennemoser'dan bir öykü aktarır:

> *Anlaşıldığı kadarıyla, Van Helmont insanın yalnızca gözünü kullanarak bir hayvanı öldürebileceğini (oculis intentis) iddia ettikten sonra, natüralist Rousseau, doğudayken bu deneyimi yineler ve bu yolla birkaç karakurbağasını öldürür; ancak, aynı deneyi başka bir sefer Lyons'da yaparken, hayvan kaçamayacağını anlayınca gözlerini onun üzerine sabitler ve Rousseau bayılarak yere düşer, ilk anda öldüğü sanılır...*

Bu, gülümsememize neden olan o öykülerdendir; ipnoz gücü olan yılan ve başka yaratıkların öykülerinin kocakarı masalları olduğunu biliriz. Halbuki, bir çağdaş araştırmacı olan Dr. Ferenc Andras Volgyesi, yıllarını insanlarda ve hayvanlarda ipnozu incelemeye adamış ve bazı ilginç sonuçlara varmıştır. Yılanların, tavşanları ya da fareleri "büyülediği" ve ardından onları yedikleri onlarca olayı gözlemleyip fotoğraflandırmıştır. Aynı zamanda, yılanlarla potansiyel kurbanları arasında gerçekleşen "irade savaşlarını" gözlemlemiştir; kitabı, dev bir anakondanın bir fareyi "büyülediği" ve bir pitonun bir yaban tavşanını hareketsiz hale getirdiği fotoğraflar içerir. Başka bir fotoğraf, bir kuş -*cucullus senegalensis*- ile bir çıngıraklı yılan arasında geçen irade savaşını gösterir. Volgyesi, "Bakışların karşılıklı sabitlenmesiyle başlayan savaş, çoğunlukla kuşun zaferiyle sona erer," der. Bir başka fotoğraf bir karakurbağasının bir kobrayla giriştiği irade savaşını kazanmasını gösterir. Volgyesi iki kertenkele arasında geçen bir savaşı da anlatır. On dakika boyunca, (Bayan Crowe'un deyimiyle *oculis intentis* ile) birbirilerine dikkatle bakarak karşı koyarlar; ardından biri, hareketsiz kalan diğerini yavaş yavaş yer.[2] Van Helmont'un hayvanları bakışla öldürme öyküsü abartılı olabilir ancak gözlemlenmiş bir gerçeğe dayandırılmıştır.

İpnoz edebiyatında, Bayan Crowe'un ipnozun zihinsel gücün kasıtlı kullanımıyla ilgili olduğu görüşünü destekleyen çok şey vardır. 1885'de Fransız psikolog Pierre Janet, Gilbert adında bir doktorun Leonie adlı hastasını yalnızca düşünerek ipnotize ettiği ve aynı yolla onu Le Havre'nın diğer yanından çağırdığı deneylerini gözlemlemiştir. 1890'larda Dr. Paul Joire, gözü bağlı ve ipnoz altındaki hastalarının zihninden geçirdiği emirlerine uymasını sağlamış ve aynı tür deneyler 1920'lerde, bunları *Experiments in Distant Influence* (Uzak Etkiler Altında Yapılan Deneyler) adlı kitabında anlatan Rus bilim adamı L. L. Vasiliev tarafından tekrarlanmıştır.

Catherine Crowe'u büyüleyen şey, insanın gücünün farkında olduğumuzdan çok daha fazla olduğunun açıkça ima edilmesidir. İnsanlar bedenlerinden ayrılabiliyor ve başka yerlerde olan olaylara tanıklık edebiliyorlarsa, ipnotize olmuş bir süje sokakta olanları anlatabiliyorsa, bir kız bir mıknatısa dönüşebiliyorsa, bir adam rüyasında geleceği görebiliyorsa materyalist bilim insanın yapabileceklerinin sınırları hakkında kökten yanılmış olmalıdır. Crowe, *Prevorst Kahinesi*'ni çevirdi ve ona göre, Kerner bir yalancı değilse, gerçekten tuhaf bir şeylerin olduğu açıkça ortadaydı. Bu, Jung-Stilling'in *Pneumatology* (Pnömatoloji) adlı eserinde olduğu gibi hayalet ve hortlaklarla ilgili ikinci el aktarmalar değildi; bu, yalan söylemek ya da kendini kandırmak için hiçbir nedeni olmayan bir adamın ilk elden açıklamasıydı. Kerner, nasıl Friederike'nin bir gece, "Aman Tanrım!" diye bağırarak uyandığını ve kilometrelerce uzakta, babasının cesedinin başında bekleyen bir doktorun bu haykırışı açıkça duyup cesedin dirilip dirilmediğine bakmak için nasıl hızla odaya koştuğunu tarif eder ve Bayan Crowe bunu, *Doğanın Karanlık Yüzü*'nde aktarır. Olay ruhlarla ilgili değildir. Bu, Friederike'in kendisinin sahip olduğu tuhaf bir güçtür. Bayan Crowe bu tür güçlerin, gücü kullanan kişinin denetimi dışında olması için mantıklı bir neden görememektedir. Mantıklı Viktorya döneminin insanları o nedenle onun kitabını heyecan verici bulmuştur. Kaşifleri yeni kıtalara giriyor, demiryolları dünyanın her iki ucuna dek uzanıyor, endüstrileri yeni servetler yaratıyor, bilimleri evrenin sırlarını ortaya çıkarıyordu. Bayan Crowe, eğer yanılmıyorsa, doğaüstüyle ilgili yeni bir bilim, insanların sanıldığından çok daha olağanüstü yaratıklar olduğunu kanıtlayabilirdi. Kitabı, insanın tüylerini diken diken eden bir iğrenç öyküler derlemesi değil, insanın potansiyelleriyle ilgili neşeli ve iyimser bir çalışmaydı.

Ne yazık ki, Viktorya döneminde bir kadın romancı, bilim adamlarını önemli bir meseleyi umursamamakta olduklarını konusunda ikna edebilecek biri değildi. Viktorya döneminin insanları zihinsel özgürlükleri için çok savaşmışlardı. 1690'larda hala cadılar asılıyordu; kilise, 1750'lilerin sonunda, dünyanın güneşin bir parçası olduğu ve fosillerin bugünkü yaratıkların ilkel atalarının kalıntıları olduğu savını geri alması için büyük natüralist Buffon'a baskı yapıyordu. Entelektüeller 1800'de, kilisenin yüzyıllardır süren baskısından son derece bıkmışlardı. Kiliseye bağlı bu zorbaların çöküşünü görmeyi çok istiyorlardı. O nedenle, ne zaman biri kilisenin entelektüel otoritesine karşı çıkmaya cesaret etse, tüm Avrupa'da tezahüratlar yankılanırdı. 1830'da, *Doğanın Karanlık Yüzü* yayımlandıktan iki yıl sonra, Alman teolog Ludwig Feuerbach, kişisel Tanrı düşüncesini reddettiği ve ölümsüz olma isteğini bencilce bir aptallık, diye nitelendirerek alay ettiği *Thoughts on Death and Immortality* (Ölüm ve Ölümsüzlük Üzerine Düşünceler) adında bir kitap yazdı. Feuerbach polisten baskı gördü ve üniversitedeki görevinden istifa etmeye zorlandı. On yıl sonra, bomba etkisi yaratan ve özgür düşünceli olanları bile korkutan *The Essence of Christianity* (Hristiyanlığın Özü) adlı çok daha radikal bir kitap yayımladı; Tanrı ve ölümsüzlüğün tehlikeli yanılsamalar olduğunu ve insanın, var olmayan bir cenneti düşlemekle zaman harcamayıp şimdiki zamanı yaşamayı öğrenmesi gerektiğini iddia etti. (Kitabın, temel mesajını "Din, toplumun afyonudur" sözüyle ifade eden Karl Marx'ın üzerinde çok büyük etkisi oldu.) İsveçli şair Gottfried Keller, *Green Heinrich* (Yeşil Heinrich) adlı romanında, Feuerbach'ı "şakıyarak binlerce insanın kalbinden Tanrı'yı söküp alan kuş formunda bir büyücü" olarak betimler.

İşte *bu* nedenle bilim adamları ve düşünürler doğaüstü olaylarla ilgili kanıtlara kulak vermeye razı olmuyorlardı. Kilisenin artık etkisini yitirmiş olmasından fazlasıyla mutlulardı ve dinin, arka kapıdan gizlice içeri girmesine izin vermeye niyetli değillerdi. Catherine Crowe kitabının başında insanın ölümsüz ruhuyla ilgili gerçeğini kanıtlamak istediğini itiraf ettiğinden, çoğu gerisini okumadı bile. Kasıtlı ya da kasıtsız, Bayan Crowe düşmana yardım ediyor ve onu avutuyordu.

Aslında, *Doğanın Karanlık Yüzü*'nün yayımlandığı yıl, bu düşman cepheden taarruza hazırlanıyordu.

***

Bir şeyin niteliğinin sonradan anlaşılabileceğini bilirsek, *Doğanın Karanlık Yüzü*'nün en ilginç ve önemli sayfalarının, Joshua Proctor adında bir sanayicinin evine hayaletlerin dadanışını anlatan sayfalar olduğunu kavrayabiliriz. Catherine Crowe burada vakayı dikkatle belgeleyerek aktarır; vaka daha sonra Psişik Araştırmalar Derneği araştırmacıları tarafından incelenecektir. Bu, tam bir psişik araştırmadır. Crowe vakayı aktarmaya, Joshua Proctor'un kendisine yazdığı mektupla başlar ve sonra da raporun ayrıntılarının doğruluğuna kefil olduğunu belirtir.

Perili ev o tarihten yalnızca kırk yıl önce, 1800'de bir değirmen olarak inşa edilmiştir. Yeni inşa edilen Newcastle-Shields demiryolu, biraz ileride bulunan bir viyadükten geçmektedir. 1840 Haziranında, Quaker* olan Proctor ailesinin kapı çalma sesleriyle rahatsız edildiği ve hoş olmayan bazı şeyler gördükleri haberi yayılır. Sunderland'de çalışan Edward Drury adında bir cerrah, bu dadanma vakasını oralı bir çiftçiden duyar. Dr. Drury bu tür konulara kuşkuyla yaklaşan biridir. Yine de, Metodizmin kurucusunun büyükbabası olan Peder Samuel Wesley'nin Ep-

* Quaker: Bir Protestan tarikatı üyesi. Ç. N.

worth'daki papaz evinde geçen ünlü bir poltergeist avının öyküsü onu büyülemiştir. Yaşlı Jeffrey adıyla bilinen bu hayalet 1716'da iki ay boyunca gürültüler yaparak ve inleyerek ortalıkta dolanmıştır. Ağır ağır soluma sesleri, cam kırığı sesleri, ayak sesleri ve tanımlanamayan daha bir dolu ses duyulmuştur. Peder Samuel, bu huzursuzlukların, bu gürültüler başlamadan önce uykusunda titreyen on dokuz yaşındaki kızı Hetty'le bir şekilde bağlantılı olduğunu fark eder. Bilim adamı Joseph Priestley olayı daha önce incelemiş ve bir aldatmaca olduğu kararına varmıştır. Dr. Drury de onunla aynı karara varmaya eğilimlidir; o nedenle Willington Değirmenine hayalet dadandığını duyduğunda, sahibi Joshua Proctor'a bir mektup yazarak, "sırrı çözmeyi" (yani onları aldatan kişiyi bulmayı) önerir. Bay Proctor nazik bir dille yanıt vererek, Dr. Drury'nin önerdiği tarihte ailesiyle birlikte bir yolculuğa çıkacaklarını, ancak onlar yokken, çalışanlarından birinin eve göz kulak olacağını yazar. Yine de Drury gelip, evde kalmak isterse kendilerine kapılarının açık olduğunu ekler.

Drury, kendine moral vermesi için yanında bir arkadaşını götürmeye karar verir. Ayrıca, herhangi bir şakayı engellemek amacıyla kazara birini yere düşüreceği birkaç tabanca alır. Eve vardığında, Joshua Proctor'ın tatilden tek başına döndüğünü görür. Proctor öylesine dürüst birine benzemektedir ki, Drury "kazaya" gerek olmadığına karar verir.

O gece olanlar, Drury'nin doğaüstünün gerçekliğine inanmasına neden olur. Hatta, olanlar onu öylesine korkutur ki bir kulağı kısmen sağır olur ve sağlığı geçici olarak bozulur. Gördüklerini, olayın hemen sonrasında anlatamayacak kadar dengesini yitirmiş gibidir, ancak oradan ayrılmadan önce Joshua Proctor'a olayı etraflıca anlatan bir mektup yazacağına söz verir. Bu mektubu 13 Haziran 1840'da, perili değirmen evinde kaldıktan on gün sonra yazar.

Tekrar kaldığımız yere dönelim. Dr. Drury ve arkadaşı T. Hudson eve varır ve Proctor tarafından hoşça karşılanırlar. Ev sahibi onlara evi gezdirir. Dr. Drury ve Hudson saat on birde üçüncü katın merdiven sahanlığında, "perili odanın" hemen dışına yerleşirler. (Drury, "Duyacağı herhangi bir gürültüyü sakin bir biçimde açıklamayı umduğunu" söylese de, cesaretin yarısının sağduyulu olmak olduğuna karar vermiş olmalıdır.) Yaklaşık bir saat sonra, "bir sürü insanın çıplak ayakla, hızla yürüdüğü hissini uyandıran" sesler duyarlar. Ardından, ayaklarının hemen altındaki tahta döşemelere sanki biri parmaklarının boğumlarıyla vuruyormuş gibi sesler duyarlar. Ardından, perili odadan "boğuk bir öksürük" sesi geldiğini işitirler ancak anlaşılan, bunu incelemekten vazgeçerler. Sonra da, merdivenlerden sanki biri yukarı çıkıyormuş gibi gıcırtılar yükseldiğini duyarlar.

Dr. Drury üşüdüğünden, bire çeyrek kala yatacağını söyler; Hudson ise tan ağarıncaya kadar uyumamaya niyetli olduğunu belirtir. Dr. Dury saatine bakar ve kaç olduğunu not eder. Saatinden başını kaldırınca, dolabın kapısının açıldığını ve "gri giysiler giymiş, başını yere eğmiş ve bir eli göğsünün üzerinde olan bir kadın figürünün" kendilerine doğru yürüdüğünü görür. Hudson uyumuştur ancak Dr. Drury'nin "korkunç çığlığıyla" uyanır. Drury figüre doğru koşar ama... "Onu yakalamak yerine, arkadaşımın üzerine düştüm ve yaklaşık üç saat boyunca hiçbir şey anımsayamadım. Daha sonra, korku ve yılgınlık dolu bir ıstırap içindeyken aşağı kata taşındığımı öğrendim."

Catherine Crowe, Dr. Drury ile Joshua Proctor'un tüm mektuplarının yanı sıra, yerel bir tarihçinin, yerel bir gazetenin sahibinin ve hayaleti gören dört kişinin anlattıklarını yayımlar. Hatta, başka hayaletler de görülmüştür; papazların giydiği gibi beyaz cüppe giymiş birisi ikinci kattaki odada yerden yetmiş seksen santimetre yukarıda süzülmüştür. Yerel tarihçi ise anlattıklarına ek olarak, Proctor'ın kısa bir süre önce bulduğu eski bir kitapta, iki yüz yıl önce aynı yere inşa edilmiş eski bir evde de benzer olayların görüldüğünün anlatıldığını belirtir. Bayan Crowe bu olaya ayırdığı bölümü, Proctor'un evi boşaltıp çalışanları için "küçük bir lojmana" dönüştürmeye karar verdiğini söyleyerek noktalar.

Bu öyküyü bu denli ilginç yapan şey, sekiz yıl sonra Hydesville, New York'ta gerçekleşecek olan ve on dokuzuncu yüzyılın spiritüalist hareketini başlatacak bir başka dadanma vakasına çok benzemesidir. Willington'da ise, Hydesville'de olduğu gibi, poltergeist fenomeniyle alışılagelmiş hayalet dadanmalarının bir karışımı söz konusuydu. Dr. Drury, Hydesville'de yaşayan Bayan Margaret Fox'un cesaret ve merakına sahip olmuş olsaydı, Spiritüalist hareket büyük olasılıkla İngiltere'de on yıl önce başlamış olabilirdi.

Hydesville vakası 31 Mart 1848'de, James D. Fox adındaki Metodist bir çiftçinin, eşi Margaret ve on dört yaşındaki Margaretta ve on iki yaşındaki Kate adlı iki kızı ile birlikte yaşadığı bir ahşap evde başlamıştır. Hydesville Rochester, New York'a yakın küçük bir kazadır. James Fox, Aralık ayında eve taşınmıştır. Daha önceki kiracı,

Michael Weekman hangi nedenden kaynaklandığını anlayamadığı yüksek darbe seslerinden rahatsız olmuştur.

Fox ailesi de 1848 Mart'ının son günlerinde türlü darbe sesleri nedeniyle geceleri uyuyamaz olmuş, ancak hava o ay çok rüzgarlı olduğundan, aşırı derecede rahatsız olmamışlardır. Aile 31 Mart Cuma akşamı, uykusuz olduğu için erken yatmaya karar verir. Bay Fox tüm evi dolaşarak kepenkleri ve pencereleri kontrol eder. Bay Fox, pencerelerin ne kadar sağlam olduğuna bakmak için onları salladığında, çocuklar darbe seslerinin Bay Fox'un pencereleri sallaması sırasında çıkan seslere yanıt verircesine evin içinde yankıladığını fark ederler.

Tüm aile, aynı odada bulunan iki yatakta yatmaktadır. Darbe sesleri, anne baba yatmadan hemen önce yeniden başlar. Kate küstahça: "Bay Splitfoot, benim yaptığımı yap," der ve parmaklarını şaklatmaya başlar. Kızlar, darbe seslerinin Kate'i taklit ettiğini hayretle fark ederler. Margaret araya girer: "Benim yaptığımı yap," der ve ellerini çırpmaya başlar. Yine sesler onu taklit eder. Çocuklar ertesi gün 1 Nisan olduğunu anımsayarak, birilerinin kendilerine şaka yaptığına karar verir. Bayan Fox olanları kendine göre açıklar:

> *Bu olaydan sonra, seslere, o bölgede yaşayan kimsenin yanıtını bilemeyeceği sorular sormaya karar verdim. Seslere, çocuklarımın yaşlarını belirtecek sayıda peş peşe vurmasını söyledim. Tüm çocuklarımın yaşları, birbirinden ayırt edilmesi için yeterli bir ara verilerek o anda doğru olarak belirtildi ve sıra yedinciye [çocuğa] geldiğinde daha uzun bir ara verilip hafif darbelerle vuruldu, ki bu da ölen en küçük çocuğumun yaşına denk geliyordu...*

Bunun bir şaka olmadığı açık olduğundan artık oldukça korkmaya başlayan Bayan Fox, gürültüleri yapanın insan olup olmadığını sorar; yanıt gelmez. "Peki ruh mu? Öyleyse, iki kere vur," der. Öylesine güçlü iki darbe vurulur ki, ev sallanır. Onun, "yaralı bir ruh" olup olmadığını sorar ve yine evi sarsacak güçte darbeler duyulur. Bazı sorular daha sorulduktan sonra darbe seslerinin otuz bir yaşında ölen bir erkeğe ait olduğu, bu evde öldürüldüğü, bir eşi ve beş çocuğu olduğu ortaya çıkar. Bayan Fox, ruha komşularını çağırmasında herhangi bir sakınca görüp görmediğini sorar; darbeler, "Hayır," yanıtını verir.

Fox ailesi yaklaşık on dört komşusunu eve çağırır. Aralarından birinin adı William Duesler'dir ve kendi karısını, tüm bunların saçma olduğu ve seslerin gizemli bir yanı olamayacağına ikna etmiştir. Eve gittiğinde, komşulardan bazıları yatak odasına çıkamayacak kadar korkmaktadır ancak Duesler kaygısızdır. Odaya çıkıp yatağın üstüne oturur ve Bayan Fox'un sorularının yatağı titreten darbelerle yanıtlandığını görünce hayrete düşer. (Daha sonra bazı yazarlar, bu sesleri çocukların parmaklarını çıtlatarak çıkardıkları konusunda ısrar ederler ancak parmak çıtlatmanın, evi nasıl sarsıp yatağı titretebildiğini anlamak zordur.)

"Ruhu" sorgulama işini Duesler sürdürür. Darbelerden oluşan bir şifreyle, varlığın, üstünde taşıdığı 500 doları için bu evde bulunduğu sırada saldırıya uğrayarak öldürülen Charles B. Romsa adında bir seyyar satıcı olduğunu öğrenir. Cinayet beş yıl önce ve evin bir önceki kiracısı Bay Bell tarafından işlenmiştir. Lucretia Pulver adında bir hizmetçi, daha sonra, bir seyyar satıcının geceyi o evde geçirdiğini, kendisinin o gece kendi evine gönderildiğini, ertesi gün eve döndüğünde satıcının gitmiş olduğunu hatırladığını belirtir.

Bu şaşırtıcı olayların haberi bölgede yayılınca, eve yüzlerce insan akın eder. Duesler, 2 Nisan Pazar günü öldürülen adamın cesedinin kilerde gömülü olduğunu öğrenir. Bu, bir doğrulama olanağı sağlar ve James Fox ile komşuları küreklerle toprak zeminli kilere iner. Doksan santimetre derine indiklerinde su çıkar ve bu girişime son verirler. Ancak, Temmuz ayında su çekildiğinde yeniden kazarlar ve bir buçuk metre derine inince uzun bir tahta bulurlar; tahtanın altında bulunan sönmemiş kireç katmanının içinde insan saçı ve birkaç kemik vardır.

Bir hayalet tarafından cinayetle suçlandığı söylenen Bay Bell suçlamayı öfkeyle reddeder ve Lyon, New York'taki komşularından ne denli iyi bir insan olduğunu anlatan referanslar toplar. Ruh, daha önceden katilin adalet karşısına çıkarılamayacağı kehanetinde bulunmuştur.

Kuşkucu Frank Podmore, *Modern Spiritualism* (Çağdaş Spiritüalizm) adlı eserinde bu vakayla ilgili şu yorumu yapar: "Sözde cinayeti ya da sözde öldürülen adamın varlığını doğrulayıcı herhangi bir kanıt bulunamamıştır." Bu, 1902'de yazılmıştır. İki yıl sonra, Kasım 1904'te Fox ailesinin evinin kilerindeki bir duvar yıkılınca, gerisinde bir başka duvar olduğu ortaya çıkar. İki duvarın arası kazılınca bir iskelet ve bir satıcının teneke kutusu bulunur. Sanki biri cesedi gerçek mezarından çıkartarak onu duvarın dibine defnetmiş, ardından arayanları şaşırtmak için bir başka duvar inşa etmiştir.

İlk tezahürü izleyen günlerde, tanıkların ifadelerinin alınması için bir komite oluşturulur. Araştırmacıların tümü seslerin doğaüstü bir kaynaktan geldiğine ikna olmamıştır; ancak, kimse bundan Fox ailesinin sorumlu olduğunu iddia etmemiştir. Ailenin her üyesi odadayken, bu darbe seslerini anne babanın ya da çocukların yapıyor olması açıkça olanaksızdır.

Kısa bir süre sonra herkes, çocuklar -özellikle de Kate- evde olmadığı zaman hiçbir şeyin olmadığını fark eder. Kuşkucu Rochester'lı vatandaşlardan oluşan bir komite vakayı araştırmak için eve gelir; Margaret'in seslerden kesinlikle sorumlu olmadığı konusunda hemfikirdirler. İkinci ve üçüncü bir inceleme sonucunda aynı sonuca varırlar. Çocuklar soyulur ve üzerlerinde, bu sesleri oluşturacak herhangi bir mekanik alet olup olmadığına bakılır. Ayak bilekleri bağlanarak yastıkların üzerine konur; darbeler devam eder.

Çocukları ayırırlar; Kate, Rochester'daki ablası Leah'nın yanına, Margaretta Auburn'deki ağabeyi David'in yanına gönderilir. "Ruhlar" ikisinin de peşinden gider. Darbe sesleri duyulur ve insanlar, görünmez ellerin kendilerine dokunduğunu hissederler. Leah'nın evinde, Calvin Brown adındaki bir kiracı, ruha karşı hafif alaylı bir tavır takınınca, ruh ona bazı objeler fırlatarak onu rahatsız eder. Bayan Fox'un şapkası başından, tarağı saçlarından çekilip alınır. Aile üyeleri dua etmek için diz çöktüklerinde bedenlerine iğneler saplanır. Ağabey David'in pansiyonunda da benzer şeyler olur. Olan bitenin hepsinden öldürülen satıcının sorumlu olmadığı ortadadır. O hala Hydeville'deki evde, çağıltı sesleri ve sanki yerde bir ceset sürükleniyormuş gibi sesler yaratmaktadır. Bayan Fox'un saçlarına kır düşer. Kate'le iletişim kuran bir ruh, Jacob Smith adında ölü bir akrabaları olduğunu iddia eder. Abla, Leah Fish de ruhlarla iletişim kurabildiğini fark eder ve mesajlar aktarmaya başlar. Auburn'deki eve konuk olup darbe seslerine tanık olan Harriet Bebee adında on altı yaşındaki kız, otuz iki kilometre uzaklıktaki evine döndüğünde seslerin onu takip ettiğini fark eder.

Fox ailesi Rochester'a taşınır, ancak tezahürler devam eder. Bazen darbeler öylesine yüksek sesli olur ki, kilometrelerce uzaktan duyulur. Anlaşılan, "yaralı ruhtan" sonra işi, gürültücü ruhlar devralmıştır. Bir gün Isaac Post adında bir konuk, ruha sorular sormaya başlar ve son derece yüksek bir darbe tufanıyla yanıtlanır. Ardından, ruh alfabetik bir şifre aracılığıyla bir mesaj iletir: "Sevgili dostlar, bu gerçeği dünyaya ilan etmelisiniz. Bu, yeni bir çağın doğuşudur. Tanrı sizi koruyacak ve iyi ruhlar sizi kollayacaktır." Ardından, "Spiritüalizmin"[3] bir dizi tipik tezahürü ortaya çıkar. Masalar hareket eder ve bacaklarıyla sesler çıkartırlar; görünmez parmaklar müzik aletlerini çalar, odada objeler dolanır. Ruhlar karanlıkta tezahür etmeyi yeğlediklerini ima ederler; bu da kuşkucuların düşüncelerini doğrular. Diğer inananlar, ruhun emrini yerine getirmenin ve "bu gerçeği dünyaya ilan etmenin" zamanının geldiğine karar verirler. 14 Kasım 1849'da Rochester'da Corinthian Salonu'nda ilk Spiritüalist toplantı gerçekleştirilir.

Yerel tarihçi M. A. Richardson, Willington Değirmenindeki ilk hayalet dadanma vakalarını anlatırken, şu görüşünü bildirir:

> *Görünmez alemden ziyaretler hakkında bir sonuç çıkartacak olsaydık, doğaüstü olayların yeniden başlamakta olduğunu ve hayalet ile gulyabanilerin insanoğlunun korkularını yönetmeye başlayacağına inanmaya itilmiş olurduk.*

Bu, 1840'ların ölçülerine göre bayağı zekice bir gözlemdi. İletişimin gelişmesine ve gazetelerin sayıca çoğalmasına bağlı olsun ya da olmasın, bu dönemde hayalet benzeri tezahürlerde artış olduğu gerçekten açıkça görülür. Geçmişe bakınca, öyle tuhaf bir manzara ortaya çıkar ki sanki ruhlar, kendilerini fark ettirme zamanının geldiğine karar vermiş gibidirler. Bu tür tezahürler elbette yüzyıllardır vardır. Elizabeth dönemi astroloğu Dr. John Dee, Edward Kelley adında bir "görücü" (ya da daha sonra denildiği gibi, bir medyom) aracılığıyla ruhlarla kurduğu iletişimleri kalın bir kitapta aktarır. Epworth'daki poltergeist vakası, Stockwell'deki poltergeist vakası (Catherine Crowe'un anlattığı), Cock Yolu hayaleti ve Tedworth'ün hayalet davulcusu gibi vakalar[4] yaygın bir heyecan uyandırmış ve o dönemin kitapçıklarına konu olmuştur. 1847'de Andrew Jackson Davis adında genç bir Amerikalı ayakkabıcı ipnotize edilir ve *The Principles of Nature* (Doğanın İlkeleri) adlı olağanüstü ve son derece önemli bilgiler içeren, sonradan edebi bir sansasyon yaratan eseri yazar. Bu olağanüstü kitapta Davis, "Ruhlarla ilgili gerçek, uzun bir süre boyunca canlı bir gösteri formunda olacak ve insanların maneviyatı açıldığında, dünya o çağın içlerine girişini sevinçle selamlayacaktır," kehanetinde bulunur. Bu eserin yayımlanışını izleyen dört yıl içerisinde, Spiritüalizm tüm Amerika'ya yayılır ve Avrupa'da da hızla ilerler.

Fox kardeşler, her nedense, bir Spiritüalist patlamaya neden olmuştur. İnsanlar tek yapmaları gereken şeyin, tercihan yanlarında bir medyomla, yani ruhlarla daha önce iletişim kurmuş olan biriyle karanlık bir odada oturmaları olduğunu ve çoğunlukla kısa bir süre sonra tezahürlerin oluştuğunu keşfederler. Belki birkaç müzik aleti dışında, hiçbir araç gerekli değildir. 1850'de Rochester bölgesinde yüzden fazla medyom ortaya çıkar. Buffalo, New York'ta Davenport soyadlı iki erkek ve bir kız kardeş, Fox kardeşlerin tezahürlerini sergiledikleri bir seansa katılıp aynısını kendileri de yapmaya karar verirler; aslında, Hydesville tezahürlerinden iki yıl önce, 1846'da, kendi evlerinde de esrarengiz darbe sesleri duyulmuştur. Ira, William ve Elizabeth Davenport karanlık bir odada ellerini bir masanın üzerine koyarak oturduklarında, masa hareket etmeye başlar, odanın her yerinde darbe sesleri duyulur ve Ira eline bir kalem aldığında eli kendiliğinden yazı yazmaya başlar. Yanlarında tanıkların da olduğu birkaç gece sonra, üç kardeşin havaya yükseldiği görülür. Beşinci "seanslarında," Ira'ya, darbe sesleri aracılığıyla, bir tabancayla odanın bir köşesine ateş etmesi talimatı verilir. Silah patlayınca Ira'nın elinden alınır ve bir an bir erkek figürünün silahı tuttuğu görülür. Hemen ardından görüntü kaybolur ve silah yere düşer. Adam, darbelerden oluşan bir şifreyle kendini "John King" olarak tanıtır; o, medyom ve ruhların arasında arabuluculuk yapan bir "kontrolün" (ya da tören yöneticisinin) ilk örneklerinden biridir. John King, bir süre sonra kardeşleri doğrudan denetimine alıp onların ağzından konuşur. Davenport kardeşler, Fox kardeşlerden daha da ünlü olurlar.

Dover, Ohio'da, Jonathan Koons adında hali vakti yerinde bir çiftçi, karanlık bir odada oturup transa girerek medyomluk becerisini keşfeder. Onunla konuşan ruhlar, sekiz çocuğuna da medyomluk armağanının bahşedildiğini ve yalnızca spiritüalist çalışmalarda kullanılması için ağaç kütüklerden beş metreye dört metre boyutlarında bir ev yapmasını söylerler. İçinde çok sayıda müzik aleti vardır: davullar, üçgenler, tefler, bir banço, bir akordeon, bir harp, bir gitar vb. Oda, üstüne fosfor sürülmüş nemli kağıtlarla loş bir şekilde aydınlatılmıştır. Medyomlar -çoğunlukla Koons ve on sekiz yaşındaki oğlu Nahum- küçük bir masaya, seyirciler de sıralara oturduklarında Koons keman çalar ve ruhlar, gerçek bir orkestra oluştururcasına ona katılırlar. Tanıklar, kalabalık bir koronun da onlara eşlik ettiğinden söz ederler. Sesler çok etkileyicidir ve bir buçuk kilometre öteden duyulmaktadır. Ardından bir ses havada asılı duran bir trompeti kullanarak vaaz verir. Bir el odanın çevresinde dolanarak insanlara dokunmakta ve onlarla tokalaşmaktadır. Bu şaşırtıcı olayı görmek için ülkenin dört bir yanından insanlar gelir ve ruhlar, odada bulunan herhangi birinin bilemeyeceği, yabancılarla ilgili bilgiler vererek her birini etkilerler.

Aslında bu, ruhların en ikna edici yanıydı; görünüşe göre her türlü bilgiye sahiptiler. Boston'da, bir gazete editörünün eşi olan Bayan W. R. Hayden, bir İngiliz matematikçisinin eşi olan Augustus de Morgan'ı, onun merhum arkadaşıyla ilgili ayrıntılar aktararak korkutur; Bayan Hayden'in Bayan Morgan'ın merhum arkadaşını vaktiyle tanımış olması imkansızdır. Bayan de Morgan onu, "test koşulları" altında seanslar düzenlediği İngiltere'deki evine çağırır. İngiliz gazeteleri, Amerikalıların bu son modasının sahtekarlık ve yanılsamaya dayalı olduğuna (İngilizlerin bunu yutamayacak kadar aklı başında insanlar olduğuna) inanarak, onunla açıkça dalga geçerler ancak Bayan Hayden kendisini izleyenlerin çoğunu ikna etmeyi başarır. Uzun süren gece saatlerinde oyalanmak için "masa döndürmeyi" deneyen İngiliz orta sınıfının saygın üyeleri, bunun gerçekten olabileceğini görünce hayret ederler. Bir gazeteci birkaç yıl sonra şöyle yazar: "O günlerde yeni bir heyecan olan 'Çay ve Masa Döndürme'ye çağrılırdınız ve ev ahalisiyle birlikte bazı eşyaların döndürülmesi için uğraşmanız istenirdi." Kraliçe Victoria ve Prens Albert bile bunu Osborne'da dener ve masa öylesine ikna edici bir biçimde döner ki, Kraliçe hiçbir hile olmadığından emin olur; yanıtın bir tür elektrik ya da manyetizmayla ilgili olduğuna karar verir.

Fransızlar, bu yeni eğlenceyi benimsemeye hazır olmanın da ötesindedir çünkü onlara şifa, durugörü ve bu tür başka gizemlerin "hayvansal cazibe" denilen gizemli bir güçten kaynaklandığını öğreten Mesmer'la ilgili yarım yüzyıldır süren tartışmalar onları tuhaf fenomenlere alıştırmıştır. 1851'de masa döndürmek son derece moda olmuştur. Ruhlar kısa bir süre sonra, itibarlı birinin düşüncelerini değiştirmesine neden olur. Bu kişi, Allen Kardec adıyla tanınacak olan, elli yaşındaki eğitimci Denizard-Hyppolyte-Leon Rivail'dir. Rivail, ünlü eğitimci Pestalozzi'nin öğrencisidir ve yirmi dört yaşındayken kendi okulunu açmıştır. Aritmetik, dilbilgisi, imla, kafadan hesap yapma, eğitim reformu üzerine popüler kitaplar yazmış ve astronomi, fizik ve anatomi üzerine son derece başarılı, ücretsiz dersler vermiştir. Aynı zamanda, frenoloji ve manyetizmanın coşkulu bir öğrencisidir.

Rivail, 1855 Mayısında, M. Fortier tarafından "büyülenerek" transa giren ve zihin okuyabilmenin yanı sıra bir dolu şaşırtıcı beceri sergileyen Madam Roger'la bir ipnoz seansına katılır. Rivail orada, Grange-Bateliere'deki evinde sürekli çok daha tuhaf fenomenler gerçekleştiğini söyleyen Madam Plainemaison'la tanışacaktır. Rivail eve gitmeyi kabul eder ve gördükleri onu hayrete düşürür. Masalar "dönmekle" kalmayıp aynı zamanda zıplayarak odadan dışarı da çıkmaktadır. Mesmer'in takipçisi, bu fenomenlerin yaşamını adadığı aklın gücüne meydan okuduğuna inanır ve işin aslını anlamaya karar verir. Rivail, Madam Plainemaison'un evinde, otomatik yazı yazan iki kızı olduğunu söyleyen Baudin adında bir adamla tanışır. Genç kızlar, masa döndürerek arkadaşlarını eğlendirirken bu güçlerini kazara keşfetmişlerdir; birisi kızlar için, "dünyevi ve uçarı yaradılıştalar," yorumunu yapmıştır. Bu, aklı selim bir adam olan Rivail'i amacından caydırmaz ve masaya önemli felsefi sorular sormaya başlar. İnsanoğlunun zaman içinde evrenin temel yasalarını anlayıp anlamayacağı sorusuna masa, "Hayır. Bu alemde insanın anlayamayacağı bazı şeyler vardır," diye yanıt verir. Rivail, maddenin yaratılıştan beri var olup olmadığını sorunca masa (belki biraz usanarak), "Bunu yalnızca Tanrı bilir," diye yanıt verir.

Rivail için, iletişim kuran şeyin, kızların şuuraltı zihinleri değil de gerçekten ruhlar olduğu açıkça ortadadır. (Şuuraltı kavramı, o günlerde bile kabul görüyordu.) Hatta, iletişim kuran varlıklar kendilerini "dahilerin ruhları" olarak tanıtıp, içlerinden bazılarının (hepsinin değil) yeryüzünde yaşamış olan dahilerin ruhları olduğunu söylerler.

Rivail heyecanla, bu malzemenin etkileyici bir içsel tutarlılığı olduğunu ve kalıbının, evreni baştan sona tümüyle kucaklayan felsefi bir düzeni ortaya koyduğunu fark eder. "Otomatik yazılar" toplayan diğer arkadaşları, hatta oyun yazarı Sardou elli defterden fazla tutan kendi bilgilerini Rivail'e verirler. Rivail'e, tüm bu bilgileri *The*

Spirits Book (Ruhların Kitabı) adında bir kitap haline getirmesi söylenir. Ruhlar, çalışmayı yayımlarken Rivail'in kullanacağı takma adın ne olması gerektiğini bile söylerler: Allan Kardec. Ruhlara göre, her iki adı da daha önceki bedenlenmelerinde taşımıştır. *Ruhların Kitabı* 1856'da yayımlandığında hemen ünlenir ve hızla Spiritüalizmin (ya da Kardec'in yeğlediği adla Spiritizmin) bir klasiği olur.

Ruhların Kitabı'nın mesajını özetlemek kolaydır. İnsan, iç içe geçmiş dört bölümden oluşur: beden, "yaşamsal öz" (aura), akıllı can ve spiritüel can; daha önce *Prevorst Kahinesi*'nde ve Steiner'da karşılaştığımız bölümler. Ruhlar, "evren halkı"nı meydana getiren akıllı varlıklardır. İnsan, fiziksel bir bedene hapsedilmiş bir ruhtur. Tüm ruhların kaderi mükemmeliyete doğru evrimleşmektedir. Ruhun üç temel sınıfı vardır: maddeye hapsolmuş "alt ruhlar", ahlaksal doğası yalnızca iyiyi isteyecek derecede evrilmiş "ikinci derece ruhlar" ve evrimlerinin doruğuna ulaşmış "mükemmel ruhlar." Alt Ruhlar, kötü niyetle hareket eden kötü ruhlardan, yaramazlık yapmaktan hoşlanan önemsiz "gürültücü ruhlara" kadar uzanan bir aralıktadır. Bu sonuncu grup, daha çok poltergeist şekliyle bilinmektedir. Bir ruh, ölümden sonra bir süre ruh aleminde zaman geçirir ve ardından, yeryüzünde ya da başka bir alemde tekrar bedenlenir. Dünyasal yaşamın amacı ruhların evrimleşmesine olanak sağlamaktır. Ruh, bir sonraki yaşamında çekeceği sıkıntıları bir dereceye kadar kendi seçer. (Bu, kendimiz seçmiş olduğumuz için, yazgımızdan şikayet etmenin bir anlamı olmadığı manasına gelir.)

Kardec'in "ruh öğretisi" bir nokta dışında, Swedenborg'a kadar gelmiş geçmiş diğer spiritüalistlerin öğretilerinin çoğunu kabul ediyordu; ancak, o nokta yani reenkarnasyon, Fransız Spiritüalist hareketiyle ciddi bir tartışma nedeni oluşturuyordu. *Ruhların Kitabı*'ndan çok önce, 1848'de, Alphonse Cahagnet tarafından *Secrets of the Future Life Unveiled* (Gizemi Çözülmüş Gelecek Yaşamın Sırları) adlı bir kitap yazılmıştı (kitap hemen ikinci ve üçüncü baskısını yapmıştı). Cahagnet, marangozdu ve "uyurgezerlik" (ipnotizma) onu otuzlu yaşların ortalarında büyülemişti; arasında en etkileyicisi Adèle Maginot olan birçok süjeyi ipnotik transa sokar ve onların ölüm sonrası yaşamla ilgili anlattıklarını kaydederdi. Adèle'nin bu denli etkileyici olmasının nedeni, ölülerden -ve bazen de ortadan kaybolmuş yaşayanlardan- aktardığı mesajların son derece ikna edici kanıtlarla dolu olmasıydı. Cahagnet, *The Spiritualist Magnetiser* (Spiritüalist Cazibe) adını verdiği ve sonradan Swedenborg'un taraftarı olup reenkarnasyona inanmayan Z. Piérart tarafından redaksiyonu yapılıp *The Spiritualist Revue* (Spiritüalist Revü) adı verilen bir günlük yazmaya başladı ve Fransız Spiritüalist hareketi kısa bir süre sonra, Cahagnet ile Kardec'in taraftarları arasında ağır tartışmalarla ikiye ayrıldı. Reenkarnasyonla ilgili söyleyebilecek bir şeyleri olmadığından, Kardec Adèle gibi trans medyomlarını eleştirirken, Cahagnet ile taraftarları da otomatik yazıya kuşku ve küçümsemeyle bakıyorlardı. Kalp rahatsızlığı olan Kardec 1869'da, *Ruhların Kitabı* yayımlandıktan yalnızca on üç yıl sonra ölürken, Cahagnet daha birçok etkileyici kitap yazarak 1885'e dek yaşayıp daha da önem kazandı. Böylece, hareket gitgide güçlenirken Kardec'in spiritüalizm anlayışı yavaş yavaş unutuldu. Kardec'in Spiritizm anlayışı ise yalnızca (büyücü doktorların büyü yaparken yardım almak için sık sık ruh çağırdığı bir ülke olan) Brezilya'da köklendi ve ülkenin başlıca dinlerinden biri olarak bugüne dek gelişti.

Bu noktada durup, bir soru sormak yararlı olacaktır: Tüm bunlar ne anlama geliyor? Spiritüalizmle ilgili rahatsız edici bir şey var. Rosalind Heywood gibi bazı insanların durugörü gibi tuhaf güçlere sahip olması başka bir şeydir, hayal gücünden yoksun bir din öğretmeninin zihin karıştıran sözlerine benzeyen ruhsal öğretileri ezberlemek ise çok daha başka bir şeydir. Swedenborg ya da Kardec'in öğretileri kendi içlerinde kabul edilmez değildir. İnsanın bir yaşamsal bedene, bir astral bedene ve bir de benlik bedenine sahip olduğu görüşü akla oldukça yatkındır; hatta bazıları kendi kendini gözlemleyerek alt benliğin desteğiyle, sıkıntı ve aşağılanmalarımızı alaycı bir tavırla küçümseyen üst benliğimizin kendine özgü gözlemleri arasındaki farkı ayırt edebilirler. Ancak Kardec bize, Tanrı'nın ruhları yarattığını ve sonra da onlara mükemmeliyete doğru evrimleşme görevi verdiğini söylediğinde, durum değişir. Tanrı en başında *niye* ruhları yaratma zahmetine girmiştir ki? Niye onları baştan mükemmel yaratmamıştır ki? Ruhların mutlaka, medyomlar aracılığıyla, yaşayan akrabalarıyla iletişim kurmak ve ölümden sonraki yaşamın mutluluğu ve yaşayanların önemsiz sorunlarıyla ilgili mesajlar iletmekten çok daha önemli işleri olsa gerek. Bilim, felsefe ya da büyük mistiklerin vizyonlarıyla karşılaştırdığımızda spiritüalizm aracılığıyla elde edilen açıklamalar son derece tuhaf ve sıradan görünmektedir.

Bu durum, bilim adamları ve düşünürlerin spiritüalizme hemen karşı çıkmalarının nedenini açıklar. Spiritüalizm bir volkanik inanç patlaması gibiyken, bilim adamlarının kuşkuyla verdikleri yanıtlar soğuk su gibidir. Kaynayan lav ve soğuk suyun karışımı, her şeyi örten son derece büyük bir buhar kütlesi çıkmasına neden olur. Çoğu bilim adamı kanıtlara inanmıyor değildir; yalnızca kanıtları incelemeye karşı çıkmaktadır. T. H. Huxley bir sözüyle yaygın düşünceyi dile getirmiştir: "Her şey bir yana, tüm bunlar doğru olabilir, ancak konuya bir türlü ilgi duyamıyorum."

Bu tür bir tutumun bilimsel olduğu söylenemez. Bir saatlik boş zamanı olan herhangi biri, kanıtları son derece karşı konulmaz bulacaktır. Açıklanmış yüzlerce, hatta binlerce beden dışı deneyim, ölülerin görünmesi, geleceğin yanlışsız görülmesi ve poltergeist vakaları vardır. Aklı olan biri bunları kabullenmeye hazırlıklı olmalı, "Konuya hiçbir ilgi duymuyorum," gibi bir yorumla bunları bir kenara atmamalıdır.

Ölümden sonraki yaşamı ya da ruhların varlığını, yorum yapmaksızın kabullenebilir miyiz? Biraz zor. Örneğin, Willington'daki eski değirmen evine dadanan hayaletleri düşünün. Bir erkek figürünün oda boyunca yerden bir pencere pervazı yüksekliğinde, yetmiş-seksen santimetre havada yürümesi ilginç bir durum ortaya çıkarır. Bu onun, o anda var olmayan bir zeminde yürüdüğüne işaret eder. Değirmen evin, eski bir evin yerine inşa edildiğini biliyoruz. Sir Oliver Lodge'ın "bant kaydı kuramı" özellikle bu hayaleti açıklayabilirmiş gibi görünüyor. Bu evin, bir vadinin dibinde, bir derenin yanında ve dolayısıyla nemli bir yerde bulunduğu dikkatimizi çeker. T. C. Lethbridge, hayaletlerin suyun elektrik alanındaki "bant kayıtları" olduğunu ve çoğunlukla nemli yerlerde görüldüğünü ileri sürmüştür.

Yerel tarihçinin, değirmen evinin yaklaşık 1800'lerde

inşa edilmesine karşın Bay Proctor'ın küçük çocuklardan oluşan ailesi birtakım huzursuzluklar yaşayana kadar orada hiçbir hayalet dadanma vakası kaydedilmediği şeklindeki yorumuna da dikkat edilmelidir. Daha sonra on dokuzuncu yüzyılda, "gürültücü ruhlar" fenomeni araştırmacıları, olay yerinde çoğunlukla çocukların bulunduğuna ve içlerinden birinin genellikle huzursuzluğun "odağı" olduğuna dikkat çeker; gerçekten de, Peder Samuel Wesley'nin, "Yaşlı Jeffrey" gürültüler yapmadan hemen önce kızı Hetty'nin uykusunda titrediğini fark ettiğini anımsayabiliriz. Bölünmüş beyin fizyolojisi bize, zihnimizin içinde iki farklı insan olduğunu öğretir. Belki de, Yaşlı Jeffrey, Hetty Wesley'nin şuurdışı zihninin ya da sağ beyninin bir tür tezahürüdür.

Hatta, bu akla yatkın psişik fenomen daha sonra on dokuzuncu yüzyılda zeki bir gazete editörü olan Thomson Jay Hudson tarafından *The Law of Psychic Phenomena* (Psişik Fenomen Yasası) (1893) adlı kitabında ileri sürülmüştür. Hudson, ipnotizma ve insanların ipnoz altında geliştirdikleri sıra dışı güçlerden çok etkilenmiştir. Bir insanın, "objektif zihin" ve "sübjektif zihin" dediği iki ayrı "benliği" olduğuna inanmıştır. Sübjektif zihin *içe* dönüktür; içsel varlığımızı, içimizde olanları denetler. Normalde, sübjektif zihin objektif zihinden etkilenir ve korkar, o nedenle kendini hemen hemen hiç ortaya çıkarmaz. Ancak, objektif zihin bir ipnotizmacı tarafından uyutulduğunda, sübjektif zihin gizil güçlerini ortaya çıkarabilir.

On dokuzuncu yüzyılın sonlarına doğru, Carl Hansen adında bir ipnotizmacı Amerika'yı dolaşmaktadır ve en sevdiği numara, birini bir tahta parçası gibi iki sandalye arasında, başı bir sandalyenin, topukları ise diğerinin üzerinde durabilecek kadar sertleştirerek uzatıp, ağır bedeniyle o kişinin karnı üzerine çıkıp hoplayıp zıplamaktır. Hudson, bu tür şeylerin sübjektif zihnin (ya da bizim deyimimizle sağ zihnin) en önemsiz güçleri olduğunu söyler. Sübjektif zihin mucizeler yaratabilir, hatta İsa'nın mucizeleri büyük olasılıkla sübjektif zihninin tezahürleridir. Hudson, telepati ve durugörü gibi gizemli fenomenlerden sübjektif zihnin sorumlu olduğunu söyler.

Ardından, dikkatini spiritizme çevirir. Bu fenomenin inkar edilemez olduğunu itiraf eder ancak ona göre bunlar, ölülerin ruhları tarafından gerçekleştirilmezler. Fenomeni gerçekleştiren şey aslında insan zekasıdır ve bu fenomen insanlığın zekasının ne üstüne çıkar, ne de altına iner. İşte, bu nedenle spiritüalizm bu denli tuhaf bir biçimde sıkıcı ve düş kırıklığına uğratıcı bir niteliktedir; Nietzsche'nin diyeceği gibi, "İnsani...Son derece insani... Sübjektif zihnin, zeka işlevlerinin belirli çizgileri içerisinde ne tür olağanüstü güçlere sahip olduğunu ve ne tür sınırlamalarla çevrildiğini zaten biliyoruz ve medyomların sahip olduğu zekayla ilişkili becerilerin sübjektif akla ait olduğunu anlıyoruz; aynı olağanüstü güçler ve aynı sınırlamalar."

Bu, ikna edici bir kuramdır ve şaşırtıcı ölçüde çağdaştır. *Psişik Fenomen Yasası*'nın ortaya çıktığı yıllardan bu yana, ondan daha akla yakın ya da "bilimsel" bir ilerleme kaydedilmemiştir. Ancak, bu kuram sahiden de tüm gerçekleri içermekte midir? Hudson'ın, ruhlar meselesine bulduğu çözüm şöyledir: "Telkinle denetlenen medyomun sübjektif zihni kendisinin adı belirtilen ölü kişinin ruhu olduğuna inanır." Ancak bu çözüm, medyomun yalnızca ölü kişinin bildiği bazı bilgileri aktardığı, örneğin birinci bölümde sözü geçen Swedenborg'un "gizli çekmece" vakası gibi vakaları açıklayamaz. Aynı şekilde, eğer Sir Alexander Ogston'ın zihni bir anlamda bedeninden çıkıp hastahanede gezinmediyse (ikinci bölümde aktardığımız), hastanenin bir başka bölümünde yatan bir askeri cerrahın öldüğünü nasıl bilebilirdi? Bu tür ve benzeri pek çok vakayı bir tür telepatiyle açıklayabiliriz. Belki Ogston'un zihni cerrahın ölüm sancılarını algıladı, belki de Swedenborg gizli çekmeceli çalışma masasını yapan marangozun zihniyle iletişim kurdu. Ancak, açıklamalar gitgide absürd bir biçimde karmaşıklaşıyor ve felsefede "Occam'ın usturası" olarak bilinen ve bir sorunun çözümünü ararken en basit ve ekonomik yanıtı aramanın en iyi yol olduğunu belirten ilkeye ters düşüyor. Sonuçta, ölümden sonra yaşam olması ya da ruhun bedenden bağımsız olması olasılığını geçerli bir varsayım olarak kabul etmek çok daha dürüstçe görünüyor.

Spiritüalizme karşı bir başka önemli itiraz da bir biçimde spiritüel olanı maddeselliğe "indirgeyen" Dean Inge tarafından ifade edilmiştir: "Spiritüel hakikatin bilimsel kanıtını kabul etmemiz istendiği anda, sözde spiritüel hakikatin artık spiritüel ya da hakiki bir yanı kalmıyor. O zaman o, fenomen alemindeki bir olaya indirgenmiş oluyor."[5] Tuhaf bir nedenle, Rudolph Steiner da onunla aynı düşüncedeydi: "Spiritüalistler en büyük materyalistlerdir." Steiner'in ölümden sonraki yaşamın yanı sıra, reenkarnasyona da inandığı bilindiğine göre, bu sözleri kafa karıştırıcıdır.

Bu açıklama çok önemlidir ve Spiritüalizmin insanlarda sık sık uyandırdığı şu genel düşmanlık duygusunu anlatır. Steiner'in temel öğretilerinden birinin ana fikri şudur: "Duyular ötesi algı alemi bize, duyular alemine ilişkin algılamalarımıza benzer bir biçimde görünür."[6] Buna dayanarak Swedenborg için şöyle der:

O, doğal bilimin belirdiği zamanlarda, yalnızca algılanabilir olanı, görünür olanı fark etmeye alışmış bir adamdı... Yalnızca hesaplayabildiğini ve duyularıyla algılayabildiklerini gerçek olarak görmekte ısrar ettiğinden, duyuüstü alemi, doğal bilimle ilgili alışkanlıklarının etkisi altına alabildiği alt bir alana indirgedi.[7]

Steiner'ın burada söylediği şey, ölüme yakın deneyim vakalarını okuyan çoğu okuyucunun bir süre sonra anladığı bir şeydir. Bazıları göksel bir kente doğru yürüdüğünü, bazıları çiçeklerle kaplı bir çayırda gezindiğini, bazılarıysa göksel bir giriş kapısına ya da bir ışık girdabına çekildiğini hisseder. Görünüşe göre, herkes deneyimini kendine özgü kavramlarla yorumlamaktadır. Steiner, "duyular ötesi aleme" kısaca göz atabilmiş Swedenborg gibi hayalperestlerin, bunu kökleşmiş zihinsel alışkanlıklarına göre yorumlamaya zorunlu olduklarını ve bu durumun, spiritüalizmin vahiylerinin çoğu zaman kulağa biraz gülünç gelişini açıkladığını ileri sürmektedir.

İlginçtir ki Steiner, kitaplarının malzemesini otomatik yazıyla elde eden Kardec'i onaylamaktadır. Bu da, Steiner'ın Spiritüalizmde sevmediği şeyin, kanıt olarak sunulan olayların birebir, kelimesi kelimesine ele alınması olduğunu açıkça ortaya koyar; havada asılı duran trompetler ve akordeonlar, odada dans eden masalar, ektoplazmadan ruhlar. Onun bu tutumu; cennetin, bulutların üzerinde oturan ve harp çalan meleklerden *oluşmadığını* açıklamaya çalışan Hristiyan bir mistiğin tavrıyla karşılaştırılmalıdır.

Aynı zamanda, bu tür bir yaklaşımda mutlaka bir adaletsizlik unsuru vardır. Otomatik yazıyla başlayan birçok medyom, daha sonra "ses medyomu" ve hatta bazıları "materyalizasyon medyomu" olmuştur. Aralarına keskin bir çizgi çizmek olanaksızdır. Steiner aslında Spiritüalizmi değil de spiritüalistleri eleştirmektedir. Bu anlaşıldıktan sonra, temel sorunlardan biri ortadan kalkar ya da en azından bir yanlış anlaşılma olduğu ortaya çıkar.

***

Spiritüalizmin ilk zamanlarında büyük bir sorun ve tatsızlığa neden olan şey, yanlış anlaşılmalardı. Catherine Crowe ve Allan Kardec gibi araştırmacıların doğaüstü konulara adil bir biçimde kulak verilmesini istemeleri yersizdi; bilim adamları ve entelektüeller, kendilerinden çocukça saçmalıklardan oluşan bir karmaşaya inanmaları istendiğini düşündüler. Amerika'nın her yerinde bitiveren Spiritüalist kiliseleri öfkeyle işaret ederek, insanların, iki komik kız tarafından başlatılan bir dini nasıl ciddiye alabildiklerini sordular. Fox ailesinin bir akrabası olan Bayan Norman Culver, 1851 Nisanında *New York Herald*'da Kate ve Margaretta Fox'un darbe seslerini dizleri ve ayak parmaklarıyla nasıl çıkardıklarını kendisine gösterdiklerini duyurduğunda, bilim adamları ve entelektüellerin kuşkulanmakta haklı oldukları ortaya çıkmış gibi göründü. Bu doğru olabilirdi ama olmayabilirdi de. Kızlar ve anneleri ünlü olmuştu ve zamanlarının çoğunu doğu kıyısını gezerek gösteri yapmakla geçiriyorlardı. Kader onları New

York eyaletinin küçük bir kasabasında yaşadıkları sıkıcı hayattan, neredeyse yıldızlığa yükseltmişti. Ruhlar, zaman zaman işbirliği yapmadığında biraz hileye başvurmuş olmalarına şaşırmamak gerekir. Kesin olan bir şey varsa o da, asıl fenomenin, yani evin sallanmasına neden olan darbelerin diz eklemlerini çıtlatarak gerçekleştirilemeyeceğidir. Bununla birlikte, Kate ve Margaretta odadaki insanlarla ilgili soruların tümüne yanıt veremezdi. Sahtecilik suçlamaları yine, kanıta tarafsız bir gözle bakmaya karşı çıkmak için bir bahaneydi.

Tüm bu olanların en trajik yönü, bir tartışma dalgasının normal ötesi olayların ciddi bir biçimde araştırılmasını önlemiş olmasıydı. 1840'larda Baron Karl Von Reichenbach adında bir Alman bilim adamı Mesmer'ın, insanların mıknatıslardan etkilenebileceği savını yeniden keşfetti. Reichenbach, hasta insanların manyetizmaya karşı sağlıklı olanlara oranla daha duyarlı olduğunu ve "hasta duyarlıların" mıknatısın iki kutbundan farklı renkler -güney kutbundan kırmızı, kuzey kutbundan mavi- yayıldığını gördüklerini keşfetti. Aynı şeyi kristallerde de görebiliyorlardı. Daha da önemlisi, aynı şeyin insanların parmaklarının ucundan çıktığını da görüyorlardı. Reichenbach buna "odil" ya da "odik güç" adını verdi ve bu keşfini ilk kez 1845'te ilan ettiğinde bu, büyük bir heyecana neden oldu. Reichenbach'ın gerçekte keşfettiği şey, 1930'larda Harold Burr ve F. S. C. Northrop'ın araştırdığı insanların "yaşam alanıydı." Ancak, 1850'lerde spiritüalizmin yükselişi bilim adamlarının, her türlü "görünmeyen gücün" kuşkulu olduğunu düşünmelerine neden olmuştu; Reichenbach da ansızın gözden düştüğünü ve kendisiyle, tıpkı Mesmer gibi alay edildiğini gördü.

Joseph Rodes Buchanan, Kentucky'de tıp profesörüydü. Bir piskopos kendisine, bir şeye dokunduğunda, bunun pirinçten olup olmadığını karanlıkta bile olsa anlayabildiğini çünkü ağzında kötü bir tat oluşmasına neden olduğunu söyleyince şaşırdı. Buchanan, kahverengi kese kağıtlarına sarılı türlü kimyasallar kullanarak öğrencileriyle testler yapıp çoğunun dokunarak bunların ne olduğunu anlayabildiğini keşfetti. Parmaklarımızın uçlarından yayılan bir "sinir auramız" olduğu ve bunun, tıpkı dilimiz gibi "tat alabildiği" sonucuna vardı. Ardından, en iyi süjelerinin katlanmış bir mektubu ellerinde tutarak, mektubu yazanın ruh halini "duyumsayabildiğini", hatta bazılarının yazarı kusursuzca tarif edebildiğini keşfetti.

Tüm bunlar, Sir Oliver Lodge'ın hayaletlerle ilgili bant kayıtları kuramına, yani güçlü duyguların çevrelerinde "iz bırakabildiği" ve "kaydın" bu tür şeylere karşı duyarlı kişilerce algılanabildiği düşüncesine uyuyor. Buchanan'in süjeleri kelimenin tam anlamıyla insan tazılardı. Buchanan, bu tuhaf beceriye "psikometri" adını verdi ve bu konuda yazdığı kitabı 1848'de büyük bir ilgi gördü. Kitap, William Denton adında bir jeoloji profesörünün jeolojik numuneler kullanarak kendi öğrencileri üzerinde benzer deneyler yapmasına neden oldu. Elde edilen sonuçlar hayret uyandırıcıydı.[8] Lav topakları volkan patlaması vizyonlarına, mastodon* dişleri tarih öncesi çağlarla ilgili vizyonlarına ve meteor parçaları uzayın derinlikleriyle ilgili vizyonlarına yol açmıştı. Denton, "geçmişe bakan bir teleskop," insanı zaman içinde geçmişe götürebilecek türden bilinmeyen bir beceri keşfettiğine inandı. Ne yazık ki, hiç kimse Denton'ın

---

* Mastodon: File benzer, soyu tükenmiş bir memeli türü.

The Soul of Things (Nesnelerin Canı) adlı eserine de, Buchanan'ın *Manual of Psychometry* (Psikometri El Kitabı) adlı eserine de pek ilgi göstermedi. Bu tür şeyler Spiritüalizme benziyordu ve bunlarla ilgilenecek olan herhangi bir bilim adamı kendisiyle dalga geçilmesine neden olurdu.

Bu düşmanlığa bir noktaya kadar, spiritüalistlerin ta kendileri yol açmıştı. Herhangi bir saçmalığı "diğer taraftan" gelen bir mesaj olarak kabul edecek kadar saftılar. Yüzlerce sahte medyom, onların bu saflıklarından yararlanarak onlara düzmeceden başka bir şey olmayan seansları yutturdu ve bunu yapanlardan biri ne zaman yakalansa, bilim adamları başlarını bezginlikle sallayıp spiritüalizmi Orta Çağdaki cadılık fenomeniyle karşılaştırdılar. Hatta çoğu, "Size söylemiştim," demekten bile bıkmıştı. Davenport kardeşler gibi gerçek medyomlar tiyatrolarda sahneye çıkıp, Houdini'ye itibar kazandırmış olan tüyler ürpertici kurtulma becerileri sergilemekle, aslında kendilerine kötülük ediyorlardı. Halatlarla, tenleri kesilip yaralanacak kadar sıkı bağlanmalarına izin veriyor, ancak bir dolabın içinde kısa bir süre kaldıktan sonra halatlar çözülmüş olarak dışarı çıkıyorlardı. Bir keresinde bir araştırma komitesi üyesi olan Prof. Benjamin Pierce, dolabın içinde iki kardeşin arasına oturdu. Kapı kapanır kapanmaz bir el göründü ve her ikisi de mumya gibi bağlanmış olan kardeşleri çözmeden önce kısa bir süreliğine profesörün yüzüne dokundu. Georgetown Tıp Koleji'nden Profesör Loomis, bu tezahürlerin bilmediği bir güç tarafından gerçekleştirildiğini kabul eder. Ancak, kardeşlerin adı sihirbaz ve akrobatlarla aynı el ilanında göründüğünden, bu tür bir ifade hiçbir anlama gelmiyordu.

***

Tüm bunlar, on dokuzuncu yüzyılın -belki de tüm zamanların- en olağanüstü medyomu Daniel Dunglas Home'un neden bu kadar az şey başarabildiğini açıklar. Home, ileride göreceğimiz gibi, ruhların onu cezalandırmaya karar verdiği bir yıl hariç, güçlerine yarım yüzyıldan fazla bir süre sahip oldu. Şaşkınlık yaratan becerilerini güpegündüz gerçekleştiriyordu. Ağır mobilyaların tavana kadar yükselmesini sağlıyor, kendini de havaya kaldırarak bir pencereden dışarı çıkıyor, diğer bir pencereden içeri süzülüyordu. Yüzünü közlerle yıkıyordu. İstediğinde boyunu birkaç santimetre uzatabiliyordu. Kuşkuculardan oluşan komiteler tarafından onlarca kez test edilmiş ve bir kez bile hileye benzer bir şey yaparken yakalanmamıştı.

Home'un biyografisini yazan Jean Burton, tipik bir Home seansını eğlenceli bir dille tarif eder. Seans, 1863 Ocağının bir akşam üzeri, Madam Jauvin d'Attainville'nin evinde gerçekleşir ve konukların arasında Prenses Metternich ve Avusturya Büyükelçisinin eşi de vardır. Konuklar -toplam on beş kişi- muhteşem İkinci İmparator, resim odasındaki bir masada otururken, Home onlardan üç dört metre uzaktaki bir koltukta oturur. Herkes hazır olduğunda, koltuğuna yaslanır, yüzü solar ve hafif bir transa girer. "Bryan, orada mısın?" diye sorar (Bryan, onun ruh rehberidir). Masa şiddetli darbelerle sarsılır, şamdanlar sallanmaya başlar ve bir sandalye oda boyunca kendiliğinden dolaşıp konukların önünde durur. Aynı anda, Prenses Metternich, kendi ellerini güçlü ancak görünmez bir elin tuttuğunu hissederek çığlık atar. Diğerleri de kendi ellerine hafifçe dokunulduğunu hissederler. (Tüm bunlar "son derece aydınlık" bir odada olur.) Ardından, goblen masa örtüsü havaya kalkar ve altında, bir el ya da küçük bir hayvana benzer bir şey onlara doğru hareket ediyormuş gibi görünür. Bu, çoğu kuşkucu olan erkeklere çok fazla gelir; Prenses Metternich, örtünün altına dalıp "yaratığı" yakalamaya çalışır ama bir şey yoktur. Erkeklerden biri masa örtüsünü çekmeye çalışırken, diğerleri darbe seslerinin kaynağını bulmak için örtünün altına dalar ancak yine hayal kırıklığına uğrarlar. Tam örtünün altından çıkarlarken, alay edercesine peş peşe darbeler duyulur. Öfkeli Prens Metternich, seslerin masanın altından geldiğine artık inanmıştır ve yeniden masanın altına girer. Darbe sesleri devam ederken, Metternich hiddetle haykırır: "Dalga geçmeyin, lütfen!" Konuklar, seslerden kendilerinin sorumlu olmadığına onu ikna ederler.

Açıkça transta olduğu belli olan Home, piyanonun üzerindeki bir buket menekşeyi işaret eder ve konuklara götürülmesini ister. Menekşeler piyanonun üzerinden kayar, oda boyunca düzgün bir biçimde havada süzülür ve prensesin kucağına düşer. Prens Metternich hızla öne atılıp menekşeleri eline alır, ardından menekşelere bağlı olduğundan emin olduğu bir ip arar ama bir şey bulamaz.

Bu kez, Home belli belirsiz bir sesle o dönemin popüler bir müzik aleti olan bir akordeon ister. Akordeon geldiğinde, prensesten odanın ortasında tek başına, aleti başının üzerinde tutarak durması istenir. Kolu havada dururken, prensesin yüzünde bir şaşkınlık ifadesi belirir. Akordeon hızla çekilir ve açılıp kapanarak çalmaya başlar. Çalınan parça öylesine başarılı, yumuşak ve ezgilidir ki, seyircilerden bazılarının gözlerinden yaşlar süzülür ve herkes etkilenir. Başka bir şeyin artık bundan daha fazla heyecan uyandıramayacak olması nedeniyle seans son bulur. Ancak, tipik bir biçimde, erkekler tüm bunların nasıl olduğu konusunda yorumlar yapmaya başlarlar. Kimse, bir tür el çabukluğuyla yapılan bir numara olduğundan kuşku duymaz; başkaları elektrobiyoloji ve toplu ipnotizmadan söz eder. Prenses, ipnotize olduğunu hissetmediğini itiraf etmek zorunda kalır.

Daniel Dunglas Home ("Hume" diye söylerdi) 1833 Mart'ında Edinburgh yakınlarında doğar. Annesi Kuzey İskoçyalıdır ve kahin olarak ün yapmıştır. Home, büyük olasılıkla evlilik dışı doğmuştur. Babasının Lord Home olduğunu söylemeyi sevmektedir. Dokuz yaşındayken teyzesi Mary Cook ve eşiyle Amerika'ya göç ederler. Annesi, "babası," erkek ve kız kardeşleri zaten oradadırlar. Daniel tüberküloza yakalanır ve zaman zaman baygınlıklar geçirmeye başlar; tipik bir "hasta duyarlı"dır. En yakın arkadaşı Edwin adında bir çocuktur ve sık sık Connecticut ormanlarında birlikte yürüyüşe çıkarlar. Çocukça bir anlaşma yapmışlardır: Kim daha önce ölürse, diğerine kendini gösterecektir. 1846'da Daniel on üç yaşındayken, teyzesi ve eniştesine ayak ucunda Edwin'i gördüğünü ve eliyle havada üç kez daire çizdiğini söyler. Daniel bunun, Edwin'in üç gün önce öldüğü anlamına geldiğini düşünmüş ve haklı çıkmıştır.

Dört yıl sonrasına kadar herhangi doğaüstü bir deneyim yaşamaz. Ardından, Home annesinin vizyonunu görür ve onun da öldüğünü anlar. Kısa bir süre sonra, aynanın karşısında saçını tararken bir sandalyenin kendisine doğru geldiğini görür. Çok korkar ve hızla evden dışarı çıkar. Uyurken, yatağın başlığına inen üç sert darbenin sesiyle uyanır. Ertesi sabah teyzesi, dua toplantılarına gereğinden fazla katılıp (Home dindar bir gençtir) kendini yorduğunu söyleyerek onu kızdırmaya çalışırken, masanın her yerinden darbe sesleri gelir ve korkan teyzesi şöyle bağırır: "Demek şeytanı evime getirdin, öyle mi?" ve Home'a bir sandalye fırlatır. Dua ederek şeytanı evden çıkarması için eve bir Baptist papaz çağırılır ancak darbelerin gürültüsünden sesini duyuramaz. Poltergeist fenomeninin çoğunlukla zararsız olduğunu bilmeyen teyze, Home'dan evi terk etmesini ister. Böylece Home, on yedi yaşındayken tek başına hayata atılır.

Home öylesine büyüleyici ve neşeli biridir ki, konukseverliğini göstermek isteyen pek çok tanıdık edinir. Ruhlar tüm güçleriyle ona yardım eder. Kolaylıkla transa geçer ve akıcı bir dille Fransızca ve İtalyanca konuşur; ikisi de bilmediği dillerdir. Onun hayata atılması için, Amerika'da herkesin ruhlardan söz ettiği o dönemden daha uygun bir zaman olamazdı. Kutsal Kitabın mesajlarını yaymaya çalışan Asya dilleri profesörü olan Dr. George Bush, onu Swedenborg'un takipçisi olmaya ve hatırı sayılır vaizlik yeteneğini kürsüde kullanmaya ikna eder. Home kabul eder, ardından iki gün sonra geri gelip kendisinin "daha uzun süreli" bir misyonu olduğunu söyleyen merhum annesinin açık ve net bir biçimde bunu yapmasını yasakladığını belirtir.

Home, ruhların ve nazik tanıdıklarının koruması altında New England'ı baştan sona dolaşarak, varlıklı orta sınıfın evlerinde hep hoş karşılanır; solgun yakışıklılığı, orta yaşlı hanımların koruma duygularını kabartır. Springfield, Massachusetts'te, Rufus Elsmers adında varlıklı bir vatandaşın evinde kalır ve şair William Cullen Bryant'ın da aralarında bulunduğu Harvard'dan bir delegasyon tarafından incelenmeyi kabul eder. Sonraki birçok "delegasyon" gibi onlar da fenomenin gerçek olduğundan kuşku duymaz. Masadan darbe sesleri gelmesi ve masanın havaya kalkmasının yanı sıra, komitenin üç üyesi üzerine oturup yere indirmeye çalışırken, masa bir sirk atı gibi iki ayağı üzerine kalkar. Zemin, sanki top mermisi düşmüş gibi şiddette sarsılır. Tüm bunlar güpegündüz olur ve fenomenlerin çoğu gerçekleşirken, komite üyeleri Home'un el ve ayaklarını tutarlar. "Çağdaş Mucize" başlıklı raporlarının vardığı sonuç şudur: *"Bizlerden yararlanılmadı ya da aldatılmadığımızı biliyoruz."* Rufus Elmers öylesine etkilenir ki, Home'u evlatlık edinip varisi yapmayı önerir. Home teşekkür ederek bu öneriyi geri çevirir.

1852 Ağustos'unda bir çember içerisinde oturan Home, tavana kadar havaya yükselir; sonradan kelimenin tam anlamıyla onun alameti farikası olan bir beceridir bu. Diğer fenomenleri de en az bunun kadar şaşırtıcıdır. Kocaman piyanolar odanın içinde havada dolaşır, çanlar, ziller çalar ve kuş şakımalarıyla türlü hayvan sesleri duyulur. Bir gün ucunda yanan bir mum olan bir masa yan yatar ve mumun alevi, sanki hala yatay bir yüzeyde duruyormuş gibi aynı açıyla yanmaya devam eder. Bir başka gün, Peder S. B. Brittan'ın evinde Home transa girer ve bir ses açıklama yapar: "Hannah Brittan geldi." Home elini bükmeye başlar ve sonraki yarım saat boyunca vahşice ve endişeli bir tutumla cehennem azabından söz eder. Peder Brittan şaşırır çünkü bir akrabası olan o hanımın aklını dinle bozup delirdiğini ve sonsuz ceza vizyonları görerek öldüğünü kimsenin bilmediğinden emindir. (Daha sonraki bir belirmede, Hannah Brittan onlara şu anki yaşamının sakin, huzurlu ve güzel olduğunu, önceki cehennem azaplarının delirmiş zihninin yanılsamaları olduğunu söyler.)

Çoğu kadın, kibar ve düşünceli biri olan Home'dan çok hoşlanmaktadır. Home yıldönümlerinde onlara çiçek yollamayı sevmektedir. Erkekler ondan ya hoşlanmakta ya da nefret etmektedir. Kadınsı davranışları vardır; yakışıklılığı ve ipeksi kumral saçlarıyla kendini son derece beğenmektedir. Pahalı giysileri seven ve ulaşılmaz biri olmaktan zevk alan son derece kibirli biridir. (İnsanlarla tanışmaya yalnızca ortak bir tanıdık olursa lütfetmektedir.) Para öneren olursa son derece kırılmakta ve kendisine bir "oyuncu" gibi davranılmasından nefret etmektedir. Krallar da dahil olmak üzere, kendini tanıştırıldığı herkesle aynı sosyal rütbede görmektedir. Buna karşın, yaptıkları konusunda son derece alçakgönüllü davranarak, fenomenlerde kendisinin hiçbir payı olmadığı konusunda ısrar etmektedir. Tek yapması gereken şey gevşeyip "doğru" ruh haline girmektir (buradaki etkili sözcük "doğru" olmalı) ve her şey kendiliğinden olmaktadır.

1855'te Home'un veremden ileri gelen öksürüğü öylesine kötüleşir ki sevenleri onun daha sağlıklı bir iklime taşınması gerektiğine karar verirler. Home, bilinmeyen bir nedenle İngiltere'yi seçer. Sevenleri yol masraflarını karşılar ve ardında çılgınca el sallayan bir orduyu bırakarak, Mart ayında Boston'dan yola çıkar; o zaman yirmi iki yaşındadır.

Ruhlar her zamanki gibi Home'u kollarlar. Londra'da Jermyn Sokaktaki Cox Oteline yerleşir. Otelin sahibi olan William Cox bir Spiritüalisttir ve Home'u "bir babanın oğlunu karşılayacağı gibi" karşılar. Böylece, Home otelde ücretsiz kalır ve oteli sık sık kullanan Londra sosyetesiyle tanıştırılır. Kısa bir süre sonra markiz eşleri ve baroneslerin konuğu olmaya başlar. Ünlü öyküsü "Periler ve Hayaletler"de Home'un seanslarında ortaya çıkan fenomenlerine -bir küreye dönüşen aydınlık bir form, bedenden ayrılmış bir el, yüksek darbe sesleri, ateşten kıvılcımlar- yer veren romancı Lord Lytton'ı ziyarete gider. Lytton, bu fenomenlerden ruhların sorumlu olduğunu reddetmektedir; Home'un şuurdışı zihninin bunlara neden olduğuna inanmaktadır. Home, din değiştirip Spiritüalizme inanan ve onu eski dostu, Voltaire taraftarı bir kuşkucu olan Lord Henry Brougham'la tanıştıran sosyalist Robert Owen'la arkadaş olur. Brougham ve Sir David Brewster, Home'la masanın havalandığı ve bir çanın havada odanın içinde dolaştığı özel bir seans yaparlar. Brewster günlüğüne bu olanları yazar ve bunları arkadaşlarına anlatır ancak sonra, masanın yükselmiş gibi "göründüğü" ve Home'un büyük olasılıkla gizli bir aletle çanı oynattığı konusunda ısrar eder. Sonuçta çıkan tartışmalar, Home'un daha da tanınmasına neden olur ve Brewer'ın günlüğü Home'u savunduğu için, spiritüalistlerin bilimsel dogmatizme karşı kullanabilecekleri mükemmel bir silah ortaya çıkar.

Elizabeth Barrett Browning ve eşi Robert, Home'u evlerine çağırırlar. Hayalet eller materyalize olur, havadan müzik sesleri gelir, masadan darbe sesleri duyulur ve görünmez ruhlar onlara dokunur. Elizabeth Browning son derece ikna olur; dinç, güçlü ve bir buçuk metre boyundaki eşi ise kaşlarını çatarak öylece oturur ve gözlerinin gördüğü kanıtları kabullenmeyi reddeder. Home, Browning ailesi arasında söz edilmez bir konu olur ve eşinin ölümünden sonra Browning "Medyom Bay Çamur" başlıklı şiiri yazarak Home'a göz göre göre haksızlık eder; muhtemelen bir başka Home seansında, bedensiz bir elin çiçekten yapılma bir çelengi alıp güzel eşinin alnına yerleştirmesinden ötürü bir önyargı geliştirmişti; Browning eşini çok kıskanırdı. Home insanlara, kendi alnına yerleştirilmesi için Bay Browning'in kendisini çelengin önüne atmaya çalıştığını söyleyerek durumun daha da kötüleşmesine neden olur.

İngilizlerin isteği üzerine Home, Floransa'ya yerleşir. Orada o güne dek olduğundan çok daha etkileyici tezahürler ortaya çıkar. Bir kontes çok büyük bir piyanoyu çalarken, piyano havaya yükselip öylece havada asılı kalır; bir ruh, Polonya prensesiyle kendi dilinde konuşur; Home, hayaletlerin dadandığı bir manastırda -aynı zamanda katil olan- bir keşişin ruhuyla sohbet eder ve zayıf sarı ellerinin materyalize olmasını sağlar. Üç yıl sonra romancı Nathaniel Hawthorne Floransa'ya geldiğinde, insanlar hala Home'u konuşmaktadırlar ve Hawthorne birçok onaylanmış fenomen öyküsü toplar. Hawthorne, ilginç ve önemli bir yorum yapar:

> *Ciddiyetle onaylanmış bu inanılmazlıklar öylesine sayısız ki, onda dokuzunu unuttum bile... Bunlar, öylesine ciddi gerçeklerle kanıtlanmıştır ki başka gerçekler iddia eden herhangi birimizi ikna edebilecek yapıdadırlar; ancak, zihnimi ne kadar zorlarsam zorlayayım, yine de konuya herhangi bir ilgi duyamıyorum.*

Bu, Home ya da spiritüalizmle ilgili yapılmış belki de en önemli ve en dürüst yorumdur.

Ne yazık ki, Home'un başarısı artık başını döndürmeye başlamıştır. Çok güçlü bir kişiliği yoktur ve kendisine tanrıların elçisi gibi davranılması, çok daha bağımsız bir kişiliğin dengesini yitirmesi için yeterlidir. Eşinden ayrılıp, unvan sahibi bir İngiliz hanımefendisinin villasında kalmaya başlayınca, diğer hayranları rezalet çıkarır. Özdenetimli İngiliz toplumu seks skandalları hakkında marazi bir meraka kapılır ve Home çevresinde yeni bir düşmanlık atmosferi oluştuğunu hisseder. Oteline dönerken saldırıya uğrar ve hafif yaralanır -bu, ruhların etkisizleştiği ya da tembelleştiğinin bir işaretidir- ve 10 Şubat 1856'da ruhlar ona son zamanlardaki davranışlarının öte dünyayı temsil edecek değerde olmadığını, güçlerini bir yıllığına kaybedeceğini bildirirler. Polonyalı bir Kont onu Napoli ve Roma'ya davet eder. Home, ona güçlerini kaybettiğini itiraf etmek zorunda kalır ancak hala şanslıdır; Kont bunun önemli olmadığı konusunda ısrar eder ve Home onunla birlikte Napoli'ye gider. Güçlerini kaybetmiş olmasına karşın, yine de ünlüdür. Güçleri, ruhların ona bildirdiği gibi tam bir yıl sonra gece yarısında geri gelir.

O zamanlar Home, Paris'tedir ve kilisenin kendisini kınamasına karşı önlem alarak Katolik olmuştur. Günah çıkarttığı papaz -bu, Papa'nın önerdiği biridir- iblisler olduğuna inandığı ruhların geri dönmüş olmasına hiç sevinmez ancak, bu konuda yapabileceği pek bir şey yoktur. Bunu aslında Home da istememektedir çünkü artık İmparator III. Napolyon ve İmparatoriçe Eugenie'nin gözdesidir. Şansı, yaygın bir kıskançlık ve düşmanlık uyandırmıştır, ancak ruhların onu bir yıl boyunca terk etmesinden sonra, bunun yeniden başını döndürmesine izin vermeyecektir.

Bir Kuzey Avrupa turu sonrasında Roma'ya döner ve orada Sacha adında on yedi yaşında çok güzel bir Rus kontesiyle tanışır. Ona kur yapar ve birlikte (yanlarına romancı Dumas'yı da alarak) St. Petersburg'a giderler. Kontesin akrabaları olağanüstü bir düğün yapar. Home, III. Napolyon tarafından ne kadar içtenlikle karşılandıysa, Rus kraliyet ailesince de aynı içtenlikle karşılanır. Ne yazık ki, Sacha ondan verem hastalığını kapar ve oğullarının doğumundan hemen sonra ölür. En azından ölümü bir ayrılık değildir; Home, onunla sürekli iletişim kurar.

1862'de şansı yeniden kötüye gitmeye başlar. Polis, onun bir büyücü olduğunu iddia ederek Roma'yı terk etmesini ister (Ruhlar, polis şefinin masasına vurup ses çıkararak durumu daha da kötüleştirirler). Sonraki dört yıl boyunca Home amaçsızca dolaşır. 1866'da kendisini evlat edinmek istediğini söyleyen ve yüksek miktarlarda çekler yazan, Bayan Jane Lyon adında, işçi sınıfı ağzıyla konuşan, kaba bir yaşlı kadınla tanışır. Home soyadını Home-Lyon olarak değiştirir ancak bu ikisi ruh eşi olamayacak kadar farklıdırlar ve ilişkileri fazlasıyla kötüye gitmeye başlar. Home'un sağlığı bozulur ve tedavi görmek için birçok kaplıcaya gider. Londra'ya geri döndüğünde, Bayan Lyon'un tüm ilgisini bir kadın medyoma yöneltttiğini ve parasını nasıl geri alacağını kara kara düşündüğünü görür. Yaklaşık otuz bin sterlinini geri istemektedir; bu rakam, Home'a verdiği paranın yalnızca yarısıdır. Bayan Lyon'un kendisinden para sızdırmakla suçladığı Home tutuklanır. 1868 Nisan'ındaki duruşmada Bayan Lyon, Home'un, ölen kocasından kendisine talimatlar aktardığı için ona para verdiğini iddia eder. Home ise onun "oğlu" olduktan sonra, Bayan Lyon'un niyetinin bozulduğunu ileri sürer. Bayan Lyon, tıpkı Home'un iddia ettiği gibi, kesinlikle intikam peşindedir ve yalan söylemektedir; birçok yalanı mahkemede ortaya çıkar. Ancak, "ruhlarla konuşan bir medyomun" önyargısız bir mahkeme tarafından yargılanma şansı yoktur. Hakim, yardım amacıyla bağış yapan herkesin parasını geri istemeye hakkı olsa, büyük bir kaos yaşanacağını söyler ancak Spiritüalizmin sahtekarlık olduğuna ve insanları kandırdığına karar verdiğinden ötürü bu davayı bir istisna olarak görür ve Home'dan parayı geri ödemesini ister. Duruşma Home'a büyük zarar vermiştir; Browning'in acımasız şiirinin insanların zihninde yaratmış olduğu kolayca güvenilen düzenbaz izlenimini pekiştirir. Bu kötü şöhretin ona sağladığı tek bir avantaj vardır: Fal bakmak için İngiltere'yi baştan sona dolaşırken çok talep görür ve uğradığı zararı telafi eder.

Malvern'deki "kaplıca tedavileri" sırasında Home, Lord Adare adında genç bir aristokratla tanışır ve sonraki bir iki yıl boyunca zamanının çoğunu onunla geçirir. 1870'de Adare, belki de şimdiye dek bir medyomla ilgili yazılmış en olağandışı ve etkili kitap olan *Experiences in Spiritualism With Mr. D. D. Home* (Bay D. D. Home'la Spiritüalizm Deneyimleri) adlı çalışmasını yayımlar. Adare sıradan bir İngiliz gencidir ve hayaletlerden çok avcılık, atıcılık ve balık avlamakla ilgilenmektedir. Adare, Home'un üst katlarda bulunan pencerelerden birinden havada uçarak dışarı çıktığını ve bir diğerinden girdiğini görmüştür. Ayrıca, birçok ruhun materyalize olduğunu -bunların arasında, Sacha ve Amerikalı oyuncu Ada Mencken de vardır- ve Home'un geçen yirmi yıl içerisinde gerçekleştirdiği tüm fenomenleri de görür. Home'un ateşi, kömürler akkor hale gelene kadar karıştırdığını, ardından kömürleri avuç avuç alıp onları yüzüne sürdüğünü görür; adamın ne yüzü ne de saçı yanmaktadır. Home'un bir duvara yaslanarak, boyunun dikkatle ölçüldüğüne (bir metre elli beş santimetre) ve sonra boyunu bir metre seksen dört santimetreye kadar uzattığına tanık olur.

Home 1871'de, genç bilim adamı William (daha sonra Sir William) Crookes tarafından incelenmeyi kabul eder. Spiritüalizm karşıtları mutlulukla gülümserler çünkü Crookes'un sonunda bu hokkabazın ününü yok edeceğinden hiç kuşku duymamaktadırlar. Ancak sonunda Crookes tümüyle ikna olur ve bu yönde bir rapor yayımlar; meslektaşları adeta tiksintiyle, onun kandırıldığına karar verirler. Raporun ardından çıkan tartışmalar sonucunda Crookes öfkeyle patlar: "Olabilir demedim; gerçek dedim!"

1872'de Home, artık emekliye ayrılmanın zamanı geldiğine karar verir. Eşinin mülküyle ilgili bir davayı kazanır ve Rusya'da toprak sahibi olur. Elli üç yaşına gelene kadar on dört yıl daha yaşar ve zamanını Rusya ile Fransa arasında mekik dokuyarak geçirir. Ancak, güzel ikinci eşi, yeterli bir geliri ve onu seven bir dolu arkadaşı olduğu için son yılları mutsuzluktan uzak olmuştur.

Britannica Ansiklopedisi'ndeki Home'la ilgili yazıda onun için "çözülmemiş bir bilmece" denir. Bu doğrudur ancak yazarın kastettiği anlamda değil. Ortada Home'la ilgili herhangi bir bilinmez yoktur. O yalnızca, annesinin ailesinden gelen sıra dışı psişik güçlere sahiptir (oğlu Grisha da bu güçleri ondan almıştır) ve bu nedenle de ruhlar, onun aracılığıyla bazı şeyler gerçekleştirmektedirler.

Halbuki bu çıkarım, onun becerilerine tanık olan ve bunların gerçek olduklarını kabul eden birçok kişiyi tatmin etmemiştir. Lord Lytton, bu fenomenlere bir biçimde Home'un kendisinin neden olduğunu düşünmektedir. Ruh varsayımını kabul etmek istemedikleri için çoğu çağdaş araştırmacı da büyük olasılıkla onun gibi düşünecektir. Yine de, Home'un fenomenlerinin -Lord Adare ya da Sir William Crookes'un kaydettiği- aktarımlarını okuyan biri için açık olan tek şey vardır: Bu fenomenlerin sebebi olarak ruhlar en basit açıklama değil, çoğu olayda tek açıklamadır. Fenomenlerin büyük bir bölümü yalnızca, bedensiz varlıkların var olduğunu varsayarsak açıklanabilir. Bu noktada, birçok normalüstü araştırmacının önünde sonunda, ruhların neredeyse kesinlikle var olduğu sonucuna vardığını anlamamız gereklidir. Bu sonuca, son derece gönülsüz bir biçimde varmaktadırlar. Tüm bu fenomenleri, insan zihninin tanınmayan güçleri bakımından açıklayabilsek, her şey çok daha uygun ve mantıksal bakımdan çok daha tatmin edici olacaktı. Ancak dürüstlük, insanı bunun kesinlikle imkansız olduğunu kabul etmeye zorluyor ve bu, en çok da Daniel Dunglas Home'un durumunda ortaya çıkıyor.

DÖRDÜNCÜ BÖLÜM

PSİŞİK ARAŞTIRMA REŞİT OLUYOR

Geri dönüp spiritüalizm tarihine bakıldığında, ruhlar sanki Viktorya dönemi insanlarını kendilerinin gerçek olduğu konusunda ikna etmek için olağanüstü ve planlı bir çaba harcamış gibi görünmektedirler. Eğer amaçları bu idiyse, başarılı olamamışlardı. Viktorya döneminin kamuoyu liderleri -politikacılar, entelektüeller, kilise yetkilileri- onlara kayıtsız kaldılar. Çoğu bilim adamı ise son derece düşmancaydı. "Hydesville darbe seslerinden" on yıl sonra, spiritüalizmi alay edip küçümseyerek ortadan kaldırmak üzere kararlı bir girişimde bulunacaklardı.

Ama onları suçlamak zor. Daha farklı bir tutum sergileselerdi, Viktorya dönemi insanları olmazlardı. Bu dönemin önemli nitelikleri olan gelecek, bilimsel ve teknik ilerlemeler ve hümanist reformlar karşısında duyulan heyecan onların doğaüstü vakalara sırt çevirmelerine neden olan şeydi. T. H. Huxley bu ruhu, birisi onu bir seansa katılması için ikna etmeye çalışınca olağanüstü bir öfkeyle ifade etmişti: "Birisi bana kocakarıların ve en yakın kilisenin vaizlerinin gevezeliklerini dinleme becerisini bahşetmek istese, yapacak daha iyi bir işim olduğundan, bu öneriyi geri çevirirdim."

Halbuki, daha ılımlı araştırmacılar "kocakarıların ve vaizlerin gevezeliklerini dinlemeye" ikna edilebildiklerinde, onları çoğunlukla hiç beklemedikleri kadar ilginç bulmaktaydılar. Alfred Russel Wallace, öğretmenliğe başladığı dönemlerde bir kuşkucuydu ve Voltaire'in takipçisiydi. Ancak, mesmerizm üzerine bir konuşma dinleyince, konuyu öğrencileri üzerinde deneme yapmak isteyecek kadar ilginç buldu. Yalnızca bir çocuk iyi bir süje olabileceğini kanıtlamıştı; transa sokulduğunda, "Wallace'ın zihnine" bağlanmış gibi davranıyordu. Wallace kendine bir iğne batırdığında, çocuk bağırarak, Wallace'ın iğneyi batırdığı yer neresiyse, elini kendi bedeni üzerinde oraya koyuyordu. Wallace bir şeker yaladığında, çocuk da yalama hareketleri yapıyordu. Wallace, on beş yıl sonra, Charles Darwin'le birlikte doğal ayıklanma yoluyla evrimi keşfeden kişi olarak ün kazandı; üstelik övgünün en büyük bölümünü Darwin'in kabul etmesine izin veren kişiydi. Wallace, 1865'te kuşkucu bir arkadaşının evinde düzenlenen bir seansa katıldı ve ağır bir masa –güpegündüz- hareket edip sarsılırken, odanın içinde darbe seslerinin yankılandığına tanık oldu. Bu, onu ikna etmişti. Bir yıl sonra, Agnes Nichols adında son derece yapılı bir genç kadınla tanıştı ve onun iri yarı bedeninin havaya yükselmesini izledi. Agnes da "aporlara", yani hiç yoktan ortaya çıkan nesnelerin havadan düşmesine neden olabiliyordu. Wallace, ruhların bir ayçiçeği yaratmasını istediğinde, köklerinde toprak parçaları olan, iki metre boyunda bir ayçiçeği masanın üzerine düşmüştü. Agnes'ın ruhları bir işi asla yarım yapmazdı; bir başka kez, biri çiçek istediğinde, havadan bir çiçekçi dükkanını dolduracak kadar çiçek yağmıştı. Aradan geçen zaman içinde Guppy adında biriyle evlenmiş olan Agnes'ın en olağanüstü becerisi 1871'de, bu kez kendisi apor olduğunda gerçekleşti. Sanki yer yarılıp içine girmişçesine yok olmadan hemen önce, yemek odasındaki masada oturmuş hesap yapıyordu. Tam o sırada, altı buçuk kilometre ötede bir grup azimli spiritüalist gözlerini kapatmış ve bir masanın etrafına oturmuş, ufak bir tezahür lütfetmeleri için ruhlara yalvarıyordu. Aniden, çığlıklara neden olan müthiş bir gürültü koptu ve birisi bir kibrit çaktığında, hesap defteri hala elinde olan dağ gibi Bayan Guppy'nin masada yattığı görüldü. Ruhlar yine başaramadılar; evet, Bayan Guppy'nin altı buçuk kilometre yol kat etmesi kesinlikle büyük bir şamataya neden olmuştu ama insanların Spiritüalist kiliselere akın etmesine yol açmamıştı.

Wallace, Bayan Guppy'nin kuşkucuları ikna edeceğinden emindi. O nedenle, spiritüalizmin en büyük üç düşmanını çağırdı: Prof. W. B. Carpenter, Prof. John Tyndall ve romancı George Eliot'ın kocası G. H. Lewes. Carpenter gelip benzer darbe seslerinden oluşan bombardıman süresince sessizce oturdu, ardından yorum yapmadan çıkıp gitti; bir daha da asla gelmedi. Tek yorumu, "Bize başka bir şey göster," olan Tyndall da bir daha görünmedi. Lewes, tıpkı T. H. Huxley gibi gelmeyi daha en baştan reddetmişti; Huxley'in, "konuya bir türlü ilgi duyamıyorum," yorumu ise bu vakadan sonraya rastlar.

Yine de, bilim adamlarının kendi gözlerine inanmayı reddetmelerine karşın, psişik fenomenler, Viktorya döneminde yaşayanlar için adeta tırnak altına batmış bir kıymık olarak kaldı. Ne de olsa bilimin görevi, gizemlere aldırış etmemek değil, onları açıklamaktı. Talyum elementini bulan William Crookes gibi bazı bilim adamları bu konuda vicdan azabı çektikleri için kendi araştırmalarını yürütmeye karar verdiler. Ufak bir akordeonun Daniel Dunglas Home'un bir eliyle yukarıdaki kulpundan tuttuğu bir kafesin içinde kendiliğinden çalmakta olduğunu görünce, Crookes bu konunun bilinmeyen güçlerle ilgili olduğunu anlamıştı. Onun bu "saflığı", meslektaşlarının esefle başlarını sallamasına neden oldu. Crookes daha sonraları Florence Cook adında genç bir kadının da doğru söylediğine karar verince -kadın, materyalize olup odada dolaşan "Katie King" adında bir rehberi olduğunu iddia ediyordu- Florence'ın, iş birliği yapması için Crookes'un metresi olduğu söylentisi yayıldı.

Bu fenomenlerin umursanmamak yerine açıklanması gerektiğini düşünen başka biri de *Alice Harikalar Diyarında* adlı eserin yazarı, matematikçi Charles Dodgson'dı. 1882'de bir arkadaşına şöyle yazmıştı:

> *Sahtekarlık, tüm fenomenler için eksiksiz bir açıklama olamaz... Kesinlikle ikna olmuş durumdayım. Aynı zamanda, bedensiz ruhların bunlarla bir ilgisi olduğunu düşünmek için herhangi bir gerekçe göremiyorum... Her şey, beynin beyni etkileyebildiği elektrik ve sinir gücüne bağlı doğal bir gücün varlığını gösteriyor gibi. Bunun, bilinen doğal güçler olarak sınıflandırılabileceği zamana yaklaştığımızı düşünüyorum...*

Asıl amaç *buydu*: Bu bilinmeyen gücü bulmak ve ona bir etiket yapıştırmak. Gerçekten de bu, yeniden canlanan cadılığı ortadan kaldırmanın Viktorya dönemi insanlarına özgü bir yoluydu. Tek sorun, var olduklarını reddetmeye çalışan kuşkuculara rağmen ruhların, sık sık onları tam tersine ikna ediyor olmalarıydı. Örneğin, büyük sosyal reformcu Robert Owen'ın oğlu, Amerikalı parlamenter Robert Dale Owen vakası vardı. Amerikalı medyom Bayan Hayden'le tanışıncaya dek baba Owen yaşamı boyunca serbest düşünen biri olmuştu. Bunun ardından, seksen üç yaşındayken bir Spiritüalist olduğunu ilan etmişti. Bir başka özgür düşünceli ve sosyal reformcu olan oğlu, öfkeden deliye döndü ve yaşlı adamın bunadığına karar verdi. Genç Owen o sırada, Napoli'de Amerikan maslahatgüzarıydı. 1856'da Brezilya büyükelçisi, dairesinde düzenlenecek bir celseye katılması için onu ikna etti ve Owen orada, masanın insan yardımı olmaksızın hareket ettiğini gördü. Bunun yalnızca "elektropsikolojik bir fenomen" olduğuna karar verdi ancak nasıl yapıldığını öğrenmek istiyordu. Bu nedenle sonraki iki yılını mesmerizm ve canlısal manyetizma üzerine kitaplar okuyarak ve seanslara katılarak geçirdi. O sırada güçlerini kaybeden Home'la tanıştı, ancak Home'un güçleri hakkında anlatılanları incelediğinde, bu fenomenden ruhların sorumlu olma olasılığını da en azından düşünmesi gerektiğini hissetti. Sonuçta ikna oldu ve Catherine Crowe'un *Doğanın Karanlık Yüzü* adlı kitabı kadar popüler olan *Footfalls on the Boundary of Another Word* (Başka Bir Diyarın Sınırlarındaki Ayak Sesleri) adında bir kitap yazdı. *Başka Bir Diyarın Sınırlarındaki Ayak Sesleri* popülerliği hak ediyordu; ayrıntılı, dikkatle tartışan, çağdaş bilimin en son buluşlarıyla ve son derece ikna edici durugörü, prekognisyon, poltergeist ve "yaşayanların hayaletleri" vakalarıyla dolu bir kitaptı. Ancak, bir tek bilim adamını bile ikna edebildiği kuşkuludur.

Spiritüalizm için olayların akışının olumlu yönde değişmesine neden olan şey bilimsel kanıtlar değil, Viktorya dönemi insanlarının şiddetli bir şekilde arzuladıkları dinsel kesinlik oldu. Bugünlerde entelektüellerin başlıca sıkıntısı, *vesvese,* yani kendiliğinden oluşan endişedir. Viktorya döneminde ise bu sıkıntı "kuşku" idi; hatta büyük "K" ile başlaması gereken bir kuşku. Viktorya döneminde hayatını mutlu bir kuşkusuzluk içinde geçiren saygın bir ailenin çocuğu olarak dünyaya gelmenin nasıl bir şey olabileceğini hayal bile edemeyiz. Viktorya döneminin çocukları, Adem'in yaklaşık MÖ 4004'te yaratıldığına ve dinle ilgili en ufak bir kuşku duymanın bir ayyaş ya da fahişe olmak kadar rezil bir şey olduğuna inanacak biçimde yetiştirilirlerdi. O nedenle, Sir Charles Lyell *Principles of Geology* (Jeolojinin Kökeni) (1830) başlıklı kitabında yeryüzünün geçmişinin milyonlarca yıl eskiye dayandığı konusunu tartışmaya açınca, Viktorya döneminin insanları sanki Trafalgar Meydanı'nın ortasından bir volkan çıkmış gibi şok oldular. İşte o andan sonra, Kuşkular içlerini kemirmeye başladı.

Bu mutsuz sorgulayıcılardan biri, Cambridge Üniversitesi Trinity Kolejinden Prof. Henry Sidgwick'di. Kuşku, yaşamı boyunca ağrıyan bir diş gibi ona işkence etti. 1869'da otuz bir yaşındayken, İngiltere Kilisesinin Otuz Dokuz Kitapçığına artık daha fazla tahammül edemeyeceği için Trinity'deki görevinden ayrılmak zorunda kalmıştı. Öğretim görevlisi arkadaşları anlayış gösterdiler ve dinsel testlere son verildiği anda onu yeniden göreve getirdiler.

Sidgwick, insan davranışlarına mantıklı bir temel arayan tüm girişimlerin başarısızlıkla sonuçlanmaya mahkum olduğu fikrini temel alan bir kitap yazmaktaydı.

Sidgwick'in öğrencileri onu bir tür Sokrat olarak görürlerdi. Geleceğin başbakanı Arthur Balfour, bir Quaker servetinin varisi Edmund Gurney ve bir rahibin oğlu Frederic Myers'ın da aralarında bulunduğu, gelecek vaat eden birçok öğrencisi vardı. Trinity'de bir başka öğretim görevlisi olan Myers da Kuşkular nedeniyle görevden ayrılması gerektiğini düşünmekteydi.

1869 yılının Aralık ayında Myers, bir akşam eski öğretmenini ziyaret etti ve yıldızların altında bir yürüyüşe çıktılar. Sidgwick'in akademisyenlikten ayrıldığı yıldı ve kaçınılmaz olarak, din konusu açıldı. Kendilerine artık Hristiyan diyemiyorlarsa da, her ikisi de evrenin büyük bir makine olduğunu ve insanlığın yalnızca şans eseri yaratıldığını da kabul edemiyorlardı. Felsefe, evrenin bilmecesini çözmekte başarısız olduğuna göre, yanıtın hayalet ve ruhlarla ilgili kanıtlarda olup olamayacağını çaresizlik içinde soran Myers'dı. İkisi de bu konuda iyimser değildi ancak Sidgwick bunun üzerinde düşünmeyi sürdürdü; özellikle de bir sonraki yıl Crookes, Daniel Dunglas Home'u incelemeye niyetlendiğini duyurduğunda. Crookes'a yapılan saldırılar, adalet anlayışlarını bozdu ve 1873'te, spiritüalizm ve normalüstü olanı incelemek için bağımsız bir dernek kurdular. Myers, okul müfettişi olmuştu ve bu da ona, seanslara katılmak için zaman bırakıyordu. Başlangıçta gözü korktu; kendisinde ruhları kaçıran bir şey olup olmadığını merak etmeye başlamıştı. Ardından ikna olmasını sağlayan bir deneyim yaşadı: Charles William adında bir medyomun seansına katıldı - Bayan

Guppy, işte o seanslardan birinde masanın üzerine düşmüştü- ve havada bir el materyalize oldu. Myers bu eli, yavaş yavaş küçülüp sonunda geride hiçbir şey kalmayacak biçimde yok olana kadar kendi elleri arasında tuttu. Bu sahtekarlık olamazdı. Myers bundan sonra daha fazla kanıt aramaya başladı. Edmund Gurney, Arthur Balfour, Sidgwick ve Lord Rayleigh'le -argon elementini bulan bilim adamı- birlikte Myers, kendini psişik araştırmalara adadı. Aralarına olağanüstü bir rahip ve aynı zamanda otomatik yazı medyomu olan Stainton Moses da katıldı. Onun samimiyeti, Myers'ın inancını güçlendirdi.

Dublin'deki Kraliyet Bilimler Kolejinde çalışan İrlandalı fizik profesörü William Barrett ile yeni bir ivme kazandılar. Barrett da, Alfred Russell Wallace gibi mesmerizmle ilgilenmeye başlamıştı ve birkaç köylü çocuğu ipnoza girmeye ikna etmişti. Aralarından ikisi, mükemmel birer süje olacaklarını kanıtladılar. Barrett bunlardan biriyle, Wallace'ın yirmi yıl önce bir öğrenciyle deneylediği "duyular topluluğunu" gözlemledi. Arkadaşı kendi elini yanan bir lambanın üzerine koyduğunda, kız kendi elini sanki yanmasından korkuyormuş gibi hızla geri çekti. Çocuk şeker yediğinde kız gülümsedi, tuz yediğinde yüzünü buruşturdu. Kız, Barrett'ın zihnini de okuyabiliyordu. Kuşkucu Profesör Carpenter, ipnoz altındaki kişilerin anormal ölçüde hassas olduğunu, böylelikle fark edilmesi neredeyse imkansız olan ses ve tatları duyumsayabildiğini söyleyerek bu fenomeni açıkladı. Ancak bu, kızın, içinde bir iskambil kağıdı olan bir kitabı ensesinde tutup kağıdın ne olduğunu tam olarak söylemesini açıklamıyordu.

Barrett bu konuda bir rapor yazdı ve Londra'daki İngiliz Derneği'ne yolladı. Normalde büyük bir olasılıkla umursanmazdı, ancak Wallace, hangi raporların yayımlanacağına karar veren komitenin başkanıydı. Barrett'tan yana ağırlığını koydu ve komite sonuçta ona karşı çıktıysa da, Wallace bu raporu Myers'ın görmesini sağladı.

O arada Barrett kendisini heyecanlandıran bir başka vaka bulmuştu; Buxton, Derbyshire'da yaşayan Creery adında bir rahibin ailesiydi bu. Creery'nin kızları "istediğini yaptırma" adlı oyunu oynamakta son derece başarılıydı. Bu oyunda, bir kişi odadan dışarı çıkıyor ve odada kalanlar o kişinin yerine getireceği bir görev seçiyordu; odadan çıkan kişi geri döndüğünde herkes sırayla onun "istenen görevi" yerine getirmesini sağlamaya çalışıyordu. Barrett'ın da bulunduğu bir anda Creery'nin dört kızı bu oyunu tekrar tekrar oynadılar ve hep başarılı oldular.

Barrett, Myers ve diğer psişik araştırmacı arkadaşlarıyla Londra'da buluştu ve bu gizemlerin araştırılması için bir dernek kurmaları gerektiğini ileri sürdü. Myers ve Gurney bu konuda kararsızlardı; onlar zaten ellerinden geleni yaptıklarını düşünüyorlardı. Barrett'ın azmi üstün geldi ve sonuçta Psişik Araştırmalar Derneği kuruldu. Dernek ilk toplantısını Şubat 1882'de yaptı. Derneğin ilk üyeleri "Cambridge" grubuydu: Myers, Gurney, Sidgwick ve karısı Eleanor, Balfour, Barrett, Rayleigh ve Wallace. Kısa süre sonra aralarına Tennyson, Gladstone, J. J. Thompson (elektronu bulan kişi), Mark Twain, William James, Lewis Carroll (yani Charles Dodgson), John Ruskin, Sir Oliver Lodge ve ressam Frederick Leighton ve G. F. Watts gibi Viktorya döneminin saygın kişilikleri de katıldı.

Derneğin, kuşkuculara hiçbir itirazı yoktu çünkü amacı bilimin yöntemlerini "psişik alem" üzerinde kullanmak ve doğruluğunu ya da yanlışlığını kesinkes kanıtlamaktı. Bu kaygıyla, Myers ve Gurney, 1876'da "taş tahtaya yazı yazan" medyom Henry Slade'in yargılanması ve sonradan kaçışıyla birlikte spiritüalizme olan inancını ciddi olarak yitiren Frank Podmore adındaki kuşkucu bir posta memurunun hizmetini memnuniyetle kabul ettiler.[1] Bu üçlü işbirliği, derlenmesi dört yıl süren *Yaşayanların Hayaletleri* (1886) adlı klasiği ortaya çıkardı. Dernek, ayrıca geniş bir Halüsinasyon Sayımı yaptı ve bu sayım, her on kişiden birinin bir tür halüsinasyon gördüğünü ortaya koydu.

Artık, ruhlar en sonunda İngiliz halkının büyük çoğunluğunu kendi taraflarına çekebilecek olmalıydı. Home, Bayan Hayden ve Bayan Guppy gibi medyomların, kendilerine bir kez şans tanındığında bilim adamlarını ikna etmekte zorlanmadıklarını gördük. Aslında, dernek çok etkileyici bazı çalışmalar yaparak her türlü mantıklı kuşkuya karşın hayaletlerin, telepati, durugörü ve beden dışı deneyimlerin gerçek olduğunu saptadı. Bu çalışma, bir sonraki bölümde ayrıntılı olarak ele alınacak olan Myers'ın şaheseri, *Human Personality and Its Survival of Bodly Death* (İnsan Kişiliği ve İnsanın Bedensel Ölümden Sonra Yaşamını Sürdürmesi) adlı eserde en yüksek noktaya vardı.

Ancak tüm bunlar, şaşırtıcı bir biçimde, kamuoyunu neredeyse hiç etkilemedi. *Doğanın Karanlık Yüzü ve Başka Bir Diyarın Sınırlarındaki Ayak Sesleri*'ni satın alan geniş kitle, anlatımların ve kanıtların ayrıntılı incelemeleriyle dolu kalın ciltli çalışmaları okuma zahmetine girmemişti. T. H. Huxley ve Sir Ray Lankester gibi kuşkucular ise bu tür şeylere ancak saf aptallar inanacağından, onların yazdıklarını okumanın bir anlamı olmadığını düşünmüşlerdi.

Ne yazık ki, toplumun SPR'yi ciddiye almasını önleyen bir başka etken daha vardı. Derneğin kuruluş tarihinden itibaren yirmi yıl içinde art arda "teşhir" edilmesi kuşkuculara diledikleri kadar cephane sağlamıştı. Sonuç olarak dernek, 1902'ye gelindiği sırada, tıpkı Düz Dünya Derneği gibi bir tür alay konusu olmuştu.

Bu "teşhir"lerden en zararlısı 1880'de, dernek kurulmadan iki yıl önce olmuştu. William Crookes'un birlikte çalıştığı medyom Florence Cook, Edith, Osbert ve Sacheverell'in babaları olan Sir George Sitwell tarafından sahtekarlık yaparken yakalanmıştı. Florence bir "materyalizasyon medyomu" idi. Loş bir odada perdelerle çevrili bir kabinin içinde oturur ve birkaç dakika sonra, kabinden beyazlar içinde bir figür çıkıp seyircilerle konuşurdu. Bu "ruh" adının "Marie" olduğunu söylüyordu ve medyomun bedenindeki cevher sayesinde "materyalize olduğunu" iddia ediyordu. Sitwell'in sandalyesinin yanından geçerken, Sitwell onu yakalayıp biri ışık yakana kadar onu sıkıca tuttu. Ardından, Marie'nin aslında Florence Cook olduğu ortaya çıktı; Florence'ın diğer giysileri kabinde bulunmuştu.

Spiritüalistler Cook'un o anda transta olduğunu ve neler olduğunun farkında olmadığını belirten açıklamasını kabul ettiyse de bu, hiç de ikna edici değildi. Sir William Crookes hemen kadını savundu ve 1873'te Volckman adında bir adamın, adının Katie King olduğunu söyleyen bir kadın "ruhunu" odada dolaşırken yakaladığını belirtti. Orada bulunan bir kişi, "Katie'nin bacaklarının eriyerek yok olduğunu ve Volckman'in elinden bir fok balığı gibi kayıp yukarıya doğru dönerek kurtulduğunu," ileri sürmüştü. Seansa katılanlar hemen dolaba koşup Florence'ın hala orada, siyahlar giymiş ve bağları çözülmemiş halde oturduğunu görmüşlerdi. Kabinde Katie'nin giydiği beyaz elbiseden bir ize rastlanmamıştı.

Crookes ayrıca, bir seans sırasında Katie'ye sarılmasına izin verildiğini ve onu, normal bir kadın kadar somut bulduğunu anlattı. Doğal olarak kuşkulandığından, Katie'ye, kabindeki Florence'a bakıp bakamayacağını sormuştu. Katie kabul etti ve Crookes, kabine girerek Florence'ın transta olduğunu gördü. Crookes'a göre bu son derece ikna ediciydi. Kuşkuculara göre ise bu iki şeyden birini gösteriyordu: ya Florence'ın bir suç ortağı vardı -bu, yine medyom olan kardeşi Katie olabilirdi- ya de Crookes yalancıydı.

Sitwell'in ortaya çıkardığı vakadan sonra, Florence Marryat adında bir kadın yazar Florence'la birlikte kabinde oturup onu bir halatla bağladı. "Marie" aynı şekilde yine belirdi ve seyircilerin arasında yürüdü ancak artık Florence'ın ününe gölge düşmüştü; kısa bir süre sonra emekliye ayrıldı.

Fakat Crookes bir defasında Rosina Showers adında güzel bir general kızı tarafından *gerçekten de* kandırıldı. Genç kadın, beyazlar içinde bir figürün belirdiği seanslarına para ödenmesine karşı çıktığı için Crookes'un ondan kuşkulanması için hiçbir neden yoktu. Crookes, Florence Cook'un hile yapmasını önlemek için bir yöntem geliştirmişti. Celseden önce, Florence'ın ellerini renkli bir boyaya batırmasını isiyor, ardından Katie King'in ellerini inceliyordu. Katie bu sınavı sorunsuz geçerdi ancak Rosina'nın "görünümünün" elleri boyalıydı. Crookes buna aldırış etmedi; ne de olsa ruh, cevherini medyomdan alıyordu ve belki boyayı da almış olabilirdi. Ancak, Rosina bu sırrı kendisine saklamayı beceremeyip Annie Fay adında Amerikalı bir medyoma hile yaptığını itiraf etti. Bayan Fay bu bilgiyi hemen Crookes'a aktardı ve o da Rosina'yla özel bir görüşme yapmak istedi. Rosina hemen hileyi itiraf etti ve bir daha asla yapmayacağına söz verdi. Crookes da bunun karşılığında bunu kimseye açıklamayacağını söyledi. Bu söz, onun için bir utanç kaynağı olacaktı. Rosina'nın annesi bu gizli görüşmeyi öğrendiğinde olabilecek en kötü anlamı yükledi ve arkadaşlarına, Crookes'un, incelediği medyomları baştan çıkaran bir adam olduğu dedikodusunu yayarken, sessiz kalacağına dair genç kadına söz vermiş olan Crookes sabretmek zorunda kaldı. Kendi evinde Florence Cook'u "incelerken" çıkartılan söylentiler zaten almış başını gidiyordu. Crookes, sonunda bunca derde değmeyeceğine karar verip psişik araştırmalarına son verdi.

1888'de çifte skandal yaşandı. "isteneni yaptırma" oyunları Barrett'i son derece etkileyen -ve SPR'yi kurmasına neden olan- dört Creery kızı hile yaparken yakalandılar. Barrett onları keşfettiğinden beri sürekli test ediliyorlardı ve tüm bunlardan sıkılmışlardı. İskambil kağıdının ne olduğunu bilme oyunları için çok basit işaretler geliştirdiklerini itiraf ettiler; kupaysa yukarıya, karoysa aşağıya bakılırdı, vb. Kızlar yalnızca son zamanlarda hile yapmaya karar verdikleri konusunda ısrar ettiler ve Myers ile Gurney ilk yaptıkları testlerde hile yapmış *olamayacaklarından* emin oldukları için onlara inandılar. Ama başka hiç kimse onlara inanmadı.

Ardından, daha da beteri geldi; tezahürleri Spiritüalist hareketi başlatan Fox kız kardeşler sahtekar olduklarını kamuoyuna açıkladılar. 1888'de ikisi de ellili yaşlarındaydılar, dul kalmışlardı ve çok içiyorlardı. Artık kimse ruhların darbe sesleriyle ilgilenmiyordu. Öte yandan, ablaları Leah iyi durumdaydı; üç kardeş birbirleriyle neredeyse konuşmuyorlardı. 1860'da Robert Dale Owen'ın da bulunduğu bir seansta beyazlar içindeki bir figürün odada dolaşmasıyla materyalize olma modasını çıkaran aslında Leah'ydı. Arkasında Owen gibi biri olduktan sonra başaramaması olanaksızdı. Öte yandan, yaşam kardeşlerine acımasız davranmıştı. Kate çok içki içtiği için Çocuk Zulümlerini Önleme Derneği, çocuklarını elinden almıştı. Margaretta onları İngiltere'de bir koruyucu ailenin yanına kaçırmayı başarmıştı, ancak dönüş yolculuğu sırasında şeytana uyup gemiden atlayarak intihara yeltenmişti. En büyük amacı, ablası Leah'dan intikam almaktı. O nedenle Amerika'ya vardığında, bir muhabirle yaptığı röportajı fırsat bilip tüm darbe seslerinin hile olduğunu açıkladı. 21 Ekim 1888'de o ve kardeşi Kate, New York Müzik Akademisinde sahneye çıktı ve Margaretta tüm darbeleri, ayak başparmağındaki çift eklem sayesinde çıkardığını itiraf etti. Bir dizi belli belirsiz sesler çıkartarak bunu nasıl yaptığını gösterdi. Bu seslerin, Hydesville'deki evin yatak odasını sarsan darbe sesleriyle hiçbir ilgisi yoktu ancak seyirciler ikna olmaya hazırdı ve Margaretta ile Kate 1500 dolarlık hasılatı aralarında paylaştılar. Bu itirafı ayarlayan muhabir Reuben Davenport, *The Death Blow to Spiritualism* (Spiritüalizme Ölümcül Darbe) adında bir kitap yazdı. Bin beş yüz doların büyük bir bölümü içkiye harcandı. Daha sonra, Margaretta itiraftan caydıklarını belirten bir yazı yazdı ve onu, Margaretta'nın kendi mülklerinden birinde yaşamasına izin veren varlıklı bir spiritüaliste verdi. Ancak çok sık sarhoş olan Margaretta buradan atıldı ve Kate'den kısa bir süre sonra, 1895'te öldü ve yoksullar mezarlığına gömüldü. Geçmişe bakıldığında, itirafının en önemli bölümü Kate'in sahnede, sessizce onun yanında oturması olduğu görülür. Kate, itirafı ne doğrulamıştı, ne de geçen otuz yıl içerisinde *kendisinin* insanları nasıl aldattığını göstermeyi önermişti. Bundan, onun 750 dolar uğruna sahneye çıkmayı kabul ettiği ancak daha ileri gitmeyi reddettiği sonucunu çıkarabiliriz.

Psişik araştırmanın itibarını etkileyecek bir başka utanç kaynağı da olağanüstü İtalyan medyom Eusapia Palladino'ydu. 1872'de Napoli'de on sekiz yaşındayken keşfedilen son derece cahil bir köylü olan bu kadın, Daniel Dunglas Home'dan sonraki en güçlü medyomdu. Eusapia kaşlarını çattığında ya da başıyla işaret ettiğinde sandalyeler geri geri gider ya da ona doğru gelir veya havada asılı dururlardı. Kendi de havaya yükselebilir ve sanki kanepede uzanıyormuş gibi öylece yatabilirdi. Kriminolog Cesare Lombroso tarafından incelemeye alınmış ve sonuçta gerçek olduğundan hiçbir kuşku duyulmamıştı. Son derece dengesiz bir kişiliği vardı: Sert, itici ve kurnazdı. Yaptığı en kötü şey, hileye başvurmasıydı. Komik olan şey ise, beceriksizce hile yapmasıydı; en son yetenekli araştırmacı onu yakalamakta hiç zorlanmadı. Eusapia, bu hilenin kötü ruhlar tarafından yapıldığını iddia etti ki bu doğru olabilirdi ancak yalan da olabilirdi(çünkü hile yaptığında, çoğunlukla kendinde oluyordu). Yine de sergilediği diğer fenomenler öylesine etkileyiciydi ki, onlarda hile söz konusu olamazdı. Fransız astronom Camile Flammarion, bir süre onu inceledikten sonra, daha iyi bir açıklama yaptı. Kesinlikle gerçek fenomenlerin ortaya çıktığı -örneğin, Eusapia'nın sandalyeye bağlıyken müzik aletlerinin havada uçuştuğu- seanslardan sonra, Eusapia'nın bütün yediklerini kustuğunu, bazen iki gün yataktan kalkamayacak kadar hastalandığını gözlemledi. Gerçek fenomenin böyle bir etkisi oluyorsa, hile yapmasına şaşmamak gerekirdi. Eusapia 1895'te İngiltere'ye geldiğinde Cambridge'de, sihirbaz Maskelyne'in de aralarında bulunduğu bir ortamda SPR tarafından test edildi. İngiliz ev sahipleri, kadının yaptığı çirkin hileye karşı Lombroso'nun yaptığından çok daha hoşgörüsüz davranmış ve tümüyle olumsuz bir rapor hazırlamışlardı. Bu tutumun, derneğin sahtekarları korumakla ilgilenmediğine kuşkucuları ikna etmesi gerekirdi. Ancak rapor yanlızca, bazı medyomların son derece sahtekar olduğu ve aklı başında hiç kimsenin onlarla zaman harcamayacağı izlenimini bıraktı.

Dernek, en zeki araştırmacılardan biri olan Edmund Gurney'in 1888'de ölümüyle birlikte bir başka ciddi darbe yedi. Haziranda bilinmeyen bir görev için Brighton'a giden Gurney ertesi sabah otel odasındaki yatağında ölü bulundu; yanında bir şişe kloroform ve yüzünde bez bir torba vardı. Adli soruşturma, dişi ağrıdığı için yanlışlıkla kloroform kullandığı sonucuna vardı, ancak SPR'de intihar ettiği söylentisi yayıldı. Gurney, birçok Brighton'lı genci telepati konusunda test ediyordu ve çok etkilenmişti. Telepatlarından biri bir boşanma skandalı nedeniyle alelacele Güney Afrika'ya gitmişti ve yirmi yıl sonra, hile yaptığını itiraf eden bir yazı yayımlamıştı. Gurney'nin yıllarca kandırıldığını öğrendiği ve bu konuda dürüst davranıp açıklama yapacak olursa, psişik araştırmaya çok daha büyük zararlar vereceğini düşündüğü öne sürüldü.[2] Doğrusu her neydiyse, Gurney'nin ölümü dernek için ciddi bir kayıptı.

Bu, Gurney'in ilk kandırıldığı vaka değildi. 1886'da *Yaşayanların Hayaletleri*'nin ikinci cildinin son düzeltmelerini yaparken, Portmouth'tan Sparks adında bir harp okulu öğrencisinden, Cleave adındaki öğrenci arkadaşını nasıl ipnotize ettiğini anlatan bir mektup almıştı. Cleave bir gün, Wandsworth'daki kız arkadaşının ne yaptığını merak edince, Sparks onu ipnotize etmiş ve onu görmeye gitmesini önermişti. Sparks'a göre, Cleave transtan çıktığında, kızın erkek kardeşiyle birlikte oturduğu odaya gittiğini söylemişti; kız, Cleave'a gözünü dikmiş ve sanki bayılacak gibi olmuştu. Cleave iki gün sonra kızdan bir mektup aldı; kız arkadaşı onu odada gördüğünü belirtmekte ve iyi olup olmadığını sormaktaydı.

Bu vaka, kaçırılamayacak kadar iyiydi, o nedenle Gurney, o sırada on sekiz yaşında olan Cleave'den, kızdan ve orada bulunduğunu iddia eden iki öğrenciden daha olayı doğrulayan mektuplar isteme zahmetine girdi. *Yaşayanların Hayaletleri*'nde bu olaya yer verdi. Ölümünden on yıl sonra Myers ve Podmore SPR'nin *Raporlar*'ında, Cleave'in Gurney'i kandırdığını itiraf ettiğini belirten bir yazı yayımlamak zorunda kaldılar. Bu olay, "tanık" ifadelerine fazla önem verilmemesi gerektiğini kanıtlayan bir dersti. Gerçi olay bir başka anlamda, *Yaşayanların Hayaletleri*'nin yazarlarını haklı çıkarmıştı. Kandıran kişiler gençlerdi. *Yaşayanların Hayaletleri*'nde sözü edilen kişilerin büyük bir çoğunluğu orta yaşta, çoğu rahip ve SPR'yi kandırmak için herhangi bir nedenleri olmayacak insanlardı.

1898'de bu kez Myers, SPR'yi küçük düşürecek bir skandala karıştı. 1880'lerin sonlarında Myers, üst sınıf bir Kuzey İskoçyalı aileden geldiğini ve durugörü medyomu olduğunu söyleyen Ada Goodrich-Freer adından çekici bir kızla tanışmıştı. Kısa bir süre sonra o ve kız birbirlerinin ruh eşi olduklarından emin oldular. Myers, kızı kristal küreye bakmak konusunda ikna etti ve sonuçlarının etkileyici olduğunu düşündü; kız, kayıp bir anahtarın ve bir reçetenin yerini bulduğunu ve kazara yırtıp attığı bir kağıt parçasının üzerinde yazan adresi gördüğünü iddia etti. Myers, derneğin gazetesinde yayımlanan bir yazı yazdı (kızdan, "Bayan X" diye söz etmişti). Dernek, üst sınıftan gelme genç bir hanımdan kuşkulanmak için bir neden göremedi. Niye yalan söyleyecekti ki? Myers'ın bilmediği şey ise, üst sınıftan Bayan Goodrich-Freer'ın gerçekte Uppingham'lı bir veterinerin kızı ve soyadının yalnızca Freer olduğuydu. Myers'la tanıştığında iddia ettiği gibi genç bir kız değildi, otuz yaşındaydı. Patolojik bir yalancıydı. Amacının ne olduğu asla ortaya çıkmadı ancak büyük bir olasılıkla ilgi görmek istiyordu.

Dernek, Bayan Goodrich-Freer'ı Kuzey İskoçya'ya bir önsezi olayını incelemesi için göndermişti; folklor derleyicisi bir rahipten bir el yazması ödünç aldığı ve bunu kendi yazmış gibi gösterdiği sonradan ortaya çıktı. Bir hayalet dadanma vakasını incelemesi için gönderildiği Surrey'deki evin sahiplerine bir şey görmediğini, SPR'ye ise akşam yemeğine inmek için giyinirken kapüşonlu bir kadın hayalet gördüğünü söyledi. Bu durum, onları kuşkulandırmalıydı ancak çekici ve terbiyeli Bayan Goodrich-Freer her türlü kuşkudan uzak görünüyordu.

1897'de İskoçya'da Ballechin Konağı'na hayalet dadandığına dair söylentiler duyan kadın, SPR'nin bir üyesini evi kendisi için kiralamaya ikna etti. Oraya gidince, dünyasal olmayan birçok fenomene tanık olduğunu iddia etti: darbe sesleri, gümbürtüler, hayalet çığlıkları, ayak sesleri ve daha başka, akla gelmeyecek tezahürler. Yatak takımlarını söken bir poltergeist ve Bayan Goodrich-Freer'ın yakınlardaki küçük bir vadideyken gördüğü hayalet bir rahibe vardı. Ne ilginçtir ki Bayan Goodrich-Freer'ın yanında kalmaya gelen konuklar korkunç fenomenlerle karşılaşmadılar, ancak tekinsiz darbe ve ayak sesleri duydular. Bayan Goodrich-Freer Londra'ya döndükten sonra *Alleged Hounting of Ballechin* (Perili Ballechin Konağı) adlı kitabını yazarken, konuklarından biri olan J. Callendar Ross, *The Times*'da "Bir Hayaletin İzini Sürmek" başlıklı bir yazı yayımladığında çileden çıktı; yazı yalnızca kuşkucu olmakla kalmayıp taşlamalarla da doluydu. *The Times*'ın sütunlarında birbiri ardına öfke dolu mektuplar belirmeye başlayınca, Bayan Goodrich-Freer ve SPR'nin bu evi asılsız iddialara dayanarak kiraladıkları anlaşıldı. Doğal olarak, konağın sahibi tüm bu söylentiler konağın kira bedelini düşüreceğinden ötürü hoşnutsuzdu. Ballechin Konağında kalmış olan Myers, Bayan Goodrich-Freer'ı desteklemek zorunda olduğunu hissetti. Ancak konağın sahibinin eşi *The Times*'da SPR'yi açıkça suçlayınca, Myers hemen, uzun zaman önce gözlemlerini yayımlamaktan vazgeçtiğini söyledi. Myers'la birlikte Ballechin'de kalan bir başka konuk, Myers'ın hayalet dadanma vakasını kesinlikle yazmaya niyetli olduğunu ifade ettiğini söyleyerek onu yalanlamakta gecikmedi. Bayan Goodrich-Freer ise Myers'ın centilmenlikten uzak bir geri çekilme olarak yorumladığı tutumuna çok kızmıştı. Calendar Ross, "SPR ister kuşku uyandırsın ister tiksinti, yine de insanlara heyecan verir," diyerek genel düşünceyi dile getirmiş oldu. Bayan Goodrich-Freer, Ballechin'le ilgili kitabını yayımladığında, vaka hala kuşkulu görünüyordu.

Myers'ın 1901'de ölümüne neden olacak hastalığını bu skandal tetiklemiş olabilir. Diğer SPR üyeleri aniden Bayan Goodrich-Freer'a soğuk davranmaya başlamışlardı; Frank Podmore, Ballechin'le ilgili yorumunda kadını neredeyse yalancılıkla itham etmişti. 1901'deki darbe sesleri seansında Bayan Goodrich-Freer'ın hile yaparken yakalandığıyla ilgili kanıtlar[3] vardır. Bayan Goodrich-Freer daha sonra İngiltere'den ayrılıp kendisinden hayli genç biriyle evlenecek olduğu Kudüs'e gitmeye karar verir. 1931'de yetmiş dört yaşında ölür, ancak sonuna kadar yalan söylemeyi de sürdürür; ölüm belgesinde elli altı yaşında olduğu yazılıdır.

***

Bu akıl almaz skandalların –kabinlerinde iç çamaşırlarıyla kalan ve çift eklemli, büyük başparmaklı medyomlar - SPR'nin kaçıklarla dolu bir yer olduğunun ileri sürülmesinde büyük etkileri oldu. Gerçekte, bir yüzyıl kadar geriye bakıldığında, ilk yirmi yıl içerisindeki başarılarının son derece etkileyici olduğunu görebiliriz. "Normalüstü konular ciddiye alınabilir mi, yoksa kocakarı masalları ve yanılsamaların derlemesi midir?" sorusuna yanıt vermek için yola çıkılmıştı. Bu öncüleri şaşırtan şey, kuşkusuz normal üstü vakaların kanıtlarının bu denli bol olmasıydı. On kişiden birinin halüsinasyon görmüş olması, birçok insanın ölen akrabalarının tezahürleriyle karşılaşmış ya da beden dışı deneyim yaşamış olması onlara müthiş bir şey gibi gelmiş olmalıydı. Sahte medyomlarla ilgili gazete skandalları halkı etkilemiş olabilir ancak SPR'yi etkileyen şey, birçok medyomun gerçek olması ve ölümden sonra yaşamla ilgili bir dolu kanıtın en hoşgörüsüz hayal gücünün bile karşısına dikilmesiydi. Calendar Ross, SPR'nin uyandırdığı "kuşku ve tiksintiden" söz ettiğinde, birçok aklı yerinde insanın psişik araştırma gibi iğrenç bir konuyla ilgili düşüncelerini dile getiriyordu. İğrenç olsun olmasın, bu konu gündemden hiç düşmedi. SPR dağ gibi olumlu kanıtlar toplayarak, konunun umursanmamasını zorlaştırıyordu. *Yaşayanların Hayaletleri* belki şimdiye dek yazılmış en sıkıcı kitap olabilir, ancak vakalarla dolu iki bin sayfası, bunun yüzleşilmesi gereken bir konu olduğu farkındalığını insanın zihnine zorla sokmaktadır.

Skandallara ve gerçeklerin ortaya çıkmasına bu kadar çok yer verdikten sonra, bu öncüleri gerçekle uğraştıklarına sonunda ikna eden bazı kanıtlara daha yakından bakmak adil olacaktır.

Bir mihracenin oğlu olan Prens Victor Duleep Singh 21 Ekim 1893'te, Berlin'de Lord Carnarvon'la birlikte kaldığı bir otelde yatmaya hazırlanmaktadır. Işığı söndürmeden hemen önce, karşısındaki duvarda asılı çerçeveli bir tabloya bakar. Şaşkınlıkla, dikkatle kendisine bakmakta olan babasının yüzünü görür. Tablodaki kişinin babasına benzediğini düşünerek, daha yakından bakmak için yataktan kalkar ama tablo, elinde bir gül tutan ve balkondan aşağı sarkan bir kızı resmetmektedir. Prens Victor, ertesi sabah bu deneyimi Lord Carnarvon'a anlatır. Daha sonra aynı gün, babasının bir gece önce kalp krizi geçirerek öldüğünü bildiren bir telgraf alır. Prens, mihrace kalp krizinden ölmeden birkaç saat önce bilinci kapalı olarak yattığı sırada onun yüzünü görmüştür.

16 Ekim 1902 gecesi, bir demiryolu bekçisinin eşi bir bardak su içmek için sabahın üçünde uyanmıştı. Yatakta

yalnız yatmaktaydı çünkü eşi gece nöbetindeydi ve oda, gaz lambasının loş ışığıyla aydınlanmaktaydı. Suya bakınca, yük vagonlarının birbirine çarptığını açık seçik gördü ve hangisinin daha çok zarara uğradığını inceledi. Eşinin kaza geçirmiş olmasından endişelendi. Ertesi sabah dokuzda eşi eve geldiğinde ona gördüklerini anlattı. Kocası ise ona o gece demiryolunda *gerçekten* de bir kaza olduğunu ve tam da gördüğü saatte olduğunu söyledi.

Bu olayla ilgili tuhaf olan nokta, adamın, kazanın olduğu yerin önünden iki kez geçmiş olmasıydı: İlk önce, karısının bir bardak suda beliren "rüyeti" gördüğü saatte; ve ikinci olarak dört saat sonra, bindiği tren geri dönerken. Kaza yerinden ilk kez geçerken hava çok karanlıktı ve neler olduğunu göremezdi. Sabah yedide ise hava aydınlanmıştı ve olayı net bir biçimde görebilmişti; tıpkı karısının suda gördüğü gibi. Elbette ki adamın şuuraltı, şuurundan daha iyi görmüş olabilir. Eğer bu telepatiyse, adam kendi gördüğünden daha fazlasını karısına iletmeyi başarmıştı.

Bir sonraki, SPR'nin belki de kaydettiği en ünlü vakalardan biridir. 9 Temmuz 1904'te roman yazarı Richard Haggard öylesine kötü bir kabus görür ki, eşi onu ancak sarsarak uyandırabilir. Rüyasında kızının siyah renkli retriever cinsi köpeği Bob'ı bir suyun kenarındaki çimlerin üzerinde yatarken görür. Köpeğin başı anormal bir açıyla eğilmiştir ve sanki ona ölmekte olduğunu söylemeye çalışır gibidir.

Ertesi sabah, kahvaltı yaparken kızı Angela'ya rüyasından söz eder. Angela endişelenmez çünkü Bob'ı bir akşam önce görmüştür ve gayet iyi durumdadır. Daha sonra aynı gün, Bob'ın ortalarda olmadığını fark ederler. Dört gün sonra köpeğin cesedi yakınlardaki bir nehirde bulunur. Bir tren Haggard'ın onu rüyasında gördüğü gece köpeğe çarpmıştır. Kazanın tam saatini az çok tahmin etmiştir; kabustan uyanmadan birkaç saat önce.

19 Mart 1917'de Bayan Dorothy Spearman, Kalküta'daki bir otel odasında bebeğini doyurmaktadır. Küçük kızı da odadadır. Arkasında biri olduğunu hisseder ve bakınca üvey kardeşi Eldred Bowyer-Bower'ı orada ayakta dururken görür. Kraliyet Hava Kuvvetlerinde subay olan üvey kardeşi çok normal görünmektedir ve Bayan Spearman, onun Hindistan'a tayini çıkıp kendisini görmeye geldiğini sanır. Ona, bebeği yatırdıktan sonra uzun uzun konuşabileceklerini söyler. Ancak, bebeği yatağına yatırırken, üvey kardeşi ortadan kaybolmuştur. Kızı ise hiç kimseyi görmemiştir. Daha sonra, üvey kardeşini gördüğü anda, onun Alman hatları üzerinde uçarken vurularak öldüğünü öğrenir.

7 Aralık 1918'de, Kraliyet Hava Kuvvetlerinde görevli Teğmen J. J. Larkin kışlada mektup yazarken, dışarıdaki koridorda birinin yürüdüğünü duyar. Ardından, kapı açılır ve arkadaşı Teğmen David McConnel, "Selam oğlum!" diye seslenir. Larkin dönüp baktığında McConnel'ın orada, bir eli kapı tokmağını tutarak durduğunu görür. "Merhaba, ne çabuk döndün?" der ve McConnel yanıt verir, "Evet, güzel bir yolculuktu." Bir uçağı yakındaki bir havaalanına götürecektir. Ardından, McConnel kapıyı çarparak kapatır ve uzaklaştığı duyulur.

Larkin birkaç saat sonra McConnel'ın uçağının o akşamüstü çakıldığını duyunca, bunun onu gördükten sonra olduğunu düşünür. Aslında, McConnel yaklaşık Larkin'in onu kapıda gördüğü sıralarda ölmüştür.

Bir sonraki vaka da hayli ünlüdür ve ölümden sonra yaşamın devam ettiğinin en güçlü kanıtlarından biri olarak değerlendirilir. 1925 yılının Haziran ayında Davie, Kuzey Carolina'lı James Chaffin rüyasında babasının üzerinde siyah bir paltoyla yatak ucunda durduğunu ve, "Vasiyetimi paltomun cebinde bulacaksın," dediğini görür. Baba James L. Chaffin dört yıl önce ölmüş, çiftliği üçüncü oğlu Marshall'a bırakmış, eşiyle diğer üç oğluna ise hiçbir şey bırakmamıştır. Vaktiyle vasiyetine hiçbiri itiraz etmemiş, buna gerek görmemişlerdir.

Ertesi sabah James Chaffin hemen annesine gider ve babasının siyah paltosunun nerede olduğunu sorar; annesi, ağabeyi John'a verdiğini söyler. Paltoyu John'un evinde bulur ve dikkatle inceler. İç cebinin astarında -burası babasının rüyada belirttiği yerdir- rulo yapılmış bir kağıt bulur ve üzerinde şu yazılıdır: "Babamın İncil'inde Tekvin'in 27. Babını oku."

James Chaffin bir komşuyu tanık olarak yanına alıp yeniden annesinin evine döner ve eski Kutsal Kitabı bulur. Tekvin'in 27. Babında malı eşi ve dört oğlu arasında paylaştıran -her şeyi Marshall'a bırakan vasiyetten sonra hazırlanan- bir başka vasiyet vardır. Marshall Chaffin'in ilk tepkisi, sahte olduğunu varsayarak vasiyete itiraz etmek olur. Ancak, inceledikten sonra gerçek olduğunu kabul etmek zorunda kalır. On tanık, vasiyetin baba Chaffin'in el yazısıyla yazıldığını doğrular. Böylelikle mal, ikinci vasiyete göre paylaştırılır.

Tıpkı Marshall Chaffin gibi, okuyucunun da ilk tepkisi bir dalavereden kuşkulanmak olur. Ancak, olayı duyan SPR'nin Kanadalı üyesi bunu araştırması için bir avukat tutar ve vasiyetin gerçek olduğu onaylanır. Tekvin'in

27. Babının anlamı ise, o bölümde Yakup'un kör babası İshak'ı, mirasın kardeşi Esav'a düşen payı da kendisine vermesi için onu kandırışını anlatmasıdır. Anlaşılan, yaşlı Chaffin bunu ölmeden kısa bir süre önce anlamış ve yeni vasiyeti hazırlamış olmalıdır. Vasiyetini doğrudan yazmak yerine, kendisi öldükten sonra arzusunun -oğlu Marshall'a yönelttiği imalı eleştiriyle birlikte- oradan okunacağından hiçbir kuşku duymayarak Kutsal Kitaptan faydalanmıştı.

Catherine Crowe'un *Doğanın Karanlık Yüzü* adlı kitabındaki bir bölüm tümüyle buna benzer rüyalar ya da tezahürler aracılığıyla önemli mesajların iletildiği vakalara ayrılmıştır. Bu bölümde, pazara giderken lacivert giysili iki kişi tarafından saldırıya uğrayıp öldürüleceğini rüyasında gören bir kasaptan söz edilir. Pazara bir komşusuyla gitmeye karar veren kasap, rüyasında saldırının gerçekleştiği yere geldiğinde, lacivert giysili iki kişinin orada beklediğini görür. Ancak, Catherine bize ayrıntı olarak yalnızca kasabın adının Bone olduğunu ve Holytown'da yaşadığını belirtmiştir; buna, "onaylayıcı ayrıntı" demek olanaksızdır. SPR'nin kayıtları en az bunun kadar duygusal vakalar içerir ancak onlar, adı geçen herkesten imzalı ifadeler alma zahmetine girmişlerdir ve sonuç çok da ikna edicidir. 1869'da tipik bir vaka, Bay ve Bayan P'nin başına gelir. Loş bir odada yatarlarken, Bayan P yatağın ayakucunda deniz subayı kıyafetiyle duran bir adam görür. Uyuklamakta olan kocasının omzuna dokunup, "Willie, kim bu?" der. Kocası uyku sersemi bir halde öfkeyle, "Burada ne işiniz var, efendim?" diye bağırır. Subay sitem ederek, "Willie!" diye çıkışır. Bay P yataktan fırlayınca, subay yürür ve duvarın içinde kaybolur. Bayan P, subayın gerçek bir insan gibi göründüğünü ve odada yürüdüğü sırada lambanın yanından geçerken duvara gölgesinin düştüğünü söyler.

Bir hayalet gördüklerini anlarlar. Bayan P bunun donanmadaki kardeşinin başına bir felaket geldiğinin habercisi olup olmadığını merak eder. Kocasına aklına gelen şeyden söz edince adam, "Hayır, o babamdı," diye karşılık verir. P'nin babası uzun zaman önce ölmüştür.

Bu ziyaret sonrasında Bay P ciddi biçimde rahatsızlanır ve rahatsızlığı birkaç hafta boyunca sürer. İyileştiğinde karısına, bir süredir maddi sıkıntı içinde olduğunu ve babasının hayaletini görmeden önce birinden tavsiye almaya karar verdiğini, ancak şimdi, bunun onu mahvedip hapse düşmesine neden olacağını anladığını açıklar. "Hayaletin" onu, bunu yapmaması konusunda uyarmaya geldiğinden emindir.

Bu vaka, özünde, Holytown'lı Bay Bone'dan daha inandırıcı değildir ancak SPR, Bay ve Bayan P ile vaka olur olmaz başlarına geleni anlattıkları iki arkadaşlarından yeminli ve imzalı bir ifade almayı başarmıştır. Olayı hala bir rüya ya da "kolektif halüsinasyon," hatta düpedüz yalan olarak geçiştirmek olasıdır ama aslında imzalı ifadeler bunu olanaksız kılmaktadır.

Bu deneyimin en ilginç noktası, Bayan P'nin, figürün gerçek ve normal bir insan gibi göründüğünü -çoğu hayalet öyle görünür- ve duvara gölgesinin düştüğünü belirtmesidir. Bu, açıkçası onun tıpkı seans odalarında materyalize olan figürler gibi sert bir maddeden oluştuğu kanısını uyandırmaktadır.

"Kırmızı çizik vakası" olarak bilinen vakada da farklı bir tür "uyarı" söz konusuymuş gibidir. Adı "FG" olarak belirtilen bir kişi, 1876'da St. Joseph, Missouri'de bir iş gezisinde bulunduğu sıralarda bir otel odasındayken masada birinin oturduğunun farkına varır. Bu, dokuz yıl önce koleradan ölen kız kardeşi Annie'dir. Tıpkı hayattayken göründüğü gibidir, yalnızca yanağında parlak kırmızı bir çizik vardır. FG hızla ayağa kalkarken, kız kardeşi yok olur.

FG öylesine etkilenir ki, hemen bir trene atlayıp anne babasının St. Louis'deki evlerine gider. Onlara çizikten söz edince annesi bayılır. Kendine geldiğinde, cesedin yüzündeki çiziğe kazara kendisinin neden olduğunu söyler. Çiziği pudrayla gizlemiş ve bundan kimseye söz etmemiştir.

Birkaç hafta sonra anne, "sevgili kızına kavuşmanın mutluluğuyla" ölür. Oğlu, bu tezahürün amacının annesini ölüme hazırlamak olarak yorumlar. Bu, yine SPR'nin derlediği tezahür ve ölüm döşeği deneyimleri raporları sırasında sık sık rastlanan bir başka temadır. Sir William Barrett daha sonra bir kitabını bunlara ayıracaktır ve anlatılan ilk vaka SPR'nin incelemelerinin kusursuzluğunun tipik bir örneğidir.

Barrett'in karısı, Londra'nın kuzeyindeki Clapton ilçesinin doğumevinde kadın doğum cerrahıdır. Bayan B adında bir kadın, doğum sırasında kalp krizi geçirir. Bayan Barrett onun ellerini tutarken kadın "Oda kararıyor," der. Kadının annesi ve kocası çağırılır. Ardından Bayan B, odanın bir başka bölümüne bakar ve "Ne hoş," der. Bayan Barrett, "Nedir o hoş olan?" diye sorar. "Hoş bir aydınlık; çok güzel şeyler." Ardından, çığlık atar, "Bu, babam!" Görmesi için bebeği odaya getirildiğinde, "Sence, bebeğin iyiliği için kalmalı mıyım?" diye sorar. "Babasına" doğru bakar ve, "Kalamam," der. Kocası geldiğinde odanın karşı tarafına bakar ve "Bu, Vida!" der. Vida, iki hafta önce ölen kız kardeşidir. Üzülmemesi için Vida'nın öldüğü Bayan B'ye söylenmemiştir. Kadın kısa bir süre sonra ölür. Bayan Barrett, başhemşire, kocası ve annesi ölüm anına kadar Bayan P'nin ölen akrabalarının orada olduğunu düşünüyormuş gibi göründüğüne kefil olmuşlardır. Barret her zamanki titizliğiyle, anneden tüm bunları doğrulayan yazılı bir ifade alır. Bu, Barrett'ın, insanların ölüm anında, öldüğünü bilmediği akrabalarını "gördüğünü" anlattığı birkaç vakadan ilkidir. Barrett, ölmekte olan birinin hala yaşamakta olan bir akrabasını "gördüğü" bir vakanın bilinmediğine işaret eder.

SPR'nin iki kez başkanlığını yapan Sir Oliver Lodge en inandırıcı "ölüyle iletişim kurma" olayını kendisi yaşamıştır. Bu deneyim *Raymond* adındaki kitabında yer alır.

Sir Oliver Lodge, 8 Ağustos 1915'te Leonore Piper adında Boston'lu bir medyomdan Roma'lı şair Horace'ın, üstüne yıldırım düşen bir ağaçla ilgili bir şiirine anlaşılmaz göndermeler içeren bir mesaj alır. Lodge bunu, bir felaket uyarısı olarak yorumlar. Mesajın, on dört yıl önce ölen Frederic Myers'dan geldiği iddia edilir. Bir hafta sonra Lodge, en küçük oğlu Raymond'ın Ypres savaşında öldüğünü öğrenir.

Daha sonra birçok medyom, "Raymond'dan" geldiğini iddia ettikleri mesajlar aktarırlar ancak Lodge hala ikna olmamıştır; bunların çoğu, "çok iyi zaman geçiriyorum" türünden mesajlardır. Bir sonraki ay Lodge'ın karısı, olağanüstü medyom Bayan Osborne Leonard'ın düzenlediği bir seansa götürülür. Medyom ve Bayan Lodge birbirlerini daha önce görmemişlerdir ve kimse onları tanıştırmamıştır. Buna karşın Bayan Leonard, Raymond'dan bir mesaj aldığını ve gencin, öldüğünden bu yana babasının birçok arkadaşıyla tanıştığını belirttiğini söyler. Birinin adı sorulduğunda, Raymond, "Myers," diye yanıt verir.

Raymond'dan gelen bir başka mesaj da Vout Peters adında erkek bir medyom tarafından iletilir. Mesajda, Raymond bir grup insanla birlikte göründüğü bir fotoğraftan ve bir bastondan söz eder. Lodge ailesi böyle bir fotoğraftan haberdar değildir. İki ay sonra, Raymond'ın subay arkadaşlarından birinin annesi, elinde Raymond'ın da yer aldığı bir fotoğraf olduğunu belirttiği ve bir kopyasını göndermeyi önerdiği bir mektup yazar. Fotoğraf gelmeden önce, Lodge, Bayan Leonard'ı ziyaret eder ve onun "rehber varlığı" (Feda) Raymond'ın geldiğini bildirdiğinde, bu fotoğrafı sorar. Raymond fotoğrafın açık havada çekildiğini söyler ve birinin kendisine yaslanmak istediğinden söz eder. Fotoğraf geldiğinde, bunun kışlanın dışında bir grup subayı gösterdiği görülür. Ön sırada oturan Raymond'ın bacağına bir baston yaslanmış durmaktadır ve arkasında oturan subay kolunu Raymond'ın omzuna koymuştur.

Lodge'ın kitabı, Raymond'ın "yaşamayı sürdürdüğünü" kanıtlayan daha birçok kanıt sunar; ancak, onun da belirttiği gibi bu özellikle inandırıcıdır çünkü olaya, Lodge'ın varlığından habersiz olduğu bir fotoğraftan söz eden iki ayrı medyom karışır; böylelikle telepati olasılığı ortadan kalkmıştır.

Bu bölümü bitirmek için, Catherine Crowe ve doğaüstü olaylarla ilgili yazan ilk yazarların çok sevdiği bir fenomen türünden son bir örnek verelim: tam bir hayalet dadanma vakası.

1932 Şubat ayında, Samuel Bull adında bir baca temizleyicisinin torunları, evin kapısının dışında biri olduğunu söyleyerek yatağa yatmamakta ısrar ederler. (Gribi yeni yeni atlattıkları için alt kattaki odada yatmaktadırlar.) Anneleri Mary Edwards kapıdan dışarı bakar ama kimse yoktur. Kısa bir süre sonra, anne ve çocuklar -geçen Haziran ayında ölen- Samuel Bull'un odanın içinde yürüyüp merdivenlerden yukarı çıktığını ve öldüğü odanın kapısından geçtiğini görürler. (Kapı kapalıdır.) Hepsi birden çığlık atar. Bu olay, ölen adamın Oxford Sokağı, Ramsbury, Wiltshire'deki evinde ilk kez görünmesidir. "Hayalet" anlaşılan ailesinin orada bulunduğunun farkındadır çünkü elini iki kez hasta karısının alnına koyup bir kez onun adını söyler. Kanserden ölen Samuel Bull, oldukça sağlam gibidir ve öylesine net bir biçimde görülür ki çocuklar onun parmak boğumlarında, derisinden dışarı sanki yayılan beyazlığı görürler. İlk tezahürden sonra aile bir daha korkmaz; çocuklar korkmaktan çok "şaşkın" görünürler. Hayaletin, içinde yaşadıkları berbat koşullar nedeniyle üzgün göründüğünü düşünürler; ev rutubetlidir ve bazı odalarda yaşanması olanaksızdır. En son iki ziyaretinde Samuel Bull üzgün görünmemektedir. Bayan Edwards bunun nedeninin, belediyenin oturmaları için kendilerine yeni bir ev verecek olması olduğu kanısına varır.

SPR'den iki araştırmacı geldiğinde onları evde bulamaz. Aile taşınmıştır, ancak bölge papazı aileyle daha önceden konuşmuş ve anlattıklarını kaydetmiştir. Araştırmacılar haklı olarak, vakanın kendilerine daha önce anlatılmamasından dolayı üzülmüştür, ancak tanıklarla konuşmaları ve bölge papazının kanıtı hayalet dadanma vakasının gerçekliğine inanmalarını sağlamıştır.

***

Bu, türlü türlü vizyon ve görünümler, SPR'nin kurulduğu ilk yüzyılda araştırdığı vakaların ne kadar çeşitli olduğunu vurgulamaktadır. Hiçbiri kendi içinde Jung-Stilling, Catherine Crowe ya da Robert Dale Owen'ın aktardığı vakalardan daha etkileyici değildir. Ancak, çok daha inandırıcıdırlar çünkü dürüst araştırmacılar bu vakaların gerçek olduğunu doğrulatmak için ellerinden geleni yapmışlardır. SPR'nin (ya da Amerika'daki benzerinin) *Raporlar*'ının ciltlerine göz atmak için birkaç saatini ayırmaya istekli bir kişi, daha fazla kuşkucu davranmanın boşa zaman harcamak olduğu sonucuna varacaktır. Vakaların yarısının sahte ya da yanlış aktarılmış olduğu kanıtlansa bile, diğer yarısının ciltlerce olması nedeniyle buna karşı çıkılamaz. Prof. James Hyslop'un duyduğu rahatsızlık, *Life After Death* (Ölümden Sonra Yaşam) adlı eserinden anlaşılmaktadır:

> *Fiziksel bedene sahip olmayan ruhların varlığını bilimsel olarak kanıtlanmış kabul ediyor ve kuşkucuların bu konuda söyleyecek daha fazla sözü olmadığını düşünüyorum. Fiziksel bedene sahip olmayan ruhların varlığını ve bununla ilgili kanıtları kabul etmeyen herhangi bir insan ya cahildir ya da ahlaki açıdan korkaktır. Bunu itiraf etmesi için ona kısa bir süre tanıyor ve konuyla ilgili hiçbir şey bilmediğini varsayarak, onunla tartışmayı hiç önermiyorum.*

Kuşkucular hakkında söylediklerinde çok haklı. Ünlü bir cerrah olan Sir John Bland Sutton şöyle demiştir: "Ölüm her şeyin sonudur. Deneyimlerime göre, konuyu bilimsel olarak ve derinlemesine inceleyen herkes aynı sonuca varmıştır." Bu tümce gerçeklikten yoksundur. Temelde kuşkucu davranan birçok araştırmacı olmuştur. Hyslop'ın bile adı "inatçı"ya çıkmış ve SPR üyelerince hiç sevilmemiştir çünkü kendisi yola gelmez bir "kuşkucu" olmuştur. Ancak kuşkucular gerçekleri incelemeye karşı çıktıkları her bir vakanın sonucunda, ölümden sonraki yaşam gerçeğine aşağı yukarı inanmaktadırlar. Aşağı yukarı diyorum, çünkü Dr. Gardner Murphy ve Louisa Rhine gibi birkaç araştırmacı "gerçeklerin" çoğunun "Duyular Dışı Algılama" -zihin okuma, durugörü vb.- denilen şeyle açıklanabileceğini düşünmektedirler.

Hyslop ise duyular dışı algılama varsayımını, "kırmızı pijama vakası" olarak bilinen bir deneyim sonunda terk etmiştir. İrlanda'da bir medyom, kendine "William James" diyen bir ruhun kırmızı pijamaları anımsayıp anımsamadığını soran mesajını Hyslop'a iletmesini istemiştir. 1910'da ölen William James ile Hyslop, kim daha önce ölürse diğeriyle iletişim kurmaya çalışacağı konusunda anlaşmışlardır. Ancak Hyslop, kırmızı pijamalarla ilgili mesaja önce bir anlam veremez. Fakat sonra bir anda bunun ne demek olduğunu anlar. O ve James gençken birlikte Paris'e gitmişlerdir. Bavullarının otele henüz gelmediğini öğrendiklerinde Hyslop pijama almak için dışarı çıkar ancak yalnızca parlak kırmızı renkte bir pijama bulabilir. James günlerce Hyslop'la pijama konusundaki zevksizliğinden söz ederek dalga geçer. Hyslop bu olayı unutmuştur. Kırmızı pijama mesajının gerçekten de William James tarafından iletildiğinden başka herhangi bir açıklama yapamaz.

Hyslop'un ölümünden yirmi altı yıl sonra, psikolog Carl Jung bir mektubunda ondan bir alıntı yapar. Jung, medyomlar aracılığıyla iletişim kuran ruhların kimlikleriyle ilgili meseleyi tartışmaktadır:

Bir keresinde, William James'in New York'lu bir arkadaşı olan Prof. Hyslop'la uzunca bir süre kimlik kanıtlama meselesini tartışmıştım. Etraflıca düşünüldüğünde, tüm bu metafizik fenomenlerin, şuurdışının nitelikleri ve tuhaflıklarındansa, ruhlar varsayımıyla daha iyi açıklanabileceğini kabul ediyordu. Ve şimdi, kendi deneyimime dayanarak, onun haklı olduğunu onaylamak zorundayım. Ayrı ayrı her vakayla ilgili olarak kuşkucu davranma gereksinimini duyuyorum, ancak olaya bir bütün olarak bakıldığında, ruh varsayımının başka bir şeyden çok daha iyi sonuç verdiğini itiraf etmeliyim.[4]

Yine de Jung'un, normalüstü olaylarla ilgili gerçeklerin şuurdışı zihnin güçleriyle açıklanabileceğinde ısrar etmeyi sürdürdüğü yayımlanmış çalışmalarının herhangi birinde bu itirafın yer almaması önemlidir.[5]

Günümüz araştırmalarına bağlı olarak, Jung'un ruhlar varsayımının başka bir şeye oranla çok daha açıklayıcı olduğu düşüncesine devam edeceğiz. Bunun sonuçta doğru olup olmadığı sorusunun cevabını hep birlikte göreceğiz.

BEŞİNCİ BÖLÜM

BİR ŞAHESERİ YENİDEN KEŞFETMEK

1863 sonbaharında Sarah Hall adında bir kadın, kendi hayaletini görmek gibi ilginç bir deneyim yaşar. Eşi ve bir başka çiftle birlikte yemek masasındayken, hepsi birden büfenin ucunda bir başka Bayan Hall'un durduğunu görürler. Figürün üzerinde, Sarah Hall'un o anda üzerinde olan elbiseye hiç benzemeyen puantiyeli bir elbise vardır. Eşi, "Bu, Sarah!" der ve hepsi gözlerini dikmiş ona bakarken figür yok olur.

Vaka rahatsız edicidir çünkü arkası gelmez. Sarah Hall, yirmi yıl sonra Gurney'e yazıp vakayı anlattığında sağlığı hala yerindedir, o nedenle bu olay bir tür uğursuz haberci de değildir. Bayan Hall birkaç yıl sonra, "hayaletinin" üzerindeki puantiyeli elbiseye benzer bir elbise satın alır ancak bunun da bir önemi yok gibidir. Mantıklı olan tek şey, Bayan Hall'ın, yaşadıkları evin eskiden bir kilise olduğu yorumudur. Hristiyan kiliselerinin, sanki üstüne kuruldukları arazinin, kadimlerce kutsal sayılan doğal bir gücü varmışçasına çoğunlukla pagan alanlara inşa edildiğini görmüştük. Ancak bu da, dört kişinin birden Bayan Hall'ın "ikizinin" nasıl gördüğünü açıklamaya yardım etmiyor.

Vakanın bir benzeri olmasaydı, yalan ifade verildiği düşünülerek üzerinde durulmazdı, ancak psişik araştırma literatüründe yüzlerce "ikiz" kaydı vardır. Şair Goethe de, sevgilisinden ayrılıp Alsace'ın yollarından birinde ilerlerken karşıdan kendisine doğru gelen ikizini (doppelgänger) gördüğünü bildirir. Figürün üzerinde gri ve altın yaldızlı bir takım elbise vardır. Sekiz yıl sonra aynı kızı ziyarete giderken ansızın, aynı yerden geçtiğini ve üzerinde aynı takım elbise olduğunu fark eder. Robert Dale Owen, Emilie Sagée adında bir öğretmenin sınıftayken sık sık yanında ikizinin belirdiğini söylediğini ayrıntılarıyla anlatır. Öğrencilerden biri, ikizi belirdiği zaman "gerçek" Emilie'nin solgun ve hasta göründüğünü, sanki ikizinin kendisi için gerekli olan maddeyi gerçek Emilie'nin bedeninden alıyormuş gibi olduğunu fark eder.

Bu tür vakalar, elimizde hayaletler, görünümler ve bu tür şeyler üzerine akla yatkın kuramlar olduğu halde, hepsini açıklayan herhangi bir *kapsamlı* kuramdan yoksun olduğumuzu açıkça ortaya koyuyor. Ruhlara inanmak bile Bayan Hall'ın tuhaf vakasını açıklayabilmemizi sağlamıyor.

Psişik Araştırmalar Derneği'nin kurulmasında en büyük rolü oynayan Frederic Myers, bu eksikliğin şiddetle farkındaydı. Yirmi altı yaşında Henry Sidgwick'le o ünlü "yıldızların altındaki yürüyüşü" yapmasından başlayıp otuz iki yıl sonraki ölümüne dek, tüm normal ötesi fenomenleri bir tek kalıba uydurmaya çalışmaktan vazgeçmemişti. Bu çabaların sonuçları ölümünden iki yıl sonra, *Human Personality and Its Survival of Bodily Death* (İnsan Kişiliği ve İnsanın Bedensel Ölümden Sonra Yaşamını Sürdürmesi) adlı çalışmada ortaya çıktı. Kitap bir şaheserdir, büyük olasılıkla normal ötesi konular üzerine yazılmış en ayrıntılı çalışmadır. Ne yazık ki, belki de, seanslar ve ölülerden gelen mesajlarla doluymuş izlenimi uyandıran soğuk başlığı nedeniyle, genel okur kitlesine ulaşmamıştır. Kitap, insan zihninin tuhaf güçlerini azimle gözden geçirme çabasının bir ürünüdür; ölümden sonraki yaşam sorusu ise yalnızca son bölümlere doğru sorulur.

Çok az bilindiği ve vardığı sonuçlar son derece önemli olduğu için, şimdi gelin, bu kitabı ayrıntılı bir şekilde ele alalım. Myers, bugün "çoğul kişilik" diye adlandıracağımız klinik vakaları tartışarak işe başlar. 7 Eylül 1824'de Sörgel adında bir epilepsi hastası, ormandaki yaşlı bir oduncuyu, gene onun baltasıyla kafasını ve ayaklarını keserek öldürür. Ardından da, adamın kanını içer. Kasabaya geri döndüğünde, kan içmenin epilepsisini tedavi edeceğini açıklayarak yaptığını dürüstçe söyler. Sörgel, çoktandır nöbetlerinden sonra suç işleme eğilimleri gösteren bir "Jeckyll ve Hyde" kişiliği olarak tanınmaktadır. Bir hafta sonra sulh hakiminin karşısına çıktığında, Jeckyll kişiliğine geri dönmüş, sessiz, nazik ve cinayetle ilgili en ufak bir şey hatırlamayan biri olmuştur. Suçsuz bulunarak, akıl hastanesine gönderilir.

Myers'ın aktardığı bir başka vaka, çoğul kişilik gizemi hakkında en azından bir ipucu sunar. Louis Vivé, 1873'de bir çocuk yurduna gönderildiğinde on yaşındadır.

Sessiz, sakin bir mizaca sahiptir. Dört yıl sonra bir engerek yılanının saldırısına uğrar ve bu korkunç olay onun üstünde büyük bir şok etkisi yaratır. Olaydan sonra epilepsi nöbetleri geçirmeye başlar ve bacaklarına felç iner. Gözlem altına alınması için Bonneval'de bir akıl hastanesine gönderilir ve sonraki iki ay terzilik yapar. Ardından iki gün boyunca, şiddetli sarsılmalar yaşadığı ve vecde benzer ruh hallerine girdiği bir nöbet geçirir. Kendine geldiğinde felç geçmiştir ve farklı biri olmuştur.

Engereğin saldırısından sonra yaşadığı hiçbir şeyi anımsamamaktadır. Bununla birlikte sert, sahtekar ve terbiyesiz biri olmuştur. Önceki Louis ağzına içki koymazken, yenisi içki içmekle kalmayıp başka hastaların şaraplarını da çalmaktadır.

Vivé, donanmada görev yapıp hırsızlıktan bir süre hapis yattıktan sonra Rochefort akıl hastanesine gönderilir. Hastanede görevli üç doktor bu vakadan çok etkilenirler. Bu kez Vivé'nin bedeninin sağ tarafına felç inmiştir ve son derece kötü biçimde kekelemesine neden olan bir konuşma zorluğu çekmektedir. Konuşma zorluğu çekmesine karşın hiç susmamacasına ateizm ve kanlı devrimlerle ilgili vaazlar verir.

1880'lerde, "canlısal güçlerin" mıknatıs aracılığıyla beşer bedeninin başka bölgelerine çekilebileceği inancı da dahil olmak üzere Mesmer'ın öğretileri yeniden canlanmıştı. Bu öğretinin bir türü de Vivé'nin doktorlarının ilgisini çekiyordu; türlü metallerin felci ortadan kaldırabildiğini savunan bir öğretiydi bu. Vivé'nin kolunun üst bölümünü çelikle sıvazlamayı denediklerinde, felcin o anda bedenin sol tarafına geçmesi gibi şaşırtıcı bir etki görüldü. Hemen o eski, çekingen Vivé geri dönmüştü. Uzun süreli epilepsi nöbetinden sonra yaşadıklarıyla ilgili hiçbir şey anımsamıyordu.

Elimizde, Vivé'nin doktorlarının bilmediği bir ipucu var: Sol beyin bedenin sağ bölümünü, sağ beyin ise bedenin sol bölümünü kontrol eder. O nedenle "suçlu" Vivé'nin sağ tarafına felç indiğinde sol beyni etkileniyordu ve ortaya çıkan kişilik, sağ beynin kontrolü altındaki Vivé idi. Sol beyin konuşmayı yöneten yarımküredir; Vivé bu nedenle kekeliyordu. Vivé'nin sorununun ana hatları kabaca fark edilebiliyordu. Sarhoş ve şiddet uygulayan bir anneyle zor bir çocukluk geçirmişti; çekingen ve ezilmiş bir kişiliği vardı. Daha önce de gördüğümüz gibi, "sosyal Ben" beynin sol yarımküresinde yer alır. Sağ beyin benliğinin -"sezgisel" Vivé- saldırgan mizacını ya da düş kırıklıklarını ifade etme şansı yoktu. Engerekle karşılaşmasının yarattığı şok, çekingen sol beyin benliğinin geri çekilmesine ve "diğer Vivé'nin" kendini ifade edebilmesine neden oldu. Böylelikle de, Vivé klasik bir çoğul kişilikli vakaya dönüştü.

Myers'ın bu vakayı aktarışı (sanki Vivé'yle kişisel olarak konuşmuş gibi bir izlenim bırakır) ilginç bir dipnotla sona erer; Vivé'nin başına bir mıknatıs konulduğunda, engerekle karşılaştığı günden bir önceki günü anımsamamanın dışında, ansızın yeniden "normale" dönmüştür. "Manyetizmanın" *gerçekten de* işe yaradığı ve çağdaş bilimin ilginç bir araştırma konusunu ihmal ediyor olabileceği açıkça ortadadır.

Myers, çoğul kişilik örneklerini tartışmaya devam eder. Kitabında Ansel Bourne adında bir adamın Providence, Rhode Island'da bir sokağın köşesinde dururken belleğini kaybettiği ünlü vaka da yer alır. Adam daha sonradan gözünü açtığında kendisini, bilmediği bir odada ve bilmediği bir yatakta bulur. Aradan iki ay geçmiştir ve Norristown, Pennsylvania'dadır. O süre içerisinde Bourne, Norristown'a gitmiş, bir şekerleme dükkanı kiralamış ve A. J. Brown adıyla iş yapmayı sürdürmüştür. Kimse onun bellek kaybı yaşadığından kuşkulanmamıştır.

Psikiyatr Morton Prince'in "Christine Beauchamp" dediği Clara Fowler vakası ise çok daha tuhaftır. Prince, şiddetli depresyon geçiren Clara'yı iyileştirmeye çalışarak onu ipnotize eder ve tümüyle farklı bir kişilik ortaya çıkar: kendine "Sally" diyen zeki, yaramaz bir çocuk. Sally canı istediğinde Clara'yı eline geçirebilmektedir. Ona oyunlar oynamaktan hoşlanırdı, örneğin, kırlara doğru uzun bir yürüyüşe çıkar -Sally bir katır kadar güçlüdür- ve ardından, onun bedenini "terk ederek" bitkin Clara'nın eve güç bela dönmesine neden olur. Başka bir keresinde Sally, Clara'nın bedenini haftalarca "ödünç alır," başka bir kente gider ve kendine bir garson olarak iş bulur. Sonunda, Boston'a geri dönmenin bir yolunu bulması için Clara'yı terk eder. Louis Vivé'nin ikinci kişiliği gibi, "Sally Beauchamp" da kekelemektedir.

Clara Fowler vakası, burada anlatıldığından çok daha karmaşıktır. İpnoz altındayken, Clara ve Sally'den çok daha yetişkin ve dengeli üçüncü bir kişilik ortaya çıkar. Böylelikle, Louis Vivé ya da Ansel Bourne vakalarına uyan "çift beyin" açıklaması bu vaka için geçerli olmaz. Kitabının ipnozla ilgili bölümünde Myers yeni bir açıklama arar. Edmund Gurney ve daha sonra Bayan Sidgwick'in gerçekleştirdiği ve çoğu insanın iki ayrı "derinlikte" ya da düzeyde, hatta bir süjenin dokuz farklı derinlikte ipnotize edilebildiğini ortaya çıkaran bir dizi deneyi anlatır. Süje ipnotize edilir ve ona bazı "gerçekler" söylenir; örneğin, yerel bir otelin kısa bir süre önce yandığı. Ardından daha derinlemesine ipnotize edilir ve bir demiryolu kazası olduğu söylenir. Ardından, üçüncü bir "derinlik" ve bir başka gerçek; Almanya İmparatorunun, bir akrabası öldüğü için Kraliçe Victoria'ya kısa bir ziyarette bulunduğu anlatılır. Süje sonradan yeniden ipnotize edilip doğru düzeye ulaştığında her gerçeği anımsar ancak diğerlerini anımsamazdı. Myers, bunun çoğul kişiliğin açıklaması olabileceği, yani hepimizin birçok katmanı ya da düzeyi olduğu ve -Louis Vivé'nin engereğin saldırısına uğradığında yaşadığı türden- bir şokun, ipnoz gibi bir etki yaratabileceği ve hastayı bir başka kişilik katmanına ya da düzeyine sokabileceği sonucuna varmıştı. Bu açıklama doğru ya da yanlış olabilir, ancak Myers'ın şuurdışı zihnin gizemlerini açan bir anahtar bulmaya kararlı olduğunu göstermektedir.

Bu durum, Myers'ın kitabının dehayla ilgili bölümünde çok daha açıkça ortaya çıkıyor. Myers şöyle der: "Deha... daha geniş bir alanda kullanılan bir güç olarak görülmelidir... *bir dereceye kadar hepimizde doğuştan olan* bir takım beceriler." Myers'ı büyüleyen buydu; bu tür güçlerin doğanın yarattığı bir tür garabet olmayıp büyük olasılıkla hepimizde var olması olasılığı. Myers olağan dışı zihinsel becerilerle ilgili birçok öykü aktarmaya devam eder. Beş yaşındaki bir çocuk olan Benjamin Blyth babasıyla birlikte sokakta yürürken saati sorar; babası yedi buçuk olduğunu söyler. Birkaç dakika sonra çocuk şöyle der: "Bu durumda, benim yaşadığım süre..." ve doğduğu andan itibaren tam olarak yaşadığı zamanı saniye cinsinden söyler. Eve döndüklerinde babası bir kağıt çıkartıp hesaplar, ve "Bir hata yaptın, 172,800 saniye yanıldın," der. Çocuk, "Hayır, yanılmadım," diye karşılık verir. "İki artık yılı unuttun, 1820 ve 1824." Myers, Prof. Truman Henry Safford'ın on yaşındayken kafadan otuz altı basamaklı sonuç veren çarpımlar yapabildiğinden ve 3.796.416'nın küp kökünü yarım dakikada bulan Vito Mangiamele adındaki bir köylü çocuktan da söz eder.

Çağdaş bir vaka, söz konusu şeyin ne olduğunu daha net bir biçimde ortaya koyar: yaşamlarının büyük bir bölümünü Amerika'da bir eyalet akıl hastanesinde geçiren, aptal alimler, "takvim hesaplayan ikizler" olan John ve Michael. Onları psikiyatr Oliver Sacks anlatmıştır.[1] IQ'ları altmış çıkmış olmasına rağmen ikizler, geçmiş ya da gelecekteki kırk bin yıl içerisinde herhangi bir tarihin haftanın hangi gününe geleceğini söyleyebilmektedirler. Örneğin, 6 Mart 1877 sorulduğunda, neredeyse anında "Salı" diye bağırırlar. Büyük Piramit inşa edilmeden çok önceki bir tarihte de hiçbir zorluk çekmezler. Yine de tuhaf bir biçimde, ikizler en basit toplama ve çıkarmalarda son derece zorlanır ve çarpma ile bölmeyi hiç anlamazlar. Onları inceleyen çoğu bilim adamının düşüncesi, ikizlerin basit bir formül geliştirmiş olduğu şeklindedir. Ancak, Dr. Sacks çok daha başka bir sonuca varmıştır. Bir gün bir kibrit kutusu yere düşüp de ikizlerin ikisi de o anda, "Yüz on bir," dediklerinde yanlarındadır. Sacks kibritleri saydığında, gerçekten de yüz on bir adet kibrit olduğunu görür. İkizler, aynı zamanda, "otuz yedi" diye de mırıldanmışlardır ve Sacks bunun nedenini sorunca, üç adet otuz yedinin, yüz on bir ettiğini söylerler. Sacks onlara, kibritlerin yüz on bir adet olduğunu nereden bildiklerini sorar. "*Gördük*," diye yanıt verirler. Kibritleri yere düşerken saymışlardır.

Sacks onlara otuz yedinin, yüz on birin üçte biri olduğunu nasıl hesapladıklarını sorunca, aynı yanıtı verirler. Sanki, yüz on birin üç parçaya "bölündüğünü" görmüş gibidirler.

Bir başka kez, birbirilerine sayılar tekrarlarken Sacks arkalarında durur. Biri altı haneli bir sayı söyler ve diğeri bir süre bekledikten sonra başka bir altı haneli sayı söyler. Sacks bu sayıları not eder ve eve gittiğinde dikkatle inceler. Hepsinin de asal sayılar olduğunu görür; başka bir sayıya tam olarak bölünemeyen sayılar (örneğin, beş, yedi ve on bir).

Asal sayılarla ilgili ilginç bir nokta vardır: Büyük bir sayının asal sayı olup olmadığını öğrenmenin kestirme bir yolu yoktur; her sayıya tek tek bölmek gerekir. (Sacks bunun için bir kitap kullanmıştır.)

Peki, ikizler bunu nasıl yapıyordu? Hesaplıyor olamazlardı; hesap yapma becerisine sahip değillerdi. Ertesi gün, Sacks elinde asal sayıları içeren kitapla birlikte onları görmeye gider. İkizler hala sayı oyununu oynamaktadırlar ve Sacks *sekiz* haneli bir sayı söyleyerek onlara katılır. Yarım dakika boyunca ona hayretle bakarlar, ardından ikisi de gülümser ve sekiz haneli asal sayılar söylemeye başlarlar. Bir saat sonra yirmi dört haneli asal sayılar söylemektedirler; o denli büyük bir sayının asal olup olmadığını söyleyebilmek bir bilgisayarın bile epey zamanını alır.

Sacks, ikizlerin, tıpkı kibrit kutusunda kaç adet kibrit olduğunu "gördükleri" gibi, bu büyük sayıları da olağan dışı bir yöntemle bir anda gördükleri sonucuna varmıştı. Başka bir deyişle, ikizler hepimizin aksine, hesap yaparken beynin sol bölümü yerine, bir biçimde *sağ bölümünü* kullanıyorlardı. Bununla birlikte, zeki olmadıkları gerçeği, görünüşe göre bunun dehalığın olağan dışı bir formu olmadığını gösterir. Bu kesinlikle herkesin -potansiyel olarak- sahip olduğu bir güçtür, ancak bizler, sol beyin şuurunun gelişimi sırasında bir biçimde onu "bastırmışızdır."

Myers, beynin sağ ve sol yarımküreleriyle ilgili hiçbir şey bilmiyordu; yalnızca bu tür güçlerin şuurdışı zihinden ortaya çıktığını biliyordu. Bu, Freud ve Jung'dan türeyen çağdaş "şuuraltı" değildi. Myers'ın şuurdışı zihin dediği şey baskılar, nevrozlar ve ensestle ilgili suçluluk duyguları içeren bir tür çöp kovası değildir. Deha dediğimiz sezgi kıvılcımlarının kaynağıdır. Dolayısıyla, Max Freedom Long'un tarif ettiği gibi bu, Freudcu psikolojinin şuurdışı zihni ile Kahunaların "üst benliğinin" bir tür birleşimi olarak görülebilir. Bu, Aldous Huxley'in, Myers'ın kitabının bir baskısının önsözünde kısaca değindiği bir görüştür: "Canın evi, kileri olan basit bir bungalov mudur? Yoksa, şuurun zemin katı üzerinde bir üst katın yanı sıra, alt katında da çöplerle kirlenmiş bir bodrum katı da var mıdır?" Şöyle devam eder: "Myers, insanın can evinde olağan şuurun üzerinde bir tavanarası olduğu gibi, altında da bir bodrum katı olduğu görüşündedir, ve onun *İnsan Kişiliği ve İnsanın Bedensel Ölümden Sonra Yaşamını Sürdürmesi* adlı eseri, insanın can evinin üst katlarında gerçekleşen tuhaf ve çoğunlukla harika olaylarla ilgili geniş bir bilgi kaynağıdır." Myers'ın kitabını böylesine kayda değer yapan şey de işte budur.

Myers'a göre tüm bunlar, farkında olduğumuzdan daha büyük güçlere sahip olduğumuzu kanıtlamaktadır. Bu iddia tanıdık geldiyse, bunun nedeni, aynı iddiayla Catherine Crowe'un *Doğanın Karanlık Yüzü*'nde de karşılaşmış olmamızdır. Aradaki fark, Bayan Crowe kendi gerçeklerini söyleyip onları kabul edip etmemeyi okuyucuya bırakırken, Myers okuyucunun onların gerçek olduğunu kabul etmesini istiyor. Bayan Crowe, bir ipnotizmacının bir hayvanla "iradeler savaşına" girdiğinden üstü kapalı bir biçimde söz eder. Myers, Le Havre'a kadar yolculuk etme zahmetine girip Dr. Gilbert'ın bir kilometre ötede Leonie adında bir hastayı yalnızca transa girmesini isteyerek ipnotize ettiği deneylere tanık olur. Leonie gerçekte karşı koyar; psikolog Pierre Janet'e, "Bay Gilbert'ın beni uyutmaya çalıştığını çok iyi biliyorum, ancak onu hissettiğimde su aradım ve ellerimi soğuk suya daldırdım. İnsanların beni bu şekilde uyutmalarını istemiyorum... Komik görünmeme neden oluyor," der. Ardından, başarılı bir deneyi aktararak devam eder. Gilbert uzaktan onu uyutmaya çalıştıktan sonra hep birlikte gidip Leonie'nin evinin yakınında bir yere saklanırlar ve Leonie'nin gözleri kapalı olarak bahçe kapısından dışarı çıkıp, Gilbert'ın evine doğru gidişini izlerler.

1859'da (zihin sağlığı bozulmadan hemen önce) yayımlanan *Spiritualism and the Age We Live In* (Spiritüalizm ve Yaşadığımız Çağ) adlı küçük kitabında Bayan Crowe düşüncelerini aktarır:

> *Bildiğimiz kadarıyla, deneysel bilime indirgenemeyen bir bilgi bölümü vardır... Kendimizle ilgili bilgi ya da bilimi ima ediyorum. Bedenlerimize gelince... son derece kısa bir süre içerisinde çok şey öğrendik ama bileşik varlıklar olarak kendimizle ilgili hiçbir şey öğrenemedik. Kadimlerin bilgilerine hiçbir şey ekleyemedik; hatta, belki de onların bildiği ya da kuşkulandığı şeyleri bile kaybettik. Metafizik, belirli düşünceler olmaksızın vaatlerde bulunuyor ve psikoloji bilimsiz bir isim...*

Bu durum, yirmi yıl sonra artık aynı değildi; psikoloji hızla, gerçek bir bilim olmaya başlamıştı ve Catherine Crowe'un her türlü bilgiden daha önemli gördüğü "kendimizle" ilgili bazı sırları ortaya çıkarıyordu. Bu da Myers'ın kitabındaki gizli eğilimin heyecanını ve iyimserliği açıklıyor. Myers, insanın tarihte çok önemli bir dönüm noktasında olduğuna inandığını ve bu yeni "kendimizle ilgili bilimin" insan varoluşunu tıpkı, Galileo ve Newton'un biliminin on yedinci yüzyıldan bu yana yaptığı gibi değiştireceğini söyler.

Myers, anormal psikolojinin bize zihinlerimizin hayal bile edemeyeceğimiz kadar zengin ve tuhaf olduğunu öğrettiğini iddia eder. Aldous Huxley'nin üst katı olan ev örneği bile, Myers'ın insan kişiliğiyle ilgili görüşüne hakkını veremez. O daha çok, zeminin üstünde *ve* altında onlarca katı daha olan bir gökdelenden söz etmektedir. Şuurluluğun farklı "katmanlarıyla" yaptığı deneyler insan ruhunun, daha çok, günlük benliğinin dışında bir dizi "bodrum katlarının" olduğunu ortaya koyuyordu. Bununla birlikte, günlük şuurun üzerinde bir dizi katlar olduğunu da öne sürüyordu. Üstelik, Louis Vivé gibi bir vakayı düşünün; suça eğilimli ikinci kişiliği, nazik ve terbiyeli Louis'e göre çok daha ilkel ve şiddet yanlısıydı, dolayısıyla bu, mağara adamı olmaya doğru atılmış bir adımdı. Bu aynı zamanda, onun gelişmemiş üst düzeylerine –Tanrı'ya doğru- tam ters yönde atılmış bir adım olduğuna da işaret eder.

Myers için, bu bölümün başında tartıştığımıza benzer vakalar -kendi ikizinin büfenin yanında durduğunu gören kadın ve ikizi sürekli kendisinin yanında duran öğretmen- psikolojik tuhaflıklar ya da anormallikler değildir; onlar, anlayamadığımız tuhaf bir gücün kanıtıdır. Myers, Psişik Araştırmalar Derneği'nin "Halüsinasyon Sayımından" elde ettiği tipik bir yaşayan hayalet vakasını aktarır. 1889 yılı Ağustos ayında bir Pazar sabahı, genç Bayan K. E. kiliseye gitmekten vazgeçip, amcasının kütüphanesinde çıkarttığı soyağacı tablosunu incelemeye karar verir. Kiliseye giden iki kız kardeşi, onu koridorda kolunun altında rulo yapılmış bir kağıtla (soyağacı tablosu olduğu ortadadır) yürürken görürler. Üç kardeş de bu tuhaf olayı yazarak açıklarlar.

Bu vaka sanıldığı kadar olağan dışı değildir; "Halüsinasyon Sayımında" ve *Yaşayanların Hayaletleri*'nde yüzlercesi vardır. Çoğunda da, eş görüntüsünü gören kişinin, ikizinin olduğu yeri düşündüğü açıkça anlaşılıyor. Oyun yazarı Strindberg otobiyografisi *Legends'ta* (Efsaneler), Paris'te ölümcül bir hastalığa yakalandığı sırada Almanya'da bulunan karısının ailesiyle birlikte olmayı ne kadar çok istediğini anlatır. Bir an için, kendini sanki evin içindeymiş gibi hisseder ve kayınvalidesinin piyano çaldığını görür. Kısa bir süre sonra, kayınvalidesinden iyi olup olmadığını soran bir mektup alır. Kayınvalidesi, "Geçen gün piyano çalarken başımı kaldırdım ve orada durduğunu gördüm," diye yazmıştır. Strindberg'in o anda son derece hasta olduğuna dikkat çekmek gerekir, yani bu olay, ölüme yaklaşan insanların akrabaları tarafından görüldüğü vakalarda işleyen aynı mekanizmanın ürünü olabilir.

Aslında, istendiğinde "psişik projeksiyonun" gerçekleştirilebileceğine ilişkin kanıtlar vardır. Edmund Gurney, aralarından birinin ipnotize edildikten sonra kız arkadaşını "ziyaret ettiğini" iddia eden coşkulu gençler tarafından kandırılmış olsa da[2] doğrulayıcı başka "deneysel vakalar" mevcuttur. 1881'de S. H. Beard adında bir öğrenci kendini, nişanlısı Bayan L. S. Verity'nin beş kilometre uzaktaki evine "projekte etmeyi" denemeye karar verir. Pazar akşamı yattıktan sonra bu girişimde bulunur. Bir sonraki perşembe Bayan Verity'i görmeye gider ve nişanlısı ona, bir önceki pazar akşamı onu yatağının ayak ucunda görünce çok korktuğunu söyler. Görünüm kendisine doğru yürüyünce Bayan Verity çığlık atmış ve görünüme tanık olan on bir yaşındaki kız kardeşini uyandırmıştır. Beard, kendi ifadesinde şöyle der:

İrade gücünü esaslı bir biçimde uygulamanın dışında, sözcüklerle tanımlayamayacağım bir çaba harcadım. Bedenime nüfuz eden bir tür gizemli etkinin farkındaydım ve o ana dek bilmediğim, ancak artık istediğimde harekete geçirebileceğim bir güç uyguladığım izlenimini belirgin bir biçimde edindim.

İpnoz çalışmaları sonrasında Myers, bu tür bir güce inanmanın kolay olduğunu fark etti. Dr. Gilbert, Leonie'yi bir kilometre öteden ipnotize edebiliyorsa, o zaman kendini bir anlamda Leonie'ye projekte ediyordu. Leonie'nin onu farklı koşullar altında "görmesini" sağlamış olabilirdi. Şuurdışı zihnin olağanüstü güçleri Thomson Jay Hudson gibi, Myers'ı da büyülemişti. Bir ipnotizmacı hastasına, transtan uyandıktan tam olarak 20.180 dakika sonra istavroz çıkartmasını söylemişti ve hasta da bunu yapmıştı. Halbuki, hastası matematik konusunda çok da başarılı değildi. "İçinden" bir şey, dikkatle yirmi bin dakikanın üzerinde sayı saymış (yaklaşık on dört gün) ve ardından, istavroz çıkartma emrini yerine getirmişti. Bu, çoğumuzun sahip olduğu bir gücün bir başka türlüsüdür. Belirli bir saatte uyanmamıza karar veren bir çalar saat tarafından tam vaktinde uyandırılırız. Şuurdışı zihnin uyku sırasında işleyen ya da on dört gün boyunca dakikaları sayabilen bir çalar saati varsa, o zaman kendine ait bir görüntüyü başka yere projekte etme gücü sonuçta çok daha az olağanüstü gibidir. Televizyon vericilerinin Ay'a görüntüler gönderebildiği günümüzde bunu kabul etmek, Myers'ın zamanında kabul etmekten çok daha kolaydır.

Sarah Hall vakasını -Sarah Hall'un kendi ikizini büfenin yanında görmesini- tartışan Prof. C. D. Broad,[3] Sarah'nın gördüğünün kendi astral bedeni olabileceğini öne sürer, ancak bu olanaksız görünüyor. Öncelikle, astral bedenle ilgili böyle birçok vakada, astral bedenin başkaları tarafından görülemediği belirtilir. İkincisi, birçok eş görüntü vakasında nesneler yer alır; Bayan K. E.'nin kilisede kolunun altındaki soyağacı tablosu gibi (bir kağıdın astral bedeninin olması için herhangi bir neden yoktur). Myers'ın aktardığı bir başka vakada, eş görüntünün yanı sıra bir at, at arabası ve iki kişi yer alır. Boston'lu Peder W. Mountford bir arkadaşının evinde, camın kenarında dururken, bir at ve at arabasının gelişini gördüğünü anlatır. Ev sahibine, "Kardeşin geliyor," der ve ev sahibi de at arabasını görür; evin köşesinden dönerek ön kapıya yaklaşır ancak bir ziyaretçi gelmez. Tersine, ev sahibinin yeğeni Mary, endişeli bir bakışla odaya girer. Az önce, anne babasını şöminenin başında otururken bırakarak evden yürüyerek gelmiştir; ancak, yolda yürürken anne ve babasının at arabası onun yanından geçmiştir. Dümdüz önlerine bakarak Mary'i görmezden gelirler.

On dakika sonra, Mountford yine at arabasının sesini

duyar ve, "Bakın, yine geliyorlar," der. Bu kez at arabası gerçektir. Yolcular, buraya on beş dakika önce yine geldikleri ve yolda kızlarının yanından geçtikleri söylenince şaşırırlar.

Mountford'un onlara sorması gereken soru, şöminenin önünde otururken aralarından birinin ağabeyin evine gittiklerini hayal edip etmediğiydi. Sorunun yanıtı, büyük olasılıkla evet olacaktı.

Bütün bu olaylar üzerinde düşünüldüğünde, şuurdışı zihnin hem bir tür televizyon vericisine hem de alıcısına sahip olduğu sonucuna varılabilir. Mountford, ev sahibi ve yeğen at arabasını görmüştür. Bayan K. E.'nin iki kız kardeşi de onun elinde bir kağıtla kilisede yürüdüğünü görmüştür. Her iki vakada da görüntü oldukça gerçek ve normaldir.

Beard vakasıyla ilgili bir başka ilginç nokta da, ilk başarılı girişimi sonrasında, "numarayı" öğrendiğini ve bunu istediği zaman yeniden yapabileceğini düşünmesidir. Gurney, Beard'dan bunu yeniden deneyeceği zaman kendisine de haber vermesini istedi. Beard bunu 22 Mart 1884'de yaptı. Bayan Verity'nin, Beard'ın gece yarısı sularında odasında belirdiğini ve saçlarını okşadığını belirten imzalı bir ifadesi vardır. Bu bilgiyi kız kardeşine de aktarmış ve o da bunu doğrulamıştır.

Amerikalı bir kalp uzmanı, Dr. Michael Sabom, kalp krizi geçiren hastaların ölüm eşiği deneyimleriyle ilgilenmeye başlar ve 1982'de *Recollections of Death* (Ölüm Anıları)* adında bir kitap yazar; beden dışı projeksiyonlar deneyleyen hastaların istediklerinde bunu çoğunlukla tekrarlayabildiklerini belirtir. On dokuz yaşında bir kız, yaya geçidinden karşıdan karşıya geçerken bir arabanın kendisine nasıl

* Ruh ve Madde Yayınları, 1992.

çarptığını ve nasıl ansızın "olay yerinin hemen üzerinden, kazayı izlediğini" anlatır. Sağlık ekibinin gelişini izler ve onu sedyeye yatırış şekillerinden endişe duyar. Ardından, hastanede uyanır. On üç yıl sonra Sabom onunla görüştüğünde şöyle der: "Bedenimden ayrıldığımı biliyorum çünkü bu, neredeyse istediğim zaman yapabileceğim bir şey oldu. Bunu, büyük olasılıkla ölüme yaklaştığımda yapmayı *öğrendiğimi* fark ettim." Yaşadığı karavanda geceleri yalnız yatarken (kocası geceleri çalışıyordu), bedeninden ayrılıp karavanda her şeyin güvende olduğunu kontrol edişini anlatır. Bir gece karavanın yan kapısının açık kaldığını fark eder. Bedenine "geri döndükten" sonra, kalkıp kapıyı kapatır.

Çıkan sonuç, hepimizin tüm bu güçlere potansiyel olarak sahip olduğumuz ancak onları kullanmayı çoğunlukla öğrenmediğimizdir. Myers yanılmıyorsa, bu iddia sadece mistik ya da metafizik olmakla kalmaz, ayrıca bilimsel kanıtlara dayalı bir gerçektir.

***

Böylelikle, Myers'ın iddiasının can alıcı noktasına, hatta, *en* can alıcı noktasına geldik. Devam etmeden önce, başa dönüp bizi buraya getiren basamakları yeniden gözden geçirmek yararlı olacaktır.

Ölümden sonra yaşamın sürdüğü fikrine karşı çıkılmasının temel nedeni, kişiliğin bir anlamda yapay olmasıdır. Kişilik, deneyimlerimiz sayesinde yavaş yavaş "inşa olur." Bu durumda evim yıkıldıktan sonra nasıl yaşamayı sürdüremiyorsa, kişiliğim de ölümümden sonra yaşamayı öyle sürdüremez.

Myers'ın amacı, çoğul kişilik gizemine dikkat çekmektir. Görünüşe göre, Louis Vivé ve Clara Fowler yalnızca bir kişi değildi. O, kişilikleri farklı maskelere sahip bir kişiydi ve bu kişiliklerin altında kalıcı bir asli sebep vardı. Alfred Russel Wallace otobiyografisinde, öğrencileriyle yaptığı ipnoz deneylerini anlatır. Biri için şunları söyler:

> *En tuhaf yanı da, belleğini, kendi adını bile söyleyemeyecek, kendisine önerilen bir adı kabullenecek ve belki de, adını unutabilecek denli aptal olabileceği yorumunda bulunacak kadar yitirmesiydi; bu, hepsini de kabul edebileceği çeşitli isimler altında birkaç kez tekrarlanabilirdi. Ardından, ona, "Artık adını yeniden anımsıyorsun; nedir peki?" deyince, yüzünde rahatladığını anlatan, taklidi zor bir bakış belirir ve büyük bir inançla, "P... tabi ki," derdi.*

"Gerçek P..." kendi adını unutmuş olsa da, en başından beri oradadır.

Durum, son dönemlere ait çoğul kişilik vakalarıyla daha da desteklenmiştir. Flora Rheta Schreiber, *Sybil*'da bazıları erkek olan on dört farklı kişiliği olan bir hastasını anlatır. Tecavüzcü Billy Milligan'ın, bazıları Billy'nin kendisinden çok daha yetenekli ve zeki olan yirmi üç farklı kişiliği olduğu saptanmıştır.[4] Ünlü *Three Faces of Eve* (Eve'in Üç Yüzü)nün konusu olan Christine Sizemore, inanılmaz bir sayıya, kırk ikinci kişiliğe ulaşır. Eve vakası aynı zamanda, kişiliğin bazı bakımlardan bedenden bağımsız olabileceğini de akla getirmektedir. Christine Sizemore'un naylona karşı alerjisi vardır, ancak ikinci kişiliği devreye girdiği anda naylon alerjisi yok olur. Miyoptur; ama ikinci kişiliği gözlüksüz çok iyi görebilir. Bir keresinde anestezi etkisindeyken ikinci kişiliği devreye girer ve anesteziden hiç etkilenmez. Tüm bunlar doğruysa, o zaman kişiliğin bedene bağımlı olduğu biçimindeki alışılmış varsayımımız bir yanlış anlama olabilir. Beden, kişiliğin isteklerine tepki veren bir araç olabilir; tıpkı, bir aracın şoförüne yaptığı gibi, ancak çok daha geniş anlamda. Bu da, yine fiziksel hastalıkların bedene değil, kişiliğe bağlı olduğunu akla getirir; örneğin, kişinin sağlığı bozuksa, bu kişiliğinin bozuk olmasından kaynaklanıyor olabilir. Onu başka bir kişilik devralırsa -yaramaz Sally'nin Clara'nın bedenini ele geçirişi gibi- anında bambaşka biri olabilir.

Myers görüşlerini açıklarken tüm bunları ima etmektedir. Bununla birlikte, bir zamanlar "sihirli" denilen bazı güçlere sahip olabileceğimizi de öne sürer; örneğin, düşüncelerimizi öte dünyadaki birine iletmek ve hatta, kendi fiziksel görüntümüzü başka insanların zihinlerine yollamak. Bu iddiaya verilecek bilimsel yanıt, tüm "güçlerimizin" evrimin yarattığı güçlüklere *tepki* olarak milyonlarca yıllık evrim süreci boyunca geliştiğidir. Öyleyse, Myers'ın iddia ettiği bu güçlere niye sahip *olalım* ki?

Bu soruya Myers'ın vereceği yanıt, dahi insanların güçlerine işaret etmek olurdu: yalnızca bir kez duyduktan sonra, bir konçertoyu tümüyle doğru biçimde çalabilen bir Mozart; kaç saniyedir yaşadığını hesaplayabilen beş yaşındaki bir Benjamin Blyth. Elbette ki biz, evrimimiz süresince *bu* güçlerin hiçbirine gereksinim duymadık. Myers, Prof. Safford ve Başpiskopos Whately gibi bazı hesaplama dahilerinin sıra dışı güçlerinin ergenlik çağında kaybolduğunu ve sonra da "bizler gibi" olduklarına dikkat çeker. Whately ve Safford bizler gibi olabiliyorsa, o zaman bu, gerekli çabayı gösterirsek bizlerin de Whately ve Safford gibi hesap dahileri olabileceğimiz ya da Michael Sabom'un hastası gibi kapı ve pencereleri kapatıp kapatmadığımızı kontrol etmek için, istediğimiz zaman bedenlerimizden ayrılabileceğimiz anlamına gelir. (Bu tür bir beceri, bir mağara adamının çok işine yarardı çünkü mağarasının dışında duyduğu koklama seslerini, bir şey tarafından yenme riskine girmeden kontrol etme fırsatı bulurdu.)

Hatta, tekamülle ilgili iddia her iki tarafı da desteklemek için kullanılabilir. İlkel insanların bizlerden çok daha psişik olduklarına ilişkin kanıtlar vardır. Bazı Avustralya yerlileri bir çatal çubuk bile kullanmadan yer altı su kaynakları bulabiliyorlar. Diğer örnekler Prof. Hornell Hart tarafından aktarılmıştır.[5] Bir İskoç sporcu olan David Leslie, üç yüz yirmi iki kilometre uzakta avlanmaya giden sekiz Kaffirli'ye ne olduğunu merak eder; bir Zulu büyücü-doktor ona neler olduğunu tam olarak söyleyebilmektedir ve daha sonra onun verdiği bilginin "kelimesi kelimesine doğru olduğu" ortaya çıkar. Yerliler Transkei'de görev yapan Komutan R. Jukes Hughes'a dört yüz seksen üç kilometre ötede bir savaş olduğunu söyler; daha sonra bunun doğru olduğu ortaya çıkar.

Ne olursa olsun, milyonlarca yıllık evrim süresince farklı güçler ve becerilerin geliştirildiği ve ardından, onlara gereksinim kalmayınca yeniden yok oldukları açıkça görülüyor. Yok olsalar bile genlerde şifreli olarak bulunuyorlar. Darwin, Galapagos Adalarına gittiğinde, oraya Güney Amerika anakarasından uçarak gelmiş ve büyük bir olasılıkla orada yüzyıllardır yaşamakta olan birçok ispinoz türü olduğunu görmüştü. Bu kuşların bazıları

1940'larda yeniden California'ya getirildi ve anında şahinlere, akbabalara ve kuzgunlara tepki gösterdi; onlar, Galapagos'ta var olmayan ve hiçbir Galapagos ispinozunun yüzlerce nesildir görmediği yırtıcı kuşlardı. Evrim, dikkatli bir ev kadını gibi, bir gün gerekli olabilecek hiçbir şeyi çöpe atmaz. İnsanlar, geçen üç bin yıl içinde uygarlığa uyum sağladı. Ancak varlıklarının engin derinliklerinde, insanların kıtlık zamanlarında ve üç milyon yıl önceki buzul çağında geliştirmiş oldukları, bir gün işe yarayabileceği olasılığı hesaba katılarak genlerin depolarına kaldırılan binlerce özellik olmalıdır.

***

Böylece, insanın günlük kişiliğinden çok daha sağlam ve günlük benliğini korkutacak bazı sıra dışı güçler taşıyan bir "temele", daha derin bir alt benliğe sahip olduğunu kanıtlamış sayılırız, der Myers. Bunu onayladığımızda, iddianın en ilginç bölümüne gelmiş oluruz: Bu temelin, kişi öldükten sonra yaşamayı sürdürdüğüne ve elindeki güçleri istediği zaman kullanabildiğine ilişkin kanıtlar vardır.

Myers, 1889 yazında Skiddy, Kansas'ta "ölen" ve birkaç saat sonra "yeniden" hayata dönen Amerikalı doktor A. S. Wiltse'nin başından geçen, en ilginç ve en sık anlatılan ölüme yakın deneyimlerinden birini aktararak başlar. Wiltse'nin kendi anlatımı *St. Louis Tıp ve Cerrahi Dergisi*'nin 1890 Şubat sayısında yayımlanmıştır.

Wiltse, ailesi ve dostlarıyla vedalaştıktan sonra tifodan "ölür." Şuurunu kaybettikten sonra, bedeninin "içindeyken" uyanır ancak kendini bedeniyle bağlantılı hissetmez. Orada yatıp bedensel organlarının kendisiyle -canıyla- nasıl etkileşim sağladığını gözlemleyebilmiştir. "Epidermin [üstderi] üst dokuları, başka bir deyişle canın dış sınırıydı," der. Ardından bedenden ayrılırken ileri geri sallandığını hisseder. Sanki "sayısız küçük kordon kopuyormuş" gibi bir his duyar ve kendini ayaklarından başlayıp başına doğru ilerleyerek bedeninden çekiliyormuş gibi hisseder. Ardından kafatasından dışarıyı "gözetlediğini" fark eder ve kendisini biçim ve renk bakımından bir denizanasına benzetir.

> *Başımdan çıkarken, havada aşağı yukarı hareket ettiğimi hissettim... tıpkı bir sabun köpüğü gibi... bu, sonunda bedenden kurtulup, yere düştükten sonra, yavaşça gerçek bir insan boyuna ulaşıncaya dek sürdü.*

Odada iki kadın vardır ve doktor, çıplak olduğu için utanmıştır ancak kapıya ulaştığı sırada giyinik olduğunu görür. Arkasına döner ve odada bulunan başka bir adamla çarpışır; dirseğinin adamın gövdesinin içinden geçmesine çok şaşırır.

Duruma gülünç yanından bakmaya başlar ve yatakta uzanmış yatan ölü bedenine muzipçe selam verir. Ardından kahkaha atar; kimse onu duymaz. Kapıdan dışarı çıkar ve "örümcek ağına benzer" ince bir kordonun omzundan yatakta yatan bedene bağlı olduğunu fark eder.

Net bir biçimde gördüğünü söylediği yol boyunca yürür ve yeniden şuurunu yitirir. Uyandığında, bir çift görünmez el tarafından öne doğru itilmiş gibidir. Önünde üç "iri kaya" olduğunu, başının üzerinde ise karanlık bir bulutun toplandığını görür. Doğrudan duyduğu bir ses kendisine, kayaların ötesine geçerse "sonsuz aleme" gireceğini, ancak dilerse bedenine de geri dönebileceğini söyler. Kayaların arasındaki alçak kemerli geçitten geçmek için güçlü bir istek duyar, ancak "sınır çizgisinin" üzerinden bakmaya çalışırken küçük kara bir bulut görür ve durdurulacağını anlar. Ansızın, yatakta uyanır ve herkes ona gücünü toparlamasını söylerken, o orada bulunan herkese olanları anlatmak konusunda ısrar eder.

Myers'ın vurgulamaya çalıştığı gibi, bu deneyimi bir rüya olarak geçiştirmek kolaydır. Dikkat edilecek nokta ise, Wiltse'in solunumunun durmuş olması ve doktorlar tarafından ölmüş kabul edilmesidir. Elbette, dört saat boyunca şuurunu yitirmiş ve ardından yeniden uyanmış olması olasıdır; ancak, nabzı durduğunda ölmekle ilgili bu denli kusursuz ve ayrıntılı bir "rüya" görmüş olması tuhaftır.

Konu ölümden sonra yaşamın sürmesi olduğunda, kuşkusuz en ilginç vakalar rüya ya da halüsinasyon olarak geçiştirilemeyecek olanlardır. Myers, "kırmızı çizik vakasından" (bir önceki bölümde anlatılan vaka) söz eder ve ardından, Psişik Araştırmalar Derneği tarafından incelenen, en az onun kadar inandırıcı bir başka vaka daha anlatır. Ionia, Chicasaw ilçesinden Michael Conley adlı bir çiftçi, bir yaşlılar yurdunun ek binalarından birinde ölü bulunur ve cesedi Dubuque, Iowa'da bir morga gönderilir. Üzerindeki iş giysileri kirli olduğundan, morgun kapısının dışına atılmıştır. Çiftçinin kızına babasının öldüğü söylenince kız bayılır. Kendine geldiğinde, ısrarla babasının kendisine göründüğünü söyler ve gri gömleğinin astarının içine bir deste para gizlediğini söyler. Üzerindeki giysileri eksiksiz tarif eder -ayağında terlikler olduğundan bile bahseder- ve paranın, bir zamanlar kendisine ait olan eski bir kırmızı elbisenin kumaşına sarılı olduğunu söyler. Babasının ölümüne üzüldüğünü varsayarak kimse kızın rüyasını ciddiye almaz ancak doktor, babasının giysileri getirilirse kızın daha rahat edeceğini belirtir. Aile üyelerinden hiçbiri, öldüğü sırada çiftçinin üzerinde ne olduğunu bilmemektedir ancak dedektif çiftçinin üzerinde kızın tarif ettiği giysilerin olduğunu doğrular. Hala bahçede bulunan gri gömleğinin astarında, kırmızı bir bez parçasına sarılıp göğüs kısmına yakın bir yere dikilmiş olan bir deste para bulurlar.

Myers'ın kendisi de buna benzer birçok olay araştırmış, tanıkların hepsinden imzalı ifadeler almıştır ve onu, ölümden sonra yaşamın sürdüğü gerçeğine inandıran şey bu tür olaylarla yakından ilgilenmesi olmuştur. Ölümden sonraki yaşamla ilgili kanıtları inceleyen, son derece kuşkucu "Cambridge grubundan" herkesin ikna olması oldukça anlamlıdır. Myers'ın kendisi de, Thomson Jay Hudson gibi aynı varsayımdan yola çıkmıştı; tüm normal ötesi fenomenler, öznel zihnin (ya da Myers'ın yeğlediği deyimle şuurdışı zihnin) olağanüstü güçlerinden kaynaklanıyor olabilirdi. Hudson, şuurdışı zihnin telepati ve durugörünün yanı sıra, sınırsız gözlem ve bellek gücüne sahip olduğunu savunmak için ipnoz kanıtını -yirmi bin dakika sonra ıstavroz çıkartan hasta gibi- kullandı. Hudson'a göre, "ölülerin ruhu" aslında, oyuncu şuurdışı zihindir. Biraz genişletilecek olursa, bu açıklama çoğu vakada gerçeklere uyacaktır. Örneğin, "kırmızı çizik vakasında" Hudson, anne kırmızı çiziği makyajla kapamış olsa bile, kız tabutta yatarken ağabeyin bunu şuurdışı fark ettiğini söylerdi. Ağabey, annesinin ölümünün yakın olduğu hakkında şuurdışı bir bilgiye sahip olduğu için, annesini ölüm karşısında rahatlatmak için, şuurdışı zihninde kız kardeşinin hayaletini kırmızı çizikle canlandırma yoluna gitmiştir. (Bu tür bir "şuurdışı gözlem" kuramı bazen gömülü bellek anlamına gelen "anı canlanması"* olarak da bilinir.) Ama "şuurdışı gözlem" kuramını Michael Conley gibi vakalara uyması için genişletmek çok zordur. Çiftçi öldüğünde ailesinden çok uzaktadır ve ne giydiği bilinmemektedir. Şuurdışı kurama uygun gelecek tek açıklama, babasının ne giydiğini öğrenmek ve gömleğinin içine dikilmiş olan parayla ilgili bir şeyler öğrenmek için kızın bir tür durugörü ya da ikinci görüş kullandığıdır. Böyle bir açıklama Michael Conley'nin ruhunun bir rüyada kızına göründüğü varsayımından daha "bilimsel" olmadığı gibi, kabullenmesi de çok zordur.

Myers'ın insanların bedenin ölümünden sonra yaşamayı sürdürdüğüne ikna olmasında iki yakın arkadaşının etkisi büyük olur: Peder Stainton Moses ve William James. Ne tuhaftır ki, bu ikisi gerçekte Myers'dan bile daha kuşkucudur.

William Stainton Moses birçok yönden tipik bir "hasta duyarlıdır"; sağlığı yerinde değildir ve elli üç yaşında ölecektir. Birçok işinden sağlığının bozulması nedeniyle istifa etmek zorunda kalır. Spiritüalizme karşıdır ve Lord Adare'nin Daniel Dunglas Home'la ilgili yazdığı kitabın "o güne dek karşılaştığı en kasvetli zırvalık" olduğunu bildirmiştir. Robert Dale Owen'ın normal ötesi olaylarla il-

---

* Normal ortamlarda bilinen ve geçerli bilgi kaynağının anımsanmaması, Kriptomnezi. Anılar normal ötesi deney ortamında yanlış olarak ortaya çıkar ve yanıltırlar. Bazen de görünür bir normal ötesi deneyde geçmiş yaşam anılarının tanımlanması anlamında da kullanılır. Ç. N.

gili ikinci kitabı, *The Debateable Land* (Tartışabilir Diyar) onu daha çok etkilemiştir. Speers adında bir doktor, onu sonunda 1872'de bir seansa katılmaya ikna eder ve İngiltere'nin kuzeyinde ölen bir arkadaşı kusursuzca tarif edildiğinde Moses çok etkilenir. Daniel Dunglas Home'un seanslarına katılmaya başlar ve sonunda Home'un olağanüstü fenomenlerine inanır. Bundan kısa süre sonra, kendisinin de bir medyom olduğunun farkına varır. Tuhaf şeyler olmaya başlar. Odada darbe sesleri yankılanır. Yatak odasındaki temizlik malzemeleri havalanarak yatağın üzerinde haç biçimi oluşturur.

Havadan parfüm ve iğne yastığı gibi aporlar düşer. Ardından, korku içindeki Moses'in kendisi havalanır. Bu, üçüncü kez başına geldiğinde önce bir masanın ve ardından kanepenin üzerine fırlatılır. Masanın havalandığı, müzik aletlerinin çaldığı ve odaya her türlü kokunun yayıldığı seanslar düzenlemeye başlar. Dürüstlüğü ve güvenilirliği öylesine açıktır ki, Myers'ın medyomluk gerçeğine inanması için herkesten daha fazlasını yapmıştır.

Masa darbe sesleri uzun sürdüğünden, Moses otomatik yazıyı dener. Sorusunu kağıdın üst bölümüne yazar, ardından yazmaya başlayana dek elinde bir kalemle oturur. Yazı, Moses'in kendi el yazısından farklı olarak daha küçük ve okunaklıdır. Sonunda Moses, yirmi dört cilt oluşturacak kadar otomatik metin derler. Bunlar ölümünden sonra Myers'a geçer ve o da aralarından seçerek *Spirit Teachings* (Ruh Öğretileri) adında bir cilt oluşturur. Bunlar, Allen Kardec'in *Ruhların Kitabı*'yla birlikte, spiritüalist yazında en ilginç otomatik yazı derlemesini oluştururlar.

Myers gibi, Stainton Moses de tüm bu yazıların şuurdışı zihninden geldiğine inanma eğilimindedir. Bir keresinde, "ruhtan" -görünüşe bakılırsa eğitimli ve zeki bir ruhtur- Virgil'in *Aeneid*'inin ilk mısrasını yazmasını ister. Ruh doğru yanıt verir. Bu mısrayı bildiğinin farkında olmadığı ve onu okul günlerinden anımsıyor olabileceği düşüncesi, Moses'i şaşırtır. O nedenle ruhtan, kitaplığa gidip ikinci raftaki sonuncu kitaptan bir öncekini alıp, 94. sayfadaki son paragrafı okumasını ister. Moses'in bunun hangi kitap olduğuna ilişkin en ufak bir fikri yoktur, ancak ruh paragrafı kelimesi kelimesine yazar.

Bu, elbette ki, "anı canlanması" kuramıyla açıklanabilir; Moses bu paragrafı bir zamanlar okumuş ve şuurdışı zihni bunu kelimesi kelimesine anımsamıştır. Ruh, onu ikna etmek amacıyla kendisi bir kitap seçmeye karar verir. Şair Pope'la ilgili bir paragraf yazar ve Moses'e bunu aynı rafta bulunan Poetry, *Romance and Rhetoric* (Şiir, Aşk ve Konuşma Sanatı) adlı kitapta bulabileceğini söyler. Moses kitabı raftan aldığında, doğrudan yazının bulunduğu sayfa açılır.

Ruh Öğretileri büyüleyici bir kitaptır çünkü Stainton Moses'in birçok konudaki inancıyla çelişir. İsa'nın da diğerleri gibi yalnızca büyük bir öğretmen olduğu ve insanların uydurduğu saçma öykülerin birçoğunu, şu an yaşıyor olsa, bizzat kendisinin inkar edeceği gibi şeyleri ruhlardan duymak, Mesih'in Tanrı olduğu inancıyla yetiştirilen Hristiyan bir rahibin canını sıkmış olmalıdır. Bu irkiltici iletişimin gerçekleşmesinden sonra Moses "ruh öğretilerine" saldırmış ve onlar için "zararlı olmaktan öte gülünç ve saçma" diyerek uzun süre, sert bir biçimde tartışmıştır. Ancak "öğretmenler" (toplam kırk dokuzdur) bir adım bile geri atmayı reddederek, Moses'e insan tarihinin "bir ve aynı Tanrı'nın ilerleyen keşfi"nden ibaret olduğunu açıklarlar; başka bir deyişle, İsa'nın Tanrı'nın tek oğlu olduğu düşüncesi tümüyle insanlara ait bir kavramdır.

Kardec'in *Ruhların Kitabı* gibi, Moses'in *Ruh Öğretileri* de çevrede birçok yaramaz ruh bulunduğu, çoğunun öldüklerinin farkında olmayan ya da "başka yere" gitmeyi istemeyen "yeryüzüne bağlı" insan ruhları olduğu konusunda ısrarcıdır. Suçluları cezalandırmak için idam etmenin yaşayanlar üzerinde zararlı bir etki yaratmak için elinden gelen çabayı harcayacak türden, intikamcı ve tehlikeli bir ruhu özgür bıraktığından komik bir yöntem olduğu gibi ilginç bir gözlemi dile getirir; tıpkı Kardec gibi, *Ruh Öğretileri,* ruhların zihnimizin içine girebildiklerini ve sık sık farkında olmadan onlardan etkilendiğimizi belirtir.

Belki de *Ruh Öğretileri*'yle ilgili en etkileyici şey, Moses'in kendisinin bu konuda çelişik duygular taşımasıdır. Psişik Bilim Kolejinin gazetesi *Light*'ta (Işık) seçme parçalar yayımlar, ancak daha keskin olan bazı bölümleri kasıtlı olarak yayımlatmaz; hatta, ruhlar kendisini küçük düşürdüğünden defterlerden birini yok ettiğine ilişkin kanıtlar vardır. Üstelik, kırk dokuz iletişimcinin kimliklerini gizlemek için kayda değer bir çaba gösterir; büyük olasılıkla, kimliklerini açıklamanın -Eflatun ve Aristo'yu saymazsak, aralarında Eski Ahit'in onlarca peygamberi vardır- birçok kişinin onun deli olduğunu ya da ruhların onunla dalga geçtiğini varsaymasına neden olacağını düşündüğü çok açıktır. İletişimci ruhların adlarını en sonunda, A. W. Trethewy adında bir araştırmacı, Moses'in ölümünün üzerinden yaklaşık yarım yüzyıl geçtikten sonra açıklar.

***

Frederick Myers'ı etkileyen diğer kişi olan William James, Swedenborg'un bir takipçisinin oğluydu. Buna karşın -ya da belki de sırf bu nedenle- Spiritüalizme karşı can sıkıcı ölçüde kayıtsızdı. James, Alfred Russel Wallace ve Charles Darwin gibi, kariyerine bir natüralist olarak başladı ve Amazon'un kuzeyini keşfetmek için bir yolculuğa çıktı. Sağlığı bozulunca yeniden Boston'a döndü. Almanya'da tıp okuyup doktor oldu. Bir düşünür olarak, metafiziğe karşı fazla sabırlı değildi ve mantıklı pozitivizmin çağdaş bir önceli olan "pragmatizm" adındaki öğretiyi geliştirdi. Kabaca aktarmak gerekirse, bu öğreti şöyle diyordu: "İşe yaradığı sürece neye inandığının bir önemi yoktur." (James ise bunu farklı biçimde dile getirir: "İrademizi teşvik edecek kadar canlı olan herhangi bir varsayıma, kendi hesabımıza inanma hakkımız vardır.") Psikolog olarak *Principles of Psychology* (Psikoloji İlkeleri) ona ün kazandırdı; duygularımızın yalnızca fiziksel duyumlar olduğuna inanıyordu (bu, James-Lange'in duygularla ilgili kuramı diye bilinen bir öğretidir).

James gibi bir pragmatistin Spiritüalizmin öğretilerine fazla tahammül edememesi çok da şaşırtıcı değildir. James tıp fakültesinde okuduğu sıralarda *Vi-ya Tahtası* adında bir kitabı incelerken, psişik fenomenlerle ilgili "Tüm gerçekler arasında estetik güzelliğe, entelektüel özgünlüğe ya da maddesel yararlılığa sahip olanı keşfetmeyi başaramıyoruz," diye şikayet etmişti.

James, 1882'de İngiltere'ye geldiğinde Myers, Gurney ve Podmore'la tanışıp onların dürüstlüğünden ve içtenliğinden çok etkilendi. Ancak, normal ötesi konularda bir kuşkucu olarak kalmayı sürdürdü. Ardından, 1885'de kayınvalidesi Eliza Gibbens, Leonore Piper adında genç, olağanüstü bir medyomdan söz edildiğini duydu ve onu görmeye gitti. Bayan Piper transa girip ardından Bayan Gibbens'a ailenin tüm üyelerinin vaftiz adlarını söyleyerek, onlarla ilgili birçok gerçekler anlatmaya başladı. Bayan Gibbens, tüm anlatılanları kızı ve damadına anlatınca, James doğal olarak meraklanır. Özündeki kuşkuculuk, Bayan Piper'ın kulağa gerçekmiş gibi gelen birtakım genel, belirsiz ifadeler kullandığını düşünmesine yol açmıştı. Başka bir olasılık da, medyomun bir biçimde Bayan Gibbens'ın zihnini okumuş olmasıdır. Ertesi gün James'in baldızı elinde İtalyanca yazılmış bir mektupla Bayan Piper'ı görmeye gider. Bayan Piper mektubu alnında tutup, mektubu yazan kişiyi tüm ayrıntılarıyla tarif eder. Durum artık o kadar ilginçleşmiştir ki James gidip Bayan Piper'ı bizzat görmek ister.

Bayan Piper, psişik güçlerini J. R. Cocke adında Boston'lu bir şifacıya gittiğinde keşfetmiş ve transa girmişti. Cocke'u görmeye bir sonraki gidişinde orada başka kişiler de bulunmaktadır ve aralarında Hakim Frost adında biri vardır. Cocke, Bayan Piper'ın alnına elini koyar koymaz kadın transa girer, ardından masaya gidip kağıda bir mesaj yazar ve onu hakime verir. Anlaşılan, mesaj adamın ölmüş olan oğlundan gelmektedir ve adam bunun "şimdiye dek gördüklerinin arasında en olağanüstü olanı" olduğunu bildirir. Bayan Piper bir anda o yörede ünlenir.

James, eşi Alice'le birlikte kadını görmeye son derece eleştirel bir ruh haliyle gider. James çifti, Bayan Piper'ın kim olduklarını ya da önceki "oturumcularla" bağlantılı olduklarını bilmemesi için önlemler alırlar. Bayan Piper transa girer ve "Phinuit" adındaki Fransız "rehber varlığının" denetimi altına girer. James, Phinuit'in, Bayan Gibbens'a daha önce de tarif ettiği bazı aile üyelerinin adlarını söylemesine, Alice'in babasından "Giblin" diye söz etmesine ve Jameslerin bir yıl önce kaybettikleri çocuktan bahsetmesine şaşırır. Çocuğun adı Herman'dır; Phinuit ona "Herrin" demiştir; bu oldukça yakın bir tahmindir.

James, oradan zihni son derece karışmış bir şekilde ayrılır; Bayan Piper, ya karısının ailesini daha önceden görmüş ve "şans eseri ya da bir rastlantı sonucu" onlarla ilgili her türlü kişisel ayrıntıyı öğrenmiştir ya da normalüstü bazı güçlere sahiptir. Bayan Piper'ı ziyaret etmeyi sürdürür ve onu uzun bir süre gözlemledikten sonra, onun kesinlikle samimi olduğuna karar verir. Ancak, ruhlar gerçek midir? James, ruh denetimi kuramını iletişimlerin çoğunun saçmalığı olgusuyla bağdaştırmakta zorlanmaktadır. Ayrıca -Fransız olduğunu iddia eden- Phinuit Fransızca'yı çok iyi bilmemektedir. James en olası kuramı benimseyip Phinuit'in Bayan Piper'ın kendi kişiliğinin bir yönü olduğuna karar verir; başka bir deyişle, Bayan Piper, Louis Vivé gibi "bölünmüş bir kişiliktir". Ancak, bu bile Phinuit'in bunca doğru bilgiyi nasıl elde ettiğini açıklamamaktadır. James, arkadaşlarını ona göndermeyi sürdürür -hepsi de takma adlarla gider- Bayan Piper da, ölmüş akrabalarıyla ilgili doğru bilgiler aktarmaya devam eder.

James, ikna olmuştur. Daha sonra şöyle der: "Tüm kargaların kara olduğunu söyleyen yasayı altüst etmek istiyorsanız, hiçbir karganın kara olmadığını göstermeye çalışmamalısınız; bir tek karganın beyaz olduğunu göstermeniz yeterlidir." Bu, spiritüalizmle ilgili söylenen en mantıklı sözdü; James'in sözünü ettiği "karga" Leonore Piper'dı.

1885'te Psişik Araştırmalar Derneğinin Amerika şubesi, Profesör William Barrett tarafından Philadelphia'da kurulmuştur. Londra Derneği, en genç ve gelecek vaat eden araştırmacılarından birini oraya göndermiştir: Richard Hodgson, Madam Blavatsky'yi incelemek için Hindistan'a gitmiş ve sahtekar olduğuna karar vermiş inatçı biridir. Hodgson hemen Bayan Piper'a gider ve kadın ona, adamın Avustralya'da nişanlandığı Jessie adında bir kızdan söz edince afallar. Jessie, Hodgson yoldayken ölmüştür. Hodgson'ı en çok ikna eden şey, Phinuit'in Jessie'yi doğru olarak tarif etmesinden çok, Hodgson'dan başka kimsenin bilmediği bir konuşmayı aktarmasıydı. Psişik fenomenler konusunda o güne dek kuşkucu olan Hodgson, Bayan Piper'ın samimi olduğundan hiçbir kuşku duymaz. Bayan Piper'ı -yılda 800 dolar karşılığında- Psişik Araştırmalar Derneğine hizmet vermesi için üye yapar ve Bayan Piper 1889'da İngiltere'ye gider. Hodgson, özel bir bilgi edinme ağı olup olmadığını görmek için Bayan Piper'ı özel dedektifler tarafından izletecek kadar ileri gitmiştir. Myers, Lodge ve Sidgwick, Bayan Piper'ı ayrıntılı olarak test ederler ve gücünün doğası her neyse kesinlikle gerçek olduğuna karar verirler. Ancak, bu gücü telepatiye bağlı olabilirdi.

Hodgson'ı sonunda ikna eden şey, George Pellew adında genç bir adamın 1892 sonbaharında öldürülüşüyle ortaya çıkan vaka olmuştur. Pellew'u tanıyan Hodgson, Pellew'un bir başka eski arkadaşını da yanına alıp Bayan Piper'ın seansına gider. Phinuit, Pellow'un arkadaşını hemen tanır -ya da Pellew'un "ruhu" onu tanır- ve ona adıyla seslenir. Arkadaşı, üzerindeki bir broşu çıkararak Phinuit'e verir. George Pellew (Phinuit aracılığıyla), "Bu benim. Bunu sana annem verdi," der. Arkadaşı bunu yalanlar ancak sonradan yanıldığı ortaya çıkar. Pellew'un üvey annesi *gerçekten de* cesedin üzerinden broşları çıkartmıştır ve arkadaşı bir anı istediğinde, broşları ona göndermeyi teklif etmiştir. İşte bu, Bayan Piper'ın telepatiyle edinmiş olmayacağı bir bilgidir.

Phinuit, Pellew'un bir süre için New York'ta birlikte yaşadığı James ve Mary Howard adında bir çiftten söz etmeyi sürdürür. Arkadaşı Howardları çok az, Hodgson ise hiç tanımamaktadır; ancak, Pellew kızları Katherine'le ilgili konuşmayı sürdürerek ona bir mesaj gönderir: "Ona söyleyin, ne demek istediğimi anlayacaktır. Sorunları çözeceğim, Katherine." Bu, Hodgson ya da arkadaşı için hiçbir şey ifade etmemektedir. Ancak, ertesi gün kendisine söylediklerinde, James Howard bunun Pellew'dan gelen bir mesaj olduğundan en ufak bir kuşku duymaz; Katherine Howard'la sık sık zaman, uzay ve sonsuzlukla ilgili uzun uzun tartışan Pellew, hayattayken, "Sorunları çözeceğim, Katherine," demiştir.

Bayan Piper sonunda, Myers ve Hodgson'ı mesajların gerçekten de ruhlardan geldiği konusunda ikna etmiştir ancak James, Myers'ın şuurdışı zihin kuramının çok mantıklı olduğunu düşünmektedir. Şuurdışı zihin fikrinin, fenomenlerin *hepsini* açıklayamadığı sonucuna on dört yıl sonra varır. 1905 yılı Aralık ayında Hodgson, Boston'da bir kulüpte hentbol oynarken yere düşer ve ölür. O gece Bayan Piper rüyasında, karanlık bir tünele girmeye çalıştığını ve Hodgson gibi sakallı bir adamın onu önlemeye çalıştığını görür; ertesi gün öldüğünü öğrenir. Sekiz gün sonra, elinde bir kalem tuttuğu sırada eli ansızın "Hodgson" sözcüğünü yazar. O andan sonra Hodgson, Bayan Piper aracılığıyla iletişim kurmaya başlar. William

James ve oğlu bir seansa katılır ve James, karşısındakinin özgün Hodgson kişiliği olduğunu kabul etmek zorunda kalır. Bu kadarını kabul etse de, Hodgson'ın ruhunun ölümünden sonra yaşamayı sürdürdüğü sonucuna varmaya henüz hazır değildir. Hodgson'ın, bir film ya da gramofon kaydı gibi, bir tür "sonraki görüntüsüyle" karşılaştığını öne sürer. James'in açıklamadığı şey ise, bir film ya da gramofon kaydının, Hodgson'ın yaşamıyla ilgili soruları yanıtlayıp da iletişim kuranın Hodgson olduğuna karşısındakileri nasıl ikna edebildiğidir. James de 1910'da ölecektir ve -önceki bölümde gördüğümüz gibi- daha önce James ya da Hyslop'un adını bile duymayan bir medyom aracılığıyla kırmızı pijamalarla ilgili şifreli mesajlar göndererek Profesör James Hyslop'u, ölümden sonra yaşamayı sürdürdüğü konusunda ikna edecektir.

Human Personality and Its Survival of Bodily Death (İnsan Kişiliği ve İnsanın Bedensel Ölümden Sonra Yaşamını Sürdürmesi) adlı eser Bayan Piper'ı uzun uzun anlatarak sona erer; anlaşılan o, James'in olduğu kadar Myers'ın da "beyaz karga"sıdır. Myers şaheserinin yayımlandığını görecek kadar yaşayamaz; sağlığı, Ada Goodrich-Freer meselesinden kısa süre sonra bozulmaya başlamıştır. (Bayan Goodrich-Freer sahte bir ifadeyle, kendisine ihanet edenlerin sonunun mutlaka kötü olduğunu söyler.) William James, nihayet Myers'ın ölümünden iki yıl sonra yayımlanan kitapla ilgili uzun bir eleştiri yazar. Eleştiri coşkulu olmanın ötesindedir: "Her türlü kusuruna karşın bu eser, hiç değilse bir işbirliği ve eşgüdüm başyapıtı olması bakımından beni etkilemiştir. 'Vakaların' çokluğu ve çarpıcılığı... en bilgili natüralist ya da tarihçinin ona gıpta etmesini sağlayabilir..." Geçmişe bakıldığında James, cömertliğin ötesine geçmiştir. Kitapta, yayıma hazırlayan kendisi olsa Myers'ın mutlaka ayıklayacağı kusurlar olduğu doğrudur; örneğin, kitapta Ada Goodrich-Freer'ın kristal küre deneyimlerinden söz edilir ve onun hakkında, artık çoğu iddiasına kuşkuyla bakacak kadar çok şey biliyoruz. Myers, yıllarca sekreterliğini yapan George Albert Smith'in -trans belleğinin dokuz farklı düzeyini gösteren ipnotizmacının- bir gün Brighton'da Douglas Blackburn adında bir gençle yaptığı ilk deneylerden bazılarında hile yapmakla suçlanacağını da bilmiyordu. (Smith'in Myers'la çalışmaya başladıktan sonra hile yapmayı sürdürmesi için hiçbir olası neden olmadığı doğrudur ve en acımasız eleştirmenleri bile onun gerçek bir ipnotizmacı olduğu sonucuna varır. Ancak bu tür bir kuşkunun bir nebzesi bile kanıtları bilimsel amaçlar bakımdan değersiz kılar.) Bunu da belirttikten sonra, *İnsan Kişiliği ve İnsanın Bedensel Ölümden Sonra Yaşamını Sürdürmesi*'nin, küçük tepelerin arasından yükselen bir dağ gibi, psişik araştırma üzerine yazılmış tüm kitaplardan ayrıldığı kabul edilmelidir.

"Beyaz karga" Leonore Piper olayında bir tek yanıtsız soru vardır. Phinuit gerçek bir Fransız değilse, kimdir? Eleanor Sidgwick, vardığı sonucu 1915'de duyurmadan önce, sorunu yirmi üç yıl boyunca inceler: Phinuit, tıpkı Clara Fowler'ın ikinci kişiliği Sally gibi Bayan Piper'ın kişiliğinin bir parçasıdır, Piper çoğul kişiliklidir. Daha sonra Bayan Osborne Leonard ve Eileen Garrett gibi başka medyomlarla yapılan çalışmalar bu duruma kesinlik kazandırır. 1935'te araştırmacı Whately Carington, Bayan Leonard'a sözcük çağrışım testi yapar. Bir sözcük söyler ve Bayan Leonard'dan bunun çağrıştırdığı sözcüğü söylemesini bekler. Bayan Leonard ve rehber varlığı Feda'nın sözcükler söz konusu olduğunda birbirlerini tamamladıklarını keşfeder. Bayan Leonard'ı duraksatan bir sözcüğe Feda hızla tepki vermektedir. Aynı şey, Bayan Garrett ve rehber varlığı Uvani'de de görülmüştür. Bu bir rastlantı olmazdı. Çoğul kişilikler üzerine araştırmalar yapılmaya başlandığından beri, araştırmacılar hastanın ve onun ikinci kişiliğinin birbirine zıt niteliklere sahip olduğunu fark etmiştir. 1811'de Pennsylvania'da yaşayan Mary Reynolds adında bir kız, yirmi saatlik derin bir transa girer ve uyandığında başka biri olur. Önceki Mary donuk, son derece dikkatli bir kızdır ve depresyon nöbetleri geçirir; yeni "Mary" neşeli, sorumsuz ve uçarıdır. Yirmi yıl boyunca Maryler gidip gelmeye başlar, ardından da yavaşça birbirine karışarak ortaya daha tatmin edici bir kişilik çıkar. Mary'nin kişiliği sanki bir lego gibidir ve birinci Mary bir grup nitelikleri kullanırken, ikinci Mary diğerlerini kullanmaktadır. Janet'in hastası -ipnotizmacı tarafından bir kilometre öteden çağrılabilen-- Leonie de tamamlayıcı bir ikinci kişiliğe sahiptir. İkinci kişiliği, kendisinin Leonie olduğunu kesinlikle inkar ederek, Leonie'nin aptalın teki olduğunu söylemekteydi. 1922'de Bayan Leonard'la ilgili araştırmalarını yayımlayan Leydi Una Troubridge, Feda'nın medyomu küçümsediğini fark etmişti.

Phinuit, Feda, Uvani ve diğerleri yalnızca medyomun kişiliğinin bir parçasıysa, onları nasıl ciddiye alabiliriz ki? İkinci kişiliği açık bir şekilde sağ beyin benliğinden kaynaklanan Louis Vivé vakasında bir ipucu yakalayabiliriz. Sağ beynin, gerçekte Thomson Jay Hudson'ın öznel zihinle kastettiği şey olduğunu gördük. Bu doğruysa, sağ beyin psişik güçlerin kaynağıdır ya da en azından bir tür alıcı ve amplifikatördür. İpnoz altındayken, sol beyin uyutulur ve sağ beyin bu güçleri, sol beynin cesaret kırıcı eleştirel incelmesi olmaksızın kullanabilir. Wallace ve Barrett, kendi duyularını paylaşabilen -başka bir deyişle, sağ beyinleri telepatik yollarla başkalarının duygularını "algılayabilen"- ipnotize edilmiş süjeleri gözlemleye başlayınca normal ötesi konularla ilgilenmeye başladılar. Bu kuram doğruysa, o zaman Feda ve diğerleri, ruhlardan gelen mesajları algılayabilen salt sağ beyin varlıklarıydılar.

Bu durum, aynı zamanda, başarısızlıklarını da açıklayabilir. Phinuit'ten sonra Bayan Piper, kendilerinin Stainton Moses'e mesajlar dikte eden ruhlar olduklarını söyleyen bir grup varlık tarafından kontrol edilmeye başlar. Ancak, adları sorulduğunda -Stainton Moses'e gizlice söylemişlerdir- yanlış yanıt verirler. Bir psikolog, yani Stanley Hall Bessie Beals adında bir yeğen uydurur ve Bayan Leonard'ın "rehberinden" onunla iletişim kurmasını ister. Ruh bu isteği kırmaz ve Bessie Beals'dan birçok mesaj iletir. Sağ beyin -ya da öznel zihin- son derece etkiye açıktır; ipnotize edilen birinin boş bir sandalyede birinin oturduğu yanılsamasını hayal etmesi kadar kolay bir şekilde bir ruhu da hayal edebilir. Phinuit'in George Pellew hakkında "seans katılımcılarının" bile bilmediği gerçekler de dahil olmak üzere bu denli doğru bilgiler aktarabildiği gerçeği, onun, Bayan Piper'ın sağ beynini bir telefon hattı gibi kullanan gerçek bir ruh olduğunu güçlü bir biçimde kanıtlamaktadır.

***

Myers'la işimiz henüz bitmedi. Hatta, Myers'ın -ya da kendine Myers diyen birinin- ölümünden sonra oynadığı rol, yaşarken oynadığı rolden daha önemlidir.

Myers, iletişimci varlıkların ölülerin ruhları olduğuna ilişkin tüm kuşkuları ortadan kaldırmak adına yapabilecekleri birkaç şeyden birinin, bir mesajı yalnızca biraraya getirildiklerinde bir anlam oluşturacak biçimde parçalara ayırıp birkaç farklı medyoma ulaştırmaları olduğunu sık sık dile getirmişti. *Bu*, telepati, anı canlanması ya da sağ beynin aldatması olasılıklarını tümüyle ortadan kaldırırdı. Çapraz İletişimler denilen ünlü bir dizi iletişim kanıtına inanırsak, olan biten bundan ibarettir.

Myers, 17 Ocak 1901'de ölür. Ölmeden birkaç yıl önce, Oliver Lodge'a mühürlü bir zarfın içinde bir mesaj verir; Myers olduğunu iddia eden ruh aynı mesajı vereceğini iddia edene kadar mühür açılmayacaktır.

Myers'ın Cambridge'deki en yakın iki arkadaşı, klasik bir bilgin olan Dr. Arthur Verrall ve Newnham Kolejinde eski Yunan ve Roma sanatı üzerine dersler veren karısı Margaret'tir. Myers'ın ölümü sonrasında Margaret, Myers'la iletişim kurup kuramayacağını görmek için otomatik yazıyı denemeye karar verir. Margaret bir rasyonalist ve kuşkucudur ancak bunun denemeye değer olduğunu düşünür. Kısa bir süre sonra eli bir sayfa üzerinde bir şeyler yazar ancak mesaj karışık ve yarım gibidir. Ardından, bir gün "Myers" imzalı, basit bir Latinceyle yazılmış bir mesaj gelir. O günden sonra mesajlar daha rahat gelmeye başlar. Birinde şöyle bir cümle yazılıdır: "Myers'ın Lodge'a bıraktığı mühürlü zarf... İçinde, *Sempozyum*'dan alınma, aşkın uçurumları birleştirdiğiyle ilgili sözler var." Mesaj hemen Lodge'a iletilir ve o da zarfı açar. Düş kırıklığı içerisinde, içinde Eflatun'la ilgili bir şey olmadığını görür. Zarftan çıkan mesajda, "Güzel bir manzara görmeyi istersem Hallstead, Cumberland'deki vadiyi ziyaret etmeyi seçerim," yazmaktadır. Sonradan biri, Myers'ın aslında *Fragments of an Inner Life* (İçsel Bir Yaşamdan Bölümler) adlı, özel olarak basılmış bir kitapta, *Sempozyum*'a -Eflatun'un aşkla ilgili diyalogu- gönderme *yaptığını* anımsar. Kitap, Myers'ın aşık olduğu kadının, yani kuzeni Walter'ın karısı Annie Marshall'ın anısına yazılmıştır. Annie, Ullswater'da boğularak intihar etmiş ve Hallstead, Cumberland'de yaşamıştır. Dolayısıyla, mühürlü mesajla Eflatun'un *Sempozyum*'u arasında bir bağlantı vardır.

Bundan kısa bir süre sonra, Richard Hodgson Boston'da Bayan Piper'la bir celse düzenler ve Bayan Piper'ın rehber varlığı -bu kez "Rector" adında bir ruhtur- Margaret Verrall'ın kızı Helen'e elinde bir mızrakla görünmeyi denemesini önerir. (Helen Verrall'a da psişik yetenek bahşedilmiştir.) Rector bir yanlış anlama sonucu şöyle sorar: "Niye bir küre?"* Hodgson onu düzeltir ve Rector bu deneyi, gelecek hafta içerisinde yapmayı kabul eder. Üç gün sonra, Margaret Verrall Yunanca *sphairos* (küre) ve Virgil'in mızrak tarifi olan Latince *volatile ferrum* (uçan demir) sözcüklerini içeren bir mesaj alır. Hodgson, Bayan Piper'la yeniden buluştuğunda, Rector öneriyi yerine getirdiğini ve Bayan Verrall'e bir "sphear"** gösterdiğini söyler.

Devam etmeden önce, Çapraz İletişimlerin çoğu "kanıtının" insanı en az bunun kadar çileden çıkartacak türden belirsiz ve çapraşık olduğunu belirtmek gerekir. Bunlar hiçbir zaman tümüyle yayımlanmamıştır ancak yayımlanmış olsalar, birkaç kalın cildi doldururlardı. Kuşkusuz,

---

* İngilizce'de mızrak (spear) ile kürenin (sphere) söylenişleri birbirlerine yakındır. Ç. N.

** Sphear, İngilizce küre (sphere) ile mızrak (spear) sözcüklerinin birleştirilmesinden ortaya çıkan anlamsız bir sözcük. Ç. N.

ölümden sonra yaşamın sürdüğüne ilişkin medyomlar tarafından şimdiye dek elde edilen en inandırıcı ve sıkıcı kanıtlar bunlar. Bir kuşkucu, Myers hala yaşadığını kanıtlamak istiyorsa, niye yanıltıcı bir biçimde Eflatun'un *Sempozyum*'undan söz etmek yerine, Bayan Verall'a mühürlü mesajının Cumberland Hallstead'le ilgili olduğunu söylemediğini ve Bayan Piper ile Margaret Verrall'la iletişim kurmak istiyorsa niye anlaşılır bir dille "Hodgson benden size bir mızrak göstermemi istedi" yazmadığını, haklı olarak sorabilir. Olası yanıtlardan biri, Myers'ın yazılarından birindeki cümlesinde yer alıyor olabilir.

> *Bir mesaj göndermenin zorluğunu anlatmak için bulabileceğim en yakın benzetme, -görüntüyü bulanıklaştıran, sesi zayıflatan buzlu bir camın arkasında durmuş-gönülsüz ve kalın kafalı bir sekretere mesajlarımı ağır ağır dikte ettiğimi söylemem olabilir.*

Mesajları yazan ruhların, bir tür sekreter ya da yazman oldukları Stainton Moses'e de söylenmişti:

> *Doğrudan yazı yazmayı... [başarabilen] zekalar... azdır. Gerçek yazı yazma işi daha çok bu şekilde tezahür etmeye alışkın ve... iletişim kurmayı isteyen ruhlar tarafından yerine getirilir. Çoğunlukla çok az ruh bu işe girişir...*

William James bir anlık öfkeyle, ruhların kaprislerinin bir başka açıklaması olduğunu ileri sürer:

> *İtiraf etmeliyim ki zaman zaman Yaratan'ın, doğanın bu bölümünün sonsuza dek şaşırtıcı kalıp merakımızı,*

umutlarımızı ve kuşkularımızı eşit ölçüde teşvik etmesini amaçladığını çünkü hayaletler, durugörüler, ruhların sesleri ve mesajlarının hiçbir zaman ne tamamen doğrulanmasını ne de tamamen yalanlanmasını istemediğini düşünüyorum.

Başka bir şekilde söylemek gerekirse, ruhlara sanki inandırılmayı isteyenleri yalnızca inandıracak ama kuşkucuları kazanmayı sağlamayacak kadar bilgi vermeleri emredilmiş gibidir. Bu kavram -buna James Yasası diyebiliriz- normalüstü olaylarla ilgilenmiş herkesin aklından geçmiş olabilir. Kanıtlar büyük ve bolcadır, ancak *her zaman* kuşkuya yer bırakacak niteliktedir.

Bunu da belirttikten sonra, Çapraz İletişimlerin bazı kanıtlarının gerçekten çok inandırıcı olduğunu kabul etmek gerekir. Bayan Verrall'a en başında bir cümle aktarılır: "Parçacıkları kaydet, hepsi birleştirildiğinde bütünü oluşturacaklardır." Bundan kısa süre sonra, Rudyard Kipling'in Hindistan'da yaşayan kız kardeşi Alice Fleming, otomatik yazıyı denemeye karar verir ve hemen bir mesaj alır: "Sevgili Bayan Verrall [Myers, 'sekreterleri' karıştırmış gibidir], eski dostlarla konuşmak için sabırsızlanıyorum -Bayan J- ve A.W." Sözü edilen kişiler, Psişik Araştırmalar Derneği Sekreteri Alice Johnson ve Bayan Verrall'ın kocası Arthur W. Verrall'dır. Ardından mesaj, Arthur Verrall'ı tarif etmeyi sürdürür ve şöyle biter: "Bunu Bayan Verrall'a, 5 Selwyn Gardens, Cambridge'e gönderin." Bu, Bayan Verrall'ın doğru adresidir ancak Alice Fleming bunu bilemezdi. Bayan Verrall'ın -Myers'ın *İnsan Kişiliği ve İnsanın Bedensel Ölümden Sonra Yaşamını Sürdürmesi*'ni okuduğundan- adını duymuşluğu vardı ancak o kadar;

Cambridge'e hiç gitmemişti. Bayan Fleming, gerektiği gibi, 5 Selwyn Gardens, Cambridge'den Margaret Verrall'a iletişim kurdu ve Çapraz İletişimlerde bulunan bir grup medyoma katıldı. (Ailesi psişik araştırmaları onaylamadığı için kendini Bayan Holland olarak tanıttı.) Alice Fleming'e başta iletilen birçok mesaj "F" imzasını taşırdı. Myers'ın sık sık kullandığı bir imzaydı bu.

Bir başka kez, Alice Fleming'e bir odanın ayrıntılı tarifi iletildi. Daha sonra, bunun Margaret Verrall'ın oturma odasının doğru bir tarifi olduğu anlaşıldı. Yalnızca bir yanlışlık vardı; tarif, köşede bir büst olduğunu söylüyordu. Bayan Verrall bir arkadaşına bundan söz ettiğinde, arkadaşı şöyle dedi: "Ama, odanın köşesinde *zaten* bir büst var!" Bayan Verrall'ın evinde -karanlık bir köşede- sütun üstünde duran bir büstü andıran bir tür filtre vardı.

Daha sonra oyuna başka iletişimci varlıklar da katılıp Henry Sidgwick ve Edmund Gurney olduklarını öne sürerler ancak bilmece, son derece karmaşık bir halde kalır. Bayan Piper'ın "oturumcularından" biri Myers'a Çapraz İletişimleri bir daire içinde üçgen çizerek belirtebilir mi, diye sorar. Bir hafta sonra, Margaret Verrall sonunda daire içine çizilmiş bir üçgenin yanı sıra yarım bir daire içine çizilmiş bir üçgenle biten bir mesaj alır. İki ay sonra Myers, Bayan Piper aracılığıyla konuşur ve Bayan Verrall'a bir daire çizdirdiğini ve bir üçgen çizmeye çalıştığını ancak "görünmediğini" söyler. Burada sanki, buzlu camdan ve kalın kafalı sekreterlerden kaynaklanan tipik bir karışıklık vardır.

Bu basit vakanın bile karmaşık yönleri vardır. Myers'ın daire içine çizilmiş bir üçgen kullanması önerisinden hemen sonra, Bayan Verrall şu şekilde başlayan bir metin elde eder: "Bir çevrik sözcük daha iyi olur. Ona bunu söyleyin: rats, star, tars vs... ya da tears, stare." Beş gün sonra, Bayan Verrall'ın metni bir çevrik sözcükle başlar: Aster ("yıldız" sözcüğünün Latince karşılığı) ve teras ("mucize" sözcüğünün Yunanca karşılığı). Ayrıca, umuttan söz eder ve Browning'ten alıntı yapar. İki hafta sonra, Bayan Piper'ın yazısında şu sözler yer alır: "Yine, Browning'den alıntı yaptım... ayrıca yıldız dedim." Bir hafta sonra, Helen Verrall'a (kızı) yıldız şekliyle başlayan ve Browning'in *Fareli Köyün Kavalcısı*'na gönderme yapan bir yazı iletilir. Ancak, çoğu okuyucu, böylesine karmaşık bilmecelerin amacı boşa çıkardığını düşündükleri için bağışlanabilir.

1908'de bir başka amatör medyom, gruba katılır. Bu kişi, Myers'la evlilik yoluyla akraba olan Winifred Coombe-Tennant'tır (Myers'ın karısı Bayan Coombe-Tennant'ın kocasının kız kardeşidir). Kadın, Myers ve Gurney imzalı mesajlar almaya başlar. Ardından, 1909'da gelen yazı, Myers ve Gurney'nin yeni bir deney üzerinde, yani sözcüklerin Bayan Coombe-Tennant'ın zihnine kendiliğinden girmesini sağlamak üzerinde çalıştıklarını anlatır. Kısa bir süre sonra kadın, zihnine gelen sözcükleri "algılamakla" kalmaz, onları gönderen kişiliklerle ilgili net izlenimler de elde edebilir hale gelir; gönderenin Myers mı, Gurney mi olduğunu anında hissedebilmektedir. Telepatik iletişimler kurulur. İlk denemede -zihninde duyduğu- Myers'ın sesi sorar, "Söylediklerimi duyabiliyor musun?" Zihnini kullanarak içinden yanıtlar, "Evet." Yazılı metinler sürer ve çoğunlukla "duyduğu" sözcükleri içerir. Daha sonra, Myers ondan Sir Oliver Lodge'ı otomatik yazı seanslarına getirmesini ister. Bayan Coombe-Tennant bu düşünceden hoşlanmaz ancak sonunda kabul eder. Ardından Gurney, G. W. Balfour'un da gelip gelemeyeceğini sorar. Bu kişi Gurney'nin arkadaşıdır ve felsefe konusunda çok bilgilidir. Sonuç çoğunlukla Bayan Coombe-Tennant için yorucu olur. Hiç anlamadığı felsefe tartışmaları sırasında öylece oturup bir "sekreter" gibi davranması gerekir. Balfour, Cambridge'de bir konuşma yaptıktan sonra, "Sidgwick" zihin-beden ilişkisi, epifenomenalizm* ve etkileşimcilikle ilgili bir tartışma başlatır. Bayan Coombe-Tennant (Bayan Willett olarak tanınmayı yeğlerdi) akıllı biri olsa da, neden söz ettiklerine ilişkin en ufak bir fikri yoktur ve bir ara Sidgwick zihnine bazı sözcükler yerleştirmeye çalışırken, öfkesine yenilir ve patlar: "İnsanların niye bu denli aptalca konularda konuştuklarını anlayamıyorum!" Duyduğu sıkıntı, herhangi bir doğrulamadan çok daha inandırıcıdır.

Çapraz İletişimler ve Willett metinleri bütünüyle ele alınırsa, ölümden sonraki yaşama ilişkin bugüne dek var olan en inandırıcı kanıtlar oldukları kesindir. Onları incelemek için bir haftasını ayıracak birini, Myers, Gurney ve Sidgwick'in öldükten sonra iletişim kurmayı sürdürdüklerine ikna edecek kadar inandırıcıdır. Ancak, esas soru hala yanıtsızdır: Niye onları çok daha basit kılacak, dolayısıyla da kuşkucuları tam olarak ikna edecek -örneğin, daire içine çizilmiş bir üçgen fikri gibi- açık bir teklif yapmadılar? Yanıt -James Yasasını kabul edersek- bu kadar açık konuşmalarına izin verilmemiş olmasıdır. Elbette bu, kuşkucuların küçümseyerek omuz silkmelerine neden olacak bir yanıttır.

***

---

* Şuurluluğun, fizyolojik süreçlerin ikincil yaratılımı olduğunu savunan kuram. Ç. N.

Myers son derece inatçıydı. 1924 Kasım ayında İrlandalı medyom Geraldine Cummins, emekli bir albay ve eşine çaya davet edilir. Arkadaşı Bayan E. B. Gibbes de davet edilmiştir. Prof. Ashley Cummins'in kızı olan Geraldine Cummins bir yıl önce otomatik yazıyı ilk kez denemiş ve doğuştan medyom olduğunu öğrenmiştir. Albay ve eşi, alfabenin harfleriyle çevrili düz bir yüzey olan vi-ya tahtası[6] aracılığıyla arkadaşlarıyla iletişim kurmayı umut etmektedir; oturumcular parmaklarını camın üzerine hafifçe dokundurduğunda, tahta, harfler arasında ilerleyerek sözcükler yazabilmektedir. Bu vakada, tahta hemen "Frederic Myers" adını yazar ve şöyle sorar: "Arkadaşlarımı tanıyor musunuz?" Arkadaşlarının kim olduğu sorulduğunda, Barrett ve Balfour diye yanıtlar. Ardından onlarla "çapraz iletişimler" kurmak istediğini açıklar. Albay ve eşi, kendi arkadaşları yerine Myers'ın onlarla iletişim kurmasından ötürü düş kırıklığına uğrarlar, bu nedenle seans sona erer. Ancak Myers, iletişim kurmayı sürdürür ve bir hafta sonra, Bayan Cummins'in bir başka otomatik yazı seansı sırasında varlığını bildirir. İletişim kurmanın sorunları sorulunca, uyguladıkları yöntemin mesaj aracılığıyla medyomun "içsel zihnini" "etkilemek" olduğunu ve böylece içsel zihnin mesajı beyne gönderdiğini açıklar. "Beyin yalnızca bir mekanizmadır. İçsel zihin yumuşak balmumu gibidir, düşünceleri algılar... ancak, onu kuşatan sözcükleri üretmelidir. Çapraz İletişimleri bu denli zor yapan şey budur." Bu, çapraz iletişimlerin karışık görünmesine neyin neden olduğunu kesinlikle açıklıyor gibidir.

Myers, bir süre sonra ilginç bir projeden söz eder. Geraldine Cummins'le iletişim kurduktan hemen sonra, Bayan Leonard'ın rehber varlığı Feda'yla iletişim kurmaya çalışmak istemektedir. Mesajın konusunun telepati ve arkadaşı Lord Balfour'un bu konudaki görüşleri olmasını önerir. Bayan Gibbes bunun iyi bir fikir olmadığını çünkü Bayan Leonard'ın kısa bir süre önce Balfour'un telepatiden söz ettiği halka açık bir toplantıya katıldığını ve bunun basında yer aldığını belirtir. Böylelikle, medyomun zaten konuyla ilgili bir şeyler düşündüğü öne sürülerek karşı çıkılabilecektir. Myers bu düşünceye katılır ve öyleyse, ölmeden önce yazmaya niyetlendiği, ölümden sonraki yaşamın tümüyle kanıtlandığına ilişkin düşüncelerini açıklayacağı kitapla ilgili konuşacağını söyler.

Ertesi gün Bayan Gibbes, kendisini ziyaret amacı konusunda hiçbir ipucu vermemeye özen göstererek, hemen Bayan Osbourne Leonard'a gider. Feda, çevrede iletişim kurmayı bekleyen birkaç varlık olduğunu bildirir. Bayan Gibbes, aklından özel birinin geçtiğini, bunun önemli biri olduğunu söyler. Bunun üzerine, Feda yaşlıca bir beyin hazır olduğunu bildirir. Adını algılamaya çalışırken, yalnızca büyük harfle yazılmış M harfi izlenimini algılayabildiğini söyler. O kişinin kendisine, başlıca ilgi alanına giren şiirler gösterdiğini söyler: "Eski şiirleri anlamak konusunda yetenekli görünüyor; özellikle de Virgil'i." Ardından, önemli bir yorum ekler: "Sizinle bir randevusu varmış." Ardından da, o kişinin Vaftiz adını bildirir: "Fred... sürekli Fred adını algılıyorum." (Myers arkadaşları arasında Fred olarak çağırılırdı.) Bayan Gibbes'in bir önceki gün Fred'le iletişim kurduğunu da ekler.

Myers, daha sonra Geraldine Cummins'le gerçekleşen bir seansta ortaya çıktığında, çok açık olamadığı için özür diler ve "fazlasıyla canlı" (apaçık "kafası dağınık" demek istemiştir) olan Feda'yla bazı sorunlar yaşadığını ve o anda, odada çok fazla başka düşünceler dolaştığını açıklar. Bayan Gibbes, onun gayet iyi "geldiğini" düşündüğünü söyleyince, Myers yanıt verir, "Güzel, beni şaşırttın." Yine de, celsenin başarısız olduğunu düşündüğünü söyler. Anlatmak istediği, ölümden sonraki yaşama tümüyle inandığını bildiren bir kitap yazmaya niyetlenmiş olduğudur. Ancak, Feda neler söylediğini algılayamamıştır. Buna karşın Bayan Gibbes, iki farklı günde iki farklı medyomla iletişim kurma çabasının son derece başarılı olduğunu düşünmektedir. Ona katılmamak zor. Bu seansların önemli olmasının bir başka nedeni de, ruhların yaşayanlarla iletişim kurmaya çalışırken karşılaştıkları bezdirici sorunlarla ilgili açık bir fikir edinmemizi sağlamalarıdır. Bu, "hatların karışması" nedeniyle bağlantının sürekli gidip geldiği kötü bir telefon konuşması sırasında sesini duyurmaya çalışmak gibidir.

Bu iletişimlerden doğan kitaplar -*The Road of Immortality* (Ölümsüzlüğe Giden Yol) ve *Beyond Human Personality* (İnsan Kişiliğinin Ötesi)- bazı okuyuculara büyüleyici, bazılarınaysa son derece can sıkıcı saçmalıklar gibi gelecektir. Aşağıda tipik bir cümle bulabilirsiniz:

> *Var olmanın amacı bir cümleyle özetlenebilir: Zihnin maddesel evrimi derece ve tür bakımından çeşitlilik gösterir, böylelikle zihin, tezahürler aracılığıyla gelişir ve sonsuza dek genişleyen evrende gücü sonsuza dek artar ve böylece gerçeğin asıl kavrayışını elde eder.*

Yakından incelendiğinde, hem anlamlı hem de akıllıca görünüyor. Zihnin kendini maddenin içine "sokma" girişimi kavramı, Hegel'den Shaw'a kadar, her türlü evrime bağlı dirimselcilik* teorisinde ortak bir noktadır. Myers, maddenin derece ve tür bakımından çeşitlilik gösterdiğini belirterek sözlerine devam eder; yani maddenin ya katı ya da duyularımızın algılama aralığının ötesine geçebilen türde olabileceğini ima eder. (Myers, başka bir yerde, bunun titreşim oranıyla ilgili bir mesele olduğunu belirtir; bu, çağdaş fiziğin klişeleştirdiği bir görüştür.) Zihin, bu kendini maddeleştirme süreci aracılığıyla yavaşça güç edinir ve gerçeğe dair daha derin bir anlayış geliştirir. Bunu yeniden gözden geçirdiğimizde, ilk baştaki belirsizlik izleniminin, noktalama işaretlerinin olmayışının cümleyi anlaşılmaz bir hale getirmesinden kaynaklandığını anlayabiliriz. Myers'a göre, iletişim kuran ruh medyomun entelektüel aygıtını (ve büyük bir olasılıkla sözcük dağarcığını) kullanmak zorundadır. İşte, ruhlarla iletişim, büyük olasılıkla bu nedenle, pek de akıllı olmayan bir varlıkla konuşulduğu gibi bir izlenim yaratır.

Ne ile iletişim kurulduğu sorusu daha sonraya bırakılmalıdır. Şu anki soru, bunun ciddi anlamda ölülerle iletişim olarak kabul edilip edilmeyeceğidir. Bütünsel açıdan bakıldığında, bunun yanıtı olumlu olmalıdır. Geraldine Cummins ve E. B. Gibbes, iletişimin kurulduğu şartlar konusunda doğruyu söylüyorlarsa, o zaman Bayan Cummins ile Bayan Leonard aracılığıyla iletişim kurmaya çalışan ruhun, aynı varlık olduğunu varsaymak kesinlikle akla yatkındır.

Daha sonra yayımlanan bir kitap olan, Geraldine Cummins'in "metinlerinden" oluşan ve "Bayan Wil-

* İlke olarak, hem ruhtan hem de organizmadan ayrı bir hayatı kabul eden fizyolojik öğreti. Ç. N.

lett'in" –yani aslında, Myers ve Gurney'i doğrudan "duymayı" öğrenen, otomatik yazı yazan Bayan Winifred Coombe-Tennant'ın- sağladığı bir dizi iletişim olduğu iddia edilen *Swan on a Black Sea* (Kara Denizde Bir Kuğu) adlı eserde hissedilen gerçeklik daha güçlüdür. Bayan Winifred Coombe-Tennant, 1956'da seksen bir yaşındayken, "Willett" kimliğini sonuna dek gizli tutarak ölür. Bir yıl sonra, Psişik Araştırmalar Derneği başkanı William Salter, Geraldine Cummins'den, Binbaşı Henry Coombe-Tennant'ın annesiyle "iletişim kurmayı" denemesini ister. Geraldine Cummins, Bayan Coombe-Tennant'la ilgili hiçbir şey bilmemektedir. 28 Ağustos 1957'de, Geraldine Cummins'in "rehber varlığı" "Astor" kendisinden istenen zor görev -daha önce hiç duymadığı birinin annesiyle iletişim kurmaya çalışmak- nedeniyle, rahatsız edici bir biçimde itiraz eder. Ancak, Salter'ın mektubundan, "saklanması gereken yazılar ve sırlarla" ilgili bir şeyler algılar. Ardından, seksenli yaşlarında narin bir kadınla karşılaştığını iddia eder. Yaşlı kadının adını soran Astor, "Win ya da Wyn," der. O andan sonra, Winifred Coombe-Tennant devreye girer ve Bayan Coombe-Tennant'ın yaşamıyla ilgili akıl almaz, gerçek ifadelerle dolu bir dolu kişisel anılarını anlatır. Bu, bir ruh tarafından dikte edilen en doğrudan ve kişisel belgelerden de biridir. Geraldine Cummins sahtekar bile olsa, hiç tanışmadığı bir kadının yaşamıyla ilgili bu denli özel ayrıntılar uydurması olanaksızdır. Akla yatkın bir tek varsayım daha vardır; o da Geraldine Cummins ve Bayan Coombe-Tennant'ın çocuklarının metinleri uydurmak için biraraya gelmiş olmasıdır, ki bu da olası değildir.

Bir kez daha, ölümden sonra yaşamayı sürdürme sorununun temelindeki ikilemle karşı karşıya kalıyoruz. *Kara Denizde Bir Kuğu*, ölümden sonraki yaşamla ilgili olarak kağıda dökülen belki de şimdiye kadarki en inandırıcı kanıttır. Yine de, önemli hiçbir şey *söylemez*. Kitap "öte taraftan", hani şu her şeyi bilen ölülerin gizemli diyarından gelen bir mesaj olarak merak uyandırmayacak kadar sıradandır. Hiçbir kuşkucunun, Spiritüalizmin öğretilerini benimsemesini de sağlamaz çünkü hiçbir kuşkucu, bunu okuma zahmetine girmez. Böylece, ölümden sonraki yaşamın kanıtlarının, her zaman için inananları ikna edecek kadar güçlü olacağını, ancak inanmayanları biraz olsun bile etkileyebilecek kadar ikna edici asla olmayacağını ileri süren James Yasası ile bir kez daha karşı karşıya kalırız.

ALTINCI BÖLÜM

DR. STEİNER VE REENKARNASYON MESELESİ

22 Ağustos 1900 akşamı zayıf, kibar görünümlü bir bey Berlin, Kaiser Friedrich Caddesindeki Teozofi Derneğinin kütüphanesine girdi ve kendini Dr. Rudolf Steiner olarak tanıttı. Locanın sekreteri olan Kontes Brockdorff, ona pek de dikkatlice bakmadı. Rudolf Steiner kırkına yaklaşıyordu ve güney Avusturya köylülerinin aksanıyla konuşuyordu. Bir kordonun ucundan sarkan kelebek gözlükleri, ona unutkan bir öğretmen havası veriyordu. Gülümsemesi dostça ama utangaçtı. Kontes, onun Goethe'yle ilgili kitaplar yazmış ve İşçi Eğitsel Birliğine tarih ve politika konularında konferanslar vermiş olduğunu biliyordu; o akşam da Nietzsche'yle ilgili bir konferans verecekti. Yeryüzünün en derin bilgeliğinin büyük bir bölümünün kadim Hindistan'dan geldiğine inanan Teozofistlere pek uygun bir konu değildi bu; ne de olsa Nietzsche, bir ateist ve asiydi.

Dr. Steiner konuşmaya başladığında, kontesin kuşkulanmakta haklı olduğu ortaya çıktı. Doktorun sesinin tonu biraz monotondu ve cümleleri ara sıra soyut ve karmaşık kalıyordu. Nietzsche'ye yönelik kişisel bakış açısı ise oldukça tuhaftı. Dr. Steiner'ın, evrenin temelini oluşturan bir spiritüel gerçeğe inandığı açıktı ve Nietzsche ise hiç kuşkusuz buna inanmıyordu. Peki, Dr. Steiner onunla ilgili konferans vermekle ne yapmaya çalışıyordu? Oldukça donuk tavırlarına alıştıktan sonra Dr. Steiner'ın çekici yanı ortaya çıkmaya başladı. Gözleri dostlukla parlıyor ve konuştukça, dinleyicinin kendisine güvenmesini sağlıyordu. Konuşmadan sonra, sıra soru ve yanıt bölümüne geldiğinde Dr. Steiner, Nietzsche'yi Weimar'da ziyaret edişinden söz etti. Ünlü düşünür çoktan delirmişti -Steiner'ın konferansından yalnızca üç gün sonra ölecekti- ve Steiner, onun güzel alnından ve anlamsızca boşluğa bakan sakin gözlerinden söz etti. Steiner, onun yanındayken ansızın, sanki düşünürün canı, başının hemen üzerinde havada asılıymışçasına, gerçek Nietzsche'yle ilgili içsel bir algı yakalamıştı.

Kontes, iyi akşamlar dilemeden önce Steiner'a, Nietzsche'nin canını başının hemen üzerinde gördüğünü söylerken ciddi olup olmadığını sordu. Steiner onu şaşırtacak bir yanıt verdi: "Ruh gözüyle gördüğüm şey, Nietzsche'nin astral bedeninin fiziksel bedenine baskı yaptığıydı." Kontes, "Bunu *gördünüz* mü?" diye sordu. Steiner ona gülümsedi: "Evet ama fiziksel gözlerimle değil." Ardından, iyi akşamlar diledi. Doktor, kesinlikle ilgi çekici biriydi. Genel istek üzerine, kontes ondan bir sonraki hafta yine gelip Goethe'nin *Masal* adlı zihin karıştırıcı öyküsü hakkında bir konuşma yapmasını ve kendi mistik yorumundan söz etmesini istedi. Doktor bu kez, öylesine sessiz bir otoriteyle konuşmuştu ki, herkes onun içsel bir deneyime bağlı olarak konuştuğundan emin olmuştu. Steiner'a, Teozofi Derneğinde bir dizi konferans vermeyi kabul edip etmeyeceği soruldu ve Steiner bunun büyük mistiklerle ilgili bir dizi olmasını önerince, büyük bir ilgiyle kabul edildi.

O kış Steiner, Berlin Teozofi Derneğinin gözbebeği oldu. Birkaç üyenin kuşkulu olduğu doğruydu; Steiner'ın söyledikleri çoğunlukla Derneğin kurucusu Madam Blavatsky ve o günkü lideri Annie Besant'ın düşünceleriyle çelişiyordu. Birisi bunu Steiner'a belirttiğinde, o yalnızca hafifçe gülümsedi ve "Öyle mi?" dedi. Yine de, meydan okumaya ya da şok etmeye çalışmadığı açıktı. Doğrudan kişisel deneyime bağlı olarak konuşuyordu. Her konuda muazzam derecede bilgiliydi; geçmiş üç yüzyılın en önemli yazarlarını okumuş gibiydi.

Çok kısa bir sürede, sanki akşamdan sabaha, Dr. Steiner, Teozofi Derneğinin Berlin Locasının başına geçmişti, adeta ve git gide artan sayıda insan tarafından bir tür mesih olarak görülüyordu. Bayan Besant, Steiner'la tanışmış ve ondan etkilenmişti. Steiner'ın verdiği tuhaf, mistik Hristiyanlık vaazından dolayı biraz endişelenmişti ancak Madam Blavatsky, tüm dinlerin aynı gerçeğe varan yollar olduğunu öğrettiğinden, korkmanın bir anlamı yoktu. Görünüşe göre Steiner, Madam Blavatsky'nin şu anki insan soyunun beşinci "kök soy" (dördüncüler Atlantislilerdi) olduğu ve hepimizin birçok bedenlenmelerden geçtiğimiz yolundaki temel öğretilerini kesinlikle kabul ediyordu. Bununla birlikte, Steiner "Akaşa kayıtlarını" -kozmik eterde tutulan tarihin görünmez kayıtlarını- okuyabildiğini iddia ediyor ve İsa'nın çocukluğu ve Batı tarihi konusunda şaşırtıcı derecede otoriter bir edayla konuşuyordu.

Steiner on yıl içerisinde Avrupa'nın en ünlü insanlarından biri oldu ve çevresine olağanüstü sayıda taraftar toplandı. Zaman içinde -Bayan Bessant, Jiddu Krishnamurti adında, henüz çocuk yaşta yeni bir "mesih" ortaya çıkarmaya çalıştığında- Teozofi Derneğinden ayrıldı ancak Alman teozoflar ona öylesine saygı duyuyorlardı ki birçoğu onun Antropozofi Derneği adını verdiği yeni örgütünün peşinden gitmeyi yeğledi. 1912 yılında taraftarlarından birçoğu onun bir avatar, yani Buda ve İsa gibi Tanrı ilkesinin bir bedenlenişi olduğuna ve Antropozofinin, bir gün diğer tüm dinlerin yerini alarak, yeni çağın dini olacağına inanıyordu. Steiner'ın kendisi de belki Münih'te yeni bir mistik merkez, muhteşem bir tapınak inşa etmekten söz ediyordu.

Yeni bir din canlandırma umutları boşa çıktı. Gelişi önceden de belli olan Birinci Dünya Savaşı bir fırtına gibi patladı ve sonraki dört yıl boyunca Avrupa'nın, Antropozofinin dışında düşünmesi gereken pek çok başka şeyi olacaktı. Karısı, Steiner'in kendi taraftarı olan General von Moltke'ye kötü tavsiyelerde bulunarak, Almanya'nın yenilgisini hazırladığı gibi hoş olmayan söylentiler ortaya attı. Steiner, "tapınağını" Dornach, İsviçre'de inşa etti ancak burası bir kült merkezi olmaktan öteye gidemedi. Steiner, yorulmadan, ancak bir tür bezginlikle konferanslar vermeyi sürdürdü ve 1925 Mart ayında, altmışlı yaşlarının başında öldü. Adı, yeni bir tür okul ve "doğal" tarımsal yöntemlerle ilişkilendirildiğinden büyük ölçüde tanınmayı sürdürdü.

Yine de, kırklı ve ellili yaşlarında iken Rudolf Steiner,

yirminci yüzyılın en olağanüstü spiritüel öğretmenlerinden biri, erken çağların Hristiyanlığını, onun yerini almaya çalışan yeni "spiritüalizmle" birleştiren kişiydi.

Bunun nedenini anlayabilmek için, önce biraz Madam Blavatsky'den söz etmemiz gerekir. 1831'de Helena Hahn olarak -Steiner'dan otuz yıl önce- doğan Teozofinin gelecekteki kurucusu, bir Rus kadın yazarın kızıydı. Topluca ama uzun boylu, küçük bir kızdı. Bir gün boşluğa bakarak elinde bir kalemle öylece otururken eli kendiliğinden yazmaya başlayınca dehşete düşmüştü. "İletişimci varlık" adının Tekla Lebendorff olduğunu bildirdi; bu, Helena'nın babasının alayında görev yapan bir subayın teyzesiydi. Helena'nın babası, Tekla Teyzenin kendisiyle ilgili verdiği bilgilerden öylesine büyülendi ki, devlet arşivlerine bakıp bunların doğruluğunu kontrol etmek için konumundan yararlandı. Babası şaşırarak, Tekla Teyzenin söylediği her şeyin doğru çıktığını gördü. Anlaşılan, ölüler iletişim kurabiliyordu. Ardından bir şok yaşandı. Bir gün Helena, Tekla Teyzenin subay yeğeniyle tanıştı ve Tekla Teyzenin hala yaşadığını ve sağlığının iyi olduğunu öğrendi. Yine de hakkındaki bilgiler doğruydu. Bu nasıl olabilirdi?

Bu tuhaf durum, insanların, ölümden sonra yaşamayı sürdürebileceğinin en inandırıcı kanıtlarından biri olarak görülebilir. Ölümden sonra yaşamın sürdürülebileceğine ilişkin başlıca itiraz, uykunun bu düşünceyle çelişiyormuş gibi görünmesidir. Ne de olsa, uykudayken, tıpkı ölümde olduğu gibi, astral bedenimizin fiziksel bedenimizden ayrılması gerekiyor. Öyleyse, tıpkı ölürken olduğu gibi, uyurken niye fiziksel bedenimizden ayrıldığımızı hissetmiyoruz? Spiritüalizme göre bunun yanıtı şudur:

Astral beden *gerçekten* de uyurken gezinir, ancak biz bir bellek kaybı yaşarız ve onun yaptıklarını tamamen unuturuz. Bir medyomun -ya da rehber varlığın- uyuyan bir kişinin ruhuna, tıpkı bir ölünün ruhuna da yapabileceği kadar kolaylıkla dahil olabildiği söylenir. Bu hiç de olası gibi gelmiyor ancak Helena Blavatsky'ye böyle olmuş gibi görünüyor. Ayrıca, yirminci yüzyılda ispatlanmış bir vaka olan, "Gordon Davis" adında bir ruhun, bir medyom aracılığıyla Dr. S. G. Soal'le iletişim kurduğu sırada da aynısı olur. Davis, dul karısının nerede yaşadığıyla ilgili bir yığın eksiksiz bilgi verir ve deniz kıyısındaki evi ayrıntılı bir biçimde tarif eder. Soal, sonunda evin yerini -Southendon Denizi- bulduğunda, onun tam da Davis'in tarif ettiği gibi olduğunu görür. Ancak, Davis hayattadır ve şömincnin önünde oturmaktadır. Demek ki, tıpkı Tekla Lebendorff vakasında olduğu gibi, burada, astral bedenin, ölüm sırasında da olması gerektiği gibi, uyku sırasında fiziksel bedenden ayrıldığına ilişkin bir tür kanıt elde ederiz.

Helena Hahn, Blavatsky soyadlı bir adamla mutsuz bir evlilik yapar, kendini ona teslim etmeyi reddeder ve Fox kız kardeşlerin evinde tuhaf darbe seslerinin baş göstermesinden bir yıl sonra, 1849'da, on sekiz yaşındayken evden kaçar. 1873'de New York'a gelince, kendisi de odanın her yerinden darbe seslerinin gelmesini sağlayabilen bir medyom olmuştur. Kendisiyle röportaj yapması için gönderilen bir gazete muhabiri olan Henry Steel Olcott, medyomun taraftarı olur ve *Isis Unveiled* (Peçesi Açılmış İsis) adlı kitabını -inanılmaz bir hızla- yazarken onu destekler. Kitap, onu ünlü biri yapacaktır. Üne kavuşan Helena, spiritüel vatanının Hindistan olduğuna karar verir ve yeni kurduğu Teozofi Derneğini Bombay'a taşır. 1884'te,

Psişik Araştırmalar Derneği Helena'nın iddialarını araştırması için Richard Hodgson'ı gönderir ama Helena'ya garezi olan ev sahibi, Madam Blavatsky'nin ruh iletişimlerinin tümüyle sahte olduğuna Hodgson'ı ikna edince, bir felaket yaşanır. Psişik Araştırmalar Derneği'nin *Raporlar*'ındaki suçlamalar karşısında kendini hiçbir zaman aklayamamıştır. 1891'de altmış yaşındayken kalp rahatsızlığından ölür ancak Hinduizm, Budizm ve Spiritüalizmin bir karışımı olan yeni "Teozofi" öğretisi dünya çapında etkili olmayı sürdürür. Madam Blavatsky'nin spiritüalizm formunun, 1850'de Rochester'de Fox kız kardeşlerinin ilan ettiği ve bir azınlık kültünden öteye gidemeyen türünden çok daha büyük bir başarı sağladığı söylenebilir.

Rudolf Steiner, Avusturyalı bir işçi sınıfı ailesinin oğluydu; babası Avusturya demiryollarında telgraf operatörüydü. Maddi anlamda, çocukluğunu "yaşayamamıştı"; çok yoksullardı. Ancak, dağlar ve ormanlarla çevrili muhteşem bir manzaranın ortasında büyümüş ve doğuştan zeki bir çocuk olarak, bulabildiği tüm kitapları okumuştu.

Bir gün istasyonun bekleme salonunda otururken aileden birine benzeyen, tuhaf bir kadın içeri girer. Odanın ortasına ilerler, tuhaf el kol hareketleri yapar ve, "Bana yardım etmeyi dene; şimdi ya da daha sonra," der. Ardından, büyük, eski sobaya doğru gider ve içine girmişçesine yok olur. O, gördüklerini anne babasına söyleyip söylememesi gerektiğine kendi başına karar verecek kadar akıllı bir çocuktur; onlar iyi birer katoliktir ve batıla inandığı için onlardan azar işitme ihtimali vardır. İlerleyen günlerde, babasının üzgün ve düşünceli olduğunu fark eder. Daha sonra, hiç tanışmadığı bir kadın akrabasının, kendisi o tuhaf kadını bekleme odasında gördüğü sıralarda intihar ettiğini öğrenir. Kadın kendisinden yardım istediğine göre, bu, kadının bir bakıma hala yaşamakta olduğu anlamına gelmektedir.

Bu öyküyü konferanslarından birinde anlatan Steiner şöyle devam eder:

> *O zamandan sonra çocukta ruhsal bir yaşam gelişmeye başlar, ve çocuk yalnızca dış alemin ağaçlarının ya da dağlarının değil, aynı zamanda onların ardında yaşayan Varlıkların da insan canıyla konuştuğunun farkına varır. O zamandan sonra, çocuk özellikle o tür bir bölgede gözlemlenebilen Doğa Ruhlarıyla birlikte yaşamaya başlar; nesnelerin ardındaki yaratıcı varlıklarla birlikte yaşar...*

Görünüşe bakılırsa, Wordsworth gibi Steiner da çevresindeki doğada "bilinmeyen varoluş biçimlerini" hissedebiliyordu. O -Helena Hahn gibi- doğuştan medyomdu. Ancak, on dokuzuncu yüzyılın tüm medyomlarından bir farkı vardı: Son derece geniş bir entelektüel meraka sahipti. Okuldaki öğretmeninin ödünç verdiği bir geometri kitabı onu neredeyse vecde benzer bir zevkle doldurmuştu çünkü, "Tümüyle içsellikle, dış duyulardan bağımsız bir biçimde görülebilen formları keşfedebiliyordum... Tümüyle spiritüel olan bir şeyi kavrayabilmek bana içsel bir sevinç yaşatıyordu. Mutluluğu ilk kez geometri sayesinde deneylediğimi biliyorum."

Geometri için "tümüyle spiritüel" denmesi bizi çok şaşırtır. Spiritüel mi? Yine de bu kavram Steiner'ın düşüncesinin özüdür ve bu ona, on dokuzuncu ya da yirminci yüzyılın diğer "spiritüalistlerinin" hepsini aşan bir önem kazandırıyor. Steiner'ın geometriden olduğu kadar, doğadan öğrendiği şey, *kendi içine çekilmedir*. Danimarkalı düşünür Kierkegaard "Gerçek öznelliktir," der, başka bir deyişle, gerçeğin -bir şeyin doğru olduğunu yalnızca "bilmekten" ayrı olarak- *deneyimlenmesi içsel dünyaya* bir tür *giriştir*. Chesterton'ın vurguladığı gibi, "Dünya yuvarlaktır," dersem bu doğrudur ancak bunu deneyimleyemem. Bunu deneyleyebilmem için, uzayda dolaşan bir astronot olmam gerekir. Aynı şey tüm "gerçeklerimiz" için geçerlidir. Ilık bir küvette gevşeyip derin bir zevk ve rahatlama deneylediğimde ise, yine "gerçeğin" bir formunu deneylemiş olurum. Astronot ilk kez aşağıya bakıp da "Tanrım, dünya yuvarlak!" dediğinde aynı derecede emin olabilir.

Steiner'a göre bu "içsellik" spiritüel yaşamın başlangıç noktasıdır. Öğrenmemiz gereken şey, kendimizi oraya *demirlemek* ve yeryüzünün bizi kuşku ve uzlaşma dolu bir bölgeye çekmesine izin vermemektir. Bu, bir anlamda, Shakespeare'in, "Kendi benliğinde doğru," demekle kastettiği şeydir. Ancak bundan fazlası da vardır. Steiner, iç sesleri dinlemeyi ve onların *dilini öğrenmeyi* de kasteder. Bir içsel sesi dinlemeyi öğrenmek, onun önerisine göre, yalnızca bir şeyi yapmaya ya da yapmamaya karar vermek değildir. Sanki bilinmeyen bir dilde yazılmış kadim bilgelikleri incelemek gibi bir şeydir. Ömür boyu sürecek bir incelemeye dönüşebilir.

"Kendi içine çekilmenin" bizi, birçok şeyi daha da derinlemesine takdir etmeye yönlendirebileceğini çoğumuz anlayabiliriz. Müziği takdir edebilmek için gözlerimizi kapatır ya da en azından, tümüyle müziğe konsantre oluruz. Doğayla "uyumlu" hale geliyorsak, bunun nedeni içsellik halinde olmamızdır; ve buradaki ikilem, ne kadar içsellik halindeysek, "dışarıdakini" o kadar derinlemesine takdir edebilmemizdir.

Steiner bunun bir adım ilerisine gider. Bu içsellik halindeyken, doğaüstü alemin de -hem spiritüel anlamda hem de normal ötesi anlamında- farkına vardığımız konusunda ısrar eder. İstasyonun bekleme salonunda, babasının kuzeninin vizyonunu görmesinden sonra, Doğa Ruhlarının -büyük olasılıkla, Rosalind Heywood'un Dartmoor'da karşılaştığı "elementalleri" kast ediyor- ve ölülerin ruhlarının farkına vardığını öne sürer. (Rosalind Heywood'un ölen arkadaşı Vivian'la telepatik iletişimi tarif ederken yaptığı yorumu anımsayabiliriz: "'Vivian' ile iletişim kurmanın gerektirdiği özümseme konumunu sürdüremediğimi hemen fark ettim..." Bu yorum, "ölülerle" iletişim kurmanın belirli bir içsel *özümseme* gerektirdiğini akla getirir.

Steiner, otobiyografisinde, hiç tanımadığı iki ölüyle bağlantı kurduğunu iddia eder. Bunlar medyomsal deneyimler değil, bir tür içsel paylaşma niteliğindedir. Yirmili yaşlarının başlarında Viyana'dayken kültürlü bir orta sınıf ailesiyle tanıştırılır. "İnsan, bu ailede tanımadığımız birinin varlığını hissedebilirdi," der. "Bu, babaydı. Biz [Steiner ve bazı arkadaşları] onunla hiç tanışmadık ancak onun varlığını hissedebiliyorduk." Baba, insanlarla ilişki kurmaktan kaçınan ve bir münzevi gibi yaşayan sıra dışı bir adamdı. Ailenin onunla ilgili söylediklerinden ve sahip olduğu kitaplardan, Steiner yavaş yavaş onu tanıdığını hissetmeye başlar. Sonunda, adam ölür ve Steiner'dan cenazesinde onun için bir konuşma yapması istenir. Konuşmasında babadan öylesine ayrıntılı biçimde söz eder ki aile, konuşmasının, onu yakından tanıyormuş hissi uyandırdığını söyler.

Steiner'ın, babayı, sanki ailenin verdiği ipuçlarından "tanımayı" öğrenmiş olduğu zannedilir. Ancak, daha sonra otobiyografisinde, bunun çok ötesinde bir şeyler kastettiği açıkça anlaşılır. On yıl sonra, Goethe'nin bilimsel yazılarını düzenlemek amacıyla Goethe arşivlerini incelemek için Weimar'a taşınır. Daha sonra eşi olacak olan Anna Eunicke adında dul bir kadınla tanıştırılır. Pansiyoner olarak onun evinde yaşarken, bir kez daha, bu kez kadının ölü kocasının kişiliğinin şiddetle farkına varır. Otobiyografisinde şunları söyler: "O zaman sahip olduğum spiritüel görüş güçleri, bu iki ruhla maddesel ölümlerinden sonra yakın bir ilişki kurmamı sağladı." Steiner'ın aslında iddia ettiği, ölmüş olan her iki adamın "ruhlar aleminde" ilerlemelerini "izleyebildiğiydi."

Steiner'ın Spiritüalizm konusunda niye bu denli tahammülsüz olduğu ve bir keresinde niye, "Spiritüalistler en büyük materyalistlerdir," dediğini şimdi açıkça anlamaya başlayabiliriz. Transa geçen ya da bir ruhun sözlerini ortaya çıkarmak için kalem kullanan bir medyom, aslında ölen kişnin gerçek doğasına, içsel gerçeğine ilişkin hiçbir şey bilmez. Rosalind Heywood'un, arkadaşı Vivian Usborne öldükten sonra onunla kurduğu iletişimi tarif edişi bu düşünceyi haklı çıkartıyor. "Son derece neşeli ve capcanlı bir 'Vivian'a tosladığını" söyler. Vivian, ona anlatması gerekenleri, "öylesine özel bir biçimde nakleder ki bunu tanımlayacak en iyi sözcük, paylaşımdır." Bayan Willett da, Myers ve Gurney'i aynı doğrudan yöntemle "hissetmekten" söz etmiştir. Steiner'ın ölülerle bağlantı kurmaktan kastettiği şey budur ve o, Spiritüalizmde bunun yerini içsellikten yoksun, son derece yapay ve materyalist bir bağlantının aldığını düşünmektedir.

Steiner'a göre, uzak geçmişteki insanların ölülerle doğrudan bağlantı kurma yöntemleri vardı. Aslında, bu iddiayla ilgili arkeolojik bir kanıt da vardır. Çağdaş insanlar, elli bin yıl önce yeryüzünde ortaya çıkan ve önceli olan Neandertal insanını yok eden Cro-Magnon insanının soyundan gelmektedir. Neandertal insanı ufak tefekti, maymuna benziyordu ve büyük olasılıkla iletişim kurma yöntemi homurtularla sınırlıydı. Bununla birlikte mezarlarında, eski Mısırlılar gibi, büyük olasılıkla güneşin ve ölümden sonraki yaşamla ilgili inançlarını ifade eden başka ritüel nesnelerinin simgeleri olan gizemli, küre biçiminde taşlar bulunmuştur. Maymundan hiç de farkları olmayan yaratıkların ölümden sonraki yaşam düşüncesini geliştirmiş olmasına inanmak güçtür. Ancak Steiner -çağdaş psikolog Stan Gooch gibi- Neandertal insanının çağdaş insandan daha psişik olduğuna inanmakta haklıysa, o zaman, onların ölümden sonraki yaşama olan inancı bir felsefe değil, doğrudan bir deneyimdir.

Bu nedenle Steiner şöyle der:

> *Spiritüel vizyonla yalnızca birkaç yüzyıl geçmişe bile bakacak olursak, bu konularda bilgisiz olan birini son derece şaşırtacak olan bir şeyle karşılaşırız. Yaşayanlarla ölüler arasındaki görüşme gittikçe zorlaşmaktadır. Ama oldukça kısa bir süre önce, aralarında çok daha etkin bir görüşme vardı.*[1]

Steiner'a göre, varlıklarını beslemek için ölülerin yaşayanlarla görüşmeye gereksinimleri vardır. Eskiden yaşayanlarla ölüler arasında doğrudan bir bağlantı vardı, böylelikle, yaşayanlar ölü akrabalarının ölümden sonraki yaşamda ilerlemelerini izleyebiliyorlardı. Bu durugörü becerisi yavaş yavaş kaybedildi ancak bu süreçte bile, insanlar, ölülerin varlıklarına dair bir tür yarı şuura sahiptiler. Steiner'a göre, bugün bu farkındalık neredeyse yok olmuştur. İnsan, "spiritüel bilim" aracılığıyla "içsel alemlere girebilmeyi" öğrendikçe, ölülerle iletişim kurma becerisini yeniden kazanacaktır.

Steiner, ölümden sonra insana neler olduğunu, ilk çalışmalarından en önemlisi olan *Theosophy* (Teozofi) adlı eserinde anlatır (Steiner'ın Teozofi kavramının, 1904 gibi erken bir dönemde, Madam Blavatsky'ninkine oranla çok daha fazla geliştiğini hemen eklemek gerekir). Tüm okültistler gibi Steiner da insanın dört bedenden oluştuğunu kabul eder: fiziksel beden, eterik(esiri) beden (ya da aura), astral beden ve ego. Öldükten sonra, astral beden ve ego fiziksel bedeni geride bırakır. Eterik bedenin çözülmesi üç gün sürer. Bu süre içerisinde, "can" (astral beden artı ego) geçmiş yaşamını tümüyle gözden geçirir. Ardından, kabaca Hristiyan öğretisindeki Araf'a denk gelen "kamaloca" adında bir diyara girer. Geçmiş yaşam yeniden yaşanıp incelenir. Astral beden hala hissedebilme yetisine sahip olduğundan, tatmin olmamış tutku ve arzuları nedeniyle acı çekecektir. Acı çekerek arındığında, sonunda çözülür. Astral beden aynı zamanda kamalocada, başkalarına verdiği acıları onların bakış açısıyla yaşayacaktır.

Bundan sonra, arınmış ego bir sonraki yaşamını seçebileceği ruh alemine yükselir. Hangi formda ve koşullarda doğmaya niyetliyse onu seçecektir. (Steiner, kimsenin kaderinden ötürü sızlanmaması gerektiğini çünkü o kaderi kendisinin seçtiğini vurgular.) Bu seçim, evrim olanakları sağlaması bakımından dikkatle yapılır (bu da hepimizin niye, inanılmaz derecede başarılı olmayı seçmediğimizi açıklar). Zamanı gelince can, başka bir yaşamı yaşamak için yeryüzüne geri döner. Steiner'ın en etkileyici kitaplarından biri de, ölümünden kısa süre önce verdiği ve birçok ünlü insanın geçmiş enkarnasyonlarını saptayabilmek için "ruhsal görü" gücünü kullandığını ileri sürdüğü konferansları içeren *Karmic Relationships* (Karmik İlişkiler) adlı sekiz ciltlik bir çalışmadır. Bunu, tümüyle fantezi olarak değerlendirenler için bile, Steiner'ın reenkarnasyon süreci anlayışına ilginç bir bakış açısı sunar.

Psişik Araştırmalar Derneğinin ünlü bir üyesi olan Whately Carington[2] 1920'de Teozofiyi eleştiren *A Theory of the Mechanism of Survival* (Ölümden Sonra Yaşamayı Sürdürme Mekanizmasına Dair Bir Kuram) adlı muhteşem bir çalışma ortaya çıkarır.

> *Teozofik edebiyatta... "Astral plan," "Eterik ikiz," "Günlük Beden," "Karma" vb. gibi terimlerin oluşturulduğu bir düzenle karşılaşırız. Dernekteki arkadaşlarım kusura bakmasın ama, bunların bilimsel açıklamaları olmadığını ve bu terimlerin savunucuları, astral plan ile fiziksel alem ve eterik ikiz ile fizyologların bildiği beden arasında ne tür bir ilişki olduğunu bize açıklamaya hazır olmadıkları sürece, bilimsel açıklamalar olamayacağını söylemek istiyorum.*

Bu, geçerli bir noktadır ancak Steiner'dan çok, Madam Blavatsky için geçerlidir. Üstelik, Steiner'ın açıklamalarının Carington'ın kitabında öne sürdüğü kuramlarla ortak yönleri vardır. Carington, Riemann ve Lobatchevsky gibi matematikçilerin çalışmalarında ele alınan dördüncü boyut kavramından yola çıkıp ölümden sonra yaşamın sürdüğüne dair kanıtların çoğunun, ölülerin bizimkinden bir adet fazla boyuta sahip olan bir alemde bulunduklarını savunarak devam eder. (Sir Auckland Geddes'in, ikinci bölümde anlatılan, "kendisinin 'şimdi'nin bir şekilde gündelik yaşamın olağan üç boyutlu uzayında 'burası'yla eş değerde olduğu bir zaman boşluğunda özgür olduğunu" söylediği ölüme yakın deneyimi bu görüşü desteklemektedir.) 1918'de, "Ölüler Aramızda" başlıklı bit konferansta Steiner şöyle açıklar:

> *Spiritüel anlamda "geçmiş" olan şey tümüyle yok olmaz, hala vardır. Fiziksel yaşamda insan bu kavrayışa ancak uzayı algılayışına göre ulaşabilir. Bir ağacın önünde durup sonra da uzaklaşıp geriye bakarsanız... ağaç yok olmaz... Spiritüel alemde aynı şey, zaman için geçerlidir. Bir olay yaşadığınızda, fiziksel farkındalık açısından, bir sonraki deneyim yaşanınca önceki biter; spiritüel bakış açısına göre ise bitmez. Ona, geri dönüp ağaca baktığınız gibi bakabilirsiniz. Richard Wagner bununla ilgili bilgisini şu müthiş sözüyle gösterir: "Burada zaman uzay olmuştur."*

Çağdaş fizik biliminde zaman, dördüncü boyut olarak değerlendirilir; Steiner'ın söylemeye çalıştığı şey, ruh aleminin aslında bir başka boyutu daha olduğu, yani bir bakıma, zamanın "statik" olduğudur. (Çağdaş bir araştırmacı olan T. C. Lethbridge, bir sarkaç kullanarak radyestezi konusunda yaptığı deneylere dayanarak hemen hemen aynı sonuca varmıştır.[3])

Birçok kişi, Steiner'ın ölümden sonraki yaşamla ilgili

anlattıklarını, bunların tamamen doğrulanamayacak şeyler olduğunu söyleyerek geçiştirmeye eğilimliyken, onun görüşlerinde etkileyici bir tutarlılık olduğu ve bunun da akla son derece çekici geldiği gerçeği yadsınamaz. Steiner şöyle yazar:

> *Bu [ruh] alemin[in], insan düşüncelerinin oluştuğu cevherden dokunduğu vurgulanmalıdır... Ancak, insanda yaşayan düşünce yalnızca bir gölge oyunudur, gerçek varlığının bir hayaletidir. Bir nesnenin duvarda görülen gölgesi, nasıl gölgeyi yapan nesneyle ilişkilendiriliyorsa, insanda oluşan düşünce de, bu düşünceyle ilişkili ruh diyarındaki varlıkla ilişkilendirilmelidir.*

Zihin aleminin ruh alemi *olduğu* kavramı; ölümden sonraki yaşamla ilgili olarak anlatılan ve ruh aleminin bir masal diyarıyla bir tatil kampı arasındaki bir köprü gibi görünmesine neden olan fikirlerden çok daha inandırıcıdır, kesinlikle, çok daha düşünmeye sevk edici bir fikirdir. Steiner'a göre ("Ölüler Aramızda" konuşmasında):

> *Ölülerle, uyuduğumuz an ve yine uyandığımız an karşılaşırız...*
>
> *Bu uyanma ve uykuya dalma anları, sözde ölü olanlarla ve üst alemlerin diğer ruhsal varlıklarıyla görüşmenin en önemli anlarıdır.*
>
> *Ölülerle iletişim kurmamız için en uygun an, özellikle uykuya dalma anıdır. Diyelim ki, ölülere bir şey sormak istiyoruz. Bunu, uykuya daldığımız ana dek canımızda taşıyabiliriz çünkü o an, ölülere soruyu sorma anıdır... Öte yandan, uyanma anı ölülerin bizimle iletişim kurmaları için en uygun andır.*

Çünkü, der Steiner, uyanırken beraberinde "ölülerin sayısız haberlerini" getirmeyenimiz yoktur. Ancak, diye açıklar, tuhaf bir sorun vardır. Ölülerle konuştuğumuzda, ilişki bir biçimde tersine dönüştürülür ve bir soru sorduğumuzda, yanıt soru *şeklinde* gelir: "Canımıza, ona sorduğumuz soruyla ilham verir." "Bize yanıt verdiğinde de, bu kendi canımızdan doğup ortaya çıkar." "Ölmüş olanlarla görüşmek için kendimizi, kendi söylediklerimizi onlardan duymaya ve yanıtladıklarını ise kendi canımız aracılığıyla algılamaya alıştırmalıyız."

Dr. Wilson van Dusen'in (ona ilk bölümde rastlamıştık) Swedenborg'la ilgili kitabında, Swedenborg'un ruh alemiyle ilgili vizyonlarının "denetimli yarı uykulu konumda" -yarı uykulu konum, uyuma ve uyanma arasındaki o tuhaf bölgedir- elde ettiğini öne sürmesi ilginçtir. Thompson Jay Hudson, *The Law of Psychic Phenomena* (Psişik Fenomenler Yasası) adlı kitabında öznel zihnin mucizevi güçlerini, romatizma nedeniyle umutsuzca sakat kalan bir akrabasını iyileştirmek için nasıl kullandığını tarif eder. İzlediği yöntem, tam uyumak üzereyken, başka bir kentte yaşayan akrabasını iyileştirmeye yoğunlaşmaktı. İyileştirme sürecine 1890 yılının Mayıs ayında başlar. Birkaç ay sonra, iyileştirme önerisinden haberdar olan bir arkadaşı, Hudson'un akrabasıyla görüşür; adamın durumu öylesine düzelmiştir ki Mayıs ortalarında yeniden çalışmaya başlamıştır. Hudson'a göre, öznel zihin en iyi, uykuya dalma anında işler çünkü o anda, nesnel zihnin olağan egemenliğinden sıyrılır.

Biz elbette, sağ yarımküre, uykuya dalma anında sol yarımkürenin olağan egemenliğinden sıyrılır, da diyebiliriz.

Steiner'a göre: "Ölüleri dışarıda aramaktansa, her zaman mevcut olduklarının farkında olmalıyız. Antropozofinin uygulamalı görevlerinin arasında, yaşayanlarla ölüler arasındaki köprüyü ruhsal bilim aracılığıyla yavaş yavaş inşa etmek de olacaktır." Ayrıca, "reenkarnasyon ve karma düşünceleri, birkaç kişinin savunduğu kuramlar olmaktan çıktığında, insan yaşamında geniş bir dönüşüm gerçekleşecektir."

Aslında, reenkarnasyonla ilgili tartışmanın Spiritüalist hareketi daha ilk evrelerinde böldüğünü ve reenkarnasyon öğretisini içeren Kardec'in Ruhçuluğunun, Amerika'da ortaya çıkan Spiritüalist öğreti tarafından kabul edilmediğini görmüştük. Çoğu, bunun bir olasılık olduğunu kabul etse de, reenkarnasyon öğretileri bugünlerde Spiritüalistlerce yaygın olarak kabul edilmiyor. 1970'lerin başlarında, *The Occult* (Okült) adlı kitabımı yazarken, bir Spiritüalist olan arkadaşım Prof. Wilson Knight'tan, bir daha bir seansa katıldığında, ruhlara bu konuda "evet" ya da "hayır" diye, doğrudan bir yanıt vermelerini söylemesini istedim. Bir süre sonra, bana yanıtın "ne evet ne de hayır" olduğunu söyledi. Prof. Knight'ın "iletişimci varlıklarına göre", reenkarnasyon ara sıra oluyormuş ancak genel bir kural olarak değerlendirilmemeliymiş.

Myers, Geraldine Cummins'le [*The Road to Immortality* (Ölümsüzlüğe Giden Yol) diye yayımlanan] iletişimlerinde reenkarnasyonla ilgili sıra dışı bir yorum yapar. Kavramdan "grup canı" olarak söz eder: "Hepsi de bir ruhla birbirine bağlı olan, o ruhtan beslenen birkaç can." Kendisinin de yeryüzündeyken bu tür bir grup cana ait olduğunu söyler. Bazen bize, bir önceki varoluşun günahlarının cezasını çekiyormuşuz gibi geliyorsa, Myers'a göre bunun nedeni "dünyasal yaşamın iskeletini benim için inşa eden o önceki yaşamı yaşayan parçası olduğum gruba ait bir canın, o yaşamı, daha ben doğum kapılarından geçmeden önce yaşamış olmasıdır."

Gerçek Frederick Myers, yani *İnsan Kişiliği ve İnsanın Bedensel Ölümden Sonra Yaşamını Sürdürmesi* adlı eserin yazarı, Psişik Araştırmalar Derneği tarafından derlenen en şaşırtıcı reenkarnasyon vakalarından biri olan Lurancy Vennum vakasından son derece etkilenmiş ve "Kişiliğin Parçalanması" başlıklı bölümünde bu olaya uzunca yer vermiştir.

11 Temmuz 1877'de, Watseka, Illinois'de yaşayan Mary Lurancy Vennum adlı on üç yaşındaki kız bir nöbet geçirir ve beş saat boyunca şuurunu kaybeder. Ertesi gün aynı şey yeniden olur ancak bu kez, transa girdiği ortaya çıkar çünkü cenneti ve meleklerin yanı sıra, ölmüş olan bir ağabeyini ve ablasını görebildiğini iddia etmektedir. Bu translar sonraki altı ay boyunca tekrar tekrar gerçekleşir ve Lurancy Vennum'un, aralarında "Katrina Hogan" adında yaşlı bir kadının da bulunduğu birçok rahatsız edici kişiliğin posesyonuna uğradığı görülür. Akrabaları, anne babaya kızlarını bir akıl hastanesine göndermelerini önerir ancak çiftin komşusu olan Roff ailesi (ölen kızları Mary de "delilik" nöbetleri geçirmiştir) Vennumları Janesville, Wisconsin'de W. W. Stevens adında bir doktora gitmeye ikna eder.

Stevens, Mary Lurancy Vennum'u 1 Şubat 1878'de ilk kez gördüğünde, küçük kız Katrina Hogan'ın posesyonundadır ve bir sandalyede kamburunu çıkartarak oturmuş, suratını asarak gözlerini boşluğa dikmiştir. Stevens yanına gitmeye çalıştığında, kız ona sertçe, kendisinden uzak durmasını söyler. Ardından, ona karşı yumuşamaya başlar ve anne babası hakkında onunla konuşur. (Babasına, "Yaşlı Kara Dick" demektedir.) Kısa süre sonra kişilik değişir; yeni gelen kendini "Willie Canning" adında genç bir adam olarak tanıtır. Kesik kesik konuşmaktadır ve ardından bir nöbet geçirir. Stevens, küçük kız üstünde ipnozu dener ve işe yaradığını görür; Lurancy Vennum yeniden belirir ve az önce, kötü ruhların posesyonuna uğradığını açıklar. Hala transtadır ve doktora, ruhlarla çevrili olduğunu, içlerinden birinin adının da "Mary Roff" olduğunu söyler.

Odada bulunan Bayan Roff, "Bu benim kızım," der. Lurancy'ye, Mary'yi "rehber varlık" olarak kabul etmesini öğütler. Ruhlarla tartıştıktan sonra Lurancy, Mary'nin posesyonunu kabul edeceğini bildirir ve kısa bir süre sonra da uyanıp ipnozdan çıkar.

Ertesi sabah, Lurancy Vennum'un babası, Asa Roff'un iş yerini arar ve kızının, şimdi de Mary Roff olduğunu iddia ettiğini ve Roffların evine gitmek istediğini söyler.

Mary'nin vakası da birçok açıdan Lurancy Vennum'unkine benziyordu; hatta Prevorst Kahinesi olarak tanınan Friederike Hauffe'den de fazla. Mary de nöbetler geçirmeye başlamıştı ve bu nöbetlerden biri sırasında bir bıçakla kolunu kasten kesmiş ve bayılmıştı. Sonraki beş gün boyunca sayıkladı; bununla birlikte, gözleri bağlı olduğu halde okuyabiliyordu. Başka bir nöbet dönemi sonrasında, 1865 Temmuz ayında, Lurancy Vennum'u ele geçirmesinden on iki yıl önce öldü. Mary'nin durugörü güçleri Watseka'lı birçok saygın vatandaş tarafından doğrulanmıştı.

Lurancy Vennum, daha doğrusu Mary, Rofflar'ın evine götürülemeden önce, Bayan Roff ve kızı Minerva, Vennumlar'a gider. Onlar sokakta eve doğru ilerlerken Mary pencereden dışarı bakmaktadır ve, "Annem ve kardeşim Nervie geliyor!" diye bağırır. İçeri girdiklerinde kollarını onların boynuna dolayıp sevinç gözyaşlarına boğulur.

Vennum ailesi haklı olarak kızlarının gitmesine izin vermek istemezler ancak Mary evini çok özlemiştir, sonunda isteğini kabul ederler. 11 Şubat 1878'de küçük kız Rofflar'ın evine götürülür. Yolda, Mary hayattayken yaşadıkları evin önünden geçerler. Mary o eve gitmeleri gerektiği konusunda ısrar eder ve ailesinin artık orada yaşamadığı konusunda ikna edilmesi gerekir. Yeni eve vardıklarında ise Mary, "Eski piyano ve piyano örtüsü de burada," der. Onu bekleyen akrabaları tanıyarak hepsini selamlar. Bayan Wagner (Mary Lord önadlı) Mary Roff'un pazar günleri kilisede ona ders veren öğretmenidir ve "Mary Lord, en az sen değişmişsin," sözleriyle karşılanır. "Meleklerin" onun Mayıs ayına kadar -üç aylık bir zamandır bu- bu bedende kalmasına izin vereceklerini söyler.

Ailesi doğal olarak onu sınamak için sabırsızlanmaktadır ve ona türlü sorular sorarlar. Mary onları kısa sürede ikna eder; Mary Roff olarak önceki yaşamıyla ilgili yüzlerce olayı anlatabilmiştir. Peoria'da bir kaplıcada kalışını ayrıntılarıyla anlatır. Soba borusunun düşüp Frank'in yandığı olayı anımsayıp anımsamadığı sorulduğunda, Frank'in tam olarak yandığı yeri gösterir. Eskiden sahip oldukları köpek sorulduğunda, onlara köpeğin nerede öldüğünü gösterir. Bıçakla kendini kestiğini anlatırken, Dr. Stevens'a yara izini göstermek için giysisinin kolunu sıvamaya yeltenir, ardından aynı beden olmadığını anımsayarak, "Bu kolumda değil, toprak altındakinde," der. Ölümünden sonra, anne babası medyomlar aracılığıyla onunla iletişim kurmaya çalışmıştır; Mary, medyomun eli aracılığıyla yazdırdığı mesajı, tam olarak zaman ve yer belirterek söyler.

En ikna edici olaylardan biri, Bayan Roff'un eskiden Mary'nin taktığı kadife başlığı bulmasıyla yaşanır. Bay Roff, onu koridordaki askılığa asmayı önerir. Mary dışarıdan gelir gelmez, "Bu, saçlarım kısayken taktığım eski başlık," der. Bu ona mektup kutusunu anımsatır ve annesi onu getirince, içinde yakalarından birini bulur. "Bak, bu ördüğüm eski yaka," der.

Mary ailesine, onlarla 21 Mayıs'a dek kalabileceğini söylemiştir. O sabah annesi şöyle yazar: "Mary, bugün on bir sularında Rancy'nin bedeninden ayrılacak." Mary vedalaşmak için komşularını dolaşır, anne ve babasına sarılır, öpüşürler ve ardından Lurancy Vennum'un evine doğru yola koyulur. Yolda Mary gider, yerini Lurancy Vennum alır.

Mary Lurancy Vennum dört yıl sonra George Binning adında bir çiftçiyle evlenir. Anne babası, tekrar nöbet geçirebileceğinden endişelenerek onu medyomluğunu kullanmaktan vazgeçirmişlerdir ancak Mary'nin anne babası Lurancy'yi ziyarete geldiğinde Mary Roff da sık sık "uğrar" ve önceki ziyaretine oranla, pek değişmemiş gibi görünür. Lurancy Vennum ilk bebeğini doğururken Mary, doğum sancılarını hissetmemesi için onu transa bile sokar.

1885'te Madam Blavatsky'yi "teşhir eden" ve ertesi yıl da Bayan Piper'ı incelemek için Amerika'ya giden kuşkucu Avusturyalı genç, yani Richard Hodgson bu vakayı duyar ve gerçekse, bunun ölümden sonraki yaşama ilişkin su götürmez bir kanıt olduğunu hemen anlar. Kocasıyla batıya göç etmiş olan Lurancy Vennum'un kendisi hariç, olaya tanıklık eden herkesle görüşür. Onunla görüşememiş olmasına karşın Hodgson sonunda, Dr. Stevens ve Lurancy'nin birçok yakını ve arkadaşı tarafından anlatılan olayların gerçek olduğuna tamamen inanır. Bunun bir çoğul kişilik vakası olabileceğini de kabul eder ancak tüm kanıtların sonuçta, Lurancy Vennum'un, ölen Mary Roff'un posesyonuna uğradığını gösterdiğini düşünmektedir. Myers, bu vakaya kitabının çoğul kişilikle ilgili bölümünde yer vermiş ancak şunu eklemeyi de unutmamıştır: "Daha sonraki bir evrede ve başka mucizelerin gerçekleşmesine alıştığımızda... belki de, bu farklı öykünün bize daha ne dersler öğretebileceğini bir kez daha gözden geçirebiliriz." Myers, bu "dersler" tartışılamadan öldü ancak onun da Vennum vakasını, kişiliğin ölümden sonra yaşamayı sürdürebileceğinin bir kanıtı olarak gördüğü açıktır.

Hodgson ve Myers haklıysa, onların bu görüşleri Adam Crabtree ve Wilson Van Dusen'ın çalışmaları aracılığıyla ilk bölümde ortaya çıkmaya başlayan tabloyu destekleyecektir. Bizler ölümü ya bir çıkmaz sokak ya da yepyeni bir varoluşun başlangıcı, evrenin tüm sırlarının bilineceği bir tür tuhaf mistik durum olarak görme eğilimindeyiz. Üzerinde durduğumuz tüm kanıtlar, ölümün bir son olduğu anlayışının yanlış olduğunu gösteriyor. "Sonraki planda" yaşam, yeryüzü yaşamından temelde çok da farklı değil. Birçok iletişimci varlığa göre, kavrayamayacağımız başka planlar da *var*; yani ölümden sonra varlık için pek çok aşama mevcut. Psişik araştırmaların kanıtları, ölümden sonra yaşamayı sürdürme isteğimizi tatmin etmek üzere kolektif şuurdışının uydurduğu büyük bir yalan değilse eğer, birey, ölümden sonraki ilk aşamalarda şu anki varlık şeklinden farklı olmayan bir formda yaşamayı sürdürmekte, demektir.

Reenkarnasyonun kanıtlarının, medyomlardan elde edilen ölümden sonraki yaşamın kanıtlarından çok daha inandırıcı olduğu durumlar vardır. Çapraz İletişimler, araştırmacıları Myers ve Gurney'nin ölümden sonra yaşamayı sürdürdüklerine inandırmıştı ancak Mary Roff'un anne babası, kız yeniden eve yerleştikten birkaç saat sonra, onun hala yaşamakta olduğundan kesinlikle emin olmuş olmalıdır.

İlk dönemlere ait bir başka klasik vaka (bu vaka ne yazık ki, Hodgson gibi eğitimli bir araştırmacı tarafından hiç incelenememiştir) Alexandrina vakası olarak bilinmektedir.

15 Mart 1910'da Alexandrina Samona adında beş yaşındaki bir kız Sicilya'daki Palermo kentinde ölür. Dr. Carmelo Samona'nın eşi olan annesi Adela, üzüntüden deliye dönmüştür. Üç gün sonra gördüğü bir rüyada, Alexandrina ona, yas tutmamasını çünkü geri döneceğini söyler. Kız, annesine bir embriyo gösterir. Adela Samon, yumurtalıklarından ameliyat olduğu için bir daha çocuk sahibi olamayacağını bildiğinden, rüyanın üzerinde durmaz.

Birkaç gün sonra Adela üzüntüyle kocasına çocuğundan söz ederken üç yüksek darbe sesi duyulur. Anne baba seanslara katılmaya başlar ve bir medyom aracılığıyla iki "ruh" konuşur; biri ölen çocukları, diğeri de uzun zaman önce ölen bir teyze olduğunu iddia eder. "Alexandrina" annesine, Noel'den önce ikizlerinden biri olarak doğacağını söyler. Gerçekten de Adela, 22 Kasım 1910'da, Alexandrina'nın ölümünden tam dokuz ay sonra ikiz kız çocuğu dünyaya getirir. İki kız apayrı kişiliklere sahiptir. Ancak birinde, yerleri ve biçimleri tıpkı Alexandrina'dakiler gibi olan iki küçük doğum lekesi vardır; bu çocuk ayrıca Alexandrina gibi solaktır. Anne baba ona, ölen çocuklarının adını verir. Bu ikinci Alexandrina, kişilik bakımından ilkine çok benzemektedir. İçe dönüktür ve tertiplidir; zamanının çoğunu giysi ve çarşafları katlayarak geçirmektedir.

On yaşındayken ikizlerin başlarından geçen bir olay, sonunda anne babayı bu çocuğun Alexandrina'nın yeniden bedenlenmesi olduğuna ikna eder. Monreale kentine geziye gidecekleri söylenir; ikisi de orayı hiç görmemiştir. Ancak Alexandrina, oraya daha önce annesi ve "boynuzlu bir kadınla" birlikte gittiği konusunda ısrar eder. Kilisenin çatısındaki heykeli ve orada gördükleri "kırmızı rahipleri" tarif eder. Aslında Adela Samona, ilk kızları Alexandrina'yı, ölümünden kısa bir süre önce alnında çirkin görünümlü kistleri olan bir hanımla birlikte Monreale'e götürmüştür; orada birlikte kiliseye gitmiş ve kırmızı cüppeler giymiş olan Yunanlı rahipleri görmüşlerdir. Dr. Samona bu kanıta öylesine şaşırır ki vakayı birçok tanığın da ifadesiyle birlikte aktarma zahmetine girer ve *Filosofia della Scienza* adlı gazetede yayımlatır.

Araştırmacının bakış açısına göre, buradaki sorun, tüm bu olaylara annenin hüsnükuruntusunun neden olmuş olabileceğidir. Alexandrina'nın ölümü annede intihara eğilimli bir depresyon yaratır ve annenin şuurdışı onun, çocuğun geri döneceğine söz verdiği bir rüya görmesine neden olmuş olabilirdi. Rüyayı gördüğünde anne, ikizlere çoktan hamile kalmış halde olabilirdi ve şuurdışı zihni bunu önceden bilmiş olabilirdi. Böylelikle, ikinci Alexandrina'ya, ölmüş olan ablasının kişiliği kazandırılmış olabilirdi. Belki de annesi Monreale yapılan geziden söz etmiş, ardından da unutmuş olabilirdi. Ya da belki kız annesinin bu konuda babasıyla yaptığı bir konuşmayı duymuş olabilirdi.

Bu durum, elbette, herhangi birinin bunu bilimsel olarak incelemeyi düşünmesinden çok önce olmuş vakalarda karşılaşılan bir sorundur. Ancak bu itiraz, İngiltere'de gerçekleşmiş olan çok benzer bir vaka için geçerli değildir. Bu, reenkarnasyona kuşkuyla bakıp çoğu vakayı "anı canlanması" -şuurdışı bellek- olarak geçiştiren *Mind Out of Time* (Zaman Dışında Çalışan Zihin) adlı bir kitapta Ian Wilson tarafından tartışılmıştır.

1957 Mayıs ayında iki kız kardeş, yani on bir yaşındaki Joanna ve altı yaşındaki Jacqueline Pollock Hexham, Northumberland'da yol kenarında yürüdükleri sırada kaldırıma çıkıp ikisini de ezen bir araba yüzünden ölürler; olay sırasında, yakınlarında bulunan dokuz yaşındaki bir erkek çocuğu da ölür. Otomobili kullanan bir kadındır ve aşırı dozda uyuşturucu alıp intihar etmek niyetiyle yola çıkmıştır. Kızların babası, John Pollock bir katoliktir ancak reenkarnasyona da (kilisenin yasakladığı bir inanç olmasına rağmen) inanmaktadır; kızlarının ölümünün, bu tür dine aykırı konularla ilgilenmesinin cezası olduğunu düşünür. Buna karşın, eşinin kızlarını yeniden doğuracağı düşüncesi onda bir saplantı haline gelir. Eşi Florence bir yıl sonra hamile olduğunu bildirdiğinde, kocası hiç duraksamadan ikiz kızları olacağını ve Tanrı'nın Joanna ve Jacqueline'i onlara geri verdiğini söyler. Jinekolog kesinlikle bir çocuk taşıdığını söyleyince, Florence kocasının bu saplantısının git gide arttığına karar verir ancak 4 Ekim 1958'de gerçekten de ikiz kızlar doğar. İkizlerden Jennifer'ın alnında ince beyaz bir çizgi vardır, ölen ablası Jacqueline'in bisikletten düştükten sonra yaralanan yeridir burası. Aynı zamanda, sol kalçasında bir doğum lekesi vardır; bu da Jacqueline'in doğum lekesinin tıpatıp benzeridir. Ama bu izler, ikizlerden diğeri olan Gillian'da yoktur ve bu çok tuhaf bir durumdur çünkü kızlar tek yumurta ikizidir.

Kızlar dört aylık olduklarında aile Whitley Bay'e taşınır. Üç yıl sonra bir gün, John Pollock onları gündüz vakti Hexham'e götürür. Kızlar orayı iyi biliyormuş gibidirler. Biri ansızın diğerine, "Köşeyi döner dönmez okul var," der. "Eskiden oyun bahçesinde oynardık. Salıncak ve kaydıraklar da şurada. Eskiden bu evde yaşardık." Son cümleyi eski evlerinin önünden geçerken söylerler.

Ölen kızların oyuncakları bir kutunun içine yerleştirilip tavan arasına konmuştur. İkizler dört yaşına bastığında, anne baba onlarla oynamalarına izin verir. Jennifer hemen, "Bu Mary. Bu da benim Suzanne'im," der; iki oyuncak bebeğin adlarını doğru söylemiştir. "Bu da senin çamaşır makinen." Bu sahneyi izleyen Florence Pollock, hüsnükuruntu etmekle suçlanamaz çünkü (iyi bir katolik olarak) kocasının reenkarnasyon saplantısını kesinlikle onaylamamaktadır. Kocasının çocuklara bu konu ya da ölen ablaları hakkında, onların "cennette" oldukları dışında herhangi bir şey söylemesine izin vermemektedir.

Florence Pollock ikizlerin bir gün çığlık attıklarını duyunca, hızla dışarı çıkar ve kızların birbirlerine sarılmış bağırdıklarını görür: "Araba! Bize doğru geliyor." Az önce uzakta, bir otomobil hareket etmiştir. Başka bir gün, Gillian'ın Jennifer'ın başını sallayıp "Gözlerinden kan çıkıyor. Araba sana oradan vurmuştu," dediği tuhaf bir oyun oynarken bulur onları. Florence Pollock bu olaylardan son derece rahatsız olmaya başlar, ancak kızlar beş yaşına geldiklerinde, ölen ablalarının anılarını unutmuş gibi görünüp, tümüyle normal çocuklara benzediklerini görünce rahatlar.

Ian Wilson, babanın reenkarnasyona inancının kanıtları zayıflattığına işaret eder. Yine de John Pollock, anneleri yokken çocuklara gizlice rollerini öğretmediyse, bu kanıtları nasıl uydurduğunu anlamak olanaksızdır. İkizler öyle bir şey olmadığını söylemektedir. Wilson'ın kendisi de, Pollock ikizleri vakasının, kitabında *prima feacie* (tersi ispatlanana kadar geçerli olan kanıt) kanıtının reenkarnasyon düşüncesini destekleyen birkaç vakadan biri olduğunu kabul etmektedir.

En çok duyulan çağdaş reenkarnasyon vakalarından biri de 1930'ların başında Hindistan'da gerçekleşir ve daha sonra Rajastan Üniversitesi Parapsikoloji Bölümü Profesörü Hemendra Bannerjee (Prof. Ian Stevenson'la ikisi, benzer vakaların dünyanın önde gelen bilimsel araştırmacılarındandır) tarafından incelenmişti. 12 Ekim 1926'da Hindistan'ın Delhi kentinde bir kız çocuğu doğar. Kumari Shanti Devi adındaki bu çocuk dört yaşındayken, Delhi'den yüz altmış kilometre uzakta bulunan Muttra kentinde yaşadığı bir önceki yaşamdan söz etmeye başlar. Çoban kastından olduğunu, sarı bir evde yaşadığını ve kocasının Kedar Nath Chaubey adında bir kumaş tüccarı olduğunu söyler. Emekli bir okul müdürü kızdan haberdar olup onunla görüşmek ister. Çocuk ona, Muttra'da yaşadığı evin adresini verir ve müdür o adrese bir mektup yazar; Shanti Devi'nin "kocası" Kedar Nath'tan bir yanıt aldığında çok şaşırır. Önceki eşiyle yaşamları hakkında bazı ayrıntıları doğrular ve Delhi'de yaşayan bir akrabasının, bu çocukla konuşmasına izin verilmesini ister. Adam geldiğinde, Shanti Devi, "kocasının" kuzeni Kanji Mal'i tanır ve onu kısa sürede, durumun gerçek olduğuna inandırır. Adam, Kedar Nath'a görüşmelerini aktarınca, Shanti Devi'nin "kocası" kuşkulanmayı bırakır. Hemen Delhi'ye gider ve çocuk kendini adamın kollarına atar. Karısı olarak önceki varlığıyla ilgili kocasının sorularına inandırıcı yanıtlar vermeyi başarır ve evlerinin bir odasına gizlediği, içinde yüz rupi olan bir kutudan söz eder.

Dokuz yaşındaki kız sonunda, 24 Kasım 1935'de ailesi tarafından yeniden Muttra'ya götürülür; yanlarında üç saygın kişi vardır: bir gazeteci, bir politikacı ve bir avukat. Tren, Muttra'da perona yaklaşırken Shanti Devi, orada oturmuş treni bekleyen Kedar Nath'ın ağabeyini tanır. Ardından at arabasına binerler ve Shanti Devi'ye gitmek istediği yeri tarif etmesi söylenir. Muttra'da yaşadığı sırada olmayan binaların yanından geçerken onlara işaret eder. Onları, kocasıyla yaşadıkları ancak o sırada yabancılara kiralanmış olan ilk evlerine götürür. Orada yaşayan biri *jai-zarur*'un -Muttra'da halk tuvaleti için kullanılan bir sözcüktür bu- nerede olduğunu sorunca dışarıdaki tuvaleti gösterir. Ardından öldüğü eve giderler. Orada birçok akrabayı tanır ve evi iyi bildiğini belli eder. Sonunda onları, parayı gömdüğü odaya götürür. Boş bir teneke kutuyu çıkartır. Kedar Nath daha sonra içindeki parayı aldığını itiraf eder. Evden ayrılırken, Shanti Devi kalabalığın arasından "önceki" anne ve babasını tanır.

Elbette, kitapçığın yazarları Psişik Araştırmalar Derneğinin tüm araştırmacıları tarafından adet edinilmiş önlemleri -yeminli tanık ifadeleri, anı canlanması olasılığının gözden geçirilmesi vb.- almadığı için buna benzer hiçbir vakanın su götürmez olduğu söylenemez. Otuz yıl sonra bir başka araştırmacı, reenkarnasyon iddiası taşıyan vakaları araştırırken tüm bu önlemleri almıştır.

Ian Stevenson'un *Reenkarnasyon İzlenimi Veren Yirmi Vaka*[4] ve *Reenkarnasyon Türü Vakalar*[5] adlı çalışmalarında aktarılan vakaların birçoğunda şaşırtıcı olan şey, Shanti Devi vakasının tekrarı olmasıdır. 1948'de doğan bir devlet memurunun kızı Swarnlata, kardeşlerine, kendisine Biya denildiği ve Sri Chintamini Pandey adında bir adamla evli olduğu Katni kentindeki "önceki yaşamından" söz etmeye başlar. Üç buçuk yaşındayken babası onu bir okul denetleme gezisine götürür ve -evlerinden yaklaşık yüz altmış kilometre uzakta olan- Katni'den geçerken sürücüye "evine giden" yola dönmesini söyler. Babası, aileye bir süredir "önceki yaşamından" söz ettiğini o anda öğrenir. Önceki yaşamında öğrendiğini iddia ettiği ve şu anki yaşamında öğrenmesi olanaksız olan bazı şarkılar söyleyip dans etmektedir.

On yaşına bastığında, ailesi Chhatarpur'a taşınır ve orada, önceki yaşamından tanıdığı birine benzettiğini iddia ettiği Srimati Agnihotri adında bir kadınla tanışır. Bu kadın, kızının Katni ve oradaki yaşamıyla ilgili anlattıklarını doğrulayınca baba etkilenir; kızının söylediklerini ilk kez ciddiye almaya başlar ve anlattıklarını yazmaya başlar. Prof. Hemendra Bannerjee 1959'da Swarnlata'yla görüşmeye, ardından da, Katni'deki "önceki" ailesiyle ilgili sözlerini karşılaştırmak için Katni'ye gider. Yaşadığı evle ilgili dokuz maddelik bir liste yapmıştır. Hepsinin doğru olduğu ortaya çıkar; Swarnlata'nın, ölen eşi Biya'yken yaşadıkları hakkında verdiği bilgiler de doğrudur. Bundan kısa süre sonra Swarnlata ve ailesi Katni'ye gider. Sonrasında olanlar Shanti Devi'ye olanlara çok benzemektedir.

Prof. Bannerjee'nin yönergeleri doğrultusunda, Swarnlata'nın ailesi yalnızca herhangi bir ipucu vermemeye özen göstermenin yanı sıra, onu bazı konularda yanıltmaya bile çalışırlar. Örneğin, ona ailenin inek çobanının öldüğünü söyleyip sonra onu kızın karşısına çıkarırlar, kız hemen onu tanır. Stevenson, Swarnlata'nın tarif ettiği yerler, insanlar ve olayları sekiz sayfa boyunca aktarmış ve etkileyici bir metin oluşmuştur. Tüm bunların sonucunda, Katni'deki ailesi Swarnlata'nın ölen Biya olduğunu kabul eder ve Swarnlata onlarla daha çok zaman geçirip önceki "ağabeyleri" ve "çocuklarıyla" yakın ilişkiler kurar. Stevenson bu vakayı 1961'de, gerekli tüm belgelemeleri Prof. Bannerjee'nin yapmış olması avantajıyla inceler. Böylelikle, reenkarnasyonu kanıtlaması bakımından Swarnlata vakası yeterince su götürmez gibi görünmektedir.

Stevenson'ın incelediği bir başka vaka, Lurancy Vennum ve Mary Roff vakasını anımsatır. 1954'de Jasbir Lal Jat adında üç yaşındaki bir erkek çocuğu çiçek hastalığından ölür. Ertesi gün yapılacak olan cenaze töreninden kısa süre önce ceset kımıldanır ve çocuk dirilir. Çocuğun konuşması birkaç hafta alır ancak konuştuğunda, anne babası, çocuğun kişiliğinin tümüyle değişmiş olmasına hayret ederler. Jasbir oldukça donuk, sessiz bir çocuktur; ansızın çok daha hareketli olmuştur. Vehedi'de yaşayan bir Brahmin ailesinin (şu anki ailesinden çok daha yüksek bir kasttır bu) oğlu olduğunu bildirip bir Brahmin tarafından pişirilmediği sürece yemek yememektedir. Yediği şekerden zehirlendiği için hastaneye kaldırıldığı sırada sedyeden düşüp başını çarparak öldüğünü söyler. Jasbir'in ailesi haklı olarak, onun söylediklerine, hastalığının zihnini etkilediğini varsayıp kuşkuyla yaklaşırlar. Ancak, 1957'de

Vehedi'den bir Brahmin hanım Jasbir'in köyüne gelip de çocuk onu hemen teyzesi olarak tanıyınca, önceki söylediklerini yeniden düşünmeye başlarlar. Jasbir, Vehedi'ye geri götürülür ve tıpkı Shanti Devi ve Swarnlata gibi, yanında bir grup insanla birlikte içinde dolaşırken, önceden yaşadığı evin ayrıntılarını bildiğini gösterir. Bir önceki varoluşunda adı Sobha Ram'dır ve o yaşamıyla ilgili ayrıntılı bilgi sahibi olması, herkesin Jasbir ile Sobha Ram'ın aynı kişi olduğuna inanmasına neden olur. Ancak şekerden zehirlenme iddiası tam olarak kanıtlanamaz; Sobha Ram'ın da çiçek hastalığından öldüğü söylenir.

Bu vakanın en etkileyici yönü, elbette, Jasbir'in üç yaşındayken "ölmüş" ve *aynı zamanlarda ölen* Sobha Ram tarafından "ele geçirilmiş" olmasıdır. İddia edilen şey, Sobha Ram'ın beyin ölümü gerçekleşmeden bedene girebilmeyi ve ardından da yeniden yaşamayı başarmış olmasıdır.

Stevenson ve Bannerjee'nin yürüttüğü gibi ayrıntılı araştırma yapılmamışsa, hiçbir reenkarnasyon vakası kanıtlanmış olarak kabul edilemez; görünüşte inandırıcı olan bir vaka araştırıldığı anda suya düşebilir. Hatta, bu tür bir vakada Stevenson'ın bile kandırıldığına ilişkin kanıtlar vardır. Benfleet, Essex'de yaşayan Edward Ryall, çocukluğundan bu yana "önceki yaşama" ait anılar tarafından taciz edildiğini iddia eder; bu anılarda John Fletcher adında Somerset'li bir çiftçidir ve 1685'de Sedgemoor'daki kraliyet güçlerine saldırmaları için Monmouth Dükünün taburuna rehberlik yaparken öldürülmüştür. Bu anılar sonunda "önceki yaşamının" büyük bir bölümünü anımsamaya başlayana dek, yavaş yavaş daha da çok ayrıntı içermeye başlar. 1945'te İtalya'nın işgali sırasında,

Ryall kulağında kendine dikkat etmesini söyleyen bir kadının sesini duyduğunu öne sürer; yere dikkat ederek ilerlerken az kalsın bir bubi tuzağına basacağını fark etmiştir.

Ryall, 1970'de bu deneyimlerini yazdığı bir mektubu *Daily Express*'e gönderir ve büyük ilgi toplar. Ian Stevenson, Ryall'la görüşür ve bunların gerçek olduğuna karar verir. Ryall'ı önceki yaşamıyla ilgili bir kitap yazmaya ikna eden Stevenson olur ve 1974'te Ryall'ın ölümünden iki yıl önce *Second Time Round* (İkinci Kez Dönmek) adlı eser ortaya çıkar. Ryall'ı tuzağa düşmemesi için uyaran kadın bu kitaba göre, Weston Zoyland'de bulunan John Fletcher'ın karısıdır.

Kitap yayımlandıktan kısa süre sonra, Ryall bir BBC programında sunucuyu John Fletcher olarak yaşadığı sırada evlendiğini öne sürdüğü kiliseye ve daha birçok yere götürür. Sunucu, Ryall'ın öyküsüne ve geçmiş enkarnasyonunda başına gelenlere tümüyle inandığını itiraf eder.

Saklanmış olam kilise kayıtlarını inceleyen Ian Wilson ise bunları incelediğinde, John Fletcher ya da ailesiyle ilgili herhangi bir kanıt bulamamıştır. Ryall, Fletcher'ın babasının 1660'da bir boğa tarafından öldürüldüğünü ve Weston Zoyland bölge papazı Peder Thomas Holt tarafından gömüldüğünü öne sürmüştü; bölge papazı Thomas Holt'tu, ancak Fletcher'ın babasının gömüldüğüne ilişkin herhangi bir kayıt yoktu. Fletcher'ın evlilik kaydı ya da tüm vaftizlerin titizlikle kayıtlarını tutan (bu kayıtlar hala İlçe Nüfus İdaresindedir) daha sonraki bölge papazı tarafından vaftiz edildiğini iddia etse de, iki oğlunun vaftiz kayıtları yoktu. Ryall, John Fletcher'ın çiftliğinin yerini bulmaya yardım etmek isteyen yerel bir tarihçiyle yazışmalarında -her ne kadar Ryall nerede olduğunu tam olarak bildiğini iddia etmiş olsa da- son derece temkinli davranır ve hiç de yardımcı olmaz. Ian Wilson'ın analizleri sonucunda, oldukça inandırıcı bir öykü, tarihsel bir fantezi gibi görünmeye başlar.

Wilson'ın bu çoğu tuhaf vakalar konusundaki yorumu temelde, Thomson Jay Hudson'ın *The Law of Psychic Phenomena* (Psişik Olaylar Yasası) adlı kitabında yer alan fikriyle aynıdır: öznel zihnin sıra dışı güçleri. Hudson, Coleridge'in *Biographia Literaria* (Yazınsal Biyografi) adlı eserinden, okuma yazma bilmeyen bir köylü kızının "nöbet" geçirip Latince, Yunanca ve İbranca konuşmaya başladığı, özellikle etkileyici bir vakayı aktarır. Bu bir tür posesyona benzemektedir ancak inatçı, genç bir doktor kızın yaşayan amcasını bulmayı başarıp kızın anne babasının küçükken öldüğünü ve kızın, yaşlı bir papazın yanına verildiğini öğrenir. Konu biraz daha araştırıldığında, yaşlı adamın koridorda yürüyerek, yüksek sesle Yunanca, İbranca ve Latince kitaplar okumak gibi bir alışkanlığı olduğu ortaya çıkar. Kız şuuru yerindeyken bu dillerden bir tek sözcük hatırlamaz ancak öznel zihni bunları kaydetmiş ve ateşi çıktığında bunlar ortaya çıkmıştır.

Epileptik hastalarla ilgilenen Wilder Penfield adında bir nörolog, 1933'de bir kadın hastanın beynini ameliyat ederken, elektrikli sondası beyin zarında bir noktaya değer. Hasta (beyin hissetmediğinden anesteziye gerek duyulmaz, bu nedenle de hasta uyanıktır), Penfield'a o anda ansızın mutfağında olduğunu, bahçede oynayan küçük oğlunu dinlediğini söyler. Kesinlikle "oradadır"; örneğin geçen arabaların sesinin farkındadır. Aynı deneyi yaptığı bir başka hasta ise kendini küçük bir kasabada, beysbol maçı izlerken bulur; bir başkası bir konserdedir ve orkestrada yer alan her enstrümanı net biçimde duymaktadır. Başka hastalar, çocukluklarından kalma bazı sahneleri ayrıntılarıyla "yeniden görür." Sanki Penfield, kazara, kelimenin tam anlamıyla hastanın yaşamındaki uyanık (ve büyük olasılıkla uykuda) olduğu tüm anları kaydetmiş olan bir tür videoyu açmış gibidir.[6]

Sonuç bellidir. Hepimiz, yaptığımız ya da düşündüğümüz her şeyi içeren bir kütüphaneye sahibiz. Peki öyleyse, niye ona kolayca erişemiyoruz? Çünkü çok "meşgulüz." Yaşam zor ve karmaşık; kütüphanede gezinecek zamanımız yok. On dört yaşında becerilerini yitiren o hesap dahileri gibi, biz de bu beceriyi sanki evrimin gereğinden fazla lüks bir armağanıymış gibi terk etmişiz. Yine de, Penfield'ın deneyleri, gerçekten istersek onları yeniden anımsayabileceğimizi gösterir. Hatta, elektrikli sonda kullanmaya bile gerek yoktur. "Dışavurum Terapisi" diye bilinen bir yöntem geliştiren psikiyatrlar, sıradan telkinin bir hastaya travmatik bir deneyimi tüm fiziksel ayrıntılarıyla yeniden yaşatabileceğini keşfettiler. Aynı yöntemlerin bazı keyifli deneyimlerimizi yeniden yaşamamız için kullanılmaması için herhangi bir neden yok.

Ancak, Penfield'ın keşfi, Edward Ryall gibi vakalardan kuşkulanmak için nedenler olduğunu kanıtlar. Ian Wilson, 1906'da Psişik Araştırmalar Derneği tarafından araştırılan, dikkate değer bir vakayı anlatarak kuşkulanmakta haklı olduğunu gösterir. Bayan C. denilen bir kadın ipnoz altındayken, II. Richard döneminde yaşayan ve Salisbury Kontesi Maud'un yakın arkadaşı olan "Blanche Poynings" adında bir kadının yaşamının ayrıntılarını anımsamaya başlar. Kontesin yaşamıyla ilgili bilgi son derece doğrudur. Hatırladığı kadarıyla Bayan C., bu denli ayrıntılara yer veren bir tarihi roman okumamıştır. Bir gün, bir SPR araştırmacısı Bayan C. ile çay içerken, bir otomatik yazı aracı olan vi-ya tahtası hakkında konuşmaya başlarlar ve Bayan C., vi-ya tahtası aracılığıyla Blanche Poynings'le iletişim kurmaya çalışmayı kabul eder. "Blanche" ve Bayan C., kısa süre sonra gülünç bir sohbete dalar ve Blanche, uzun süredir iletişim kurmamasından ötürü kadına sitem eder. Öyküsünü nasıl kontrol edebileceklerini sorduklarında, "E. Holt'a sorun," diye yanıt verir. E. Holt'un *Countess Maund* (Kontes Maud) romanının yazarı Emily Holt olduğu anlaşılır. Bayan C. Bu romanı uzun zaman önce, küçükken okumuş ve unutmuştur. Romanın, Bayan C.'nin ipnoz altındayken Salisbury Kontesi'yle ilgili verdiği tüm ayrıntılı bilgileri içerdiği ortaya çıkar.

Bu vaka, reenkarnasyona kuşkuyla bakanlar için adeta bir zafer gibi görünebilir ancak, 1950'lerde yaşanan bir vaka, kuşkuculuk tutkusuna kapılıp gitmenin de tehlikeleri olduğunu göstermektedir.

Colorado, Pueblo'lu bir işadamı olan Morey Bernstein, ipnoz konusunda doğuştan yetenekli olduğunu keşfeder ve bir sigortacının karısı olan Virginia Tighe'yi ipnotize ederek onu geçmişe döndürmeyi denemesine izin vermesi için ikna eder. Virginia'nın iyi bir derin ipnoz süjesi olduğu ortaya çıkar ve Bernstein onu, doğumundan öncesine döndürmeye çalışırken, bir İrlanda şivesiyle konuşmaya başlar ve 1798'de İrlanda'nın Cork kenti yakınlarında doğan Bridey Murphy olduğunu söyler. Altı kasete kaydedilmiş olan seansta, Belfast'taki Queen's Üniversitesinde ders veren bir avukatın karısı Bridey olarak sürdürdüğü yaşamını ayrıntılı olarak anlatır. Bridey, 1864'te düşerek ölmüştür.

Bernstein, bu vakayı anlatan ve başta *Chicago Daily News*'ta olmak üzere *Chicago American*'da da yazı dizisi halinde yayımlanan *The Search for Bridey Murphy* (Bridey Murphy Aranıyor) adlı bir kitap yazdı. Bir *Chicago Daily News* muhabiri Bridey Murphy'nin izini sürmek için Belfast'a gitti ancak İrlanda'da doğum ve ölüm kayıtlarının Bridey'nin ölümünden iki yıl sonra tutulmaya başladığı gerçeği gibi bir engelle karşılaştı; yine de birçok başka doğrulayıcı bilgiler elde etti. Bayan Tighe'nin söz ettiği iki Belfast'lı bakkal 1865 yılının Belfast telefon rehberinde vardı. Yaşamı sırasında kullanıldığından söz ettiği iki penilik İngiliz parası, doğumundan kısa süre önce basılmış ve ölümünden on iki yıl önce tedavülden kalkmıştı. Bridley, "Meadows'da" doğduğunu söylemişti ve 1801 tarihli bir Belfast haritasında Mardike Meadows denilen bir yer vardı. Bridley'nin verdiği diğer ayrıntılar -örneğin, Dooley Yolu, Belfast ve St. Theresa Kilisesi- doğrulanamadı. Bu, Amerikan halkının ilgisini azaltmadı ve *Bridey Murphy Aranıyor* 1956'nın en çok satan kitabı oldu.

Bu arada, rakip bir gazete kendi araştırmalarının sonuçlarını yayımladı. Virginia Tighe'nin kimliğini (Bernstein, bir takma ad kullanmıştı) belirledi ve onun Chicago'da yaşadığını öğrendi. *Chicago American*'a göre, Bayan Tighe'nin "Killarney Gölleri kadar İrlandalı" olan bir teyzesi vardı ve çocukluğunda ona, İrlanda'yla ilgili masallar anlatırdı; adı Mary Burns'dü. Dahası, Virginia çocukluğunda, Bridey Corkell adında ve kızlık soyadı Murphy olan İrlandalı bir kadının tam karşısında oturmuştu. *Chicago American*'a göre İrlandalı geçmişi küçük kızı büyülemişti. Ayrıca Virginia, Bayan Corkell'in oğlu John'a çok "düşkündü."

Bridey Murphy heyecanı başladığı gibi sona erdi ve kitap çok satanlar listesinden indi. Ancak, bu "keşifleri" araştıran Denver'lı bir makale yazarı anlatılanların büyük bir bölümünün doğru olmadığını keşfetti. Bayan Mary Burns, yani "Killarney Gölleri kadar İrlandalı" olan teyze New York'ta doğmuştu ve kızı, on sekiz yaşından önce tanımamıştı; o ve kız kendilerine İrlanda masalları anlatılmadığını kesinlikle belirtmişlerdi. Bayan Corkell bulunması zor, görüşmeyi hep reddeden biri olduğundan bu muhabir onun kızlık soyadının Murphy olup olmadığını öğrenemedi. Öğrenebildiği *şeyse,* oğlu John'un -Virginia'nın düşkün olduğu- Bernstein'ın kitabının haklarını elinde tutmayı başaramayan gazete *Chicago American*'ın Pazar baskısının editörü olduğuydu. Virginia, Bayan Corkell'e hiç konuşmadığını ve kendisinden sekiz yaş büyük ve evli olan oğlu John'la hiç ilgilenmediğini ısrarla belirtti.

Tüm bunlar, Virginia Tighe'nin Bridey enkarnasyonunun, Bayan C.'nin Blanche Poynings enkarnasyonundan daha gerçek olduğunu kanıtlayamadı. Ancak, bir iddiayı yıkmanın, onu araştırmaktan daha kolay olduğunu kanıtladı. Vakayla ilgili çoğu yazar [örneğin *Fads and Fallacies in the Name of Science* (Bilim Adı Altında Geçici Hevesler ve Safsatalar) adlı eserin yazarı Martin Gardner] vakayı yalanlayan keşfi, yalanlayıcı keşfin yalan olduğunu keşfeden *Denver Post* makalesinden hiç söz etmeden aktarırken pek rahattır. "Kuşkuculuk tutkusu" da bir o kadar kendini aldatmaya neden olabilir.

Bridey Murphy vakası, geçmişe döndürme konusunda diğer ipnotizmacıların ilgisini çekmişti. Cardiff yakınlarında oturan, Arnall Bloxham adında bir İngiliz doktor, Ann Ockendon adında bir kızı geçmişe döndürünce kız, herkesin çıplak olduğu ve üzerlerinde hayvan dişleri taşıdığı topraklarda bir erkek olduğunu anımsadı; Bloxham, kızın tarih öncesi çağdan söz ettiği sonucuna vardı. Bu enkarnasyonun doğruluğunu öğrenmenin bir yolu olmadığı ortadaydı. Sonraki vakalar daha verimli oldu. Bir televizyon yapımcısı olan Jeffrey Iverson, Bloxhom'la ilgili olarak yaptığı bir programdan öylesine etkilendi ki vakaların bazılarını araştırmaya koyuldu ve sonuçlarını *More Lives Than One?* (Birden Çok Yaşam Mı?) adlı kitabında yayımladı. Graham Huxtable adında bir yüzme eğitmeni, on sekizinci yüzyılda *HMS Aggie* adlı bir gemide bir denizci "olmuştu"; bir Fransız gemisiyle girişilen savaştan bir sahneyi büyük bir inandırıcılıkla aktardı ve sonunda bacağından yaralanırken korkunç bir biçimde haykırdı. Earl Mountbatten, Oliver Warner adında çağdaş bir tarihçiyi, Huxtable'ın anlattıklarını içeren bant kaydını araştırması için görevlendirdi ve Warner, gemiyi ya da savaşın izini süremediyse de sonunda bunun gerçek olduğuna kesinlikle inandı. Denizci Huxtable o dönemin gemileri hakkında tarihi romanlardan elde edilemeyecek kadar çok şey biliyordu.

Iverson'ın en inandırıcı vakası, Jane Evans olarak bilinmeyi yeğleyen ve yedi geçmiş yaşam anımsayan bir kadındır: Britanya'da yaşayan bir Romalı ev hanımı, York'ta bir katliamda ölen bir Yahudi kadın, Fransız bir tüccarın hizmetçisi, Kraliçe Anne döneminde bir terzi kız, İspanya Prensesinin nedimesi ve Iowa'nın Des Moines kasabasında Amerikalı bir rahibe. "Livonia" adındaki Romalı ev hanımının, o dönem hakkında bir İngiliz ve Roma tarihi uzmanı kadar çok bilgi sahibi olduğu anlaşılır. Bayan Evans tarih bilgisinin yalnızca okulda aldığı tarih derslerinden kaynaklandığı konusunda ısrar eder. Iverson, Bayan Evans'ın enkarnasyonu, Fransa kralı VII. Charles'ın danışmanı Jacques Coeur'ın hizmetçisi "Alison"u araştırmak için Loire vadisine gider. Jane Evans hiç Loire vadisine gitmemiştir ve Fransız tarihiyle ilgili hiçbir şey bilmez ancak, Iverson'ın Fransız tarihçileriyle yaptığı araştırmalar, Alison'ın Orta Çağ Fransa'sıyla ilgili ne kadar çok şey bildiğini de ortaya koyar.

Bayan Evans'ın en etkileyici "enkarnasyonu", on ikinci yüzyılda York'ta "Rebecca" adlı Yahudi bir kadın olarak yaşamış olduğu yaşamdır. Aslan Yürekli Richard, 1189'da üçüncü Haçlı Seferine çıkmadan kısa süre önce, Londra'da Yahudi karşıtı bir ayaklanma olmuştur. İngilizler, "kafirlere" karşı şiddet uygulamaya başlamış ve Yahudiler de en az Müslümanlar kadar paylarına düşeni almıştır. 1190'da York'da ayaklanmalar olmuştur; Yahudiler kaleye sığınmış ve acımasız kalabalığın elinden kurtulabilmek için çoğu önce ailelerini, sonra da kendilerini öldürmüştür. Rebecca ve ailesi bu katliamdan kurtulup "büyük kapıların hemen dışındaki" bir Hristiyan kilisesinin yer altı türbesine sığınmışlardı. Ancak, kalabalık onları bulmuş ve öldürmüştü.

Iverson, katliam konusunda uzman olan York Üniversitesinden Prof. Barre Dobson'a danışmaya karar verir. Dobson, özellikle de Jane Evans'ın bu tür konularda tümüyle bilgisiz olması nedeniyle, katliamı aktarışından çok etkilenir. Tarifine uyan kilisenin, Castlegate St. Mary Kilisesi olduğuna karar verir ancak tek sorun, bu kilisenin yer altı türbesinin olmamasıdır. Ancak, altı ay sonra, kilisenin yenileme inşaatında çalışan işçiler "yer altı kemerlerine benzeyen bir şeyin kalıntılarını" keşfederler. Mihrabın altında yuvarlak taş kemerler ve kubbelerden oluşan bir oda vardır.

Ian Wilson, bu geçmişe döndürme vakasının etkileyici olduğunu itiraf eder ama çok sayıda da eleştiri yöneltir. York'ta kırk kilise olduğuna işaret eder; Prof. Dobson, St. Mary Kilisesinin doğru kilise olduğundan nasıl emin olabilirdi? Rebecca, "Coney Sokağında" bir yaşlı Yahudinin öldürülmesini anlatır. Ancak 12. yüzyılda Coney Sokağının adı hala Cuninga (Kral) Sokağıydı. Rebecca, "York'un büyük bakır kapısından*" söz eder, ancak Coppergate bir sokaktır. Ancak Prof. Dobson'ın bu soruları zaten sorduğunu ve de yanıtladığını öğrenince bu itirazlar önemini yitirir. Yaşlı Yahudinin öldürüldüğü sokak Cuninga Sokağı olabilirdi ancak aslında oraya büyük olasılıkla, Coney Sokağı deniliyor olabilirdi. İngilizlerde, yabancı telaffuzları değiştirme alışkanlığı vardır. (Doğduğum kent olan Leicester'daki Belvoir Sokağına, Beaver Sokağı denir.) York'ta 1190'da Coppergate adlı bir sokak vardır ve sokağın sonunda, kaleye girilen kapılardan biri vardır. Kuşkusuz, Yorklular'ın birçoğu "Coppergate" ile bu kapının kast edildiğine inanır.

Tüm bunlar, üçüncü itirazı da yanıtlar: Otuz dokuz adet kilise daha varken Prof. Dobson hangi kilise olduğunu nasıl ayırt edebilmişti? Rebecca, kilisenin "büyük kapıların hemen dışında" olduğunu söylemişti. Kaleden kaçar kaçmaz oraya sığındığını söylediğine göre, bu çok mantıklıdır.

Ian Wilson'ın eleştirileri, reenkarnasyona karşı takınılan tavrın, medyomlar aracılığıyla ruh iletişimine takını-

---

* ..."big Copper gate of York"... Ç. N.

lan tavırla aynı olduğunu kanıtlıyor. Bu tavra göre, anı canlanması, telepati ya da sahtekarlık olasılığıyla açıklanabilecek bir olay kanıtlanmamış olarak kabul edilmelidir. Ruh iletişimini kanıtlayacaksak, o zaman ruhun, medyomun ya da orada bulunan hiç kimsenin bilmediği bir şeyle iletişim kurduğunu göstermeliyiz. Birçok vaka -örneğin Çapraz İletişimler- bu kriteri yerine getirmiştir. Reenkarnasyonu kanıtlamamız gerekiyorsa, yine aynı şey geçerlidir. "Reenkarne" olan kişinin yalnızca önceki yaşamında öğrenilmiş olabilecek bazı şeyleri bildiği gösterilmelidir. Böylelikle, Graham Huxtable vakasında, bir donanma tarihçisinin onun anlattıklarını inandırıcı bulmuş olmasının hiçbir önemi yoktur. Huxtable'ın, savaş sahnesi için gerekli malzemeyi sağlamış olabilecek bir film görmediğinden ya da kitap okumadığından kesinlikle emin olmalıyız.

Ancak bu açıklamanın, Jane Evans vakası için geçerli olması neredeyse olanaksızdır. Ciddi bir kitap okuru olmadığı ve tarih bilgisini yalnızca ilkokulda edindiği doğruysa, o zaman Colchester'da yaşayan Romalı bir ev kadınının ya da Yorklu bir Yahudi kadının yaşamıyla ilgili bir şeyler öğrenmiş olmasının bir başka yolu yoktur. Bununla birlikte, "enkarnasyonları" önemli bir unsurdan yoksundur: Livonia, Rebecca ve diğerlerinin yaşadığına ilişkin herhangi bir kanıt. Bu tür bir kanıt olmadıkça, onların öznel zihnin şaşırtıcı bir yaratımı olmadığından çok da emin olamayız.

Liverpool'un bir banliyösü olan Wirral'da yaşayan bir başka İngiliz ipnotizmacı, yani Joe Keeton da geçmişe döndürmede uzmanlaşmış ve geçmiş yaşama ilişkin belgesel kanıtlar bulmayı amaçlayan bir grup oluşturmuştur. Komik ama Keeton, reenkarnasyonla ilgili vakalarla uğraştığına inanmamaktadır. İnsan ırkının belleğine bilinmeyen bir biçimde erişebilen bir tür zihinsel beceriyle, Jung'un kolektif şuurdışı kavramına benzeyen bir şeyle uğraştığına inanmayı yeğlemektedir.

Joe Keeton'la ilk kez 1978'de Plymouth'da bulunan Westward Televizyonuna geldiğinde tanıştım. Wirral'dan gelen Pauline McKay adında bir hemşireyi geçmişe döndürüyordu ve Pauline, "Kitty Jay" adında West Country'li bir hizmetçi kız "olduğunu" ve on sekizinci yüzyılın sonlarına doğru Chagford yakınlarında intihar ettiğini söylüyordu. Joe, Exeter'da kütüphaneden sorumlu en üst kişiye, Kitty Jay diye biri hakkında bilgi sahibi olup olmadığını sormak için yazar ve "Jay'in mezarının" Dartmoor'un dışında bulunduğunu, Canna Çiftliğinde kendini astığını öğrenince çok şaşırır. İntihar ettiği için, mezarlığa gömülmesine izin verilmemiştir.

Keeton, televizyon stüdyosunda Pauline McKay'i ipnotize eder, ardından onu Kitty Jay olarak sürdüğü geçmiş yaşamına döndürür. Kitty, bir hizmetçi olarak Ford Çiftliği, Manaton'da nasıl çalışmaya gittiğini ve yakınlardaki Canna Çiftliğinde çalışan Rob adında bir adamın kendisini nasıl baştan çıkardığını anlatır. Pauline, West Country'ye hiç gitmemiş olsa da bölgeyi biliyor gibidir ve Rob'la yürüyüşe çıktıklarında mola verdikleri bir köprünün adını doğru söyler. Rob'un onu nasıl terk ettiğini ve intiharını anlatır; o anda acı duyduğu açıkça görülür ve soluksuz kalır. Etkileyici bir gösteridir. Ancak, anı canlanması olarak yorumlanmaya açıktır. Pauline, Kitty Jay'in öyküsünü, örneğin Peter Underwood'un *Gazetteer of British Ghosts* (İngiliz Hayaletler Atlası) gibi hayaletleri konu alan bir kitapta okumuş olabilirdi.

1978'deki bu görüşmeden sonra Joe Keeton incelediği son vakalardan beni sürekli olarak haberdar etmeye başladı. Bunlardan bazıları çok etkileyicidir. Yine de, 1983'e dek incelediklerinden hiçbiri, reenkarnasyonun -ve ırksal belleğin- su götürmez bir örneği olarak görülemezdi. Derken en sonunda, araştırmacılarından ikisi, yani Andrew ve Marguerite Selby geçmiş bir bedenlenişin varlığına ilişkin bir belge elde ettiler.

Geçmişe döndürülen süje, *Evening Post*'a makale yazan bir gazeteci olan Ray Bryant'tı. 1980'de kendisinden, ipnozla geçmişe döndürülme hakkında bir dizi yazı hazırlaması istenir. Bu dizinin sonucunda Bryant konuyla ilgilenmeye başlar ancak geçmişe dönme konusundaki kendi girişimlerinden dolayı düş kırıklığına uğrar. Yine de Londra'da toplanan bir gruba üye olur ve çabalarını azimle sürdürür. On ikinci ipnoz seansı sırasında, bir demiryolu istasyonunda hastalanışını anlattığını fark eder. (Ray Bryant bu seanslar sırasında duyumsadıklarını, sanki bir televizyon programını hem izleyip hem de programda yer almak olarak tarif etmektedir.) Yavaş yavaş yirminci yüzyılın başlarında Ongar, Essex'de yaşayan, Robert Sawyer adında bir çiftlik işçisi olduğu ortaya çıkar. (Ray, 1938'de doğmuştur.) Sonraki üç seans boyunca üyelerin geri kalanınca sorgulanır ve bir çiftlik işçisi olarak nasıl yaşadığını anlatır. Ardından, Joe Keeton daha da geriye dönmenin zamanı geldiğine karar verir. Ray Bryant, Robert Sawyer'ın doğumundan öncesine götürülür. Bu kez, Reuben adında bir askerdir. Soyadı sorulduğunda, yalnızca "St..." harflerini çıkartabilir. Ancak, Reuben'ın yaşamının Robert Sawyer'dan daha zengin olduğu açıktır. Kırk yedinci Lancashire Piyade Alayında çavuşluk yapmış, Kırım Savaşında yaralanmış -orada Florence Nightingale'i görmüş- ve sonunda Londra'da 1879'da elli yedi yaşındayken, büyük olasılıkla intihar ederek yaşamını noktalamıştır.

Başka ayrıntılar da ortaya çıkar; "Taşocakları Savaşında" yaralanmıştır. Gruptan kimse bu savaşı duymamıştır ancak bir başvuru kaynağına bakıldığında, bu savaşın gerçekten de 1855 Haziran ayında gerçekleştiği doğrulanır. (Yine de Sivastopol kuşatmasının en bilinmeyen çarpışmasıdır; ben kütüphanemde bulunan yarım düzine kitabı araştırdıysam da herhangi bir şey bulamadım.) Reuben yirmi yıl hizmet verdikten sonra, 1865'te ordudan ayrılmış ve bir süre orada yaşamak için doğduğu yere, yani Ormskirk, Lancashire'a dönmüştür. Eşi Mary –onunla onbaşıyken evlenmiştir- ölmüştür ve adı kendisininki gibi Reuben olan oğlunun peşinden Londra'ya gitmeye karar vermiştir. Orada, Millwall Rıhtımında kayıkçı olarak çalışmış ancak kendini yalnız ve mutsuz hissetmiştir. Ordudaki kariyeri sırasında son derece mutlu olmuştur; askerliği çok sevmiştir. Yaşamını tuhaf bir kentte, kiralık odalarda kalarak sürdürmek onu üzer. Ray Bryant, askerlikten sonra Thames'de kayıkçı olmanın bu kişiliğinde yarattığı değişimin acıklı olduğunu söyler. 1865'de ölür.

Kırım Savaşına katılmış emekli bir çavuşla ilgili bilgi edinmek zor bir olasılık gibidir, ancak South Harrow'da yaşayan Andrew ve Marguerite Selby bu görevi üstlenmeyi önerirler. Andrew Selby inşaat mühendisidir ve Joe Keeton'ın LBC'de bir programda ipnotize edilmeyi kabul edecek süjeler aradığını söylediğini duyunca geçmişe dönmeyle ilgilenir. Ancak nereden başlamalıdır? Londra'daki Guildhall Kütüphanesi iyi bir başlangıç noktası gibi görünür ve orada şansları inanılmaz ölçüde yaver gider. Orada, içinde Kırım Savaşında yaralananların listesi olan bir kitap vardır ve "St"ye bakarak -bunlar Reuben'ın soyadıyla ilgili verebildiği harflerdir- "Taşocakları Savaşında" elinden yaralanan Çavuş Reuben Stafford adında birini bulurlar. Madalyalar kazanmış ve terfi etmiştir; kayıtta tarihler de vardır. Artık, Reuben "St'nin" Çavuş Reuben Stafford *olup olmadığını* öğrenmek için ellerinde bir araç vardır. Bir sonraki geçmişe döndürme seansında, Ray Bryant'tan bu tarihlere dönmesini isterler ve neler olduğunu sorarlar. Hep doğruları söyler.

Araştırma burada bitmemiştir. Selbyler, Kew'daki devlet arşivleri ve eskiden Somerset House olan (şimdi St. Catherine's House) genel nüfus idaresinde de araştırma yaparlar. Reuben'ın boğularak öldüğünü belirten ve Gravesend'de bir adresin yazılı olduğu ölüm belgesini bulurlar. Reuben öldüğünde çok yoksuldur ve East Ham'de bir "halk" mezarlığına gömüldüğünü görürler. Ray Bryant, Reuben'ın mezarının olduğu yeri gösteren yerde durduğunda ne kadar duygulandığını kaydetmiştir. Reuben'ın kemikleri uzun zaman önce kaybolmuştur; bu tür halk mezarlarında, defnin üzerinden yirmi yıl geçtikten sonra bir başkasına yer açılmaktadır.

Bu tür bir durumda, anı canlanması kuramı artık daha fazla savunulamaz. Reuben her iki bakımdan da "doğrulanmıştır": Verdiği tarihlerin doğru olduğu kanıtlanmıştır; arşivlerdeki tarihler konusunda Reuben'dan doğru yanıtlar alınmıştır. Ray Bryant'ın ipnoz altındayken, onu sorgulayanların zihinlerini okuduğu ve doğru olduğunu bildikleri yanıtları verdiği savunulabilir ancak bu, Ray Bryant'ın Sivastopol'dan önce Taşocakları Savaşında elinden yaralanmış olan Reuben "St" bilgisini doğru olarak bilmesini açıklamaz. (Reuben bu yaralanma olayından *sonraki* tarihlere geri döndürüldüğünde, sakat elini dik ve tuhaf bir biçimde tutar.) Bu vakayı açıklamanın, Ray Bryant'ın önceki yaşamında Ormskirk'li Çavuş Ruben Stafford olduğunu ya da bir şekilde Reuben Stafford'un zihniyle bağlantı kurduğunu kabul etmekten başka bir yolu yoktur. Andrew Selby daha çok "kolektif şuurdışı" varsayımına inanmaya eğilimlidir; öte yandan Ray Bryant daha basit bir açıklama olan reenkarnasyonu yeğler.

Eğer haklıysa, durumun içinde gizli olan anlamlar çok ilginçtir. Başta, 1865'te Thames'de öldükten sonra Reuben'in birkaç yıl sonra, Robert Sawyer adında bir çiftlik işçisi olarak yeniden doğduğunu ve onun, 1938'de Ray Bryant doğmadan önce öldüğünü varsaymak durumundayız. Robert Sawyer ve Reuben Stafford'un gerçek kişiler olduğunu kabul edebilirsek, o zaman ipnoz altında ortaya çıkan daha önceki dört "enkarnasyonun" da gerçek olması yüksek bir olasılık gibi görünüyor: on sekizinci yüzyılda arabacı olan Wilfred Anderton; çok genç yaşta ölen Winifred adında bir kız; on yedinci yüzyılın sonunda mürebbiyeliğe kadar yükselen Elizabeth adında bir hizmetçi ve yaklaşık bir yüzyıl önce yaşamış olan ve İngilizce anlamıyor gibi görünen adsız bir karakter.

Bu durum ayrıca, temel sorunun yeni bir formda sorulmasına neden olur: Bir şey ölümden sonra yaşamayı sürdürüyorsa, bu şey nedir? Ray Bryant geçmiş enkarnasyonlarında hem kadın hem erkek olduğuna göre, cinsiyet ayrımı yapılmadığı kesin. Öyleyse, bu yedi insanın ortak kişiliğinin temel "dayanağı" nedir? Bu soruyu kendisine sorduğumda, Ray Bryant hiçbir fikri olmadığını söyledi, ancak geçmişteki tüm altı enkarnasyonun da onun şimdiki haline gelmesine bir biçimde katkıda bulunmuş olabileceğini düşünüyor. Kırk yedinci alayın kışlasının bulunduğu (ve Ray Bryant'ın alay kayıtlarını inceleyebildiği) Preston'da, güçlü bir deja-vu hissi duymuştur. Reuben hakkında bilgi sahibi olmasının, sürekli yinelenen bir sandaldan düşme kabusunu ve -nehir, deniz, dere ya da göl olsun- su içinde ya da kenarında duyduğu huzuru açıkladığını düşünür. Öyleyse görünüşe göre, bir "ömürden" diğerine bir şey taşınabilir ve elbette bu, kişiliğin bir parçasının ölümden sonra yaşamayı sürdürdüğü olasılığını güçlendirir. Aynı zamanda, ölümden sonra yaşamayı sürdüren *şeyin* - Myers, Gurney ve diğerleri bunu belirtmektedir- kendi içinde kalıcı olmadığına, başka bir şeye evrileceğine işaret eder. Aslında bu, Kardec ve Stainton Moses'den Geraldine Cummins'e kadar, tüm spiritüel öğretilerin en tutarlı etkenlerinden biri gibidir.

Hindular ve Budistler arasında reenkarnasyon, dinsel inancın bir ögesidir. Eski Keltler de buna inanırdı, Yunanlılar da. St. Jerome ve Origen gibi, Hristiyan kilisesinin bazı kurucuları da bu öğretiye sempati duyuyorlardı. Ancak, İmparator Justinia tarafından toplanan İkinci İstanbul Konseyi tarafından tümüyle yasaklanmış ve o andan itibaren Hristiyanlıkta kabul edilmeyen bir düşünce olmuştur. Katolik Gerçek Derneğince reenkarnasyon üzerine basılmış bir kitapçıkta, Peder J. H. Crehan konuyu şöyle özetler: "Bir Katolik, inançlarımızda reenkarnasyon kuramlarına yer olmadığını açıkça anlamalıdır." (Ian Wilson'ın sonradan Katolik olduğunu belirtmek bu noktada anlamlı olabilir.)

Reenkarnasyonun günümüzde Batı'da bu denli az taraftar bulmasının başlıca nedeninin, çoğu insanın onu fanteziye açık bulması olduğunu söylersek, büyük olasılıkla haksızlık etmiş olmayız. Kuramın karşılaştığı bu muhalefetin ne kadar güçlü olduğu Dr. Arthur Guirdham vakasında görülebilir; bu vakayı bir kitabımda uzun uzadıya ele almıştım.[7] Bath bölgesinde kıdemli psikiyatri danışmanı olan Dr. Guirdham, Catharlar -saf olanlar- denilen ve on üçüncü yüzyılda ortaya çıkan ayrılıkçı mezhepten çok etkilenmiştir. Onlar Tanrı'nın her şeye kadir olmadığına, kötünün belki de en az iyi kadar etkili ve bağımsız bir güç olduğuna ve maddi dünyanın, şeytanın denetiminde bulunduğuna inanıyorlardı. Kilise onlara zulmetti ve çoğu, 1244'te Tuluz yakınlarında Montségur'da katledildi. Guirdham, Tuluz'da ve bölgenin başka yerlerinde güçlü deja-vu hisleri duyuyordu. Aynı zamanda, yetişkinlik çağının büyük bir bölümü boyunca, yatarken uzun boylu bir adamın kendisine yaklaştığı kabusunu görüyordu; çoğunlukla bağırarak uyanıyordu.

1962'de Guirdham, Bayan Smith dediği ve sık sık benzer bir rüya gören bir hastayı kabul etmeye başlar. Bayan Smith'i görmeye başladıktan sonra ikisinin de kabusları sona erer. Bayan Smith'in, Guirdham'a hemen söylemediği şey ise, yıllardır tekrarlanan rüyasında gördüğü kişinin doktorun ta kendisi olduğudur. Kendini on üçüncü yüzyıl Fransa'sında yaşayan bir kız olarak gördüğü bu rüyalar, bir dizi tuhaf şuurdışı nöbetlerinden sonra başlamıştır. Rüyasında, bir kar fırtınası sırasında bir gece anne babasının evine gelen ve bir ilişki yaşadığı Roger de Grisolles adında genç bir Cathar rahibini görmektedir. Anne babası kızı evden kovunca, Roger'ın evinde birlikte yaşamaya başlarlar. Rüyasında gördüğü bu evin ayrıntılarıyla ilgili anıları git gide çoğalmaya başlar. Mutlu yaşam, bir cinayetle son bulur. Kimin öldürüldüğünden emin değildir ancak olaya, Pierre de Mazerolles adında birinin de karıştığından emindir. Roger hapiste ölür ve kendisi de daha sonra Montségur'da canlı canlı yakılır. Guirdham, kadının rüyasındaki Roger'dır.

Guirdham'a rüyalarından söz edebilmek için Bayan Smith'in gereken cesareti toplaması bir yıl alır. Guirdham şok olur. Bayan Smith, Catharizmle ilgili hiçbir şey bilmiyordur. Guirdham, Cathar katliamının, Pierre de Mazerolles adında bir adamın papa tarafından Tuluz'a gönderilen engizisyon mahkemesi üyelerinin öldürülmesini örgütlemesi sonucunda başladığını bilmektedir. Guirdham, Bayan Smith'in Catharlarla ilgili anımsadığı ayrıntıları araştırmaya başlar. Bazı ayrıntılar inanılır gibi değildir: Örneğin, Cathar rahiplerinin yeşil ya da mavi giysiler giymeleri. Bayan Smith bunu 1944'de söylemiştir; 1965'de Fransız öğretim görevlisi Jean Duvernoy bazı Cathar rahiplerinin gerçekten de yeşil ya da mavi giysiler giydiklerini keşfeder. Bayan Smith yine, bir somun şekerin doğrandığını ve ilaç olarak kullanıldığını görmüştür; 1969'da öğretim görevlisi Rene Nelli şekerin *gerçekten de* Arap ülkelerinden "somunlar" halinde ithal edildiğini ve her yerde kullanılan bir ilaç olarak görüldüğünü keşfeder. Bayan Smith'in Cathar ritüelleri ve inançlarıyla ilgili ayrıntılı tarifleri de yine öğretim görevlileri tarafından doğrulanır.

Öykü, buraya kadar, reenkarnasyon konusunda açık fikirli olan birine hayli akla yatkın görünür. Bayan Smith'in, Guirdham'ın önceki bir yaşamında sevgilisi olduğunu keşfetmesi kulağa, Freud'un saptadığı şu "hastanın doktora aşık olması" sürecinin tipik bir örneği gibi gelir ve ikisinin, yirminci yüzyılda biraraya gelmesi gibi bir rastlantı pek yenilip yutulur türden değildir. Ancak, öğretim görevlilerinin Catharizmle ilgili doğrulamaları öyküyü perçinliyor gibidir. Hudson'ın önerdiği şu öznel zihin, gerçekten de tüm bu fenomenlerden sorumluysa, onun güçleri Hudson'ın düşündüğünden daha da büyük olmalıdır.

Okült adlı kitabımda Guirdham'a da yer verdim ve Bath yakınlarındaki evinde kalmaya gittim. Bu ziyaret, onun Bayan Smith'i uydurmuş olabileceği kuşkusunu kesinlikle yok etti çünkü Guirdham'ın oldukça normal, dürüst ve bir kaçık değil de dengeli bir birey olduğu açıktı ve kitabının ayrıntılarını onaylayan eşi Mary, bir sağduyu timsali gibiydi. Bana birçok öğretim görevlisiyle yaptığı yazışmalarını gösterdi ve sırf okurun kafasını karıştırmaktan çekindiği için kitabında çok sayıda kanıta yer vermediği ortaya çıktı.

O evrede bile beni endişelendiren şey, bu Cathar meselesiyle ilgili sonraki gelişmelerdi. Clare Mills dediği çekici, açık açık konuşan bir kızla görüşmesiyle başlayan ve kendisine "Raymond" ve "Albigensian" sözcüklerinin onun için herhangi bir anlam ifade edip etmediğini -bu sözcükler aklının içinde sürekli tekrarlanıyordu- sorarak başlayan *We Are One Another* (Hepimiz Birbirimiziz) adlı kitabının el yazmalarını gösterdi. Albigense, Catharlar için kullanılan bir başka isimdi ve Raymond, Tuluz kontunun adıydı. Tüm bunlar Bayan Smith'le ilgili *The Cathars and Reincarnation* (Catharlar ve Reenkarnasyon) adlı kitabını yazmadan çok öncesine aitti, bu nedenle genç kızın, Guirdham'ın konuyla ilgilendiğini bilmesinin bir yolu yoktu. Ayrıca, Clare Mills rüyasında yandığını görüyordu ve rüyada geçen adlar, onun da rüyasında Cathar zulmünü gördüğünü ortaya koyuyordu. Rüyasında büyük bir ateşe doğru yarı çıplak halde yürümeye zorlandığını ve yanan bir meşaleyle sırtına vurulduğunu görüyordu; sırtında bir grup sertleşmiş su toplamasına benzer tuhaf bir doğum lekesi vardı. Guirdham onun, geçmiş yaşamında tanıdığı bir başka Cathar olduğu sonucuna vardı. Daha bitmemişti. Ölen bir kızın annesi Guirdham'a, kızının yedi yaşındayken tuttuğu bir defteri göstermişti; defter Cathar adları ve eskizleriyle doluydu. Guirdham, annenin ve kızın da birer Cathar olduğuna inandı. Bu tuhaf öyküye tanıdığı başka insanlar da katıldı, o nedenle Guirdham'ın bir "grup reenkarnasyon" vakasını (Myers'ın Geraldine Cummins'e öğütlediği bir öğreti olduğunu hatırlayabiliriz) incelediğini düşünmekten başka çare yoktu.

Ama dahası da vardı. Guirdham, *The Lake and the Castle* (Göl ve Kale) adlı yapıtında aynı insan grubunun eski çağlardan birinde Kelt kilisesinin reenkarnasyona inanan üyeleri olarak birbiriyle ilişkili olduğuna nasıl inandığını anlatır; onlar da şehit olmuştur. Guirdham aynı grubun 4. yüzyılda Roma Britanya'sında ve sonra Napolyon Fransa'sında da nasıl biraraya geldiğini anlatmayı sürdürür.

Bu olayların yaşandığı 1970'lerin başlarından beri Arthur Guirdham'la arkadaş oldum ve sık sık evinde kaldım. Kendisi, aynı zamanda kızımın vaftiz babasıdır, bu nedenle onu oldukça iyi tanıdığımı düşünüyorum. Clare Mills'i (Guirdhamlar'la birlikte) yemeğe davet ettim ve Guirdham'ın söylediği her şeyi o da doğruladı. Onun, geçmiş yaşamlarla ilgili fanteziler kurarken hastalarını kendisiyle işbirliği yapmaya ikna eden biri olduğuna ya da kitaplarının kötü bir ün yapmak için yazılan uyduruk metinler olduğuna inanmak için hiçbir neden yok. Üstelik Guirdham, kendini fantezilerine kaptırmayacak kadar zeki biri. Ian Wilson, Guirdham'ın, Bayan Smith vakasını anlatmakla kalıp sonra da Bayan Smith'in psikiyatrik incelemesini yazmış olsa, iddialarının dikkate alınabileceğini belirtir. Herkes gibi o da biliyor ki, bu grup reenkarnasyonu ve Kelt ile Romalı geçmiş yaşam varsayımları [*The Island* (Ada) adlı eserinde Guirdham'ın, kendisinin MÖ on üçüncü yüzyılda bir Yunanlı olarak da yaşadığını ileri sürmesinden söz etmeye hiç gerek yok] onun öyküsünü çoğu okuyucunun gözünde tümüyle kabul edilemez duruma getiriyor. Büyük olasılıkla, o da bu itirazlara Sir Wiliam Crookes gibi karşı çıkacaktır: "Olabilir demedim; gerçek dedim."

Peder Crehan'ın bu vakayla ilgili görüşü; Guirdham, Bayan Smith, Clare Mills ve diğer geri kalanların telepati yetisine sahip oldukları ve her nasılsa, fantezileri ve okudukları kitaplardan çıkardıkları sonuçlarla bir "havuz" oluşturduklarıydı. Guirdham'ın Bayan Smith'le ilişkisi konusunda aktardıkları bunu olanaksız kılıyor; kendisi Catharlarla ilgili notlar tutmaya, Guirdham'la tanışmadan on sekiz yıl önce başlamıştı. Böylelikle, geriye iki olası çözüm kalıyor: Ya Guirdham kendini başarıyla kandırmaktadır ya da grup reenkarnasyonu kavramı, temelde doğrudur.

***

Neyse ki, bu iddianın doğruluğunun ya da yanlışlığının acil olarak sonuçlandırılması gerekmiyor. Reenkarnasyon vakalarının ortaya koyduğu tablo oldukça açık ve tutarlı görünüyor ve ana hatlarıyla, ölümden sonra yaşamayı sürdürme iddialarıyla çelişmiyor. Örneğin, Mary Roff'un anne babasının bir medyom aracılığıyla kendisiyle iletişim kurma girişimlerini bildiğine dikkat çekip seansta yazdırdığı sözcükleri aktarabildik. Medyomluk aslında, geçici bir "posesyon" gibi görünür. Mary ve Lurancy Vennum, Mary'nin Lurancy Vennum'un bedenine birkaç aylığına sahip olabileceği konusunda bir anlaşmaya varmışlardı. Her şey sona erdikten sonra bile Mary ara sıra "uğramayı" sürdürmüştü.

Ortaya çıkan tablo, doğru koşullar altında tıpkı, bir sürücünün otomobile girip çıkması gibi, "bedensiz" varlıkların bir insan bedenine girip çıkmasıdır. Jasbir Lal Jat vakasında, sanki Sobha Ram, terk edilmiş ama motoru hala sıcak olan bir otomobil bulmuş ve sürücü koltuğuna geçmiş gibi görünmektedir. Bu düşünce sağduyuya ters gelecek gibi ancak kanıtlar bunu desteklemektedir.

Sonuçta, birçok vakada ortaya çıkan "gerçekler," Steiner'ın *Karmic Relationships* (Karmik İlişkiler) adlı eserinin sekiz cildinde de öne sürülen, reenkarnasyonun evrimsel bir deneyim olduğu görüşünü destekler gibidir. Yalnızca bir tek çelişen nokta vardır. Steiner, reenkarnasyon sürecinin yüz ila bin yıl arasında gerçekleştiğini düşünür. Ancak kendi düşünceleri de yıllar içinde değişmiştir. *Theosophy* (Teozofi) (1904) ile altı yıl sonra yayımlanan *Outlines of Occult Science* (Okült Biliminin Ana Hatları) arasında bazı temel farklar vardır. Steiner asla yanılmaz biri olduğunu iddia etmemiştir; o, tüm mistikler gibi, "gözüne iliştikçe" gördüklerini anlatmaya çalışmıştır.

Steiner'ın önemi, öğretilerinin tutarlılığında ve spiritüalizmi kelimesi kelimesine anlamaya çalışmanın yanlış olacağı konusundaki ısrarında yatar: "Spiritüalistler en büyük materyalistlerdir." Steiner, "ruh aleminin, insan düşüncelerinin oluştuğu cevherden dokunduğunu" vurgulamaktan asla vazgeçmedi. Söylemeye çalıştığı şey, insanın, kendisinin maddesel bir alemde "hapsolduğunu" varsaymakla ve bunun, kendi yaşamında temelde belirli bir pasifliğe yol açmasına izin vermekle yanlış yaptığıdır. Steiner, insan zihninin çok gizli yaratıcı güçlerini vurgulamaya bayılırdı. O nedenle, Spiritüalizme sık sık karşıtmış gibi görünse de, Myers'ın *Human Personality* (İnsan Kişiliği) adlı kitabında -ve Catherine Crowe'un ondan önce- söylediklerini aslında yeniden onaylamaktaydı: İnsanlar, akıllarına gelmeyecek ölçüde muazzam gizli güçlere sahiptirler. Steiner'ın düşüncelerini ifade eden bir alıntı yaparak bu noktayı vurgulayabiliriz:

> *Şimdiki çevreniz, bir anlamda, sizin yaratımınızdır, bunun içinde özgür değilsiniz; sinirleriniz ve duyularınız, yaşama kendi bakış açınızı aktarır. Derin zihninizdeki egonuzu ya da günlük şuurunuzu odaklamayı becerebilseydiniz, kısacası, formun, duyuların aktardığı biçimde olmadığı bir düşünce bileşimine geçmek konusunda kendinizi eğitseydiniz maddesel alem yok olurdu.*

Aslında, bu sözler Rudolf Steiner'a ait değil; Myers'ın yazdığı "metinden" ve Geraldine Cummins'in yayımlattığı *Ölümsüzlüğe Giden Yol*'dan bir alıntıdır. Steiner'ın tekrarladığı şeyi, "gerçekleri" kelimesi kelimesine ciddiye almanın hata olduğu iddiasını vurgular. Ve bunu yapmak, onlara anlam yükleyen "beşinci boyutu" hesaba katmamak, demektir.

YEDİNCİ BÖLÜM

GÖZDEN DÜŞME VE YENİDEN DOĞUŞ

Birinci Dünya Savaşının doğurduğu acılar binlerce kişinin inançlarında tadilat yapıp Spiritüalist olmasına ve çelişkili bir biçimde, ilk zamanlara oranla daha çok sayıda insanın bunun bir saçmalık olduğuna inanmasına neden oldu. Bu ters etkinin büyük bir bölümünden Sir Oliver Lodge sorumluydu.

1916 yılının Kasım ayında Lodge'ın *Raymond, or Life and Death* (Raymond ya da Yaşam ve Ölüm) adlı yapıtı yayımlandı ve hemen sansasyon yarattı; gerçi bu, Lodge'ın umduğu türden bir sansasyon değildi. 1909'da Lodge, *The Survival of Man* (İnsanın Ölümden Sonra Yaşamayı Sürdürmesi) adlı kitabını yazıp da ölümden sonraki yaşama inandığını itiraf etmesinden beri bilim adamları onun "düş kırıklığı yarattığını" düşünüyordu. En azından bu kitapta, deneysel kanıtları tartışmış ve bilimsel tarafsızlığını sıkıca korumuştu. Ancak dört yüz sayfalık yeni kitabını, oğlunun ölüler aleminden geldiğini savunmaya adaması duygusal bir lüks gibi algılanmıştı. *Raymond* adlı kitap, karşıt eleştirmenler için kolay hedefti; özellikle de kitabın Raymond'ın "öte tarafın" bizim alemimizden çok da farklı olmadığını açıkladığı bölümleri. Çoğu insan, diyordu Raymond, takım elbise giymeyi tercih etse de birçokları beyaz cüppeler giyiyordu. İsterlerse yemek yiyip hatta bir puro ya da viski soda bile içebiliyorlardı. "Laboratuvarlar vardı ve bir sürü şey üretiyorlardı." Bunlar kulağa oldukça gülünç geliyordu. Charles Mercier adında bir psikolog, hiç zaman kaybetmeden *Spiritualism and Sir Oliver Lodge* (Spiritüalizm ve Sir Oliver Lodge) adlı karşıt bir kitap yazdı. Birçok bilim adamı, Lodge'ın biraz sıyırdığını ve ona aldırmamanın yapılacak en nazikçe şey olduğunu düşünüyordu.

Sir Arthur Conan Doyle da 1918'de *The New Revelation* (Yeni Vahiy) adlı kitabında saf değiştirip Spiritüalizme döndüğünü itiraf edince aynı muhalefetle karşılaştı. Savaş sırasında Doyle çifti, hasta yatağında otomatik yazı deneyerek kendini eğlendiren Lily Loder-Symonds adında bir genç kadına bakmışlardı. Doyle ailesi mesajı yazanın, kadının şuuraltı olduğundan emindi ancak bir gün tuhaf bir mesaj gelmişti: "Çok korkunç. Korkunç. Savaş üzerinde büyük bir etkim olacak." O gün bir Alman denizaltısı, yolcu gemisi *Lusitania*'yı batırdı ve çoğu Amerikalı olan binin üzerinde yolcu boğularak öldü. Yolcu gemisinin batırılması Amerika'nın savaşa katılmasının önünü açtı. Doyle çifti o günden sonra otomatik yazıyı daha ciddiye aldılar. Sir Conan Doyle'ın kayınbiraderi Malcolm Leckie, 1915 yılının Nisan ayında Mons'ta öldü. Doyle, bir gün Lily Loder-Symonds'ın başucunda oturup otomatik yazı yazmasını izlerken, Malcolm Leckie'nin el yazısını tanıyınca şok olur. Doyle, zor sorular sormaya başlar ve "Leckie" yanıt verir. Doyle, savaştan önce yaptıkları özel bir sohbetle ilgili bir soru sorar. Verilen yanıt, Leckie ile konuştukları konuyu tam olarak belirtmektedir. Ve Doyle bundan kimseye söz etmemiştir; karısına bile. O andan sonra, ölümden sonraki yaşam gerçeğiyle ilgili hiçbir kuşkusu kalmaz.

Onun Spiritüalizm yanlısı olması, Sir Oliver Lodge'ınkinden çok daha büyük bir utanca neden olmuştu; Lloyd George, Winston Churchill ve Kral V. George gibi seçkin arkadaşları onun çocuksu bir saflık gösterdiğini düşünüyorlardı. Birçok kişi dalga geçerek, "Sherlock Holmes olsa ne derdi?" diye soruyordu. Yazarın, ünlü kahramanı Sherlock Holmes'u konu alan *Son Vaka* adlı son öyküsü 1927'de yayımlandığında, eşi görülmedik soğuk bir tavırla karşılandı; orta sınıf, bu çok sevdiği kişinin bir zayıflığını açığa çıkardığını düşünmekteydi. Hele son romanı, büyük Prof. Challenger'ın Spiritüalizme dönüşünü konu alan *The Land of Mist* (Sis Diyarı) adlı kitabı herkesin alay konusu oldu. Doyle'ın biyografi yazanlardan biri, Spiritüalizmi desteklemesinin Doyle'ın asilzade sınıfına girmesini engellediğini belirtir.[1]

Spiritüalistlere karşı önyargının en üzücü örneklerinden biri, Frederick Bligh Bond adında bir mimarın öyküsüdür. 1907'de Glastonbury Manastırının kalıntıları devlet tarafından satın alınır ve Bligh Bond, kazıdan sorumlu kişi olarak atanır. Bond, Catherine Crowe'un *Doğanın Karanlık Yüzü* adlı eserinin hayranıdır ve uzun süre önce manastırda yaşayıp da ölen keşişlerle bağlantı kurarak onlara nereyi kazması gerektiğini sorarsa, işinin büyük ölçüde kolaylaşacağına karar verir. John Allen Bartlett adında bir arkadaşı, otomatik yazı yazabiliyordur. 1907 Kasım ayında Barlett eline bir kalem alıp masa başına geçer ve Bond da onun karşısına geçip elini hafifçe kalemin üzerine koyar. Bond sorular sorar ve Bartlett'in eli yanıtları yazar. Bond, kayıp bir küçük kilisenin yerini sorunca, Bartlett'in eli küçük kilisenin de yer aldığı manastırın planını çizer. İletişimci varlık, "Gulielmus Monachus" -Keşiş William-olduğunu söyler. Bond'ın ekibi belirtilen yeri kazınca küçük kiliseyi bulur. İşverenleri, yani İngiltere Kilisesi çok sevinmiştir. Bond, bir başka küçük kilise daha keşfeder ve bundan sonra keşifler birbirini izler. O keşif yaptıkça, Kilise sevinmeyi sürdürür. Bond, bilgilerin çoğunun Keşiş William'dan ve kendilerine "Gözlemciler" diyen birçok başka iletişimci varlıktan geldiğini kimseye söylememeye özen gösterir. Sonunda, 1917'de başarısının haklılığına karar verir ve tüm öyküyü *Gate of Remembrance* (Anı Kapısı) adında bir kitapta anlatır. Kilise dehşete düşer ve Bond işinden kovulur. Manastırın çevresine yaklaşmasına bile izin verilmez ve manastırın kitapevine, Bond'un yazdığı Glastonbury rehberini satmaması emri verilir.

Bu öykünün acı ama komik bir dipnotu vardır. 1936'da Canterbury Başpiskoposu Cosmo Lang, İngiltere Kilisesinin artık Spiritüalizm hakkındaki düşünceleriyle ilgili bir karara varması gerektiğini düşünür. Bu nedenle, Spiritüalizmin öğretilerinin Hristiyanlıkla tutarlı olup olmadığını inceleyip karar vermesi için bir komisyon atar. Komisyonun raporunu hazırlaması üç yıl sürer. Vardıkları sonuç, Spiritüalizmin Hristiyanlıkla çelişmediği gibi -ne de olsa Hristiyanlar da ölümden sonraki yaşama inanıyordu- ölümden sonra yaşamın sürüyor olduğuna dair kanıtların son derece güçlü olduğu yolundaydı. Başpiskopos bu sonuçtan öylesine utanç duyar ki raporu, otuz yıldan uzun bir süre içinde unutulacak olduğu bir çekmeceye koyar. Rapor en sonunda, 1970'lerin ortasında yayımlanır.

Bu fenomeni daha önce inceledik: Hani şu, aklı ölümden sonraki yaşam konusuyla meşgul etmenin bir tür yozlaşmışlık olduğu düşüncesi. Bu oldukça geçerli bir tepkidir. Sağlıklı insanlar, doğal olarak dikkatimizi ölümden çok yaşamın büyüleyici sorunlarına ve fiziksel evrene çevirmemiz gerektiğini düşünürler. Halbuki, Lodge ve Doyle söz konusu olduğunda bu tür bir eleştirinin tümüyle anlamsız olduğunu görebiliriz. Otomatik yazı Doyle'a, yaşayan başka hiçbir insanın bilmediği bir şeyi söylediğinde bundan *etkilenmese,* bu onun aptalın teki olduğunu gösterirdi. Lodge, grup fotoğrafının[2] oğlunun, ölümden sonra yaşamayı sürdürdüğünün güçlü bir *prima feacie* (tersi ispatlanana kadar geçerli olan kanıt) olduğunu görmeseydi başarısız bir bilim adamı olurdu. Lodge ve Doyle'ın, ölümden sonra yaşamın sürdürülebileceğine inanmazdan önce Psişik Araştırmalar Derneğine yirmi yıldan uzun bir süredir üye olduğunu anımsamak önemlidir; aynı şey, James Hyslop ve Sir William Barrett için de geçerlidir. Crookes ise ölümden sonra yaşamın sürdüğüne, kendileriyle iletişim kuran kişinin ölen karısı olduğuna ikna olduğu bir seanstan sonra, ancak 1917'de inandı. Bu insanlar buna hüsnükuruntu değil de kanıtlar sonucu ikna olmuştu.

Bu durum,.spiritüalizmin toplumları ikna etmekte niye başarısız olduğunu açıkça anlatmaktadır. Sorunla doğrudan ilgilenen insanların kuşkularını gidermek yirmi yıl sürdüyse, hiç ilgilenmeyenleri inandırmanın yüzyıllar süreceği kesindir.

Raymond Lodge'ın purolar ve viski sodayla ilgili sözleri -beyaz cüppeleri saymıyoruz bile- spiritüalizm akımına, büyük olasılıkla, onlarca sahte medyomun açığa çıkarılmasından daha çok zarar vermişti. Mesele, o zamandan bu yana türlü biçimlerde yersiz korkular uyandırmaya devam etmiştir. Ölümden sonraki yaşam kavramının bütününde ufak da olsa bir *"abartma"* vardır; H. G. Wells'ın *Inexperienced Gost* (Acemi Hayalet) ve Noel Coward'ın *Blithe Spirit* (Ruhlar Gelirse) adlı eserlerinde bir parça sömürülen bir *abartıdır* bu. Ölümden sonraki yaşamla ilgili çoğu kitap, bu *abartıdan* sakınmak konusunda başarısız olmuştur. 1928'de Peder Charles Drayton Thomas, *Life Beyond Death With Evidence* (Kanıtlarıyla Ölümden Sonraki Yaşam) adlı kitabını yazdı; ölen babası ve kız kardeşiyle medyomlar aracılığıyla kurduğu "bağlantılarını" etkileyici bir biçimde anlattı. Ancak, babasının yaşadığı alemi tarif edişi, hiç iyi bir etki yaratmaz.

> *Yollarımız var ancak yüzeyleri, İngiltere'nin taş döşeli ya da asfalt kaplı yolları gibi değil... Sanki doğal toprak gibi görünür ancak çamur ya da onun gibi nahoş şeyler olmaz...*
>
> *Londra'mız da var, ancak sizin Londra'nız değil... Parklarında ve güzel binalarında bir benzerlik vardır ancak bizim sayemizde çok daha üstündür... Burada hiç yılan ya da aslan görmedim... Atlarımız, köpek ve kedilerimiz var ancak çok az maymun var...*

En sonunda, baba ve kız kardeş, önceden tahmin edilebileceği gibi "büyük bir görkem, tatlılık ve alçakgönüllülükle" ışıklar saçan İsa'yla yaptıkları bir görüşmeyi anlattıklarında okurlar "artık pes!" demişlerdi.

1930'larda Jane Sherwood adında bir medyom, otomatik yazı denemeye başlar ve "G. F. Scott" adlı birinden, sonraki yaşamı anlatan oldukça uzun mesajlar almaya başlar. Bunlar *The Psychic Bridge* (Psişik Köprü) ve *The Country Beyond* (Ötedeki Ülke) adıyla yayımlanır. "Scott" daha sonra gerçek kimliğini açıklar; T.E. Lawrence'ın ta kendisidir ve ölümden sonraki yaşamla ilgili kişisel deneyimlerini anlatan bir başka kitap dikte eder. Lawrence'ın rehberi rolünü üstlenen "Mitchell" adında bir başka ruh ona, keşişlerinkine benzer bir deneyim yaşadığını ve yeryüzünde "kaçırdığı" tüm deneyimleri gidip yaşaması gerektiğini söyler.[3]

Jane Sherwood ve Drayton Thomas'ın kendi şuurdışı zihinleri ya da şakacı ruhlar tarafından aldatıldıkları açık olsa, anlattıkları şeyler bu kadar büyük bir itibar kaybına sebep olmayacaktı. Ancak, Jane Sherwood'un *Psişik Köprü* ve *Karşıdaki Ülke* adlı kitapları, mistisizmin önde gelen otoritelerinden olan Raynor C. Johnson tarafından "bir gün fiziksel bedenimizle işimiz bitince hepimizin karşılaşacağı koşulların sağlam izlenimlerini aktarmak konusundaki en başarılı girişim" olarak değerlendirmiştir. Şimdiye dek yayımlanmış ölümden sonra yaşamayı sürdürmenin en etkileyici kanıtlarını içeren kitaplardan biri ise Drayton Thomas'ınkidir; "babası" bir sonraki gün gazetede yer alacak haberlerle ilgili doğru tahminlerde bulunabilmiştir; bunlar öyle haberlerdir ki (soruşturulunca ortaya çıkar) o anda baskıya bile hazırlanmamıştır henüz.

Bu anlaşılması zor ikilemler, spiritüalizmin doğası gereğiymiş gibidir. Normal ötesi konuların öğrencileri için bunlar, en azından can sıkıcıdır. Aslında bunlar yalnızca James Yasası'nın bir başka yönüdür. Ancak bu ikilemler, savaşlar sırasında kaybettikleri yakınlarıyla bağlantı kurmak adına Spiritüalist olanlar için inanç konusunda aşılması güç bir engel oluşturdular; onların gökyüzündeki laboratuvarları ve "tecrübe evleri"ni ciddiye almaları olası değildi.

Spiritüalizmin 1920'lerde ve 1930'lardaki itibar kaybetmesinin birkaç nedeni daha vardı. Büyük medyomların -örneğin, Dunglas Home, Eusapia Palladino ve Leonare Piper- zamanı sona ermiş görünüyordu. Hala çok sayıda olağanüstü medyom vardı -Bayan Leonard, Schneider Kardeşler, Helen Duncan- ancak bunların başarıları o denli görkemli değildi. Birinci Dünya Savaşının yol açtığı kuşkucu ve düş kırıklığına uğramış bakış açısı çerçevesinde, sahtekarların ortaya çıkartılması ve suçlamalar, medyomların başarılı deneyimlerinden çok daha fazla ilgi görüyordu. İllüzyonist Harry Houdini 1920'lerde spiritüalizme saldırarak kariyer yaptı; *A Magician Among the Spirits* (Ruhların Arasında Bir İllüzyonist) adlı kitabında, medyomları "insan akbabaları" olmakla suçladı. Amerikalı medyom Margery Crandon'ı incelerken, Houdini'nin, medyomu çan çalmak için cetvel kullanmakla suçlamak için özel tasarlanmış bir kabine cetvel gizlediğine ilişkin kanıtlar vardır. (Daha sonraları Houdini'nin asistanı, Houdini'nin isteği üzerine cetveli kabine sakladığını itiraf edip ekleyecekti: "Bay 'Oudini'yle ilgili unutmamanız gereken bir şey var; onun için gerçek, kesinlikle olmasını istediği şeydir." Bu dönemde, ciddi araştırmacılar bile kuşkucuların yanında yer almaya başlar. Avusturyalı medyom Rudi Schneider'la yaptığı bir dizi deneyden sonra,

Harry Price, Psişik Araştırmalar Derneğine olumsuz bir rapor vermektense onu bir bulvar gazetesinde suçlar. (Daha sonra, Schneider'ın rakip araştırmacılarla çalışmak üzere anlaşmış olmasından ötürü, Price'ın gücendiği anlaşılır.) Helen Duncan hile yapmakla yargılanıp on sterlin para cezasına çarptırıldığında, Price ona saldıran bir kitap yazar. Zamanı geldiğinde, en ünlü incelemesi olan Hayaletli Borley Papaz Lojmanı konusunda sahtekarlık yapmakla suçlanacak olan bu kez Price'ın ta kendisidir.

Psişik Araştırmalar Derneğindeki kuşkucular, "Ortada Kalanlar" olarak bilinmeye başlanır. Derneğin ilk günlerinde "ortada kalan" tek kişi Frank Podmore'du. 1920'lerin sonlarına doğru, "ortada kalanlar" arasında araştırma görevlisi E. J. Dingwall ve kütüphaneci Theodore Besterman gibi derneğin bazı en saygın üyeleri vardı. "Ortada olmayanlar"ın, hatta belli belirsiz bir taraftan olanların ise hiç şansları yoktu. Dingwall, Margery Crandon'ı araştırmak için Amerika'ya gitmiş ve onun gerçek olduğundan tümüyle emin olmuştu. Crandon'ın uyluklarından büyük miktarda ektoplazma yayılmış ve Dingwall'a dokunmak için bir el biçimini alarak ona doğru uzanmıştı. Ancak Dingwall altı ay sonra incelemelerini yazmaya karar verdiğinde, düşüncesini değiştirip Crandon'ın sahtecilik yaptığını açıklamıştı. Bu tür uyuşmazlıkların sonucunda Dernek, iç anlaşmazlıklar nedeniyle bölündü ve yerine getirmek için kurulduğu görevi yapamaz hale geldi. Şaşırtıcı Brezilyalı medyom Carlos Mirabelli'nin -havaya yükseliyor, demateryalize oluyor, başka bir odada beliriyordu ve ölülerin güpegündüz materyalize olmasına neden oluyordu- raporları 1927'de onlara ulaştığında, Dernek usta bir araştırmacı yollayamayacak denli karışmıştı. Mirabelli'nin dikkate değer fenomenleri asla doğrulanmadı. Derneğin, Richard Hodgson gibi bir adamı birkaç hafta içinde dünyanın bir başka yerine gönderdiği günler artık geçmişte kalmıştı.

1930'larda psişik araştırma ya da daha sonra anılmaya başlanan adıyla, normal ötesi incelemede önemli bir gelişme oldu. 1934'de bir kumarbaz, Duke Üniversitesinde Dr. Joseph Banks Rhine'nın odasına girdi ve Rhine'a hangi zarın geleceğini bilebildiğinden emin olduğunu söyledi. İkisi yere çömelirken, Rhine bunun psikokineziyi -"zihnin maddeyi etkileme gücü"- laboratuvarda kanıtlamanın bir yolu olabileceğini düşünüyordu. Sekiz yıl içinde on sekiz diziden oluşan istatistiksel testler yapıldı ve etkileyici bir sonuca varıldı: İnsanlar "dinçken" zarı *etkileyebiliyorlar* ancak bir süre sonra yorulup sıkılınca başarmakta zorlanıyorlardı. Rhine'nın yöntemi, Crookes'un Dunglas Home ya da Richet'ın Eusapia Palladino'yla yaptığı deneylerle karşılaştırıldığında sıkıcı olabilir ancak insan zihninin normal ötesi güçlerinin varlığını laboratuvar ortamında etkin bir biçimde kanıtlamıştır.

Bu, kuşkusuz büyük bir adımdı. Catherine Crowe ve Frederick Myers'ın temel iddialarının doğruluğunu gösteriyordu: İnsan zihninin güçlerinin sandığımızdan daha önemli olduğunu. Ancak, Psişik Araştırmalar Derneğinin araştırmak için kurulduğu soruyu yanıtlamaya yaklaşmamıştı: Ölümden sonra yaşam var mıdır? 1930'ların sonlarında, bir dizi istatistik deney bu evreyi yakınlaştırdı.

Dr. Samuel George Soal, Londra Üniversitesinde çalışan bir matematikçiydi ve Rhine'ın sonuçlarından hiç etkilenmemişti. 1936'da Basil Shackleton adlı ünlü bir fotoğrafçı Soal'ın odasına girdi ve şöyle dedi: "Geliş nedenim test edilmek değil, telepatiyi kanıtlamaktır." Adam bir deste oyun kağıdının çoğunun ne olduğunu tahmin edebiliyordu. Soal onu test etti ancak düş kırıklığına uğradı; Shackleton ilk denemesinde yirmi beş kağıttan ancak onunu doğru bilmişti ancak daha sonra gittikçe kötüleşti; yedinci testte yirmi beşten yalnızca üç kağıdı doğru bildi. Shackleton, gücünü harekete geçirmek için bir kadeh içkiye gereksinimi olduğunu söyledi ancak bir kadehten sonra, bildiği kağıt sayısı düş kırıklığına uğratacak ölçüde düşüktü.

1939'da, bir başka araştırmacı olan Whately Carington'la aralarında geçen bir sohbet Soal'a yeni bir fikir verdi. Carington bir dizi "resim tahmini" deneyi yapmış ve tuhaf bir fenomenin farkına varmıştı: Süjelerinden bazıları, bir sonraki resmin ne olduğunu tahmin edebiliyordu. Soal geri dönüp kendi elde ettiği sonuçları yeniden gözden geçirdi. Öncelikle, Gloria Stewart adlı Londralı bir ev hanımının sonuçlarına baktı ve kadının sık sık bir sonraki kağıdı tahmin ettiğini gördü. Soal, başka süjelerin sonuçlarını gözden geçirmeye devam etti ancak fazla ilginç bir şey bulamadı. Ardından, bir şans eseri, Basil Shackleton'ın sonuçlarını buldu. Burada, "yer değiştirmiş" olan sonuçlar Gloria Stewart'ınkilerden çok daha dikkat çekiciydi. Shackleton, Soal'un konsantre olmasını istediği kağıt yerine, sürekli olarak ya bir önceki ya da bir sonraki kağıdı biliyordu. Soal, Shackleton'dan başka bir dizi deneye katılmasını istedi. İki yıl boyunca çalıştılar ve Shackleton'ın yadsınamaz bir biçimde sık sık bir sonraki kağıdı -Soal'un henüz görmediği bir kağıdı- tahmin edebildiğini gördüler. Demek ki bu telepati değildi; prekognisyondu; Drayton Thomas'ın babasının, bir sonraki günün gazetesinde hangi haberlerin yer alacağını tahmin etme becerisiydi.

Prekognisyonun, ölümden sonra yaşam olup olmadığını "kanıtlamadığı" doğrudur ancak ölümden sonra yaşam gerçekten varsa, sağduyumuzda ve evrenin materyalist bir şekilde kavranışında temel bir yanlışlık var, demektir. Gerçeğin bilimsel resminde telepati ve psikokineziye yer bulabiliriz ancak gelecek, henüz gerçekleşmemiştir; sonuçta, bilinebilmesinin herhangi bir "bilimsel" yolu yoktur. Prekognisyonu açıklayabilmek için, bazı yeni tür açıklamalara göz atmak zorundayız: Örneğin, Whately Carington'ın *A Theory of the Mechanism of Survival* (Ölümden Sonra Yaşamın Sürmesi Mekanizmasına Dair Bir Kuram) adlı kitabında öne sürdüğü dördüncü ya da beşinci boyut. Soal, prekognisyonu kanıtlamaya çalışırken, ölümden sonraki yaşamı kanıtlamaya doğru, Psişik Araştırmalar Derneğinin kuruluşundan bu yana, en önemli adımı atmıştı.

1942'de Amerikalı bir araştırmacı, yani Radcliffe Kolejinden Dr. Gertrude Schmeidler en az o kadar önemli olan bir başka sonuca vardı. Bir grup öğrenciyi duyular dışı algılama (DDA) konusunda test ediyordu ve deneyden önce kimlerin DDA olasılığına inandığını, kimlerin inanmadığını sordu. İnananları "koyun", inanmayanları "keçi" olarak tanımladı. Kart tahmini testinin sonuçlarını incelediğinde, koyunların anlamlı bir biçimde, rastlantıyla açıklanamayacak kadar yüksek bir skor yaptıklarını gördü. Daha da önemlisi, keçiler, yine anlamlı bir biçimde, rastgele seçim yapmaları halinde elde edecekleri skorun altında kalmışlardı. DDA'nın var olmadığını kanıtlamak için şuurdışı bir biçimde "hile yapıyorlardı." Yani keçiler de en az koyunlar kadar duyular dışı algılama yapıyor ancak bunu olumsuz yönde kullanıyorlardı. Medyom ve psişikler yıllardır güçlerinin kuşkucuların bulunduğu ortamlarda işe yaramadığını açıklamakta ve kuşkucular bunu anlamsız bir özür olarak değerlendirip dalga geçmekteydi. Gertrude Schmeidler, kuşkuculuğun, olmaya çalıştığı kadar bilimsel ve tarafsız olmadığını böylelikle kanıtlamıştı.

Seattle'da Boeing Laboratuvarından Dr. Helmut Schmidt bu sonuçlara içerledi. İnsanlar sıcak ve güven dolu bir ortamda duyular dışı algılamada daha başarılı olmaya yatkınsa, o zaman bilim adamlarının hile yapmayı olanaksız hale getiren bir deney geliştirmesi büyük bir avantaj olurdu. Böylelikle, süjenin sakinleşip DDA için gerekli ruh haline erişmesini sağlayabilirlerdi. Schmidt bu meydan okumaya, türlü lambaların yanıp sönmesini sağlamak için zayıflatılmış radyoaktif madde kullanan bir makine geliştirerek karşılık verdi. Bir sonraki radyoaktif atomun ne zaman "zayıflayacağını" ve yüksek hızda bir parçacık yansıtacağını kimse bilmiyordu. Schmidt'in süjelerinin yanacak olan bir sonraki lambayı tahmin etmeleri ve bir düğmeye basmaları gerekiyordu. Böylece makine, doğru ve yanlışları otomatik olarak kaydediyordu.

Schmidt, kısa süre sonra çok sayıda süjenin rastlantı üstü skor yaptıklarını gördü. Bunların birçoğu zaten psişikti; bir psişik rüyasında sık sık geleceği gördüğünü iddia etti. Ayrıca Schmidt, Gertrude Schmeidler'ın "koyun ve keçiler" tanımlamasını mükemmel bir biçimde kanıtladı; rastlantı üzeri skor yapan Amerikalı bir dışadönük kız ve en az bu dışadönük kız kadar psişik beceri gösteren ancak bunu olumsuz yönde kullanan içedönük bir Güney Amerikalı. Bu iki süje, aynı zamanda, lambaların belirli bir yönde yanıp sönmesini sağlayarak psikokinezi (zihnin maddeyi etkileme gücü) gücüne de sahip olduklarını gösterdi. Helmut Schmidt, duyular dışı algılama ve psikokinezi gerçeğini laboratuvar ortamında kanıtlayan ilk bilim adamıydı.

***

Bu ilerlemeler çok etkileyiciydi ancak, 1960'larda ve 1970'lerin başlarında psişik araştırmayla ilgilenen herkes, her şeyin son derece sıkıcı hale gelmeye başladığını düşünmekteydi. Kart tahmini oyunları ve rasgele sayı üreten makineler duyular dışı algılama ya da prekognisyon gerçeği üzerine olağanüstü kanıtlar ortaya çıkarıyordu ancak çoğu insanın bu konuda heyecanlanmasını sağlamak zordu. Bu durum, Myers ve Sidgwick'in yıldızlar altında yürüdükleri o gece akıllarından geçen şeye pek benzemiyordu.

Hiç değilse, hala eski yöntemle çalışan bir araştırmacı vardı. 1917'de Riga, Letonya'da doğan Dr. Karlis Osis, New York'taki Parapsikoloji Vakfında araştırma yöneticisi olmadan önce Duke Üniversitesinde, Rhine ile birlikte duyular dışı algılama ve prekognisyon üzerine çalışmıştı. Osis, Sir William Barrett'in bildirdiği ölüm döşeği vizyonlarından çok etkilenmişti; örneğin, "Bayan P.'nin"[4] ölürken, babasını ve öldüğünü bilmediği kız kardeşini odada görmesi. Osis, saygı ve huşu duymasından ötürü bunlara, Keats'in bir sonesinin son tümcesinden esinlenerek, "Darien'in Doruğu Vakaları" adını verdi. Osis'in, doktor ve hemşirelere, ölen hastalarda neler gözlemlediklerini soran bir anket yaptırmak gibi mantıklı bir düşüncesi vardı; bu araştırma, otuz beşin üzerinde vakayı konu alan altı yüz kırk anketle sonuçlandı. Osis, incelemelerini 1961'de *Deathbed Observations by Physicians and Nurses* (Hekim ve Hemşirelerin Ölüm Döşeği Gözlemleri) adlı yapıtında yayımladı.

Osis'in keşfettiği ilk şey, ölmekte olan çoğu hastada egemen olan duygunun korku olmadığıydı. Rahatsızlık ve acı daha egemendi; daha da şaşırtıcı olan şey, çok sayıda hastanın ölüm anında mutlu, hatta coşkulu olduğu ve vizyonlar gördüğüydü. Bu, yirmide bir gibi bir oran oluşturuyordu. Görülen vizyonlar çoğunlukla "cennetle" ilgiliydi; güzel kentler ya da "vaat edilen topraklarla."

Çocuk felcinden ölen altı yaşında bir çocuk, güzel çiçekler görüp kuşların şakıdığını duymuştu. Bu hastaların birçoğu tümüyle uyanıktı, ateşleri normaldi ve şuurları son derece açıktı. Tıbbi müdahalelerle hayata geri döndürülen hastaların birçoğu hayata dönmekte isteksizdi ve "Geri gitmek istiyorum," gibi sitemlerde bulunmuşlardı. İki kişisel ölüme yakın deneyimini anımsayan bir doktor, bunun beynin oksijensiz kalmasından ötürü olabileceğini öne sürdü. Neredeyse boğularak ve ayrıca bir uçakta nefes alma aleti donunca oksijensiz kalarak ölmeye çok yaklaşmıştı; her iki olayda da güzel imgeler ve derin bir mutluluk duygusu deneylemişti. Boğulmaktan kurtarıldığı için kızmıştı. Ancak, diğer tıp uzmanları buna katılmıyordu ve Osis, bu tür vizyonların sık sık şuuru son derece açık hastalarda, ölüm komasına girmeden çok önce de görüldüğüne işaret ediyordu.

Osis, vardığı sonuçları özetlediği bölümde dikkatli olmayı sürdürür. Barrett'ın, tüm ölüm döşeği vizyonlarının ölmüş olan akrabalardan oluştuğu inancında yanıldığını söyler. Yüzde 52'sinin ölmüş akrabalardan, yüzde

28'inin yaşayan akrabalardan ve geri kalan yüzde 20'sinin dinsel figürlerden oluştuğunu belirtir. Ancak, Psişik Araştırmalar Derneğinin yaptığı Halüsinasyon Sayımı, sağlık durumu normal kişilerin, yaşayan akrabalarını ölü akrabalara oranla iki kat fazla gördüklerini göstermektedir. Öyleyse, der Osis, "Ölmüş kişilerin görüldüğü halüsinasyonlar ölümcül vakaların gerçek bir özelliğiymiş gibi görünür." Ölmekte olan hastalara yatıştırıcı verilmiş olabileceği ya da ateşin etkisiyle halüsinasyon görüyor olabilecekleri gibi açık eleştirilere yanıt olarak, ölmüş akraba vizyonunun çoğunlukla yatıştırıcı verilmemiş, "halüsinasyon patolojisi" olmayan ve tümüyle uyanık olup sorulara mantıklı yanıtlar verebilen hastalarda görüldüğüne işaret eder. *Hekim ve Hemşirelerin Ölüm Döşeği Gözlemleri,* genel sonuçlar bölümünde Barrett'ın *Death-Bed Vision* (Ölüm Döşeği Vizyonları) adlı kitabında vardığı sonuçları destekler: Ölmekte olan kişiler genellikle korku duymaz ve sık sık ölmüş akrabalar tarafından karşılandıklarına inanırlar.

Osis araştırmasını, incelemelerinin özellikle başka kültürlerde yapılan çalışmalarca doğrulanması gerektiğini söyleyerek sonuçlandırır. Bu ipucu, Hindistan'da benzer bir araştırma yapan meslektaşı Erlendur Haraldsson tarafından değerlendirilir. Tümüyle farklı bir kültürde -özellikle de ölümden sonraki yaşamı daha az vurgulayan bir kültürde- ölüm döşeği vizyonlarının farklı türde olmasını beklemek mantıklı olabilirdi. Haraldsson durumun böyle olmadığını keşfetti; Hintlilerin ölüm döşeği vizyonları Amerikalılarınkine çok benziyordu.

Osis ve Haraldsson, ölüm sorununu Psişik Araştırmalar Derneğinin o tarafsız ruhuyla ele alırlar. 1960'lardaki diğer önemli araştırmalar daha duygusal bir sadakatle yürütülmüştü. Dr. Elizabeth Kübler-Ross, İkinci Dünya Savaşı sonunda Maidanek imha kampını ziyaret etmiş ve Polonya'da Vista Rider'da mülteciler için bir kamp kurmuştu. Chicago'da bir nöroloji ve patoloji profesörüyle evli olduğu 1960'lar boyunca, Amerikalıların ölüme aldırmama eğilimini ve var olmayan bir şeymiş gibi davranmalarını hayretle karşılamıştı. Sık sık doktorların ölümcül hastaları koğuşlarına almayı reddettiklerini gördü. Lösemiden ölmekte olan yirmi yaşında bir kızı Chicago Üniversitesindeki derslerine çağırdığında ve *Life*'da bu deneyle ilgili bir makale yayımlandığında ulus çapında kötü bir üne sahip oldu. Bu kızın 1970'deki ölümü, Dr. Kübler-Ross'ın "ölümü yadsıyan" toplumumuzun tutumunu değiştirmesi gerektiği düşüncesini doğruladı.

Başta onun da ölümden sonraki yaşamla ilgili tutumu kuşkuculuktu; yalnızca ölümü kabullenmekle ilgili psikolojik sorunlarla ilgileniyordu. Ölmekte olanlarla ilgili araştırması onu yavaş yavaş ölümden sonra yaşamayı sürdürmenin ve reenkarnasyonun yerleşmiş gerçekler olduğu inancına yöneltti. Ölmekte olanların ölüm döşeği vizyonlarında, çoğunlukla ölen akrabalarını gördüklerini doğruladı. Örneğin, çocuklar ölürken annesi ve babasıyla birlikte olmayı umuyor, ölüm anında büyükanne ve büyükbabalarını görmeye eğilimli oluyorlardı.

Dr. Kübler-Ross'un *Of Death and Dying* (Ölüm ve Ölmek) ve *Questions and Answers on Death and Dying* (Ölüm ve Ölmek Üzerine Sorular ve Yanıtlar) gibi kitaplarında yer verdiği sonuçlar, Osis ve Haraldsson'ınkiler kadar sistematik biçimde sunulmasa da, genel hatlarıyla açıktır. Herkesin kendi ölüm anını bildiğine ve ölen herkesin ölmüş akrabalar ya da başka sevilen kişiler tarafından karşılandığına inanmaktadır. Aynı zamanda, ölmenin, yaşamanın doruğu olarak ve belki de, en güzel deneyimi olarak görülmesi gerektiğini kabullenmiştir. Tüm insanların, onları sürekli gözeten ve psişik stres anlarında görülebilen "koruyucuları" olduğuna inanır. "Ölümün ötesindeki aleme" gelince, spiritüalizm edebiyatında yinelenen iki temel sonucu kabullenmiştir: "Sonraki alemde" zaman bildiğimiz zamana benzer ve ölüler "yargılanmaz"; onlar kendi kendilerini yargılar ve cezalandırırlar.

Elizabeth Kübler-Ross'un kendini süjesiyle duygusal olarak özdeşleştirmesi, inançlarının aklına neyi bulgulayacağını dikte ettirmesine izin vermekle suçlanmasına neden olmuştur. Bu doğru olabilir ama bu bulguların, yüzlerce vakanın incelenmesine dayandığı ve temelde Barrett, Osis ve Haraldsson'ınkilerle tutarlı olduğu da çok açıktır.

1960'ların sonlarında, ölüme yakın deneyimler konusu git gide daha çok sayıda ciddi araştırmacının dikkatini çekmeye başladı. Bunlardan ikisi, Russell Noyes ve Ray Kletti, Zürich'li jeoloji profesörü Albert Heim'ın bu konuda yapılmış ve uzun zaman önce unutulmuş bir çalışmasına rastlarlar. Heim'ın kendi ölüme yakın deneyimi, 1871'de Alplerde bir tırmanış grubuna önderlik yaparken gerçekleşmiştir. Bir rüzgar şapkasını uçurmuş ve şapkasını yakalamaya çalışırken yirmi bir metre aşağıya, karla kaplı bir kaya çıkıntısının üzerine düşmüştür. Düşmesi yalnızca birkaç saniye sürmüş ama yine de ona, sanki daha uzun sürmüş gibi gelmiştir.

Zihnim olağanüstü bir hızla, yüz kat süratle çalışmaya başladı... Birçok imgeyle geçmiş yaşamımı, sanki he-

men karşımdaki sahnede oynuyormuşçasına izledim... Hiçbir endişe ve acı duymadan her şey sanki tanrısal bir ışıkla şekil değiştirip yüceldi. Yaşamış olduğum çok trajik deneyimlerin anıları çok netti ancak üzücü değildi. Hiçbir çatışma ya da mücadele hissi duymadım; çatışma sevgiye dönüşmüştü. Yüce ve ahenkli düşünceler bireysel imgelere egemen olup onları birleştirdi ve tıpkı muhteşem bir müzik gibi tanrısal bir sükunet, ruhumu çekip götürdü. Uçsuz bucaksız hassas, gül ve menekşe rengi küçük bulutları olan, görkemli bir mavilikte gökyüzüyle çevrelendim. Acı duymadan ve yavaşça arasından geçince, o anda havada düşmekte olduğumu, altımda karla kaplı bir alanın beni beklediğini gördüm.

Heim düşmenin etkisiyle kendinden geçer ancak kurtulur. Yaşadığı deneyimdeki büyük huzur onu, başkalarının tırmanış kazalarıyla ilgili gözlemlerini derlemeye yöneltti. Yirmi yıllık araştırmadan sonra kurbanların yüzde 95'inin kendisininkine benzer duygular deneylediğini gördü. Heim'ın vardığı sonuç, düşerek ölenlerin sonunda aynı huzur ve uzlaşma duygusunu deneyledikleri yönündeydi.

Noyes ve Kletti, Heim'ın gözlemlerinin çevirisini yayımladılar ve buna kendi yaptıkları araştırmanın büyük bir bölümünü eklediler. Elizabeth Kübler-Ross'dan farklı olarak, bu tür deneyimlerin ölümden sonra yaşamayı sürdürmenin bir tür kanıtı olduğunu kabul etmediler. Onlar şu sonuca varmışlardı: İnsan ölümle yüzleşince, temelde ölüme karşı psikolojik bir savunma olan "kişilik yitimini" deneyliyordu. Sonuç, amacı ölümü kolaylaştırmak olan bir tür "ölüm transı" idi. Kişinin geçmiş yaşamını tümüyle görmesi de bu deneyimlerin hepsinin ortak yönüdür. Lyall Watson, on dokuz yaşındaki bir paraşütçünün dokuz yüz on beş metreden düşmesini aktarır.[5] "Tüm geçmiş yaşamım gözlerimin önünden geçti... Annemin yüzünü, oturduğum tüm evleri, okuduğum askeri akademiyi, arkadaşlarımın yüzlerini, her şeyi gördüm." Bu paraşütçü yere yumuşak iniş yapmış ve yalnızca burnu kırılmıştı. Bu bellek artışı deneyimi, Wilder Penfield'ın bir epilepsi hastasını ameliyat ederken elektrikli sondayla beyin zarına dokununca keşfettiği "geriye dönme" deneyimiyle yakından ilişkilidir.

1960'ların ortalarında Elizabeth Kübler-Ross ölüm deneyimiyle ilgili araştırmasına başlarken, Virginia Üniversitesinde genç bir felsefe öğrencisi olan Raymond Moody de ölüm eşiği deneyimi aktarımlarını derlemeye başlar. Konuyla ilgilenmeye başlayan bir başkası da, genç bir askerken "ölen" ve yeniden hayata dönen Virginia'lı psikiyatr Dr. George Ritchie'dir. 1943 yılının Aralık ayında Ritchie, solunum yolu iltihaplanması nedeniyle Texas'ta bir hastaneye yatar. Kan kusmaya başlar ve şuurunu yitirtir; kendine geldiğinde kendi bedenini yatakta yatarken görür. Dışarıdaki koridorda yürürken bir hemşire onun içinden geçer; omzuna vurduğu bir adam ona aldırmaz. Yeniden bedenine dönmeye çalışır ancak bunun olanaksız olduğunu görür. Ardından, Ritchie bir tür dinsel vahiy deneyler. Oda, "sanki binlerce ampul yanıyormuş gibi aydınlıktır" ve İsa olarak tanıdığı bir figür belirir. Günah işlemenin sonuçlarının ne olduğunun gösterildiği büyük bir kentte tur attıktan sonra, Ritchie, öldüğünden oldukça emin bir halde yeniden bedenine girmiş olarak uyanır. Ölüme yakın deneyim yaşayan birçok kişi gibi, Ritchie de bunun bir rüyaya hiç benzemediği, gerçek gibi olduğu konusunda ısrar eder.

Sonraki on bir yıl boyunca, Moody başkalarının da aynı şeyi yaptığından habersiz olarak -bu aşamada Elizabeth Kübler-Ross diye birini hiç duymamıştı- ölüme yakın deneyimleri derlemeyi sürdürdü. Üç yıl felsefe dersi verdikten sonra, doktor olmayı yeğleyeceğini anlayıp tıp derecesi aldı. Yıllar boyu yüz ellinin üzerinde ölüme yakın deneyim topladı, temel benzerliklere şaşırdı ve onlarla ilgili *Life After Life** adlı kısa bir kitap yazdı. Yayımcısı, prova okuması için bir kopyasını Elizabeth Kübler-Ross'a gönderince, Ross kendisi yazsa aynı kitabı yazmış olabileceği yorumunu yaptı. *Yaşamdan Sonraki Yaşam* 1977'de piyasaya çıktı ve ülke çapında en çok satan kitap oldu.

Benzerlikler kesinlikle çok şaşırtıcı. Öncelikle Heim, Peder Bertrand ve daha birçok kişinin tarif ettiği huzur ve mutluluk duygusu vardır. Sürekli görülen bir başka deneyim daha vardı: Sonunda ışık olan karanlık bir tünelin içinden geçmek. "Tuhaf olduğunu düşüneceksin; tuhaf, uzun, karanlık bir yerden geçiyordum. Bir kanalizasyon borusuna benziyordu ya da onun gibi bir şeye... Bir silindirin içinde olmak gibi bir şeydi... Dar ve çok, çok karanlık bir geçide önce başımı uzatıp girdim... Ansızın, çok karanlık, çok derin bir vadideydim."

Her vakada, kişi bu tünelden çıkarak kendi bedenine baktığını fark eder. (Ancak, beden dışı deneyimiyle de başlayan birçok deneyim vardır.) Neredeyse boğulan bir genç, bedenini yaklaşık bir, bir buçuk metre ötede, suyun içinde aşağı yukarı hareket ederken görür. "Bedenimi ar-

* *Ölümden Sonra Hayat*, Inkilap ve Aka Yayınları, 1978.

kadan ve hafif sağdan görüyordum." Kalp yetmezliğinden "ölen" bir kadın deneyimini şöyle tarif eder:

Yataktan ve yatağın yanındaki korkuluğun arasından - daha çok korkuluğun arasından geçmiş gibiydim- aşağı doğru, yere süzüldüğümü hissettim. Havaya yükselirken odaya başka hemşirelerin koşturarak girdiğini gördüm... Ardından, tavanın hemen altında durup, aşağı doğru baktım.

Bunu, Kübler-Ross'un aktardığı bir vakayla karşılaştırın; yoğun bakımdaki bir kadının durumu ciddileşir ve hemşire yardım istemek için hızla odadan çıkar:

Bu arada, kadın bedeninden ayrıldığını hisseder. Aslında, aşağıya bakıp, yüzünün ne denli solgun göründüğünü görebildiğini söyler. Aynı zamanda, kendini olağanüstü ölçüde iyi hisseder. Büyük bir huzur ve rahatlama hissi duyar.

Aynı şey, Moody'nin süjeleri tarafından defalarca tarif edilir: zaman kavramının ortadan kalkıp yerini mutluluğa bıraktığı beden dışı deneyimler. Bir başka yinelenen özellik "yeni bedenin" algılanmasıdır; bu beden de geride bırakılan fiziksel beden biçimindedir. Hastalar, çoğunlukla bu yeni bedeni artık eskisinde olmadıklarını anlayınca - genellikle başkalarıyla iletişim kurmaya çalıştıklarında- fark ederler. "Onlarla konuşmaya çalıştım ancak kimse beni duymuyor, beni dinlemiyordu... Yalnızca *içimden* geçip gidiyorlardı." Fiziksel duyular çoğunlukla yükselir, böylelikle görme ve duyma fiziksel bedende olduğundan daha keskindir. Ancak, sesler söz konusu olduğunda "duymak" telepatinin ya da düşünce aktarımının bir formuymuş gibi görünür. (Bu, psişik araştırmalar yapılmaya başlandığından bu yana, yine ölüme yakın ve ölüm sonrası deneyimlerle ilgili kayıtlarda bulunabilen bir özelliktir: İletişim, telepatik bir halde gerçekleşir.) Çoğunlukla, berbat bir yalnızlık duygusu hissedilir ancak bu duygu, "ölen" kişi, kendisi gibi olan başkalarının farkına vardığında kaybolur: Ölmüş olan başka kişiler, arkadaş ya da akrabalar, ve bazen de koruyucu melek olduğuna inandığı bir varlık ya da ruh. Bu tür bir ruh bir kişiye, "Varoluşunun bu aşamasına dek sana yardımcı oldum ama artık seni başkalarına devredeceğim," demiştir.

En yaygın deneyimlerden biri de, George Ritchie'nin "binlerce ampul yanıyormuş gibi" diye tarif ettiği, sevgi ve sıcaklık yayan parlak ışıktır. Hristiyanlar, nedeni anlaşılır bir biçimde, bunun İsa olduğunu düşünür. Dil kullanılmadan, doğrudan telepatik iletişim kurulduğu gibi bir duygu hissedilmektedir. "Sanki biriyle konuşmak gibidir ancak o kişi orada değildir." Bu "ışık", kişinin yaşamıyla ilgili olarak ne yaptığı gibi irdeleyici bir soru sorabilir. Moody bunu çoğunlukla geçmişi anımsamaların, geçmiş yaşamın özetle görüldüğü bir anı selinin izlediğini öğrenir.

Çoğunlukla, bir tür sınır olduğu duygusu hissedilir; tıpkı Wiltse'in tarif ettiği büyük taşlar gibi. Bu bir su kütlesi, uzak bir sahil, gri bir sis ya da daha birçok şey olabilir. "Ölen" kişi, bu sınırı geçerse kalıcı bir biçimde "öleceği" inancını deneyler. Orayı geçene dek, bedene geri dönme seçeneği vardır. Görüştüğü kişilerin hepsi ölüme yakın deneyiminden geri döndüğü için, Moody bedene geri dönüşün nasıl gerçekleştiğine ilişkin birçok farklı anlatım duymuştur. "Doğrudan bedenimin içine düştüm. Sonrasında fark ettiğim ilk şey bedenimde olduğumdu... Sınırlı bir bölgeden, sanırım bir tür huniden çekildiğimi hissettim." Ancak büyük bir çoğunluk, uyanıp yeniden "hayatta" olduklarını görüyorlardı.

Araştırmalarında daha da ileri giden Moody, sonradan ortaya çıkan bir kitapta [*Reflections on Life After Life* (Yaşamdan Sonraki Yaşamın Yansımaları)] ölüme yakın deneyimlerin daha başka ilginç yanlarını gözlemler. Birçok kez tanrısal bir aleme kısaca göz atılmaktadır ve "ışık kenti" deyimi sık sık yinelenir. Bununla birlikte, Moody'nin "bilgi vizyonu" dediği, evrenin doğasına mistik bir yaklaşım içeren bir deneyim de vardır:

> *Bir saniye sonra tüm çağların sırlarını, evrenin, yıldızların, ayın -her şeyin- tüm anlamlarını biliyordum... Bu her şeyden güçlü bilgi gözlerimin önüne serilmişti. Sanki, bana hastalığımın uzun bir süre daha devam edeceği ve birkaç çağrıyı yakından deneyleyeceğim söyleniyordu. Daha sonra gerçekten birkaç çağrıyı yakından yaşadım. Bunların bazılarının, algıladığım her şeyi bilen bilgileri unutmam için olduğunu... bana evrensel sırların bahşedildiğini ve bu bilgiyi unutmam için bir süre geçmesi gerektiğini söylediler. Ancak, bir keresinde her şeyi bildiğimi anımsıyorum...*

Bilginin hangi formda aktarıldığını sorduğunda, Moody şu yanıtı alır: "İletişimin her formundaydı; görüntüler, sesler, düşünceler. Sanki bilinmeyen hiçbir şey kalmamıştı. Yalnızca bir alanda değil, her konuda bilgi vardı." Moody, bu kişiye yaşamını bilgiyi arayarak geçirmesinin anlamsız olup olmadığını sorar. Aldığı yanıt şöyledir:

> *Hayır! Buraya geri döndüğün zaman bile bilgiyi aramak istiyorsun. Hala o bilgiyi arıyorum... Yanıtları burada bulmaya çalışmak gülünç. Bunun, amacımızın bir parçası olduğunu hissediyordum... Ancak, bunun yalnızca bir kişi için değil, tüm insanlık adına kullanılması gerekir. Bildiklerimizi her zaman başkalarına yardım etmek için kullanırız.*

Moody, hayata dönmeden önce evrensel bilginin "unutulması" kavramına çok şaşırmıştır ve Eflatun'un -*Cumhuriyet*'ten- ölüler aleminden dönmesine izin verilen Er adındaki askerin öyküsünü aktarır. Er, yeryüzüne geri dönmesine izin verilen canların nasıl ilk önce Unutkanlık Nehrinin sularından içmesi gerektiğini ve "iyi anlamda kurtarılmamış olanların" gereğinden fazla içtiğini anlatır. Moody'nin birçok süjesi gibi, Er de hayata nasıl geri döndüğü konusunda bilgisizdir; ansızın uyanıp yakılmak üzere yatırıldığı yerde olduğunu görür. Tüm bunların arasında Moody'nin asıl ilgisini çeken şeyin, öteki alem ile şimdikinin arasına giren "unutkanlık" engeli ve bazı insanların niye tümüyle unutkanlıktan kurtulmuş gibi göründüğü sorusu olduğu açıktır.

Moody'nin bir başka hastası, kendi "bilgi" deneyiminin bir okul gibi olduğunu söyler: "...*Gerçekti*... çevrende başkalarının olduğunu hissedebiliyor, duyumsayabiliyordun." Moody bunu, ölüme yakın deneyimi sırasında yüksek öğretim kütüphaneleri ve kurumları dediği bir yere girdiğini hissettiğini söyleyen bir başka süjenin yorumuyla karşılaştırır. Bu süje heyecanla aynı düşünceyi savunur:

Burası bilginin yeri... Sanki o okulda bir yere odaklanıyorsun da bilgi oradan kendiliğinden sana akıyor. Sanki onlarca hızlı okuma kursuna katılmış gibi oluyorsun.

Bir başka kadın ona şunları söylemişti: "Sanki her şeyi biliyordum... Öğrenmek istediğim her şeyin öğrenilebileceğini düşündüm."

Tüm bunlar önemlidir çünkü ölümden sonra yaşamın sürmesi kavramının tümüne yöneltilen temel bir itirazı, yani iletişimci varlıkların meşgul olduğu konuların önemsiz oluşuyla ilgili soruyu yanıtlar gibidir. Diğer alemde, burada katlanmamız gereken aynı şuur düzeyinde uyanacaksak, ölme zahmetine girmeye değmez. Çoğumuz, günlük şuur düzeyimizle ilgili bir sorun olduğunun pek farkında değiliz; bu şuur düzeyi bizi sürekli olarak, aslında önemsiz olduğunu bildiğimiz ancak sinir bozucu bir nakarat gibi kafamıza takılan sorulara ve sorunlara bulaştırıyor. Ancak beklenmedik bir mutluluk ya da canlılık akımı deneylediğimizde, bu sorunlar rüzgara kapılmış bir yaprak gibi savrulup giderler. Öyleyse, çoğu spiritüalistin de fikir birliğinde olduğu gibi, ölüm bir tür evrimleşme ise, bunun ardından daha üst düzeyli bir canlılık, yaşamın ne olduğuna dair "kuş bakışı" bir tabloyu görme becerisi, daha büyük bir özgürlük gerektireceğine ilişkin belli belirsiz bir tür beklentimiz vardır. Halbuki ruh çağırma seanslarının ortamı rahatsız edici bir bayağılıktadır, "gereğinden fazla insanidir." İletişimci varlıklar, örneğin psişik Rosemary Brown vakasında olduğu gibi, büyük müzisyenler ya da yazarlar olduklarını öne sürdüklerinde bile, sunabilecekleri şeyler son derece yetersiz, incir çekirdeğini doldurmayacak türden şeylerdir.

Moody'nin "bilgi vizyonları" deneyleyen süjeleri, sanki ölümden sonraki yaşamın aslında yeryüzü yaşamının aynı düzeydeki bir devamı olmadığını söylüyor gibidirler. Moody, onların sık sık "anlatması olanaksız," ya da "kullanacağım sözcükler farklı olacak çünkü gerçekten de anlatabilmemi sağlayacak sözcükler yok..." dediklerini vurgular. Bu, aynı zamanda, Rudolf Steiner'ın "Spiritüalistler en büyük materyalistlerdir," şeklindeki itirazına yanıt olarak da görülebilir. Kübler-Ross, Moody ve diğerlerinin incelemeleri, ölümden sonraki yaşam hakkında anlatılanları araştırırken şu "dil uçurumu"nu, yani yeni algılamaları zihinde daha dar bir amaçla gelişen sözcüklere tercüme etmeye çalışma sorununu sürekli olarak kendimize anımsatmamız gerektiğini fark etmemizi sağlamaktadır. Bizim gerçeklik kavramlarımız dille yakından bağlıdır ve ölümden sonraki yaşam hakkında anlatılanların çoğu, dilin aslında gereksiz olduğu konusunda birleşiyor gibidir.

***

Moody'nin kitabının etkisi, neredeyse yeni bir akademik endüstri yaratmak oldu: Ölüme Yakın Deneyimler çalışması (ÖYD olarak kısaltılmıştır). Connecticut Üniversitesinde psikoloji profesörü olan Kenneth Ring, Moody'nin hedeflediğinden çok daha sistematik bir ölçüm yapma girişiminde bulundu. Moody'nin, ölmekte olanların deneyimlerine de ölümden sonraki yaşama da bilimsel kanıt sağlama iddiasında olmadığını gören Ring, *Life After Life* piyasaya çıktığı yıl, ölüme yaklaşmış kişileri bulup onlarla görüştü ve sonuçları istatistiksel olarak inceleyerek bu eksikliğe çare bulmaya koyuldu. Ring'in bulguları, Moody'nin bulgularını her bakımdan doğruluyordu. Aynı zamanda diğer araştırmacıların bulgularını da: Michael Sabom, Edith Fiore, Maurice Rawlings ve Margot Grey. Edith Fiore *You Have Been Here Before* (Daha Önce de Buradaydın) adlı eserinde yaklaşık binin üzerinde ölüme yakın deneyim özetliyordu. Bu kitaplardan bazılarını okumak, insanda şaşırtıcı bir biçimde, aynı şeyi tekrar tekrar okumuş olma izlenimini uyandırır. En azından bu yineleme tümüyle, Moody'nin vakalarının kendi duygusal seçimlerini tatmin ettikleri için rasgele seçilmiş örnekler olmadığı gerçeğini kanıtlıyor. Kişinin kendini "bedensizleşmiş" bulduğu, ucunda ışık görünen bir tür tünelden geçtiği, yardımsever bir varlık ya da varlıklarla iletişim kurma hissi duyduğu, bir tür "gözden geçirme" yaptığı, yaşamla ölüm arasında bulunan bir tür sınırla ilgili bir deneyim yaşadığı ve yeniden yaşama döndüğü gibi tanımlamalar tekrar tekrar karşımıza çıkar. (Moody buna "çekirdek deneyim" der.)

Tüm bunların bazıları için hiçbir şey "kanıtlamadığı" söylenebilirdi. James Alcock, temel itirazı *The Skeptical Enquirer* (Kuşkucu Soruşturmacı) adlı kitabında ifade etti.[6]

> *İnsanların teolojisi ya da felsefesini tartışmıyorum. Ancak, rahatsız edici olan, bu insanların kendilerini, inançlarını destekleyecek "nesnel" kanıtlar sunmak zorunda hissetmeleri ve bilimsel keskinlik ve kusursuzluk iddialarıyla mesleğin yabancısı olan kişiyi kandırmaya çalışma girişimleridir. Ölümden sonra yaşamayı sürdürme araştırmaları, açıklama bulma amacıyla gözlem yapmaya değil, veri elde etme inancına dayanır. Ölümle ilgili bireysel ve kolektif korkunun ifadesidir.*

Bu oldukça haklı bir itirazdır ancak bilimin, *yinelenen* gerçeğe dayalı olduğunu göz ardı ediyor gibidir. Binlerce gözlemci tarafından yinelenen bir şeyi umursamamak, bilimsel tutumla çelişir. Kübler-Ross, Moody, Ring ve diğerleri ÖYD araştırmalarının ölümden sonraki yaşamla ilgili kesinlikle hiçbir şey *kanıtlamadığını* itiraf eden ilk kişilerdir. Bu araştırmacılar, ölümden sonra yaşamın sürmesiyle ilgili diğer kanıtlarla, yani bu kitapta incelemekte olduğumuz türden kanıtlarla ilgilenmediklerine göre, ölümden sonraki yaşamla ilgili mantıklı bir tartışma yapma girişiminde de bulunmazlar. Kendi kitabının sonuç bölümünde Ring, "beyaz önlüğünü çıkarıp kendi inançlarını anlatma" cesaretini sergiler. Ölüme yakın deneyimlerin ölümden sonra yaşamın sürmesine ilişkin hiçbir şey kanıtlamadığını vurguladıktan sonra, sözlerini şöyle sürdürür:

> *Fiziksel ölümümüzden sonra şuurlu bir biçimde var olmayı sürdürdüğümüze ve çekirdek deneyimin bunun başlangıcını, olacaklara kısa bir bakışı temsil ettiğine gerçekten inanıyorum; ancak, yalnızca benim ya da başkalarının ölüme yakın deneyimleri verilerine dayanarak değil.*

Devam eder:

> *Bu ölüme yakın deneyimlerden anladıklarım beni, onları "öğretiler" olarak görmeye yönlendiriyor. Bana göre, onlar açığa çıkartan deneyimlerdir... Bu deneyimler, daha çok, duyuların fiziksel aleminin ötesinde bir şeyler olduğunu açıkça ima ediyor... Kendini gerçek mistik ya da dinsel deneyimlerin doğası ve sonuçları konusunda*

bilgilendirme zahmetine giren herkes, çekirdek deneyimin bu büyük ailenin bir üyesi olduğuna inanacaktır.

..Bu tür deneyimler niye gerçekleşir?... Yalnızca düşsel değil, tümüyle bir şaka gibi algılanacağını itiraf etsem de, önerebileceğim bir tek kuramsal yanıtım var. Evrenin... "mesajlarını iletmenin" birçok yolu olduğuna inandım. Bir anlamda, bizim "uyanmamızı," hepimizin parçası olduğu oyunun kozmik boyutlarının farkına varmamızı istiyor. Ölüme yakın deneyimler, uyanıp bu yüksek gerçeği anlamamız için gerekli olan araçlardan birini temsil ediyor.

Ring'in anlatmak istediği şey, son zamanlarda yapılan "mistik araştırma" konusunda yazılmış bir kitap olan Nona Coxhead'in *The Relevance of Bliss* (Mutluluğun Belirginliği) adlı eserinden alıntı yapılarak vurgulanabilir. Coxhead, psikoterapist Wendy Rose-Neill'in yaşadığı vakayı, bir sonbahar günü bahçesiyle ilgilenirken gerçekleşen deneyimini aktarır.

Özellikle o gün derin düşünceler içindeydim. Yavaş yavaş çevremin hiç de farkında olmadığımın farkına vardım; şakıyan kuşlar, hışırdayan yapraklar, tenime çarpan esinti, çimen ve çiçek kokusu.

Ansızın, çimlerin üzerine yüzükoyun yatmak istedim ve bunu yaparken, sanki altımdaki toprağın bir parçası olmuşçasına, bedenime bir enerji yayıldığını hissettim. Fiziksel benliğimle çevrem arasındaki sınır sanki çözülmüş ve hissettiğim ayrılma duygusu kaybolmuştu. Tuhaf bir biçimde, toprağa tümüyle karıştığımı hissettim, sanki ben ondan, o da benden oluşuyormuş gibi. Parmaklarımın arasındaki ve yüzüme değen çimenlerin farkındaydım ve varlığımın her bir lifine nüfuz eden bir güçle eziliyordum.

Sanki, ilk kez canlıymışım gibi hissediyordum; uzun, derin bir uykudan uyandırılıp gerçek dünyayı fark etmiş gibi. Gözlerimden bir tülün kaldırıldığını ve her şeyin açıkça görüldüğünü anımsıyorum... Müthiş sevecen bir enerjiyle çevrili olduğumu ve canlı ve cansız her şeyin, sözcüklerle ifade edemeyeceğim bir tür şuurla ayrılmaz bir biçimde bağlı olduğunu fark ettim.

Bu deneyim, birkaç dakikadan fazla sürmüş olması olanaksız olsa da, sanki sonsuza dek sürmüş gibiydi; sanki sonsuz bir anlama durumunda asılı kalmış gibiydim...

Burada, Ring'in ölüme yakın deneyimle ilgili söyledikleri sözcük be sözcük tekrarlanır; ilk kez uyanmış olma duygusu, yeryüzü ve evrenle birlik olma duyusu, "sevecen enerji", zamanın geçici bir süre için durdurulmuş olması izlenimi.

Tartışılmakta olan şeyin, bir noktaya dek, sağ beyin deneyimi olduğunu görebiliriz. Şimdiki zamanla ve ölümden sonra yaşamayı sürdürmeyle ilgili sol beyin saplantısı, önemsiz ve acil şeyler aleminde sıkışıp kalmamıza neden olur. Sanki, ses geçirmez bir camla çevrilmiş gibiyizdir. Bizler gevşeyip de "sağ beyin öne çıkarken," cam duvarlar sessizce iki yana açılır ve ansızın, gerçek alemle bir bağlantıyı deneyleriz. Günlük aciliyet, telaş içinde olmak duygusu ansızın yok olur; saat çılgınca ilerlemeyi bırakır ve zamansızlık duygusu ortaya çıkar.

Dikkat edilmesi gereken bir başka önemli nokta vardır. Olağan şuur düzeyinde, sanki bir film izler gibi, çevremizdeki alemin bir izleyicisi olan kendimizin farkındayızdır. Bu sağ beyin deneyimlerinde de yine bir "izleyici" vardır ancak onu kendimiz olarak tanımlamayı bırakırız. "İzleyici"nin, "siz" *olmadığınız* duygusu mevcuttur. "İçinizdeki siz" kendini gevşemiş ve tümüyle canlı hisseder. Öyleyse, aynı anda iki kişi olmak gibi tuhaf bir his duyulur ya da Ray Bryant'ın ipnozla geçmişe dönme yöntemi hakkında söylediği gibi, sanki aynı anda hem bir televizyon programını izleyip hem de programda yer alma hissi.

Bu deneyimlerdeki temel farkındalık, onların bir biçimde olağan deneyimlerden daha "gerçek" olmalarıdır. Aslında, dünyayı küçük bir parçası yerine, daha çok "tüm benliğimizle" gözlemliyor gibi oluruz. O nedenle, Bertrand Russell'ın *Mysticism and Logic* (Mistisizm ve Mantık) adlı kitabında yaptığı gibi, mistik deneyimi bir biçimde "tek taraflı" diyerek geçiştirmek bilimsel bakımdan doğru değildir. Psikolojik açıdan konuşmak gerekirse, sağ beyin deneyimi, sol beyin deneyiminden daha "bütündür" çünkü sol beyinle de ilgilidir. Şairin "vizyon anında" gördükleri en doğru ve bilimsel anlamda, bir otobüse yetişmek için koşarken ya da tıraş olurken gördüklerinden daha "gerçektir"; tıpkı iki gözle bakmanın, tek gözle bakmaktan daha gerçek olması gibi.

Bu durum, "çekirdek deneyim" kavrayışının da sıradan algılar aleminden daha doğru, yani gerçekliğe yakın olmasının doğal sonucuyla ilgilidir. James Alcock ölüme yakın deneyimleri eleştirerek, belli belirsiz hüsnükuruntulara dayalı olduklarını ima etmektedir ama ÖYD deneyleyenlerin ifadeleri bununla çelişiyor: Deneyimin bir rüyaya hiç benzemediği, günlük deneyimlerden *çok daha gerçek* olduğu konusunda ısrar ediyorlar. Elbette, ÖYD'lerin bir tür yanılsama ya da beynin oyunu olduğunu savunmak da olasıdır. Yine de, ölümden sonra yaşamayı sürdürmeyle ilgili diğer kanıtlarla birarada ele alınınca, bedenden bağımsız bir tür şuurun gerçek görünüşü gibidirler.

İngiltere'deki Uluslararası Ölüme Yakın Deneyimler Çalışmaları Birliğinin kurucusu olan Margot Grey, *Mutluluğun Belirginliği*'nde yer alan yazısının bir kesitinde, ölüme yakın deneyimler ve mistik kavrayış arasında açık bir bağlantı kurar. Ölüme yakın deneyimlere olan ilgisinin 1976'da, kişisel bir kavrayışıyla başladığını anlatır. Hindistan'dayken ateşi çıkmıştır ve üç hafta boyunca yüksek ateşle yatarken ölümün kıyısına yaklaşır.

> *Şuurumun gidip geldiği sürecin bir noktasında, bir biçimde kendimi zorlasam bedenimden ayrılabileceğimi ve odanın bir köşesinde, tavanın hemen altında havaya yükselmiş olarak kalabileceğimi fark ettim.*
>
> *O anda bu bana tümüyle doğal görünen, çok hoş ve son derece özgürleştirici bir duyguydu. Aşağıya, yatakta yatan bedenime baktığımı ve büyük bir olasılıkla yabancı bir ülkede öleceğim gerçeğinden hiç endişe duymadığımı... bu güne dek çok işime yaradığını ama artık çok sevilen yıpranmış bir manto gibi sonunda işe yaramaz hale geldiğini, atılması gerektiğini düşündüğüm bedenimi nerede bıraktığımın hiçbir önemi olmadığını düşündüğümü anımsıyorum.*

Zifiri karanlığa süzülme ve sonsuz boşlukla "bir olma" duygusunu ise şöyle anlatır:

> *Daha sonra, sonsuz bir tünelde ilerliyor gibiydim; tünelin sonunda iğne kalınlığında bir ışık görebiliyor-*

dum... Sonunda tüneli geçeceğimi ve parlak bir ışık gibi görünen ama çok daha parlak olan ışığa çıkacağımı bildiğimi anımsıyorum. Bir gibi görünen yaşamın ve sevginin "kaynağına" çok yaklaşmış olduğum hissinin yanı sıra, büyük bir sevinç duyuyordum.

Bu deneyimin sonucu, bir "zihinsel yeniden doğumdu." "Zihinsel enerjim yeni bir şuurla çoğalıp arındırılmış gibiydi ve besbelli ölümün eşiğindeyken, diğer insanların ne deneylediğini keşfetmeye çalışmak için deneylediğim bu fenomeni araştırmaya karar verdim." Ring ve Moody'nin çalışmalarını incelemişti ve İngiltere'de kendi ölüme yakın deneyimler araştırmasını başlattı. Ring onun, *Return from Death* (Ölümden Dönüş) adlı kitabının daktilo edilmiş metnini okuduğunda; Kübler-Ross'un, Moody'nin *Yaşamdan Sonra Yaşam* adlı kitabını okuduktan sonra hissettiklerinin aynını hissetti: Kitabı okumuş olmasalardı, aynı şeyleri yazarlardı.[7] Birbirinden bağımsız olarak ikisi de aynı sonuca varmışlardı: Ölüme yakın deneyimin asıl önemli yanı, etkisinin yaşayanlarda daha sonradan ortaya çıkmasıydı. Kitabının sonuç bölümünde Margot Grey şöyle yazar:

Son tahlilde, bilim, ruhsal gerçeğe ulaşmanın yalnızca şuur, bedene olan bağımlılığından kurtulduğunda mümkün olabildiğini söyleyen mistiklerin binlerce yıldır yaptıkları değerlendirmeye yakınsıyor ya da en azından onunla çelişmiyormuş gibi görünecektir... Çünkü kişi yalnızca ölümün ötesindeki aleme yaklaştığında onu doğrudan deneyleyebilir.

Margot Grey aslında "hepimiz ölsek daha iyi olur" demeye çalışıyor, diye düşünmek kuşkusuz ki yanlıştır. Kitabının son bölümünde, ÖYD'nin asıl önemli tarafının onu yaşayanların hayatları üzerindeki etkisi olduğunu düşündüğünü açıkça belirtir. Madam Blavatsky bir keresinde, yeryüzü alemimizin, alemlerin en "katısı" ve en zoru olsa da bizim için en çok olanak sunanı olduğunu söylemişti. Bu, dünya mistisizminin ortak yanıdır: Yeryüzündeki fiziksel yaşamın daha yüksek bir aleme geçene dek sabırla dayanılması gereken bir tür Araf değil de bir tür eşsiz olanak olduğu kavramı. İnsanların gerçek sorunu, "şimdiki zamana hapsolmanın," ne yaptığımız konusunda hiçbir fikrimiz olmadığından, bizi hiçbir şey başaramadığımız bir uyku ya da ipnozla birleşen bir konumda tutmasıdır. Hem mistik deneyim hem de "çekirdek deneyim," "neler olup bittiği" konusuna açıklık getiriyor gibi görünmektedir. Bu, ölüme yakın deneyimler hakkında yazan tüm yazarların ortaya koyduğu ve Margot Grey'in diğer yazarlardan daha çok vurguladığı bir kavrayıştır.

***

Öyleyse, ölüme yakın deneyimler çalışmasının, Psişik Araştırmalar Derneğinin kuruluşundan yaklaşık bir yüzyıl sonra ortaya çıkan en önemli gelişme olduğu söylenebilir. ÖYD'nin psişik araştırmayla hiçbir ilgisi olmadığı itirazına yanıt olarak yalnızca, "çok ilgili olduğunu" söyleyebiliriz. SPR, yıldızların altında yapılan bir yürüyüş sırasında Myers'ın Sidgwick'e sorduğu,

> *Gelenek, Sezgi ve Metafiziğin Evrenin bilmecesini çözmekte başarısız olmasına karşın, herhangi gözlemlene-*

bilir bir fenomenden -hayaletler, ruhlar...- elde edilen bazı sağlam bilgilerin, Görülmeyen Alemle ilgili bir şey gösterme şansı olduğunu düşünüp düşünmediği

sorusundan ortaya çıkmıştı.

SPR takdire değer bir azimle halüsinasyonlar, yaşayanların hayaletleri, ölülerin görünümleri, beden dışı deneyimler, prekognisyonlar ve seans fenomenleriyle ilgili dosyalar derledi. Hyslop, Lodge, Barrett ve Conan Doyle gibi kuşkucular ölümden sonra yaşamanın sürdürüldüğüne yavaş yavaş inanmaya başladılar. Yine de, kuşkucuların aklını karıştırmak için kullanılabilecek kadar şaşırtıcı ve inandırıcı bir vakaya hiç rastlanamadı. Samuel Bull'un görünümü[8] vakası yeteri kadar doğrulanmıştı; yalnızca, SPR olay yerine vardığında her şey sona ermişti. Çapraz İletişimler, ölümden sonra yaşamın sürdürüldüğüne ilişkin yadsınamaz bir vakaydı ancak öylesine uzun ve karmaşıktır ki hiçbir kuşkucu zamanını, bunu incelemeye ayırmaz. Drayton Thomas'ın *Life Beyond Death* (Ölümün Ötesindeki Yaşam) adlı kitabı, önyargısız bir okuyucuyu babasıyla kız kardeşinin öldükten sonra kendisiyle iletişim kurduğuna ikna edecektir ancak "ötealemin" tarifi, okuyucu ile anlatılan şey arasında ikna edici olmayan bir engel olarak kalacaktır. İşte, tüm bunlardan sonra, SPR "evrenin bilmecesini çözmek" konusunda başarısız olmuştu. Dağlar kadar veri sundu ancak esin uyandırmadı.

Ölüme yakın deneyimler çalışması ise tüm bunları değiştirmişti. Bilimsel açıdan bakıldığında, *Yaşamdan Sonraki Yaşam*'ın çok satan bir kitap olması konu dışı kalıyor olabilir. Yine de, psişik araştırmanın bir formunun SPR'nin kurucularının düşlediği türde geniş, genel bir etki yarattığı anlamına gelir. Üstelik, ÖYD'ler ne poltergeist fenomeni ne de yalnızca "test koşulları" altında incelenebilecek denli uzmanlaşılmış bir konu değildir. Büyük olasılıkla, çoğu insanın ölüme yakın deneyim yaşamış olan ve "çekirdek deneyimin" bazı yönlerini doğrulayabilecek üç beş tanıdığı vardır. Bu kitabı yazmaya başladığım gün, akşam üstü yürüyüşüm sırasında bir arkadaşımın eşine rastladım ve ölümden sonraki yaşamla ilgili bir kitap yazdığımı söyledim; o anda bana, kendi ölüme yakın deneyimini anlattı ve bunlar, Moody'nin aktardıklarının aynısıydı sanki. Bu hanım bir gece yarısı, ciddi bir iç huzursuzluğu duyup yorgun ve çok hasta bir halde yataktan kalkar, salona inip bir koltuğa oturur. Ateşi çıkar ve şuurunu yitirmekte olduğunu hisseder. Ardından, en sonunda bir ışık görünen uzun bir tünele doğru çekildiğini fark eder. Olağanüstü bir rahatlama ve huzur duyarken, tüm korkuları kaybolur. Ölmek düşüncesiyle tümüyle barışıkken ansızın, eşi ve oğlunun ertesi sabah koltuktaki cesedini bulacakları aklına gelir ve ardından, kendini yeniden koltukta, ateşi düşmüş olarak bulur. Bu deneyim onu, ölümden asla korkmaması gerektiği konusunda ikna etmişti. Bana, bunun kendisine ölmek kadar yaşamak için de cesaret verdiğini söyledi.

Aynı bölgede yaşayan başka biri, ciddi bir kalp krizi sonrasında bedeninden nasıl ayrıldığını ve odayı kör edici bir ışıkla dolu olarak gördüğünü anlatır. Bir ses ona sorar: "Yaşamak istiyor musun?" Evet, diye yanıt verdiğinde, gözlerini açar ve başucunda annesini görür; ölmüş olduğuna inanır. Başka bir kitapta, kendi annemin peritonitten hastanede yattığı sırada yaşadığı ölüme yakın deneyimini anlatmıştım.[9] O da ölüm olasılığı karşısında rahatlayıp mutluluk duyar, ardından "İncil'den çıkmış bir karaktere benzeyen", beyazlar içinde bir adamın yatağının kenarında durup bir ferman okuduğunu sanır. Sonunda, ona henüz ölemeyeceğini çünkü "ona burada gereksinim duyulduğunu" söyler. (Bunun doğru olduğu ortaya çıktı; kanser olan babama üç yıl bakması gerekti.) Bu deneyimin, hiç de rüyaya benzemediği konusunda ısrar etti.

Ölüme yakın deneyimin kanıtları, Myers ve Sidgwick'in açığa çıkarmayı umduğu "Görülmeyen Aleme dair geçerli bilgiyi" sağlıyor mu? Ne yazık ki, hayır. Ama ölümden sonra, varlığın farklı bir boyuta geçtiğine dair veriler sunmaktadır. Bu kanıtlar kişisel düzeyde çok ikna edicidir; bireye, Evren bilmecesini kavramaya dair güçlü ve baskın bir duygu verir. Ancak ölümden sonraki yaşam açısından bir kanıt oluşturmaz. Her uyruktan, her dinden binlerce insanın "çekirdek deneyimin" gerçekliğini doğrulamış olduğu bir gerçektir ama bu yine de ölümle yüzleşen beynin bir savunma mekanizması, hatta beynin doğal uyuşturucu maddelerinden biri olan enkefalin salgılanmasının sonucu da olabilir.

Hazır bunu söylemişken ekleyelim, bu olasılık, ölümden sonra yaşamın sürdüğü düşüncesine tümüyle karşı çıkan en temel itirazdır. Kuşkucular bunun bilinmeyene duyulan korkuya karşı yalnızca bir savunma olduğu konusunda hep ısrar etmektedir. Bu, SPR'nin ilk üyelerince tamamen dikkate alınan bir olasılıktı. Sahtecilik ya da kusurlu gözlem düşüncesini bertaraf ettiklerinde, söz konusu fenomenin telepati, durugörü ya da şuurdışı zihnin diğer etkinliklerinden biri aracılığıyla açıklanıp açıklanamayacağını sormaktaydılar. Thomas Jay Hudson, hemen hemen tüm normal ötesi fenomenlerin şuurdışı zihnin etkinlikleri olduğunu açıklamıştı. Aslında, bu açıklamaların çoğunun geçerli olmadığı birçok vaka gördük: Çapraz İletişimler, Chaffin vakası, kırmızı çizik vakası, kırmızı pijama vakası, Drayton Thomas vakası ve belki de daha onlarcası. Bunlar kelimenin gerçek anlamıyla, su götürmez olmasa bile, yine de güçlü bir biçimde kişiliğin ölümden sonra var olduğunu öne süren yüzlerce vakayla desteklenir. Bu kanıtı, her ne kadar "mantıksal açıdan kabul edilemez" bulsa da, önyargısız değerlendirmek isteyen biri, bunun ölümden sonra yaşamın sürdüğü gerçeğine işaret ettiğini kabul edecektir.

Bu tür kanıtları kabul edebilirsek, ölüme yakın deneyim araştırmalarından gelen kanıtlara itiraz etmenin geçerli bir nedeni olmaz çünkü ikisi de aynı sonuca işaret eder: Fiziksel beden, ölümden sonra yaşamayı sürdürebilen bir başka bedene ev sahipliği yapmaktadır. Ölüme yakın deneyim kendi başına hiçbir şey kanıtlamaz ancak psişik araştırma tanıklığıyla desteklendiğinde, destekleyici kanıt olur.

Birinci dereceden kanıt ve destekleyici kanıt arasında fark gözetebilmek önemlidir; psişik araştırma karşıtlığının büyük bölümüne yol açan şey, işte bu olguyu kavrayamamak meselesidir. Swedenborg'un İsveç kraliçesine ölen kardeşinden bir mesaj iletmesi ya da Hollanda elçisinin karısına makbuzun bulunduğu gizli çekmeceyi söylemesi birinci dereceden kanıtlardı; yani onun saçmalayan, dindar bir çatlak olmadığının kanıtları. Swedenborg, kutsal metinler ile ilgili yazılarının ise "spiritüel kavrayışının" güçlü destekleyici kanıtları olduğunda ısrar ederdi. Onun psişik güçlerine inanmayı reddetmeksizin kutsal metinlerle ilgili söylevlerini reddedebiliriz. Bu şekilde ilerleyebilir ve Wilson Van Dusen gibi, onun ruhlar alemini kavrayışının doğru olduğunu düşünebiliriz. Ya da Steiner gibi, gerçek medyomsal güçlere sahip olsa da, bir biçimde, kendi bilimsel bakış açısının kendi "spiritüel algılamalarını" etkilemesine neden olduğunu ve onları maddesel bir düzeye sürükleyerek saptırdığını düşünebiliriz. Kısacası, Swedenborg'u baştan sona kabul etmesek bile, kabul edilecek en mantıklı şey "birinci dereceden kanıt"tır ve ardından, sağduyuyu elden bırakmadan destekleyici kanıtın ne kadarının kabul edilebilir olduğuna karar vermektir.

Myers'ın şaheseri olan *İnsan Kişiliği ve İnsanın Bedensel Ölümden Sonra Yaşamını Sürdürmesi* adlı kitap çeşitli normal ötesi becerilerin birinci dereceden kanıtlarını sunma girişimidir. Çapraz İletişimler, Myers'ın ölümden sonra yaşamayı sürdürdüğüne ilişkin bazı kanıtlar sağlar ancak bunun, *İnsan Kişiliği ve İnsanın Bedensel Ölümden Sonra Yaşamını Sürdürmesi*'nde yer alan iddiaları desteklediğini düşünebiliriz. Çapraz İletişimlerin ölümden sonra yaşamın sürdüğü olgusunun birinci dereceden kanıtı olduğuna karar versek bile, Geraldine Cummins'in metinlerindeki "Myers'ın" sahte ya da Cummins'in şuurdışı zihninin tezahürü olduğunu düşünebiliriz. Yine, ne kadar destekleyici kanıtı kabul edebileceğimize *biz* karar veririz. İkna olmuş biri, Raymond Lodge'nin göklerdeki viski ve puro laboratuvarları da dahil olmak üzere, tüm bunlara inanabilir ancak hiç kimse bunlara inanmak zorunda değildir. Fakat açık fikirliysek, *birinci dereceden kanıt*lar yığınının, tüm bunların hüsnükuruntu olmadığını gösterdiğini de kabul ederiz. Tüm bunlar, bilim adamlarının doğa yasalarını incelerken aradıkları türden kanıtları oluşturmaktadır. Laboratuvarda ya da gözlemevinde toplamaya çalıştıkları kanıtlar gibi, bunlar da temel bir model oluşturma eğilimindedir. Bir sonraki görev bu modeli incelemek, ardından, yığınlarca destekleyici kanıta dikkatlice bakmak ve ne kadarının yap-boz oyununa uyduğuna karar vermektir. Tüm bunlar bir kişisel seçim meselesidir; artık içinizden nasıl geliyorsa, ister kabul edersiniz ister reddedersiniz. Ancak unutmamak gerekir ki birinci dereceden kanıtları reddedenler, kendilerini kasıtlı bir körlüğe ya da entelektüel bir tembelliğe açmaktadırlar.

***

Bu geniş kapsamlı modelin temel unsurları nelerdir?

Başlıca varsayım, insanlığın tamamen çevresinden gelen güdülerle hareket eden karmaşık bir robot ya da bilgisayar olmadığıdır. *The Selfish Gene* (Bencil Gen)* adlı kitabında, biyolog Richard Dawkins kendisine göre, yaşamın nasıl başladığını anlatır. Önce, türlü gazlarla güneş ışığının etkisi, yaşamın temel yapı taşlarını, yani amino asitleri oluşturdu. Sonuç "tarih öncesi çağlar çorbasıydı." Bu çorba elbette ki ölüydü. Ardından belli bir noktada, olağan kimyasal -ve fiziksel- tepkimeler "özellikle dikkate değer bir molekül" yarattılar; kendi kendine çoğalabilen, kendi kendini kopyalayabilen bir molekül. Bunun, gerçekleşmesi neredeyse olanaksız bir kaza olduğunu Dawkins de kabul eder; insanın futbol bahislerinden para kazanması kadar olanaksız bir rastlantıdır bu. Ancak insan milyonlarca yıl boyunca yaşasa, belki de birkaç kez kazanabilir. Böylelikle, der Dawkins, kendi kendini kopyalayan molekül var oldu. Dünya sonunda benzer kopyalarla

* Tübitak Yayınları.

doldu. Ancak, kopyalama işlemi kusursuz değildi; yanlışlıklar olacaktı. Sonuçta, bazı kopyalayıcı moleküller diğerlerine oranla daha az sağlam ve doğurgandır. Bazılarıysa daha sağlam ve doğurgandır.

Bu noktada Dawkins sorar: "Asıl kopyalayıcı moleküllere 'canlı' mı demeliyiz? Kimin umurunda?" Dawkins burada sanki biraz dil çabukluğu sergiliyor gibidir. Kopyalayıcı moleküllerin kazara oluştuğu varsayımı zaten yeterince kuşku uyandırıcıdır; en az, Shakespeare'in eserlerinin daktiloya amaçsızca vuran maymunlar tarafından yazılması olasılığı kadar kuşku uyandırıcı. Ancak, bu kendi kendini kopyalayan moleküllerin bir biçimde "canlı" ve böylelikle evrime elverişli olduğunu öne sürmek, dile karşı ikiyüzlülük etme girişimi gibidir.

Yaşayan ve ölü maddeler arasında temel bir fark olduğuna derinden inanıyor ve bunu seziyorum. Bilgisayar uzmanları, günün birinde öyle karmaşık bir bilgisayar geliştireceğiz ki kelimenin tam anlamıyla canlı olacak, diyerek beni istedikleri kadar ikna etmeye çalışsınlar, ben yine de kuşku duymaya devam edeceğim. Bir süre sonra da herhalde beni, aslında canlı olmadığıma ikna etmeye çalışırlar.

Organik maddenin temel yapı taşlarının güneş ışığı ya da amonyak ve karbonlar üzerine elektrik boşalmasıyla oluştuğunu ve işin yarısı bittiğinde, yaşam dediğimiz gücün durumdan yararlanıp her nasılsa kendini maddenin içine "soktuğunu" kabul etmeye razıyım. Bu bakış açısı, benim "canlı" parçamın, beni "şu ana" hapsetmeye kararlı görünen ölü ve mekanik parçalarımın sınırlarını devamlı genişletme mücadelesinden başka bir şey olmayan yaşamın doğasıyla ilgili kendi sezgilerimle uyumlu görünüyor.

Eğer bu görüş doğruysa ve Dawkins yaşamın yalnızca maddenin bir ürünü olduğu konusunda yanılıyorsa, bu aynı zamanda, yaşamın kendi bağımsız şuuru ve amacı olduğu anlamına da gelir. 1860'larda Edouard von Hartmann, doğadaki çok kararlı ve tamamen şuurdışı olduğu ortada olan içgüdünün şaşırtıcı tezahürlerini incelemeye adanmış olan *The Philosophy of the Unconscious* (Şuurdışının Felsefesi) adlı eseri yazar. Yaşamın, belirli olmayan bir şeye yönelik kör bir çaba içinde olduğu gibi kasvetli bir sonuca ulaşır ancak, aynı zamanda, bu kör çabalamanın körlükle başlamadığını da öne sürer. Hiç ışık olmadan bir buçuk kilometre boyunca karanlıkta yürümek zorunda olan bir adama kör ve amaçsız denilemez. Yola çıkmadan önce adam bir haritaya bakmış ve sonraki ara yolun tam olarak kaç metre sonra karşısına çıkacağını biliyor olabilir. Aynı şekilde, doğanın bir amipten dev bir mürekkep balığına dek uzanan inanılmaz karmaşıklığı da yaşam maddeleştikten sonra "körleşmiş" olsa bile, karanlıkta yapacağı bu yürüyüşe çıkmadan önce nereye gideceğini kesinlikle biliyor gibidir.

Aynı sav Darwin'in doğal ayıklanmayla ilgili evrim tablosu için de geçerlidir. Dawkins'den farklı olarak Darwin, "yaşamın" bir biçimde maddeden ayrı olarak var olduğunu kabul eder ancak yine de yaşamı, kazara oluşan ve en güçlü olanın yaşamayı sürdüreceği ilkesinin getirdiği değişimlerin çaresiz ve pasif bir izleyicisi olarak görür. İlkel zürafa daha uzun bir boynu olmasını dileyebilirdi ancak bu konuda yapabileceği bir şey yoktu; ardıllarının tümüyle şans eseri daha uzun bir boyna sahip olmaları için binlerce yılın geçmesi gerekecektir. Dawkins yanılıyorsa, Darwin'in de yanıldığı ortada. Yaşam değişimleri başlatamayabilir (gerçi bu kesin değildir) ancak amacına ulaşmak için, kazara gerçekleşen her değişimden anında yararlanabilir, tıpkı evini inşa etmek için heyelandan sonra kaya seçen bir adam gibi. Kayan toprağın içinden kaya seçebiliyorsa, kendi tuğlalarını yapamaması için de herhangi bir mantıklı neden yokmuş gibi görünüyor. Normal ötesi olayların araştırılması bize herhangi bir şey öğrettiyse, bu da insan güçlerinin sık sık "doğanın yasalarına" karşı koyduğu gerçeğidir. İşte bir örnek: 1899'da Albay Gudgeon adında Yeni Zelandalı bir sulh yargıcı bir grup arkadaşıyla birlikte bir Maori kabilesinin ateş üzerinde yürüme törenini izlemeye gider. Bir şaman elini uzatıp da Gudgeon ve arkadaşlarını kendilerine katılması için çağırınca çok utanırlar. Şaman, "Kendi *mana*'mı size veriyorum," der. Gudgeon yakıcı bir ısı hissetmediğine şaşırır - yalnızca hoş bir ürperti duyar- ve hiçbirinin ayağı yanıp su toplamaz. Bunun bir tür zihnin maddeyi etkileme gücü olduğu açıktır; Darwin-Dawkins'in evrim görüşüne göre olanaksız olan türden bir güç.

Öyleyse, normal ötesi bakış açısı "yaşamın" (her ne anlama geliyorsa) maddeden ayrı var olabilmesini, kendi şuuruna ve amacına sahip olmasını gerektirir. Bu durumda, yaşam "ölüp" de maddeden ayrıldığında, başka bir tür özgürlüğe kavuşan başka bir tür şuura döndüğünü varsayabiliriz. Peki madem böyle olacaktı, başta niye maddeleşmişti? Büyük olasılıkla, madde alemini denetimi altına almak için; tıpkı daha önce, titreşim oranı bizimkinden daha yüksek olan "daha iyi" maddelerin alemlerini denetimi altına aldığı gibi.

Bu görüş, yani yaşamın maddeyi denetimi altına alma girişimi "dirimselcilik" olarak bilinir ve yirminci yüzyıldaki iki başlıca savunucusu ünlü düşünür Henri Bergson ve biyolog Hans Driesch'tir. Driesch ve Bergson'ın da Psişik Araştırmalar Derneğine üye ve başkan olmaları anlamlıdır. 1926'da yaptığı başkanlık konuşmasında Driesch, dirimselciliğin temel düşüncesini ortaya koymuştu: Organizmaların gelişimi "birleştirici, maddesel-olmayan zihin benzeri Bir Şey tarafından, olup bitenlere ne enerji ne de madde eklemeyen bir düzenleme ilkesi tarafından yönlendirilir." Bu ilke, zaman ve boşluğun dışında var olabilir.[10] Driesch, psişik araştırmalara duyduğu ilgi sanki bir ahmaklık işaretiymişçesine bilim adamı arkadaşlarının saldırısına uğrar. Yine de, *eğer* ölümden sonra yaşamayı sürdürme olgusunun birinci dereceden kanıtları kabul edilebilirse, bunun dirimselcilikten "spiritüalizme" giden kestirme bir yol olduğu görülebilir. İkisinin de önermeleri aynıdır.

Driesch'in -ve geçen yüzyıldaki tüm psişik araştırmacıların- sorunu, geçerli felsefi önermelerin bile normal ötesi olayların saygın olmasını sağlayamamasıdır. Normal ötesi araştırma kendini, insan zihninin keşfedilmemiş bölgelerini -durugörü, psikokinezi, telepati, psikometri vb.- araştırmakla sınırlasa *belki* başarılı olabilirdi. Ancak bunu yapmak aslında olanaksızdır. Araştırmacı, bir medyomun gerçek olup olmadığı sorusunu sorduğu anda, "ölülerle" iletişim kurulup kurulmadığı sorusunu da sormuş olur. Medyomluğun gerçekte, çoğul kişiliğin bir başka adı olduğuna ve "iletişimlerin" telepati ya da durugörüye bağlı olduğuna da karar verebilir ancak araştırmacı dürüst biriyse, bu iki varsayıma da uymayan vakaların var olduğunu itiraf eder. Ölümden sonra yaşamın sürdüğü olasılığını kabul etmek, ruhların var olduğu olasılığını da kabul etmek demektir. İşte o noktada, çoğu çağdaş araştırmacı bunu yapmayı reddeder; sanki Orta Çağın batıl inançlarına yeniden sürüklendiklerini düşünürler.

Kitabımızın başında karşılaştığımız sorun, işte buydu. Adam Crabtree bir psikiyatrdır; görevi, psikolojik sorunları olanları tedavi etmektir. Onun bakış açısına göre, sorun ister Freud'un bastırılmış duygularından, çoğul kişilikten, isterse de "şeytani posesyonlardan" kaynaklansın, hiç önemli değildir. Bilim camiasında bulunduğu konum itibariyle, son varsayımın üzerinde durmamayı ve tutucu psikoterapiye göre düşünmeyi yeğler. Minnesota'da teoloji öğrencisiyken Peder Carl Vogen'in *Begone Satan* (Defol Şeytan) adını verdiği, 1920'lerde Wisconsin'de gerçekleşen bir vakayı anlatan bir kitapçığa rastladığını anlatır. Anna Ecklund adında bir kızda posesyonun klasik belirtileri ortaya çıkmaya başlayınca, St. Anthony cemaatinin Fransisken rahibi Peder Theophilus Riesinger şeytan çıkarma ayini yapmaya karar verir. Anna bir yatağa yatırılır ve şeytan çıkarma ayini başlar. Birkaç saniye içinde Anna'nın bedeni yataktan kaldırılarak, kapının üzerinde bulunan duvara savrulur ve orada asılı kalır, kızı güçlükle aşağı indirirler ve şeytan çıkarma ayinine devam edilir. Kız öylesine şiddetle inleyip çığlıklar atar ki neler olduğunu öğrenmek için Marathon kasabasından insanlar çıka gelir.

Şeytan çıkarma ayini ertesi gün ve ondan sonraki birçok gün boyunca sürer. Dudakları kıpırdamamasına karşın, Anna'dan yabancı dillerde konuşan birçok sesler gelmektedir. Başı "sürahi kadar" genişler, bedeni balon gibi şişer. Öylesine çırpınır ki demir karyola bel verir. İblis olduklarını söyleyen birçok ses şeytan çıkarma ayinini yapan rahiple konuşur ve onun çocukluğunda işledikleri günahları yakından bildiklerini gösterirler. Sonunda, Anna'nın ölmüş babası "çağrılır" ve adam, kızını lanetleyip iblislerin posesyonuna uğramasını sağladığını itiraf eder. Babanın eski metresi de konuşup yeni doğmuş birkaç çocuğunu öldürdüğünü itiraf eder. Bu süre boyunca Anna derin bir uykuda ya da transtadır. Sonunda, Anna'nın bedeni, yalnızca topukları yatağa değecek biçimde yataktan hızla havaya kalkar ve rahip, şeytan çıkarma ayinini sürdürürken, git gide uzaklaşan tuhaf çığlıklar attığı duyulur. Ardından, kızın gözleri açılır ve ağlamaya başlar. Posesyon sona ermiştir.

Almanca kitapçığı çeviren keşiş, Crabtree'yle aynı manastırdadır ve öykünün ayrıntılarını doğrular. Crabtree onun mantıklı, iyi huylu bir adam olarak tanımaktadır; yine de keşişin öyküsünü saçma bulur.

Zaman içinde Crabtree, manastır yaşamının ona göre bir şey olmadığına karar verir ve 1969'da psikoterapiyle ilgilenmeye başlar.

> *Bir psikoterapist olarak oldukça kısa bir süre sonra normal ötesi fenomenin şaşırtıcı olmayan yönlerini, özellikle telepati ve durugörü deneyimlerinin gerçek olduğunu kabul ettim. Hastalarımın sürekli sezgileri ve özellikle de rüyalarından sağladıkları kapsamlı kanıtlardan ötürü yadsınamaz gibi görünüyorlardı. Ancak, o ilk yıllarda bu en basit kabullenişin bile ötesine geçmek konusunda son derece gönülsüzdüm.*[11]

1976'da bir meslektaşı, bir hastanın bir ruhun posesyonuna uğradığını söyler. Crabtree bu fenomene tanıklık etse de ciddiye almayı reddeder ancak ertesi yıl, kendi pratisyenliği sırasında posesyon vakalarıyla karşılaşmaya başlar (Birinci Bölümde anlatıldığı gibi). Tümüyle pragmatik bakış açısından yola çıkıp bunları, posesyon olarak ele almaya karar verir.

Crabtree psikiyatr kimliğiyle bir fenomenolog olarak kalmayı sürdürdüğü konusunda ısrar eder; başka bir deyişle, bunun bir posesyon *olduğunu* değil de hastanın, posesyonun tüm belirtilerini gösterdiğini ve bunu posesyonmuş *gibi* tedavi etmenin büyük bir olasılıkla iyileşme sürecini etkilemenin en basit yolu olduğunu söyler. Ancak Crabtree, Psişik Araştırmalar Derneğinin bir üyesidir ve kitabı, posesyon varsayımını ciddi biçimde ele almaya istekli olduğunu açıkça ortaya koyar.

Santa Cruz, California'da çalışan bir başka psikoterapist, yani Dr. Ralph Allison posesyon olasılığını gerçekten de kabul ettiğini ortaya koyan, çoğul kişilik üzerine bir kitap yazmıştır.[12] Allison, 1972'de bir çoğul kişilik vakasıyla karşılaşır. Carrie genç kızlığında bir çete tarafından tecavüze uğrar ve bu olaydan sonra başka bir kişiliğin devreye girdiği baygınlıklar yaşamaya başlar. Carrie, yine genç kızken, büyücülükle ilgilenmiştir ve Allison, ipnoz altında terapi amaçlı olarak şeytan çıkarmayı dener. Bu işe yarar ancak Allison, bunun yalnızca telkinden kaynaklandığını düşünür. Sonraki yıllarda Allison, "diğer benliklerin" gerçek ikinci kişilikler olduğunu kabul edemeyeceği türden çoğul kişilik vakalarıyla karşılaşır. "İkinci kişilik kesin ve pratik bir amaca hizmet eder; hastanın baş edemediği bir duygu ya da durumla başa çıkma aracıdır." Ancak, bazı vakalarda durum böyle değildir. Çoğul kişiliği olan Elise adında bir kızı ipnotize eder ve kendisine "Dennis" diyen bir erkek ikinci kişilik ortaya çıkar. Görünüşe bakılırsa, Dennis herhangi bir amaca hizmet etmiyordu. Elise'yi "ele geçirmesinin" ("posesyona" uğratmasının) nedeninin, Elise bebeğini kaybettikten sonra devreye giren "Shannon" adında bir başka kişiliğiyle "yakından" ilgilenmesi olduğu konusunda ısrar ediyordu. Dennis'e, Shannon'la nasıl birlikte olmayı umduğu sorulduğunda, bu kişilik, Shannon'ın birlikte olduğu erkeklerin bedenine girdiğini açıklar. Allison bu kavramı ilginç bulmuştu: Elise'nin bedeni elbette, Shannon'ın bedeniydi ancak Dennis, bedenin "içinde" Elise varken onunla ilgilenmiyordu.

Allison, Shannon'ı sorguladığında o da Dennis'in söylediklerini doğruladı. Allison, bir ikinci kişiliğin başkasının bedenine girmesi düşüncesi karşısında çok şaşırmıştı (gerçi, Kardec ya da diğer spiritüalistlerin kitaplarını okumuş olsaydı, bu düşünceye aşina olurdu). Ancak, Elise'nin diğer kişilikleri de durumun böyle olduğu konusunda ısrar ediyorlardı. Dennis, eskiden bir hırsızlık sırasında öldürülen bir borsacı olduğunu öne sürdü. Elise'nin "içinde bulunduğu" ilk kişi olmadığını da iddia etti. Ayrıca, Shannon bir tek sevgilide karar kılacak olursa, o adamın bedenine büyük bir zevkle, kalıcı olarak gireceğini açıkladı. Ancak, kadın çok fazla "ortalıkta dolanıyordu." Allison, "Tüm çabalarıma karşın, Dennis'in varlığı konusunda ruh kuramından daha akla yatkın bir açıklama bulamadım," diye itiraf eder.

İpnoz altındayken bir başka ikinci kişilik, "Michelle" adında bir kız ortaya çıkar ve o da Dennis gibi ikinci bir kişilik değil, bir ruh olduğunu söyler. Ayrıca, üçüncü bir ruhun da olduğunu söyler. Birkaç gün sonra Elise'nin geçirdiği şiddetli çırpınma nöbetlerinin ardından, kişiliklerden biri Allison'a "üç posesyoncu ruhun" artık gittiğini söyler. Allison, buna inanmaya eğilimlidir. "Psikoloji literatüründeki hiçbir şey gördüklerimi açıklayamaz," der. Daha sonra, kişiliklerden bir başkası Allison'a, Shannon'ın da bir posesyoncu ruh olduğunu söyler; bu, Elise'nin ölen bebeğinin ruhudur. Shannon'ın kendisi de bunu doğrular ve Allison'a "gitmeye" razı olduğunu söyler. Elise hiçbir şey anımsamayarak uyanır ancak Shannon bir daha asla belirmez.

Bir başka çoğul kişilik vakası olan "Sophia" adında bir kızla ilgilenirken, Allison ipnoz altında kızın çoğu ikinci kişiliklerini yok etmeyi başarır. Ancak iki tanesi kalır: "Mary" ve "Maria" adında iki kadın. Sophia ipnoz altındayken Allison'a, Mary ile Maria'nın onun ikiz kardeşleri olduğu söylenir. Üçüzlerin doğumunda bulunan doktor, annelerinin sevgilisidir ve doğan ilk iki bebeği boğmuştur ancak bir komşunun ani ziyareti, Sophia'yı öldürmesini önlemiştir. Sophia, bu üç "ruhun" üçüzlerin hepsi doğduktan sonra bedenlerine girmeyi beklediğini anlatır; ilk iki bebeğin öldürülmesi nedeniyle diğer iki ruhun yalnızlık hissetmesinden endişelenen Sophia, bedenini paylaşmak için onları çağırır. Sonunda, Allison bir ipnoz seansı sırasında Mary ile Maria'yı gitmeleri konusunda ikna eder. Sonrasında ipnoz sırasında onları yeniden çağırma girişimi başarısız olur.

Allison'ın öyküleri kulağa saçma gelir, ancak kitabının geri kalanını okumuş olan herhangi birine gerçekmiş gibi görünürler. Jung-Stilling ve Catherine Crowe'dan bu yana psişik araştırmanın temelini oluşturan fikir, insan bedeninin içinde ruh barındırdığı, yani kişiliğin önceden oluştuğu ve bu ruhun ölümden sonra yaşamayı sürdürdüğü fikridir. Altıncı Bölümdeki bazı vakalarda, bir ruhun bir bedenden başka bir bedene geçtiği örneklerle karşılaştık, böylelikle de Lurancy Vennum, Mary Roff *oldu* ve Sobha Ram, Jasbir Lal Jat oldu. Bu tür vakaların reenkarnasyon ve posesyona kanıt oluşturmadıklarına karar verebiliriz ancak en azından, temelinde yatan fikrin tutarlılığını fark edelim: kişilik, bedenin bir yansıması, "davranışa etki eden beynin türlü denetim birimlerinden gelen farklı katkıların toplamı" değildir, bedeni denetleyen ve kendi konumunun farkında olsa çok daha büyük bir denetim becerisi olabilecek, bağımsız bir varlıktır.

Okuduğunuz bu kitabın amaçlarından biri de bu fikri savunmaktır. Amacım, kimseyi ölümden sonraki yaşam gerçeğine inandırmak değil; yalnızca kanıtların kendi içindeki tutarlılığının etkileyici olduğuna dikkat çekmek ve bu kanıtlar ışığında, insan kişiliğinin bedensel ölümden sonra yaşamayı sürdürdüğü fikrinden dolayı hiç kimsenin utanç duymaması gerektiğine işaret etmektir.

SEKİZİNCİ BÖLÜM

KANALLAŞMA

Kanallaşma, 1970'lerde Roberts'ın Seth kitapları ve oyuncu Shirley MacLaine'in yazı ve televizyon programları nedeniyle popüler oldu. Kanallaşmanın -anlamı "ruh varlıkları"nın sözlerini yazmaktır- gerçek olduğu yüzyıllardır bilinmektedir. Bu kitabımızda Andrew Jackson Davis'in ipnotize olduktan sonra transa geçip Swedenborg olduğuna inandığı bir varlıktan öğretiler alabildiğinden söz etmiştik. Davis'in *Principles of Nature* (Doğanın İlkeleri) (1847) adlı kitabı otuz yıl içinde otuz dört baskı yaptı.

Jane Roberts, *Seth Speaks* (Seth Konuşuyor) (1972) adlı kitabında nasıl kanal olduğunu anlatır. Her şey, 1963'de bir akşam şiir yazarken başlamıştır.

Ansızın şuurum bedenimi terk etti ve zihnime, şaşırtıcı ve o anda benim için yeni olan düşünceler hücum et-

ti. Bedenime döndüğümde ellerimin, bana verilen kavramların birçoğunu açıklayan bir otomatik metin yazdığını fark ettim. Notların bir başlığı bile vardı: "İdea İnşası Olan Fiziksel Evren."

Bundan kısa süre sonra o ve kocası bir vi-ya tahtasını denemeye başladılar ve imleç "Seth" adında bir varlıktan gelen mesajlar yazdı; ardından Jane, transa girebildiğini ve Seth'in onun sesini kullandığını keşfetti.

The Physical Universe as Idea Construction (İdea İnşası Olan Fiziksel Evren) Seth'in temel kavramını özetler: "Bildiğiniz dünyayı yaratırsınız." Biz kendi gerçeğimizi yaratırız, insan ırkı da bizim yaşadığımız alemi yaratır.

Bu düşünce, duyusal alemin, algılanmakta olduğu gerçeğine dayandığını öne süren (1710 dolaylarında) Piskopos Berkeley'e aitmiş gibidir. (Ortalıkta algılayacak kimse olmadığında ne olduğu sorulunca, Berkeley, Tanrı'nın her zaman var olduğunu, o nedenle de alemin var olmayı sürdürdüğü yanıtını verir.)

Bununla birlikte Seth, bildiğimiz insan kişiliğinin, bir bölümü uzay ve zamanın ötesinde var olan, çok daha büyük bir kişiliğin yalnızca küçük bir bölümü olduğunu bildirir.

Richard Broughton, *Parapsychology, The Controversial Science* (Tartışılan Bilim Parapsikoloji)* adlı klasik eserinde şu yorumu yapar: "Daha eleştirel gözlemciler onları bilinen dinsel öğretilerin yavan türevleri olarak geçiştirse de, 'kanallaşma aracılığıyla aktarılan' çağdaş metinler son derece popüler bir beğeni ve yayımcılık başarısı kazanıyor."

---

* Say Yayınları.

Bu durum, aktarılan tüm metinler için geçerli değildir, örneğin Stainton Moses'in *Spirit Teachings* (Ruh Öğretileri). Stainton Moses'in kendisi de tebliğ edilen birçok metnin, kanalın şuuraltı zihninden değil, kuşkusuz, bedensiz varlıklardan geldiğini kabul eder hale gelmiştir.

Bu, elbette ki, onların gerçek olduklarını garanti etmez. Jane Roberts kendi kitaplarından biri olan *The Afterdeath Journal of an American Philosopher* (Amerikalı Bir Düşünürün Ölümden Sonraki Yaşam Günlüğü) (1978) adlı eserin, William James'in sözlerinden oluştuğunu iddia etmektedir.

Ancak metinde, James'inkine benzer bir üsluba rastlanmaz; tabi, eğer James edebi becerisinin büyük bir bölümünü yitirdiyse, ona bir şey diyemeyiz:

> *Ne delişmen ve ulusalcı bir oyun bu; ve psikologların neredeyse bir misyonerlik ateşiyle yaptıkları işle ne kadar da örtüşüyor: İnsanın canından, oraya gömülmüş bütün o tutarsızlıkları ve tutkuları kökünden çekip çıkarmak ve bunları, ilerleme, sanayileşme ve doğayı insanın kullanımına sunma gibi görkemli amaçlar uğruna dizginlemek.*

Burada, birinin dikkatli ve olumlu bir şeyler söylemeye çalıştığını hissediyoruz ancak yalnızca, kendi düşüncelerini kabul ettirmeye çalıştığını anlatmakta başarılı oluyor. James'in hiç "delişmen" gibi bir terim kullanıp kullanmadığını bilmiyorum ama bundan kuşkuluyum. "... ve bunları ilerleme, sanayileşme ve doğayı insanın kullanımına sunma gibi görkemli amaçlar uğruna dizginlemek" çok karışık bir ifade; James sadece "... ve bunları ilerleme uğruna kontrol etmek" derdi, diye düşünüyorum. ("bütün o" ifadesi bile bana yanlış geliyor; olabildiğince az sözcük kullanmaya alışkın bir yazar olduğundan, "tüm" demekle yetinirdi.)

Bir ruh iletişiminin gerçek olup olmadığına karar vermek kuşkusuz kolay bir iş değildir; gerçi ruh, bariz bir yanlışlık yaparak çoğunlukla işi kolaylaştırır. 1973'te *Bertie: The Life After Death of H. G. Wells* (Bertie: H. G. Wells'in Ölümden Sonraki Yaşamı) başlıklı bir kitabın Wells tarafından iki bayana, Elizabeth Hawley ve Columbia Rossi'ye tebliğ edildiği öne sürülür. Ancak, "Wells" bir bölüme "Roma'ya Konuk Oluruz," adını verdiğinde, bunun bir sahtekarlık olduğu ortaya çıkar çünkü Wells, kitabın yazarları ve editörlerinin bilmediği bir şeyi biliyordu: konuk olmak bir yerde kalmak anlamına gelir, yolculuk yapmak değil.

Öyleyse, Bertie, ister kasıtlı ister şuurdışı biçimde olsun kesinlikle sahtedir. Seth kitaplarında, onun gerçek olduğuna ilişkin güçlü izleniminler bırakan birçok sayfa vardır. Seth gerçek bir ruhsa, Jane Roberts'a tebliğ edilen, neredeyse kesin bir biçimde sahte olduğu belli olan bir William James'i nasıl açıklayabiliriz peki?

Bu kitapta daha önce sözünü ettiğimiz Thomson Jay Hudson olsa, Seth ve James'in Jane Roberts'ın öznel zihninin mükemmel ürünleri olduğunu kesin bir dille iddia ederdi. Hudson, *Psişik Fenomen Yasası* adlı kitabında, büyük olasılıkla 1880'lerde, Prof. William R. Carpenter'ın ipnoz gösterisini görmek için nasıl Boston'a gittiğinden ve Carpenter'ın genç bir adamı transa soktup ardından onu Sokrat'la "tanıştırdığından" söz eder. Başta korkuya kapılan genç adam, yavaş yavaş özgüvenini toplar ve Sokrat'a evrenle ilgili sorular sıralayıp (Carpenter ona, seyircilerin yanıtları duyamadıklarını söylediğinden) ardından filozofun sözlerini izleyiciye tekrarlar. Bu yanıtlar öylesine zekiceydi ki, izleyiciler Sokrat'ın ruhunun gerçekten de odada olduğuna inanma eğilimindeydiler. Genç adam daha sonra birçok çağdaş düşünürle "tanıştırıldı" ve onların düşüncelerini açıklaması da en az bir önceki kadar şaşırtıcı ve Hudson'a göre, etkileyiciydi. Ancak, eserlerini bilmediği düşünürlerin verdikleri yanıtlarla o düşünürlerin gerçek düşünceleri arasında hiçbir ilişki yoktu. Genç adamın şuurdışı zihni, tıpkı bir rüyada olduğu gibi, o düşünceleri uydurmuştu. Kayda değer bir yaratıcılığa işaret ediyorlardı. (Çoğu kişi rüyalarında bestecisini bilmediği muhteşem müzikler duymuştur; bir keresinde kendimi, bestelediğim mükemmel bir parçayı çalan bir orkestrayı yönetirken görmüştüm.) Hudson şöyle yazar:

> *Aldığı yanıtlar karşısında sık sık, son derece içten bir şaşkınlık ifade ediyordu. Bundan dolayı da bunun, yanıtları kendi içsel farkındalığından geliştirmediğini kanıtladığına inanıldı.*

Ama Hudson, işin doğrusu bu değildi, der.

Hudson'a göre, Andrew Jackson Davis'in ipnozla ilgili eserleri yalnızca öznel zihninin -ya da bölünmüş beyin fizyoloji bilgimiz doğrultusunda artık, beynin sağ yarımküresi diyebiliriz- düşünceleriydi.

Hudson, genç adamın öznel zihninin şuuru yerindeyken bilmediği bilgileri belirtemeyeceğine dikkat çeker, örneğin bir filozofun nerede öldüğünü. Daha önce de gördüğümüz gibi, birçok ruh bunu yapabilmektedir; böylelikle, Stainton Moses'in "iletişimci varlığı" raftan rasgele seçilmiş kapalı bir kitaptan bir bölümü yüksek sesle okuyabilmiş ve Swedenborg, "ruh aleminden" gizli bir çekmeceyle ilgili bilgi sağlayabilmişti.

Buradan, sorunun tam kalbine ulaşılır. Dünya, Kutsal Kitaplardan (çoğu dindar bunların "Tanrı kelamı" olduğuna inanır) tutun da Seth kitapları ve *A Course in Miracles* (Mucizeler Kursu) adlı kitaba kadar kanallaşma aracılığıyla aktarılan eserlerle doludur. Hangilerinin gerçek, hangilerin gerçekdışı olduğunu nasıl bileceğiz?

1830'da Londra'da, bir mucize için dua ettikten sonra, cemaatinin "birçok dil" konuşmaya başlamasıyla çok popüler olan İskoç vaiz Edward Irwing'in acıklı öyküsü bu soruna iyi bir örnek teşkil eder. Meslektaşı Robert Baxter hiç bilmediği Latince, Fransızca, İtalyanca ve İspanyolca tümceler söyler. Bu sesler, Irving ve Baxter'a kırk gün sonra mucizevi güçlere sahip olacaklarını söyler ancak hiçbir şey olmaz. Birkaç düş kırıklığı daha yaşandıktan sonra, ruhlara güvenilmemesi gerektiği anlaşılır. Irving istifaya zorlanır ve iki yıl sonra ölür.

Irving'in kanallaşanlar tarihinde değil de guru ya da mesihler tarihinde yer aldığını söylemek daha doğru olur ancak bunları, birbirinden ayırt etmek çoğunlukla zordur. 1875'te kırk dört yaşındaki Helena Petrovna Blavatsky (ondan da daha önce söz etmiştik) New York'un 47. Batı Caddesindeki evinde oturup ışık hızıyla sayfalar dolusu yazı yazar. Arkadaşı Albay Olcott ona, sahip olmadığı kitaplardan nasıl alıntılar yapabildiğini sorar; kadın, alıntıları esin yoluyla yaptığını söyler. Olcott, onun yazarken nasıl duraksayıp sanki bir kara tahtaya bakar gibi gözlerini boşluğa diktiğini ve gördüklerini yazıyormuş gibi göründüğünü anlatır.

Olcott, Madam Blavatsky'nin yaptığı alıntılardan birinin doğruluğundan kuşku duyduğunu söylediğini ve Madam Blavatsky'nin boşluğa baktıktan sonra, gidip köşedeki rafa bakmasını söylediğini anlatır. Olcott, az önce orada olmadığından emin olduğu, söz konusu kitabın iki cildini bulur. Alıntıyı kontrol eder ve bir yanlışlık bulur, ardından da kitabı aldığı yere koyar. Kitaplar bir saniye sonra yok olurlar.

Madam Blavatsky'nin çalışmalarının ürünü, kadim Atlantis'in bilgeliğinin damıtımı olduğu öne sürülen *Isis Unveiled* (Peçesi Açılmış İsis) adlı kitaptır. Kitap çok satar ve onu ünlü yapar. Bunun nedenini, çağdaş bir okuyucu bile anlayabilir. Madam Blavatsky, Eflatun ve Hindu kutsal yazılarından, on dokuzuncu yüzyıl düşünür ve bilim adamlarına kadar olağanüstü bir bilgi birikimine sahiptir. Tıpkı Peru'da, Cuzco'dan Lima'ya dek uzanan büyük bir yer altı tünelini tarif ettiği zaman olduğu gibi, ara sıra okuyucuya şaka yapıyor gibidir.

Genelde sohbet tarzında ve okunması kolay olmasa da *The Secret Doctrine* (Gizli Öğreti) (1888) daha da hırslıdır; "tüm kadim felsefi dinsel sistemleri birbirine bağlamak" amacındadır[1] ve Madam Blavatsky kitabın "müellifi" değil sadece "yazıcısı" olduğunu iddia eder. Müellifin adı, insanın evrimini denetleyen ve Himalayalar'da bilinmeyen bir yerde yaşayan "gizli Üstatlardan" biri olan "Koot Hoomi" (ya da "Humi") idi. Daha sonraları Alice A. Bailey'nin rehberi olacak olan bir başka Üstadın adı da "Djwhal Kul"dur ("Jual Kool" olarak okunur).

Helena (ya da takipçilerinin deyimiyle HPB) 1880'de Hindistan'da, A. P. Sinnett adındaki İngiliz gazeteciyle tanışır ve ona, Üstatlardan söz eder. HPB bir dizi önemsiz mucize aracılığıyla psişik becerilerini gösterince, Sinnett çok etkilenir: Bir piknik yaparlarken beklenmedik bir konuk çıkagelince HPB birine, yemek bıçağıyla bir toprak tümseği kazmasını söyler ve kullanmakta oldukları porselen takımın parçalarından farksız olan bir fincan ve bir tabak bulunur; bir kadın broşunu kaybettiğini söyleyince HPB, konuklara bahçeyi aramalarını söyler; broş, çiçek tarhında kağıda sarılı olarak bulunur.

Sinnet, Üstatlarla doğrudan iletişim kurmak istediğini söyler ve birkaç gün sonra masasının üzerinde "Mahatma Mektupları" olarak bilinen bir metin bulur. Bir keresinde, akşam yemeği yerken havadan bir mektup düşer. Sinnett, bilgilerini gizli Üstatlardan edindiğini açıkladığı çok satan *Esoteric Buddhism* (Ezoterik Budizm) adlı kitabı (1883) yazmaya başlar. 1883'de, bilimsel materyalizmin egemen olduğu bir yüzyılın sonlarına doğru, herkesin duymak istediği de buydu ve böylece kitap son derece popüler oldu; W. B. Yeats kitabı okudu ve bunun sonucunda, Teozofi Derneğinin Dublin şubesi oluştu.

Ne yazık ki, HPB'nin gözden düşme zamanı yaklaşıyordu. Daha önce de anlatıldığı gibi, Richard Hodgson adında bir genç adam, onu Psişik Araştırmalar Derneği adına incelemeye geldi ve HPB'nin öfkeli ev sahibi onu, kadının bir sahtekar olduğuna inandırdı. Bu lanetli rapordan sonra HPB asla aklanamadı ve 1891'de öldü. Yine de anlatılan birçok şey onun gerçek bir medyom olduğunu ortaya koymaktadır. Bir bayan arkadaşı, Constance Wachmeister adında bir kontes, HPB'nin bir paravanın arkasında uyuduktan sonra kendisinin uyuyamadığını ve ayaklarının ucuna basarak yatağın yanındaki lambayı söndürmeye gittiğini anlatır. Lamba hemen ardından kendiliğinden yeniden yanar, HPB'nin ise uyuduğu kesindir, ayrıca aradan kibrit çakacak kadar zaman geçmemiştir. Bu olay üç kez gerçekleşir ve üçüncüsünde yatağın yanında ayrılırken bedensiz kahverengi bir elin fitili açıp yükselttiğini görür.

Dublin şubesinin kurucusu olan takipçisi Charles Johnston, HPB'nin masanın üzerinde parmaklarını tıkırdattıktan sonra, elini masanın epey üzerine, havaya kaldırışını izlediğini söyler; tıkırtı sesleri yine de duyulmaya devam etmiştir. Sonra da "astral tıkırtıları". Johnston'ın elinin üzerine gönderir ve Johnston elinde hafif elektrik şokları hisseder.

Gizli Öğreti'de anlatılan düşüncelerle ilgili olarak ne düşünürsek düşünelim, Madam Blavatsky'nin bir medyom olarak sahtekarlık yaptığına ilişkin çok az kuşku duyulabilir; Hodgson'ın raporundaki imalar açıkçası haksızlıktır. Büyük bir olasılıkla Mahatma Mektupları (el yazısı, HPB'ninkinden farklıdır) onun kanalıyla aktarılmıştı.

Ruh öğretilerinin doğruluğuna güvenmek için medyomluğun yeterli olup olmadığı, elbette ki, tümüyle farklı bir konudur. Bu en çok, ilk kez 1882'de yayımlanan *Oahspe* adındaki tuhaf "yeni kutsal kitap" olayında bu kadar belirgin hale gelmiştir.

Oahspe kapak sayfasında, kitabın "Jehovih (aynen alınmıştır) ve onun Melek Elçileri kelamıyla" yazıldığını iddia eder. Kanallaşmayla aktarılan sekiz yüz küsur sayfadan oluşan, çift sütun halinde basılmış bu kalın çalışma, dünyanın geçmiş yirmi dört bin yıllık tarihi olmasının yanı sıra, ondan önceki yirmi dört bin yıl öncesine de kısaca göz attığını iddia eder.

Eser, bir ölçüde ilgi uyandırmış gibidir; on dokuzuncu yüzyılda bir sokağın köşesine konulan kürsüye çıkıp da Tanrı'nın İradesi hakkında konuşan herkesin geçimini bir biçimde sağlayabildiği bir zamanda, Amerika gibi saplantılı bir biçimde dindar olan bir ülkede, böyle olacağı kesindi.

1883'de yazılmış bir mektupta, medyom -ve diş hekimi- John Ballou Newbrough bu kitabı nasıl yazdığını anlatır. "Kendi zekası dışında bir zeka tarafından, elleri aracılığıyla mekanik olarak yazıldığını" söyler. Newbrough, yirmi yaşından beri (5 Haziran 1828'de Springfield, Ohio'da doğmuştu) son dönemlerin modası Spiritüalizme ilgi duymuştu. Katıldığı toplantılarda, ellerinin düz durmayı reddettiğini ve sık sık "mesajlar" yazdığını keşfeder. Bazen istem dışı olarak transa geçer ve "normal halinden farklı biçimde konuşur, görür ve duyar."

1870'de Newbrough bir sabah, New York'ta Altıncı Caddede oturan arkadaşı Edwin Augustus Davis'e gider ve ona, sabahın dördünde omzuna dokunan bir el tarafından uyandırıldığını ve kendisine bir soru sormak istediğini söyleyen bir ses duyduğunu anlatır. "Jehovih için bir görevi yerine getirmek ister misin?" diye sormuştur ses. Ardından Newbrough, odanın kanatsız ancak "güzel ruhlar ve meleklerle dolu olduğunu" görür. Newbrough'a on yıl boyunca "spiritüel yaşaması" ve sıkı bir vejetaryen (bu, o zamanlar hemen hemen hiç duyulmamış bir şeydi) olup kendini arındırması gerektiği söylenir. Ayrıca, yardımsever olması ve yoksul hastaları tedavi etmesi de söylenir.

Böylece, Newbrough on yıl boyunca sıkı bir rejim yapar. Derken, 1880'de bir gün ona bir daktilo satın alması söylenir. Daktilo kullanmasını bilmediğini söyleyerek itiraz edince, ses ona, ellerinin yönlendirileceğini söyler. 1 Ocak 1881'de masa başına geçer ve elleri, onu şaşırtacak denli hızlı hareketlerle daktilo yazmaya başlar. Newbrough oturup ellerinin iyi bir daktilografın hızıyla hareket edişini izleyebiliyordu. Oldukça hızlı olmalıydı çünkü yedi yüz bin sözcük içeren *Oahspe*'nin elli haftada her gün on beş dakika ya da günde iki bin sözcük yazılarak ortaya çıktığını söyler. Normal bir insanın bin sözcükten oluşan bir mektubu yazması bir saat sürdüğüne göre bu, normal hızın sekiz katıdır.

Yazdıklarını okumaması söylenir ve Newbrough bu emri yerine getirir. Sayfalar, daktilosunun yanında yığılır. Bu arada, ruhlar yatağını yapıp odasını toplar. Kitap, 15 Aralık 1881'de biter.

Özgün daktilo metninin birkaç sayfasını ele geçiren bir arkadaşı, yazının düzgün yazıldığı, Newbrough'nun yazdığı bir mektubun ise yanlışlarla dolu olduğu yorumunu yapar.

Newbrough, *Oahspe*'ı Boston ve Londra'da, büyük bir olasılıkla masraflarını kendi cebinden ödeyerek bastırır ve kitap 1882'de piyasaya çıkar. 1891'de yeni ve daha geniş bir baskısı, 1912'de ise daha ucuz bir baskısı piyasaya sürülür. Demek ki, kitabın devamı da vardır. 1977'de ise son baskısını (California'da basılmıştı) hiç aramadan satın aldım.

Oahspe diğer "kutsal kitaplardan" daha kapsamlıdır, öyle ki Hristiyan ve Yahudilerin yanı sıra Hindulardan, Budistlerden, Müslümanlardan ve Zerdüştlerden de söz eder. Thor, Osiris ve Zerdüşt sık sık karşımıza çıkar.

Augustine Cahill 1978'de *Odyssey* dergisinde çıkan makalesinde şöyle yazar:

UFO fenomenine ya da Erich von Daniken'in insanoğlunun ve ilk uygarlıkların elindeki gelişmiş bilgilerin bu gezegene uzaydan geldiği varsayımına ilgi duyanlar için Oahspe, kendi kozmik bakış açısını sunar. Evrenin her yerinde yalnızca diğer gezegenlerdeki insanlar değil, astral plana giren ve bilgilerini, güçlerini ve potansiyellerini kullanmak bakımından kendilerini sonsuz aşamalar kaydederek geliştirmiş ama yine de temel ilişkilerde tümüyle insan kalabilmiş özgür ruhlar yaşamaktadır. Bu aydınlanmış varlıklar, bazıları küçük ve hızlı, diğerleri sanki uçan alemlermiş gibi büyük ve kalabalık birçok türde uzay gemisiyle evrende gezerler.

Yeryüzünde jetler ve helikopterlerin icat edilmesinden uzun zaman öncesi için, Oahspe şunları söyler: Tanrıça Arieune ok gemisinin hızını Hoab'ın gemisine göre azalttı, iri gemi sürekli bir yayıntı çıkarırken birlikte hızla düz bir hatta gidip bir roket gibi ilerlediler: Geminin ihtiyaç duyduğu yakıtı Jehovih'in elementlerini kullanmakta usta olan mürettebat ve komutanlar üretti. Ölümlüler nasıl denizi geçmek için bir araç buluyorsa, Tanrılar ve ruhlar da daha güçlü gemiler inşa edip gökyüzünde, yıldızların arasında ve güneşin üzerinde, altında, ötesinde öyle sürüyorlar.

Bunlar kulağa inanılmaz geliyor; ta ki Newbrough'la aynı yıl doğan Jules Verne'nin *Aya Yolculuk* adlı eserini 1865'te yazdığını anımsayana dek. Yine de bu bile, *Oahspe*'nin roketin itici gücünü tahmin etmesini açıklamıyor (Verne'in yolcuları, devasa bir topla aya fırlatılır).

Cahill, "*Oahspe*'nin materyalist uygarlığımızın şimdiki çöküşünü açıkça önceden haber verdiğini" ve bunun yerini, son derece spiritüel ve içtenlikle bağlı yeni bir toplumun alacağı kehanetinde bulunduğunu öne sürer.

Bununla birlikte, *Oahspe*'nin M.Ö. üçüncü ve dördüncü bin yıllarda Hindistan'da nehir kıyısında büyük bir uygarlığın geliştiğini anlattığına ve 1926'da İndüs Vadisinde Mohenjo Daro ve Harappa kalıntılarının keşfinin bu bilgiyi doğruladığına dikkat çeker.

Oahspe'nin, olumlu bir eleştirmenin temel araştırma konusu olmayı hak eden büyüleyici bir bulmaca olduğu açıktır. Ancak o kişinin bu kitabın, yeryüzüne daha önce indirilen kutsal kitaplara yapılan mükemmel bir ek olduğu ya da yalnızca İncil'in yankılarıyla dolu bir öznel zihnin inanılmaz uydurması olduğu sonucuna varması, benim yorum getirmeye henüz cesaret edemediğim bir konudur.

***

1890'da, Madam Blavatsky'nin ölümünden bir yıl önce, onun en ilginç takipçilerinden biri, İngiltere'nin Manchester kentinde yaşayan son derece dindar bir ailenin çocuğu olarak doğar. Bir Avrupalı gibi giyinmiş ama türban takan bir adam onun bulunduğu odaya girip de alnında, önemli spiritüel çalışmalar yapacağının yazılı olduğunu söylediğinde, Alice La Trobe-Bateman on beş yaşındaydı ve İskoçya'daki teyzesinin yanında kalıyordu. Daha sonra HPB'nin "gizli Üstadı" Djwhal Kul'un resmini görünce, konuğunu tanımıştır.

Alice, Hindistan'a gider, evlenir, boşanır ve Teozofi Derneğinin üyesi olur. Foster Bailey'le evlenince adı Alice Ann Bailey olur. Djwhal Kul, o sıralarda yeniden gelir (ondan D. K. ya da Tibetli diye söz eder) ve telepati yoluyla kitaplar dikte etmeyi sürdürür; birçoğu bin sayfadan daha uzun ve *A Treatise on Cosmic Fire* (Kozmik Ateş Üzerine Bir Tez) ve *A Treatise on White Magic* (Beyaz Maji Üzerine Bir Tez) gibi başlıkları olan yirmi kitap. Teozof arkadaşları, onun gizli Üstatlarla olan bu aşırı samimiyetine gücenince, dernekten ayrılıp ikinci kocasının etkin yardımları ve desteğiyle kendi grubunu kurar.

Alice Bailey'nin yazıları, Hiyerarşi'nin, yani insanlığın evrimini gözden geçirmek için her çeyrek yüzyılda bir buluşan bir grup Üstadın varlığının öne sürülmesiyle başlar. Tibetli'nin amacı, insan şuurunun içsel planlarının evrilmesine, tekamül etmesine neden olmaktır.

Kendi kanallaşma araştırmasının–*Tongues of Men and Angels* (İnsanların ve Meleklerin Dilleri) (1991)- iki bölümünü Alice Bailey'yi incelemeye ayıran Amerikalı öğretim görevlisi Arthur Hastings, Bailey'nin yazılarının "içsel planlar ve enerjilerin karmaşık bağlantıları ve düzeyleriyle ilgili bir bakış açısı içeren, geniş ve muhteşem yazılar" olduğunu belirtir. Ayrıca, yazının "teknik ancak yine de muğlak" olmasından şikayet eder ve birçok cildinden "düzensiz ve konudan konuya atlıyor" diye söz eder. "Djwhal Kul," diye bitirir, "bir yazı üstadı değildir," ki bu, "kesinlikle, içsel planların üstatlığından farklı bir beceridir."

Hastings'in vardığı bu sonuç, belirgin bir sorunu da işaret eder. Bu ruh varlıkları bazı bakımlardan insanüstüyse, nasıl olur da "düzensiz ve konudan konuya atlıyor" olabilirler? İnsan, insanüstü varlıkların biz düzensiz yaratıklardan çok daha düzenli ve yoğunlaşmış olmasını bekler. Ayrıca, binlerce sayfaya ne gerek vardır? *Kozmik Ateş*

Üzerine Bir Tez bin üç yüz sayfanın üzerindeyken, *Treatise on the Seven Rays* (Yedi Işın Üzerine Bir Tez) üç bin beş yüz sayfanın üzerindedir. Onca sözcük gerçekten gerekli midir? Ortalama zeka düzeyine sahip olan bir kişinin, düşüncelerini yirmi binden daha az sayfada özetleyebileceği kesindir.

Yazının büyük bir bölümünde belli belirsiz esinlendirici bir ton kullanılmıştır. *Kozmik Ateş Üzerine Bir Tez*'de kısa süre sonra, "bu yüzyılın bitiminde" yeryüzüne bir Avatarın, "birlik, yardım ve kardeşlik için gözü pek bir biçimde çalışacak" olan sevgi ve birlik öğretmeninin geleceği söylenir.[2]

> *Bu olayın yaklaştığının belirtileri şu anda bazı güçlerin Tanrı'nın planlarının tersine ulaşmayı başarmak için kullanmakta olduğu suç, komünizm ve aşırı radikalizme karşı, gelecek yirmi beş yıl (örneğin 1950'den önce) boyunca oluşturacağımız tepkide görülecektir. Barış çağı, yapım ve gelişimi simgeleyen güçlerin yeryüzünde toplanmasıyla ve Kardeşlik ilkesini (anladıkları kadarıyla) somutlaştıran her diyardaki grupları şuurlu bir maksatla birleştirilmesiyle açılacak. Zamanın işaretlerine dikkat edin ve yakındaki gelecekten gözünüz korkmasın.*

Burada, Tibetli'nin çok da iyi bir kahin olmadığı ortadadır; suç, komünizm ve aşırı radikalizme karşı tepki göstermekten çok uzak olan 1925 ile 1950 arasındaki olaylar, sanki tam tersi biçimde gelişiyordu: Suç oranları sürekli yükseliyor, komünizmin egemenliği güçleniyor ve solcu şiddet eylemleri yaygınlaşıyordu.

Hastings, "gizli bir Hiyerarşiye inanmanın, bireyleri iyi amaçlı bir komplo kurulduğu konusunda rahatlatabileceği" yorumunu yapar. Bu, elbette ki kavramı geçiştirmek için bir neden olamaz. Tüm dinler, tümüyle mekanik bir evrende yaşamadığımız ve gerçekten de evrime rehberlik eden bir tür yüksek zeka olduğu kavramına dayanmaktadır.

Madam Blavatsky de bunu öğretmişti; ve besteci Cyril Scott, *Outline of Modern Occultism* (Çağdaş Okültizmin Ana Hatları) (1935) adlı çalışmasında şu düşüncelere yer verdi:

> *İnsan, kıyasen eksikliklerden fiziksel ve spiritüel evrimin daha yüksek konumlarına doğru evrilme, tekamül etme sürecindedir. İkincisi, bu evrim süreci, kendileri bu yüksek konumlara ulaşmış Zekaların Büyük Hiyerarşisi tarafından yönetilir.*

Intelligent Universe (Zeki Evren) adlı bir kitapta, sibernetikçi David Foster bu kavramı tümüyle bilimsel temellere dayanarak ele alır. Sibernetik, denetim bilimidir -bir makinenin sanki zekası varmış gibi hareket etmesini sağlamak- örneğin, bir tuvalet sarnıcındaki topun suyu taşmadan önce kesmesi gibi. Artık çoğu kişi bir "programın" ne olduğunu bilecek kadar bilgisayardan anlamaktadır. Foster, bir meşe palamudunun bir meşe ağacının programı olarak görülebileceğini söyler. Ancak program, bir programlama ve bir programcı olduğu anlamına gelir; Foster da yaşayan bir şeyi programlayan enerjilerin, yeryüzünde bilinen herhangi bir enerjiden çok daha üstün bir düzenden olması gerektiğini savunur; bunlar, kozmik ışınlar düzeninden olmalı, diye de öne sürer. Bunun, bir tür evrensel zekaya işaret ettiğine inanmaktadır.

Kuşkucular bunun, bir saatin bize zekayla yaratılmış bir şey olduğu izlenimi verdiğini ve evrenin işleme sisteminin, aynı şeyi daha üst bir ölçekte gerçekleştirdiğini ifade eden on sekizinci yüzyıl teoloğu William Paley'nin iddiasının, yalnızca daha gelişmişi olduğu yanıtını vereceklerdir. On dokuzuncu yüzyıl materyalizmi, zekanın evriminin, onun bir kaza sonucu başlamadığını kanıtlamadığını ve şans ile doğal ayıklanmanın, çevremizde gördüğümüz her şey için geçerli olduğu yanıtını verdi. Bu anlamda, tartışma Madam Blavatsky'den bu yana hiçbir ilerleme kaydetmedi.

Kanallaşma yoluyla aktarılan çoğu metin bu soruyu çözmeye kesinlikle yardımcı olmaz. Bunlar, spiritüel bir alemi varsayarak başlar ama bunu kanıtlamak için hiçbir girişimde bulunmaz. Bu nedenle, çoğu kuşkucu "geçiştirildiklerini" düşünüp kısa süre sonra rahatsız olmaya başlar. Bu durum, kanallaşma aracılığıyla aktarılan metinlerin "daha üstün" bir kaynaktan geliyor olabileceğini kabullenmeye eğilimli olanlar için de geçerli olabilir.

A Course in Miracles (Mucizeler Kursu) bu sorun için iyi bir örnektir. Yazan kişi, ateist olduğunu söyleyen Helen Schucman adında bir kadındır. 1909'da doğmuş, New York'ta büyümüş, ancak kocasının kitapçı dükkanındaki işinden sıkılmıştır. Kırklı yaşlarında psikoloji okuyup 1957'de doktorasını alır. Columbia'daki Psikoloji Bölümünde öğretim görevlisi olur; patronu Bill Thetford ile burada sık sık çatışmaktadır. 1965'de zor bir fakülte toplantısından sonra, Thetford'a daha iyi bir yol olması gerektiğini düşündüğünü ve onun olumsuz tavırlarını değiştirmeye çalışacağını, ona yardımcı olacağını söyler. Kısa süre sonra Schucman ona telefon edip, bir sesin kendisine "mucizeler kursu"nu not almasını emrettiğini belirtir ve Thetford da ona not almasını salık verir. 1972'de, kalın bir kitap olarak tamamlanır. Schucman1975'te, "dikte edilen" metinden etkilenen ve özel olarak basılması için yardımcı olan psişik araştırmacı Judy Skutch'la tanışır. *Mucizeler Kursu* büyük bir başarı yakalar. Yine de Helen Schucman bir kuşkucu olarak kalır. "Doğru olduğunu biliyorum ama buna inanmıyorum," der.

Bu kolayca anlaşılabilir bir durumdur; Schucman ateistliği seçen bir Yahudiydi ama *Mucizeler Kursu* temelde Hristiyanlık etkisindedir; hatta, onu dikte eden varlık kendini sık sık Mesih olarak tanımlar. İnsanın temel sorununu korku, yani bir tür Tanrı'dan uzaklaşma olarak görür ve kitap, öğrenciyi Tanrı'ya yakınlaştırmayı amaçlar. Benliğin düşünce sisteminin altını eşelemekten çokça söz eder ve tatmin olmamış, düş kırıklığına uğramış kişileri hedefler gibidir.

Aşırı tutucu Hristiyanlardan çok daha üstün bir zeka düzeyinde olan kişileri hedeflediği kesindir. Yine de, Hristiyanlıkla ilgili yüzlerce teşvik edici metinden ne farkı olduğunu bulmak zordur:

Huzuru yayma görevini kabul ettiğinizde huzuru bulacaksınız çünkü onu, tezahür etmesini sağlarken göreceksiniz. Onlara seslendiğiniz için onun kutsal tanıkları sizi çevreleyecek ve size gelecektir. Seslenişinizi duydum ve onu yanıtlamaya geldim...

Tanrı'nın oğlunu öldürebileceğinize gerçekten inanıyor musunuz? Baba, Oğlunu güvenli bir biçimde

Kendi içine gizledi ve onu zararlı düşüncelerinizden uzakta tuttu ama onlar yüzünden, ne Babayı ne de oğlu tanıyorsunuz. Her gün, her saat, her dakika gerçek aleme saldırıyorsunuz ve bunu göremediğiniz için şaşırıyorsunuz. Sevgiyi, ona saldırmak için ararsanız, asla bulamazsınız. Sevgi paylaşmaksa, onu kendi içinde aramazsanız nasıl bulabilirsiniz ki? Sevginizi sunun ki sevgi size gelsin çünkü sevgi, sevgiyi çeker. Saldırmaya kalkarsanız sevgi gizlenmeyi sürdürür çünkü yalnızca huzurda var olabilir.

Bu durum, kanallaşma yoluyla aktarılan metinlerin neredeyse hepsinde var olan sorundur; sanki hepsi de sevgi, barış, iyilik, merhamet, günah, korku, suç vb. türevler üretmesi komutu verilmiş bir bilgisayar programı tarafından yazılmış gibidir.

Korku, suçlarımızın gerektirdiği, günahlarımıza karşılık beklenen cezadır...

Arthur Hastings'e göre çözüm, "Tanrı'yla bağlantımız ve iletişimimiz olan, Kutsal Ruh denen içimizdeki sese dönmektir."

Sorun şu ki bunlar, bizimki kadar sorunlu herhangi bir toplumda bulunabilecek olan gelişmemiş dinsel aşırı tutuculuğa benzemektedir ve hiçbir zararı olmasa -hatta biraz yararlı olsa bile- kendi kendini zekice taktir etmeye değer veren birine hiç çekici gelmeyecektir.

Bu bakış açısından bakıldığında, Shirley MacLaine'nin yazıları daha kabul edilebilirdir. *İçimdeki Yolculuk**

* Akaşa Yayınları.

adlı otobiyografisinin üçüncü cildinde, Seth'in kanallaşma aracılığıyla aktarılan mesajlarını niye kabul ettiğini belirtir ve böylece, kanallaşmanın yaygın çekiciliğini açıklığa kavuşturur:

Daha da okuyup düşündükçe, mesaj beni güdüleri yeniden incelemeye, yeniden düşünmeye ya da bugüne dek kabul ettiğim yaşamla ilgili değer ve yönleri belki de ilk kez düşünmeye zorladı.

T. S. Eliot'ın *Çorak Ülke** adlı kitabında son derece güçlü bir biçimde ifade ettiği doyumsuzluk ve değersizlikten söz etmeyi sürdürür:

Yaşadığımız hayatın doğası gereği, kendini dinlemeye zaman ayırmanın neredeyse olanaksız olduğu bir dünyada yaşamaya alışmışım... İnsan ilişkileri yapay görünüyordu. İnsanlar anlamlı amaçlara ulaşmak için çabalıyor, daha derin anlamlara erişmek istiyor ancak bunu dile getirmekten başka bir şey yapamıyor gibi görünüyorlardı.

Shirley McLaine *Bir Yerde* adlı filmin setinde, bir limuzinin arka koltuğunda oturdukları sırada, rol arkadaşı Peter Sellers ona ölüme yakın deneyimini anlattığında ne kadar etkilendiğini belirtir. Sellers setteyken bir kalp krizi geçirmiş ve hastaneye kaldırılırken bedeninden ayrılmıştır. Söz konusu olan şey, yalnızca bedeni olduğu için endişeli değildir. Bir cerrahın kalbini kesip çıkarışını ve masaj

* Yaba Yayınları.

yapışını izler. Ardından, başının üstündeki beyaz ışığı görür ve "ışığın diğer yanında sevgi, gerçek sevgi var," diye düşünür. Işığın içinden bir el uzanır ve aynı anda cerrahın, kalbin yeniden atmaya başladığını söylediğini duyar. Ardından, ışıktan gelen bir ses, "Geri dön ve işini bitir. Henüz zamanı değil," der. Sonra da kendini yeniden bedeninde bulur.

MacLaine bir buçuk yıl sonra, oturma odasında arkadaşlarıyla konuşurken, bir anda Sellers'a bir şey olduğunu nasıl anladığını anlatmayı sürdürür; yerinden fırlayarak onlara hissettiği şeyi söyler. Birkaç saniye sonra telefon çalar; arayan, Sellers'ın kalp krizi sonucu öldüğünü söyleyen bir gazetecidir. MacLaine, o süre içinde Sellers'ın odada bulunduğunu hisseder.

Sellers, MacLaine'in sözünü ettiği anlamsızlık duygusunu sık sık hissetmektedir; kolaylıkla türlü rollere bürünebilmesine karşın, kendi kimliğiyle ilgili gerçek bir düşüncesi olmadığını dile getirmiştir. Televizyon röportajlarında tuhaf, utangaç ve güvensiz biri gibi görünür. Bu içsel güvensizlik, korkunç davranışlara neden olabilir: bencillik, duygusuzluk ve yalancılık. (Bu durum, oğlu Michael'ın yazdığı duygusal otobiyografi *Not: Seni Seviyorum*'da çok belirgindir.) *Mucizeler Kursu*'nda, korku ve güvensizlikle ilgili söylenenler, Sellers için kesinlikle geçerlidir. Ancak, tüm okuyucularının aynı sorunları çektiği varsayımı, sanki bir doktorun tüm hastalarının berbat bir hastalığa yakalandığını düşünmesine ya da bir psikiyatrın herkesin psikanalize gereksinimi olduğunu düşünmesine benzemektedir.

MacLaine'nin otobiyografisinin üçüncü cildi, kanallaşmayla ilgili var olan belki de en iyi genel tanıtımdır ve

Kozmik Ateş Üzerine Bir Tez ve *Mucizeler Kursu* gibi kitaplardan doğan bazı yanlış izlenimleri kesinlikle düzeltebilir.

MacLaine Stockholm'deyken, iki arkadaşının Edgar Cayce'i okuduktan kısa süre sonra, "Ambres" adında bir varlığa kanal olan bir trans medyomuna gitmeye niyetlendiğini öğrendiğini anlatır. Tam olarak neye bulaştığını bilmeden, onlara katılır. Yolda, arkadaşlarına birkaç kez Ambres'in spiritüel bir varlık olduğunu düşünüp düşünmediklerini sorar ve onlar da MacLaine'i, öyle olduğunu düşündüklerine ikna ederler.

Medyom, yani Sture Johanssen İngilizce bilen sağlam görünüşlü bir marangozdur. Karısı Turid, seans başladığında belli ki fiziksel enerji aktarmak amacıyla kocasının elini tutan tombul, al yanaklı bir kadındır.

Mum ışığıyla aydınlatılmış bir odada on dakika oturduktan sonra, medyom kasılır, ardından gırtlaktan çıkan bir sesle eski İsveççe (MacLaine'in arkadaşı, söylenenleri ona çevirir) olduğu anlaşılan bir dilde konuşur. Bu yeni kişilik Sture'dan tümüyle farklıdır.

İzleyiciler, Ambres'i peş peşe sorulan evrenin başlangıcı ve alemlerin kökeniyle ilgili ağır felsefi sorularla sıkıştırmaya başlar. Ambres, Tanrı'dan bir zeka ve sevgiye duyulan bir gereksinim olarak söz eder. Ayrıca, Büyük Piramit'ten de (*Oasphe*'de de geçen bir bakış açısı olan) "taştan kütüphane" diye söz eder.

Celse bitip de Sture şuuruna yeniden kavuşurken kana kana su içtiği sırada, konuklar sessizce aralarında konuşur. Shirley, gördüklerini sindirmeye çalışır. Kesinlikle çok etkileyicidir ve özenli bir sahtekarlık pek olası değilmiş gibi görünmektedir.

Amerika'ya dönünce, Seth kitaplarını ve kanallaşma aracılığıyla aktarılan başka metinleri okur. (Jane Roberts o sırada hala yaşamaktadır ama 1984'te ölür.) Arkadaşı Cat'e, Ambres'den söz edince, Cat onu Amerikalı bir kanallaşma medyomu olan Kevin Ryerson ile tanıştırmayı önerir. Ertesi akşam, yeni evlendiğini söyleyen genç bir adam olan Ryerson, onu ziyaret eder. Ona, meditasyon yaparken, bir ruhun nasıl onun ağzını kullanarak konuşmaya başladığını anlatır. Kız kardeşi de aynı beceriye sahiptir. Ryerson, kendisi aracılığıyla birkaç varlığın konuştuğunu ve aralarında, kendine John diyen birinin, en gelişmiş olanları gibi göründüğünü açıklar. Bir de, diğerleri gibi birkaç reenkarnasyon geçiren, reenkarnasyonlarından birinde bir yankesici olan Tom McPherson adında bir İrlandalı vardır.

Ryerson transa geçer ve kısa süre sonra "John" adında bir varlık onun aracılığıyla "Kevin'ın ses aralığına benzemeyen çatlak bir fısıltıyla" konuşmaya başlar. John, MacLaine'e, "kendilerinin" -Kevin aracılığıyla konuşan spiritüel varlıkların- onu geçmiş yaşantılarından tanıdığını söyler.

John ona, "Şu anda kendini anlayabilmek için, şu anda göründüğünden daha fazlası olduğunu anlamalısın," der. Bu, elbette ki, Seth'in temel öğretilerinden biridir. W. B. Yeats, *Under Ben Bulben* (Ben Bulben'in Altında) adlı kitabında buna "kısmi zihin" der:

Bil ki söylenecek hiç söz kalmadığında
Ve insan öfkeyle baş etmeye çalışıyorsa
Uzun zaman önce körelen gözlerden bir şey düşer
Kısmi zihin tamamlanır...

Başka bir deyişle, şuurumuz "kısmidir"; tıpkı son çeyreğinde olan eski ay gibi. Bununla birlikte, dolunay da zaten oradadır; yalnızca görünmez haldedir.

John sözlerini sürdürür. MacLaine'e, "İnsan, kozmosun Tanrı'yla ortak yaratıcısıdır," der.

Bir süre sonra, "Tom McPherson" devreye girer ve İrlanda aksanıyla konuşur. Çay ister, ardından ona bir zamanlar İngilizlere casusluk yaptığını anlatır. MacLaine'e, kimseye söylemediği bir şey olan çocukken "rüyasında uçtuğunu gördüğünü" söyleyince MacLaine'nin onun gerçekliği konusundaki kuşkuları yok olur.

Tom, sözcük oyunlarından hoşlanır. MacLaine'in "yalnızca can için" deyişi onu eğlendirir. Okuyucunun aklına, bu tür bir varlığın daha önce kanal aracılığıyla aktarılan onca kitaba benzer bir kitap dikte ettirmeye karar vermesi durumunda, bunun mutlaka tarih öncesi bilgelik içermesi gerekmediği takılabilir. Yazarın bir ruh olduğu gerçeği, metnin derin kavrayışa sahip olmasını garantilemez.

John geri dönünce ona, İncil'in Cennet Bahçesi diye simgelediği "insanın bildiği en üstün uygarlığın", beş yüz bin yıllık dönemi süresince MacLaine'nin birkaç kez enkarne olduğunu söyler. Belirtilen zaman dilimi kesinlikle ürkütücüdür; ne de olsa uygarlığın en çok on bin yıllık olduğunu düşünmeye alışkınız; ancak bunun doğru olabileceğini savunan çağdaş bir düşünce topluluğu vardır.

John ona aşk hayatından söz edince MacLain'in onun hakkındaki kuşkuları tamamen ortadan kalkar çünkü aşk hayatını büyük bir titizlikle sır olarak saklamaktadır ve bunun nedeni de seçkin ve evli bir İngiliz politikacıyla –Gerry- beraber olmasıdır.

Gerry, önceki enkarnasyonlarından birinde Shirley ile evlidir; o zamanki ilgi alanları arasında "dünya dışı canlılarla kültürel alışveriş" de vardır. Tarih boyunca dünya dışı canlıların dünyaya ziyaretlerde bulunması ve insan ırkının bir tür rehberliğe gereksinimi olduğundan, bu ziyaretlerin git gide artması, kitabın geri kalan bölümlerinde işlenen bir temadır.

Kevin Ryerson'la gerçekleşen bu seansın anlatımı, *Mucizeler Kursu* gibi, kanallaşma yoluyla aktarılan metinlerden çok daha inandırıcıdır çünkü doğrudan olayı deneyleyen ve başka konulardaki açık sözlülüğünden ötürü, dürüstlüğüne güvenebileceğimiz biri tarafından anlatılmaktadır. Yorulmak bilmeden binlerce sayfa boyunca konuşan varlıklar, inanabilirliğimizi bir biçimde tüketebiliyorlar.

Ardından, MacLaine'in reenkarnasyon konusunu pek çok kaynaktan okuduğunu anlatan ilginç bir bölüm vardır. Kitabın son çeyreğinde ise daha çok, MacLaine'in onun yanında bir beden dışı deneyim yaşadığı David adında bir arkadaşıyla çıktığı Peru yolculuğu anlatılır.

Peru'da psişik bir kadına, New York valiliğine aday olan arkadaşı Bella'yı sorar ve henüz adaylığını açıklamamış olan kel, uzun parmaklı bir adamın kazanacağı yanıtını alır. New York'a geri döndüğünde Bella'nın valiliği, kel ve uzun parmaklı bir adama kaptırdığını görür. Bu kişi Ed Koch'tur. Shirley MacLaine'nin yeni deneyimleriyle ilgili kuşkularının, niye kısa sürede yok olduğunu görmek kolaydır.

Shirley MacLaine'nin reenkarnasyonla ilgili görüşleri, yeni keşfedilen halüsinojen LSD'yle 1950'lerde Prag'ta çalışmaya başlayan Çek psikolog Stanislav Grof tarafından da desteklenir. Ufak dozda LSD, çoğunlukla çocukluk anılarını -ve bazen de ana rahminde bulunma deneyimlerinin- şaşırtıcı ölçüde ayrıntılı olarak anımsanmasına neden oluyordu. Başlangıçta, bunları hayal olarak kabul edip üzerinde durmama eğiliminde olsa da, Grof kısa süre sonra, hastalarının embriyoloji hakkında, olağan yollarla öğrenmiş olabileceklerinin ötesinde bilgilere sahip olduklarını fark etti. Daha büyük dozlarda verilen LSD, görünüşe göre çoğunlukla olağan benliğin sınırlarının kırıldığı mistik deneyimlere neden olup Seth'in, "bildiğimiz benliğin yalnızca büyük bir varlığın küçük bir parçası olduğu" şeklindeki varsayımını doğruluyordu.

Grof, *Realms of the Human Unconscious* (İnsanın Şuurdışı Alemleri) (1975) adlı çalışmasının bir bölümünde, LSD verildikten sonra "atalarına ait deneyimler" yaşayan hastaları anlatır. Elli yaşındaki bir psikolog olan Nadja, annesinin yaşamından olduğuna inandığı bir sahneyi yeniden yaşar. Yıl 1902'dir ve üç ya da dört yaşındadır. Üzerinde kolalanmış "cicili bicili" bir elbise vardır ve merdiven altına saklanmıştır. Verandada birçok akrabasını görür. "Kendimi dışlanmış, soyutlanmış ve utanmış hissediyordum," der.

Nadja konuyu annesine açarak, rüyasında onun çocukluğunu gördüğünü söyler (gerçeği söylemiş olsa, annesi herhalde şok olurdu) ve sahneyi tarif eder. Annesi, kızının anlattıklarını doğrular ve Nadja'nın sözünü etmeye olanak bulmadığı birçok ayrıntıyı aktarır. Kendi annesi, Nadja'nın anneannesi, son derece sert, temizlik hastası bir kadındır ve kızına hep kolalanmış giysiler giydirir. Evin tarifi dikkat çekici ölçüde doğrudur ve annesi, pazar günleri birçok akrabalarının yemeğe gelip verandada oturduklarını anlatır.

Renata adında bir hasta, on yedinci yüzyılda Otuz Yıl Savaşlarının başlangıcındaki Prag'da bazı sahneler deneyler; bu, Renata'nın hakkında çok az şey bildiği bir dönemdir. Grof, bu dönemle ilgili kitaplara baktığında hastasının mimari, giysiler, silahlar ve ev araçlarıyla ilgili tariflerinin kusursuz olduğunu keşfeder. Renata'nın o dönemde Çek kraliyet ailesiyle vasalların arasındaki karmaşık ilişkiler hakkında anlattıkları da doğrudur.

Geçmişten anımsadıklarının çoğu, 1621'de yapılan Beyaz Dağ Savaşı sonrasında Hapsburgların idam ettiği yirmi yedi kişiden biri olan bir asilzadenin yaşamından kesitlerdir. Sonunda, asilzadenin idam edilmeden önceki son saatlerini yeniden yaşar. Renata, onun atalarından biri olduğu sonucuna varır. Renata, elbette, doğrudan onun soyundan gelemeyeceğine göre (idam edildiğine ve dolayısıyla bu anıyı genetik olarak aktarmış olamayacağına göre), önceki bir enkarnasyonundan bazı sahneler anımsamış olması olası görünüyor. (Reenkarnasyon araştırmalarıyla ilgili en tuhaf noktalardan biri de, şimdiki ve geçmiş enkarnasyonlar arasında çoğunlukla bir bağlantı olmasıdır. Sonuçta, Çek bir hastanın neden kendisinin İzlandalı bir balıkçı ya da Çinli bir köylü değil de bir Çek asilzadesi olduğuna ilişkin vizyonlar gördüğünü açıklayan mantıklı bir neden yoktur. Yine de, bu sık sık olur. Geçmiş enkarnasyonlarda yakın olan kişilerin şimdiki hayatlarında yeniden biraraya gelmesi de aynı garipliğin bir parçasıdır.)

Birkaç yıl sonra, Renata'nın üç yaşından beri görmediği babası soyunu araştırır ve Renata'ya, ailesinin gerçekten de Beyaz Dağ Savaşı sonrasında idam edilen Çek asilzadenin soyundan geldiğini söyler.

Renata, bununla birlikte, geçmişe döndürüldüğünde, bir göl kenarında güneşlenen iri bir tarih öncesi sürüngenin farkındalığını deneyler. Terapist ise sanki o türün erkeğine dönüşür ve Renata, canavarın başının kenarındaki bazı pullara baktıkça uyarıldığını hisseder. Grof bir paleontologa danışır ve ondan, bazı çağdaş sürüngenlerin dişilerinin, erkeklerin başlarının bazı bölgelerindeki renkleri görünce uyarıldıklarını öğrenir.

Grof hayvan, hatta bitki şuurunu deneylediğini öne süren hastaları anlatır.

Bununla birlikte, LSD aldıktan sonra büyük bir özgürlük, ayrıca yer ve zamanın sınırlarını aştığını hisseden, sonra da dünyanın diğer ucunda olan anne babasının dairesine girmekte olduğunu fark eden bir adamın ilginç bir anlatımı vardır. Dışarıdaki saat, aradaki saat farkını doğru biçimde gösterir. Dairede duyumsadıkları öylesine gerçektir ki bu deneyimi bilimsel olarak doğrulatmak için duvardan bir tablo indirmeye kalkışır. Tabloya uzanırken, bir tehlike duygusu ve "kötü güçlerin esrarengiz etkisini" hisseder. Benlik sınırlarını aşmadan önce "mistik" güçlerle oynamanın tehlikeleriyle ilgili uyarıları anımsar. Bununla birlikte, deney başarılı olursa, düzenli evreninin çökeceği duygusuna ve "kendisini tam bir metafizik kafa karışıklığı içinde bulacağına" yönelik bir korku deneyler. O nedenle, yer ve zamanı aşma isteğine karşı koyar.

Grof'un deneyi, bizi çevreleyen sert sınırlamaların sanki yanılsamalardan ibaret olduğuna -belki de Seth'in deyimiyle, bir birleşik yaratılış olduğuna- ilişkin çok az kuşku bırakmaktadır. Peki, LSD'yle yapılan deneyler ciddiye alınabilir mi? Grof -tıpkı Renata'nın, idam edilmiş asilzadenin soyundan geldiğini keşfetmesi gibi- birçok doğrulamadan söz eder. Bir adam paralel bir boyutta, bedensiz varlıklarla çevrili olduğunu hisseder. Aralarından biri onunla telepati yoluyla iletişim kurar ve ondan Kromeriz, Moravia'da yaşayan bir çiftle bağlantı kurmasını, onlara oğulları Ladislav'ın iyi olduğunu söylemesini ister. Ona bir ad, adres ve telefon numarası verilir. Grof, telefon numarasını arayıp Ladislav'ı istemeyi dener. Telefona yanıt veren kadın ağlamaya başlar ve Ladislav'ın üç hafta önce öldüğünü söyler.

Elbette ki, LSD alımı son derece tehlikeli olabilir; uyumsuzluk ve "metafizik kafa karışıklığı" duyulmasına neden olabilir. Grof, aynı etkinin daha az riskle sağlanıp sağlanamayacağını görmeye karar verir. *The Adventure of Self Discovery* (Kendini Keşfetme Macerası) adlı kitabında, eşi Christina'yla birlikte nasıl LSD'nin etkilerinin aynısını ve kendi deyimiyle "holotropik" ya da sıra dışı şuur halleri yaratan soluma -çoğunlukla tez ve derin solunum- ve masaj yöntemleri geliştirdiklerini anlatır.

***

Son olarak, 1958'de beden dışı deneyimler yaşamaya başlayan Virginia'lı işadamı Robert Monroe'nun çalışmalarına değinmezsek, kitabımız eksik kalmış olur.

Onun yaşadıkları, kulağa farklı sesler vermek suretiyle yapılan uykuda öğrenme deneyleriyle bağlantılı olabilir. Monroe bir gün bedeninden ayrılmakta olduğunu fark etmişti. Öldüğünü sanıp paniğe kapıldığından, yeniden bedenine girmeyi başarmıştı.

Aynı şey, bir gün bunu kendi isteğiyle yapabileceğini anlayana kadar gittikçe sıklaşarak tekrarlanmaya başlar.

Bedeninden ayrılıp arkadaşlarının ne yaptığını görebilmektedir ve gördükleri daha sonra, arkadaşları tarafından doğrulanmaktadır.

Fiziksel alemimizde dolaşmaktan hoşlanmaz; bu, su altında yüzmek gibi zor bir şeydir. Ancak, kısa süre sonra, kendini evindeymiş gibi hissettiği -Yer 2 adını verdiği-başka bir alem olduğunu keşfeder. Buranın, astral bedenin (ya da ruh bedeninin) doğal ortamı ve öldükten sonra gittiğimiz yer olduğunu anlatır. Klasikleşen *Journeys Out of the Body* (Beden Dışına Yolculuklar) adlı kitabında Yer 2'nin, bizim alemimizin tümüyle içine girdiğini ve bunu anlamanın en kolay yolunun titreşimler, "biri de, bu fiziksel alem olan farklı frekanslarda işleyen sonsuz alemler" olduğunu söyler.

Monroe'nun Yer 2'yle ilgili tarifleri, oranın, Grof'un hastalarının deneylediği "paralel boyut" olduğu izlenimini vermektedir.

İlginç olan nokta, Yer 2'de de fiziksel nesnelerin var olmasıdır ancak Monroe, bunların düşünceyle yaratıldığını söyler; bu, UFO'ların çelişkili görünen davranışlarına ve bizim zaman ve yer anlayışımıza meydan okuyacak biçimde bir görünüp bir kaybolma becerilerine ışık tutabilecek bir düşüncedir. Hatta, *Far Journeys* (Uzak Yolculuklar) adlı bir başka kitabında Monroe, UFO'ların ve içinde bulunanların bu "paralel boyuttan" geldiklerini belirtir.

Monroe, uygulayan herkesin bedeninden ayrılabilmeyi öğrenebileceği yöntemler geliştirir; bu yöntemleri 1995 yılında ölene dek Virginia'daki Monroe Enstitüsünde öğretir. Eğitim, normalde "eşzamanlılıktan uzak" olan beynin iki yarımküresini "dengelemek" amacıyla, kulaklıklarla çalınan seslerle başlar. Bilimsel araştırmalar, Monroe'nın iddialarının laboratuvar ortamında kanıtlanabilir olduğunu göstermiştir. Çoğu insan beden dışı deneyim yöntemlerini oldukça kısa bir sürede öğrenebilmektedir.

Aslına bakarsanız, Amerikan ordusu yıllardır bunun farkındaymış gibidir. Ordu, Soğuk Savaş sırasında Ruslara karşı; ve ayrıca, uyuşturucu karşıtı bir operasyonda casusluk yapmaları için psişikleri askere alır. Aralarından David Morehouse adında bir asker, bir merminin miğferini delip geçtiği ve o an şuurunu yitirdiği olaydan sonra, beden dışı deneyimler yaşamaya başlar. Bunları sağlık subayına bildirince, hemen "uzakgörü" programına alınır. Orada, haberalma operasyonlarını "astral projeksiyonla" yürütmeleri öğretilen ve kendilerine farklı hedefler gösterilen birçok kişiden biridir.[3] Ayrıntılarıyla tarif edebildiği hedeflerinden biri de yeni bir tür Sovyet çıkarma aracıydı.

Bu "uzakgörü" aynı zamanda şaşırtıcı bir biçimde geçmişe de uygulanabiliyordu. Morehouse'dan, 1983'de Sovyetler tarafından düşürülen Kore yolcu uçağının casusluk yapıp yapmadığını öğrenmesi istenir ve o da, ikinci pilotun radarla taranan uçuş alanında gedikler olup olmadığını görmek amacıyla uçağın kasıtlı olarak Rusya üzerinde rotadan çıkmasına izin verdiği sonucuna varır.

Morehouse, en başından beri psişik güçlerini askeri amaçlar doğrultusunda kullanmasının yanlış olduğunu düşünmüştür ve sonunda, güçlü ve bazen de gözdağı veren bir muhalefetle karşılaşmasına rağmen ordudan ayrılır.

***

Öyleyse, birkaçımızın varlığından kuşku duyduğu güçlere insanların sahip oldukları açıkça anlaşılıyor. Son yıllarda, Robert Jahn adında Amerikalı bir profesör, bunu kuşkuya yer bırakmayacak biçimde kanıtladı. Princeton'da öğretim görevlisi olan Jahn, gerçekte otomatik bir yazı tura makinesi olan Rastgele Olay Üreticisi adında bir makine icat etti. Ardından, sokaktan, makinenin "turadan" çok "yazı" atmasını sağlayacak sıradan insanlar topladı. Başarı oranı çok yüksekti ve zihnin maddeyi etkilemesi için mutlaka bir psişik olmak gerekmediğini kanıtlıyordu.

Uzakgörüyle ilgili bir deney ise çok daha şaşırtıcı özellikteydi. Bir kadın bir televizyon stüdyosunda otururken, bir başka kadın Chicago'da kent içinde rasgele seçilmiş bir noktaya gider. O yer, Rockeffeller Kilisesidir ve stüdyodaki kadın, orayı kusursuz bir doğrulukla tarif etmeyi başarır.

İnsan bunun telepati olduğunu sanabilir ancak değildir çünkü stüdyodaki kadından belirlenen yeri, diğer kadın oraya varmadan yarım saat önce tarif etmesi istenir. Kadın, gelecekte olacak olan bir olayı anlatmıştır.

Tüm bunlar, on dokuzuncu yüzyılda bilim ile normal ötesi olayların arasındaki uçurumun git gide ortadan kalkmakta olduğu umudunun gerçekleştiğini göstermektedir.

1983'te *Mindsteps to the Cosmos* (Kozmosa Zihinsel Adımlarla Yaklaşmak) adlı bir kitapta, astronom Gerald Hawkins [*Stonehenge Decoded* (Çözülen Stonehenge Sırrı) adlı eseriyle daha çok tanınmaktadır] insanlığın dönem dönem, evrenle ilgili yeni, devrimsel bir değişiklik olan "kozmik zihinsel adımlar" dediği bir süreçten geçtiğini öne sürer. Sözünü ettiği şey astronomideki zihinsel adımlardır ancak bu durum, insan evrimi alanında da aynı biçimde geçerlidir.

Hawkins'e göre, ilk başlarda insan, hayvandan pek az daha gelişmiş bir yaratıktır ve güçlü bir biçimde yeryüzüne saplanıp kalmıştır. Ardından gökyüzünü fark etmeye ve gördüğü gökcisimlerinin birer tanrı olduğu şeklinde bazı mitler uydurmaya başlar; Hawkins Babillilerin *Gılgamış Destanı*'nın aynı zamanda güneş, ay ve gezegenler olan tanrılardan söz ettiğini açıklar. Bu 1. Zihinsel Adım'dır. Ardından, gökyüzünü inceleyen ve bu gökcisimlerinin hareketlerini açıklamaya çalışan Yunanlılar gelir; bu da 2. Zihinsel Adım'dır. Batlamyus yeryüzünü, evrenin merkezine yerleştirdiğinden planı son derece karmaşıktır. Bir sonraki zihinsel adıma, Kopernik, güneşi güneş sisteminin merkezine koyana dek geçilemez. Matbaanın keşfi de bir "bilgi patlamasına" neden olur.

Bir sonraki basamak, insanoğlunun başka galaksiler aramaya ve sonunda evrenin boyutunu kavramaya başladığı uzay çağıdır. Bu da 4. Zihinsel Adımdır.

Sonraki Zihinsel Adım mı? Bu, evrende dolaşmamızı sağlayan yeni bir teknoloji olabilir mi? Ya da belki, dünya dışı canlıların uygarlıklarıyla bağlantı kurulması?

Ya da Stanislav Grof ve Robert Jahn gibi bilim adamlarıyla Robert Monroe gibi araştırmacılar tarafından ortaya çıkarılan çok büyük yeni alemlerin farkındalığı olabilir mi? Öyleyse, hiç kuşkusuz diyebiliriz ki bu, şimdiye kadar attığımız en büyük zihinsel adımımız olacaktır.

DOKUZUNCU BÖLÜM

SONSÖZ

1968'de bir makale için, düşünür C. D. Broad'la röportaj yapmak üzere Cambridge'e gittim. Nazik ve alçakgönüllü biri olan Broad, o sıralarda çalıştığı Trinity koleji, onu seksen yaşındayken önemsiz işler sorumlusu yaptığından oldukça kızgındı ve geri kalan görevlerini bir an önce bitirip çok sevdiği İskandinavya'ya dönmek için sabırsızlanıyordu.

Felsefi düşünceleri ve genç nesille ilgili görüşleriyle ilgili konuştuktan sonra, psişik araştırmadan söz etmeye başladık; Broad 1920'de Psişik Araştırmalar Derneğine üye olmuş ve derneğin iki kez başkanlığını yapmıştı. İlginç bir yorum yaptı: "Psişik araştırmanın meydana çıkardığı olgular doğruysa, o zaman kesinlikle çok önemliler; kelimenin tam anlamıyla *her şeyi* değiştiriyorlar." Ona otobiyografisinde[1] yer alan bir sözünü anımsattım: "Şu ana dek, şimdiki bedenimden sonra yaşamayı sürdürmek gibi herhangi bir arzum olmadığını söyleyebilirim ve ölümden sonra yaşamayı sürdürme olasılığının kesinlikle olmadığından emin olduğum zaman çok daha rahatlamış olacağım." Broad, burada bir çelişki olmadığına ısrar etti:

> *Bu yaşamımda son derece şanslıyım... Büyük olasılıkla, isteyebileceğim tüm başarıları elde ettim. Belki de hak ettiğimden fazlasını... O nedenle, başka bir alemde şansımı deneme fikrinden hoşlanmıyorum. Her şeyin sona ermesini yeğlerim.*

Broad, bu kitapta birçok kez değindiğimiz bir konunun altını çiziyor. Ölümden sonra yaşam olduğunu *bilmek*, her şeyi kesinlikle değiştirecektir. Aynı zamanda, başka bir anlamda da, hiçbir şeyi değiştirmeyecektir. Bir bebek gözlerini karmaşık, şaşırtıcı ve oldukça korkutucu bir dünyaya açar. Kısa süre sonra, büyüklerin tüm yanıtları bildiği inancını geliştirir. Erişkinliğe ulaşmak ve bunun doğru olmadığını fark etmek ise oldukça huzursuz edicidir. Kierkegaard şöyle yazar:

> *Ben neredeyim? Ben kimim? Buraya nasıl geldim? Dünya denilen bu şey nedir?... Dünyaya nasıl geldim? Niye bana sorulmadı?... Ve burada olanlara katılmak zorundaysam, buranın müdürü nerede? Onunla görüşmek istiyorum.*

"Endişelenme; ölümden sonra yaşam var," demek bir yanıt değildir. Ölüm bir bireyin sonu *olsaydı*, anlamsızlık ve değersizlik duygusunu daha da çoğaltırdı. Ancak, başka bir alemde yaşamaya devam edeceğimizin söylenmesi, bizi aynı soruyla karşı karşıya getirir. Bu soruyu William James dile getirmiştir: Niye yokoluş yerine varoluş var? Bu soruyu yanıtlamak için, büyük olasılıkla, "dış" varoluşa ulaşmamız gerekir ve bu, olanaksız gibidir.

Bu durum, Spiritüalizmin çağdaş dünyada niye daha büyük bir etki yaratmadığını açıklıyor. 1850'de Rochester'da başlatıldığında, taraftarları yeni bir dinin oluşumuna yardım ettiklerinden hiç kuşku duymuyorlardı. Spiritüalizm, insanın Tanrı'yla ilişkisine dair mistik bir anlayışa dayanmıyordu; ölmüş insanların tam olarak ölmediği, şimdikine benzemeyen bir alemde yaşamayı sürdürdükleri savına dayanıyordu. Bu da, insanın evrendeki yeriyle ilgili soruyu aynı noktada bırakıyordu. O nedenle, Roma'nın katolik ilahiyatçıları agnostik bilim adamlarıyla bir olup Spiritüalizmi sıkıcı, sığ ve anlamsız olmakla suçladılar.

Bu kitabı yazmaya başlamadan birkaç ay önce, onların bu itirazlarını iyiden iyiye anımsadım. Bir muhabir, tüm zamanların en iyi medyomunun varlığından yeni haberdar olduğunu söyledi. Buradan sonra ondan, Martha diye söz edeceğim. Muhabirim onun bir "materyalizasyon medyomu" olduğunu ve seansları sırasında oldukça katı görünümlü kişilerin ansızın belirip odada dolaştıklarını söyledi. Sorulara yanıt vererek, kendilerine dokunulmasına izin vererek ve izleyicilerin yanlarına oturarak tümüyle normal insanlar gibi davranıyorlardı. Kısacası, olayın hiç de mistik bir yanı yoktu; sanki bir akşam çayı toplantısı gibiydi.

Hemen Martha'ya bir mektup yazarak, ona ölümden sonraki yaşamla ilgili bir kitap yazmaya başlayacağımı açıkladım ve seanslarından birine gelip gelemeyeceğimi sordum. İstediğim zaman gelebileceğimi belirten, içten bir yanıt aldım.

Aradan fazla uzun zaman geçmeden, Martha'nın yaşadığı taşra kasabasına uğradım ve telefon açıp bir toplantıya gelip gelemeyeceğimi sordum. Seansların yapıldığı evin sahibi olan arkadaşları tatilde olduğu için bunun şu anda olanaksız olduğunu açıkladı, ancak beni kendi evine çaya davet etti.

Martha otuz yaşlarında, oldukça çekici bir kadındı. Beni kocası Bill, oğlu ve oğlunun kız arkadaşıyla tanıştırdı. Anlattıkları çok etkileyiciydi. Martha eskiden bir oyuncuydu ancak bir mühendis olan Bill'le evlendiği için sahneyi bırakmıştı. (Oğlu hala tiyatroda ışık mühendisi olarak çalışıyordu.) Güçlerini, Martha bir arkadaşıyla tartışıp çok sinirlenmesinden sonra, rastlantı eseri keşfetmişlerdi. Martha yaşadığı tartışmanın ardından bir sehpaya dokunur ve sehpa hızla öteye doğru fırlar. Elini üzerine koyduğunda sağa sola sallanır. Masa, bir şifre aracılığıyla sorulara yanıt verir. Hepsi de bundan büyülenir ve akşamlarını sehpaya sorular sorarak geçirmeye başlarlar. (Martha, daha önce bu tür konularla hiç ilgilenmediğini özellikle vurgular; kendisi katoliktir.) Bir gün transa girer ve bir ruh onun ağzından konuşur. Uyandığında, neler olduğuna ilişkin hiçbir şey anımsamayarak, uyuyakaldığı için özür diler. Daha sonraki seanslarda ruhlar "maddeleşir."

Bir süre sonra, koyu bir İskoç aksanı olan ve kendini medyom "Helen Duncan" diye tanıtan bir kadın, Martha'nın rehber varlığı olur. Bir gün, küçük bir çocuk belirir -ona da "Jeremy" diyelim- ve birkaç hafta önce bir kazada nasıl öldüğünü anlatır. Onlara adını ve adresini verip annesi o gece başka yerde kalacağından, babasının o anda evde yalnız başına oturduğunu söyler. Jeremy, babasının oturduğu yerin tavanında kırmızı bir kelebek olduğunu söyler.

Bu olay gece vakti olmuştur ve saat de geçtir ancak Jeremy'nin öyküsünü test etmeye karar verirler. Telefon numarasını ararlar ve bir erkek yanıt verir. Bill, "Bakın, size gülünç bir soru soracağım. Bulunduğunuz odanın tavanında kırmızı bir kelebek var mı?" diye sorar. Adam hayretle yanıt verir: "Tanrım, gerçekten de var! Bunu nasıl bildiniz?" Yanıt verirler: "Az önce oğlunuz söyledi..." Baba, Jeremy'nin ölümüyle ilgili söylediklerini doğrular. Ertesi gün anne baba gelir ve "oğullarına" sarılıp öperken sevinçten ağlarlar.

Çok etkileyici bir öyküdür. Bence, Martha ve Bill oldukça inandırıcıydı. Tümüyle doğal, mantıklı, hoş bir çiftiler ve öyküleri doğrulanabilirse Martha'nın, Daniel Dunglas Home'dan bu yana en müthiş medyom olduğu kuşkusuzdu. Doğrulanması konusunda çok az kuşkum vardı çünkü Jeremy ve Helen Duncan'la yalnızca konuşmayacağımı, onlara dokunabileceğimi de söylediler.

İlk fırsatta yeniden Bill ve Martha'nın yaşadığı banliyöye gittim. Bir nedenle arkadaşlarının evinde seans yapmak hala olanaksızdı; seansı kendi oturma odalarında gerçekleştirmeyi önerdiler. Erken saatte çaya davetliydim -daha doğrusu, sıcak sosisli çörekler, türlü türlü kek ve çöreklerin ikram edildiği bir yemek oldu bu- ve "diğer alemle" bağlantılarıyla ilgili bir dolu daha şey anlattılar. Anlaşılan, Martha birçok dik kafalı kuşkucularla sorunlar yaşıyordu ve bunlardan biri, ünlü bir spiritüalist dergide onu sahtekarlıkla suçlamıştı. Buna çok şaşırdım: Martha'nın fenomeni beklenenin en az yarısı kadar inandırıcı olsa bile, birilerinin neden onu suçlamak isteyeceğini anlamak zordu.

Seans, yaklaşık iki saat sonra başladı. Bill ve Donald (oğulları) pencereleri siyah plastik plakalarla kaplamaya başlayınca çok şaşırdım. En ufak bir ışığın medyoma zarar verebileceğini söylediler. Martha bir koltuğa oturdu; ben, Donald ve kız arkadaşıyla kanepeye oturdum; Bill, Martha'nın karşısına oturdu. Bilinen klasik müzik parçalarıyla dolu bir kaset çalınmaya başlandı ve ışıklar söndürülerek karanlıkta kaldık. Müziğin gerekli ortamı sağladığını söylediler. Kısa bir süre sonra masadan birkaç darbe sesi geldi ve Bill on üç ruhun geldiğini açıkladı. Ardından, küçük bir çocuğun sesi duyuldu ve Jeremy belirdi. Onunla tanıştırıldım ve ona sesini kaydetmeme izin verip vermeyeceğini sordum. İzin verince, yanımda getirdiğim kayıt cihazını çalıştırdım. Ardından, hep birlikte konuşmaya başladık; çok sıradan, normal şeylerden bahsediyormuş, sanki şömine karşısında sohbet ediyormuş gibiydik. Jeremy'nin çok tiz bir sesi vardı, sanki ağzında bir şey varken konuşuyormuş gibiydi, sesini kısan tuhaf bir şey vardı. Birkaç dakika sonra, Jeremy şöyle sordu: "Laura'yı duyabiliyor musun?" Müzik yeniden açılmış ve Placido Domingo, "Sensiz yapamam" diye şarkı söylüyor olduğundan yeni geleni fark etmemiştim. Bill onu selamladı ve ben de onunla tanıştırıldım. Laura elimi iki eliyle tuttu ve oldukça normal bir insan gibiydi. Müziğe eşlik ederek şarkıyı söyledi; hoş bir sese sahipti ancak yine tuhaf bir şey vardı; hafif bir titreme diyerek tarif edebilirim. O anda bir el feneri yandı ancak üstüne kırmızı bir çorap geçirilmişti, o nedenle kapkaranlık olmasına karşın hiçbir şey görünmüyordu. Laura'nın çıplak ayaklarına tutulmuştu ve onları halının üzerinde belli belirsiz görebildim.

Ansızın, İskoç aksanlı bir ses konuştu: "Merhabalar! Bu akşam hepinizi görmek çok güzel!" Bill onu selamladı: "Merhaba Helen." "Sanırım, epey şaşırmışsındır, Colin?" Bill'e müziği kısmasını söyledi ve açıklama yaptı: "Martha karanlıktan korktuğu için müziğe gereksinim duyuyoruz. Şuurdışı zihninin duyabileceği kadarı yeterli." Bana kendini tanıtmayı sürdürdü ve geldiğime "çok sevindiğini" söyledi. Benim konuşkan bir adam olduğumu duyduğunu, kendisinin de konuşkan bir kadın olduğunu söyledi.

Birkaç dakika sonra, Bill ara verme zamanı geldiğine karar verdi. Müzik çalındı: ardından ışık yakıldı. Martha orada, üzerinde eşofmanıyla koltukta yavaş yavaş uyanırken, sordu: "Bir şey oldu mu?" Olduğunu söyledik.

Beş on dakikalık bir mola sonrasında, seans yeniden başladı. Jeremy uzun bir süre daha gevezelik etti, ardından Helen bir "deney" yapmayı önerdi. Bunun el fenerini alıp bana ayakları, sonra da dizlerini göstermek olduğunu anlaşıldı. Yine, kırmızı loş ışığın belli belirsiz aydınlattığı tenden başka bir şey görmek olanaksızdı.

Helen dediği gibi, çok konuşkan bir kadındı. Bir ara sözünü kesip Helen yaşarken, seanslarından birine katılan arkadaşım Leonard Boucher'ı anımsayıp anımsamadığını sordum. Anımsadığını söyledi ve "Len'in" nasıl olduğunu sordu. Şu anda Zimbabwe'de olduğunu söyledim. "Öyle mi?" dedi Helen şaşırarak, "Rodezya'da olduğunu sanıyordum." İkisinin aynı yer olduğunu açıkladık. Benden Leonard'a, Portsmouth'u anımsatmamı istedi.

Biraz daha konuştuktan sonra, bana poltergeistların

doğasını açıklayıp açıklayamayacağını sordum. Helen otoriter bir sesle, "Açıklayayım," dedi. Ancak, onun yerine bize poltergesitların asla kimseye zarar vermediğini ve onlardan korkmanın bir gereği olmadığını söyledi. "Ölülerden çok, yaşayanlardan zarar gelir..." Sonraki yaklaşık on beş dakika boyunca çok da önemli bir şey anlatmayarak -özellikle de poltergeistların doğasıyla ilgili hiçbir şey söylemeyerek- gevezelik etmeyi sürdürdü. Açıkça anlaşılıyordu ki, ya poltergeistlarla ilgili bir şey bilmiyordu ya da bildiklerini kendine saklamayı yeğliyordu. Bill, yeniden mola vermenin zamanı geldiğini bildirince üzüldüm. Kasetim çoktan dolmuştu.

Bill bana, Sir Oliver Lodge'ın oğlu Raymond'un çoğunlukla seanslarında belirdiğini söylemişti, o nedenle onunla da karşılaşabilecek miyim, diye sordum. Daha önce "Raymond" ile yapılan bir seansın kaydını dinlemiştim. Sonunda, biraz daha sohbet ettikten sonra Raymond gelip kendini bana tanıttı. O noktada, kuşkularım kabardı. Bu Raymond, kasetten duyduğum sese hiç benzemiyordu. Oldukça kısık bir sesle, üst sınıf aksanıyla ve "Burlington Bertie'yi" söyleyen Ella Shields'ınkine benzeyen hafif kadınsı bir ses tonuyla konuşuyordu.

Ona, ruhların karanlıkta gördüklerinin doğru olup olmadığını sordum ve o da bunu doğruladı; hatta, Psişik Araştırmalar Derneğinden bir arkadaşımın Martha'nın seanslarından birine katıldığında, kaç tane parmak gösterdiğini söyleyerek onu dehşete düşürdüğünü belirtti. O zamanlar odaya teller gerildiğini ve ruhların karanlıkta görme becerilerini bu tellerden kaçınarak kanıtladığını da ekledi.

Bu bir davete benziyordu, ben de Raymond'a, şu anda yüzümde ne tür bir ifade olduğunu söyleyip söyleyemeyeceğini sordum. Yüzümü hemen korkunç bir biçimde çarpıtarak, dudaklarımı sarkıttım. Raymond duraksayarak sordu: "Demek istediğin şey, ağzının açık olup olmadığını söylemem mi?" O anda, Raymond'ın karanlıkta göremediğini kesin olarak anladım. "Evet," diyerek söylemek istediğim şeyin bu olduğunu belirttim. Raymond hemen yanıt vererek, "bunu artık yapmadığını" belirtti. "Niye?" diye sorunca bana, bunun artık kimseyi ikna etmediğini açıkladı. "Ama beni ikna edecek," dedim ona. "Örneğin, şu anda kaç parmak gösterdiğimi söyle." İki parmağımı kaldırdım. "Artık bunu yapmıyoruz," dedi Raymond sinirlenerek. "Niye? Beni ikna etmek istemez misin?" dedim. Raymond, evden ayrılıp Raymond'ın parmaklarımı saymayı başardığını yazdığımda kimsenin bunu kanıt olarak görmeyeceğini açıkladı. Martha'yı kızılötesi ışınlar ya da onun gibi bir şey kullanmakla suçlayacaklarını açıkladı. Yeniden, meselenin başkalarını değil, beni ikna etmek olduğunu anlattım. Bana kaç parmak gösterdiğimi doğru söyleyebilirse, bir ruh olduğunu kabul edecektim. Söyleyemezse kabul etmeyecektim.

Raymond buna çok sinirlendi. Bana, gerekli tüm kanıtları sağladıklarını söyledi. Benim ruhlara dokunmama ve bir fenerin ışığı altında görmeme izin verdiklerini söyledi. Fener ışığının kanıt sayılabilecek hiçbir şey -hatta, Martha'nın hala koltukta oturup oturmadığını bile- göstermediğine dikkat çektim. Birinin elimden tutup, Martha'nın koluna dokunmama izin verdiği doğru olsa da, onun Martha'nın kendisi olup olmadığına yemin edemezdim.

Ruhlar aleminde yetmiş yıl bulunmanın Raymond'ı

sıradan beşer kişilik özelliklerinden arındırmadığı ortadaydı; öfkesini denetlemekte zorlandığı belliydi. Bana yeterince kanıt gösterdikleri konusunda ısrar ediyordu. Bu kadarı yeterliydi. Ben de, tüm kuşkularımı ortadan kaldırmak için yapacağı tek şeyin, ona kaç parmak gösterdiğimi söylemesi olduğu konusunda ısrar ettim. "Artık o tür şeyler yapmıyoruz..." diye tekrarladı. Öfkelendikçe sesinin daha da kadınsılaştığını fark ettim.

Daha fazla devam etmenin bir anlamı yoktu ve bunu söyledim. Müziğin sesi açıldı ve ışıklar yakıldı. Çok tuhaf bir andı. Raymond'ın sahte olduğundan kesinlikle emindim ve buradan da, seansın tümüyle sahte olduğu anlaşılıyordu. Martha uyku mahmurluğuyla uyandı ve neler olduğunu sordu; Bill ona, Raymond'la benim tartıştığımızı anlattı. Teşekkür ettim ve daha fazla utanmamak için hemen kalktım.

Eve varır varmaz, Zimbabwe'de bulunan Leonard Boucher'a yazıp, Helen Duncan'ın ona "Len" diye hitap edip etmediğini ve onu Portsmouth'ta görüp görmediğini sordum. Yanıtı tam da beklediğim gibiydi. Çok resmilermiş, birbirilerine adlarıyla hiç hitap etmemişler. (Zaten, bugüne dek kimsenin ona Len dediğini duymadım; herkes Leonard derdi.) Ayrıca onu Portsmouth'da değil, İskoçya'da görmüştü.

Bana Martha'dan ilk söz eden muhabire seansla ilgili raporumu gönderdiğimde öfkeden deliye döndü. Onun gerçek olduğundan en ufak bir kuşku duymadığını ve onunla aynı düşüncede olmamamın nedeninin, benim de kasıtlı olarak kör olmayı seçenlerin arasına katılmış olmam olduğunu söyledi. Martha'nın sahte olduğundan çok da emin olmadığımı, ancak Raymond'ın sahte olduğundan yüzde yüz emin olduğumu açıkladım. Bu düşüncemle onu yumuşatmayı başaramadım. Hiçbir şey onu, benim "düşman" saflarına katılmadığıma ikna edemedi.

Bu olay, baştan beri bildiğim bir şeyin altını çizmekten başka bir işe yaramadı: Ruhlarla iletişim, gerçeğin doğasıyla ilgili bize çok ama çok farklı bir şey öğretemez. İnsanların temel görevi, gerçeğin doğasıyla ilgili bir şeyler öğrenmektir. Raymond parmaklarımı sayabilmiş ve yüzümdeki ifadeyi bilebilmiş olsaydı, hatta zihnimden geçenleri okuyabilmiş olsaydı bile çok da değişen bir şey olmayacaktı. Yalnızca doğru olduğuna inandığım bir şeyi onaylamış olacaktı: Bu tür şeylerin olası olduğunu. Öyleyse, psişik araştırmalardan ne öğrenilebileceğine inanıyorum?

Psişik araştırmaların sağlayacağı en önemli anlayışlardan birinin kişilikle ilgili olacağını savunabilirim. Hepimiz kişiliği kabul ediyoruz. Ben benim ve bunun ötesi yok. Çoğul kişilik vakaları ise gerçeğin bundan çok daha karmaşık olduğunu ortaya koyuyor. Yaşamın beni bozguna uğratmasına izin verirsem, sorunlarla başa çıkabilecek ikinci bir kişilik geliştirebilirim. "Christine Beauchamp" (Clara Fowler) çekingen ve ürkek biriydi, o nedenle neşeli ve yaramaz "Sally" devreye girdi. Louis Vivé pasif ve kayıtsızdı, o nedenle daha saldırgan ve kendine güvenen bir "Louis" devreye girdi. Billy Milligan, okulun çatısından aşağı atlayarak intihar edecekken, ikinci bir kişilik onun yerine geçip devreye girdi. Açıkçası bundan, hepimizin potansiyel, yani hazır ve devreye girmeyi bekleyen kişilikleri olduğu sonucu çıkıyor. Bunlar, normal, sağlıklı insanlarda temel kişiliğe zarar vermeden onunla kaynaşır. İki yıldır görmediğimiz biriyle karşılaşır ve onun "başka biri", kendine daha çok güvenen ve becerikli biri olduğunu görürüz. Daha güçlü bir kişilik tarafından "ele geçirildiğini" değil, yalnızca *kendini bulduğunu* düşünürüz. Başka bir kitabımda[2] her insanın "benlikler" merdiveni ya da hiyerarşisi olduğunu öne sürmüştüm. En alt basamakta, gözlerini tuhaf bir dünyaya açan bir bebek vardır, ardından yaklaşık üç yaşında kendine özgü bir zihin geliştiren bir çocuk, ardından yedi yaşında ilk "tamamlanmış" kişiliği, ardından yeni cinsel ve duygusal potansiyeller geliştiren ergen, ardından da önceki tüm düzeyleri birleştiren genç yetişkin. Ve bu, gelişimin sonu değildir. "Büyük insanlarda" yeni düzeylerin gelişiminin izlerini görebiliriz; öyle ki, örneğin Shakespeare ya da Beethoven'ın türlü "dönemlerinden" söz edebiliyoruz. Aynı zamanda, Shakespeare ve Beethovenların bile tamamlanmamış insanlar olduğunu açıkça görebiliriz; daha uzun yaşayıp mücadele etmeyi sürdürselerdi çok daha fazla gelişebilirlerdi.

Bu ise bize, kişiliğin bedensel ölümden sonra yaşamayı sürdürdüğü kavramına niye karşı çıktığımızı açıklıyor. Beden gibi öldüğünü iddia eden kişiliğin, beden gibi büyüyüp geliştiğini görürüz. Çoğul kişilik vakalarında ise, kişiliğin temelini oluşturan bir "temel benlik" olduğunu da görürüz. Sanki mistik vecd, kişiliği ayrıştırmış gibi görünür. Bazı mistikler, bu bireyselliklerinden kaçma anlayışını, çürümekte olan bir cesetten yükselen bir ruhla bile karşılaştırmışlardır; yine de tümüyle canlı kalmayı sürdürürler. Herhangi bir şey ölümden sonra yaşamayı sürdürüyorsa, o, kişiliğin bu temel dayanağıdır. Reenkarnasyon bir gerçekse, yeni doğan çocuğa yeniden giren şey de budur.

Belki de "dayanak" yanlış bir sözcüktür. *Gizemler*'de

benlikler merdiveninin, paralel kollu, "H" harfi biçiminde bir merdiven olmadığını, daha çok "A" harfi biçiminde olduğunu öne sürdüm. Yukarıya çıktıkça basamakların eni azalır ve bir alt basamaktan yukarıya çıkmak için kendimizi daha çok "sıkıştırmamız" gerekir. (Öte yandan, örneğin bir sinir krizi anında olduğu gibi, bir basamak aşağı inmek de o kadar kolaylaşır.) Belki de, "en iyi benlik" en üsttedir.

Bu kitaba, Adam Crabtree'den söz ederek başladım çünkü onun ele aldığı bazı vakalar, bu "gelişim" mekanizmasının eskiden posesyon denen şeye de yer bıraktığını gösteriyor gibidir. Kardec'e göre, ruhlar bedenimize istedikleri gibi girip çıkabilirler (ve Ralph Allison'ın "Dennis" vakası bu görüşü destekler görünmektedir). Bir dereceye kadar, düşüncelerimizi etkileyebilirler ancak normal koşullar altında bizi ele geçiremez ve hareketlerimiz üzerinde gerçek bir etki yaratamazlar. Bu kulağa, elbette ki, Orta Çağın en korkunç batıl inanışı gibi gelmektedir ancak psişik araştırmaların kanıtları, bunu en azından geçerli bir varsayım olarak kabul etmemiz gerektiğini öne sürer.

Belki de psişik araştırmaların en ilginç yönü, bizim bilinçli olarak farkında olmadığımız birçok güce sahip olduğumuzu doğrulamasıdır; telepati ve psikokineziden tutun da astral projeksiyondan, geleceğin öngörülmesine kadar. Bununla birlikte, bu güçlerin bizim sandığımızdan çok daha önemsiz olduğuna inanıyorum. Tüm büyük dinler onları "spiritüel gelişimin" yan ürünü olarak görür. Hindular, su üzerinde yürüme zahmetine giren bir yoginin gelişiminin hala ilk evrelerinde olduğunu söylerler.

Diğer seçenek, yani Tanrı ya da Son Gerçekliğe ulaşma çabası ise çoğumuz için sevimsiz ya da gerçek dışıdır.

Bunun nedeni ise yalnızca, sözcüklere yanlış anlamlar yüklememiz olabilir. Fransız psikolog Pierre Janet akıl sağlığının ölçüsünün "gerçeklik işlevi" adını verdiği bir beceri olduğu konusunda ısrarcıdır. Bir tür mistik gerçekten değil, yalnızca hepimizi çevreleyen günlük gerçekten söz eder. Baskılar, sıkıntılar, suçluluk duyguları ve hepsinden çok, anlamsız korku ve kuşkular bu gerçeğe doğrudan ve sağlıklı bir biçimde tepki vermemizi önler. İnsanlar, zamanlarının yüzde doksanını kendi zihinlerindeki bir rüya aleminde geçiren tek yaratıktır. Bizler gereğinden fazla *özneliz*. Temel sorunumuz nesnelliği öğrenmek, "nesnel şuur" denebilecek şeyi elde etmeye çalışmaktır.

Aslında, nesnel şuur sanıldığından daha değerlidir. Yaşamın keyifli ve son derece ilginç olduğu duygusunu ansızın deneylemek için tek yapmamız gereken şey, güneşli bir sabah dışarıda yürüyüşe çıkmaktır. Bu duyguyu her zaman koruyabilirsek, dünya bir tür cennete dönüşür; insanlar savaşmaz, suç işlemez; rezillikler, alçaklıklar ve küskünlükler olmaz. Sorunumuz, bu anlayışı çok kolayca yitiriyor olmamızdır. Yorgunluk, bakış açımızın netliğini azaltır, bir sürü önemsiz korku ve endişe tıpkı kanalizasyondan çıkan fareler gibi yeniden aklımıza üşüşür. Herkes, fiziksel stres karşısında, bir noktada mutsuzluk ve endişelerinin ansızın hızla arttığını fark etmiştir. (Bunu test etmenin en kolay yöntemi normalden daha çok koşmak ya da bahçe kazmaktır.) Yaşama karşı biraz olsun bastırılmış olan güvensizliğimiz, şuurçaltından ansızın kabararak ortaya çıkar. (Şuurdışından değil, şuuraltından; yani günlük farkındalık eşiğinin hemen altındaki alemden.) Bunu değiştirmenin tek yolu, fareleri isteyerek kanalizasyondan kovmak, korku ve endişeleri şuurlu zihinle ve mantık ışığında incelemektir. Şuuraltını "yeniden programlayabilir" ve sağlığa zararlı olmasını engelleyebiliriz.

***

Aslında, (son bölümde ele aldığımız) dirimselcilik sorununa başka bir açıdan yaklaşıyoruz. Daha önce de gördüğümüz gibi, dirimselcilik, yaşamın "daha fazla özgürlük katarak" maddeyi ele geçirme çabası içinde olduğu inancıdır. Öyleyse, T. E. Hume'nin ifade ettiği gibi, amip küçük bir özgürlük "sızıntısı" olarak görülebilir, balıklar daha büyük sızıntılardır, hayvanlar daha da büyük sızıntılardır ve insanlar şimdiye dek gördüğümüz (en azından bu gezegendeki) en büyük sızıntılardır. Dirimselciliğe göre *bizim* görevimiz sızıntıyı arttırmak için kasıtlı, şuurlu bir çaba harcamaktır.

Birer dirimselci olsak da olmasak da, bu bakış açısındaki gerçeklik çekirdeğini fark edebiliriz. Bir insan, otomobili saatte doksan kilometre hızla sürerken, kendini "daha canlı" hisseder. Bir futbol maçı izlerken heyecanlandığında kendini daha canlı hisseder. Bunlar, kendini canlı hissetmek için oldukça kaba yöntemlerdir. Okuyucu, bir romanın kurgusal aleminin tümüyle içine çekildiğinde, bir müzik aşığı bir senfoni tarafından "alınıp götürüldüğünde" yalnızca fiziksel heyecandan oldukça farklı bir *türmüş* gibi görünen, genişleyen bir içsel şuuru deneyler. Futbol taraftarı bu heyecanın maça bağlı olduğunu bilir; ancak imgeleme dayalı heyecan tarafından sürüklenip götürülen kişi bir biçimde *kendi denetimi altındadır*; bunu, imgelemiyle yeniden gerçekleştirebilir. Zihinsel ya da imgeleme bağlı heyecanlanma kapasitesi olanlar için, *bunun* kasıtlı olarak özgürlük "sızıntısının arttırılmasının" anahtarı olduğu ortadadır.

Schopenhauer "yaşam gücü"nü düşünen ilk filozoftu; onu Edouard von Hartmann izledi, daha sonra da Shaw, Bergson ve Driesch. Hepsi de yaşamı, kendi kendini ifade etmenin bir yolunu beceriksizce, el yordamıyla arayan kör, içgüdüsel bir güç olarak görmekteydi. Ancak daha önce de gördüğümüz gibi, Bergson ve Driesch daha sonra bu düşüncelerini değiştirdiler. Bunun iki nedeni vardı. Birincisi, telepati ve durugörü gibi güçler varsa, o zaman yaşamın güçlerinin madde üzerindeki denetimi sandığımızdan daha büyüktü. Bu denetim, sanki bu güçleri "algılama" yetersizliğimizle ya da aslında onlara karşı koyma eğilimimizle sınırlandırılmış gibiydi. (Rosalind Heywood'un "Düzenleri" sık sık ona absürdmüş gibi gelir, yine de onların dediklerini yerine getirmek işe yarar.) Buna karşın, "görünmeyen güçler" sanki zekice bir amaca sahipmiş gibi ya da sanki sıradan şuur düzeyinin "üzerindeymiş" gibi davranırlar. İkincisi, ölümden sonraki yaşam bir gerçekse, o zaman "öte alem" sanki, bizimkine oranla maddenin daha az "katı" olan bir planındaymış gibidir; belki de, maddenin çok daha yüksek titreşim gücünde var olduğu bir plandadır. Bu, yaşamın bu planı çoktan ele geçirdiğini ve bizim daha zor ve konuk sevmez bölgemize akınlar düzenlemek için onu kullandığını ima eder. Gurdijeff bir keresinde, bizim yerküremizin Sibirya'nın kozmik dengi olduğunu söylemiş; hala sömürgeleşmeyi ve ele geçirilmeyi bekleyen Vahşi Batı ya da Afrika'nın derinlikleri aslında daha iyi bir benzetme olabilir.

Daha önce de belirttiğimiz gibi, en büyük sorun, katı maddeye indirgendiğinde yaşamın *belleğini kaybediyor* görünmesidir; bir şey yapması için gönderilen ancak yarı yolda, ne yapması gerektiğini unutan bir çocukla karşılaştırılabilir. Bu "unutkanlık" insanları kasvetli bir madde aleminde sıkışıp kalmışlık duygusuna ve Sartre'ın benimsediği şu "yaşamamız da, ölmemiz de anlamsız" inancına iter.

Bu koşullar altında, "yaşam gücünün" en büyük sorununun, ne yapmamız gerektiğini unutmamızı ve hiçbir şey başarmadan eve dönmemizi önlemek olduğu son derece açıktır; yoksa Hitler ya da Karın Deşen Jack türünden uç örneklerde olduğu gibi, yeryüzünü, bulduğumuzdan çok da kötü bir yer haline getirmemiz işten bile değildir.

Gelin bu sorunu, sanki cennette oturup aşağıdaki insanlara bakan ve bu "unutkanlık" sorununa nasıl kalıcı bir çözüm bulabileceğimizi düşünen Üstün Zekalarmışız -ya da Meleklermişiz- gibi ele alalım.

Hepimizin kabul ettiği şey, yaşamın amacının madde üzerindeki gücünü artırmak, özgürlük "sızıntısını çoğaltmak" olduğudur. Öyleyse, isteyeceğimiz en son şey, yaşamın anlamsız ve boş olduğunu sanan ve "bu belirsiz geniş gözyaşı vadisinden" ne kadar çabuk kurtulursak o kadar iyi, diye düşünen yaratıklar olmaktır. Aksine, yaşamın son derece ilginç ve heyecanlı olduğunu ve hiçbir sorunun çözümsüz kalmayacağını düşünen yaratıklar olmalıyız. "Gerçeğe son derece aç" yaratıklar olmalıyız.

Bu insanlarla ilgili sorun şudur ki, hepsi de başta yaşamın mükemmel olacağı ve dünyanın "tanrısal ışıkla kuşandığı" düşüncesiyle *yola çıkar* ancak sonunda sıkılıp düş kırıklığına ve yenilgiye uğrarlar. Her şeyi daha da sinir bozucu yapan şey ise onların hedeflerine son derece yaklaşmış olmalarıdır. Yüz binlerce yıl boyunca soğuğa, açlığa ve yırtıcı hayvanlara karşı savaşmışlar, her seferinde de yok olmaktan kıl payı kurtulmuşlardır. Ardından, beslenmek amacıyla avlanmak için silahlar ve hava şartlarına dayanıklı barınaklar yapmak için zekalarını kullanmaya başlarlar ve o andan sonra yaşam, istikrarlı bir biçimde gitgide iyileşir. Böylece uygarlığı yaratırlar ve bunun savaş ve suç gibi her ne kadar istenmeyen iki yan etkisi olursa da direnirler ve yavaş yavaş yaşamı daha çekilir bir hale getirirler. Ardından, en büyük adımlarından birini atar ve sanatla edebiyatı yaratırlar; zihin aleminin ele geçirilmesinin ilk adımlarıdır bunlar. Sonunda, temel amaçlarına ulaşmaya, yani madde alemine açılan ele geçirilemez bir köprü başına yaklaşmış gibidirler.

Ardından, yeni ve beklenmedik bir sorun çıkar. Atalarının onca çalışarak kurduğu uygarlıktan *sıkılmaya* başlarlar. Sorun, elbette ki bunların çok çabuk başarılmış olmasıdır. Milyonlarca yılı hayatta kalabilmek için geçirmişlerdir ve sonra da, uygarlığın güvenliğini bir gecede sağlamışlardır. Bu onları şaşkınlık ve kafa karışıklığı içinde bırakır. Daha çok şuurlanmak için mücadele etmektense, en az direnme yolunu seçmeye ve çabuk doyuma ulaşabilmenin yollarını arayarak yaşamlarını harcamaya başlarlar.

Uzak geçmişte, Üstün Zekalar insan ırkıyla bağlantılarını kesmemişler, oldukça duyarlı "alıcılar" olan belirli bireyler aracılığıyla sürdürmüşlerdir. Bu kişilere -ki, onlara peygamber ve mesihler denir- mistik vahiyler aracılığıyla yaşamın amacı *gösterilebilmektedir* ve ardından, onlar da inanılmaz ikna güçlerini kullanarak herkesi, sanki yaşamın amacı cennete girmenin bir yolunu bulmakmış gibi yaşamaya ikna ederler. Bu, insanların "ne yapmaları gerektiğini unutmalarını" önleme yöntemi, binlerce yıl boyunca çok başarılı olur ve büyük dinler insanın, beşer iyimserliğini ve zekasını artırma amacı için çalışmasını sağlarlar. Ancak, zekası geliştiği için dinler insana yetmemeye başlar. Uygarlığın karmaşıklığı gittikçe daha çok sayıda "inançsız" birey, yaşamın tümüyle anlamsız olduğunu sanan insanlar üretir; unutkanlık sonucu kısa bir süre hapiste kalmaktır bu. Aslında, on dokuzuncu yüzyılda bir ara, insanoğlunun kendi elde ettiği bilginin düzenli olarak artması, onun maddenin tek gerçek olduğu sonucuna varmasına neden olur.

İşte o noktada, Meleklerden oluşan bir alt komite, insanları ölümden sonra yaşam *olduğuna* ikna etmek için daha doğrudan bir iletişim yolu kullanma düşüncesini denemeye karar verdi. Bu deney 1840'larda başladı ve yeryüzüne, Spiritüalizm olarak bilinen bir hareket formunda yayıldı. Ne yazık ki, yanlış insanları kendine çekti ve bilim adamlarıyla düşünürler ona ilgisiz kaldı. Daha sonra bir başka Melek komitesi, bir "öğretim aracı" olarak ölüme yakın deneyimlerin artarak kullanılmasını önerdi ve bu da biraz başarı sağladı; ancak fazla işe yarayacak kadar değil. Üstelik, Spiritüalizm projesi zararlı, yani "yeryüzüne bağımlı ruhların" -yaygın bir kafa karışıklığı yaratmayı başaran suçlular, tembeller ve "öte alemin" olgunlaşmamış suçlularının- sürekli müdahalesiyle tümüyle baltalandı.

Bu da bizi, elbette ki ilk soruya geri getiriyor: İnsanların "ne yapmaları gerektiğini unutmaları" ve yaşamlarını harcamaları nasıl önlenir? Bunun, insan varoluşunun temel sorusu, Yaşam Sorusu olduğunu içgüdüsel olarak fark ediyoruz. Bu içgüdüsel farkındalık, spiritüalizmin kanıtlarının insan ırkında niye şaşırtıcı ölçüde küçük bir etki yarattığını açıklamaktadır. İnsan bunun, herkes için tutkulu bir ilginin hedefi olmasını bekliyor. Dostoyevski, *Bir Yazarın Güncesi*'nde şöyle yazar: "Yeryüzünde yalnızca bir tek yüce düşünce vardır: İnsan canının ölümsüzlük kavramı. İnsanların yaşadığı diğer tüm derin düşünceler yalnızca bunun uzantısıdır." Yine de bir buçuk yüzyıldır var olmasına rağmen spiritüalizm pek belirgin bir ilerleme kaydedemedi. Bunun nedeni, kalbimizin derinliklerinde ölüm meselesinin yaşam meselesinden çok daha önemsiz olduğunu düşünmemizdir.

Açık olan bir şey vardır: Bu Yaşam Meselesi sorusu artık yalnızca Üstün Zekaları ilgilendiren bir sorun değildir. Bir yüzyıldan beridir, insanlar da bunun çözümü için zekalarını kullanıyorlar. (Daha önce de gördüğümüz gibi, Psişik Araştırmalar Derneği, iki düşünür normal ötesi olaylara ilişkin kanıtlar "Evrenin bilmecesini" çözmeye yardımcı olur mu, diye sorunca kurulmuştu.) Kierkegaard, Tolstoy, Dostoyevski, Nietzsche, Shaw, Jaspers, Camus ve daha birçoğu Yaşam Meselesi sorusunu çalışmalarının başlıca konusu yaptılar.

Bir yanıtın ana hatları giderek belirmeye başlıyor. O da şu: İnsanlar, varoluşlarını tehdit eden acil durumlarla ya da güçlüklerle karşılaştıklarında, yüce bir amacı korumak konusunda sıkıntı yaşamıyorlar. Bu tür bir şey olduğunda, özgürlüğün "sızıntısını artırma" mekanizmasının farkına varıyoruz. Ansızın bir mücadele ya da tehlikeyle karşı karşıya kaldığımda, bunun bende yarattığı ilk etki canlılığımı baltalamak olur. Kan dolaşımıma adrenalin pompalanır ve özgüvenim biraz azalır. Ardından, sorunla yüzleşmek için kendimi güçlendiririm; enerjimi toplar ve mücadele etmek için kendimi kontrol altında tutarım. Bu meydan okumanın üstesinden geldiğim anda derin bir doyum ve keyifli bir özgürlük duygusu hissederim. "Sızıntıyı artırmayı" başarırım. Yaşamımı ilginç meydan okumalara karşı mücadele ederek geçirebilsem, özdenetimim ve özgürlüğüm istikrarlı bir biçimde artar. Üstün Zekalara göre, köprü başını genişletmek konusunda üzerime düşeni böylelikle yeterince yapmış sayılırım.

İnsanlığın Suç Tarihi adlı kitabımda, bu meydan okumaya karşı gösterilen ilk tepki olan adrenalin pompalanmasına, gerginliğin "G'sinden" hareketle "G Gücü" adını vermiştim. Bu meydan okumaya gösterilen tepkiye ise denetimin "D'sinden" yola çıkarak D Gücü demiştim. İnsan varoluşunun temel konusu *budur*, Yaşam Sorusunun özü, D Gücünün G Gücünü alt etmesidir. "Sızıntıyı" böyle "artırabiliriz." Elbette ki bu, en başlıca insani dürtünün niye meydan okumak için fırsat kollamak olduğunu açıklar. Mağaralarda ya da geniş Afrika bozkırlarında yaşarken bu sorun hiç ortaya çıkmadı çünkü istenilenden daha çok, daha büyük güçlüklerle karşı karşıyaydık; işte bu nedenle, insan yeryüzündeki en başarılı yaratık oldu. Kentler kurmaya başladığında, ilerleyişinin en büyük engeli olacak sorunu daha önce deneylemişti: "Mücadele açlığı çekmek." Buna verdiği tepki, kanını donduran ve kalbinin daha hızlı atmasına neden olan savaşı icat etmek oldu. Ardından gelen altı ya da yedi bin yıl içinde insan, yeryüzünde görülen -et yiyen dinozor ve kılıç dişli kaplanla karşılaştırıldığında bile- en saldırgan ve cani yaratık oldu. Bununla birlikte, mücadele açlığını doyuracak daha az zararlı tepkiler de geliştirdi: Dağlara tırmanmak, bilinmeyeni keşfetmek, doğayı fethetmek. Ancak girişimleri, tam da sakınmaya çalıştığı etkiler doğurdu: Yaşamı daha az mücadele gerektiren bir duruma getirdi. Yaşam mücadelelerden yoksun kalınca tadı da kaçar ve o zaman boğulmaya, sıkılmaya başlarız. İçgüdüsel tepki -büyüklerde nasılsa çocuklarda da öyledir- haylazlık yapmak olur. Can sıkıntısı, zarar verme dürtüsünü ortaya çıkarır. Batı uygarlığının yirminci yüzyılın son çeyreğinde çektiği en önemli sorunun vahşilikten, futbol holiganlığına, toplu katliamlara dek uzanan "amaçsız" suçlar olmasının nedeni işte budur.

Bununla birlikte, bu soruna zekamızı kullanarak yaklaşırsak yanıtı hemen buluruz. Fiziksel uyaranlar için çıldırmamıza neden olan şey yalnızca alışkanlığın gücüdür. İlginç bir meydan okumayla karşılaştığımda neler olduğunu düşünün. Konsantre olur ve uyuyan enerjilerimi uyandırmaya başlarım. Gerçekte G Gücünü, konsantre olmak için harcadığım çabayı kullanarak "uyandırmamı", ardından da onu denetlemeye çalışmaya başlamamı önleyecek hiçbir şey yoktur. Hatta, azizler ve çilekeşler bu hileyi uzun zamandır bilirler. Onlar iradelerini güçlendirmek için kendi mücadelelerini kendileri yaratmışlardır: Oruç tutmak, meditasyon, bedene işkence çektirmek. Bu tür uygulamalar, dışarıdan bakan kişiye kasıtlı sapıklıklar gibi görünür, ta ki o kişi bunların amacını fark edene dek: G Gücünü uyandırıp D Gücüne maruz bırakarak özgürlük duygusunu artırmak ve farkındalık aralığını genişletmek.

Azizlerin yöntemi, çoğumuz tarafından onaylanamayacak denli kaba ve acı vericidir. Bunun böyle olmasının nedeni kısmen, söz konusu yöntemlerin gereksiz ölçüde ağır olmasıdır. Son iki üç yüzyıl içinde, atalarımızın hemen hemen hiç bilmediği bir gücün gelişimine tanık olduk: imajinasyon. Çağdaş insanlar bunu önemsemiyor çünkü ondan, bebekliklerinden bu yana yararlanıyorlar: Çizgi romanlar okuyorlar, sinemaya gidiyorlar, televizyon izliyorlar. On beşinci yüzyılda yaşayan bir insanın yaşamının nasıl bir şey olduğunu anlamamız, bizler için neredeyse olanaksız. Sabah gözünü açtığı andan başlayarak, zihni tümüyle gerçek aleme sabitlenir; bir bebeğin eli yetişkin bir insanınkiyle karşılaştırıldığında ne kadar zayıfsa, onların imajinasyon gücü de çağdaş insanlarla karşılaştırıldığında o kadar zayıftır. Neredeyse hiç "zihinsel yaşamları" yoktur. İnsanlar bu bakımdan özgürlüklerini birkaç yüzyıl süresince inanılmaz ölçüde artırdılar. (On sekizinci yüzyılda romanın icadı, insanlık tarihindeki en etkili olaylardan biridir.) Bugünlerde neredeyse her çocuk kendini bir öyküye kaptırma deneyimini, *Kral Süleyman'ın Hazinesi*'ndeki Afrika'da ya da *Üç Silahşörler*'in Fransa'sında "yaşadığını" düşünecek kadar iyi bilir. Aynı kendini kaptırma duygusunu ne zaman deneylesek, bunun Yaşam Meselesi sorusunun temel yanıtı olduğunu biliriz. Uygun biçimde yönetilen ve denetlenen imajinasyon, G Gücü ve T Gücünü uyandırmak bakımından, bir azizin kendini kırbaçlamasından ya da dünyayı dolaşan bir denizcinin kendi seçimi olan sıkıntılarından çok daha etkili bir araçtır.

Çoğu kişi yukarıdaki tümceyi kuşkuyla okuyacaktır. Bunun nedeni, imajinasyonun, düş kurmanın ya da fantezinin -başka bir deyişle, kendi kendine yalan söylemenin- bir başka adı olduğunu düşünmeye eğilimli olmamızdır. Bu bir yanlışlıktır. Gerçekte imajinasyon, *şimdiki zamandan kaçmanın* gücüdür. Üzerinde biraz düşünene kadar, bu da en az bir önceki kadar kuşkulu bir davranışmış gibi gelir kulağa. İnsanların temel sorunu, şimdiki zamanda *kısılıp kalmalarıdır;* her şeye yakından bakarak ufuklarını daraltmaktadırlar. Bir çocuğun canı çok sıkıldığında, şimdiki zamanın her nedense değiştirilemez olduğunu, sonsuza dek böyle süreceğini düşünür. Bunun böyle olmadığını daha iyi bilmeleri gerekse de, yetişkinler de aynı anlaşılmaz düş kırıklığına uğrarlar. Oysa deneyimleri onlara, çevrelerindeki maddeden daha güçlü olduklarını öğretmeliydi; tıpkı Wells'in dediği gibi, "yaşamını sevmiyorsan, değiştirebilirsin." Yine de sıkıldıkları anda, sinek kağıdına yapışmış bir sinek gibi, bilinen o kapana kısılmışlık duygusuna kapılırlar. Bunun saçma olduğunu, geleceğin birçok değişiklik getireceğini *bilirler* ama yine de, şimdiki zamanın "aciliyetine" kendilerini ezdirerek ve cesaretlerinin kırılmasına izin vererek kendilerini zorla pasif bir hale sokarlar, tıpkı alışkanlık edindiği için kendinden çok daha küçük bir kabadayıya yol veren 1.80'lik bir genç gibi.

Aslında, gerçek gücümüzün şimdiki zaman üzerindeki etkisini sık sık görürüz. Can sıkıcı bir işle uğraşırken bir melodi aklıma takılıp kendimi iyi hissetmeme neden olabilir. Bilmediğim bir sokakta yürürken aldığım bir koku -fırından yeni çıkmış ekmek ya da kavrulmuş kahvebeni çocukluğuma götürüp sevinmeme neden olabilir. Normalde, şimdiki zamana nasıl da kısılıp kaldığımızı kavrayana dek bu anlara bir açıklama getirmek zordur (Proust, on iki ciltlik bir romanında bu anlara yer vermiştir). Bu kısılıp kalmışlık bizi sıkar, boğar; bu duyguya öylesine alışmışızdır ki onu "insanlık hali"nin bir parçası olarak görüp önemsemeyiz. Bir melodi ya da beklenmedik bir kokunun yaptığı şey, geçmişin de bir zamanlar tıpkı şimdi kadar güçlü bir biçimde gerçek olduğunu ve uzun zaman önce geçip gittiğini bize anımsatmaktır. Bu anlar bize şunu anlatır: *Sandığından daha özgür ve güçlüsün.* Bu nedenle içimize saf bir sevinç dolar.

Biraz düşününce, mutluluk dediğimiz şeyin şimdiki zamana *kısılıp kalmama* duygusundan başka bir şey olmadığı ortaya çıkar. O nedenle tatillerden, heyecanlanmaktan ve aşktan, ilk kez balona binenlerin yerden hızla yükselip yeryüzüne "kuş bakışıyla" bakmaktan aldığı zevki alırız. Heyecan, yaşamın kendisine kuş bakışıyla bakmamızı sağlar ve sanki şimdiki zamanda takılıp kalmamıza neden olan o tuhaf yerçekimi gücünü etkisiz kılar.

İşte bu, aslında imajinasyonun gerçek amacıdır: Fanteziler yaratmak değil, *başka zamanlar ve başka yerlerin* farkına varmamızı sağlamak. Bu gerçeği fark ettikten sonra, "imajinasyon" kavramının bizi şimdiki zamandan bir roket gibi alıp götüren ve tuhaf bir şekilde, sonsuzluğun yerlisi olduğumuzu fark etmemizi sağlayan beceriyi ifade etmekte oldukça yetersiz kalan bir sözcük olduğunu gayet iyi anlarız. O nedenle başka bir yerde, ansızın başka zamanların ve yerlerin *gerçekliğini kavrama* becerisi için "X Becerisi" terimini türettim.[3]

X becerisi düzenli çalışmaz; zaman zaman iş görür. Yine de, doğru *çalıştığında* bunu kolaylıkla ve anında gerçekleştirir, tıpkı ışığı yakmak gibi. Bir anda, geçmişteki bir an tümüyle gerçek olur, en az şimdiki zaman kadar gerçek. Ve onun şimdiki zaman kadar gerçek olduğunun farkına varırız ya da daha çok, şimdiki zamanın yalnızca burada ve şimdi olması nedeniyle özel bir gerçeküstü konumu olmadığını fark ederiz. Bizlerin zamanın efendileri olmamız amaçlanmıştır, köleleri değil.

Bu becerinin kolaylıkla gerçekleşmesi, tıpkı dik yürüme becerisi gibi genlerimizde böyle bir özelliğin kodlanmış olarak bulunduğunu aklımıza getirir. X Becerisi bu nedenle bize kendimizi "ansızın iyi hissetme" duygusunu yaşatır. *Ona zaten sahip olduğumuzu* fark etmemizi sağlar.

Bu noktada, *İnsan Kişiliği ve İnsanın Bedensel Ölümden Sonra Yaşamını Sürdürmesi* adlı kitabın ana tezini yeniden anımsayabiliriz: İnsanların, çoğumuzun farkında olmadığımız, hesap yapan dahilerin olağanüstü güçlerinden, mnemonistliğe[4], telepatiye, durugörüye ve astral projeksiyona kadar her türlü sıra dışı becerilere sahip olduğumuza ilişkin son derece güçlü kanıtlar vardır. Aslında bu güçler X Becerisiyle yakından ilgili olabilir; örneğin, bir kişinin dublesini, uzak yerlerdeki insanların görebilmesi için "projekte etme" gücü. (Peder Mountfound vakasında[5] bunun, bir at ve at arabasını projekte edebilme becerisini de içerdiğini gördük.) Myers'ın kitabı, yeni bir psikoloji formunun bu bilinmeyen güçleri araştırma isteğidir. Prof. Heim yarıktan aşağı düşerken tüm yaşamının gözünün önünden geçtiğini görünce, beyniyle ilgili daha önce hiç kuşkulanmadığı bir şey keşfediyordu. Aynı şey, çıkıntılı kaya tabakasında donmuş olarak yatarken, öğrencilerinin dağın zirvesine ilerleyişini takip eden Peder Bertrand için de geçerlidir. Sarah Hall, kendi "ikizinin" büfenin yanında durduğunu görünce ve Rosalind Heywood "Pembe Ben" ile "Beyaz Ben"e bölündüğünde, bilimin şu anda bilmediği insan kişiliğinin bir yönüyle karşı karşıyaydılar. Joseph Rodes Buchanan, bazı insanların nesneleri ellerinde tutarak geçmişini okuyabildiklerini keşfettiğinde, şuurdışı zihnin "gizli" bilgilere erişebildiğini görüyordu. Alfred Russel Wallace bir öğrenciyi ipnotize edip ardından bazı şeyleri kendi ağzına yerleştirerek onun bunları "tatmasını" sağlarken, şuurdışının başka zihinlere erişebildiğini kanıtlıyordu.

Belki de psişik araştırmanın en ilginç keşfi, bu güçleri yalnızca isteyerek geliştirebileceğimizle ilgili olanıdır. Psikolog Abraham Maslow benzer bir keşfi "doruk deneyimiyle" gerçekleştirir, ansızın oluşan çok büyük mutluluk anı. Öğrencileriyle doruk deneyimleriyle ilgili konuştuğunda, yarı unutulmuş doruk deneyimlerini anımsamakla kalmayıp çok daha sık doruk deneyimleri yaşamaya başladıklarını keşfeder. Doruk deneyimini düşünüp ondan söz etmek şuuraltı zihni "yeniden programlamış" ve işin geri kalanını, şuuraltı zihin yapmıştır.

İnsan ırkının karşılaştığı temel sorun, doğuştan günahkar olmak ya da evrendeki yerimize dair derin ve doğrulanmış bir endişe duymak veya güçsüzlüğümüzü ve çaresizliğimizi kabul etmek kadar korkunç bir şey değildir; yalnızca kötü programlanmış bir şuuraltı sorunudur.

Çoğumuz şuuraltımızın tıpkı depo olarak kullanılıp eski püskü eşyalarla doldurulan bir oyun odası gibi dağınık ve düzensiz hale gelmesine göz yumarız. Tek gözlü oyuncak ayıcığın ve küflenmiş çocuk kitaplarının altında kalmış birkaç sandviç ve elma artığı yüzünden burası çok kötü kokar. Yarı açık kapıdan ne zaman içeriye bir göz atsak, ürpererek hızla geçip gideriz. Halbuki, evin en güzel odalarından biri olması için orayı bir süpürgeyle yarım saat temizlemek yeter.

Görünüşe göre, psişik araştırma tarihi tümüyle, insan zihninin "saçma" güçlerinin bir dizi gösterisi olmuştur. Bilim adamları içinse bu gösteri hep, en iyi haliyle bir utanç, en kötü haliyle de bir skandal olmuştur. Bunun nedeni, bilim adamlarının bilimin doğasıyla ilgili modası geçmiş düşüncelerinin kölesi olmalarıymış gibi görünüyor. Üç yüzyıldan fazla bir süre önce, René Descartes çağdaş bilim ve felsefenin yöntemini saptadı; adına "radikal kuşku" dedi. Düşünür, der Descartes, koltuğunda oturmalı ve çevresindeki evreni düşünmelidir. Ardından, kuşkulanılabilecek her şeyden kuşkulanmalıdır. Güneş, gerçekten de göründüğü gibi dünyanın çevresinde mi dönüyor? Sorgularsak, doğruya varabiliriz. Soruya gelince: "Kendi varlığını nasıl kanıtlarsın?" Descartes yanıtlar: "Düşünüyorum, öyleyse varım." Bu sarsılmaz görünen temeli oluşturduktan sonra koltuğunda rahatça oturup teleskobunu penceresinin dışındaki evrene çevirebileceğini düşünmüştür.

Normal ötesi olayların araştırmacısı, "Düşünüyorum, öyleyse varım," konusunda hiçbir kuşku duymaz ancak şu endişe verici soruyu da sorma eğilimindedir: "Sen *nesin*?" Bu, kesinlikle Descartes'ın gözden kaçırdığı sorudur: Ben tam olarak *kimim*? O, doğal olarak René Descartes olduğunu varsaydı; doğum belgesinde öyle yazıyordu. Ancak her mistik, sandığı kişi olmadığını fark ettiği o tuhaf deneyimi yaşar. Yoğun vizyon anlarında, kimliği çözülür ve onun, maskeden başka bir şey olmadığını fark eder. Onun yerine, dıştaki evrene çok benzeyen içsel bir evrenin derinliklerine bakmaktadır. "Ben kimim?" sorusunu, yalnızca teleskobunu kendi içine çevirerek yanıtlayabilir.

Ve güçlerin görünürdeki sınırlamalarının, kendiyle ilgili görüntüsünün sınırlamalarından kaynaklandığını işte o anda anlar. O güçleri artırmak için, kendisiyle ilgili bilgisini artırmalıdır. Tek yapması gereken şey ise teleskobunu diğer yöne çevirmektir.

AÇIKLAYICI NOTLAR

BİRİNCİ BÖLÜM: Kafadaki Sesler

1. Alan Vaughan, *Patterns of Prophecy,* (Kehanet Kalıpları), (1973), s.4.

2. *Access to Inner Worlds: The Story of Brad Absetz,* (İçsel Alemlere Giriş: Brad Absetz'in Öyküsü) (1983).

3. Russell, *The Mysteries of Life and Death,* (Yaşam ve Ölümün Sırları). (Tarih yok.)

4. Robert Crookall, *What Happens When You Die* (Ölünce Neler Olur?), s. 63.

Ayrıca, Dr. Nowotny'nin Grete Schröder aracılığıyla yazdırdığı bilgiler için bkz. *Bir Doktorun Ruhsal Dünyadan Mesajları 1-2-3,* Ruh ve Madde Yayınları, 1997

5. *Poltergeist, A Study in Destructive Haunting* (Poltergeist, Yıkıcı Hayalet Dadanmaları Üzerine Bir İnceleme) adlı çalışmama bkz. (1981).

İKİNCİ BÖLÜM: Durugörü Medyomunun Dünyası

1. *Criminal History of Mankind* (İnsanoğlunun Suç Tarihi) adlı eserimde, bkz. Bölüm 2.

2. Griable, *Pattern of Island* (Ada Düzeni), Bölüm 6.

3. F. Bruce Lamb, *Wizard of the Upper Amazon* (Yukarı Amazon'un Büyücüsü) (1971).

4. Psikometri, bir nesneye dokunarak ya da elde tutarak geçmişini "okuma" yetisidir; ya da söz konusu olan nesne bir odaysa, orada olan bir olayı hissetmektir. *The Psychic Detective* (Psişik Dedektif) adlı kitabıma bkz. (1984).

5. Lodge, *Man and the Universe* (İnsanoğlu ve Evren) (1908).

6. *Mysteries* (Gizemler) (1978) adlı eserimde bkz. Bölüm 1-4.

7. *Man, Myth and Magic* (İnsan, Mit ve Maji) (1972-73).

8. *Right and Wrong Use of Esoteric Knowledge* (Ezoterik Bilgilerin Doğru ve Yanlış Kullanımları). 1917 Kasımında Dornach'ta yapılan konuşma.

ÜÇÜNCÜ BÖLÜM: Ruhların İşgali

1. Paramhansa Yogananda'nın *Autobiography of a Yogi* (Bir Yogi'nin Otobiyografisi) adlı eserinde yazar; kendisini ziyaret eden bir yoginin ona bir arkadaşının gelmekte olduğunu söylediğini anlatır. Arkadaşı geldiğinde, yoginin yolda kendisine yaklaştığını ve Paramhansa'nın onu odasında beklediğini söyler. Bu olay olduğu sırada yogi, Paramhansa'yla birliktedir.

Bu kitabın özet çevirisi için bkz. *Mucizeler*, Ruh ve Madde Yayınları, 1990

2. Ferenc Andras Volgyesi, *Hypnosis of Man and Animals*, (İnsanın ve Hayvanın İpnozu) (Londra, 1966) başlıklı çevirisiyle *Menchen und Tierhypnose* (1963).

3. Spiritüalizm sözcüğünü büyük "S" ile yazarak, aynı addaki dini kast etmiş oluyorum. Küçük "s" ile yazdığım spiritüalizm, ruh ve ölüm sonrası yaşama inanç anlamına gelir.

4. Bu olaylarla ilgili bilgi için *Poltergeist* (1981) adlı kitabıma bkz.

5. David Lorimer'in *Survival?* (Hayatta Kalmak mı?) adlı eserinde, s. 160'dan alıntı yaptığı *Outspoken Essays* (Samimi Raporlar), Cilt 1, s. 269.

6. Berlin'de 30 Mayıs 1904'te yapılan "Ruhların Tarihi" konuşması.

7. Ad.

8. Reichenbach, Buchanan ve Denton'la ilgili açıklamalar için *The Psychic Detectives: The Story of Psychometry* (Psişik Dedektifler: Psikometrinin Öyküsü) (1984) adlı kitabıma bkz.

DÖRDÜNCÜ BÖLÜM: Psişik Araştırma Reşit Oluyor

1. Spiritüalizm karşıtı Sir Ray Lankester, ruhlar çalışmaya başlamadan önce taş tahtayı ele geçirmiş ve üzerinde daha önceden bir mesaj yazılı olduğunu görmüştü. Lehine güçlü kanıtlar sunulduysa da Slade, ruhların yazı yazmasının doğanın yasalarını ihlal etmek anlamına geldiği gibi tuhaf bir nedenle sahtekarlıktan suçlu bulunmuştu.

2. Trevor H. Hall, *The Strange Case of Edmund Gurney* (Edmund Gurney'in Tuhaf Vakası) (1964).

3. John L. Campbell ve Trevor Hall, *Strange Things* (Tuhaf Şeyler) (1968), s. 211.

4. *Collected Letters* (Derlenmiş Mektuplar), Cilt 1, s. 431.

5. Bu konu, Jung'la ilgili kitabımda bir noktaya kadar

tartışılmıştır: *The Lord of the Underworld* (Ölüler Diyarının Efendisi) (1984).

BEŞİNCİ BÖLÜM: Bir Şaheseri Yeniden Keşfetmek

1. *New York Review* (28 Şubat 1985), s. 16.

2. Bkz. s. 174-175.

3. *Lectures on Psychical Research* (Psişik Araştırmalar Üzerine Konuşmalar), s. 173.

4. Daniel Keyes, *The Minds of Billy Milligan* (Billy Milligan'ın Zihinleri).

5. *The Enigma of Survival* (Sağ Kalma Bilmecesi), s. 15.

6. Fransızca *oui* ve Almanca *ja*'dan türemiştir.

ALTINCI BÖLÜM: Dr. Steiner ve Reenkarnasyon Meselesi

1. 10-11 Ekim 1913'de Bergen'de verilen "Descriptive Sketches of the Spiritual World" (Spiritüel Alemin Betimleyici Taslakları) adlı konferans.

2. Whately Smith adı altında.

3. *Mysteries* (Gizemler) adlı kitabımda bkz. Kısım 1, Bölüm 1.

4. *Twenty Cases Suggestive of Reincarnation* (Reenkarnasyon İzlenimi Veren Yirmi Vaka), Amerikan Psişik Araştırmalar Derneği (1966).

5. *Cases of the Reincarnation Type* (Reenkarnasyon Türü Vakalar), Virginia Üniversitesi Basımevi (1975-80).

6. Widler Penfield, *Mysteries of the Mind* (Zihnin Sırları) (1975), Bölüm 6.

7. *Strange Powers* (Tuhaf Güçler) (1973).

YEDİNCİ BÖLÜM: Gözden Düşme ve Yeniden Doğuş

1. Charles Higham, *The Adventures of Conan Doyle*

(Conan Doyle'ın Maceraları), s. 261.

2. Bkz. s. 188.

3. *Post Mortem Journal* (Ölüm Sonrası Günlük).

4. Bkz. s. 186-187.

5. *The Romeo Error* (Romeo'nun Hatası), s. 63.

6. 1979 Baharı. William R. Corliss, *The Unfathomed Mind, A Handbook of Unusual Mental Phenomena* (Anlaşılmayan Zihin, Alışılmamış Zihisel Fenomenler El Kitabı) (1982), s. 584'ten alıntı.

7. Kitabının ve Kenneth Ring'in giriş yazısının daktilo edilmiş sayfalarını bana ödünç verdiği için Margot Grey'e minnettarım.

8. Bkz. s. 188-189.

9. *Mysteries* (Gizemler), s. 615.

10. Reneé Haynes, *The Society of Psychical Research, A History,* (Psişik Araştırmalar Derneği, Bir Tarih) (1882-1982), s. 203'ten alıntı.

11. Dr. Crabtree'nin izniyle alıntı yapılan, yazara gönderilmiş mektuptan, 1 Ocak 1985.

12. *Mind in Many Pieces* (Çok Parçalı Zihin) (1980).

SEKİZİNCİ BÖLÜM: Kanallaşma

1. Bkz. sayfa 610, cilt 1.

2. Bkz. *A Treatise on Cosmic Fire* (Kozmik Ateş Üzerine Bir Tez), sayfa 754.

3. Amerikan ordusu, olanları gizlemek için kararlı çabalarda bulunduysa da, Morehouse bunun nasıl yapıldığını *Psychic Warrior* (Psişik Savaşçı) adlı kitabında ayrıntılı olarak anlatır.

DOKUZUNCU BÖLÜM: Sonsöz

1. *The Philosophy of C. D. Broad* (C. D. Broad'un Felsefesi) (1959).

2. *Mysteries* (Gizemler), Giriş.

3. Bkz. *The Occult* (Okült), Bölüm 2.

4. Mnemonist: Bir kitabın sayfasına şöyle bir göz atıp, sonra da kelimesi kelimesine ezberden okuyabilen kişiler. Ç. N.

5. Bkz. sayfa 209.

KAYNAKÇA

Allison, Ralph, M. D. and Ted Schwarz.
Minds in Many Places. Rawson, New York: Wade Publishers, Inc., 1980.

Baird, A. T. *Richard Hodgson.* London: Psychic Press Ltd, 1949.

Barnes, Rev. E. W., F. R. S., and others. *The Mysteries of Life and Death.* London: Hutchinson & Co., London, n.d.

Barrett, Sir William F., F. R. S. *On the Threshold of the Unseen.* London: Kegan Paul, Trench, Trubner & Co. Ltd, 1920; E. P. Dutton & Co. NewYork, 1920.

-.*Death-Bed Visions.* London: Methuen & Co. Ltd., 1926.

Bennett, Sir Ernest. *Apparitions and Haunted Houses.* London: Faber & Faber Ltd, 1939.

Bozzano, Professor Ernest. *Animism and Spiritism.* London: Arthur H. Stockwell Ltd., n.d.

Crabtree, Adam. *Multiple Man.* Ontario: Collins Publishers, 1985.

Crowe, Mrs. Catherine. *The Seeress of Prevorst*. London: J. C. Moore, 1848.

-.*Spiritualism and the Age We Live In*. London: T. C. Newby, London, 1859.

-.*The Night Side of Nature*. London: George Routledge and Sons, London, 1845.

Cummins, Geraldine. *Swan on a Black Sea*. London: Routledge and Kegan Paul, 1965.

-.*The Road to Immortality*. London: Psychic Press Ltd, 1967.

Davis, Andrew Jackson. *The Philosophy of Spiritual Intercourse*. Boston: Colby & Rich, Banner of Light Publishing House, 1890.

Doyle, Arthur Conan. *The Vital Message*. London: Hodder & Stoughton, 1919.

Flammarion, Camille. *Death and Its Mystery*. 3 vols. London: T. Fisher Unwin, 1923.

Gowan, John Curtis. *Operations of Increasing Order*. California: published by author, 1980.

Graves, Tom and Janet Hoult. *The Essential T C. Lethbridge*. London: Roudedge & Kegan Paul, 1980.

Green, Celia. *Out-of-the-Body Experiences*. Oxford: Institute of Psychophysical Research, 1968.

Green, Celia, and Charles McCreery. *Apparitions*. London: Hamish Hamilton, 1975.

Guirdham, Arthur. *The Cathars & Reincarnation*. London: Neville Spearman, 1970.

-.*We Are One Another.* Jersey: Neville Spearman, 1974.

Hall, Trevor H. *The Strange Case of Edmund Gurney*. London: Gerald Duckworth & Co. Ltd., 1964.

Hart, Professor Hornell. *The Enigma of Survival*. London: Rider & Company, 1959.

Haynes, Renee. *The Hidden Springs: An Enquiry into Extra-sensory Perception*. London: Hutchinson & Co., 1961.

-.*The Seeing Eye*: The Seeing I. London: Hutchinson & Co., 1976.

-.*The Society for Psychical Research*, 1882-1982: A History. London: Macdonald & Co., 1982.

Head, Joseph and S. L. Cranston. *Reincarnation*. New York: Causeway Books, 1967 .

Heywood, Rosalind. *The Infinite Hive*. London: Pan Books Ltd., 1964.

-.*The Sixth Sense*. London: Pan Books Ltd., 1959.

Hudson, Thomson Jay. *The Law of Psychic Phenomena*. London and Chicago: G. P. Putams Sons, 1902.

Inglis, Brian. *Natural and Supernatural: A History of the Paranormal, from the Beginnings to 1914*. London: Hodder & Stoughton, 1977 .

-.*Science and Parascience. A History of the Paranormal, 1914- 1939*. London: Hodder & Stoughton, 1984.

-.*The Paranormal: An Encyclopedia of Psychic Phenomena*. London: Granada, 1985.

Jaynes, Julian. *The Origin of Consciousness in the Breakdown of the Bicameral Mind*. Boston: Houghton Mifflin Co., 1976.

Jung, J. H. (Jung-Stilling). *Theory of Pneumatology*. London: Longman, Rees, Orme, Brown, Green and Longman, 1834.

Kardec, Allan. *The Spirits' Book*. Lake, Livraria All Kardec Editora Ltd, Sao Paolo, translated in 1972.

-.*The Mediums' Book*. London: Psychic Press Ltd., 1971.

Lodge, Sir Oliver, F. R. S. *The Survival of Man*. London: Methuen & Co. Ltd., 1909.

-.*Raymond or Life and Death*. London: Methuen & Co. Ltd., 1916.

Long, Max Freedom. *The Secret Science Behind Miracles*. California: DeVorss & Co., 1981.

Lorimer, David. *Survival? Body, Mind and Death in the Light of Psychic Experience*. London: Routledge & Kegan Paul, 1984.

Moody, Jr., Raymond A., M. D. *Ölümden Sonra Hayat*. Inkilap ve Aka Yayınları 1978.

-.*Reflections On Life After Life*. London: Corgi Books, 1977 .

Moore, R. Laurence. *In Search of White Crows*. New York: Oxford University Press, 1977 .

Moreil, Andre. *La Vie et 1' oeuvre d'Allan Kardec*. Paris: Sperar, 1961.

Moses, William Stainton. *Spirit Teachings*. London: Spiritualist Press, 1949.

Moss, Peter and Joe Keeton. *Encounters with the Past*. London: Sidgwick & Jackson, 1979.

Murphy, Gardner and Robert 0. Ballou. *William James on Psychical Research*. London: Chatto and Windus Ltd., 1960.

Myers, Frederic W. H. with Edmund Gurney and Frank Podmore. *Phantasms of the Living*. 2 vols. London: Trubner & Co., 1886.

Myers, F. W. H. *Human Personality and lts Survival of Bodily Death*. NewYork: University Books Inc., 1961.

Osis, Karlis. *Deathbed Observations by Physicians and Nurses*. New York: Parapsychology Foundation, Inc., 1961.

Owen, Robert Dale. *Footfalls on the Boundary of Another World*. London: Trubner & Co., 1860.

-.*The Debatable Land Between This World and the Next*. London: Trubner & Co., 1874.

Podmore, Frank. *Modern Spiritualism: A History and a Criticism*. 2 vols. London: Methuen & Co., 1902.

Rhine, J. B. *The Reach of the Mind*. London: Penguin Books, 1948.

Richet, Charles, Ph.D. *Thirty Years of Psychical Research*. London: W. Collins Sons & Co. Ltd., 1923.

Ring, Kenneth, Ph.D. *Life at Death: A Scientific Investigation of the Near-Death Experience*. NewYork: Coward, McCann & Geoghegan, 1980.

Sabom, Michael B., M.D., F. A. C. C. *Ölüm Anıları:* Ruh ve Madde Yayınları, 1992.

Saltmarsh, H. F. *Evidence of Personal Survival*. London: G. Bell & Sons Ltd., 1938.

Sherwood, Jane. *Post-Mortem Journal*. London: Neville Spearman, 1964.

-.*The Country Beyond*. London: Neville Spearman, 1969.

Sidgwick, Eleanor Mildred. *Phantasms of the Living*. Including *Phantasms of the Living* by Edmund Gurney, Frederic W. H. Myers and Frank Podmore. New York: University Books Inc., 1962.

Smith, Susy. *The Mediumship of Mrs. Leonard*. New York: University Books, 1964.

Smith, W. Whately. *A Theory of the Mechanism of Survival*. London: Kegan Paul, Trench, Trubner & Co. Ltd., 1920; New York: E. P. Dutton & Co., 1920.

Steiner, Rudolf, Ph.D. *An Outline of Occult Science*.

London: Theosophical Publishing Society, 1914; New York: Rand McNally & Co., 1914.

-.*Reincarnation and Immortality*. New York: Rudolf Steiner Publications, 1970.

-.*Rudolf Steiner: An Autobiography*. New York: Steinerbooks, 1977.

Stevenson, Ian, Ph.D. *Twenty Cases Suggestive of Reincarnation*. New York: American Society for Psychical Research, 1966.

Thakur, Shivesh C. *Philosophy and Psychical Research*. London: George A1len & Unwin, 1976.

Thomas, Rev. Charles Drayton. *Life Beyond Death with Evidence*. London: W. Collins Sons & Co. Ltd., 1928.

Toynbee, Arnold, Arthur Koestler and others. *Life After Death*. London: Weidenfeld & Nicolson, 1976.

Tyrrell, G. N .M. *The Personality of Man*. London: Penguin Books, 1947.

-.*Science and Psychical Phenomena*. New York: University Books, 1961.

Van Dusen, Wilson. *The Natural Depth in Man*. New York: Perennial Library, Harper & Row, 1972.

-.*The Presence of Other Worlds*. NewYork: Harper Row, 1974.

Völgyesi, Ferenc Andras. *Hypnosis of Man and Animals*. London: Bailliere, Tindall & Cassell, 1966.

Vyvyan, John. *A Case Against Jones: A Study of Psychical Phenomena*. London: James Clark & Co. Ltd., 1966.

Walker, Benjamin. *Beyond the Body*. London: Routledge & Kegan Paul, 1974.

Wallace, Alfred Russel. *Miracles and Modern*

Spiritualism. London: George Redway, 1896.

-.*My Life in Two Volumes*. London: Chapman & Hall, Ltd., 1905.

West, D. J., M. B., D. P. M. *Psychical Research Today*. London: Gerald Duckworth & Co. Ltd., 1954.

Wilson, Colin. *Access To Inner Worlds*. London: Rider & Company, 1983.

-.*Mysteries*. London: Hodder & Stoughton, 1978.

-.*The Occult*. London: Hodder & Stoughton, 1971.

-.*Poltergeist!* London: New English Library, 1981.

-.*The Psychic Detectives*. London: Pan Books Ltd., 1984.

UMUT
HABERCİLERİ

RUH ve MADDE YAYINLARI LİSTESİ

Akupresür: Sandon Courane
Akupresür - Anında Etki: Wolf C. Ebner
Anahtar Bilgiler/Edgar Cayce "Kâhin": H. B. Puryear
Antik Çağdan Günümüze Kadar Essenîler ve Sırları: R.Chaney
Ayurveda: Roy Eugene Davis
Bagavatgita "Rab'bin Ezgisi"
Beyaz Kartal/Güzel Hayatı Yaratmak
Bilgeliğe Yolculuk: Kriyananda
Büyük Sentez: Tekâmül: Ergün Arıkdal
Çağlar Boyu Uçan Daireler
Çılgın Sarkaç: Itzhak Bentov
DDA-Evren Dili: Ingo Swann
Değişime Doğru: Ergün Arıkdal
Devre Sonu: Ergün Arıkdal
Dinlemenin Zen'i: Rebecca Z. Shafir
Doğmadan Önceki Hayatımız: Helen Wambach
Enerjiler: John G. Bennett
Enerji Beden Hekimliği: Dr. Janine Fontaine
Eon: Jean E. Charon
Eski Mısır ve Sirius Bağlantısı: Murry Hope
Eşzamanlılık: Allan Combs-Mark Holland
Evrensel İnsan: Ergün Arıkdal
Fallar: Walter B. Gibson–Litzka R. Gibson
Fırsatları Değerlendirin: Robert Denmar
Geleceğin Felâketleri: Alparslan Salt
Gelen İyiliğin Habercisi: G.I.Gurdjieff
Gerçek Dünyadan Manzaralar: G.I.Gurdjieff
Gizli Öğreticilik: Ergün Arıkdal
Gizli Parapsikoloji Savaşı: Jacques Bergier
Gökyüzüne Merdiven: Zecharia Sitchin
Günlük Sofroloji: Jean-Yves Pecollo
Herkes İçin Ötealem Rehberi: G.M. Roberts
Her Şey Mümkündür: Roy Eugene Davis
Hermit: T.Lobsang Rampa
Hinduizm: Swami Nikhilananda
Hintlilerde Ak ve Kara Büyü: Paul Dare
Hint Kökenli Dinlerde Karma İnancının Tenasüh İnancıyla İlişkisi: Dr. Ali İhsan Yitik
Hint, Yunan ve Mısır Mitolojileri'nde Gizemli Bilgilerin Kaynakları: R.Emmanuel
Holografik Evren: Michael Talbot
İçsel Gerçeklik: Paul Brunton
İki Dünya Arasında: Frederic Wiedemann
İlke Hakikat ve Vazife Adamı Ergün Arıkdal
İnsanın Bilinmeyen Psikolojisi: P.D.Ouspensky
İnsanın Gerçeği-Kendini Bilmek: P.D.Ouspensky
İnsanın Kaderi: Edgar Cayce
İpnoz ve Ötesi: Lee Pulos
İsa Keşmir'de mi Öldü?: Siegfried Obermeier
Kartalın Uçuşu: J. Krishnamurti
Karma ve Tekrardoğuş: Dr. Hiroshi Motoyama
Kayıp Miras Atlantis: Colin Wilson
Kendini Bilen Evren: A.Goswami, R.E.Reed, P.Goswami
Keops ve Sfenks: Georges Barbarin
Kirlian Fotoğrafçılığı: L.Gennaro-F.Guzzon-P.Marsigli
Kolay Meditasyon Rehberi: Roy Eugene Davis
Kozmik Sempati: David Spangler
Kozmik Tohum: Zecharia Sitchin
Kriya Yoga Felsefesi ve Uygulaması: R.Eugene Davis
Kutsal Tesirler: J.G. Bennett
Küresellik: Cengiz Cevre
Mantal Çalışma Uygulamaları: Kurt Tepperwein
Manyetizm: Ergün Arıkdal
Masumiyete Dönüş: Jeffrey M. Schwartz
Metapsişik Terimler Sözlüğü: Ergün Arıkdal
Mucizeler: P.Yogananda
Mucizeler ve Diğer Gerçeklikler: L.Pulos–G.Richman
Ne İçin Yaşıyoruz?: J.G. Bennett
On İkinci Gezegen: Zecharia Sitchin
Otopsi-Roswell Olayı: Y.Tokatlı
Otuz Derste Ruhsal Güçleri Geliştirme Teknikleri: T. L. Rampa
Ölüm Sonrası: Colin Wilson
Parapsikoloji ve Felsefe
Popol Vuh/Maya Kişeler'in Kutsal Kitabı
Pozitif Yaşam: Ergün Arıkdal
Psiko-Regresyon: Dr. Francesca Rossetti
Psikosentez: Will Parfitt
Psişik Becerilerinizi Geliştirin: Enid Hoffman
Reenkarnasyon: Papus
Ruhsal Âlemin Işığı: Silver Birch
Ruhsal Âlemin Sonsuz İmkânları: Albert Pauchard
Ruhsal Dünyadan Mesajlar-1: Dr.Karl Nowotny
Ruhsal Dünyadan Mesajlar-2: Dr.Karl Nowotny
Ruhsal Dünyadan Mesajlar-3: Dr.Karl Nowotny
Ruhsal Hayatın Değişimi/Metamorfoz: Rudolf Steiner
Ruhsal Şifa El Kitabı: Georgina Regan-Debbie Shapiro
Ruhsal Şifacı Olmak: Amy Wallace-Bill Henkin
Ruhsallık Üzerine Denemeler: Ergün Arıkdal
Rüyalar: Sevda Yücesoy
Sadıklar Planı Ruhsal Tebliğler
Sevinç ve Güzellik Âlemleri•Kader Bilmecesi:A.Pauchard
Sonsuz Yüce Yol: Mehmet Fahri Öğretici
"Şuur" Gerçeğin Araştırılması: P.D.Ouspensky
Şakra Teorileri: Dr. Hiroshi Motoyama
Tanrı'nın Eczanesinden Sağlık: Maria Treben
Tekâmülcü Ruhçuluk: Dr. Gustave Geley
Tekrardoğuş 1. Cilt
Tekrardoğuş 2. Cilt
Tekrardoğuş 3. Cilt
Tüm Yönleriyle Medyomluk: Ergün Arıkdal
Umut Habercileri: Paola Giovetti
Uzay Gemilerinde: George Adamski
Uzaylı Dostlarım: Howard Menger
Vazife: Dr. Bedri Ruhselman-Ergün Arıkdal
Vizüalizasyon: Ursula Markham
Yaratıcı İmgelemeden Nasıl Yararlanabiliriz?: R.E.Davis
Yaratılış Evrim İnsan: Dr. E. Günhan Yayla
Yaşamın Amacı–Kendini Bilmek: Ergün Arıkdal
Yay ile Ok Atış Sanatında Zen: Eugene Herrigel
Yeni Çağ Toplumunun İhtiyaçları: J.G.Bennett
Yüce Benliğin Bilgeliği: Paul Brunton
Zaman Enerjisi: Murry Hope
Zamanın Gizli Sahipleri: Jacques Bergier